Auf zwei Planeten

KURD LASSWITZ

Auf zwei Planeten, K. Lasswitz
Jazzybee Verlag Jürgen Beck
86450 Altenmünster, Loschberg 9
Deutschland

Druck: BOD GmbH, In de Tarpen 42, 22848 Norderstedt

ISBN: 9783849687298

www.jazzybee-verlag.de
www.facebook.com/jazzybeeverlag
admin@jazzybee-verlag.de

INHALT:

1 - AM NORDPOL

Eine Schlange jagt über das Eis. In riesiger Länge ausgestreckt schleppt sie ihren dünnen Leib wie rasend dahin. Mit Schnellzugsgeschwindigkeit springt sie von Scholle zu Scholle, die gähnende Spalte hält sie nicht auf, jetzt schwimmt sie über das offene Wasser eines Meeresarms und schlüpft gewandt über die hier und da sich schaukelnden Eisberge. Sie gleitet auf das Ufer, unaufhaltsam in gerader Richtung, direkt nach Norden, dem Gebirge entgegen, das am Horizont sich hebt. Es geht über die Gletscher hin nach dem dunklen Felsgestein, das mit weiten Flecken bräunlicher Flechten bedeckt mitten unter den Eismassen sich emporbäumt. Wieder schießt die Schlange in ein Tal hinab. Zwischen den Felsbrocken sproßt es grün und gelblich, Sauerampfer und Saxifragen schmücken den Boden, die spärlichen Blätter eines Weidenbuschs zerstieben unter dem Schlag des mit rasender Geschwindigkeit hindurchfahrenden Schlangenleibes. Eilend entflieht eine einsame Schneeammer, erschrocken und brummend erhebt sich aus seinem Schlummer der Eisbär, dem soeben die Schlange das zottige Fell gestreift hat.

Die Schlange kümmert sich nicht darum; während ihr Schweif über die nordische Sommerlandschaft hinjagt, hebt sie ihr Haupt hoch empor in die Luft, der Sonne entgegen. Es ist kurz nach Mitternacht, eben hat der neunzehnte August begonnen.

Schräg fallen die Strahlen des Sonnenballs auf die Abhänge des Gebirges, das unter der Einwirkung des schon monatelang dauernden Tages sich mit reichlichem Pflanzenwuchs bedeckt hat. Hinter jenen Höhen liegt der Nordpol des Erdballs. Ihm entgegen stürmt die Schlange. Wo aber ist der Kopf des eilenden Ungetüms? Man sieht ihn nicht. Ihr dünner Leib verfließt in der Luft, die klar und durchsichtig über der Polarlandschaft liegt. Doch welch seltsame Erscheinung? Der Schlange stets voran schwebt, von der Sonne vergoldet, ein rundlicher Körper. Es ist ein großer Ballon. Straff schwillt die feine Seide unter dem Druck des Wasserstoffgases, das sie erfüllt. In der Höhe von dreihundert Meter über dem Boden treibt ein starker, gleichmäßig wehender Südwind den Ballon dem Norden zu. Die Schlange aber ist das Schlepptau dieses Luftballons, der in günstiger Fahrt dem langersehnten Ziel menschlicher Wißbegier sich nähert, dem Nordpol der Erde. Auf dem Boden nachschleppend reguliert es den Flug des Ballons. Wenn er höher steigt, hemmt es ihn durch sein Gewicht, das er mit aufheben muß; wenn er sinkt, erleichtert es ihn, indem es in größerer Länge auf der Erde sich ausstreckt. Seine Reibung auf dem Boden bietet einen Widerstand und ermöglicht es damit den Luftschiffern, durch Stellung eines Segels bis zu einem gewissen Grade von der Windrichtung abzuweichen.

Aber das Segel ist jetzt eingezogen. Der Wind weht so günstig unmittelbar von Süden her, wie es die kühnen Nordpolfahrer nur wünschen können. Lange hatten sie an der Nordküste von Spitzbergen auf das Eintreten des Südwinds gewartet. Schon neigte sich der Polarsommer seinem Ende zu, und sie fürchteten unverrichteter Sache umkehren zu müssen, wie der kühne Schwede Andrée bei seinem ersten Versuche. Da endlich, am 17. August, setzte der Südwind ein. Der gefüllte Ballon erhob sich in die

Lüfte; binnen zwei Tagen hatten sie tausend Kilometer in direkt nördlicher Richtung zurückgelegt. Der von Nansen entdeckte nordische Ozean war überflogen und neues Land erreicht, das sich ganz gegen Erwartung der Geographen hier vorfand. Schon entschwand das Supan- Kap auf Andrée-Land im Süden ihren Blicken. Bald mußte es sich entscheiden, ob die beiden Expeditionen, die eine im Ballon, die andere mit Schlitten unternommen, wirklich, wie ihre Führer meinten, den Pol selbst erreicht hätten. Bei der Unsicherheit der Ortsbestimmung in diesen Breiten waren Zweifel darüber entstanden, die Aussicht vom Ballon war durch Nebel getrübt gewesen, der Schlittenexpedition fehlte ein weiterer Überblick. Jetzt war durch die Mittel eines reichen Privatmanns, des Astronomen Friedrich Ell, eine deutsche Expedition ausgerüstet worden, die noch einmal mittels des Ballons den Pol untersuchen sollte.

Natürlich hatte man sich die Erfahrungen der früheren Expeditionen zunutze gemacht. Durch die internationale Vereinigung für Polarforschung war eine eigene Abteilung für wissenschaftliche Luftschiffahrt ins Leben gerufen worden. Namentlich hatte man die Benutzung des Schleppseils ausgebildet und damit für die Leitung des Ballons wenigstens annähernd ein Mittel zur Lenkung gefunden, wie es das Segelschiff im Widerstand des Wassers besitzt. Man hatte Metallzylinder konstruiert, in denen man bis auf 250 Atmosphären Druck zusammengepreßten Wasserstoff mit sich führte, um bei Dauerfahrten einen eingetretenen Gasverlust zu ersetzen. Man hatte dem Korb eine Form gegeben, die es gestattete, ihn nach Bedarf gegen die äußere Luft abzuschließen. Der neue Ballon ›Pol‹ war mit allen diesen fortgeschrittenen Einrichtungen ausgerüstet. Außerdem hing unterhalb des Korbes zur Rettung im äußersten Notfall ein großer Fallschirm. Unter einer Art Sattel, der einen sicheren Sitz gewährte, war an demselben für alle Fälle ein Proviantkorb befestigt.

Der Direktor der Abteilung für wissenschaftliche Luftschiffahrt, Hugo Torm, hatte selbst die Leitung der Expedition unternommen. Ihn begleiteten der Astronom Grunthe und der Naturforscher Josef Saltner. Saltner warf einen Blick auf Uhr und Barometer, drückte auf den Momentverschluß des photographischen Apparats und notierte die Zeit und den Luftdruck.

»Diese Gegend hätten wir glücklich in der Tasche«, murmelte er. Dann streckte er die in hohen Filzstiefeln steckenden Füße so weit aus, als es der beschränkte Raum des Korbes zuließ, zwinkerte mit den lustigen Augen und sagte: »Meine Herren, ich bin schauderhaft müde. Könnte man nicht jetzt ein kleines Schläfchen machen? Was meinen Sie, Kapitän?«

»Tun Sie das«, antwortete Torm, »Sie sind an der Reihe. Aber beeilen Sie sich. Wenn wir diesen Wind noch drei Stunden behalten –«

Er unterbrach sich, um die nötigen Ablesungen zu machen.

»Wecken Sie mich gefälligst, sobald wir – am Pol sind –«

Saltner sprach mit geschlossenen Augen, und beim letzten Wort war er schon sanft entschlummert.

»Es ist ein unheimliches Glück, das wir haben«, begann Torm. »Wir fliegen im wahren Sinn des Worts auf das Ziel zu. Ich habe für die letzten fünf Minuten wieder 3,9 Kilometer notiert. Könnten Sie eine genauere Bestimmung versuchen, wo wir sind?«

»Es wird sich machen lassen«, antwortete Grunthe, indem er nach dem Sextanten griff. »Der Ballon geht sehr ruhig, und wir haben die Ortszeit ziemlich sicher. Wir hatten den tiefsten Sonnenstand vor einer Stunde und 26 Minuten.« Er nahm die Sonnenhöhe mit größter Sorgfalt. Dann rechnete er einige Zeit lang.

In vollkommener Stille lag die Landschaft, über welche die Luftschiffer eilten. Ein weites Hochplateau, mit Moos und Flechten bedeckt, hier und da von Wasserlachen durchsetzt, bildete den Fuß des Gebirges, dem sich der Ballon schnell näherte. Man hörte nichts als das Ticken der Uhrwerke, von Zeit zu Zeit das regelmäßige Abschnurren des Aspirationsthermometers, dazwischen die behaglichen Atemzüge des schlummernden Saltner. Es war freilich eine angenehmere Polarfahrt, als mit halbverhungerten Hunden die langsamen Schlitten über die Eistrümmer zu schleppen. Grunthe sah von seiner Rechnung auf.

»Welche Breite haben Sie aus der Berechnung des zurückgelegten Weges?« fragte er Torm.

»Achtundachtzig Grad fünfzig – einundfünfzig Minuten«, erwiderte dieser.

»Wir sind weiter.«

Grunthe machte eine Pause, indem er noch einmal kurz die Rechnung prüfte. Dann sagte er bedachtsam, aber mit derselben Gleichmäßigkeit der Stimme:

»Neunundachtzig Grad 12 Minuten.«

»Nicht möglich!«

»Ganz sicher«, erwiderte Grunthe ruhig und zog die Lippen ein, so daß sein Mund unter dem dünnen Schnurrbart wie ein Gedankenstrich erschien. Das war das Zeichen, daß keine Gewalt mehr imstande sei, an Grunthes unerschütterlichem Ausspruch etwas zu ändern.

»Dann haben wir keine 90 Kilometer mehr bis zum Pol«, rief Torm lebhaft.

»Neunundachtzigeinhalb«, sprach Grunthe.

»Dann sind wir in zwei Stunden dort.«

»In einer Stunde und 52 Minuten«, verbesserte Grunthe unerschütterlich, »wenn nämlich der Wind mit derselben Geschwindigkeit anhält.«

»Ja – wenn«, so rief Torm lebhaft. »Nur noch zwei Stunden, Gott gebe es!«

»Sobald wir über jenen Bergrücken sind, werden wir den Pol sehen.«

»Sie haben recht, Doktor! Sehen werden wir den Pol – ob auch erreichen?«

»Warum nicht?« fragte Grunthe.

»Hinter den Bergen, der Himmel gefällt mir nicht – auf der Nordseite liegt jetzt seit Stunden die Sonne, es ist dort ein aufsteigender Luftstrom vorhanden –«

»Wir müssen abwarten.«

»Da – da – sehen Sie – den herrlichen Absturz des Gletschers «, rief Torm.

»Wir fliegen gerade auf ihn zu; müssen wir nicht steigen?« fragte Grunthe.

»Gewiß, dort müssen wir hinüber. Aufgepaßt! Schneiden Sie ab!«

Zwei Säcke Ballast klappten herab. Der Ballon schoß in die Höhe.

»Wie die Entfernung täuscht«, sagte Torm. »Ich hätte die Wand für entfernter gehalten – es reicht noch nicht. Wir müssen noch mehr opfern.«

Er schnitt noch einen Sack ab.

»Wir dürfen nicht in die Schlucht geraten«, erklärte er, »kein Mensch weiß, in was für Wirbel wir da kommen. Aber was ist das? Der Ballon steigt nicht? Es hilft nichts – noch mehr hinaus!«

Eine schwarze Felswand, welche den Gletscher in zwei Teile spaltete, erhob sich unmittelbar vor ihnen. Der Ballon schwebte in unheimlicher Nähe. Mit ängstlicher Erwartung verfolgten die beiden Männer den Flug ihres Aërostaten. Der Südwind war jetzt, zu ihrem Glück, hier in der unmittelbaren Nähe der Berge schwächer, sonst wären sie schon an die Felsen geschleudert worden. Der Ballon befand sich nunmehr im Schatten der Berge; das Gas kühlte sich ab. Die Temperatur sank schnell tief unter den Gefrierpunkt. Torm überlegte, ob er noch mehr Ballast auswerfen dürfe. Was er jetzt an Ballast verlor, das mußte er dann an Gas aufopfern, um den Ballon wieder zum Sinken zu bringen, und das Gas war sein größter Schatz, das Mittel, das ihn wieder aus dem Bereich des furchtbaren Nordens bringen sollte. Er wußte ja nicht, was ihn hinter den Bergen erwarte. Aber der Ballon stieg zu langsam. Da – eine seitliche Strömung bewegt ihn – die Strahlen der Sonne, welche über den Sattel des Gletschers herüberlugt, treffen ihn wieder – das Gas dehnt sich aus, der Ballon steigt – tiefer und tiefer sinken die Eismassen unter ihm. –

»Hurrah!« rufen die beiden Luftschiffer wie aus einem Munde.

»Was gibt's?« fährt Saltner aus seinem Schlummer empor. »Sind wir da?«

»Wollen Sie den Nordpol sehen?«

»Wo? Wo?« Im Augenblick war Saltner in die Höhe gefahren.

»Sakri, das ist kalt«, rief er.

»Wir sind über 500 Meter gestiegen«, antwortete Torm.

Saltner hüllte sich in seinen Pelz, was die andern schon vorher getan hatten.

»Wir sind jetzt fast in gleicher Höhe mit dem Kamm des Gebirges. Sobald wir darüber hinwegsehen können, muß vor uns, etwa 50 Kilometer nach Norden, die Stelle liegen –«

»Wo die Erdachse geschmiert wird!« rief Saltner. »Ich bin verteufelt neugierig. Na, den Champagner brauchen wir nicht erst kalt zu stellen.«

Die drei Männer standen, am Tauwerk sich haltend, in der Gondel. Mit gespannten Blicken schauten sie jeden Augenblick, den ihnen die Bedienung des Ballons und die Beobachtung der Instrumente freiließ, durch ihre Feldstecher nach Norden, der Sonne entgegen, die erst wenig nach Osten hin beiseite getreten war. Allmählich versanken die Berggipfel unter ihnen – noch ein breiterer Rücken hemmte ihnen die Aussicht – der Ballon glitt jetzt wieder in der Höhe des Kammes dahin, das Schlepptau schleifte –, noch eine breite Mulde war zu überfliegen, dann mußte das ersehnte Ziel vor ihnen liegen. Der Ballon befand sich etwa in der Mitte der Mulde, höchstens 100 Meter über ihrem Boden, und die gegenüberliegende Talwand verdeckte noch die Aussicht. Der Wind war etwas weniger lebhaft, aber immer noch südlich, und der Ballon stieg an der flachen Erhebung des Eisfeldes hinan.

Jetzt wurden einzelne weiße Bergkuppen in großer Entfernung hinter dem nahen Horizont der gegenüberliegenden Eiswand sichtbar, die Luftschiffer befanden sich in gleicher Höhe mit dem letzten Hindernis, das ihren Blick beschränkte. Die Gipfel mehrten sich, sie bildeten eine Bergkette.

»Diese Berge liegen schon hinter dem Pol«, sagte Grunthe, und diesmal bebte seine Stimme doch ein wenig vor Aufregung. Fest preßte er seine Lippen zur geraden Linie zusammen.

Weiter stieg der Ballon – dunkel gefärbte Bergzüge erschienen unter den Schneegipfeln, rötlich und bräunlich schimmernd – jetzt erreichte der Ballon die Höhe und schwebte über einem tiefen Abgrund – das Schleppseil schnellte hinab, und der Ballon sank sofort einige hundert Meter tief – dann pendelte er noch einmal auf und ab – diese plötzliche Schwankung des Ballons hatte die Aufmerksamkeit der Luftschiffer voll in Anspruch genommen – sie sahen unter sich, tief unten ein wildes Gewirr von Klippen, Felstrümmern und Eisblöcken, hinter sich die steil abgebrochene Wand, an welcher der verzerrte Schatten des Ballons auf- und niederschwankte – die Instrumente mußten beobachtet werden, und erst jetzt konnten sie den Blick nach vorwärts lenken, vorwärts und nordwärts – oder war es vielleicht schon südwärts?

Saltner war der erste, der nach vorn blickte. Aber er sprach nichts, in einem langgedehnten Pfiff blies er den Atem aus seinen gespitzten Lippen.

»Das Meer!« rief Torm.

»Grüß Gott!« sagte jetzt Saltner. »Da hat halt der alte Petermann doch recht behalten, aber bloß ein bissel. Ein offenes Polarmeer ist es schon, man muß sich nur nicht zuviel drauf einbilden.«

»Ein Binnenmeer, ein Bassin, immerhin, gegen tausend Quadratkilometer schätze ich«, sagte Grunthe. »Etwa so groß wie der Bodensee. Aber wer kann wissen, was sich dort hinten noch an Fjords und Kanälen abzweigt. Und auch das Bassin selbst ist durch verschiedene Inseln in Arme geteilt.«

»Wer da unten zu Fuß oder zu Schiff ankommt, muß Mühe haben zu entscheiden, ob das Meer im Land liegt oder das Land im Meer«, sagte Saltner. »Gut, daß wir's bequemer haben.«

»Gewiß«, meinte Torm, »es ist möglich, daß wir ein Stück des offenen Meeres vor uns haben, obwohl es von hier den Anschein hat, als schlössen die Berge das Wasser von allen Seiten ein. Wir werden ja sehen. Aber vor allen Dingen, was sollen wir tun? Wir haben wider Erwarten so hoch steigen müssen, daß wir jetzt sehr viel Gas verlieren würden, wenn wir hinabwollten, und andrerseits werden wir wieder drüben über die Berge hinaufmüssen. Es ist eine schwierige Frage. Aber wir haben noch Zeit, darüber nachzudenken, denn der Ballon bewegt sich jetzt nur langsam.«

»Und diese Gelegenheit wollen wir benutzen, um dem Nordpol unsern wohlverdienten Gruß zu bringen«, rief Saltner. Mit diesen Worten zog er ein Futteral hervor, aus welchem drei Flaschen Champagner ihre silbernen Hälse einladend hervorstreckten.

»Davon weiß ich ja gar nichts«, sagte Torm fragend.

»Das ist eine Stiftung von Frau Isma. Sehen Sie, es steht darauf: ›Am Pol zu öffnen. Gewicht vier Kilogramm.‹«

Torm lachte. »Dachte ich mir doch«, sagte er, »daß meine Frau irgend etwas einschmuggeln würde, was das Expeditionsreglement durchbricht.«

»Es ist doch aber auch ein herrlicher Gedanke von Ihrer Frau, sich am Nordpol in Champagner hochleben zu lassen«, erwiderte Saltner. »Erstens für sich selbst, denn das ist etwas, was noch nicht dagewesen ist; das müssen Sie zugeben, Damen sind hier noch niemals leben gelassen worden. Und zweitens für uns, das müssen Sie auch zugeben; es ist sehr wonnig, in dieser Kälte den Schaumwein zu trinken auf das Wohl unserer Kommandeuse. Und drittens, ist es nicht einfach bejauchzbar, das tragische Antlitz unseres Astronomen zu sehen? Denn Champagner trinkt er prinzipiell nicht, und auf weibliche Wesen stößt er prinzipiell nicht an; da er aber auf dem Nordpol prinzipiell in ein Hoch einstimmen muß und will, so findet er sich in einem Widerstreit der Prinzipien, aus dem herauszukommen ihm verteufelt schwerfallen wird.«

»Darauf könnte ich sehr viel erwidern«, sagte Grunthe. »Zum Beispiel, daß wir noch gar nicht wissen, wo der Nordpol eigentlich liegt.«

»Schon wahr«, unterbrach ihn Torm, »aber eben darum müssen wir den Moment feiern, in welchem wir sicher sind, ihn zum erstenmal in unserm Gesichtsfeld zu haben. Das werden Sie zugeben?«

»Hm, ja«, sagte Grunthe, und ein leichtes Schmunzeln glitt über seine Züge. »Ich nehme an, wir wären am Pol. So kann ich mit Ihnen anstoßen, oder auch nicht, ganz wie ich will, ohne mit irgendwelchen Prinzipien in Widerspruch zu geraten.«

»Wieso?« fragte Saltner.

»Der Pol ist ein Unstetigkeitspunkt. Prinzipien sind Grundsätze, die unter der Voraussetzung gelten, daß die Bedingungen bestehen, für welche sie aufgestellt sind, vor allem die Stetigkeit der Raum- und Zeitbestimmungen. Am Pol sind alle Bedingungen aufgehoben. Hier gibt es keine Himmelsrichtungen mehr, jede Richtung kann als Nord, Süd, Ost oder West bezeichnet werden. Hier gibt es auch keine Tageszeit; alle Zeiten, Nacht, Morgen, Mittag und Abend, sind gleichzeitig vorhanden. Hier gelten also auch alle Grundsätze zusammen oder gar keine. Es ist der vollständige Indifferenzpunkt aller Bestimmungen erreicht, das Ideal der Parteilosigkeit.«

»Bravo«, rief Saltner, der inzwischen die Trinkbecher von Aluminium mit dem perlenden Wein gefüllt hatte. »Es lebe Frau Isma Torm, unsere gnädige Spenderin!«

Saltner und Torm erhoben ihre Becher. Grunthe kniff die Lippen zusammen und hielt, geradeaus starrend, sein Trinkgefäß unbeweglich vor sich hin, indem er es passiv geschehen ließ, daß die andern mit ihren Bechern daran stießen. Nun rief Torm:

»Es lebe der Nordpol!«

Da stieß auch Grunthe seinen Becher lebhaft mit den andern zusammen und setzte hinzu:

»Es lebe die Menschheit!«

Sie tranken und Saltner rief:

»Grunthes Toast ist so allgemein, daß ein Becher nicht reichen kann.« Und er schenkte noch einmal ein.

Inzwischen war der Ballon langsam dem Binnenmeer entgegengetrieben, das sich nun immer deutlicher den staunenden Blicken der Reisenden enthüllte. Vom Fuß der steil abfallenden Felsenwand des Gebirges ab senkte sich das Gelände allmählich, wohl noch eine Strecke von einigen zwanzig Kilometern weit, nach dem Ufer hin. Aber die Landschaft zeigte jetzt ein vollständig anderes Gepräge. Die wilde Gletschernatur war verschwunden, grüne Matten zogen sich, nur noch mit einzelnen Gesteinstrümmern hier und da bedeckt, in sanfter Senkung dem Wasser zu. Man glaubte in ein herrliches

Alpental zu schauen, in dessen Mitte ein blauer Bergsee sich ausbreitete. An dem jenseitigen, entfernten Ufer, das freilich in undeutlichem Dämmer verschwamm, schien dagegen wieder ein Steilabfall von Fels und Eis zu herrschen, doch zog sich über den Bergen dort eine Wolkenwand empor. Das Auffallendste in der ganzen Szenerie aber bot der Anblick einer der Inseln, die zahlreich und in unregelmäßiger Gestaltung in dem Bassin lagen, bis an dessen Ufer der Ballon jetzt herangeschwebt war. Sie war kleiner als die Mehrzahl der übrigen Inseln. Aber ihre Formen waren so vollkommen regelmäßig, daß es zweifelhaft schien, ob man eine Gestaltung der Natur vor sich habe. Die mit Flechten bekleideten Felstrümmer, welche die andern Inseln bedeckten, fehlten hier vollständig.

Die Forscher mochten sich etwa noch zwölf Kilometer von der rätselhaften Insel entfernt befinden, die sie mit ihren Ferngläsern musterten, als Torm sich an Grunthe wandte.

»Sagen Sie uns, bitte, Ihre Meinung. Können wir eigentlich bestimmen, wo wir uns befinden? Ich muß gestehen, daß ich beim Überschreiten des Gebirges und dem raschen Höhenwechsel nicht mehr imstande war, die einzelnen Landmarken zu verfolgen.«

»Ich habe«, erwiderte Grunthe, »einige Peilungen gemacht, aber zu einer sicheren Bestimmung reichen sie nicht mehr aus. Auch die Methode aus der Messung der Sonnenhöhe ist jetzt nicht anwendbar, da wir nicht mehr imstande sind, die Tageszeit auch nur mit einiger Sicherheit anzugeben. Wir haben die Himmelsrichtung vollständig verloren. Der Kompaß ist ja hier im Norden sehr unzuverlässig. Auf alle Fälle sind wir ganz nahe am Pol, wo alle Meridiane so nah zusammenlaufen, daß eine Abweichung von einem Kilometer nach rechts oder links einen Zeitunterschied von einer Stunde oder mehr ausmacht. Wenn unser Ballon aus der Nord-Süd-Richtung vielleicht seit der Überschreitung des Gebirges um fünf oder sechs Kilometer abgewichen ist, was sehr leicht sein kann, so haben wir jetzt nicht, wie wir vermuten, drei Uhr morgens am 19. August, sondern vielleicht schon Mittag, oder, wenn wir nach Westen abgewichen sind, so sind wir sogar in den gestrigen Tag zurückgeraten und haben vielleicht erst den 18. August abends.«

»Das wäre der Teufel«, rief Saltner. »Das kommt von diesem ewigen Sonnenschein am Pol! Nun kann ich an meinem Abreißkalender das Blatt von gestern wieder ankleben.«

»Schon möglich!« lächelte Grunthe. »Nehmen Sie an, Sie machen einen Spaziergang um den Nordpol in der Entfernung von hundert Metern vom Pol, so sind Sie in fünf Minuten bequem um den Pol herumgegangen und haben sämtliche 360 Meridiane überschritten; Sie haben also in fünf Minuten alle Tageszeiten abgelaufen. Gehen Sie nach Westen herum, und wollen Sie die richtige Zeit jedes Meridians haben, so müßten Sie auf jedem Meridian Ihre Uhr um 4 Minuten zurückstellen, so daß Sie nach besagten fünf Minuten um einen vollen Tag zurück sind, und wenn Sie in dieser Art eine Stunde lang um den Pol herumgegangen sind, so muß Ihre Uhr, wenn sie einen Datumzeiger besitzt, den 7. August anzeigen.«

»Da muß ich mir halt einen Anklebekalender anschaffen«, meinte Saltner.

»Ja, aber wenn Sie nach Osten herumgehen, kommen Sie um ebensoviel in der Zeit voran, Sie hätten dann nach zwölfmaligem Spaziergang um den Pol den 31. August erreicht, wenn Sie bei jedem Umgehen des Pols ein Blatt in ihrem Kalender abrissen. In beiden Fällen würden sie sich indessen tatsächlich noch am 19. August befinden. Sie müßten also, wie die Seefahrer beim Überschreiten des 180. Meridians, ihren Datumzeiger entsprechend regulieren.«

»Und wenn wir nun gerade über den Pol wegfliegen?«

»Dann springen wir in einem Moment um zwölf Stunden in der Zeit. Der Pol ist eben ein Unstetigkeitspunkt.«

»Sackerment, da weiß man ja gar nicht, wo man ist.«

»Ja«, sagte Torm, »das ist eben das Fatale. Wir haben uns von Anfang an darauf verlassen müssen, daß wir unsere Lage aus dem zurückgelegten Wege bestimmen. Läßt sich denn gar nichts tun?«

»Nur wenn wir landen und unsere Instrumente so fest aufstellen, daß wir einige Sterne anvisieren können.«

»Daran können wir auf keinen Fall eher denken, bis wir den See überflogen haben und das jenseitige Gebirge überschauen. Hier zwischen den Inseln dürfen wir uns nicht hinabwagen. Wir sind also wirklich nicht besser daran als unsere Vorgänger, und der wahre Pol bleibt wieder unbestimmt.«

»Zu verflixt«, brummte Saltner, »da sind wir vielleicht gerade am Nordpol und wissen es nicht.«

2 - DAS GEHEIMNIS DES POLS

Langsam zog der Ballon weiter, doch bewegte er sich nicht direkt auf die auffallende kleine Insel zu, sondern sie blieb rechts von seiner Fahrtrichtung liegen.

Während Grunthe die Landmarken aufnahm und Torm die Instrumente ablas, suchte Saltner, dem die photographische Festhaltung des Terrains oblag, die Gegend mit seinem vorzüglichen Abbéschen Relieffernrohr ab. Dasselbe gab eine sechzehnfache Vergrößerung und ließ, da es die Augendistanz verzehnfachte, die Gegenstände in stereoskopischer Körperlichkeit erscheinen. Sie hatten sich jetzt der Insel soweit genähert, daß es möglich gewesen wäre, Menschen, falls sich solche dort hätten befinden können, mit Hilfe des Fernrohrs wahrzunehmen.

Saltner schüttelte den Kopf, sah wieder durch das Fernrohr, setzte es ab und schüttelte wieder den Kopf.

»Meine Herren«, sagte er jetzt, »entweder ist mir der Champagner in den Kopf gestiegen –«

»Die zwei Glas, Ihnen?« fragte Torm lächelnd.

»Ich glaub es auch nicht, also – oder –«

»Oder? Was sehen Sie denn?«

»Es sind schon andere vor uns hier gewesen.«

»Unmöglich!« riefen Torm und Grunthe wie aus einem Munde.

»Die bisherigen Berichte wissen nichts von einer derartigen Insel – unsere Vorgänger sind offenbar gar nicht über das Gebirge gekommen«, fügte Torm hinzu.

»Sehen Sie selbst«, sagte Saltner und gab das Fernrohr an Torm. Er selbst und Grunthe benutzten ihre kleineren Feldstecher. Torm blickte gespannt nach der Insel, dann wollte er etwas sagen, zuckte aber nur mit den Lippen und blieb völlig stumm.

Saltner begann wieder: »Die Insel ist genau kreisförmig – das haben wir schon bemerkt. Aber jetzt sehen Sie, daß gerade im Zentrum sich wieder ein dunkler Kreis von – sagen wir – vielleicht hundert Metern Durchmesser befindet.«

»Allerdings«, sagte Grunthe, »aber es ist nicht nur ein Kreis, sondern eine zylindrische Öffnung, wie man jetzt deutlich sehen kann. Und um den Rand derselben führt eine Art Brüstung.«

»Und nun suchen Sie einmal den Rand der Insel ab. Was sehen Sie?«

»Mein Glas ist zu schwach, um Einzelheiten zu erkennen.«

»Ich habe gesehen, was Sie wahrscheinlich meinen«, sagte Torm.

»Aber was ist das«, unterbrach er sich, »der Ballon ändert seine Richtung?«

Er gab das Glas an Grunthe und wandte seine Aufmerksamkeit dem Ballon zu. Dieser wich nach rechts von seinem bisherigen Kurse ab. Er bewegte sich parallel mit dem Ufer der Insel, diese in sich gleichbleibender Entfernung umkreisend.

»Wir wollen uns überzeugen, daß wir dasselbe meinen«, sagte Grunthe. »Rings um die Insel zieht sich ein Kreis von pfeiler- oder säulenartigen Erhöhungen in gleichen Abständen.«

»Es stimmt«, sagten die andern.

»Ich habe sie gezählt«, bemerkte Torm, »es sind zwölf große, dazwischen je elf kleinere, im ganzen hundertvierundvierzig.«

»Und der seltsame Reflex über der ganzen Insel?«

»Wissen Sie, es sieht aus, als wäre die ganze Insel mit einem Netz von spiegelnden metallischen Drähten oder Schienen überzogen, die wie die Speichen eines Rades vom Zentrum nach der Peripherie laufen.«

»Ja«, sagte Torm, indem er sich einen Augenblick erschöpft niedersetzte, »und Sie werden gleich noch mehr sehen, wenn Sie länger hinschauen. Ich will es Ihnen sagen.« Seine Stimme klang rauh und heiser. »Was Sie dort sehen, ist der Nordpol der Erde – aber, wir haben ihn nicht entdeckt.«

»Das fehlte gerade«, fuhr Saltner auf. »Dafür sollten wir uns in diesen pendelnden Frierkasten gesetzt haben? Nein, Kapitän, entdeckt haben wir ihn, und was wir da sehen, ist kein Menschenwerk. So verrückt wäre doch kein Mensch, hier Drähte zu spannen! Eher will ich glauben, daß die Erdachse in ein großes Velozipedrad ausläuft, und daß wir wahrhaftig berufen sind, sie zu schmieren! Nur nicht den Mut verlieren!«

»Wenn es nicht Menschen sind«, sagte Torm tonlos, »und ich weiß auch nicht, wie Menschen dergleichen machen sollten, und warum, und wo sie herkämen – das hätte man doch erfahren – so – eine Täuschung ist es doch nicht – so steht mir der Verstand still.«

»Na«, sagte Saltner, »Eisbären werden's nicht gemacht haben, obgleich ich mich jetzt über nichts mehr wundern würde, und wenn gleich ein geflügelter Seehund käme und ›Station Nordpol‹ ausriefe. Aber es könnte doch vielleicht eine Naturerscheinung sein, ein merkwürdiger Kristallisationsprozeß – – Sakri! Jetzt hab ich's. Das ist ein Geysir! Ein riesiger Geysir!«

»Nein, Saltner«, erwiderte Torm, »das habe ich auch schon gedacht – ein Schlammvulkan könnte etwa eine ähnliche Bildung zeigen. Aber – Sie haben wohl das Eigentliche, die Hauptsache, das – Unerklärliche noch nicht gesehen –«

»Was meinen Sie?«

»Ich hab' es gesehen«, sagte jetzt Grunthe. Er setzte das Fernrohr ab. Dann lehnte er sich zurück und runzelte die Stirn. Auch um die fest zusammengezogenen Lippen bildeten sich Falten, daß sein Mund aussah wie ein in Klammern gesetztes Minuszeichen. Er versank in tiefes, sorgenvolles Nachdenken.

Saltner ergriff das Glas.

»Achten Sie auf die Färbungen am Boden der ganzen Insel!« sagte Torm zu ihm.

»Es sind Figuren!« rief Saltner.

»Ja«, sagte Torm. »Und diese Figuren stellen nichts anderes dar als ein genaues Kartenbild eines großen Teils der nörd- lichen Halbkugel der Erde in perspektivischer Polarprojektion. Sie sehen deutlich den Verlauf der grönländischen Küste, Nordamerika, die Beringstraße, Sibirien, ganz Europa – mit seinen unverkennbaren Inseln und Halbinseln, das Mittelmeer bis zum Nordrand von Afrika, wenn auch stark verkürzt.«

»Es ist kein Zweifel«, sagte Saltner. »Die ganze Umgebung des Pols ist in einem deutlichen Kartenbild in kolossalem Maßstab hier abgezeichnet, und zwar bis gegen den 30. Breitengrad.«

»Und wie ist das möglich?«

Die Frage fand keine Antwort. Alle schwiegen.

Inzwischen hatte der Ballon eine fast vollständige Umkreisung der Insel vollzogen. Aber er hatte sich derselben auch noch um ein Stück genähert. Es war klar, daß er durch eine unbekannte Kraft, wohl durch eine wirbelförmige Bewegung der Luft, um die Insel herumgeführt und zugleich nach der Achse des Wirbels, die von der Mitte der Insel ausgehen mochte, zu ihr hingezogen wurde.

Torm unterbrach das Schweigen. »Wir müssen einen Entschluß fassen«, sagte er. »Wollen die Herren sich äußern.«

»Ich will zunächst einmal«, begann Saltner, »diese merkwürdige Erdkarte photographieren. Sie scheint ziemlich richtig selbst in Details zu sein. Daß sie nicht von Menschenhand herrühren kann, sehen wir daraus daß auch die noch unbekannten Gegenden des Polargebietes dargestellt sind. Die innere Öffnung, bei welcher die Karte abbricht, entspricht in ihrem Umfange etwa dem 86. Breitengrade; es fehlen also – für uns leider – die nächsten vier Grade um den Pol herum.«

»Selbstverständlich«, sagte Torm, »müssen Sie die Karte photographieren. Wir dürfen nicht mehr zweifeln, ein Werk intelligenter Wesen vor uns zu haben, wenn ich mir auch nicht erklären kann, wer diese sein mögen. Aber wenn das richtig ist, was wir kontrollieren können, so müssen wir schließen, daß auch die Teile des Polargebietes nach den Nordküsten von Amerika und Sibirien hin zuverlässig dargestellt sind. Und dann hätten wir mit einem Schlage eine vollständige Karte dieses bisher unerforschten Polargebietes.«

»Nun, ich denke, wir können mit diesem Erfolg schon zufrieden sein. Und bedenken Sie, wie nützlich die Karte für unsere Rückkehr werden kann. So –«, damit brachte Saltner die photographische Kammer wieder an ihren Platz, »ich habe drei sichere Aufnahmen. Aber der Ballon bewegt sich ja schneller?«

»Ich glaube auch«, sagte Torm. »Ich bitte nun um die Meinung der Herren, sollen wir eine Landung auf der Insel wagen, um dieses Geheimnis zu erforschen?«

»Ich meine«, äußerte sich Saltner, »wir müssen es versuchen. Wir müssen zusehen, mit wem wir es hier zu tun haben.«

»Gewiß«, sagte Torm, »die Aufgabe ist verlockend. Aber es ist zu befürchten, daß wir zuviel Gas verlieren, daß wir vielleicht die Möglichkeit aufgeben, den Ballon weiter zu benutzen. Was meinen Sie, Dr. Grunthe?«

Grunthe richtete sich aus seinem Nachsinnen auf. Er sprach sehr ernst: »Unter keinen Umständen dürfen wir landen. Ich bin sogar der Ansicht, daß wir alle Anstrengungen machen müssen, um uns so schnell wie möglich von diesem gefährlichen Punkt zu entfernen.«

»Worin sehen Sie die Gefahr?«

»Nachdem wir die eigentümliche Ausrüstung des Pols und die Abbildung der Erdoberfläche gesehen haben, ist doch kein Zweifel, daß wir einer gänzlich unbekannten Macht gegen- überstehen. Wir müssen annehmen, daß wir es mit Wesen zu tun bekommen, deren Fähigkeiten und Kräften wir nicht gewachsen sind. Wer diesen Riesenapparat hier in der unzugänglichen Eiswüste des Polargebiets aufstellen konnte, der würde ohne Zweifel über uns nach Gutdünken verfügen können.«

»Nun, nun«, sagte Torm, »wir wollen uns darum nicht fürchten.«

»Das nicht«, erwiderte Grunthe, »aber wir dürfen den Erfolg unserer Expedition nicht aufs Spiel setzen. Vielleicht liegt es im Interesse dieser Polbewohner, den Kulturländern keine Nachricht von ihrer Existenz zukommen zu lassen. Wir würden dann ohne Zweifel unsere Freiheit verlieren. Ich meine, wir müssen alles daransetzen, das, was wir beobachtet haben, der Wissenschaft zu übermitteln und es dann späteren Erwägungen überlassen, ob es geraten scheint und mit welchen Mitteln es möglich sei, das unerwartete Geheimnis des Pols aufzulösen. Wir dürfen uns nicht als Eroberer betrachten, sondern nur als Kundschafter.«

Die andern schwiegen nachdenklich. Dann sagte Torm:

»Ich muß Ihnen recht geben. Unsere Instruktion lautet allerdings dahin, eine Landung nach Möglichkeit zu vermeiden. Wir sollen mit möglichstes Eile in bewohnte Gegenden zu gelangen suchen, nachdem wir uns dem Pol soweit wie angänglich genähert und seine Lage festgestellt haben, und wir sollen versuchen, einen Überblick über die Verteilung von Land und Wasser vom Ballon aus zu gewinnen. Dieser Gesichtspunkt muß entscheidend sein. Wir wollen also versuchen, von hier fortzukommen.«

»Aber nach welcher Richtung?« fragte Saltner. »Darüber könnte uns die Polarkarte der Insel Auskunft geben.«

»Ich fürchte«, entgegnete Torm, »von unserm guten Willen wird dabei sehr wenig abhängen. Wir müssen abwarten, was der Wind über uns beschließen wird. Zunächst lassen Sie uns versuchen, diesem Wirbel zu entfliehen.«

Inzwischen hatte sich der Ballon noch mehr der Insel genähert, und seine Geschwindigkeit begann zu wachsen. Zugleich aber erhob er sich weiter über den Erdboden.

Die Luftschiffer spannten nun das Segel auf und gaben ihm eine solche Stellung, daß der Widerstand der Luft sie nach der Peripherie des Wirbels treiben mußte. Da aber der Ballon viel zu hoch schwebte, als daß das Schleppseil seine hemmende Wirkung hätte ausüben können, so mußte das Manöver zuerst versagen. In immer engeren Spirallinien aufsteigend näherte sich der Ballon dem Zentrum des Wirbels und vermehrte seine Geschwindigkeit. In großer Besorgnis verfolgten die Luftschiffer den Vorgang. Sie beeilten sich, die Länge des Schlepptaus zu vergrößern. Ihre vorzügliche Ausrüstung gestattete ihnen, ein Schlepptau von tausend Metern Länge zu verwenden, an welches noch ein hundertundfünfzig Meter langer Schleppgurt mit Schwimmern kam. Aber auch diese stattliche Ausdehnung des Seiles reichte nicht bis auf die Oberfläche des Wassers.

»Es bleibt nichts übrig«, rief Torm endlich, »wir müssen weiter niedersteigen.«

Er öffnete das Manöverventil. Das Gas strömte aus. Der Ballon begann zu sinken.

»Wir wollen aber«, sagte Torm, »da wir nicht wissen, wie wir hier davonkommen, doch versuchen, eine Nachricht nach Hause zu geben. Lassen Sie uns einige unserer

Brieftauben absenden. Jetzt ist der geeignete Moment. Was wir gesehen haben, muß man in Europa erfahren.«

Eilends schrieb er die nötigen Notizen auf den schmalen Streifen Papier, den er zusammenrollte und in der Federpose versiegelte, welche den Brieftauben angeheftet wurde.

Saltner gab den Tierchen die Freiheit. Sie umkreisten wiederholt den Ballon und entfernten sich dann in einer Richtung, die von der Insel fortführte.

Torm schloß das Ventil wieder. Sie mußten jetzt jeden Augenblick erwarten, daß das Ende des Schlepptaus die Oberfläche des Wassers berühre. Der Ballon näherte sich seiner Gleichgewichtslage.

Grunthe blickte durch das Relieffernrohr direkt nach unten, da es durch dieses Instrument möglich war, den breiten Sackanker am Ende des Schleppgurts zu sehen und den Abstand desselben vom Boden zu schätzen. Plötzlich griff er mit größter Hast zur Seite, erfaßte den nächsten Gegenstand, der ihm zur Hand war – es war das Futteral mit den beiden noch gefüllten Champagnerflaschen – und schleuderte es in großem Bogen zum Korbe hinaus.

»Sakri, was fällt ihnen ein«, rief Saltner entrüstet, »werfen da unsern saubern Wein ins Wasser.«

»Entschuldigen Sie«, sagte Grunthe, indem er sich aus seiner gebückten Stellung aufrichtete, da er an der Bewegung der Wimpel bemerkte, daß der Ballon wieder im Steigen begriffen war. »Entschuldigen Sie, aber das Fernrohr konnte ich doch nicht hinauswerfen, und es war keine halbe Sekunde zu verlieren – wir wären wahrscheinlich verloren gewesen.«

»Was gab es denn?« fragte Torm besorgt.

»Wir sind nicht mehr über dem Wasser, sondern bereits am Rande der Insel. Das Ende des Seils war wohl kaum weiter als zehn Meter von der Oberfläche der Insel entfernt. Wir hätten sie berührt, wenn nicht das Sinken des Ballons momentan aufgehört hätte. Glücklicherweise genügten die Flaschen, unsern Fall aufzuhalten.«

»Und glauben Sie denn, daß wir die Insel nicht berühren dürfen?«

»Ich glaube es nicht, ich weiß es.«

»Wieso?«

»Wir wären hinabgezogen worden.«

»Ich kann noch nicht einsehen, woraus Sie das schließen.«

»Sie haben mir doch beigestimmt«, sagte Grunthe, »daß wir es nicht darauf ankommen lassen dürfen, in die Macht der unbekannten Wesen – sie mögen nun sein, wer sie wollen – zu geraten, welche diesen unerklärlichen Apparat und diese Kolossalkarte am Nordpol hergestellt haben. Es ist aber wohl keine Frage, daß dieser Apparat, an den wir mehr und mehr herangezogen werden, nicht sich selbst überlassen hier stehen wird. Sicherlich ist die Insel bewohnt, es befinden sich die geheimnisvollen Erbauer wahrscheinlich in oder unter jenen Dächern und Pfeilern, die wir mit unsern Fernrohren nicht durchdringen können. Es ist anzunehmen, daß sie unsern Ballon längst bemerkt haben, und so schließe ich denn, daß sie denselben sofort zu sich hinabziehen würden, sobald unser Schleppseil in das Bereich ihrer Arme gelangt.«

»Gott sei Dank«, rief Saltner, »daß Sie den dunkeln Polgästen wenigstens Arme zusprechen; es ist doch schon ein menschlicher Gedanke, daß man ihnen zur Not in die Arme fallen kann.«

Torm unterbrach ihn. »Ich kann mich immer noch nicht recht dazu verstehen«, sagte er, »an eine solche überlegene Macht zu glauben. Das widerspräche ja doch allem, was bisher in der Geschichte der Polarforschung, ja der Entdeckungsreisen überhaupt vorgekommen ist. Freilich die Karte –, aber was denken Sie überhaupt über diese Insel? Sie sprachen von einem Apparat, so ein Apparat müßte doch einen Zweck haben–«

»Den wird er ohne Zweifel haben, wir sind nur nicht in der Lage, ihn zu kennen oder zu begreifen. Denken Sie, daß Sie einen Eskimo vor die Dynamomaschine eines Elektrizitätswerks stellen; daß das Ding einen Zweck hat, wird er sich sagen, aber was für einen, das wird er nie erraten. Wie soll er begreifen, daß die Drähte, die von hier ausgehen, ungeheure Energiemengen auf weite Strecken verteilen, daß sie dort Tageshelle erzeugen, dort schwere Wagen mit Hunderten von Menschen mit Leichtigkeit hingleiten lassen? Wenn der Eskimo sich über die Dynamomaschine äußert, so wird es jedenfalls eine so kindische Ansicht sein, daß wir sie belächeln. Und um nicht diesem unbekannten Apparat gegenüber die Rolle des Eskimo zu spielen, will ich mich lieber gar nicht äußern.«

Torm schwieg nachdenklich. Dann sagte er:

»Was mich am meisten beunruhigt, ist diese unerklärliche Anziehungskraft, die die Achse der Insel auf unsern Ballon ausübt. Und sehen Sie, seitdem wir kein Gas mehr ausströmen lassen, beginnt der Ballon wieder rapid zu steigen. Dabei wird er fortwährend um das Zentrum der Insel herumgetrieben.«

»Und wer sagt Ihnen, was geschieht, wenn wir in die Achse selbst geraten? Ich halte unsere Situation für geradezu verzweifelt, aus dem Wirbel können wir nur heraus, wenn wir uns sinken lassen. Dann aber geraten wir in die Macht der unbekannten Insulaner.«

»Und dennoch«, sagte Torm, »werden wir uns entschließen müssen.«

Alle drei schwiegen. Mit düsteren Blicken beobachteten Torm und Grunthe die Bewegungen des Ballons, während Saltner die Insel mit dem Fernrohr untersuchte. Mehr und mehr verschwanden die Details, die vorher deutlich sichtbar waren, ein Zeichen, daß der Ballon mit großer Geschwindigkeit stieg, auch wenn die Instrumente, ja selbst die zunehmende Kälte, dies nicht angezeigt hätten.

Da – was war das? – auf der Insel zeigte sich eine Bewegung, ein eigentümliches Leuchten. Saltner rief die Gefährten an. Sie blickten hinab, konnten aber mit ihren schwächeren Instrumenten nur bemerken, daß sich helle Punkte vom Zentrum nach der Peripherie hin bewegten. Saltner schien es durch sein starkes Glas, als wenn eine Reihe von Gestalten mit weißen Tüchern winkende Bewegungen ausführte, die alle vom Innern der Insel nach außen hin wiesen.

»Man gibt uns Zeichen«, sagte er. »Sehen Sie hier durch das starke Glas!«

»Das kann nichts anderes bedeuten«, rief Torm, »als daß wir uns von der Achse entfernen sollen. Aber so klug sind wir selbst – wir wissen nur nicht wie.«

»Wir müssen das Entleerungs-Ventil öffnen«, sagte Saltner.

»Dann ergeben wir uns auf Gnade und Ungnade«, rief Grunthe.

»Und doch wird uns nichts übrig bleiben«, bemerkte Torm.

»Und was schadet es?« fragte Saltner. »Vielleicht wollen jene Wesen nur unser Bestes. Würden sie uns sonst warnen?«

»Wie dem auch sei – wir dürfen nicht höher steigen«, sagte Torm. »Wir werden ja geradezu in die Höhe gerissen.«

Schon hatten sich alle dicht in ihre Pelze gewickelt.

»Warten wir noch«, sagte Grunthe, »wir sind immer noch gegen hundert Meter von der Achse der Insel entfernt. Die Trübung hat sich genähert, wir kommen in eine Wolkenschicht. Vielleicht gelangt doch der Ballon endlich ins Gleichgewicht.«

»Unmöglich«, entgegnete Torm. »Wir haben bereits gegen 4.000 Meter erreicht. Der Ballon war im Gleichgewicht, als das Gewicht des Futterals mit den Champagnerflaschen seine Bewegung zu ändern vermochte. Wenn er jetzt mit solcher Geschwindigkeit steigt, so ist das ein Zeichen, daß uns eine äußere Kraft in die Höhe führt, die um so stärker wird, je mehr wir uns dem Zentrum nähern.«

»Ich muß es zugeben«, sagte Grunthe. »Es ist gerade, als wenn wir uns in einem Kraftfeld befänden, das uns direkt von der Erde abstößt. Sollen wir einen Versuchsballon ablassen?«

»Kann uns nichts Neues mehr sagen – es ist zu spät. Da – wir sind in den Wolken.«

»Also hinunter!« rief Saltner.

Torm riß das Landungsventil auf.

Der Ballon mäßigte seine aufsteigende Bewegung, aber zu sinken begann er nicht.

Die Blicke der Luftschiffer hingen an den Instrumenten. Wenige Minuten mußten ihr Schicksal entscheiden. Das Gas strömte in die verdünnte Luft mit großer Gewalt aus. Brachte dies den Ballon nicht bald zum Sinken, so war es klar, daß sie die Herrschaft über das Luftmeer verloren hatten. Sie befanden sich dann einer Gewalt gegenüber, die sie, unabhängig von dem Gleichgewicht ihres Ballons in der Atmosphäre, von der Erde forttrieb.

Und der Ballon sank nicht. Eine Zeitlang schien es, als wollte er sich auf gleicher Höhe halten, aber die wirbelnde Bewegung hörte nicht auf, die ihn der Achse der Insel entgegentrieb. Diese Achse, daran war ja kein Zweifel, war nichts anderes als die Erdachse selbst, jene mathematische Linie, um welche die Rotation der Erde erfolgt. Immer stärker wurden sie zu ihr hingezogen. Aber je näher sie ihr kamen, um so heftiger wurde der Ballon noch oben gedrängt. Schon begannen sich die körperlichen Beschwerden einzustellen, welche die Erhebung in die verdünnten Luftschichten begleiten. Alle klagten über Herzklopfen. Saltner mußte das Fernrohr hinlegen, vor seinen Augen verschwammen die Gegenstände. Atemnot stellte sich ein.

»Es bleibt nichts andres übrig«, rief Torm. »Die Reißleine!«

Grunthe ergriff die Reißleine. Die Zerreißvorrichtung dient dazu, einen Streifen der Ballonhülle in der Länge des sechsten Teils des Ballonumfangs aufzureißen, um den Ballon im Notfall binnen wenigen Minuten des Gases zu entleeren. Aber – die Vorrichtung versagte! Er zerrte an der Leine – sie gab nicht nach. Sie mußte sich am Netzwerk des Ballons verfangen haben. Es war jetzt unmöglich, den Schaden zu reparieren. Der Ballon stieg weiter. Von der Erde war nichts mehr zu sehen, man blickte auf Wolken.

»Die Sauerstoffapparate!« kommandierte Torm.

Obwohl man die Absicht hatte, sich stets in geringer Höhe zu halten, konnte man doch nicht wissen, ob nicht die Umstände ein Aufsteigen in die höchsten Regionen mit sich bringen wurden. Für diesen Fall hatte man sich mit komprimiertem Sauerstoff zur Atmung versehen. Es war jetzt notwendig, die künstliche Atmung anzuwenden.

Die Forscher fühlten sich neu gestärkt; aber immer furchtbarer wurde die Kälte. Sie merkten, wie ihre Gliedmaßen zu erstarren drohten. Die Nase, die Finger wurden gefühllos, sie versuchten ihnen durch Reiben den Blutzufluß wieder zuzuführen. Der Ballon stieg rettungslos weiter, und zwar immer schneller, je mehr er sich dem Zentrum näherte. Siebentausend – achttausend – neuntausend Meter zeigte das Barometer im Verlauf einer Viertelstunde an. Die größte Höhe, welche je von Menschen erreicht worden war, wurde nun überschritten.

Untätig saßen die Männer zusammengedrängt – sie hatten den künstlichen Verschluß der Gondel hergestellt, da sie nichts mehr am Ballon ändern konnten. Sie vermochten nichts zu tun, als sich gegen die Kälte zu schützen. Kein Mittel der Rettung zeigte sich – ihre Tatkraft begann unter dem Einfluß der vernichtenden Kälte zu erlahmen. Der Flug in die Höhe war unhemmbar – nichts mehr konnte sie retten vor dem Erfrieren – oder vor dem Ersticken. – Was würde geschehen? Es war ja gleichgültig.

Und doch, immer wieder raffte sich der eine oder andere mit Anstrengung aller Willenskräfte auf – noch ein Blick auf die Instrumente – die Thermometer waren längst eingefroren – und – kaum glaublich – das Barometer zeigte einen Druck von nur noch 50 Millimeter, das heißt, sie befanden sich zwanzig Kilometer über der Erdoberfläche. Und jetzt – schien es nicht, als käme der Ballon zu ihnen herab? Die entleerte Seidenhülle senkte sich über die Gondel – die Gondel flog schneller als der Ballon – wie aus einer Kanone geschossen fuhr sie in die Seide des Ballons hinein, die Insassen der Gondel waren verstrickt in das Gewirr von Stoff und Seilen – halb schon bewußtlos bemerkten sie kaum noch den Stoß der sie traf – sie waren in die Achse des von der Insel ausgehenden Wirbels geraten. – –

Sie befanden sich senkrecht über dem Pol der Erde – das Ziel war erreicht, dem sie so hoffnungsfroh entgegengestrebt hatten. Weit unter ihnen im hellen Sonnenscheine lagen die glänzenden Wolkenstreifen und fern im Süden das grünlich schimmernde Land ausgebreitet, die kühnen Forscher aber sahen nichts mehr davon. Ohnmächtig, erstickt – erdrückt von der Last des Ballons, flogen sie, eine formlose Masse bildend, in der Richtung der Erdachse den Grenzen der Atmosphäre entgegen.

3 - DIE BEWOHNER DES MARS

Unter dem Einfluß der geheimnisvollen Kraft, welche die Trümmer der verunglückten Expedition in der Richtung der Erdachse vom Nordpol forttrieb, hatten sie eine ungeheure Beschleunigung erlangt. Der in die Falten des Ballons hineingetriebene Korb bewegte sich jetzt mit rasender Geschwindigkeit nach oben. Wenige Minuten mußten genügen, den Tod der Insassen zu bewirken, da der Verschluß der Gondel sie nicht hinreichend zu schützen vermochte.

Nicht mehr von der Erde aus erkennbar schien das seltsame Geschoß einsam und verlassen den Weltraum zu durcheilen, jeder menschlichen Macht entrückt, ein Spielball kosmischer Kräfte – –

Und dennoch war der Ballon der Gegenstand gespanntester Aufmerksamkeit.

Die Beobachter desselben befanden sich auf einer Stelle, wo kein Mensch lebende Wesen vermutet, ja nur eine solche Möglichkeit hätte verstehen können. Daß der Nordpol von unbekannten Bewohnern besetzt sei, war ja äußerst seltsam und überraschend; aber er war doch ein Punkt der Erde, auf welchem lebende Wesen sich aufzuhalten und zu atmen vermochten. Der Ort dagegen, von welchem aus man jetzt auf den verunglückten Ballon aufmerksam wurde, befand sich bereits außerhalb der Erdatmosphäre. Genau in der Richtung der Erdachse und auf dieser genau so weit von der Oberfläche der Erde entfernt wie der Mittelpunkt der Erde unterhalb, also in einer Höhe von 6.356 Kilometer, befand sich frei im Raume schwebend ein merkwürdiges Kunstwerk, ein ringförmiger Körper, etwa von der Gestalt eines riesigen Rades, dessen Ebene parallel dem Horizont des Poles lag.

Dieser Ring besaß eine Breite von etwa fünfzig Metern und einen inneren Durchmesser von zwanzig, im ganzen also einen Durchmesser von 120 Metern. Rings um denselben erstreckten sich außerdem, ähnlich wie die Ringe um den Saturn, dünne, aber sehr breite Scheiben, deren Durchmesser bis auf weitere zweihundert Meter anstieg. Sie bildeten ein System von Schwungrädern, das ohne Reibung mit großer Geschwindigkeit um den inneren Ring herumlief und denselben in seiner Ebene stets senkrecht zur Erdachse hielt. Der innere Ring glich einer großen kreisförmigen Halle, die sich in drei Stockwerken von zusammen etwa fünfzehn Metern Höhe aufbaute. Das gesamte Material dieses Gebäudes wie das der Schwungräder bestand aus einem völlig durchsichtigen Stoffe. Dieser war jedoch von außerordentlicher Festigkeit und schloß das Innere der Halle vollständig luft- und wärmedicht gegen den leeren Weltraum ab. Obwohl die Temperatur im Weltraum rings um den Ring fast zweihundert Grad unter dem Gefrierpunkt des Wassers lag, herrschte innerhalb der ringförmigen Halle eine angenehme Wärme und eine zwar etwas stark verdünnte, aber doch atembare Luft. In dem mittleren Stockwerk, durch welches sich ein Gewirr von Drähten, Gittern und vibrierenden Spiegeln zog, hielten sich auf der inneren Seite des Rings zwei Personen auf, die sich damit beschäftigten, eine Reihe von Apparaten zu beobachten und zu kontrollieren.

Wie aber war es möglich, daß dieser Ring in der Höhe von 6.356 Kilometern sich freischwebend über der Erde erhielt?

Eine tiefreichende Erkenntnis der Natur und eine äußerst scharfsinnige Ausbildung der Technik hatten es verstanden, dieses Wunderwerk herzustellen.

Der Ring unterlag natürlich der Anziehungskraft der Erde und wäre, sich selbst überlassen, auf die Insel am Pol gestürzt. Gerade von dieser Insel aus aber wirkte auf ihn eine abstoßende Kraft, welche ihn in der Entfernung im Gleichgewicht hielt, die genau dem Halbmesser der Erde gleichkam. Diese Kraft hatte ihre Quelle in nichts anderem als in der Sonne selbst, und die Kraft der Sonnenstrahlung so umzuformen, daß sie jenen Ring der Erde gegenüber in Gleichgewichtslage hielt, das eben hatte die Kunst einer glänzend vorgeschrittenen Wissenschaft und Technik zustande gebracht.

In jener Höhe, einen Erdhalbmesser über dem Pol, war der Ring ohne Unterbrechung der Sonnenstrahlung ausgesetzt. Die von der Sonne ausgestrahlte Energie wurde nun von einer ungeheuren Anzahl von Flächenelementen, die sich in dem Ringe und auf der Oberfläche der Schwungräder befanden, aufgenommen und gesammelt. Die Menschen verwenden auf der Erdoberfläche von der Sonnenenergie hauptsächlich nur Wärme und Licht. Hier im leeren Weltraum aber zeigte sich, daß die Sonne noch ungleich größere Energiemengen aussendet, insbesondere Strahlen von sehr großer Wellenlänge, wie die elektrischen, als auch solche von noch viel kleinerer als die der Lichtwellen. Wir merken nichts davon, weil sie zum größten Teile schon von den äußersten Schichten der Atmosphäre absorbiert oder wieder in den Weltraum ausgestrahlt werden. Hier aber wurden alle diese sonst verlorenen Energiemengen gesammelt, transformiert und in geeigneter Gestalt nach der Insel am Nordpol reflektiert. Auf der Insel wurden sie, in Verbindung mit der von der Insel direkt aufgenommenen Strahlung, zu einer Reihe großartiger Leistungen verwendet; denn man hatte auf diese Weise eine ganz enorme Energiemenge zur Verfügung.

Ein Teil dieser Arbeitskraft wurde nun zunächst dazu gebraucht, ein elektromagnetisches Feld von gewaltigster Stärke und Ausdehnung zu erzeugen. Die ganze Insel mit ihren hundertvierundvierzig Rundbastionen stellte gewissermaßen einen riesigen Elektromagneten vor, der von der Sonnenenergie selbst gespeist wurde. Die Konstruktion war so angelegt, daß die Kraftlinien sich um den Ring konzentrierten und dieser, der Schwerkraft entgegen schwebend gehalten wurde. Daß dies genau in der Entfernung des Erdhalbmessers vom Pole geschah, hing mit einer Beziehung zwischen Elektromagnetismus und Schwere zusammen, infolge deren sich gerade an dieser Stelle eine Art Knotenpunkt für die Wellenbewegung beider Kräfte zu bilden vermochte und das Gleichgewicht ermöglichte.

Allerdings wurde durch eine Reihe komplizierter und höchst scharfsinnig ausgedachter Kontrollapparate dafür gesorgt, daß alle Schwankungen der Energiemengen zur rechten Zeit ausgeglichen wurden. Einen solchen Apparat aufzustellen wäre indessen an keinem anderen Punkte der Erde möglich gewesen als in der Verlängerung ihrer Rotationsachse, also über dem Nordpol oder über dem Südpol. Denn an jeder andern Stelle hätte, abgesehen von tieferliegenden Schwierigkeiten, die Verschiebung der Erdoberfläche infolge der täglichen Umdrehung der Erde unüberwindbare Hindernisse für die Herstellung des Gleichgewichts zwischen der

Schwerkraft und dem Elektromagneten geboten; auch hätte die gleichmäßige Sonnenstrahlung gefehlt. Der Pol bietet aber in jeder Hinsicht die einfachsten Verhältnisse wenn es gelingt, bis zu ihm zu gelangen.

Nun, die unübertroffenen Ingenieure der Insel und des Ringes waren einmal da. Aber wo kamen sie her? Wie waren sie dorthin gelangt, ohne daß die internationale Kommission für Polarforschung die geringste Ahnung davon hatte? Und vor allem – wenn sie einmal da waren –, was hatte es für einen Zweck, jenen freischwebenden Ring über dem Pol zu balancieren? Und wenn einmal jener Ring da war, wie konnte man hinauf- und hinabkommen?

Jener Ring war überhaupt nur ein Mittel, um einen ganz andern Zweck zu erreichen. Er diente dazu, einen Standpunkt außerhalb der Atmosphäre der Erde zu gewinnen, eine Station, um zwischen dieser und der Erde nichts Geringeres auszuführen, als – eine zeitweilige Aufhebung der Schwerkraft. Der Raum zwischen der inneren Öffnung des Ringes von zwanzig Metern Durchmesser und der auf der Insel sich befindenden Vertiefung, also ein Zylinder, dessen Achse genau mit der Erdachse zusammenfiel, war ein ›abarisches Feld‹. Dies bedeutet, ein Gebiet ohne Schwere. Körper, welche in diesen zylindrischen Raum gerieten, wurden von der Erde nicht mehr angezogen. Dieses abarische Feld bewirkte, daß in der ganzen Umgebung des Feldes Spannungen im Raum vorhanden waren, wodurch etwa sich nähernde Körper in das Feld getrieben wurden. Daher war es gekommen, daß der Ballon der Luftschiffer allmählich der Insel und damit dem abarischen Felde unentrinnbar zugeführt worden war.

Die Erzeugung jenes Feldes, in welchem die Schwerkraft aufgehoben war für den inneren Raum zwischen Insel und Ring, war dadurch möglich gemacht worden, daß man eine der Erdschwere entgegengesetzt gerichtete Gravitationskraft herstellte. Es war jenen Polbewohnern bekannt, wie man diejenigen Strahlen, welche hauptsächlich chemische Wirkung, Wärme und Licht liefern, in Gravitation überführen kann. Sie wurden zu diesem Zweck bis in den inneren Teil des Ringes geleitet und traten hier in den ›Gravitationsgenerator‹. Dies war ein Apparat, durch welchen man Wärme in Gravitation umwandelte. Ein zweiter, ebenso eingerichteter Gravitationserzeuger befand sich in der zentralen Vertiefung im Inneren der Insel. Beide Apparate wirkten derartig zusammen, daß die Beschleunigung der Schwerkraft im Inneren zwischen Insel und Ring beliebig reguliert werden konnte. Man konnte sie entweder nur verringern, oder ganz aufheben – dann war das abarische Feld im eigentlichen Sinne hergestellt –, oder man konnte die Gegenschwerkraft so verstärken, daß die Körper innerhalb des abarischen Feldes ›nach oben fielen‹, das heißt, eine beliebig starke Beschleunigung entgegengesetzt der Erdschwere, also von der Erde fort, erhielten. Auf diese Weise war es möglich, mit jeder gewünschten Geschwindigkeit Körper zwischen der Insel und dem Ringe sowohl von unten nach oben als von oben nach unten in Bewegung zu setzen, indem man sie in einen zu diesem Zweck konstruierten Flugwagen einschloß.

Es war nun die schwierige Aufgabe der Ingenieure an den beiden Endstationen, den Betrieb so zu regulieren, daß jedesmal das abarische Feld die nötige Stärke besaß, um den Wagen nach oben zu treiben oder in seiner Bewegung aufzuhalten.

Als der Ballon der Polarforscher in das abarische Feld geriet, war dasselbe gerade auf ›Gegenschwere‹ gestellt, weil sich ein Flugwagen auf dem Wege von der Insel nach dem Ringe befand. Infolgedessen wurde der nach dem abarischen Felde hingedrängte Ballon, sobald er in die Achse desselben geraten war, mit großer Geschwindigkeit in die Höhe gerissen.

Äußerlich unterschied sich das Feld von der umgebenden Luft in gar nichts. Nur ein starker aufsteigender Luftstrom und infolgedessen ein seitliches Zuströmen der Luft war natürlich vorhanden. Aber bei dem geringen Durchmesser des Feldes von zwanzig Metern war die in die Höhe getriebene Luftmasse so gering, daß es dadurch nicht zu einer merklichen Nebel- oder Wolkenbildung kam, zumal vom Ringe wie von der Insel aus eine so starke Bestrahlung stattfand, daß der sich etwa kondensierende Wasserdampf sofort wieder in Gasform aufgelöst wurde.

Solange der Ballon sich noch in den Luftschichten bis ein oder zwei Kilometer befand, konnte das Ausströmen des Gases sein Aufsteigen einigermaßen verzögern. Dann aber wurde die Beschleunigung zu groß. Die Gondel, welche sich im Zentrum des Feldes befand, erfuhr dabei eine größere Beschleunigung nach oben als der an Masse zwar geringere, an Ausdehnung aber soviel größere Ballon. Denn da der Durchmesser des Ballons zwanzig Meter übertraf, so ragte er zum Teil über das abarische Feld hinaus. Erst als er durch den Verlust an Gas zusammengesunken war, geriet er ganz in das abarische Feld, und nun begann jener kolossal beschleunigte ›Fall nach oben‹, der den Ballon binnen einer Viertelstunde auf tausend Kilometer emporgerissen hätte, wenn er nicht zum Glück nach kaum einer Minute aufgehalten worden wäre.

Als die Ingenieure der Insel den Ballon bemerkten, hatten sie zunächst versucht, ihn durch Ergreifung des Schleppgurts festzuhalten. Dies hatte Grunthe durch das Hinauswerfen der Champagnerflaschen verhindert, da er jede Berührung der Insel vermeiden wollte. So war der Ballon so weit gestiegen, daß er nicht mehr ergriffen werden konnte, aber er war dadurch dem abarischen Felde unrettbar überliefert. Hier hätten ihn nun die Bewohner der Insel freilich sogleich aufhalten und zurückführen können, wenn sie die ›Gegenschwere‹ im Felde abgestellt hätten. Dies war ihnen jedoch darum nicht möglich, weil sich oberhalb des Ballons, längst nicht mehr sichtbar, ihr eigener Flugwagen befand. Sie konnten also nicht eher eine Veränderung am Feld vornehmen, als bis ihr Wagen an der Station des Ringes angekommen war. Zum Glück für die Insassen des Ballons mußte dies in kürzester Zeit geschehen.

Inzwischen hatten aber auch die Ingenieure auf dem Ring, obwohl sie den Ballon nicht sehen konnten, doch an ihren Gravitationsmessern eine Störung im abarischen Felde wahrgenommen. Sie sandten daher vom Ring eine Depesche nach der Insel.

Diese Übermittlung bot keine Schwierigkeit, denn sie verstanden es, die Lichtstrahlen selbst als Träger für ihre Depeschen zu benutzen. Der Raum zwischen Ring und Insel gestattete dies infolge der intensiven Bestrahlung auch beim feuchtesten Wetter.

Sie telegraphierten nicht nur, sie telefonierten vermöge des Lichtstrahls. Die elektromagnetischen Schwingungen des Telephons setzten sich in photochemische um und wurden auf der andern Station sofort am Apparat abgelesen. Während die unglücklichen Luftschiffer, von der Seide des Ballons eingehüllt, ihre blitzschnelle Fahrt auf der Erdachse vollführten, ging an ihnen eine Depesche vom Ring nach der Insel vorüber, welche lautete:

»E najoh. Ke.«

Und von der Insel wurde zurückdepeschiert:

»Bate li war. Taka fil.«

Man hätte freilich alle bekannten Sprachen der Erde durchgehen können, ohne in irgendeiner diese Sätze zu finden. Sie bedeuten:

»Achtung! Störung! Was ist vorgefallen?«

Und die Antwort lautete:

»Menschen im abarischen Feld. Abstellen sobald als möglich.«

Der Empfänger dieser Depesche stand in der Beobachtungsabteilung des schwebenden Ringes und kontrollierte die Apparate, welche daselbst an einem großen Schaltbrett angebracht waren. Der Zeiger am Differenzialbaroskop wies ihm genau die Stelle, wo sich der Flugwagen im Augenblick befand. Schon war dieser nahe herangekommen. Einige Handgriffe des Beamten regulierten die Geschwindigkeit des Wagens, der nach wenigen Minuten auf der Endstation erschien. Das vorspringende Fangnetz hielt ihn auf, er ruhte an seinem Ziel.

Der Beamte – es war der Vorsteher der Außenstation selbst – namens Fru, hatte bis jetzt keinen Blick von den Apparaten verwandt. Man hätte ihn für einen alten Mann halten mögen, denn langes, fast weißes Haar flatterte um seine Schläfe. Eine ungewöhnlich hohe Stirn wölbte sich über den großen Augen, deren Pupillen einen tiefen Glanz zeigten. Die Haltung des Körpers aber war frei und leicht. Gewandt bewegte er sich an dem langen Schaltbrett entlang von einem Apparat zum andern, seine Schritte glichen fast einem Gleiten über den Boden. Er war offenbar daran gewöhnt, daß die Schwerkraft eine viel geringere war als auf der Erde. Denn hier, in der doppelten Entfernung vom Mittelpunkt der Erde als deren Oberfläche, betrug die Schwere nur ein Viertel von der uns gewohnten.

Die Tür des Flugwagens wurde jetzt geöffnet. Der Vorsteher der Ringstation warf nur einen flüchtigen Blick dorthin und wandte sich dann wieder den Apparaten zu, um nach dem Pol zu telegraphieren, daß das abarische Feld frei sei.

Die Fahrgäste verließen den Wagen und betraten die Galerie. Es mochten achtzehn Personen sein, in seltsamer Tracht, mit eng anliegenden Kleidern. Ihre bedeutenden Köpfe zeichneten sich meist durch sehr helles, fast weißes Haar und glänzende, durchdringende Augen aus, die aber jetzt durch dunkle Brillen geschützt waren. Sie durchschritten die Galerie, deren Überschrift in jener fremden Sprache besagte, daß man sich auf der ›Außenstation der Erde‹ befinde, und wandten sich über eine Treppe der Ausgangstür nach der oberen Galerie zu. Über der Tür stand in großen Buchstaben: ›Vel lo nu‹, das bedeutet: ›Zum Raumschiff nach dem Mars.‹

Jener schwebende Ring war nichts anderes als der Marsbahnhof der Erde. Er war eine Station in der Nähe der Erde, durch deren Erbauung es den Bewohnern des Planeten Mars möglich geworden war, zwischen ihrem Planeten und der Erde eine regelmäßige Verbindung herzustellen. Die Fahrgäste des Flugwagens waren Martier, die nach ihrer Heimat zurückkehren wollten.

4 - DER STURZ DES BALLONS

Die Regulierung des abarischen Feldes hatte von der Ringstation aus stattgefunden, um den emporsteigenden Flugwagen mit der nötigen Geschwindigkeit zu leiten. Der Wechsel von Gegenschwere und Erdschwere erstreckte sich aber auf das ganze Feld und hatte natürlich zur Folge, daß auch der verunglückte Ballon den Schwankungen der Schwere unterlag. So wurde er zuerst in seinem Fluge nach oben gemäßigt, durchlief dann eine kurze Strecke mit unveränderter Geschwindigkeit, und von dem Augenblicke an, in welchem der Flugwagen den Ring erreicht hatte, begann der Ballon wieder mit immer zunehmender Geschwindigkeit zu fallen. Da in diesen Höhen von einem Widerstand der Luft nicht die Rede war, so fielen auch jetzt Ballon und Gondel mit gleicher Geschwindigkeit. Der stark zusammengesunkene Ballon, der einen großen Teil seiner Gasmenge verloren hatte, bedeckte in dichten Falten den Korb.

Dieser Umstand hatte die Luftschiffer vor einem sofortigen Tod bewahrt. Zunächst schützte sie die Einhüllung in den Ballon vor dem Erfrieren; ja merkwürdigerweise stieg die Temperatur im Inneren des Korbes wieder, als die Atmosphäre der Erde durchflogen war. Dies rührte von der Sonnenstrahlung her, welche jetzt in voller Stärke, durch die Luft nicht mehr aufgehalten, den Ballon traf. Sie wurde durch die Hülle des Ballons absorbiert und erwärmte alles, was sich in derselben befand.

Ein glücklicher Zufall hatte es aber auch so gefügt, daß sich noch ein Teil des Gases im Ballon hielt, dessen Stoff von so vorzüglicher Beschaffenheit war, daß er die Diffusion des Wasserstoffs selbst gegenüber dem leeren Raume fast völlig aufhob. Das Gas konnte nur durch das Landungsventil entströmen. Das Versagen der Zerreißvorrichtung, das ihr Verderben schien, wurde jetzt die Rettung der Luftschiffer.

Durch die Einstülpung, welche der Ballon im abarischen Felde erfahren hatte, war der untere Teil des Ballons so in den oberen hineingetrieben worden, daß das Ventil zwischen den Falten zusammengepreßt lag und ein weiteres Ausströmen des Gases verhindert wurde. Freilich hätte auch dies nicht lange vorgehalten, aber der ganze Vorgang, von dem Augenblick, in welchem Grunthe die Reißleine ergriff, bis zum Zusammenklappen des Ballons und dann zum Abstellen des abarischen Feldes durch die Martier hatte nur wenige Minuten betragen.

Da es sich bei dem Niedergang des Ballons im abarischen Feld um einen herabsteigenden Körper handelte, hatten die Ingenieure der Insel die Regulierung der Bewegung zu besorgen. Sie konnten denselben zwar der eingetretenen Bewölkung wegen nicht sehen, aber ihre Instrumente zeigten ihnen genau die Stelle, an welcher er sich befand, und die Geschwindigkeit, mit welcher er fiel. Sie gaben nun im geeigneten Moment dem Feld eine so starke Gegenbeschleunigung, daß der Ballon in der Höhe von etwa dreitausend Meter über der Erde zur Ruhe kam, gerade in dem Augenblick, in welchem er die Wolkendecke durchbrochen hatte und der Beobachtung durch das Fernrohr zugänglich geworden war. Der Ballon war jetzt den gewöhnlichen Verhältnissen der Atmosphäre überlassen. Das abarische Feld wurde nun gänzlich abgestellt, so daß es sich in nichts von den übrigen Teilen der Atmosphäre unterschied. Allerdings hatte der Ballon so viel Gas verloren, daß er sich nicht in der Höhe halten konnte. Aber wenn die Luftschiffer noch am Leben waren, durften die Martier annehmen, daß sie durch Auswerfen von Ballast ihren Abstieg nunmehr verlangsamen und selbständig regulieren konnten.

Doch was sahen die Martier der Insel durch ihre Fernrohre? Der Ballon hatte sich allerdings über dem Korb wieder erhoben. Dieser selbst aber war gegen den Ring gepreßt und in das Gewirr der ihn tragenden Seile geraten und lag nun vollständig schief zur Seite. Das Schleppseil hing nicht herab, sondern hatte sich um den Ballon herumgeschlungen. Der Verschluß des Korbes war geöffnet. Ein großer Teil des Inhalts der Gondel schien dabei herausgestürzt. Die Last des Ballons war dadurch so stark erleichtert worden, daß die übriggebliebene Gasmenge, so gering sie auch war, sie doch noch zu tragen vermochte. Der Ballon sank nur ganz allmählich und wurde, da das abarische Feld außer Tätigkeit gesetzt war, vom Wind ergriffen. So trieb der Ballon von der Insel fort über das Binnenmeer hin, nahezu in der entgegengesetzten Richtung als in derjenigen, aus welcher die Luftfahrer gekommen waren.

Die Martier erkannten nun wohl, daß die Insassen des Ballons die Kontrolle über ihn verloren hatten. Was konnten sie aber zu ihrer Rettung tun? Sie hätten zwar durch Herstellung des abarischen Feldes bewirken können, daß sich der Ballon dem Zentrum wieder nähern mußte, doch sie wollten ihn ja gerade von der Insel entfernen. Denn sie durften durch diesen fremden Körper nicht länger ihren Verkehr mit der Ringstation stören lassen.

Während die Martier sich berieten, hatte der Ballon bereits die Insel überflogen und befand sich über dem Meer. Zugleich war er auf etwa zweitausend Meter gesunken. Würde er das gegenüberliegende Ufer erreichen? Würde er in das Meer stürzen? Oder würde er an der Felswand des steil abfallenden Ufers zerschellen? Das letzte schien das Wahrscheinlichste, wenn es nicht gelang, den Ballon entweder zu heben oder zu schnellem Sinken zu bringen.

In der halb umgestürzten Gondel des Ballons sah es wüst aus. Die Instrumente zum Teil zertrümmert, die Körbe und Kisten zerbrochen, Vorräte und Menschen in einem wirren Knäuel, nur durch das Netz der vielfach verschlungenen Stricke am Herausstürzen verhindert.

Von einem stechenden Schmerz im rechten Fuß erweckt, öffnete Grunthe die Augen. Er sah sich zu seinem Erstaunen am Rande des Korbes, der sich auf der einen Seite mit dem Ringe verfangen hatte, zwischen dem Geflecht desselben und einem der Anker des Ballons eingeklemmt. Dieser hatte ihn am Fuß verletzt. Schnell kam Grunthe wieder zu vollem Bewußtsein. Er konnte nur seinen Oberkörper und die Arme bewegen. Ein Blick auf den Zustand des Ballons ließ ihn befürchten, daß es unmöglich sein würde, die Höhe des Gebirges jenseits des Sees zu gewinnen. Unter ihm aber lag die Fläche des Meeres. Besorgt blickte er sich nach seinen Gefährten um. Torm vermochte er nirgends zu entdecken. Aber nun sah er, wie unter einem zerbrochenen Korb und einem Haufen von Decken sich etwas bewegte und ein Kopf mit dunkelbraunem, lockigem Haar zum Vorschein kam. Es war Saltner, der eben falls aus seiner Ohnmacht erwachte. Saltner, der keine Ahnung von dem Zustand des

Ballons hatte, suchte sich aus seiner unbequemen Lage zu befreien. Grunthe aber erkannte, in welcher Gefahr der Reisegenosse schwebte. Jede weitere Bewegung konnte ihn aus dem Korbe herausschleudern und hinabstürzen lassen.

»Liegen Sie still«, rief er ihm zu, »verhalten Sie sich ganz ruhig – der Korb ist gekentert – halten Sie sich fest!«

»Sackerment«, brummte Saltner unter der Decke, »liegen Sie doch einmal still, wenn Sie auf einer zerbrochenen Champagnerflasche sitzen! Hätten wir nur das ganze Zeug gleich ausgetrunken und die leere Flasche hinausgeworfen!«

Dabei warf er sich mit einem Gewaltruck zur Seite, zugleich aber geriet er ins Rollen –

Grunthe stieß einen Schrei des Schreckens aus. Er sah den Gefährten am äußersten Rande der Gondel schweben – Saltner fuhr mit den Armen in die Luft, jedoch er fand keinen Halt – der Körper stürzte hinaus – seine Knie hingen in der Schlinge eines Seiles – in dieser furchtbaren Lage, den Kopf nach unten, schwebte Saltner mehr als tausend Meter über dem Spiegel des Polarmeeres.

In der Aufregung des Augenblicks wandte Grunthe, mit beiden Händen sich festhaltend, seinen Körper so gewaltsam, daß es ihm gelang, den Fuß unter dem Anker herauszureißen. Er achtete den Schmerz nicht; so schnell wie möglich, obwohl mit großer Vorsicht, kletterte er an den Tauen des Korbes nach Saltner hin. Er suchte nach einem Seil, das er ihm zuwerfen konnte, um ihn wieder in die Gondel zu ziehen. Aber wo war in diesem Gewirr von Stricken sogleich ein passendes Tau zu finden? Hier hing eine weite Schlinge herab. Er versetzte sie in Schwingungen, er zerrte daran, und jetzt gelang es ihm, das Tau bis in Saltners Nähe zu bringen.

Zum Glück hatte dieser keinen Augenblick seine Geistesgegenwart verloren. Als er das Tau im Bereich seiner Hände sah, griff er danach. Es gelang ihm sich festzuhalten, und nun versuchte er an dem Tau sich wieder zur Gondel emporzuarbeiten. Schon befand er sich wieder in aufrechter Stellung. Mit den Händen am Seil höher greifend, zog er seine Füße aus der Schlinge, in welcher er hängengeblieben war, und setzte sie auf den Rand des Korbes. Plötzlich entstand über ihm ein Rauschen und Krachen. Das Seil, an welchem er sich hielt, war ein Teil des über den Ballon gefallenen Schlepptaus. Es löste sich jetzt mit seinem freien Ende vom Ballon und glitt abwärts. Kaum hatte Saltner noch Zeit, sich an der Gondel festzuklammern, als das Seil in seiner ganzen Länge hinabsauste. Aber indem es über den Ballon hinwegglitt, verfing es sich mit der Reißleine und zog dieselbe mit voller Gewalt mit sich. Jetzt trat die Zerreißvorrichtung in Funktion. Die Ballonhülle klaffte auseinander. Das Gas strömte mit Zischen aus. Der Ballon drehte sich um seine Achse und begann mit rasender Geschwindigkeit zu fallen.

»Hinauf in den Ring«, rief Grunthe. »Wir müssen sehen, die Gondel abzuschneiden.«

»Aber wo ist Torm?« rief Saltner.

Sie riefen, sie schrieen, sie suchten – Torm war nicht zu finden. Dennoch war es möglich, daß er sich noch im Korb befand – sie durften diesen also nicht vom Ballon trennen, sie konnten ihn auch nicht länger durchsuchen –

»Den Fallschirm, den Fallschirm!« rief Grunthe wieder.

»Er ist fort!«

Der Ballon wirbelte abwärts –

Ein Schlag, ein Schäumen und Aufspritzen – das Meer schlug über der Gondel und ihren Insassen zusammen – –

Wie eine riesige Schildkröte schwamm die Hülle des Ballons, sich aufblähend, auf dem Wasser, die Expedition unter sich begrabend.

5 - AUF DER KÜNSTLICHEN INSEL

Das milde Licht des Polartages schien durch die breiten Fenster eines hohen Gemaches, das im Stile der Marsbewohner ausgestattet war. An der Decke zogen sich eine große Anzahl metallischer Streifen entlang, die in ihrer Gesamtheit ein geschmackvolles Muster darstellten. In der Mitte schlossen sie sich zu einer Rosette zusammen, von welcher zahlreiche Drähte herabführten und in einem schrankartigen Aufsatz endigten. Dieser Aufsatz befand sich auf einem großen runden Tisch und trug an seiner Außenseite ringsum eine Reihe von Wirbeln oder Handgriffen; Aufschriften über ihnen bezeichneten ihre Bestimmung. Die den Fenstern gegenüberliegende Wand war zu beiden Seiten der breiten Mitteltür von geschnitzten Regalen bedeckt, die zur Aufbewahrung einer reichhaltigen Bibliothek dienten. Den darüber freibleibenden Raum schmückten Gemälde; sie stellten Ansichten vom Mars dar. Doch hätte man glauben mögen, durch eine Reihe von Öffnungen plastische Darstellungen, oder vielmehr die Natur selbst zu sehen. Denn die Abstufungen der Farben waren so intensiv, daß sie den Eindruck vollständiger Wirklichkeit machten. Da sah man in einer Landschaft die Reflexe der Sonnenstrahlen auf dem sumpfigen Boden wie leuchtende Sterne, und dennoch vermochte man in dem tiefen Schatten der riesigen Bäume die feinsten Nuancen deutlich zu unterscheiden. Über der Tür leuchtete die lebensgroße Büste Imms, des unsterblichen Philosophen der Martier, der ihnen die Lehre von der Numenheit enthüllt hatte.

Auf der Fensterseite blühten in Näpfen seltsame Gewächse. Am merkwürdigsten war darunter die tanzende Blüte ›Ro-Wa‹, eine lilienartige Pflanze, deren lange Blütenstengel sich schlangengleich hin- und herbewegten und mit ihren zier- lichen Knospen fortwährend anmutige Bewegungen ausführten, indem sie zugleich ein leises Zwitschern wie von Vogelstimmen hören ließen. Zwischen den Blumentischen stand auf der einen Seite eine Schreibmaschine, auf der andern ein Apparat, der nichts anderes vorstellte als eine Maschine zur Ausführung schwieriger mathematischer Rechnungen.

Die Fenster reichten bis zum Boden des Zimmers. Dennoch schien es, als liefe an denselben etwa bis zur Höhe von einem Meter eine Bekleidung entlang. Aber seltsam, diese Bekleidung schimmerte in einem dunkeln Grün und wogte leise auf und ab; und mitunter leuchteten kleinere und größere Fische darin auf und stießen ihre Köpfe an die Scheiben. Es war das Meer, das bis zu Meterhöhe über den Boden des Zimmers hereinblickte. Denn jenes Zimmer befand sich auf der Außenseite der Insel, welche Torms verunglückte Expedition am Nordpol der Erde gesehen hatte.

Eine natürliche Insel war jedoch diese Anlage der Martier nicht. Sie hatten vielmehr in den Binnensee, der am Nordpol sich vorfand, eine künstliche Insel, richtiger ein schwimmendes Floß von großer Ausdehnung, hineingebaut, das ihr Feld von riesigen Elektromagneten zu tragen hatte. Denn diese Elektromagnete brauchten sie zur Balancierung ihrer Außenstation und dadurch zur Errichtung des abarischen

Feldes. Auf der inneren Seite des ringförmig erbauten Riesenfloßes befanden sich die Arbeitsmaschinen und Apparate, während die Außenseite zu Wohnräumen diente sowie zum Stapelplatz aller der Vorräte und Werkzeuge, welche die Martier hier allmählich ansammelten, um die Eroberung der Erde vom Nordpol aus vorzubereiten.

Über die Treppe, die von dem Dach der Insel nach dem Korridor und den angrenzenden Wohnzimmern führte, stieg eine weibliche Gestalt herab. Auf das Geländer gestützt bewegte sie sich mühsam, wie durch eine schwere Last niedergebeugt. Sie zuckte schmerzlich zusammen, sooft ihr Fuß mit einem krampfhaften Aufschlag die nächst niedere Stufe berührte. Darauf durchschritt sie ebenso schwer und mühevoll den Korridor, indem sie sich gleichfalls mit den Händen an einem der Geländer unterstützte, die sich den Korridor entlangzogen. Jetzt berührte sie die Tür des Zimmers, die sich geräuschlos in sich selbst zusammenrollte, und trat ein. Die Tür schloß sich hinter ihr von selbst.

Mit einem Schlag war die Haltung der Gestalt verändert. Leicht und kräftig richtete sie sich empor. In einer anmutigen Bewegung warf sie den Kopf zurück und atmete einige Male tief auf. Sie glitt einige Schritte durch das Zimmer; nicht mehr gebeugt und mühsam, sondern wie schwebend durchmaß sie in graziöser Haltung den Raum und blickte auf dem Tisch nach dem Zifferblatt, das den Stand des Schweredrucks im Zimmer angab. Ein helles Aufleuchten ihrer großen, glänzenden Augen mochte ihre Zufriedenheit andeuten, denn sie korrigierte kaum merklich die Stellung des Handgriffs, durch den sie die im Zimmer herrschende Schwerkraft regulieren konnte. Eine Abzweigung des abarischen Feldes gestattete den Bewohnern der Insel, ihre Wohnräume den Schwereverhältnissen anzupassen, welche ihre Konstitution erforderte. Denn die Schwerkraft auf dem Mars beträgt nur ein Drittel von derjenigen auf der Erde.

Jetzt streifte sie mit einer leichten Bewegung die warme Hülle ab, die ihre Schultern bedeckte, und ohne sich umzublicken warf sie dieselbe, wo sie gerade stand, achtlos in die Höhe. Von ihrem Kopf löste sie die Kapotte, die sie draußen getragen hatte, und stieß sie ebenfalls ziellos in die Luft. An ihren Handschuhen drückte sie auf ein Knöpfchen und streckte dann ihre Hände mit gespreizten Fingern leicht in die Höhe, worauf sich die Handschuhe von selbst abstreiften und emporstiegen. Alle die nach oben geworfenen Gegenstände flogen von selbst einer Ecke des Zimmers zu, schlugen eine dort befindliche Klappe zurück und glitten hinter der Wand auf die ihnen bestimmten Plätze, während die Klappe sich wieder schloß. Sie waren sämtlich mit einem von den Martiern entdeckten Stoff gefüttert, der sich nach Art der Pflanzenfaser behandeln ließ, aber in äußerst kräftiger Weise, so wie das Eisen vom Magnet, von einem dazu eingerichteten Apparat angezogen wurde. Die anziehende Kraft trat in Tätigkeit, sobald der Schluß gelöst wurde, der die Gegenstände am Körper befestigte. Bei der im Zimmer herrschenden geringen Schwere genügte es, die Sachen einfach mit einem leichten Ruck nach oben zu werfen; die selbsttätige Garderobe besorgte das übrige. So war es den Martiern sehr leicht gemacht, ihre Sachen in Ordnung zu halten. Denn durch die Konstruktion der verschiedenen Öffnungen, welche die Garderobenstücke zu passieren hatten, während sie im Inneren des Garderobenschranks wieder herabfielen, wurden sie automatisch sortiert, gereinigt und in die ihnen bestimmten Fächer eingefügt, so daß sie sofort wieder zu bequemem Gebrauch bei der Hand waren.

Ohne sich um die abgelegten Kleidungsstücke weiter zu kümmern, näherte sich die Dame dem Bücherregal und zog eines der dort stehenden Bücher hervor, indem sie es an einem daran befindlichen Handgriff erfaßte. Sie begab sich damit nach dem Sofa und streckte sich in bequemer Lage hin.

La war die Tochter des Ingenieurs Fru, des Vorstehers der Außenstation. Hätte sie auf der Erde gelebt, so wäre ihre Lebenszeit auf mehr als vierzig Jahre zu berechnen gewesen. Als Bewohnerin des Mars aber, dessen Jahre doppelt so lang sind wie die der Erde, zählte sie erst einige zwanzig Sommer und stand in der Blüte ihrer Jugend. Ihr volles Haar, das sie in einen Knoten geschlungen trug, hatte eine auf Erden wohl nicht leicht zu findende Farbe, ein helles, etwas ins Rötliche schimmerndes Blond, einigermaßen der Teerose vergleichbar; in bezaubernder Zartheit erhob es sich wie eine Krone über dem weißen, reinen Teint ihres feingebildeten Antlitzes. Die großen Augen, die allen Martiern eigentümlich sind, wechselten je nach der Beleuchtung von einem lichten Braun bis zum tiefsten Schwarz. Denn entsprechend den starken Helligkeitsunterschieden, welche auf dem Mars herrschen, besitzen die Bewohner desselben ein sehr weitreichendes Akkomodationsvermögen, und bei schwachem Licht erweitern sich ihre dunklen Pupillen bis an den Rand der Augenlider. Das Mienenspiel gewinnt dadurch eine überraschende Lebhaftigkeit, und nichts pflegte die Menschen mehr an den Marsbewohnern, nachdem sie sie kennengelernt hatten, zu fesseln als der ausdrucksvolle Blick ihrer mächtigen Augen. In ihnen zeigte sich die gewaltige Überlegenheit des Geistes dieser einer höheren Kultur sich erfreuenden Wesen.

Wie eine leichte Wolke umhüllte ein faltenreicher weißer Schleier die ganze Gestalt und ließ nur den edel geformten Hals und den unteren Teil der Arme unbedeckt. Darunter aber schimmerten die Formen des Körpers wie in einen glänzenden Harnisch gekleidet; denn in der Tat bestand das eng anschließende Kleid aus einem metallischen Gewebe, das, obgleich es sich jeder Bewegung auf das bequemste anpaßte und dem leichtesten Drucke nachgab, doch einen Panzer von größter Widerstandsfähigkeit bildete.

Das Buch, welches La der Bibliothek entnommen hatte, besaß wie alle Bücher der Martier die Form einer großen Schiefertafel und wurde an einem Handgriff ähnlich wie ein Fächer gehalten, so daß die längere Seite der Tafel nach unten lag. Ein Druck mit dem Finger auf diesen Griff bewirkte, daß das Buch nach oben aufklappte, und auf jeden weiteren Druck legte sich Seite auf Seite von unten nach oben um. Man bedurfte auf diese Weise nur einer Hand, um das Buch zu halten, umzublättern und jede beliebige Seite festzulegen.

La schien es mit ihrem Studium nicht eilig zu haben. Sie hielt das Buch geschlossen in der nachlässig herabhängenden Hand und gab sich ihren Gedanken hin. Nach einiger Zeit begann sie die Lippen zu bewegen und Laute vor sich hin zu sagen, die ihr offenbar nicht geringe Mühe machten. Mitunter lachte sie leise vor sich hin, wenn ihr eines der ungewohnten Worte nicht über die Lippen wollte, oder es lief momentan ein Ausdruck der Ungeduld über ihre Züge. Sie repetierte ein Pensum, das sie für sich erlernt hatte. Aber nun blieb sie ganz stecken und sann eine Weile nach. Dann sagte sie für sich:

»Es ist doch ein närrisches Kauderwelsch, das diese Kalaleks sprechen!«

Jetzt erst erhob sie das Buch und ließ die Blätter mit großer Geschwindigkeit sich herumschlagen, bis sie die gewünschte Stelle gefunden hatte.

Das Buch enthielt eine Zusammenstellung alles dessen, was die Martier bisher über die Lebensweise und Sprache der Eskimos hatten in Erfahrung bringen können. Durch die Eskimofamilie, welche sie aufgefunden hatten und auf ihrer Station ernährten, war es ihnen gelungen, die Sprache der Eskimos zu erforschen. Ja sie kannten sogar von einer Anzahl Worte ihre Darstellung in lateinischer Druckschrift; denn der jüngere der beiden Eskimos hatte sich eine Zeitlang auf einer Missionsstation in Grönland aufgehalten und war im Besitz einer grönländischen Übersetzung des Neuen Testaments, in welcher er zu buchstabieren vermochte. La studierte Grammatik und Wörterbuch der Eskimos oder ›Kalalek‹.

Nachdem sie wieder eine Reihe von Worten und Redensarten vor sich hingesagt hatte, fiel ihr ein, ob sie wohl auch die richtige Aussprache getroffen habe. Die Prüfung war leicht; sie brauchte nur die Empfangsplatte des Grammophons auf die betreffende Stelle des Buches zu legen, um den Laut selbst zu hören; denn das Buch enthielt auch die Phonogramme der direkt vom Mund der Eskimos aufgenommenen Worte. Aber das Grammophon, welches die Phonogramme hörbar machte, befand sich in dem Schrankaufsatz des Tisches, und sie hätte sich zu diesem Zweck vom Sofa erheben müssen; das war ihr zu unbequem.

Ach, dachte sie, es ist doch eine zu ungeschickt eingerichtete Welt! Daß man noch nicht einmal so weit ist, daß der Selbstsprecher zu einem hergelaufen kommt!

Das Grammophon kam aber nicht. La blieb also liegen und begnügte sich, das Buch neben sich auf einem Tischchen zu deponieren.

Es ist wirklich recht überflüssig, spann sie ihren Gedankengang weiter, sich mit der Eskimosprache soviel Mühe zu geben. Diese Eskimos sind doch eine traurige Gesellschaft, und der Trangeruch ist unerträglich. Sicher ist die große Erde auch von Wesen feinerer Art bewohnt, die vermutlich eine ganz andere Sprache reden. Weiß doch sogar unser junger Kalalek mit Erstaunen von der Weisheit seiner frommen Väter zu erzählen, die ihm das Buch in der seltsamen Schrift gegeben haben. Wenn wir erst einmal Gelegenheit fänden, mit solchen Leuten zu verkehren, das möchte sich vielleicht eher lohnen. Was mag das für ein Luftballon gewesen sein, der heute über die Insel hinzog und dann in der Höhe verschwand? Da waren doch gewiß keine Eskimos darin. Was mag aus den Luftschiffern geworden sein?

La blickte empor. An der Wand war die Klappe des Fernsprechers mit leichtem Schlag niedergefallen.

»La, bist du da?« fragte eine weibliche Stimme in dem halblauten Ton der Martier.

»Hier bin ich«, antwortete La in ihrer tiefen, langsamen Sprechweise. »Bist du es, Se?«

»Ja, ich bin es. Hil läßt dich bitten, sogleich hinüber in das Gastzimmer Nummer 20 zu kommen.«

»Schon wieder hinaus in die Schwere. Was gibt es denn?«

»Etwas ganz Besonderes, du wirst es gleich sehen.«

»Müssen wir ins Freie?«

»Nein, du brauchst keinen Pelz. Aber komm gleich.«

»Nun gut denn, ich komme.«

Die Klappe des Fernsprechers schloß sich.

La erhob sich und glitt in ihrem schwebenden Gang der Tür zu. Sie öffnete sie mit einem leisen Seufzer, denn sie ging nicht gern über die Korridore, auf denen die Erdschwere herrschte, so daß sie nur gebückt einherschleichen konnte.

Aber sie war doch neugierig, was auf der Insel Besonderes passiert sein sollte. Waren neue Gäste vom Mars gekommen? Oder hatte sich der Ballon wieder gezeigt?

Als der zertrümmerte Ballon ins Meer stürzte, hatten die Martier der Insel bereits ihr Jagdboot bemannt, auf welchem sie das Polarbinnenmeer zu durchforschen pflegten. Eine von Akkumulatoren getriebene Schraube erteilte ihm eine außerordentliche Geschwindigkeit. Sechs Martier unter Führung des Ingenieurs Jo hatten in demselben Platz genommen; auch der Arzt der Station, Hil, befand sich dabei. Alle trugen die Köpfe in einer helmartigen Bedeckung, die ihnen sowohl ihre Bewegungen in der Luft erleichterte, als auch zugleich als Taucherhelm im Wasser diente. Die Helme waren nämlich aus einem diabarischen, das ist schwerelosen Stoff und hatten daher für ihre Träger kein Gewicht. Zugleich enthielten sie in ihrer Kuppel einen ziemlich bedeutenden luftleeren Raum, so daß sie eine, freilich nur geringe Zugkraft nach oben hin ausübten. Dennoch genügte dieselbe, wenigstens das Gewicht des Kopfes soweit zu mindern, daß die Muskeln des Nackens entlastet wurden und die Martier ihren Kopf fast ebenso frei wie auf dem Mars zu bewegen vermochten, wenn sie auch sonst von dem ihnen ungewohnten Körpergewicht bedrückt wurden. Eben deshalb trugen sie Taucheranzüge, um schwere Arbeiten möglichst in das Wasser zu verlegen. Denn hier nahm ihnen natürlich der Auftrieb des Wassers die Last ihres Körpergewichts ab.

Schnell näherte sich das Jagdboot dem Ballon, der von den Spuren des in ihm noch enthaltenen Wasserstoffes und der Luft, die sich unter ihm verfangen hatte, auf dem Wasser schwimmend erhalten wurde. Um zu dem von der Seide des Ballons bedeckten Korb zu gelangen, tauchten die Martier unter und drangen vom Wasser aus unter den Ballon. Sie fanden sogleich die beiden verunglückten Menschen und schafften sie eiligst in ihr Boot. Sodann lösten sie die Gondel von ihren Verbindungen und bargen ihren gesamten Inhalt ebenfalls an Bord. Alles übrige ließen sie vorläufig treiben, da es ihnen zunächst darauf ankam, die aufgefundenen Menschen in ihre Behausung zu bringen.

Saltner und Grunthe hatten außer der Verletzung, die sich letzterer bereits vor dem Absturz am Fuß zugezogen hatte, weiter keine Beschädigungen durch den Fall erlitten. Aber sie hatten sich nicht aus dem Wasser herausarbeiten können. Keiner gab ein Lebenszeichen von sich. Indessen begannen die Martier unter Leitung des Arztes sofort die eifrigsten Wiederbelebungsversuche, wie es schien ohne Erfolg.

»Da hätten wir nun«, sagte Jo, »endlich einmal ein paar wirkliche Bate, die keine Kalalek sind, ein paar zivilisierte Erdbewohner, und nun müssen die armen Kerle tot sein.«

»Wir wollen noch hoffen«, erwiderte einer der Martier. »Der Körper ist noch warm. Vielleicht haben die Bate ein zähes Leben.«

»Es wäre ein großes Glück«, begann Jo wieder, »wenn wir sie retten könnten. Es sind nicht bloß kühne Leute, es sind offenbar besonders hervorragende Männer ihres Volkes, sonst würden sie nicht zu diesem wunderbaren Unternehmen ausgewählt sein.«

»Ich wußte gar nicht«, sagte ein andrer, »daß die Bate Luftschiffe haben.«

»Derartige Ballons sind schon mehrfach beobachtet worden«, erwiderte Jo, »aber man wußte nicht sicher, wozu sie dienen, wenigstens nicht, daß sich die Bate damit selbst in die Luft erheben. Ich habe immer geglaubt, sie ließen dadurch nur irgendwelche Lasten über die Erde heben oder ziehen. Gleichviel, für uns kommt alles darauf an, daß wir durch die Leute nähere Nachrichten von den kultivierten Gegenden der Erde erhalten. Alle unsere Pläne würden alsdann wesentlich gefördert werden. Hil, versuchen Sie Ihre ganze Kunst.«

Der Arzt antwortete nicht. Seine Aufmerksamkeit konzentrierte sich auf die Bemühungen, die Atmung der Ertrunkenen wieder in Tätigkeit zu setzen.

Endlich richtete er sich auf.

»Geben Sie vollen Strom!« rief er Jo zu. »Es ist eine leise Hoffnung da, aber hier im Freien bringen wir sie nicht durch. Wir müssen in einer Minute im Laboratorium sein.«

Das Boot sauste durch die Flut. In zehn Sekunden war die Insel erreicht. Es schoß durch die Einfahrt bis in den inneren Hafen. Im Augenblick darauf waren die Verunglückten aufgehoben und in die Krankenabteilung gebracht. Es war keine leichte Arbeit, denn jeder der beiden Männer hatte für die Martier, in Rücksicht auf ihre Fähigkeit, Lasten zu heben, ein Gewicht, das für uns einem solchen von fünf Zentnern entspricht. Sie hätten zwar ihre Kräne benutzen können, aber dies hätte zu lange gedauert. Und es kam auch nur darauf an, die Verunglückten bis über die Schwelle der Tür zu heben. Dann trat die Wirkung des abarischen Feldes in Kraft, und der Transport hatte keine Schwierigkeiten mehr.

Hil begann sofort die Behandlung mit allen Hilfsmitteln der martischen Heilkunst. Er hatte bereits einige Erfahrung aus dem Studium der Eskimos gewonnen und daraus die Unterschiede in der Funktion der Organe bei Menschen und bei Marsbewohnern kennengelernt, die übrigens keineswegs so bedeutend sind, wie man meinen mochte. Dem durchdringenden Scharfblick des Martiers genügten die Schlüsse, die er aus der gewonnenen Erfahrung ziehen konnte, um das Richtige zu treffen.

Die Bewohner der Insel, soweit sie nicht gerade mit einer dringenden Arbeit beschäftigt waren, hatten sich inzwischen aufs Lebhafteste für die aufgefundenen Menschen interessiert. Im Vorraum des Krankenzimmers war ein fortwährendes Kommen, Gehen und Fragen, die Klappen der Fernsprechverbindungen hoben und senkten sich, aber noch immer konnte man nichts Bestimmtes erfahren.

Endlich, nach einer halben Stunde angestrengter Tätigkeit, brach Hil sein Schweigen. Er wandte sich zu dem Direktor der Station, Ra, der neben ihm stehend aufmerksam die merkwürdigen, wie tot daliegenden Wesen betrachtete, und sagte:

»Sie werden leben.«

»Ah!«

»Aber es ist fraglich, ob wir sie hier zum Bewußtsein bringen. Wir müssen sie in Verhältnisse schaffen, die ihren Lebensgewohnheiten entsprechen. Vor allem dürfen wir ihnen die Schwere nicht entziehen, und ich glaube, auch die Temperatur des Zimmers muß höher sein.«

»Gut«, antwortete Ra, »wir haben ja Gastzimmer genug, wir können sie an der Außenseite, bei unseren Wohnungen unterbringen. Ich werde sofort das Nötige anordnen.«

Sobald Ra in den Vorraum trat und den hoffnungsvollen Ausspruch des Arztes mitteilte, pflanzte sich die Nachricht durch die ganze Insel hin fort. Die Bate, die keine Eskimos sind, waren der Mittelpunkt aller Gespräche, obgleich erst die wenigsten Martier sie überhaupt gesehen hatten. Daß übrigens jemand, der bei der Pflege nichts zu tun hatte, neugierig hätte eindringen wollen, konnte bei dem feinen Taktgefühl der Martier selbstverständlich nicht vorkommen.

Die beiden Geretteten wurden getrennt in geeigneten Räumen untergebracht und vollständiger Ruhe überlassen.

Stundenlang lagen sie in tiefem Schlaf.

6 - IN DER PFLEGE DER FEE

Saltner schlug die Augen auf.

Was er da über sich sah, war es das Netzwerk des Ballons? Diese regelmäßigen, goldglänzenden Arabesken auf dem lichtblauen Grund? Nein, der Ballon war es nicht – der Himmel sieht auch nicht so aus – doch – was war denn geschehen? Er war ja ins Wasser gestürzt. Sieht es unten auf dem Meer so aus? Aber im Wasser ist man tot oder – er wendete den Kopf, doch die Augen fielen ihm wieder zu. Er wollte nachdenken, doch die Fragen waren ihm zu schwer, er fühlte sich so matt – – jetzt bemerkte er, daß er einen Gegenstand zwischen den Lippen hielt, ein Röhrchen. – War es noch immer das Mundstück des Sauerstoffapparats? Nein. – Ein seltsamer Duft umwehte ihn – instinktiv sog er an dem Rohr, denn er empfand einen brennenden Durst. Ach, wie das wohltat! Ein kühler erquickender Trank! Wein war es nicht – Milch auch nicht –, gleichviel, es mundete – war es vielleicht Nektar? Seine Sinne verwirrten sich wieder. Aber der Trank wirkte wunderbar. Neues Leben rann durch seine Adern. Er konnte die Augen wieder öffnen. Aber was erblickte er? Also war er doch im Wasser?

Über ihm, höher als sein Kopf, rauschten die Wogen des Meeres. Aber sie drangen nicht bis zu ihm heran. Eine durchsichtige Wand trennte sie von ihm, hielt sie zurück. Der Schaum spritzte an ihr empor, das Licht brach sich in den Wellen. Dennoch konnte er den Himmel nicht sehen, ein Sonnendach mochte ihn abblenden. Hin und wieder stieß ein Fisch dumpf gegen die Scheiben. Vergeblich versuchte sich Saltner seine Lage zu erklären. Er glaubte zunächst, sich auf einem Schiff zu befinden, obwohl es ihn wunderte, daß sich im Zimmer nicht die geringste Bewegung spüren ließ. Aber nun blickte er etwas mehr zur Seite. War es denn nicht mehr Tag? Das Zimmer war doch von Tageslicht erhellt, aber dort links sah er direkt in dunkle Nacht. Ein ihm unbekanntes Bauwerk in einem nie gesehenen Stil lag im Mondschein vor ihm. Er blickte auf das Dach desselben, das von den Wipfeln seltsamer Bäume begrenzt wurde. Und wie merkwürdig die Schatten waren –! Saltner versuchte sich vorzubeugen, den Kopf zu heben. Da standen wirklich zwei Monde am Himmel, deren Strahlen sich kreuzten. Auf der Erde gab es etwas Derartiges nicht. Ein Gemälde konnte doch aber nicht so starke Lichtunterschiede zeigen – es müßte denn ein transparentes Bild sein –

Auf das leise Geräusch, welches seine Bewegung verursachte, schob sich auf einmal die Landschaft zur Seite. Eine Gestalt lehnte in einem Sessel und sah Saltner mit großen, leuchtenden Augen an. Einen Augenblick starrte er verwirrt auf diese neue Erscheinung. Noch nie glaubte er ein so herrliches Frauenantlitz gesehen zu haben. Schnell wollte er sich erheben, und nun erst warf er einen Blick auf seinen eignen Körper. Man hatte ihn während seiner Bewußtlosigkeit offenbar gebadet und mit frischer Leibwäsche versehen. Er fand sich in einen weiten Schlafrock von einem ihm unbekannten Stoff gehüllt.

Jetzt streckte die Gestalt eine Hand aus und drehte an einem der Knöpfe, die sich neben ihr auf einem Tisch befanden. in demselben Augenblick durchlief Saltner ein

Gefühl, als wollte man ihn plötzlich in die Höhe heben. Die Hand, deren Stellung er verändern wollte, fuhr ein ganzes Stück höher, als er sie zu heben beabsichtigte. Mit Leichtigkeit richtete er seinen Oberkörper empor, aber bei dem Ruck flogen auch seine Beine in die Luft, und mit einer überraschenden Geschwindigkeit führte er einige unbeabsichtigte turnerische Übungen aus, bis es ihm gelang, sich in sitzender Stellung auf seinem Lager zu balancieren.

Zugleich hatte sich auch die weibliche Gestalt erhoben und schwebte auf ihn zu. Ein herzgewinnendes Lächeln lag auf ihren Zügen, und aus den wunderbaren Augen sprach die innigste Teilnahme.

Saltner wollte aufstehen, bemerkte aber schon beim ersten Anziehen seines Fußes, daß er Gefahr lief, in eine unbestimmte Höhe zu schnellen. Eine leichte Handbewegung der vor ihm stehenden Gestalt bedeutete ihm, seinen Sitz wieder einzunehmen. Nun endlich fand er die Sprache wieder in gewohnter Lebhaftigkeit.

»Wie Sie befehlen«, sagte er. »Es wäre mir eine große Ehre, wenn Sie ebenfalls Platz nehmen wollten und mir gütigst andeuten, wo ich mich eigentlich befinde.«

Bei seinen Worten ließ die Gestalt ein leises, silbernes Lachen vernehmen.

»Er spricht, er spricht!« rief sie in der Sprache der Martier. »Es ist zu lustig!«

»Fafagolik?« versuchte Saltner die fremden Laute wiederzugeben. »Was ist das für eine Sprache oder was für eine Gegend?«

Die Martierin lachte wieder und betrachtete ihn dabei vergnüglich, wie man ein merkwürdiges Tier abwartend anschaut.

Saltner wiederholte seine Frage französisch, englisch, italienisch und sogar lateinisch. Damit war sein Sprachschatz erschöpft. Da ihn die Fremde offenbar nicht verstand und er noch immer keine Antwort erhielt, sagte er wieder auf deutsch:

»Die Gnädige scheint mich nicht zu verstehen, aber ich will mich doch wenigstens vorstellen. Mein Name ist Saltner, Josef Saltner, Naturforscher, Maler, Photograph und Mitglied der Tormschen Polarexpedition, augenblicklich verunglückt und, wie mir scheint, mehr oder weniger gerettet. Eigentlich ist dabei gar nichts zu lachen, meine Gnädige, oder was Sie sonst sind.«

Darauf zeigte er mehrere Male mit dem Finger auf sich selbst und sagte deutlich: »Saltner! Saltner!« Sodann zeigte er mit der Hand rings auf seine Umgebung und zuletzt auf die schöne Martierin.

Diese ging sogleich auf seine Gebärdensprache ein. Sie bewegte die Hand langsam auf sich zu und sagte ihren Namen: »Se.«

Darauf deutete sie auf Saltner und wiederholte deutlich seinen Namen. Und noch einmal wiederholte sie mit den entsprechenden Gesten:

»Se! Saltner!«

»Se, Se?« sagte Saltner fragend. »Das ist also Ihr werter Name. Oder meinen Sie vielleicht, da draußen sei die See? Verstehen Sie vielleicht doch ein wenig Deutsch? Wo befinden wir uns denn hier?«

Auf seine fragende Handbewegung zeigte Se nach dem Meer, das vor den bis zum Fußboden reichenden Fenstern wogte, und nannte das Wort, das in der Sprache der Martier Meer bedeutet. Darauf zog sie an einem Handgriff, und anstelle des Meeres erschien die Landschaft, welche Saltner bewundert hatte. Er sah jetzt, daß dieselbe auf einen Wandschirm gemalt war, den Se soeben vor das Fenster geschoben hatte. Sie zeigte auf die Landschaft und sagte »Nu.« Das bedeutet ›Mars‹, aber Saltner war freilich mit diesem Wort nicht gedient.

Se ging nun weiter in das Zimmer zurück, das der Wandschirm bisher seinen Blicken verhüllt hatte, und suchte nach einem Gegenstand, den sie nicht sogleich zu finden schien. Saltner folgte ihr mit den Augen. Er glaubte noch nie etwas Anmutigeres gesehen zu haben, etwas Wunderbareres jedenfalls noch nicht.

Ein rosiger Schleier umhüllte den größten Teil der Gestalt, ließ jedoch hier und da den metallischen Schimmer des Unterkleides durchblicken. Die Haare kräuselten sich über dem Nacken in beweglichen Löckchen, die als Grundfarbe ein lichtes Braun zeigten, aber bei jeder Bewegung irisierten wie das Farbenspiel auf einer Seifenblase. Alle Bewegungen ihres Körpers glichen dem leichten Schweben eines Engels, der von der Schwere des Stoffes unabhängig ist. Und sobald der Kopf an eine dunklere Stelle des Zimmers geriet, leuchtete das Haar phosphoreszierend und umgab das Gesicht wie ein Heiligenschein.

Plötzlich unterbrach sie ihr Suchen und rief:

»Wie bin ich doch zerstreut! Das hat ja alles noch Zeit. Der arme Bat hat gewiß Hunger, daran hätte ich zunächst denken sollen. Wart, mein armer Bat, ich will dir gleich etwas braten.«

Sie trat an den Tisch im Hintergrund des Zimmers und machte sich an dem Schrankaufsatz und verschiedenen Handgriffen zu schaffen. Dann war sie wieder neben ihm und sagte mit einem unnachahmlichen Ton, der ihn entzückte: »Saltner«, indem sie die nicht mißzuverstehenden Pantomimen des Essens machte.

»Glänzender Gedanke, holdselige Se«, rief Saltner, indem er die Pantomime wiederholte.

Auf einen Handgriff Ses, Saltner wußte nicht wie, stand auf einmal ein Tischchen vor seinem Lager, und Se setzte ihm eine Speise vor, die sie soeben bereitet hatte. Er untersuchte nicht lange, was es sei, zerbrach sich nicht den Kopf über die merkwürdigen Formen der ihm gereichten Instrumente, sondern gebrauchte sie, unbekümmert um Ses Lächeln, als Löffel, und tat dann einen langen Zug aus dem Mundstück eines mit Flüssigkeit gefüllten Gefäßes. Sein Hunger war, wie er jetzt erst merkte, so groß, daß er selbst Ses Anwesenheit und seine ganze Umgebung momentan vergessen hatte. Erst nachdem der erste Reiz gestillt war, hörte er wieder aufmerksam auf Ses Erklärungen, die ihm die einzelnen Gegenstände in ihrer Sprache benannte, und es gelang ihm bald, einige Worte zu behalten.

Als er sein Mahl beendet hatte, betrachtete ihn Se wieder mit zufriedener Miene. Wie man ein Schoßhündchen streichelt, glitt sie mit der Hand über sein Haar und sagte:

»Der arme Bat war hungrig, nun wird er wieder gesund werden. War es gut, Saltner?«

Saltner verstand freilich ihre Worte nicht, aber den Sinn fühlte er deutlich heraus. Er kam sich auch etwas gedemütigt vor, denn er merkte wohl, daß ihn Se nicht als ein gleichberechtigtes Wesen behandelte. Aber wie sie seinen Namen aussprach, wie sie ihn mit den Augen ansah, die bis ins Innerste der Seele hineinzuleuchten schienen, konnte er nicht anders, als ihr mit den herzlichsten Worten danken. Und auch Se verstand den Dank, ohne die Worte zu kennen, die er sprach. Lächelnd sagte sie in ihrer Sprache:

»Saltner gefällt mir, er ist nicht wie ein Kalalek.«

Saltner hatte das Wort Kalalek verstanden, das die Eskimos den Martiern als die Bezeichnung ihres Stammes genannt hatten.

»Nein«, rief er entschieden, »meine schöne Se, ein Eskimo bin ich nicht, ich bin ein Deutscher, kein Eskimo – Deutscher!«

Und er begleitete die Worte mit so entschiedenen Gesten, daß Se ihren Sinn sofort verstand.

Sie eilte zu dem Bücherregal an der Zimmerwand – denn Bücher gehören bei den Martiern zur unentbehrlichen Aus stattung jedes Zimmers, eher würde man die Fenster entbehren als die Bibliothek – und holte einen Atlas herbei.

Inzwischen bestürmte Saltner seine Pflegerin mit Fragen nach dem Schicksal seiner Gefährten, ohne sich genügend verständlich machen zu können. Se kümmerte sich zunächst nicht um seine Worte und Gebärden, sondern hielt den Atlas an seinem Griff Saltner vor die Augen und ließ die Blätter desselben sich rasch umschlagen. Sein Erstaunen über diese Mechanik wurde aber übertroffen, als sie in ihrem Umblättern stillhielt und den Griff des Buches in einem Gestell auf dem Tischchen vor ihm befestigte. Er erkannte sofort die Karte der Gegenden um den Nordpol der Erde wieder, die er in dem Riesenmaßstab der Insel vom Ballon aus bewundert hatte.

Se zeigte mit ihrem schlanken, zierlichen Finger, an dem ihm die große Beweglichkeit der einzelnen Glieder auffiel, auf Grönland und die nächsten Landmassen um den Pol; dazu sagte sie wiederholt: »Kalalek, Bat Kalalek.« Dann zeigte sie auf Saltner, ergriff seine Hand und führte sie über die andern Teile des Kartenbildes, indem sie dabei fragte: »Bat Saltner?«

Saltner suchte auf der Karte die Gegend von Deutschland, die allerdings perspektivisch schon stark verkürzt erschien, und machte ihr durch Zeichen begreiflich, daß hier seine Heimat sei. Da er aus dem öfter gehörten Wort ›Bat‹ schloß, daß dies wohl soviel wie Mensch oder Volksstamm bedeute, so zeigte er auf den Pol und fragte dazu:

»Bat Se?«

Se antwortete mit einer lebhaft abwehrenden Bewegung. Sie legte die ganze Hand auf die Karte und sagte: »Bat.« Dann zeigte sie auf sich selbst und sprach mit Selbstbewußtsein: »Se, Nume.«

Und als Saltner sie fragend anblickte, wies sie mit ausgestrecktem Arm nach einer bestimmten Stelle des Bodens und wiederholte noch einmal: »Nume.« Wie sie so dastand, leuchteten ihre Augen in verklärtem Glanz, und Saltner konnte nicht zweifeln, daß er ein höheres Wesen vor sich habe. Aber sogleich neigte sie sich wieder mit liebenswürdigem Lächeln zu ihm und ließ einige Blätter des Atlas zurückschlagen. Es zeigte sich eine Gruppe geometrischer Figuren, in denen Saltner ohne Schwierigkeit einen Aufriß der Planetenbahnen im Sonnensystem erkannte. Se wies auf den Mittelpunkt und sagte: »O.«

»Sonne«, antwortete Saltner, indem er zugleich nach der Richtung hinzeigte, in welcher die Sonnenstrahlen auf der Oberfläche des Meeres spielten.

Se nickte befriedigt, beschrieb dann mit ihrem Finger auf der Karte die Erdbahn und wiederholte den Namen der Erde: »Ba«, und, auf Saltner weisend: »Bat!« Dann aber wieder mit dem ganzen Stolz der Martier den Namen ›Nume‹ aussprechend, bezeichnete sie auf der Karte die Bahn des Mars und sagte mit einem hoheitsvollen Blick auf Saltner: »Nu.«

»Der Mars!« Es kam fast tonlos von Saltners Lippen. Er merkte, wie sich alle seine Begriffe zu verwirren drohten. Hilflos sah er zu Se empor, die kaum seine Aufregung bemerkt hatte, als sie ihm schon bedeutete, sich niederzulegen. Zwar wollte er trotz der Mattigkeit, die er jetzt an sich spürte, aufspringen, um seine Wißbegierde weiter zu befriedigen, aber ein Blick, der keinen Widerstand zuließ, bannte ihn auf sein Lager.

In diesem Augenblick öffnete sich die Tür des Zimmers, und in derselben erschien zusammengebeugt und schleppend, auf zwei Stäbe gestützt, die Gestalt des Arztes Hil. Kaum aber hatte Hil das Zimmer betreten, als er sich in voller Höhe aufrichtete, die Stäbe fortwarf und schnell auf das Lager zuschritt. Er ergriff sofort Saltners Hand, und während er den Puls beobachtete, sagte er mit leichtem Vorwurf:

»Aber Se Se, was machen Sie mir für Geschichten. Stellen Sie nur gleich die Abarie ab. Unser Bat muß seine richtige Erdschwere haben, sonst geht er uns ein, ehe wir ihn wieder kräftig sehn.«

»Seien Sie nur nicht böse, Hil Hil«, lachte Se, »ich habe ihn ja so schön gepflegt und gefüttert – sehen Sie die Schüssel – 150 Gramm Eiweiß, 240 Gramm Fett und –«

Hil sah nach der Federwaage, die sich unter jedem Speisegerät der Martier befand und sofort konstatierte, wieviel Nahrungsstoffe man auf dieselbe gelegt oder dem Körper zugeführt hatte.

»Aber Sie haben die Schwere abgestellt, davon stand nichts in Ihrer Instruktion.«

»Ja, Hil Hil, Sie können doch nicht verlangen, daß ich im Zimmer herumkriechen soll, wenn er wach ist.«

»Ach so, die liebe Eitelkeit!«

»Oh, vor dem Bat! Aber als er aufwachte, mußte ich doch schnell hin, und dann mußte ich die Pastete backen, und – ja, wenn Sie wüßten: Er heißt Saltner und ist kein Kalalek, sondern ein – ja, das Wort habe ich vergessen, doch ich zeige Ihnen auf der Karte die Gegend.«

»Erst lassen Sie es schwer werden – aber halt, noch einen Augenblick, ich will mir zuvor einen Stuhl holen – so –«

»Und ich will mich auch erst setzen«, sagte Se.

Als beide Platz genommen hatten, griff Se an einen Wirbel, und Saltner sah, wie Se und Hil sichtlich in ihren Sesseln zusammensanken und ihre gelegentlichen Bewegungen mühsam und schwerfällig wurden. Er aber merkte, wie das eigentümliche Gefühl des Schwindels, das ihn beherrscht hatte, verschwand, seine Gliedmaßen konnte er wieder normal dirigieren, und er legte sich behaglich auf sein Lager zurück.

Der Arzt sah ihn mit seinen großen, sprechenden Augen wohlwollend an.

»Also man ist wieder lebendig?« sagte er, was Saltner freilich nicht verstand. Dann fügte er in der Sprache der Eskimos hinzu: »Versteht ihr vielleicht diese Sprache?«

Saltner erriet die Frage und schüttelte den Kopf. Dagegen sagte er nunmehr selbst in der Sprache der Martier, was er von Se gelernt hatte:

»Trinken – Wein – Bat gut Wein trinken –«

Se brach in ihr feines, silbernes Lachen aus, und Hil sagte belustigt: »Sie haben ja ausgezeichnete Fortschritte gemacht – nun werden wir uns wohl bald unterhalten können.«

Dabei wies er auf das neben Saltner stehende Trinkgefäß hin, und dieser bediente sich desselben mit Erfolg zu neuer Stärkung.

Das Schicksal seiner Gefährten lag ihm am schwersten auf der Seele. Er versuchte noch einmal, darüber Erkundigungen einzuziehen, indem er einen Finger aufhob und dazu sagte: »Bat Saltner.« Dann erhob er drei Finger und suchte durch weitere Zeichen verständlich zu machen, daß drei ›Bate‹ mit dem Ballon angekommen und herabgestürzt seien.

Hil, der zum ersten Mal einen Europäer sah, hatte seine Aufmerksamkeit mehr auf den ganzen Menschen als auf sein Anliegen gerichtet, und blickte jetzt fragend zu Se hinüber, als sich Saltner mit der von Se gehörten Anrede ›Hil Hik‹ direkt an ihn wendete.

Se erklärte:

»Er meint, daß drei Bate angekommen und in das Meer gestürzt sind. Wir haben aber doch nur zwei gefunden?«

»Allerdings«, sagte Hil, »und dem andern geht es auch besser. Der Fuß ist nicht schlimm verletzt und wird in einigen Tagen geheilt sein. Ich habe mich durch La ablösen lassen, um einmal hier nach dem Rechten zu sehen. Ich glaube übrigens, daß er bei Bewußtsein ist, er hat wiederholt die Augen geöffnet, doch ohne zu sprechen. Hoffentlich hat er keine schwere Erschütterung davongetragen. Wir wollen ihn nicht anreden, um ihn nicht vorzeitig aufzuregen. Wollen Sie nicht einmal hinübergehen?«

»Recht gern, aber wer bleibt bei Saltner?«

»Der muß jetzt schlafen. Und dann müssen wir überhaupt eine andere Einrichtung treffen. Wir bringen sie beide zusammen in ein Zimmer, und zwar in das große. Aus der einen Seite lasse ich die abarische Verbindung entfernen, desgleichen in den beiden Nebenräumen. Dort werden ihre Betten und alle ihre Geräte hingebracht, so daß sie in ihren gewohnten Verhältnissen leben können. Und wir können uns dann bei ihnen aufhalten und sie studieren, ohne fortwährend unter diesem Druck umherkriechen zu müssen, indem wir uns in dem andern Teil des Zimmers die Schwere erleichtern.«

»Schön«, sagte Se, »aber ehe Sie meinen armen Bat einschläfern, will ich noch einmal mit ihm verhandeln.«

Sie wandte sich zu Saltner und machte ihm so gut wie möglich begreiflich, daß noch einer seiner Gefährten gerettet sei und daß er ihn bald sehen solle. Dann brachte sie auf geschickte Weise in Erfahrung, wie jener heiße, und ließ sich einige deutsche Worte so lange vorsagen, bis sie sich dieselben eingeprägt hatte. Während sie Saltner aus ihren großen Augen lächelnd ansah, streckte Hil die Hand gegen sein Gesicht aus und bewegte sie einige Male hin und her. Saltner fielen die Augen zu. Noch war es ihm, als wenn zwei strahlende Sonnen vor ihm leuchteten, dann wußte er nicht mehr, ob dies zwei Augen seien oder die Monde des Mars, und bald lag er in traumlosem Schlaf.

7 - NEUE RÄTSEL

Grunthe erwachte aus seiner Bewußtlosigkeit in einem Zimmer, das ganz ähnlich eingerichtet war wie dasjenige, in welches man Saltner gebracht hatte. Denn es gehörte zu derselben Reihe von Gastzimmern, die für den vorübergehenden Aufenthalt von Martiern auf der Erdstation bestimmt waren. Auch er konnte von seinem Lager aus nichts erblicken als die großen Fensterscheiben, hinter denen das Meer wogte, und den Wandschirm, der den übrigen Teil des Zimmers verbarg. Dieser Schirm war ebenfalls mit einer Nachtlandschaft des Mars verziert, welche beide Monde des Mars zeigte – ein bei den Malern des Mars sehr beliebter Lichteffekt. Hier aber befanden sich außerdem im Vordergrund zwei Figuren, von denen die eine nach einem besonders hell leuchtenden Stern hinwies, während eine zweite das stark vergrößerte Bild jenes Sternes beobachtete, wie es von einem Projektionsapparat auf einer Tafel entworfen erschien.

Grunthe suchte seine Gedanken zu sammeln. Er lag sorgfältig gebettet und in einem Schlafgewand, das nicht das seinige war, in einem erwärmten Zimmer. Seinen Fuß, der ihn übrigens nicht schmerzte, konnte er nicht bewegen; dieser befand sich in einem festen Verband. Er fühlte sich matt, aber vollständig bei Sinnen und ohne merkliche Beschwerden. Kopf und Arme, bis zu einem gewissen Grad auch den Oberkörper, konnte er willkürlich bewegen. Er war also nach seinem Sturz ins Wasser gerettet worden. Wo aber befand er sich, und wer waren die Retter?

Die anfängliche Täuschung, daß er an der Stelle, wo der Schirm stand, in eine wirkliche Nachtlandschaft sehe, konnte bei ihm nicht lange anhalten, da diese Figuren enthielt, welche sich nicht bewegten. Er hatte also ein Bild vor sich. Demnach war das Meer, wie er auch aus der Farbe und Art der Beleuchtung schloß, wohl nichts anderes als das Polarmeer, in welches der Ballon gestürzt war, er befand sich auf der Insel, und seine Retter waren die Bewohner dieser Insel. Wer waren sie, und was hatte er von ihnen zu erwarten? Darauf konzentrierten sich alle seine Gedanken.

Er bewegte seine Arme, er beobachtete seine Atmung, seinen Puls, er hörte das Rauschen des Meeres – alle Erscheinungen der Natur waren unverändert, er war auf der Erde, und doch konnten die Wesen, die hier wohnten, keine Menschen sein. Der Stoff seines Gewandes, seiner Decke, seines Lagers war ihm vollständig unbekannt, daraus konnte er keinen Schluß ziehen. Aber das Bild! Was stellte das Bild vor? War es nicht möglich, daraus zu erkennen, in wessen Gewalt er sich befand?

Die beiden Gestalten auf dem Bild waren, wie es schien, menschlicher Art. Die stehende Figur, welche nach dem Stern hinwies, sah nicht anders aus als eine ideale Frauengestalt mit auffallend großen Augen; um ihren Kopf spielte ein seltsamer Lichtschimmer – sollte dies eine symbolische Figur mit einem Heiligenschein sein? Die Gewandung – soweit überhaupt von solcher die Rede war – ließ keine Schlüsse zu, sie konnte ja einer Laune des Künstlers entsprungen sein. Die sitzende Gestalt, welche das Bild des Sternes beobachtete und dem Beschauer den Rücken zuwandte, schien einen enganliegenden metallenen Panzer zu tragen; in der Hand hielt sie einen Grunthe unbekannten Gegenstand. Sollten diese beiden Figuren Vertreter der Bewohner der Polinsel sein? Aber die Landschaft selbst war keine Landschaft der Erde. Also wohl eine Erinnerung an die Heimat, aus welcher die Polbewohner stammten? Und wenn es so war – diese beiden Monde –, sie konnten keiner andern Welt angehören als dem Mars.

Bewohner des Mars haben den Pol besiedelt! Der Gedanke war Grunthe schon einmal aufgestiegen, als er zuerst vom Ballon aus die Insel mit ihren Vorrichtungen und dem merkwürdigen Kartenbild der Erde betrachtet hatte. Er hatte ihn als zu phantastisch zurückgedrängt, er wollte nichts mit so unwahrscheinlichen Hypothesen zu tun haben, so lange er noch auf eine andere Erklärung hoffen konnte. Doch als der Ballon von jener unerklärlichen Kraft in die Höhe gerissen wurde, mußte er wieder an diese Hypothese denken. Und jetzt, die merkwürdige Rettung, die seltsamen Stoffe, das Bild! Was war das für ein Stern, der auf diesem Bild beobachtet wurde? Er strengte seine scharfen Augen an, um die Abbildung auf der Tafel zu erkennen. Eine hell beleuchtete schmale Sichel, der übrige Teil der Scheibe in einem matten Schimmer – und diese dunklen Flecke, die weißen Kappen an den Polen – kein Zweifel, das war die Erde, wie sie vom Mars aus bei starker Vergrößerung erschien, die schmale Sichel im Sonnenschein, das übrige schwach vom Mondlicht erhellt. – Grunthe konnte sich nicht länger der Ansicht verschließen, daß er bei den Marsbewohnern sich befinde – ein Gast, ein Gefangener – wer konnte es wissen?

Wie konnten Marsbewohner auf die Erde kommen? Grunthe wußte die Frage nicht zu beantworten. Nahm man aber die Tatsache einmal als gegeben, so erklärten sich die andern Erscheinungen sehr leicht, der Wunderbau der Insel, die Beeinflussung des Ballons, die Rettung, die Einrichtung des Zimmers – die Hypothese der Marsbewohner war doch wohl die einfachste –

Und auf einmal zuckte Grunthe zusammen – eine Erinnerung wurde ihm plötzlich lebendig –, seine Lippen schlossen sich fest aufeinander, und zwischen seinen Augenbrauen bildete sich eine tiefe senkrechte Falte – Er spannte sein Gedächtnis aufs äußerste an –

Ell, Ell!, sagte er bei sich. – Was war es doch, was ihm Ell gesagt hatte, ehe er die Reise antrat? Friedrich Ell, der Freund Torms, lebte als Privatgelehrter in Friedau seinen Studien, aber er war der eigentliche geistige und der pekuniäre Urheber der Expedition, die Seele der internationalen Vereinigung für Polarforschung. Mit ihm hatte er oft über die Möglichkeit disputiert, wie die Bewohner des Mars mit der Erde in Verbindung treten könnten. Und Ell hatte immer gesagt: Wenn sie kommen, so haben wir sie am Nordpol oder am Südpol zu erwarten. Man springt auf einen Eisenbahnzug nicht, wo er in Fahrt ist, sondern wo er steht. Wer weiß, was Sie am Pol finden! Grüßen Sie mir die – – ja, das Wort hatte er vergessen. Er hatte kein Gewicht darauf gelegt. Man wußte nicht immer bei Ell, ob er scherze oder im Ernst spräche. »Grüßen Sie mir die –« Es fiel ihm nicht ein. Aber wohl erinnerte er sich, wie Ell eines Abends sehr erregt geworden war, als man von den Bewohnern des Mars wie von Fabelwesen gesprochen hatte. Er hatte dann das Gespräch plötzlich abgebrochen.

Grunthe wurde aus seinem Nachsinnen gerissen. Hinter dem Bild der Marslandschaft wurden Stimmen laut. Was war das für eine Sprache? Grunthe kannte sie nicht, er verstand kein Wort.

Hinter dem Schirm hatte, von Grunthe unbemerkt, La gesessen. Es war ihr sehr unbequem, unter dem Druck der irdischen Schwerkraft auszuhalten, und sie hatte sich deshalb unbeweglich auf ihr Sofa gestreckt. Jetzt kam Se schwerfällig herbei und ließ sich ebenfalls nieder.

»Wie geht's dem Bat?« fragte sie.

»Ich weiß es wirklich nicht«, sagte La, »ich habe noch nicht gehört, daß er sich bemerklich gemacht hätte, und unter diesem Druck kannst du nicht verlangen, daß ich zu ihm hingehe.«

»So machen wir es leicht!« rief Se und streckte die Hand nach dem Griff des abarischen Apparates aus.

»Aber Hil hat es verboten«, erwiderte La. »Es könnte schädlich wirken.«

»Ach, ich habe es drüben auch so gemacht, auf kurze Zeit tut es dem Bat nichts. Hast du ihn denn schon gefüttert?«

»Nein, wie konnte ich?«

»Und doch ist es nötig, meint auch Hil. Und so lange müssen wir mindestens uns frei bewegen können. Also, auf meine Verantwortung.«

Se stellte den Apparat auf die normale Marsschwere ein. Die beiden Damen erhoben sich und atmeten erleichtert auf.

In demselben Augenblick wollte Grunthe eine Bewegung ausführen, aber sein Arm fuhr plötzlich viel höher, als er beabsichtigt hatte. Sogleich probierte er die Bewegung noch einmal und konstatierte, daß alle seine Gliedmaßen sowie die Decke seines Bettes viel leichter geworden waren. Er suchte nach einem Gegenstand, den er in die Höhe werfen wollte, um das wunderbare Phänomen zu studieren. Da er jetzt trotz des Verbandes an seinem Fuß den Oberkörper leicht aufrichten konnte, erblickte er auf einem Wandbrett über seinem Lager einige Gegenstände, die ihm gehörten; man hatte sie offenbar in seinen Taschen gefunden. Er ergriff sein Taschenmesser, hielt es so hoch wie möglich über den Boden und ließ es fallen. Er konnte den Fall bequem mit den Augen verfolgen; es dauerte eine Sekunde, ehe das Messer den Boden erreichte. Grunthe schätzte die Höhe und sagte sich: Die Schwerkraft ist geringer geworden, und zwar beträgt sie nur etwa ein Drittel soviel wie gewöhnlich. Das ist die Schwere auf dem Mars. Und wieder mußte er an Ell denken, der so oft gesagt hatte: »Von der Schwere frei werden, heißt das Weltall beherrschen.«

Auf das leichte Geräusch, welches das Auffallen des Messers erzeugte, hatte Se den Wandschirm beiseite geschoben und war mit La auf Grunthe zugetreten. Dieser hatte seine Aufmerksamkeit nicht mehr auf den Schirm gerichtet und schrak daher mit einer Bewegung der Überraschung zusammen, als er plötzlich die beiden schönen Martierinnen vor sich sah. Kaum hatte er erkannt, daß sich zwei lebendige weibliche Gestalten ihm näherten, so legte er sich mit eisiger Miene zurück und heftete die Augen starr an die Decke. Da er La und Se nicht anzusehen wagte, konnte er nicht bemerken, mit welch freundlichen und teilnahmsvollen Blicken sie ihn betrachteten. Nur an dem Ton der Stimmen, mit welchem sie in ihrer Sprache einige Worte an ihn richteten, erkannte er die gute Gesinnung. La zupfte ihm die Decke zurecht, Se aber beugte sich über ihn und sah mit ihrem leuchtenden Blick tief in seine Augen. Diese Damengesellschaft war ihm schrecklich; lieber hätte er sich von feindlichen Wilden umgeben gesehen. Ach, und nun fühlte er eine weiche Hand auf seinem Kopf, Se streichelte sein Haar – unwillig stieß er die Hand zurück.

»Armer Mensch«, sagte Se, »er scheint noch ganz verwirrt. Wir müssen ihm vor allen Dingen zu trinken geben.« Sie legte die Hand wieder auf seine Stirn und sagte: »Fürchte dich nicht, wir tun dir nichts, armer Mensch.«

»Ko bat«, so lautete das letzte Wort Ses in ihrer Sprache, »Ko bat« – es wirkte überraschend auf Grunthe –, das war einer der seltsamen Ausdrücke Friedrich Ells. So pflegte Ell zu sagen, wenn er mit einer seiner wunderlichen Ansichten nicht durchdringen konnte, wenn er sein Mitleid mit dem Mangel an Verständnis bei den Menschen bezeichnen wollte. Oft hatte ihn Grunthe gefragt, wo diese Redensart herstammen wie er dazu käme. Dann hatte Ell immer nur still gelächelt und wiederholt: »Ko bate, das versteht ihr nicht, arme Menschen!« Diese Erinnerungen waren mit dem Wort in Grunthe wieder aufgetaucht. Er verhielt sich jetzt ganz ruhig.

Inzwischen hatte La ein Trinkgefäß herbeigeholt, mit dem wunderbaren Nektar der Martier gefüllt. Die Martier tranken stets durch einen mit Mundstück versehenen Schlauch, der in dem Gefäß befestigt war, und dieses Mundstück versuchte La jetzt Grunthe zwischen die Lippen zu schieben. Aber das war vergebliches Bemühen, Grunthe hielt sie fest geschlossen und wandte sein Gesicht zur Seite.

»Die Bate sind aber unliebenswürdige Geschöpfe«, sagte La lachend.

»Oh«, entgegnete Se, »Saltner war ganz anders, der redete gleich!« Grunthe hatte den Namen erfaßt, jetzt öffnete er zum ersten Mal die Lippen.

»Saltner?« fragte er, ohne jedoch Se anzublicken.

»Ach«, sagte Se, »siehst du, er kann hören und sprechen. Nun paß auf, nun werde ich einmal mit ihm reden.«

Sie schlug den Arm freundschaftlich um Las Schulter und stellte sich nahe an das Lager. Dann sagte sie mit großer Anstrengung ihres Sprachorgans die von Saltner gelernten deutschen Worte: »Saltner deutsch Freund trinken Wein, Grunthe trinken Wein, deutsch Freund.«

Grunthe warf jetzt einen erstaunten Blick auf die deutsch redende Martierin, während La über die Worte, die ihr furchtbar komisch vorkamen, kaum ihr Lachen verbergen konnte. Auch Grunthe war im Begriff zu lächeln, als er aber die beiden verführerischen Gestalten so nahe vor sich erblickte, starrte er sofort wieder an die Decke, antwortete jedoch in höflichem Ton:

»Wenn ich recht verstehe, so ist auch mein Freund Saltner gerettet. Sagen Sie, bitte, wo ich hier bin.«

»Trinken Wein, Grunthe«, wiederholte Se dringend, und La hielt ihm das Mundstück vor das Gesicht.

Grunthe nahm jetzt die dargebotene Erfrischung. Und bald fühlte er sich durch das Getränk aufs angenehmste erquickt und belebt. Er bedankte sich und richtete noch einige Fragen an Se, aber ihre Sprachkenntnisse waren nunmehr erschöpft. Grunthe sah ein, daß er die Gebärdensprache zu Hilfe nehmen müsse, und so mußte er sich wohl oder übel entschließen, die beiden Martierinnen anzusehen. Er deutete auf sie hin, dann auf das Bild, und sagte auf gut Glück: »Mars? Mars?«

Das Wort hatte Se behalten. Sie wiederholte es bejahend: »Mars, Nu!« Und auf La und sich hinweisend sagte sie, hochaufgerichtet: »La, Se, Nume!«

Nume! Das war's! Das war das Wort, das Ell ihm gesagt hatte: Grüßen Sie die Nume!

Nume also nannten sich die Martier, und Ell hatte das gewußt – – das gab Grunthe soviel zu denken, daß er momentan seine Umgebung vergaß. Um in seinem Nachdenken nicht gestört zu werden, schloß er die Augen, und sein Gesicht nahm wieder den starren Ausdruck an.

Se wollte ihn fragen, ob er essen wolle, aber das deutsche Wort, das sie sich von Saltner hatte sagen lassen, war ihr entfallen. Da Grunthe hartnäckig die Augen geschlossen hielt, begab sie sich in den Hintergrund des Zimmers, um eine Mahlzeit zu bereiten. Denn dies geschah in jedem Zimmer sehr einfach und schnell durch die elektrische Küche. La zog es indessen vor, sich einen Sessel herbeizuziehen und neben dem Lager Platz zu nehmen. Sie musterte aufmerksam die Gegenstände, welche man bei Grunthe gefunden hatte, und spielte mit einem kleinen Buch, das sich unter denselben befand. Es war eine Anweisung zum Verkehr in der Eskimosprache und zeigte als Titelvignette einen fein ausgeführten Holzschnitt, einen Eskimo in seinem Kajak auf wildbewegtem Meer dem Fischfang abliegend.

»Oh, sieh!« rief sie Se zu, »hier ist ein Kalalek in seinem Kajak.« Die beiden Eskimoworte schlugen verständlich an Grunthes Ohr und weckten ihn aus seinem verworrenen Hinbrüten. Sollten die Martier vielleicht das Grönländische erlernt haben? Er sagte sich, daß dies ja leicht möglich sei. Er selbst hatte sich zum Zweck der Reise das Notwendigste für den Verkehr angeeignet und fragte daher:

»Ich spreche einige Worte der Eskimos. Verstehen Sie mich?«

Se wußte nicht, was er meinte. La aber hatte schon seit einiger Zeit ihre Studien auf die Sprache der einzigen Menschen gerichtet, die den Martiern bisher begegnet waren. Sie verstand ihn und antwortete:

»Ich verstehe ein wenig.«

»Wo sind meine Freunde?« fragte Grunthe.

»Es ist nur einer da. Er ist in einem andern Zimmer.«

»Kann ich zu ihm?«

»Er schläft, aber man wird Sie dann zusammenbringen.«

»Wie kommen Sie vom Nu auf die Erde?«

La wußte die Antwort nicht auszudrücken. Sie fragte dagegen:

»Was wollt ihr hier?«

Grunthe wußte nun seinerseits nicht, wie er den Begriff ›Nordpol‹ im Grönländischen wiedergeben sollte. Er wollte sich in dem Büchlein Rats erholen und sagte:

»Geben Sie mir das Buch.«

»Was?« fragte La.

Grunthe richtete sich auf, um das Buch, das sie in der Hand hielt, zu erfassen. Aber er hatte im Augenblick nicht an die veränderten Schwereverhältnisse gedacht, und so kam es, daß sein ganzer Oberkörper bis zu Las Platz hinüberschnellte. Er wäre aus dem Bett gestürzt, wenn nicht La ihn rasch am Arm gefaßt und gehalten hätte. Diese Berührung war nun für Grunthe höchst peinlich, er wollte sich ihr entziehen, aber da er noch gar nicht verstand, seine Glieder unter den veränderten Umständen zu gebrauchen, und außerdem durch seinen Fuß behindert war, geschah es, daß er nach der andern Seite zu fallen drohte und ihn La ganz mit ihren Armen umfassen mußte. Sie legte ihn sanft auf das Lager zurück, während er ihr teerosenfarbiges Haar dicht vor seinen Augen flimmern sah. Ein Schwindel drohte ihn zu erfassen.

Se kam mit dem Speisegerät herangeschwebt.

»Was macht ihr denn?« rief sie lachend. »Ich höre, daß ihr euch so eifrig unterhaltet, ohne daß ich verstehen kann, was ihr redet, und auf einmal –«

»Ja«, lachte La ebenfalls, »es war zu komisch, was der arme Bat für Sprünge machte!«

»Ach«, sagte Se, »das scheint mir eine gefährliche Geschichte! Erst wagt er dich nicht anzusehen, und wie ich den Rücken wende, macht er dir auf grönländisch eine Liebeserklärung.«

»Daran bist du schuld, du hast die Schwere abgestellt. Wenn ihm der Schreck nur nicht schlecht bekommt – was wird Hil sagen!«

Grunthe lag wieder regungslos. Sein allerdings ganz unverschuldetes Ungeschick ärgerte ihn schwer, die Berührung mit der schönen La war ihm entsetzlich, zudem bewirkte die Abnahme der Schwere jetzt ein körperliches Übelbefinden.

Aber La bat ihn so freundlich in der Eskimosprache, doch zu essen, und Se bot ihm die einen verlockenden Duft entwickelnden Speisen mit einem so gebietenden Blick, daß er seinen Hunger zu stillen wagte.

Mit größter Vorsicht richtete er sich auf und genoß einiges von den Speisen, von denen er keine Ahnung hatte, was sie vorstellten. Sobald er sich dankend zurücklehnte, schob Se das Speisetischchen zur Seite, und La sagte:

»Leben Sie wohl, Grunthe, schlafen Sie.«

Sie schwebte zum Zimmer hinaus, und Se zog den Wandschirm vor, so daß Grunthe wieder sich selbst überlassen blieb. Der Kopf schwirrte ihm von allem, was um ihn herum vorgegangen war, neue Fragen drängten sich auf, und er wollte sich eben noch einmal aufrichten; da ergriff ihn plötzlich ein Gefühl, als würde er mit Gewalt gegen sein Lager gedrückt. Se hatte die Erdschwere wieder hergestellt. Jetzt schoben sich dichte Vorhänge vor die Fenster, und Grunthe lag im Dunkeln. Eine leise Musik wie aus weiter Ferne ließ sich hören und mischte sich melodisch mit dem Rauschen des Meeres.

Grunthe versuchte vergebens, seine Gedanken zu konzentrieren. Sie bewegten sich um die Frage, wie es lebenden Wesen möglich sein könne, den luftleeren Weltraum zu durchfliegen. Wie hatten Martier auf die Erde kommen können? Aber nur in unbestimmten Vermutungen irrten seine Vorstellungen umher, und ehe er zu irgendeiner Klarheit in dieser Frage gelangte, lösten sich seine Gedanken in undeutliche Traumbilder auf. Grunthe entschlummerte.

8 - DIE HERREN DES WELTRAUMS

»Dreifach panzerten Mut und KraftDem das eiserne Herz, der sich zuerst gewagtIm gebrechlichen Boot hinausAuf das tückische Meer. ...«

So pries einst Horaz die Kühnheit des Seefahrers, der dem fremden Element sein unsicheres Fahrzeug anvertraute. ... Aber unbedenklich besteigt der Tourist den luxuriösen Bau des Riesendampfers, um in wenigen Tagen die wohlbekannte Ozeanstraße zu durchmessen.

Ähnlich rühmte ein Dichter des Mars den Mut und den Scharfsinn jenes Martiers Ar, der es einst gewagt, auf den Wegen des Lichts und der kosmischen Schwere in die Leere des Raumes seinen unvollkommenen Apparat zu werfen, um zum ersten Male den Flug zu versuchen durch den Weltäther nach dem leuchtenden Nachbarstern, der strahlenden ›Ba‹, dem Schmuck der Marsnächte, der jahrtausendlangen Sehnsucht aller ›Nume‹. Jetzt aber kannte man auf dem Mars genau die Mittel, welche die Marsbewohner, die sich selbst ›Nume‹ nannten, anwenden mußten, die einzelnen Umstände, auf die sie zu achten hatten, um je nach der Stellung der Planeten die strahlende Ba, das ist die Erde, zu erreichen. Wohl war eine Reise zwischen Mars und Erde noch immer ein zeitraubendes und kostspieliges Unternehmen, aber es hatte seinen ebenso sicheren und bequemen Gang wie etwa heutzutage für einen Menschen eine Reise um die Erde.

Die Erforschung der Erde, die Entdeckung des intraplanetaren Weges nach derselben und die endliche Besitzergreifung vom Nordpol bildet ein umfangreiches und wichtiges Kapitel in der Kulturgeschichte der Martier.

Die Durchsichtigkeit der Atmosphäre auf dem Mars hatte seine Bewohner frühzeitig zu vorzüglichen Astronomen gemacht. Mathematik und Naturwissenschaft waren zu einer Höhe der Entwicklung gelangt, die uns Menschen als ein fernes Ideal vorschwebt. Je mehr der alternde Mars durch seinen verhältnismäßig geringen Wasservorrat die Existenzbedingungen der Martier erschwerte, um so großartiger waren die Anstrengungen gewesen, durch welche die Martier die Technik der Naturbeherrschung ausbildeten. Immer neue Kräfte und Hilfsmittel wußten sie ihrem Planeten zu entlocken, der sich freilich durch die Eigentümlichkeit seines Baues in noch viel höherem Maß zur Erziehung eines Kulturvolkes eignete als die Erde.

Der Tag auf dem Mars hat fast dieselbe Dauer wie auf der Erde, er ist nur vierzig Minuten länger. Das Jahr des Mars dagegen umfaßt 670 Mars-, das sind 687 Erdentage, ist also fast doppelt so lang als ein Erdenjahr. Die gesamte Oberfläche des Mars beträgt etwa nur ein Viertel von derjenigen der Erde. Die südliche Halbkugel des Mars ist die wasserreichere und daher am stärksten bevölkert; sie enthält auch die beiden einzigen Meere, welche der Mars besitzt, wenn man darunter diejenigen Becken versteht, welche das ganze Jahr hindurch mit Wasser erfüllt sind. Die nördliche Halbkugel besteht zum größten Teil aus unfruchtbaren Wüsten. Aber die Bevölkerung des Mars, der die von der Natur genügend bewässerte Region ihres Planeten längst zu klein geworden, wußte der kargen Natur neue Gebiete des Anbaus abzugewinnen. Sie durchzog das gesamte Wüstengebiet mit einem vielverzweigten Netz geradliniger breiter Kanäle und verteilte auf diese Weise zur Zeit der Schneeschmelze, im Beginn des Sommers einer je hatten. Die einzelnen Völkerschaften bildeten einen großen Staatenbund. Wie auf der Erde der Weltverkehr sich durch der einzelnen politischen Verbände darunter litt, so hatte die vorgeschrittenere Zivilisation der Martier in ihrer internationalen Vereinigung ein Zentralorgan, das unbeschadet der Freiheit der Einzelgemeinden alle Angelegenheiten regulierte, welche für die Bewohner des ganzen Planeten ein gemeinsames den Halbkugel, das Wasser, welches sich in Gestalt von Schnee an den Polen angehäuft hatte, über den ganzen Planeten. Wie die Ägypter das Anwachsen des Nils benutzten, um der Wüste den fruchtbaren Boden des Niltals abzugewinnen, so tränkten die Marsbewohner durch ihre Kanäle beide Ufer derselben. Schnell schoß hier eine üppige Vegetation auf, und so wurde durch das Kanalnetz das ganze Wüstengebiet mit fruchtbaren, an hundert Kilometer breiten Vegetationsstreifen durchzogen, die eine ununterbrochene Kette blühender Ansiedlungen der Martier enthielten. Wenn hier die dunkelgrünen Blätter der Pflanzen mit einem Schlag hervorsproßten, dann hoben sich diese Streifen dunkel von dem rötlichen Wüstenboden ab, und die Astronomen der Erde wunderten sich, woher dieses regelmäßige Netz von Streifen auf dem Mars wohl stammen möchte. Die Riesenarbeit der Bewässerung des Planeten war eine Notwendigkeit für die Martier geworden, nachdem die in der Kultur vorgeschritteneren Bewohner der Südhalbkugel allmählich den ganzen Planeten ihrer Herrschaft unterworfen internationale Verträge regelte, ohne daß die Selbständigkeit Interesse besaßen.

Nachdem die Oberfläche des Planeten vollständig erforscht und besiedelt war, richtete sich die Aufmerksamkeit der Martier naturgemäß stärker wie je über die Grenzen ihres Wohnplatzes hinaus auf ihre Nachbarn im Sonnensystem. Und was konnte sie hier mächtiger fesseln als die strahlende Ba, die sagenumwobene Erde, die bald als Morgen-, bald als Abendstern alle andern Sterne ihres dunklen Himmels überstrahlt?

Die Ruhe und Durchsichtigkeit der Atmosphäre gestattete ihnen, bei ihren Fernrohren Vergrößerungen zu benutzen, wie sie auf der Erde unmöglich waren. Denn auf der Erde vereitelt die stets ungleichmäßig bewegte Luft, daß wir Instrumente von so starken Vergrößerungen praktisch anzuwenden vermöchten, als wir sie wohl theoretisch und technisch konstruieren könnten. Der Druck der Atmosphäre auf dem Mars ist aber so gering, wie wir ihn nur auf den allerhöchsten Berggipfeln der Erde besitzen, und die über der Marsoberfläche lastende Luftschicht ist dementsprechend dünner und durchsichtiger. Die Astronomen des Mars konnten daher, bei günstiger Stellung der Planeten gegeneinander, die Erde ihrem Auge so nahe bringen, als wäre sie nur gegen zehntausend Kilometer weit entfernt, und vermochten somit noch Gegenstände von zwei bis drei Kilometer Ausdehnung zu erkennen. Unter diesen Umständen hatten sie natürlich bemerkt, daß sich auf der Erde Einrichtungen finden, die nur als das Werk intelligenter Wesen zu erklären seien. Auch durchschauten sie viel zu klar den Bau und die Natur der Erde sowie die Analogien im gesamten Sonnensystem, als daß sie nicht die Überzeugung von der Bewohnbarkeit der Erde und einer gewissen Kultur der Erdbewohner gehabt hätten. Die Karte der Erde selbst war ihnen in umfassenderer Weise bekannt als uns Menschen; denn von ihrem Standpunkt aus konnten sie nach und nach alle jene Gebiete der Erdkugel, insbesondere die Polargegenden, durchmustern, die bisher unseren irdischen Forschungen verschlossen geblieben sind.

Es hatte nicht an Versuchen der Martier gefehlt, sich mit den von ihnen vermuteten Erdbewohnern in Verbindung zu setzen. Aber die gegebenen Zeichen waren wohl nicht bemerkt oder nicht verstanden worden. Jedenfalls mochten die Erdbewohner nicht in der Lage sein, darauf zu antworten. Die Erde war ein sehr viel jüngerer Planet und in ihrer ganzen Entwicklung auf einer Stufe, wie sie der Mars schon vor Millionen Jahren durchlaufen hatte. Da sagten sich die Marsbewohner selbstverständlich, daß die Bate, wie sie die hypothetischen Bewohner der Erde nannten, jedenfalls auf einem viel niedrigeren Standpunkt der Kultur ständen als sie, die Nume; ja wer weiß, ob sie sich überhaupt schon bis zur Höhe der ›Numenheit‹, zur Vernunftidee der Martier, erhoben haben!

Um jene Zeit, als man auf der Erde von einem Jahrhundert der Naturwissenschaft zu sprechen anfing, blickten die Martier längst nicht nur auf das Zeitalter des Dampfes, sondern auch auf das Zeitalter der Elektrizität wie auf ein altes Kulturerbe zurück. Damals vollendete sich bei ihnen eine wissenschaftliche Entdeckung, die eine Umgestaltung aller Verhältnisse nach sich zu ziehen geeignet war. Die Enthüllung des Geheimnisses der Gravitation war es, die einen ungeahnten Umschwung der Technik herbeiführte und die Martier zu Herren des Sonnensystems machte.

Die Gravitation ist jene Kraft, welche die Bewegungen der Gestirne im Weltraum beherrscht. Sie verbindet die Sonne mit den Planeten, die Planeten mit ihren Monden, sie hält die Gegenstände an der Oberfläche der Weltkörper fest und bewirkt, daß diese als dauernde einheitliche Gruppen im Universum bestehen; sie läßt den geworfenen Stein wieder zur Erde fallen und die Gewässer nach dem Meer hin sich sammeln. Sie ist eine allgemeine Eigenschaft der Körper, welche von ihrer gegenseitigen Lage im Raum abhängt; die Arbeit, welche ein Körper infolge der Gravitation zu leisten vermag, nennt man daher Raumenergie.

Wenn es gelänge, einem Körper diese eigentümliche Form der Energie zu entziehen, die er infolge seiner Lage zu den übrigen Körpern, insbesondere zu den Planeten und der Sonne besitzt, wenn es gelänge, seine Gravitation in eine andere Energieform überzuführen, so würde man diesen Körper dadurch unabhängig von der Schwerkraft machen; die Schwerkraft würde durch ihn hindurch oder um ihn herumgehen, ohne ihn zu beeinflussen; er würde ›diabarisch‹ werden. Er würde ebensowenig von der Sonne angezogen werden wie ein Stück Holz vom Magneten. Dann aber müßte es ja auch gelingen, den Körper dem Einfluß der Planeten und der Sonne soweit zu entziehen, daß man ihn im Weltraum frei bewegen könnte; dann also müßte es gelingen, den Weg von einem Planeten zum andern, von dem Mars zur Erde zu finden.

Dies war den Martiern gelungen. Sie vermochten Körper von gewisser Zusammensetzung herzustellen, so daß jede auf sie treffende Schwerewirkung spurlos an ihnen und an den von ihnen umschlossenen Körpern vorüberging – das heißt spurlos als Schwere. Die Gravitationsenergie wurde in andere Ener- gieformen umgewandelt. Solche Körper können wir ›diabarisch‹ nennen.

Zwei Umstände hatten es den Martiern erleichtert, dem Geheimnis der Gravitation auf die Spur zu kommen. Der eine lag darin, daß die Schwerkraft auf ihrem Planeten nur ein Drittel von demjenigen Werte beträgt, den sie auf der Erde besitzt. Eine Last, die auf der Erde tausend Kilogramm wiegt, hat, auf den Mars gebracht, nur ein Gewicht von 376 Kilogramm; ein freifallender Körper, der bei uns in der ersten Sekunde 5 Meter herabfällt, fällt auf dem Mars in dieser Zeit nur um 1,8 Meter und kommt mit der sanften Geschwindigkeit von 3,6, statt bei uns mit fast 10 Meter, an. Infolgedessen war es den Martiern erleichtert, alle Eigentümlichkeiten der Schwere bequemer und genauer zu studieren.

Der zweite Umstand war ein geographischer, oder, wie wir beim Mars sagen müßten, ein areographischer, nämlich die Zugänglichkeit der Pole des Mars. Während auf der Erde die Pole mit ihrer ewigen Eisdecke des Besuches sich erwehren, sind die Marspole nicht vergletschert. Zwar bedecken sie sich im Winter mit einer dichten Schneehülle, die aber doch viel geringer ist als auf der Erde, weil die Atmosphäre des Mars viel weniger Feuchtigkeit enthält. Außerdem dauert der Sommer fast ein volles Erdenjahr, währenddessen der Pol in fortwährendem Sonnenschein liegt, so daß der Schnee zum größten Teil fortschmilzt. Die Pole des Mars sind daher den Marsbewohnern nicht nur bekannt, sondern sie haben gerade auf ihnen ihre bedeutendsten wissenschaftlichen Stationen angelegt. Denn die Pole eines Planeten sind ausgezeichnete Punkte, sie unterliegen nicht der Umdrehung um die Achse im Verlauf eines Tages, und sie bieten dadurch Gelegenheit zu Beobachtungen, die sich an keiner anderen Stelle so einfach anstellen lassen.

Gerade nun für die Untersuchung der Schwerkraft zeigte sich dies von größter Wichtigkeit. Ihre Wirkungen im Kosmos zu studieren, das heißt ihre Wechselwirkung mit andern kosmischen Kräften, mußte man sich von der Rotation des Planeten um seine Achse und allen dadurch entstehenden Komplikationen unabhängig machen. Dies konnte nur am Pol geschehen. Vom Pol gingen denn auch die Untersuchungen der Martier aus.

Die Martier hatten entdeckt, daß die Gravitation, ebenso wie das Licht, die Wärme, die Elektrizität, sich in Form einer Wellenbewegung durch den Weltraum und die Körper fortpflanzt. Während aber die Geschwindigkeit der strahlenden Energie, die wir als Licht, Wärme und Elektrizität beobachten, 300.000 Kilometer in der Sekunde beträgt, ist diejenige der Gravitation eine millionenmal größere. Nach den Berechnungen der Martier durchläuft die Gravitation den Raum mit einer Geschwindigkeit von 300.000 Millionen Kilometern pro Sekunde, sie verhält sich also zu derjenigen des Lichts etwa so wie die des Lichts zur Geschwindigkeit des Schalls. Den Weg von der Sonne bis zur Erde legt somit die Wirkung der Schwere in einem halben Tausendteil einer Sekunde zurück; kein Wunder, daß es den Astronomen der Erde nicht gelungen war, die von ihnen allerdings vermutete endliche Geschwindigkeit der Gravitation zu konstatieren.

Einen Körper, der die Lichtwellen nicht durch sich hindurchgehen läßt, nennen wir undurchsichtig; ließe er sie vollständig hindurchgehen, so würde er absolut durchsichtig sein, wir würden ihn so wenig sehen wie die Luft. Ein Körper, der die Wärmewellen durch sich hindurchgehen läßt, bleibt kalt; er muß sie in sich aufnehmen, sie absorbieren, um sich zu erwärmen. So ist es nun, wie die Martier entdeckten, auch mit der Gravitation. Die Körper sind darum schwer, weil sie die Gravitationswellen absorbieren. Körper ziehen sich nur dann gegenseitig an, wenn sie die von ihnen wechselseitig ausgehenden Gravitationswellen nicht durch sich hindurchtreten lassen. Sobald aber ein Körper so beschaffen ist, daß er die Gravitationswellen eines Planeten oder der Sonne nicht aufnimmt, sondern frei durchläßt, so wird er nicht angezogen, er hat keine Schwere, er ist diabar, schweredurchlässig, und dadurch schwerelos.

Die Martier hatte gefunden, daß das Stellit, ein auf ihrem Planeten vorkommender Körper, sich so verändern läßt, daß die Schwerewellen hindurchtreten können. Und mit diesem Augenblick wurde dieser Körper vom Mars wie von der Sonne nicht mehr angezogen. Allerdings ließ es sich nicht erreichen, absolut schwerelose Körper herzustellen, wie es ja auch keine absolut durchsichtigen Körper gibt; wohl aber ließ sich die Schwere so vermindern, daß sie nur kaum merklich auf den diabaren Körper wirkt. Indem man die Schwerelosigkeit verstärkte oder verminderte, konnte man nun, wenn einmal der Körper eine bestimmte Geschwindigkeit besaß, durch passende Benutzung der Anziehung der Planeten und der Sonne die Bahn des Körpers im Weltraum regulieren – vorausgesetzt, daß man sich in einem solchen diabaren Körper befand, in einer Kugel aus Stellit.

Dieses Wagestück, einen Apparat herzustellen, in welchem ein Mensch sich in den Weltraum schleudern lassen konnte, um dann durch Regelung der Anziehung, welche die Weltkörper auf ihn ausübten, seinen Weg zu lenken, das hatte zuerst der Martier Ar unternommen. Aber man hatte ihn nie wiedergesehen. War er in die Fixsternwelt jenseits des Sonnensystems hinausgeflogen? War er in die Sonne gestürzt? Umkreiste sein Raumschiff die Sonne oder irgendeinen Planeten als ein neuer Trabant? Niemand wußte es.

Aber andere kühne Forscher ließen sich nicht zurückschrecken. Sie hatten jetzt die theoretische Möglichkeit des interplanetaren Verkehrs eingesehen, es war jetzt keine Tollkühnheit mehr, sich dem Raum anzuvertrauen, sondern eine dringende Aufgabe der Kultur und somit eine sittliche Forderung, eine Pflicht der ›Numenheit‹. Die größte Schwierigkeit lag nur darin, die Geschwindigkeit unschädlich zu machen, welche der Planet in seiner eigenen Bahn besaß und die sich natürlich auf das schwerelose Raumschiff übertrug, sobald es den Mars verließ. Man reiste von einem der Pole ab, um von der Rotation des Planeten unabhängig zu sein, aber die Geschwindigkeit des Mars in seiner Bahn beträgt 24 Kilometer in der Sekunde, und mit dieser flog man hinaus in den Raum, fort von der Sonne in der Richtung der Tangente der Marsbahn. Es kam dann darauf an, sich der Sonnenanziehung in dem richtigen Augenblick zu überlassen, um durch die Flugbahn des Raumschiffs in den Anziehungsbereich der Erde zu gelangen. Man war somit ganz auf die vorhandenen Gravitationskräfte angewiesen, wie ein Schiff auf dem Meer auf die Richtung der Wasser- und Luftströmungen; und auf einen weiteren Erfolg konnte man erst hoffen, wenn es auch noch gelang, Mittel zu finden, die Richtung der erhaltenen Geschwindigkeit willkürlich abzulenken.

Aber auch dieses Problem war allmählich gelöst worden. Die Geschichte der menschlichen Entdeckungen auf der Erdoberfläche war nicht weniger reich an Opfern als diejenige der Versuche der Martier, den Weltenraum zu durchsegeln. Endlich aber war einmal nach jahrelangem Ausbleiben ein Raumschiff zurückgekehrt, das die Erde dreimal in großer Nähe umflogen hatte. Ein anderes war auf dem Mond der Erde gelandet. Zuletzt war es dem rastlosen Erdforscher Col auf seiner dritten Raumreise gelungen, den Nordpol der Erde zu erreichen. Der Südpol wurde zuerst vom Kapitän All betreten. Von jetzt ab verkürzte sich immer mehr die Reisezeit nach der Erde durch die vervollkommnete Technik der Raumfahrt, anstelle der vereinzelten Entdeckungsreisen trat eine planmäßige Besetzung des Nordpols. Und nachdem durch Konstruktion der Außenstation und die Errichtung des abarischen Feldes die Landung auf der Erde ebenso gesichert war wie die eines Dampfschiffes im Schutz eines trefflichen Hafens, waren die Martier an dem ersehnten Ziel angelangt, die Erde nach Belieben besuchen zu können.

Nur freilich, die beiden Pole waren bis jetzt die einzigen Punkte, welche sie zu erreichen vermochten. Am Südpol hatten sie eine ähnliche, wenn auch kleinere und weniger benutzte Station angelegt wie am Nordpol. Denn nur während des Sommers der Nordhalbkugel konnten sie die Nordstation unterhalten. Im Winter verlegten sie das abarische Feld auf

den Südpol, der zu dieser Zeit Sommer hatte. Dagegen war es ihnen noch nicht gelungen, zu den bewohnten Teilen der Erde vorzudringen. Noch niemals hatten sie einen zivilisierten Menschen kennengelernt. Einige Eskimos waren die einzigen Vertreter, nach denen sie die Eigentümlichkeiten der Erdbewohner zu beurteilen vermochten. Aber bei ihren Umkreisungen der Erde in der Entfernung von einigen tausend Kilometern zeigten ihnen ihre vorzüglichen Instrumente natürlich die Einrichtungen der Kultur in solcher Deutlichkeit, daß sie sehr wohl wußten, die Hervorbringer dieser Werke seien keine Eskimos. Doch an andern Stellen als an den Polen zu landen, war ihnen bisher nicht gelungen. Durch die Rotation der Erde wurden die Verhältnisse dort so kompliziert, daß die technischen Schwierigkeiten nicht überwunden werden konnten. Diese ergaben sich aus der besonderen Natur der Gravitation und dem dadurch bedingten Bau der Raumschiffe, welche dem Druck der Luft und ihren Stürmen nicht widerstehen konnten. Auch am Pol war ja die Landung erst mit Sicherheit durchzuführen, seitdem es nach vielen Opfern und Verlusten gelungen war, die Außenstation zu errichten und so die Raumschiffe außerhalb der Atmosphäre zu halten. Wie die Brandung einer Insel gegen die Überrumpelung durch landende Feinde schützt, so deckte die Umdrehung um ihre Achse und die Dichtheit ihrer Atmosphäre die Erde gegen einen plötzlichen Einfall der Marsbewohner von der Luftseite her. Nur am Pol konnten sie sich festsetzen. Und wenn sie nun auf der Erde vordringen wollten, so mußte dies über die Gletscher und Eisschollen der Polargegenden geschehen.

Mit diesem Plan trugen sich nun freilich die Marsbewohner. Aber die Überwindung dieser Eiszonen bot ihnen ebensoviel Schwierigkeiten, als wenn Europäer in das vernichtende Sumpfklima eines tropischen Urwaldes oder über die wasserlose Wüste vordringen wollten. Unsere Schiffe tragen uns wohl ans Ufer unbekannter Länder, aber in das Innere vermögen wir erst später und unter den größten Schwierigkeiten einen Einblick zu gewinnen. Die Martier hatten auf der Erde vor allem mit zwei gewaltigen Hindernissen zu kämpfen: Luft und Schwere. Die Dichtigkeit der Luft, ihre Feuchtigkeit und die Größe des Luftdrucks waren für die Konstitution ihres Körpers verderblich; sie konnten das Klima der Erde nur kurze Zeit ertragen. Und die Stärke der Schwerkraft, dreimal so groß wie auf dem Mars, hinderte ihre Bewegungen und drückte jeder ihrer mechanischen Arbeiten eine dreifache Last auf. Sie hätten dieselbe überhaupt nicht tragen können, wenn sie nicht für die Verhältnisse ihres Planeten eine sehr bedeutende Muskelkraft besessen hätten. Gerade jetzt, als die Nordpolexpedition Torms in ihrem abarischen Feld scheiterte, waren sie mit den ernstesten Vorbereitungen beschäftigt, einen Vorstoß nach Süden zu unternehmen. Denn auf dem Mars waren die Versuche gelungen, einen Stoff herzustellen, der sich wie das Stellit schwerelos machen ließ, aber dabei genügende Festigkeit besaß, der Wärme und Feuchtigkeit der Luft zu widerstehen. Von ihm erhofften die Martier, daß er ihnen die Wege durch die Erdenluft bahnen werde.

9 - DIE GÄSTE DER MARSBEWOHNER

Als Saltner zum zweiten Mal auf der Insel erwachte, war er nicht wenig erstaunt, sich wieder in einer völlig veränderten Situation zu finden. Das Zimmer war verdunkelt, doch schimmerte die Decke desselben in einem matten Grau, so daß er einigermaßen seine Umgebung erkennen konnte. Er sah sofort, daß er in einen anderen Raum gebracht worden war. Fenster waren nicht vorhanden, und das Rauschen des Meeres vermochte er nicht zu hören. Dagegen sah er in der Nähe seines Bettes mehrere Körbe und Pakete aufgestapelt, in denen er einen Teil aus dem Inhalt der Gondel des untergegangenen Ballons zu erkennen glaubte. Wenn es nur etwas heller gewesen wäre! Aber wie konnte man Licht erhalten?

Er erhob erst vorsichtig seinen Arm, um nicht etwa wieder einen unfreiwilligen Luftsprung zu machen, und als er merkte, daß er sich unter den gewöhnlichen Umständen der Erdschwere befand, setzte er sich mit einem lebhaften Schwung auf den Rand seines Lagers. Und siehe da, in dem Augenblick, in welchem seine Füße den Boden berührten, wurde es hell im Zimmer. An der Decke hatte sich eine weite Oberlichtöffnung gebildet, und die Sonne, nur durch einen leichten Schirm gedämpft, schien fröhlich herein. Er erkannte nun, daß er in der Tat das Eigentum der Expedition vor sich hatte, auch seine sorgfältig gereinigte und getrocknete Kleidung fand er dabei. Und am Boden lag sogar sein Eispickel, den er zu etwaigen Gletscherbesteigungen am Nordpol mitgenommen hatte. Schnell erhob er sich, und schon bei den ersten Schritten, die er auf dem weichen Teppich des Zimmers probierte, fühlte er, daß er sich wieder völlig wohl und bei Kräften befand. Er schob einen Vorhang zu seiner Linken beiseite und sah dahinter verschiedene Geräte, die ihm höchst fremdartig vorkamen, aber doch soviel erraten ließen, daß sie einen Bade-Apparat vorstellten und was sonst zur Toilette eines Martiers gehören mochte. Ehe er sich jedoch getraute, von diesen ihm unbekannten Gegenständen Gebrauch zu machen, untersuchte er erst die übrigen Teile des geräumigen Schlafgemachs. In der Mitte der dem Bett gegenüberliegenden Wand befand sich eine große Tür, die er indessen vorläufig nicht zu öffnen wagte. Er wandte sich Freude – Grunthe, der in ruhigem Schlummer lag. nun nach rechts und bemerkte, daß die Täfelung dieser Seitenwand ebenfalls eine Tür enthielt, die aber nicht ganz geschlossen war. Sie führte in ein verdunkeltes Gemach. Als Saltner an dem ihm unbekannten Mechanismus herumtastete, rollte sich die Tür auf und ließ dadurch mehr Licht in das Zimmer. Da erblickte er an der gegenüberliegenden Wand ein Bett genau wie das seinige und erkannte zu seiner unaussprechlichen

»Guten Morgen, Doktor«, rief Saltner ohne weiteres. »Wie geht's?«

Grunthe schlug verwundert die Augen auf.

»Saltner?« sagte er.

»Hier sind wir, munter und gesund, wer hätte das gedacht! Aber der arme Torm – niemand weiß etwas von ihm!«

»Und wissen Sie denn«, fragte Grunthe, sogleich ermuntert, »wo wir uns befinden?«

»Ich weiß es, aber Sie werden's freilich nicht glauben wollen. Oder haben Sie etwa schon mit dem biedern Hil oder der schönen Se gesprochen?«

»Wir sind in der Gewalt der Nume«, antwortete Grunthe finster. »Sind wir allein?«

»Soviel ich weiß, aber der Teufel traue diesen Maschinerien – wer kann wissen, ob man nicht von irgendwo alles hört und sieht, was hier vorgeht, oder ob nicht irgendein geheimer Phonograph jedes Wort protokolliert. Na, deutsch verstehen sie vorläufig noch nicht.«

»Welche Zeit haben wir? Wie lange war ich bewußtlos?«

»Ja, wenn Sie das nicht wissen! Ich denke, hier gibt es überhaupt keine Zeit.«

»Nun, das wird sich alles bestimmen lassen, wenn wir erst einmal den freien Himmel wiedersehen«, sagte Grunthe. »Aber wie kann man hier Licht machen?«

»Treten Sie gefälligst mit Ihren Füßen auf den Boden vor Ihrem Bett, dann wird es Tag. Wir sind hier im Lande der automatischen Bedienung.«

»Das kann ich nicht, bester Saltner, mein Fuß ist verwundet–«

»I – das wäre – lassen Sie sehen –«

»Es ist nichts, ich bin schon verbunden, aber ich muß vorläufig noch liegen bleiben.«

Saltner war inzwischen an Grunthes Bett geeilt, und in dem Moment, in welchem er den Teppich vor demselben betrat, öffnete sich das Oberlicht.

»Sehen Sie«, rief Saltner, »allmählich lernt man diese Marskniffe. Ich kann übrigens schon etwas martisch und werde Ihnen gleich ein Frühstück bestellen. Erlauben Sie nur, daß ich vorher ein wenig Toilette mache.«

Er eilte nach dem Alkoven, der offenbar als Toilettenzimmer dienen sollte, und stellte sich überlegend vor die Apparate.

»Das da scheint mir eine Badewanne«, sagte er, während Grunthe durch die Tür sein halblautes Selbstgespräch vernahm, »aber Wasser ist nicht darin. Und dies dürfte wohl einen Waschtisch vorstellen. Aber hier sind drei verschiedene Griffe, und jeder hat eine Aufschrift – nur daß ich sie nicht lesen kann. Ich kenn mich halt nicht aus. Na, ich werde mal ein bissel drehen. Vielleicht kommt ein Wasser heraus.«

Er drehte vorsichtig an dem einen Wirbel, in der Meinung, das darunter befindliche flache Becken werde sich auf irgendeine Weise mit Wasser füllen. Aber ehe er sich's versah, sprang das Becken, sich fächerförmig zu einem Tisch ausbreitend, hervor und versetzte ihm einen unhöflichen Schlag gegen den Magen. Mit Hallo sprang er zurück, fand sich aber sofort wieder stolpernd nach vorn geschnellt, denn gleichzeitig hatte sich in seinem Rücken ein Sessel aus dem Fußboden erhoben. Nachdem er sich von seinem ersten Schreck erholt, betrachtete er sich die Sache eingehend, probierte an dem Tisch und Sessel, und da er sie standfest fand, ließ er sich gemütlich auf dem Sessel nieder.

»Was gibt's denn?« fragte Grunthe von seinem Bett aus.

»Ein Wasser war's nicht«, sagte Saltner, »aber es sitzt sich ganz gut hier. Nun wollen wir einmal den zweiten Wirbel probieren.« Doch schnell sprang er wieder auf, er dachte, der zweite Handgriff könne vielleicht dazu dienen Tisch und Sessel wieder verschwinden zu lassen, und bei dieser Gelegenheit wollte er sich erst in Sicherheit bringen. Aber es kam anders. Er erhielt nur von einer aufspringenden Schublade einen Stoß an die Hand. Die Schublade enthielt eine Anzahl jener Mundstücke, deren sich die Martier, wie Saltner wußte, zum Trinken bedienten, und nun bemerkte er auch, daß oberhalb des Tisches drei Öffnungen freigeworden waren, in welche die Mundstücke hineinpaßten.

»Halt«, sagte Saltner, »hier gibt's was zu trinken. Aber damit wollen wir doch noch warten.«

Er drehte an dem dritten Griff. Eine muldenförmige Schale wurde sichtbar, und in dieselbe fielen aus einer darüber befindlichen Öffnung fingerdicke, hellbraune Gegenstände, welche etwa die Gestalt von kleinen Würsten hatten.

»Das ist also ein Frühstück und keine Toilette«, rief Saltner lachend und probierte die sehr einladend aussehenden und würzig duftenden Stangen. Sie schmeckten vorzüglich und erwiesen sich als ein knuspriges Gebäck, das mit einer kräftigen Fleischfarce gefüllt war. Wenigstens hielt Saltner sie dafür. Aber während er die erste Stange verzehrte, setzte der Apparat seine Tätigkeit fort, und Gebäck auf Gebäck fiel in die Schale, die bald bis zum Rand gefüllt war. Das ist zuviel des Segens, dachte Saltner und suchte umher, wie sich wohl der geheimnisvolle Speisequell abstellen ließe. Doch vergebens, der Wirbel selbst ließ sich nicht zurückdrehen – Saltner wußte nicht, daß man zu diesem Zweck erst durch Drehen der Schale den automatischen Spender des Gebäcks abstellen mußte. Einen weiteren Handgriff aber verstand er nicht zu finden, und so quoll ein unstillbarer Strom von Fleischrollen auf die Schale, fiel von dort auf Tisch und Fußboden und begann sich zu einem stattlichen Haufen aufzutürmen. Saltner lief in Verzweiflung hin und her, aber er fand kein Mittel – er wollte die Öffnung nicht mit Gewalt verstopfen. – Schließlich dachte er, der Vorrat muß ja doch einmal ein Ende nehmen, und wollte der Sache ihren Lauf lassen. Er wollte nun die auf der Schale liegenden Stücke fortnehmen, um Grunthe eine Portion zu bringen, dabei merkte er, daß die Schale sich drehen ließ, und auf einmal hörte die weitere Spedition des Gebäcks auf.

Er sammelte die umherliegenden Massen der Delikatesse bis auf einen kleinen Rest und trug sie in Grunthes Zimmer, der bei diesem Anblick und Saltners tragikomischer Miene sich eines Lächelns nicht erwehren konnte. Dort verbarg er sie in einem der leeren Körbe der Expedition, denn auch in Grunthes Gemach hatte man einen Teil der aus der Gondel geretteten Gegenstände geschafft.

»Warum lassen Sie das Zeug nicht einfach liegen?« fragte Grunthe.

»Das geht nicht, ich bin ja sonst unsterblich vor den Damen als dummer Bat blamiert. Übrigens sehne ich mich nach dem Frühstück; aber erst muß ich doch sehen, wo ich ein Waschwasser finde.«

Er drehte der Reihe nach an verschiedenen Griffen, ohne daß er das Gewünschte antraf. Bald sprang ein Schrank auf, der ihm unverständliche Geräte enthielt, bald entzündeten sich Lampen an verschiedenen Stellen des Zimmers. Dann zeigte sich eine Schüssel, und schon hoffte er am Ziel zu sein, aber erschrocken fuhr er zurück, denn die Schüssel begann sich zu erhitzen. Endlich erweiterte sich in der Ecke des Zimmers der Fußboden zu einem flachen Bassin, und ein Springbrunnen sprühte einen Strahl hervor. Vorsichtig überzeugte sich Saltner, ob er es auch wirklich mit

Wasser zu tun habe, und war sehr erfreut, als sich seine Vermutung bestätigte. Nun vervollständigte er mit Hilfe seiner wiedergefundenen Reiseeffekten seine Toilette und setzte sich mit Behagen an den Frühstückstisch.

Es war ihm ungewohnt und seltsam, daß das Tischchen so leer war und weder Gläser noch Tassen oder Löffel und Messer enthielt. Das Gebäck wenigstens wollte er auf einen Teller legen und sah sich deshalb nochmals im Zimmer um. Er bemerkte jetzt, daß sich auch ein großer Spiegel im Zimmer befand, neben welchem ein Gestell mit mehreren glänzenden runden Scheiben stand, die er für silberne Teller hielt. Er holte sich einen solchen Teller und legte sein Frühstücksgebäck darauf. Dann ließ er sich das Getränk munden, das die Öffnungen über dem Tischchen bereitwillig spendeten, nachdem er die Mundstücke daran befestigt hatte. Es war eine warme und zwei kalte Flüssigkeiten, die er erhielt und als Schokolade, Wein und Selterswasser bezeichnete, da sie mit diesen Getränken am meisten Ähnlichkeit hatten, obwohl er sich sagte, daß sie sich doch in vieler Hinsicht von den auf der Erde üblichen Genüssen dieser Art unterschieden. Insbesondere die Schokolade war sehr fettreich.

Neu gestärkt trat er in seinem kleidsamen Reiseanzug zu Grunthe ins Zimmer und sagte:

»Ich bin nun bereit, unsere Polarforschung fortzusetzen. Hoffentlich können Sie auch bald mitkommen. Aber ehe wir uns beraten, was wir zu tun haben, will ich doch sehen, ob ich Ihnen nicht ein Getränk verschaffen kann. Sie müssen ja einen grausigen Durst haben.«

»Danke schön«, erwiderte Grunthe lachend, »sehen Sie, was ich habe.« Und er wies auf das Mundstück eines Schlauches hin, das neben seinem Kopf über dem Bett herabhing. »Und hier«, fuhr er fort, »kosten Sie einmal diese Pastete oder was es sonst ist. Ich habe zwar keine Ahnung, wie es eigentlich schmeckt, aber ich fühle mich dadurch wunderbar gestärkt. Wenn mich mein Fuß nicht hinderte, stünde ich sogleich auf.«

»Sakra auch, das lasse ich mir gefallen! Wie haben Sie das entdeckt? Ich habe mich inzwischen abgeschunden, verschiedene Stöße bekommen und das Zimmer in ziemliche Unordnung gebracht. Wie fanden Sie das, es war doch vorhin nicht hier?«

»Einfach durch Nachdenken. Ich sagte mir, die Martier sind viel klüger als wir und jedenfalls viel umsichtiger. Wenn wir nun einen Patienten haben, der nicht gehen kann, so werden wir ihm doch ein Frühstück ans Bett bringen, und wenn wir selbst aus irgendeinem Grund nicht kommen wollen, so werden wir es ihm hinstellen. Ich sah mich also um. Nun betrachten Sie einmal diese beiden kleinen Zettel an diesen Ringen.«

»Das sind ja lateinische Buchstaben!«

»Allerdings. Es sind zwei Wörter der Eskimosprache. ›Misalukpok‹ und ›Imerpok‹. Das eine bezeichnet ›Essen‹ und das andere ›Trinken‹.«

»Warum hat man mir aber nicht auch solche Aufschrift angeklebt? Bei mir sind alle Schilder in einer Zeichenschrift, die jedenfalls martisch ist.«

»Sie verstehen ja nicht Grönländisch.«

»Woher wissen aber die Nume, daß Sie es verstehen?«

»Weil ich mich gestern mit einer – mit jemand darin unterhalten habe.«

»Potztausend, Grunthe, Sie sind mir über! Aber eins begreif ich nicht, wie können die Leute, die Herren Martier, wissen, wie man diese Worte in unsern Buchstaben schreibt?«

»Darüber bin ich mir auch noch nicht klar. Sie sehen, es ist Antiqua, der lateinischen Druckschrift genau nachgemalt. Und mein kleines Wörterbuch ist nicht mehr da, daraus haben sie die Zeichen entnommen. Aber wie sie die richtigen Worte in dem Buch aufgefunden haben, das ist mir ein völliges Rätsel. Denn sie kennen doch nur den Laut der Eskimoworte, aber nicht die gedruckten Zeichen.«

»Es ist eine unheimliche Geschichte«, sagte Saltner. »Aber ein gutes Weiberl ist sie doch, die Se, ich bin halt ganz hin! Wenn ich nur wüßt, warum sich kein Mensch bei uns sehen läßt, kein Nume, wollt ich sagen, denn darauf scheinen sie sich was Großes einzubilden, daß sie keine Menschen sind.«

»Das kann ich Ihnen auch sagen, Saltner. Würden Sie ihren Gästen nachts zwischen drei und vier Uhr einen Besuch machen?«

»Ist das die Uhr? Aber vorhin wußten Sie's ja nicht, und ich denke, am Pol gibt's überhaupt keine Zeit.«

»Eine konventionelle Zeit muß es doch geben. Die Leute müssen doch festsetzen, wann sie schlafen und wann sie zu Mittag essen sollen. Wir also haben zum Beispiel unsere mitteleuropäische Einheitszeit auf unseren Taschenuhren mitgebracht, und danach hätten wir jetzt neun Uhr 55 Minuten vormittags. Als der Ballon scheiterte, war es nach mitteleuropäischer Zeit gegen sechs Uhr abends. Nun weiß ich bloß nicht, ob seitdem ein oder zwei Nächte vergangen sind, denn das hängt von der Länge unserer Ohnmacht und unseres Schlafes ab.«

»Das weiß ich allerdings auch nicht. Ich weiß auch nicht, wann unser erstes Erwachen stattgefunden hat; das Ihrige vermutlich bald nach dem meinigen.«

»Nun, das läßt sich nachher aus der Deklination der Sonne feststellen, welches Datum wir haben. Ich habe meine Uhr auch jetzt erst wieder entdeckt – beide Uhren, und da sie übereinstimmen, sind sie auch nicht stehengeblieben –«

»Nein, ich habe dieselbe Zeit –«

»Ja, aber welche Zeit rechnen die Martier hier? Sehen Sie, das haben sie mir auch mitgeteilt, und daher weiß ich, daß es für sie jetzt Schlafenszeit ist und daß sie erst in vielleicht zwei Stunden aufstehen werden. Deswegen sagte ich, es sei zwischen drei und vier bei unsern Wirten; wie sie die Stunden zählen und benennen, weiß ich allerdings auch nicht.«

»Aber Doktor, woher wissen Sie denn, was bei den Martiern für eine Tageseinteilung Mode ist und was die Glocke bei ihnen geschlagen hat?«

»Glauben Sie wohl, Saltner, in einem Schlafzimmer, das mit allem Komfort der Martier ausgestattet ist, werde eine Uhr fehlen?«

»Ich habe keine gesehen und Sie vorhin auch nicht.«

»Seitdem aber habe ich sie entdeckt. Sehen Sie die Malerei, welche die kreisförmige Öffnung des Oberlichts einschließt? Sie ist in zwölf mal zwölf gleiche Abschnitte geteilt. Und jene schmalen hellen Streifen, die Sie dazwischen sehen, liegen nicht fest, sondern bewegen sich auf dem Ring. Das ist mir erst allmählich klar geworden, als ich während ihrer Toilette hier ruhig lag und in die Höhe starrte. Hier haben Sie die Uhr der Martier.«

»Ich schau sie wohl an, aber klug werd ich nimmer draus.«

»Entziffern kann ich sie auch nicht. Aber sehen Sie, es sind zwei Zettel angesteckt, die offenbar nicht zur Uhr gehören, sondern nur für heute, für uns, eine Nachricht geben. Der eine zeigt ein geschlossenes, der andere ein offenes Auge. Die Deutung ist klar: Schlafen und Wachen.«

»Es ist richtig, und dieser helle Strich –«

»Das ist der Stundenzeiger –«

»Dachte ich mir. Er steht noch ungefähr um ein Zwölftel des ganzen Kreises von dem geöffneten Auge ab.«

»Daher eben schließe ich, daß noch zwei Stunden zirka bis zum Beginn des Erwachens der Martier sind.«

»Aber finden Sie es nicht seltsam, daß die Martier den Tag ebenfalls in zwölf Stunden teilen?«

»Ebenfalls? Wir teilen ihn ja in vierundzwanzig –«

»Nun, das sind zweimal zwölf.«

»Daß die Zwölf wiederkehrt, wundere ich mich gar nicht – ich würde mich wundern, wenn es anders wäre. Es liegt das im Wesen der Zahl, das heißt im Wesen des Bewußtseins überhaupt. Die Gesetze der Mathematik sind die Gesetze der Welt. 12 ist 3 mal 4, die kleinste aller Zahlen, welche die drei ersten Zahlen 2, 3 und 4 zu Teilern besitzt. Alle intelligenten Wesen, welche Mathematik treiben, werden die 12, nächstdem die 60 zur Grundlage ihrer Einteilungen machen.«

»Aber wir haben ja doch die Zehn –«

»Die alte Astronomie wählte die Zwölf – zwölf Zeichen bilden den Tierkreis – die Zehn ist nur ein unwissenschaft- licher Rückfall in die sinnliche Anschauung der zehn Finger – Krämerpolitik –, doch lassen wir das.«

»Meinetwegen«, sagte Saltner. »Aber was tun wir nun? Erst müssen Sie natürlich Ihren Fuß auskurieren.«

»Ich fürchte«, erwiderte Grunthe, »wir werden auch dann nichts anderes tun können, als was die Martier über uns beschließen. Mit der Expedition wird es wohl so ziemlich aus sein. Suchen wir uns inzwischen möglichst mit den Verhältnissen vertraut zu machen. Rekognoszieren Sie ein wenig!«

»Im Zimmer habe ich mich schon umgesehen, und ich möchte nicht noch mehr von den rätselhaften Instrumenten probieren – man kann sich zu leicht blamieren. Ich komme mir vor wie ein Wilder in einem physikalischen Institut, bloß daß unsereiner nicht die nötige Naivität besitzt.«

»Was haben wir denn für Ausgänge?«

»Nur einen aus jedem unserer Zimmer. Ich weiß die Tür nicht zu öffnen. ich glaube, es ist auch schicklicher, wir warten hier, bis man uns aufsucht, als daß ich aufs Ungewisse herumstöbere.«

»Sie haben recht! Vielleicht haben Sie die Güte, unsere Sachen ein wenig zu ordnen, und wenn Sie mein Tagebuch finden, so bitte ich Sie darum. Zunächst müssen wir sehen, daß wir sowohl Torms Eigentum als die offiziellen Aktenstücke der Expedition in Sicherheit bringen.«

»Ich habe schon einiges hier beiseite gelegt«, sagte Saltner, indem er unter den Gegenständen aufräumte, welche die Martier aus der Gondel gerettet hatten. Sie waren zum Teil durch den Sturz und das Meerwasser beschädigt.

»Es wäre mir übrigens gar nicht unangenehm«, fuhr Saltner fort, »wenn noch einiges von unserm Proviant brauchbar wäre. Denn ich traue nicht recht, wie einem dieser Würstchen- Automat hier bekommen wird. Sehen Sie einmal, was die Herrn Nume alles aufgehoben haben! Da haben sie uns ja das Futteral mit den beiden Flaschen Champagner hergelegt, das Sie in der Not als Ballast auf die Insel warfen. ich hab halt gedacht, das würde ihnen die Köpfe zerschlagen und dabei in tausend Trümmer gehen. Aber es scheint ganz unversehrt. Nun, ich will die beiden Monopol nur aus dem Kasten nehmen. Die können wir doch nimmer mit Freude ansehn. Arme Frau Isma!« Er nahm die Flaschen heraus.

»Halt«, sagte er, »da in dem Futter steckt noch ein Paketchen. – Was haben wir denn da?«

Der Verschluß hatte sich gelöst. Ein Buch in der Größe eines Notizkalenders kam zum Vorschein.

»Na«, sagte Saltner, »Frau Isma wird uns doch nicht noch ein Album mitgegeben haben. Sehen Sie doch einmal, Grunthe, was das ist.«

»Was geht das mich an?« sagte Grunthe unwirsch.

Saltner schlug das Buch auf. Er stutzte sichtlich, blätterte darin und sah lange hinein.

»Das ist –«, sagte er dann kopfschüttelnd, »das ist ja – Aber wie ist das möglich?«

Das kleine Buch enthielt ein Wörterverzeichnis der Sprache der Martier; die Worte waren mit Hilfe der Lautzeichen des lateinischen Alphabets transkribiert, daneben befand sich eine deutsche Übersetzung und zugleich das Zeichen des Wortes in der stenographischen Schrift der Martier. Saltner hatte an den wenigen ihm bekannten Worten die Bedeutung des Inhalts erkannt.

»Sagen Sie mir das eine«, fuhr er fort, »mir steht der Verstand still – wie kann ein deutsch-martisches Wörterbuch hierherkommen – wie kann es überhaupt existieren?«

Grunthe streckte sprachlos die Hand aus und ergriff das Buch.

Er warf nur einen Blick hinein. Dann sagte er leise: »Das ist die Handschrift von Ell.«

Grübelnd schloß er die Augen. Das unlösbare Rätsel trat ihm wieder entgegen – wie kam Ell zur Kenntnis der Sprache der Marsbewohner? Und wenn er sie kannte, warum hatte er sich nicht offen ausgesprochen? Warum hatte er nicht ihm oder Torm die Sprachanleitung mitgegeben? Wie kam sie versteckt in das Futteral, unter die Flaschen?

Er wußte keine Antwort.

Saltner hatte inzwischen das Buch ergriffen und suchte sich daraus einige Worte zusammen.

Da hörte er im Nebenzimmer leises Lachen und Stimmen der Martier. Der Arzt Hil war in Saltners Zimmer eingetreten. Se hatte ihn bis an die Tür begleitet und amüsierte sich köstlich über die Unordnung, welche Saltner angestiftet hatte, am meisten aber darüber, daß er bei seinem Frühstück als Teller die – Kämme benutzt hatte. Die flachen Scheiben, welche Saltner für Teller gehalten hatten, dienten den Martiern dazu, das Haar zu ordnen; sie wurden elektrisch geladen und streckten dann die Haare geradlinig vom Kopf ab. »Es ist zu lustig«, lachte Se. »Aber wir wollen ihm jetzt nichts sagen, dem armen ›deutsch Saltner‹.« Darauf zog sie sich wieder zurück. Denn es war ihr zu ›schwer‹ in den Zimmern der Bate.

Hil trat bei Grunthe und Saltner ein.

10 - LA UND SALTNER

Hil war mit dem Zustand seiner Patienten sehr zufrieden. Mit großem Interesse betrachtete er ihre Effekten. Sichtliches Erstaunen aber malte sich auf seinen Zügen, als ihm Grunthe den kleinen deutsch-martischen Sprachführer überreichte. Er blätterte eifrig darin, und indem er auf einzelne Zeichen der martischen Schrift zeigte und sich das danebenstehende deutsche Wort nennen ließ, gelang es ihm bald, einige Fragen zu stellen, die Grunthe durch das umgekehrte Verfahren beantwortete. Da es ihm selbst an Zeit gebrach, den gegenseitigem Sprachunterricht sofort eingehend aufzunehmen, fragte er Grunthe mit Hilfe des Grönländischen, ob er nicht mit La, die sich gern mit Sprachstudien beschäftigte, martisch sprechen wolle, um recht bald zu einem gegenseitigen Verständnis zu kommen. Grunthe war dies sehr unangenehm. Er war recht froh, daß sich keine von seinen Pflegerinnen hier bei ihm sehen ließ, und er wandte sich daher an Saltner mit dem Vorschlag, ihn in dieser Hinsicht zu vertreten. Obgleich dieser die Sprache der Eskimos nicht als verbindendes Hilfsmittel benutzen konnte, glaubte er doch, mit Hilfe des Ellschen Sprachführers auszukommen und erklärte sich gern zu allen Diensten bereit.

Hil nahm den Sprachführer mit sich und geleitete Saltner in den anstoßenden großen Salon der Martier. Hier stellte er ihn einer Anzahl der dort versammelten Martier vor, unter denen sich der Leiter der Station Ra mit seiner Frau sowie neben einigen andern Martierinnen auch Se und La befanden.

Saltner wußte nicht, wo er seine Augen zuerst hinwenden sollte. Fast alles, was er sah, war ihm fremd, am meisten aber überraschten ihn die Gestalten der Martier selbst. Es war ihm nur lieb, daß er sich aus Mangel an Sprachkenntnissen in Schweigen hüllen und sich mit dem Sehen begnügen konnte. Hil nannte ihm die Namen der einzelnen, die ihn mit ihren martischen Handbewegungen begrüßten, was Saltner mit europäischen Verbeugungen erwiderte. Nur fielen dieselben leider etwas steif aus, da er infolge der verminderten Schwere sehr vorsichtig sein mußte. Er sah wohl an den Gesichtern derjenigen Martier, welche in ihm zum ersten Mal einen Europäer erblickten, wie sie sich Mühe gaben, ihre Belustigung über seine Ungeschicklichkeit zu verbergen. Es war ihm daher sehr angenehm, als sich die Mehrzahl der Anwesenden zurückzog.

Gleich bei seinem Eintritt war ihm neben der reizenden Se die Gestalt Las aufgefallen, und als er bei der Nennung der Namen erkannte, daß dieses wunderbare Wesen seine Sprachlehrerin sein sollte, heftete er seine Blicke erwartungsvoll auf ihre Züge. Aber in ihren großen Augen war keine Spur von Spott zu bemerken, sie begrüßte ihn mit ruhiger Liebenswürdigkeit, und ein Lächeln, das sie mit Se tauschte, sagte dieser, daß ihr dieser Bat besser gefiel als der andere. Saltner war überzeugt, daß er riesenschnelle Fortschritte im Martischen machen würde, wenn ihm die Anerkennung aus solchen Augen als Lohn winke. Er wußte nur nicht recht, wie die Sache zu beginnen sei, da keines der beiden die Sprache des andern kannte. La holte einige Bücher aus der Bibliothek, darunter den ihm schon bekannten Atlas, der ihm zur ersten Verständigung mit Se gedient hatte. Sie streckte sich dann in ihrer Lieblingsstellung auf den Diwan und winkte Saltner, sich dicht an ihrer Seite niederzulassen. Sie begann zunächst einige Gegenstände zu bezeichnen, die sich unmittelbar der Anschauung darboten, und sich die Benennung martisch und deutsch wiederholen zu lassen; dann verfuhr sie ebenso mit verschiedenen Abbildungen in den Büchern. Aber so ging die Sache zu langsam. Sie griff zu dem Sprachführer, den Se in der Hand hielt. Se hatte bis jetzt in dem Büchlein geblättert und eine Anzahl von deutschen Worten auf einem Streifen durchsichtigen Papiers einfach dadurch nachgebildet, daß sie das Papier einen Augenblick auf das betreffende gedruckte Wort legte und andrückte. Das Papier war lichtempfindlich und gehörte zu einem kleinen Taschenschnellphotograph, den man als Notizbuch bei sich zu führen pflegte. Saltner las: »Schüler fleißig. Lehrer streng. Fernhörer. Alles hören.«

Als er wieder aufblickte, sah er, daß Se schelmisch lachte. Sie machte sich dann noch an dem Apparatentisch zu schaffen und entfernte sich mit freundlichen Winken: »Das ist recht«, sagte La, »sie hat den Phonograph aufgezogen. Danach können wir dann unser Pensum gut repetieren.«

Darauf nahm La den Sprachführer vor und ging mit Saltner die Redensarten und kleinen Gespräche durch, welche dort in beiden Sprachen angegeben waren. Er las sie deutsch, sie martisch, und beide lachten dazwischen herzlich, wenn sie ihre Aussprache zu verbessern suchten oder komische Mißverständnisse zutage kamen. Saltner mußte La dicht über die Schulter blicken, um im Buch zu lesen. Es ließ sich nicht vermeiden, daß sein Blick nach der wunderbaren Farbe ihres Haares und den weichen Formen des Nackens abirrte und die Worte manchmal zerstreut herauskamen. Ein seltsamer Wärmestrom ging von ihrem Körper aus, und dies war nicht bloß ein Spiel seiner Phantasie; er erfuhr später, daß die Martier in der Tat eine höhere Blutwärme besitzen als die Menschen. Er merkte, daß sich seine Sinne verwirrten. Und auch dies hatte seinen Grund nicht nur in seinen Gefühlen, sondern war eine Wirkung der geringen Schwere, an die seine Konstitution noch nicht gewöhnt war. Das Blut wurde ihm stärker zu Kopfe getrieben.

La erkannte dies bald. Sie gab ihm das Buch zu halten, lehnte sich zurück und stellte das abarische Feld ab. Alsbald fühlte sich Saltner wieder wohler, und die Studien nahmen mit erneuter Kraft ihren Fortgang. So vergingen schnell einige Stunden. Und auf einmal stellte sich heraus, daß die Lehrerin viel mehr deutsch gelernt hatte als der Schüler martisch. Nicht weniger als Saltner hatte Grunthe dabei gelernt, der den Sprechübungen durch den Fernhörer zugehört hatte. Er fragte an, ob er jetzt vielleicht das Buch auf einige Zeit erhalten könnte.

La stellte die Schwere ab, um sich wieder frei bewegen zu können.

»Oh, wie zerstreut bin ich doch!« rief sie aus. »Wir brauchten uns doch nicht mit dem einen Exemplare zu quälen! Wenn Sie mir das Buch noch eine halbe Stunde erlauben« – wandte sie sich durch den Fernsprecher an Grunthe –, »so werde ich es sofort vervielfältigen lassen.«

Sie schrieb einige Worte auf ein Stückchen Papier, legte dies in das Buch und packte das Ganze in einen Umschlag. Dann warf sie das kleine Paket in einen an der Wand befindlichen Kasten.

Saltner sah ihr verwundert zu.

»Das ist die pneumatische Post nach der Werkstatt«, sagte La erklärend. »Es wird nicht lange dauern, so bekommen wir die Kopien des Buches, aber nicht in Ihrem ungeschickten Format, sondern in unserer hübschen Tafelform.« Sie erläuterte das Gesagte durch verschiedene Handbewegungen.

»Und wer besorgt denn dies?« fragte Saltner.

»Wer von den Technikern gerade an der Reihe für den Tag ist. Die Arbeitszeit wechselt in geregelter Ablösung. Jeder hat seinen besonderen Tätigkeitskreis. Ich zum Beispiel muß mich mit der Erlernung der schrecklichen Menschensprachen quälen. Haben Sie mich verstanden?«

Da Saltner noch ein ziemlich fragendes Gesicht machte, wiederholte sie die Antwort noch einmal, zu seiner Verwunderung in zwar etwas seltsamem, aber doch verstehbarem Deutsch.

»Sie sprechen ja deutsch, La La!« rief er aus.

»Sie haben nicht aufgepaßt«, sagte sie lachend. »Die Worte sind ja alle heute in unserm Pensum vorgekommen. Wir wollen es repetieren.« Sie ging an den Tisch und drückte auf den Knopf des Grammophons.

Man hörte sogleich die Worte wieder, die La zu Se bei ihrer Verabschiedung gesprochen hatte. La zog sich nun auf ihren Diwan zurück, stellte die Abarie ab und winkte Saltner, sich zu setzen.

Es war ihm ganz seltsam zumute, als er so seine eigene Stimme, jedes Wort mit der eigenen Betonung, jeden Sprachfehler – dazwischen das tiefe, halblaute Organ Las und ihr leises Lachen – wieder vernahm. Die schräg einfallenden Sonnenstrahlen rückten bis an Las Ruhestätte und entzündeten ein seltsames Farbenspiel zwischen den losen Wellen ihres Haares, sie spielten als ein Meer von Funken auf den glitzernden Fäden ihres Schleiers, die sich bei ihren Atemzügen leise hoben und senkten. War er noch er selbst, oder war er in ein fernes Geisterreich entrückt und mußte er nun sein eigenes Leben an sich vorüberziehen lassen?

»Nicht träumen«, sagte La halblaut, »aufpassen.«

Nun hörte er wieder auf die Worte ihrem Sprachsinn nach, er repetierte.

Da klapperte es an dem Postkasten.

»Da sind unsere Bücher«, sagte La. »Stellen Sie, bitte, das Grammophon ab, und öffnen Sie den Kasten.«

Saltner vollzog den Auftrag. Er enthob dem Kasten ein Paket, das die Kopien des Sprachführers enthielt. La nahm das Original heraus und gab es Saltner.

»Hier«, sagte sie, »bringen Sie dies Ihrem Freund zurück, mit bestem Dank. Und wenn es Ihnen recht ist, arbeiten wir am Nachmittag noch einmal.«

»Verfügen Sie vollständig über mich«, sagte Saltner mit einem bewundernden Blick. Eine vornehme Handbewegung verabschiedete ihn.

Die Sprachstudien fanden am Nachmittag eine unerwartete Unterbrechung.

Eben wollte Saltner, der mit Grunthe zusammen gespeist hatte, sich wieder in den Salon begeben, als Ra bei ihnen eintrat, um ihnen eine Mitteilung zu machen, die beide Forscher aufs Lebhafteste erregte.

Die Martier hatten auf ihren Jagdbooten das Binnenmeer und seine Ufer noch weiter nach Spuren der Expedition abgesucht. In einem der Fjorde, welche sich ungefähr in der Richtung des 70. Meridians westlicher Länge von Greenwich verzweigten, am Fuß eines unmittelbar in das Wasser abfallenden Gletschers, hatte man den bisher vermißten Fallschirm der Expedition gefunden, zwischen losgebrochenen Eisschollen treibend. Derselbe mußte so nahe am Ufer niedergefallen sein, daß es wohl denkbar war, ein an demselben hängender Mensch hätte sich auf den Gletscher retten können. Die Martier hatten das Land selbst nicht betreten können; ohne besondere maschinelle Vorrichtungen war ihnen dies überhaupt nicht möglich.

Saltner sprang auf und bat dringend, ihn sofort an Ort und Stelle zu bringen. Hier war eine Möglichkeit gegeben, daß Torm doch noch am Leben und zu retten sei. Daß der Fallschirm in so weiter Entfernung vom Ballon gefunden war, und zwar an einer Stelle, über die der Ballon nicht geflogen sein konnte, ließ sich nur dadurch erklären, daß Torm den Schirm vom Ballon getrennt hatte. Dann konnte die in den unteren Luftschichten herrschende Windströmung den langsam fallenden Schirm sehr wohl bis dorthin getrieben haben. Aber ob sich Torm an dem Schirm befunden hatte? Vermutlich hatte er sich mit demselben niedergelassen; aus welchen Gründen ließ sich nur unsicher vermuten. Vielleicht hatte er den Ballon dadurch zu retten gedacht, daß er ihn um sich selbst erleichterte; vielleicht auch hatte er die Gefährten für erstickt gehalten und für sich selbst ein letztes Rettungsmittel versucht, ehe der Ballon wieder über das Meer hinaustrieb. Jedenfalls mußte man alles daransetzen, etwaige Spuren von Torm aufzufinden.

Ra stellte Saltner bereitwillig ein Boot und Mannschaft zur Verfügung, sagte aber sogleich, daß die Martier zu einer Untersuchung des Gletschers selbst sehr wenig geeignet seien. Sie würden jedoch für einige Apparate sorgen, die zum Transport etwaiger Lasten oder auch von Personen mit Vorteil benutzt werden könnten. Insbesondere aber schlüge er ihm vor, die beiden Eskimos, welche sich auf der Station aufhielten, Vater und Sohn, mitzunehmen. Sie leisteten den Martiern gute Dienste bei Arbeiten und Transporten im Freien, bei denen es menschlicher Muskelkraft bedürfe, und könnten ihn gewiß bei einer etwaigen Besteigung des Gletschers unterstützen.

Nach einer halben Stunde war das Boot bereit. Da Saltner sich nicht auf die ihm unbekannten Apparate der Martier verlassen wollte, hatte er sich mit seinem eigenen Seil und seinem getreuen, glücklich geretteten Eispickel versehen, die ihn schon bei so mancher schwierigen Klettertour in den Gebirgen seiner Heimat begleitet hatten.

Saltner war nicht wenig erstaunt, als er in dem langen, elegant gebauten Boot neun riesige Kugeln von etwa einem Meter Durchmesser erblickte, die Kopfhüllen der Martier, die ihnen direkt auf den Schultern saßen. Sie sahen dadurch wie seltsame Karikaturen aus. Der Führer des Bootes stand am Land und begrüßte Saltner, worauf er sich mühsam an Bord begab und nun ebenfalls seinen Kugelhelm aufsetzte. Die beiden Eskimos befanden sich schon im Boot und lösten das Seil, sobald der Führer eingestiegen war. Sie verstanden nicht recht seine Handbewegung, und das Boot begann von der Landestelle abzutreiben, gerade als Saltner seinen Fuß auf den Rand desselben setzte. Die Martier, welche glaubten, er müsse unfehlbar ins Wasser stürzen, winkten lebhaft mit ihren Armen, während er selbst sich mit einem leichten Schwunge vom Ufer abstieß und gewandt in das Boot sprang. Für einen geschickten Turner war dies eine Kleinigkeit, erregte aber bei den Martiern offenbare Anerkennung. Unter dem Einfluß der Erdschwere wäre diese Leistung keinem von ihnen möglich gewesen.

Kaum hatte Saltner einige Schritte getan, indem er sich nach einem passenden Platz umsah, als einer der Martier seine große Kugel von der Schulter nahm und an ihrer Stelle der anmutige Kopf Las zum Vorschein kam. Sie sah ihn mit ihren großen Augen heiter an und nickte ihm freundlich zu.

»Wie kommt es, daß Sie hier sind, La La?« sagte Saltner, in seiner Überraschung deutsch sprechend. »Sie scheuen doch die Schwere draußen. Diese Fahrt ist gewiß sehr anstrengend für Sie?«

»Ganz richtig«, antwortete La ebenfalls deutsch, »ich tue es nicht zum Vergnügen. Ich bin im Dienst. Wie wollen Sie verstehen diese Nume? Wie wollen Sie verstehen diese Kalalek? Ich bin als Dolmetscher hier«, fügte sie auf martisch hinzu.

»Das ist wahr, an diese Schwierigkeit habe ich gar nicht gedacht. Aber wie leid tut es mir, daß Sie sich so bemühen müssen. Freilich, was könnte ich mir Besseres wünschen – doch wollen Sie nicht Ihren Helm wieder aufsetzen?« La schüttelte den Kopf. Aber sie schlug hinter ihrem Platz eine Lehne mit weichem Polster in die Höhe und stützte dort ihr Haupt auf. So lehnte sie sich zurück und ließ ihre Augen prüfend über das Boot und die ganze Umgebung wandern.

Mit großer Geschwindigkeit durchschnitt das Boot die leise bewegten Wellen der Bucht und hatte in etwa zehn Minuten die Stelle erreicht, an welcher sich mehrere Kanäle von verschiedener Breite verzweigten. Jetzt mußte langsam und vorsichtig gefahren werden, denn ein Gewirr von Felsblöcken und Eisbergen oder Schollen erstreckte sich am Stirnende des Gletschers entlang und verengte das Fahrwasser. Die Martier hatten den Platz bezeichnet, an welchem sie den Fallschirm gefunden hatten, und Saltner spähte nach einer geeigneten Stelle aus, wo man den Gletscher erklimmen könnte. Er schlug seinen Eispickel in eine Scholle und sprang auf dieselbe hinüber, kam wieder zurück und ließ das Boot weiterfahren. Es schien sich von selbst zu verstehen, daß er hier kommandierte.

La ließ ihre Augen mit Wohlgefallen auf seinen entschiedenen Bewegungen ruhen. Dieser Bat, über den sie als Martierin sich so weit erhaben fühlte, war ihr bisher nur seltsam vorgekommen. Aber hier, in seinem Element als gewandter Kletterer, machte er ihr doch einen viel vorteilhafteren Eindruck. Gegenüber den unbeweglichen Kugeln, die ihre Landsleute auf den Schultern trugen, gegenüber den grauen, stumpfen Gesichtern der Eskimos mit ihren vorstehenden Backenknochen bot sein ausdrucksvoller Kopf, seine freie Haltung und kräftige Kühnheit ein Bild, das sie gern betrachtete.

Der Gletscher fiel an den meisten Stellen mit einem senkrechten Abbruch von zehn bis fünfzehn Metern Höhe in die See ab. Endlich hatte Saltner eine Stelle gefunden, an welcher ihm der Aufstieg möglich schien. Gewandt schlug er Stufe auf Stufe in das ziemlich weiche Eis und kletterte, von den Augen der Martier unter

Spannung verfolgt, die Eiswand hinauf. Dann warf er das Seil hinab, und die beiden Eskimos folgten ihm an demselben. Bald waren die drei für die Insassen des Bootes hinter dem Rand des Eises verschwunden.

Längere Zeit war nichts von den Kletterern zu vernehmen, und La begann schon ungeduldig nach der Höhe zu blicken. Da erschien Saltner etwa hundert Meter weiter am Rand des Absturzes und winkte dem Boot, sich dorthin zu begeben. Als dies geschehen war, rief er hinunter:

»Ich habe Spuren gefunden. Wird es möglich sein, einige Leute hier heraufzubringen?«

La übersetzte, und der Führer des Bootes ließ antworten, daß dies sehr leicht sei, wenn es Saltner gelänge, mit seinem Seil die Rolle des Aufzuges, den die Martier mit sich führten, hinaufzuziehen und oben zu befestigen.

Dies geschah nach Wunsch. Alsbald hatten die Martier einen bequemen Aufzug eingerichtet, den sie mit den Akkumulatoren ihres Bootes betrieben.

Nicht weit von der Stelle, an welcher die Martier ihren Aufzug angebracht hatten, stieß eine Seitenschlucht in das Haupttal, und hier zog sich ein Streifen von Felstrümmern und Moränenschutt, von Flechten überkleidet, auf dem ganz allmählich ansteigenden Gletscher in die Höhe. Auf diesem Streifen konnte man, ohne sich der unsicheren Oberfläche des Gletschers anzuvertrauen, gut ins Innere des festen Landes gelangen. Saltner hatte nun in dieser Richtung einen Gegenstand zwischen dem Geröll bemerkt, der zwar der weiten Entfernung wegen nicht deutlich erkennbar war, aber jedenfalls untersucht werden mußte, da er von Menschen herzurühren schien, wenn es nicht gar der nur zum Teil sichtbare Körper eines Menschen war. Um jedoch das Gestein zu erreichen, mußte man zunächst eine tiefe und breite Spalte passieren; diese Spalte war an einer Stelle durch eine Schneebrücke überspannt gewesen, die offenbar erst vor kurzem zusammengebrochen war. Gegenwärtig war es unmöglich, dieselbe ohne künstliche Hilfsmittel zu überschreiten, und deshalb hatte Saltner die Martier heraufgerufen. Er sagte sich, es sei sehr wohl denkbar, daß Torm mit Hilfe des vom Fallschirm abgelösten Seiles auf den Gletscher und von dort auf den Moränenstreifen gelangt sei. Mit großer Aufregung hatte er daher jenen dunklen Gegenstand in der Ferne betrachtet.

Die Martier wanden nun aus ihrem Boot genügend lange Stangen empor, um die Spalten überbrücken zu können, und Saltner verrichtete mit den Eskimos die übrige Arbeit. Alsdann wanderte er über die Felstrümmer weiter, eine Kletterpartie, die übrigens schwieriger war und langsamer vor sich ging, als er ursprünglich erwartet hatte.

La hatte sich ebenfalls emporziehen lassen. Auf ausgebreiteten Fellen ruhend sah sie den Arbeiten der Menschen zu. Sie hatte noch niemals einen Gletscher in der Nähe gesehen, geschweige denn betreten. Auf dem Mars gab es solche Gebilde nicht; die Atmosphäre war viel zu trocken, um dieselben zu unterhalten. Mit Bewunderung blickte sie in das Gewirr von Spalten, Trümmern und Zacken, die mit ihren grünlichen Schatten sich von den rötlich im Sonnenschein schimmernden Schneeflächen abhoben. Gar zu gern hätte sie einen Blick in die unergründliche Eisschlucht hineingetan, welche die Menschen überbrückten, aber sie scheute sich, den mühsamen Gang zu zeigen, mit dem sie sich hätte hinschleppen müssen.

Jetzt waren die Menschen fortgegangen; sie konnten die seltsame Figur nicht mehr beobachten, die sich langsam von den Fellen erhob, ihren Kugelhelm aufsetzte und auf zwei Stöcke gestützt der Spalte zuschlich. Der Weg war gar nicht so anstrengend, wie La glaubte; sie hatte sich doch schon einigermaßen geübt, ihre Glieder unter dem Einfluß der Erdschwere zu bewegen. So gelangte sie an den angebrachten Steg und ließ sich am Rand der Gletscherspalte nieder.

An die eine der hinübergelegten Stangen sich haltend, beugte sie vorsichtig den Kopf über den Abgrund. Dunkelgrün dämmerte die Tiefe, aus der das Rauschen des Schmelzwassers dumpf heauftönte. Genau unter ihr streckte sich ein zackiger Grat ihr entgegen, der die Schlucht der Länge nach durchzog. Ein großer Felsblock war hinabgestürzt und auf dem Grat festgehalten worden. Er bildete eine Art Brücke da unten in der Tiefe. Daneben zeigte ein frischer Spalt seine kristallklaren Eiswände. La konnte sich an dem ungewohnten Schauspiel nicht sattsehen. Schwindel kannte sie nicht. Sie war gewohnt, den Weltraum in seiner Unendlichkeit unter ihren Füßen zu erblicken, wenn das Raumschiff die Leere des Sternenhimmels durcheilte. Aber sie kannte auch nicht die Gefahren dieses mürben, abbröckelnden Elements, auf dessen überhängender Kante sie ruhte. Um besser hinabzublicken, zog sie sich an der Stange weiter und stemmte ihre Füße gegen einen Vorsprung des Randes. Der Vorsprung brach. Zerstiebend stürzte er in die Tiefe. Ihr Fuß verlor die Stütze. Sie wollte sich wieder hinaufschwingen, aber die Last war zu schwer für ihre Kräfte. Der unförmliche Helm hinderte sie, ihren Oberkörper frei an dem Steg zu bewegen, an welchen sie sich geklammert hielt. Sie rief um Hilfe, doch die Stimme drang nur schwach unter dem Helm hervor. Eine erneute Anstrengung brachte ihren Körper höher, aber nun glitt die Stange aus ihrer Lage, ihre Hände verloren den Halt – – La stürzte in den Abgrund.

Ihr Angstschrei verhallte zwischen den Eiswänden der Spalte. Aber der Helm, der ihren Absturz verschuldete, wurde vorläufig zu ihrem Retter. Sie fiel auf die Stelle, welche der auf dem Grat ruhende Felsblock verengte, und der elastische Helm hemmte den Sturz. Er war zertrümmert, aber sie selbst fühlte sich unverletzt, sie hatte das Bewußtsein nicht verloren. Mit den Armen sich festklammernd, lag sie auf dem Felsen, unter sich die finstere Tiefe, über sich den schmalen Lichtstreifen des Himmels, unfähig, sich zu bewegen. Sie vermochte nichts zu ihrer Rettung zu tun, Minute auf Minute verrann. Wann würde man sie bemerken? Konnte sie gerettet werden? Sie war vollkommen ruhig. Das Bild der fernen Heimat stieg vor ihr auf. »Noch einmal möcht ich ihn sehen, meinen schönen Nu«, so klang es in ihr, »aber wenn es nicht sein soll, so füg ich mich Deinem Willen im Weltenplan.«

Da vernahm sie Rufe über sich. Ein Kugelhelm wurde sichtbar. Die Martier hatten ihr Verschwinden bemerkt, sie ward gesehen. Man rief ihr zu, sie möge Mut fassen, man werde den Aufzug herbeischaffen. Sie wußte, daß darüber lange Zeit vergehen müsse; die Martier konnten nur langsam arbeiten. Und sie fühlte, wie die Kälte der Schlucht ihre Glieder erstarren ließ.

Plötzlich hörte sie oben erneute Rufe und schnelle Schritte. Eilende Gestalten schwangen sich über den Steg. La wußte, wer es war. Saltner war mit den beiden

Eskimos zurückgekehrt. Kaum hatte er erkannt, was geschehen war, als er sich auch sofort anseilte und von seinen beiden Begleitern in den Spalt hinabsenken ließ. La sah, wie seine Gestalt näher und näher kam. Mit der einen Hand hielt er sich von der Wand der Spalte ab. Und nun kniete er neben ihr auf dem Felsblock. Er löste den Rest ihres Helmes geschickt von ihren Schultern; dumpf donnerte er in den Abgrund. Dann hob er sie empor und sagte besorgte Worte, die sie nur halb verstand. Jetzt erst erfaßte sie der Schwindel, und das Bewußtsein drohte sie zu verlassen. Aber sie fühlte, daß Saltner sie fest umschlang, und in diesem Augenblick wußte sie sich geborgen. Jetzt rief er mit lauter Stimme in seiner Muttersprache nach oben: »Ein zweites Seil!«

La lächelte, ihn dankbar ansehend, und sagte leise: »Kalalek nicht verstehen.«

»Doch, doch!« erwiderte Saltner. Und wirklich, der jüngere der beiden Eskimos rief die deutschen Worte hinab:

»Nicht hier. Warten. Nume kommen.«

La blickte ihn fragend an. Aber er antwortete nicht, er sah, daß sie fror.

»Werft die Decke herab!« rief er.

Man schien ihn jetzt nicht zu verstehen. »Was heißt auf grönländisch Decke?« fragte er.

»Kepik.«

»Kepik!« rief er hinauf.

Eine wollene Decke wurde hinabgeworfen. Saltner schlug den Pickel fest in die Wand und beugte sich weit vor, um sie aufzufangen. Es gelang. Er hüllte La hinein. Er zog seine Feldflasche heraus, die er vorsorglich aus den geretteten Reisevorräten mit Kognak gefüllt hatte. La wußte zwar damit nicht Bescheid, aber er flößte ihr etwas von dem feurigen Getränk ein, das ihr sehr wohltat.

Er berichtete kurz. Sein Ausflug war ohne entscheidenden Erfolg geblieben. Der fragliche Gegenstand war eine der im Ballon befindlichen Decken gewesen, dieselbe, die La jetzt einhüllte. Aber ob sie von Torm mitgenommen und dort zurückgelassen war oder ob sie aus dem Ballon bei seinem Flug verloren und vom Wind hingetrieben worden war, ließ sich nicht feststellen; das letztere war sogar das wahrscheinlichere. Dabei hatte sich überraschenderweise herausgestellt, daß der Sohn des Eskimos einige Worte deutsch verstand. Er war ein Jahr in Diensten deutscher Missionare auf Grönland gewesen und hatte einzelne Worte aufgefaßt, als Saltner mit La deutsch sprach. Nur hatte er in Gegenwart der Martier nicht gewagt, dies zu erkennen zu geben.

Endlich erschienen die Martier wieder am Rand der Spalte. Ein zweites Seil wurde herabgelassen. Saltner machte einen erträglichen Sitz zurecht, und indem er La stützte und mit dem Eispickel beide von der Wand fernhielt, wurden sie glücklich an die Oberfläche befördert.

»Ich weiß, was ich Ihnen verdanke«, sagte La.

Eine tiefe Erschöpfung ergriff sie, und sie mußte bis an das Boot getragen werden. Man trat sofort die Heimfahrt an.

11 - MARTIER UND MENSCHEN

Der September hatte begonnen. Noch immer beschrieb die Sonne ohne unterzugehen den vollen Kreis des Himmels, aber sie stand nur noch wenige Grad über dem Horizont. Schon streifte sie nahe an die höchsten Gipfel der Berge, welche an einzelnen Stellen die Steilufer des Polarbassins überragten. Der lange Polartag neigte sich seinem Ende zu. Wie in einem ewigen Untergang wanderte der riesige Glutball der Sonne rings um die Insel, meist drang sie nur strahlenlos wie eine rote Scheibe durch die Nebel, und ein breites, rosig glühendes Band zog sich durch die leise wogenden Fluten ihr entgegen und folgte ihrem Lauf als ein natürlicher Stundenzeiger um den Pol.

Die beiden deutschen Nordpolfahrer verbrachten ihre Tage wie in einem köstlichen Märchen. Hätte nicht der Gedanke an den verlorenen Gefährten auf ihre Stimmung niederdrückend gewirkt und den Genuß der Gegenwart gedämpft, nichts Freudigeres und Erhebenderes wäre denkbar gewesen als der beglückende Verkehr mit den Bewohnern der Polinsel, die, wie sie jetzt erfuhren, den Namen Ara führte, zu Ehren des ersten Weltraumschiffers Ar.

Die Martier behandelten die beiden Erdbewohner als ihre Gäste, denen jede Freiheit gestattet war. Gegenüber den kleinen, unansehnlichen, schmutzigen und tranduftenden Eskimos erschienen ihnen die stattlichen Figuren der Europäer in ihrer reinlichen Tracht schon äußerlich als Wesen verwandter Art. Nicht wenig trug dazu die körperliche Überlegenheit bei, welche die Martier, sobald sie sich nicht im Schutz des abarischen Feldes befanden, an den Menschen anerkennen mußten. Aufrecht und leicht schritten diese einher und verrichteten spielend Arbeiten, denen die unter dem Druck der Erdschwere gebeugt einherschleichenden Martier nicht gewachsen waren. Denn auch Grunthe war nach wenigen Tagen wieder in seiner Gesundheit völlig hergestellt und spürte keinerlei üble Folgen seiner Fußverletzung. Saltner aber hatte sich durch die entschlossene und geschickte Rettung Las die Achtung der Martier erworben.

Überraschend schnell hatte sich das gegenseitige Verständnis durch die Sprache angebahnt. Dies war natürlich hauptsächlich durch die glückliche Auffindung der kleinen deutsch- martischen Sprachanweisung gelungen. Es zeigte sich, daß diese von ihrem Verfasser Ell ganz speziell für diejenigen Bedürfnisse ausgearbeitet war, die sich bei einem ersten Zusammentreffen der Menschen mit den Martiern für beide Teile herausstellen würden. Denn es waren darin weniger die alltäglichen Gebrauchsgegenstände und Beobachtungen berücksichtigt, über welche man sich ja leicht durch die Anschauung direkt verständigen kann, wie Speise und Trank, Wohnung, Kleidung, Gerätschaften, die sichtbaren Naturerscheinungen und so weiter; vielmehr fanden sich gerade die Ausdrücke für abstraktere Begriffe, für kulturgeschichtliche und technische Dinge darin verzeichnet, so daß es Grunthe und Saltner möglich wurde, sich über diese Gedankenkreise mit den Martiern zu besprechen. Ell hatte offenbar vorausgesehen, daß, wenn wissenschaftlich gebildete Europäer mit den in der Kultur ihnen überlegenen Martiern zusammenkämen, das Hauptinteresse darin bestehen müßte, sich gegenseitig über die allgemeinen Bedingungen ihres Lebens zu unterrichten.

Es erregte übrigens bei den Martiern keine geringere Verwunderung wie bei den beiden Forschern, daß auf Erden ein Mensch existiere, der sowohl die Sprache und Schrift der Martier beherrschte als auch eine ziemlich zutreffende Kenntnis der Verhältnisse auf dem Mars besaß. Aus gewissen Einzelheiten schlossen sie allerdings, daß diese Kenntnis sich nur auf weiter zurückliegende Ereignisse bezog, daß insbesondere die Tatsache der Marskolonie am Pol der Erde dem Verfasser des Sprachführers nicht bekannt war, wohl aber das Projekt der Martier, die Erde an einem ihrer Pole zu erreichen. Der Name Ell war in einigen Landschaften des Mars nicht selten. Die gegenwärtigen Polbewohner erinnerten sich der Berichte, daß bei den ersten Entdeckungsfahrten nach der Erde mehrfach Fahrzeuge verschollen waren, ohne daß man jemals etwas über das Schicksal der kühnen Pioniere des Weltraums hatte erfahren können. Von einem berühmten Raumfahrer, dem Kapitän All, wußte man sogar gewiß, daß er mit mehreren Gefährten infolge eines unglücklichen Zufalls auf der Erde zurückgelassen worden war, allerdings unter Umständen, welche allgemein an seinen baldigen Untergang glauben ließen. Immerhin war es wohl denkbar, daß einer oder der andere dieser Martier zu Menschen sich gerettet und die Kunde vom Mars dahin gebracht hätte. Diese Ereignisse aber lagen dreißig bis vierzig Erdenjahre zurück, und jene Männer selbst waren alle in vorgeschrittenerem Alter gewesen, da eine Beteiligung jüngerer Leute an jenen ersten, unsicheren Fahrten nicht bekannt war. Ell selbst, der etwa mit Grunthe gleichaltrig oder nur ein wenig älter war, konnte also nicht zu ihnen gehören. Und Grunthe wie Saltner konnten versichern, daß von einem Auftauchen eines Marsbewohners, ja überhaupt von der Existenz solcher Wesen, auf der Erde nichts bekannt sei. Ell war der einzige, der ein solches Wissen besaß, dies aber bis auf jene beiläufigen Redensarten, die Grunthe nicht ernsthaft genommen, durchaus verborgen gehalten hatte. Wie er selbst dazu gekommen war, blieb ebenso unaufgeklärt wie die Umstände, durch welche jene Sprachanweisung in das Flaschenfutteral gelangt sein konnte, das Frau Isma Torm der Expedition als eine scherzhafte Überraschung am Nordpol mitgegeben hatte.

Den Bemühungen der Deutschen, sich die Sprache der Marsbewohner anzueignen, kamen diese bereitwillig entgegen, so daß Saltner und insbesondere Grunthe sehr bald ein Gespräch auf martisch führen konnten; gleichzeitig fand es sich, daß auch die Martier, welche den täglichen Umgang der beiden bildeten, das Deutsche beherrschten. Ersteres wurde dadurch möglich, daß die Verkehrssprache der Martier außerordentlich leicht zu erlernen und glücklicherweise für eine deutsche Zunge auch leicht auszusprechen war. Sie war ursprünglich die Sprache derjenigen Marsbewohner gewesen, die auf der Südhalbkugel des Planeten in der Gegend jener Niederungen wohnten, welche von den Astronomen der Erde als Lockyer- Land bezeichnet werden. Von hier war die Vereinigung der verschiedenen Stämme und Rassen der Martier zu einem großen Staatenbund ausgegangen, und die Sprache jener Zivilisatoren des Mars war die allgemeine Weltverkehrssprache geworden. Durch einen Hunderttausende von

Jahren dauernden Gebrauch hatte sie sich so abgeschliffen und vereinfacht, daß sie der denkbar glücklichste und geeignetste Ausdruck der Gedanken geworden war; alles Entbehrliche, alles, was Schwierigkeiten verursachte, war abgeworfen worden. Deswegen konnte man sie sich sehr schnell soweit aneignen, daß man sich gegenseitig zu verstehen vermochte, wenn es auch außerordentlich schwierig war, in die Feinheiten einzudringen, die mit der ästhetischen Anwendung der Sprache verbunden waren.

Übrigens war dies nur die Sprache, die jeder Martier beherrschte. Neben derselben aber gab es zahllose, sehr verschiedene und in steter Umwandlung begriffene Dialekte, die bloß in verhältnismäßig kleinen Gebieten gesprochen wurden, endlich sogar Idiome, die allein im Kreis einzelner Familiengruppen verstanden wurden. Denn es zeigte sich als eine Eigentümlichkeit der Kultur der Martier, daß der allgemeinen Gleichheit und Nivellierung in allem, was ihre soziale Zusammengehörigkeit als Bewohner desselben Planeten anbetraf, eine ebenso große Mannigfaltigkeit und Freiheit des individuellen Lebens entsprach. Wenn so die schnelle Erfaßbarkeit des Martischen den Deutschen zugute kam, so brachte die erstaunliche Begabung der Martier andererseits zuwege, daß sie sich wie spielend das Deutsche aneigneten. Gegenüber dem verwirrenden Formenreichtum des Grönländischen erschien ihnen das Deutsche wesentlich leichter. Was aber die schnellere Erlernung desselben hauptsächlich bewirkte, war der Umstand, daß das Deutsche als Sprache eines hochentwickelten Kulturvolkes dem geistigen Niveau der Martier soviel näherstand. Was der Grönländer in seiner Sprache auszudrücken wußte, die konkrete Art, wie er es nur ausdrücken konnte, der enge Interessenkreis, auf den sich das Leben des Eskimo beschränkte, das alles war dem Martier sehr gleichgültig, und er beschäftigte sich damit nur, weil er bisher kein anderes Mittel besaß, mit Bewohnern der Erde in Verkehr zu treten. Ganz anders aber wurde das Interesse der Martier erregt, als sie mit Grunthe und Saltner Gesprächsthemata berühren konnten, die ihrem eigenen gewohnten Gedankenkreis näherlagen. Im Deutschen fanden sie eine Sprache, reich an Ausdrücken für abstrakte Begriffe, und dadurch verwandt und angemessen ihrer eigenen Art zu denken. Die Überlegenheit, mit welcher die Martier die kompliziertesten Gedankengänge behandelten und in einem allgemeinen Begriff jede einzelne seiner Anwendungen mit einemmal überblickten, diese bewundernswerte Feinheit der Organisation des Martiergehirns kam den Deutschen zum erstenmal zum vollen Bewußtsein, als sie die Gewandtheit bemerkten, mit welcher die Martier das Deutsche nicht nur erfaßten und gebrauchten, sondern gewissermaßen aus dem einmal begriffenen Grundcharakter die Sprache mit genialer Kraft nachschufen.

Grunthe und Saltner wurde es sehr bald klar, daß die Martier geistig in ganz unvergleichlicher Weise höher standen als das zivilisierteste Volk der Erde, wenn sie auch noch nicht zu übersehen vermochten, wie weit diese höhere Kultur reiche und was sie bedeute. Ein Gefühl der Demütigung, das ja nur zu natürlich war, wenn der Stolz des deutschen Gelehrten einer höheren Intelligenz sich beugen mußte, wollte im Anfang die Gemüter verstockt machen. Aber es konnte nicht lange vor der übermächtigen Natur der Martier bestehen. Es wich widerstandslos der ungeteilten Bewunderung dieser höheren Wesen. Neid oder Ehrgeiz, es ihnen gleichzutun, konnten bei den Menschen gar nicht aufkommen, weil sie sich nicht einfallen lassen durften, sich mit den Martiern auf dieselbe Stufe der Einsicht stellen zu wollen.

Freilich wurden sie von den Martiern wie Kinder behandelt, denen man ihre Torheit liebevoll nachsieht, während man sie zu besserem Verständnis erzieht. Aber davon merkten Grunthe und Saltner nichts. Denn die Martier, wenigstens diejenigen der Insel, waren viel zu klug und taktvoll, als daß sie je ihre Überlegenheit in direkter Weise geltend gemacht hätten. Sie wußten es so einzurichten, daß den Menschen die Berichtigung ihrer Irrtümer als Resultat der eigenen Arbeit erschien, und ihre unvermeidlichen Mißgriffe korrigierten sie mit entschuldigender Liebenswürdigkeit.

Die Wunder der Technik, welche die Forscher bei jedem Schritt auf der Insel umgaben, versetzten sie in eine neue Welt. Sie fühlten sich in der beneidenswerten Lage von Menschen, die ein mächtiger Zauberer der Gegenwart entrückt und in eine ferne Zukunft geführt hat, in welcher die Menschheit eine höhere Kulturstufe erklommen hat. Die kühnsten Träume, die ihre Phantasie von der Wissenschaft und Technik der Zukunft ihnen je vorgespiegelt hatte, sahen sie übertroffen. Von den tausend kleinen automatischen Bequemlichkeiten des täglichen Lebens, die den Martiern jede persönliche Dienerschaft ersetzten, bis zu den Riesenmaschinen, die, von der Sonnenenergie getrieben, den Marsbahnhof in sechstausend Kilometer Höhe schwebend erhielten, gab es eine unerschöpfliche Fülle neuer Tatsachen, die zu immer neuen Fragen drängten. Bereitwillig gaben die Wirte ihren Gästen Auskunft, aber in den meisten Fällen war es gar nicht möglich, ihnen den Zusammenhang zu erklären, weil ihnen die Vorkenntnisse fehlten. Grunthe war in dieser Hinsicht so vorsichtig, nicht viel zu fragen; er suchte sich auf seine eigne Weise zurechtzufinden, sobald er sah, daß die Erklärung der Martier über seinen Horizont ging. Saltner machte sich weniger Skrupel darüber. »Das hilft nun nichts«, pflegte er zu sagen, »wir spielen einmal hier die wilden Indianer, und was wir nicht begreifen, ist Medizin.«

Als ihnen Hil zum erstenmal die Einrichtung erklärt hatte, wodurch sich die Martier in ihren Zimmern den Druck der Erdschwere erleichterten, und Grunthe mit zusammengekniffenen Lippen in tiefes Nachdenken verfiel, sagte Saltner einfach: »Medizin« und hob Grunthe samt dem Stuhl, auf welchem er saß, mit ausgestreckten Armen über seinen Kopf. Diese Kraftleistung war zwar für ihn bei der auf ein Drittel verringerten Erdschwere durchaus nichts Besonderes, ließ ihn aber doch den Martiern als einen Riesen an Stärke erscheinen.

Das Zimmer, welches an die beiden Schlafzimmer von Grunthe und Saltner stieß, war für den bequemen Verkehr der Martier mit den Menschen in eigentümlicher Weise eingerichtet worden. Da nämlich die Verringerung der Erdschwere, deren die Martier für die Leichtigkeit ihrer Bewegungen bedurften, von Grunthe und Saltner nicht gut vertragen wurde, so hatte man es durch eine am Boden markierte Linie – Saltner nannte sie den ›Strich‹ – in zwei Teile zerlegt. Der abarische Apparat konnte für die Hälfte des Zimmers, welche an die Wohnräume der Menschen grenzte, ausgeschaltet werden, während in dem übrigen Teil die Gegenschwere auf das den Martiern gewohnte Maß eingestellt wurde. Hier hielten sich die Martier auf, wenn sie bei den Deutschen ihre Besuche machten, während diese sich nach ihren Wünschen eingerichtet hatten, soweit es mit den von den Martiern bereitwillig hergegebenen

Möbeln und den wenigen von ihnen selbst mitgebrachten Gegenständen geschehen konnte. Freilich beschränkte sich diese Einrichtung nur auf die Aufstellung eines Arbeitstisches, einiger Bücher, Schreibmaterialien und Instrumente; denn in dieser Hinsicht wußten die Forscher nur in der ihnen gewohnten Weise auszukommen. Was im übrigen die Bequemlichkeiten des täglichen Lebens anbetraf, so waren sie nicht nur auf die Apparate und Gewohnheiten der Martier angewiesen, sondern fanden dieselben auch bald um so viel vorteilhafter und angenehmer, daß sie gern darüber nachdachten, wie sie dergleichen in ihre Heimat verpflanzen könnten.

Saltner, der seinen photographischen Apparat unter den geretteten Gegenständen wiedergefunden hatte, konnte kaum Zeit genug gewinnen, alle die Ausstattungsstücke der Martier aufzunehmen und die gänzlich neuen Formen der Verzierungen, die Gemälde, Kunstwerke und Zimmerpflanzen abzubilden. Ein besonderes Studium machte er aus den Automaten, deren Mechanismus er zu ergründen suchte und sich immer wieder aufs neue erklären ließ.

Seine Beraterin in diesen Dingen war in der Regel die immer heitere Se, seine liebenswürdige Pflegerin beim ersten Erwachen. Sie hielt sich täglich einen großen Teil ihrer Zeit über in dem gemeinschaftlichen Gesellschaftszimmer auf und machte den Gästen gewissermaßen die Honneurs des Hauses. Dagegen bekam Saltner La nur selten zu sehen, gewöhnlich nur des Abends, wenn sich die Martier in größerer Anzahl einzustellen pflegten. Und dann hielt sie sich gern zurück, obwohl er oft fühlte, daß ihre großen Augen mit einem sinnenden Ausdruck auf ihm ruhten. Sein lebhaftes Gespräch mit Se aber unterbrach sie häufig durch eine Neckerei. Da man sich meist bei geöffneten Fernhörklappen unterhielt, so konnte man, sobald man wollte, einem Gespräch in einem andern Zimmer zuhören und sich hineinmischen; so war es nichts Ungewöhnliches, daß man von einem Zwischenruf eines ungeahnten Zuhörers unterbrochen wurde. Ebensowenig aber nahm es jemand übel, wenn man einfach seine Klappe abschloß.

Die Sprachstudien waren speziell zwischen La und Saltner nicht wieder aufgenommen worden. Denn La hatte noch mehrere Tage nach ihrem Unfall sich vollkommener Ruhe hingeben müssen, und als sie wieder gesundet war, fand sie das gegenseitige Verständnis zwischen Menschen und Martiern schon ziemlich weit vorgeschritten. Aber auch sie hatte ihre unfreiwillige Muße benutzt und nicht nur den Ellschen Sprachführer, sondern auch die wenigen Nachschlagwerke, welche die Luftschiffer mit sich hatten, durchstudiert.

Trotz des Eindrucks, den die reizende Se auf Saltners empfängliches Gemüt machte, flogen seine Gedanken immer zu der stilleren, milden La zurück, und es war ihm stets wie eine leichte Enttäuschung, wenn er sie im Zimmer nicht vorfand. Gerade daß er öfter ihre tiefe Stimme vernahm, ließ ihn ihren Anblick um so mehr vermissen.

Las Zurückhaltung war nicht absichtslos. Daß sowohl sie wie Se eine unentrinnbare Gefahr für Saltners Herz waren, lag ja für beide auf der Hand, nachdem sie sich überhaupt erst an den Gedanken gewöhnt hatten, daß ein Mensch sich verlieben könne. Was aber Se höchst komisch vorkam und als äußerst spaßhaft erschien, das vermochte La so harmlos nicht anzusehen. Der ›arme Mensch‹, mit dem Se sich so lustig unterhielt, war ihr doch in einem andern Licht erschienen, damals, als er, in seinem eignen Element tätig, Leistungen verrichtete, die über das Vermögen der Nume hinausgingen.

Sie konnte den Moment nicht vergessen, in welchem sie sich in seinen starken Armen vom vernichtenden Abgrund zurückgerissen fühlte. Und so blieb es ihr immer gegenwärtig, daß dieses Spielzeug der erhabenen Nume, wenn auch nur ein Mensch, doch ein freies Lebewesen sei, kein ebenbürtiger Geist, aber vielleicht ein ebenbürtiges Herz. Ein doppeltes Mitleid stritt mit sich selbst in ihrer Seele, sie vermochte ihn nicht zu kränken durch Kälte und Zurückweisung, und sie wollte nicht Gefühle erwecken, die ihm doch nur zu größerem Leid werden konnten. Wer kann wissen, wie Menschenherzen fühlen mögen? Vielleicht waren die Menschen viel stärker in ihren Gefühlen als in ihrem Verstand. Und sie war Saltner zu dankbar, um nicht für ihn zu denken, was er wohl nicht verstand. – Aber was tun?

Wäre Saltner ein Martier gewesen, so hätte es keiner Vorsicht für La bedurft. Er hätte dann gewußt, daß ihre Freundlichkeit und selbst ihre Zärtlichkeit nichts bedeuteten als das ästhetische Spiel bewegter Gemüter, das die Freiheit der Person nicht beschränken kann. Wie jedoch mochten Menschen in diesem Fall denken? Durfte sie hierin ohne weiteres gleiche Sitten voraussetzen? Und würde er wohl verstehen, was von vornherein und immer den Menschen, den wilden Erdbewohner, von der heiteren Freiheit des erhabenen Numen trennte? Und lief er nicht Gefahr, bei Se demselben Schicksal zu verfallen, vor dem sie ihn selbst zu behüten suchte?

Wenn sie Se ihre Bedenken andeutete, so lachte diese nur.

»Aber La«, sagte sie, »du bist auch gar zu bedächtig! Ich bitte dich, er ist ja bloß ein Mensch! Es ist doch furchtbar komisch, wenn der sich Mühe gibt, so recht liebenswürdig zu sein.«

»Du kannst aber nicht wissen«, antwortete La, »ob ihm auch so furchtbar komisch zumute ist. Ein Tier, das wir necken, scheint uns oft äußerst lächerlich, und ich muß dann doch immer denken, daß es vielleicht bitter dabei leidet. Und ein Mensch ist doch nicht bloß komisch –«

»Ich habe freilich noch keinen in einer Eisgrube gesehen«, sagte Se, »doch ich glaube, du brauchst dir um den keine Sorge zu machen. Wenn es dich aber beruhigt, so kann man ihn ja leicht merken lassen, wie's gemeint ist –«

»Ich will ihn aber nicht kränken.«

»Im Gegenteil, wir machen gemeinsame Sache. Wir binden ihn beide.«

»Meinst du, daß ein Mensch das Spiel versteht?«

»Na, wenn er so dumm ist –«

»Wir wissen doch gar nichts von den Anschauungen –«

»So werden wir uns eben alle drei belehren. Schade, daß der steife Grunthe nicht mitspielen kann. Willst du?«

»Ich werde mir's überlegen.«

La zog sich zu ihren Studien zurück. Se begab sich in das Gesellschaftszimmer, wo sie Saltner wieder mit Zeichnen beschäftigt fand.

»Wenn ich mit meinen Mustern glücklich nach Deutschland zurückkomme«, rief er vergnügt, »so bin ich ein gemachter Mann. ›Martisch‹ muß Mode werden. Ich gründe einen Bazar für Marswaren. Schade nur, daß wir die Rohstoffe nicht haben werden.

Was ist das zum Beispiel für ein wunderbares Gewebe, aus dem Ihr Schleier besteht? Die Stickerei darin bildet lauter funkelnde Sterne, die sich nirgends untereinander berühren; nirgends ist ein Grund sichtbar, der sie zusammenhält. Es scheint, als schwebe eine Wolke von Funken um Sie her.«

»Das tut sie auch«, sagte Se lachend, »aber sie brennt nicht, fühlen Sie getrost! Kommen Sie gefälligst hierher, denn über den Strich gehe ich nicht.«

Se hatte sich, mit einer chemischen Handarbeit beschäftigt, auf einem der niedrigen Diwane, wie die Martier sie lieben, niedergelassen, während Saltner an seinem eigenhändig hergerichteten Pult sich befand. Er legte den Zeichenstift fort und trat an Se heran, die sich mit ihrem Diwan bis dicht an die Schwerkraftgrenze gerückt hatte.

»Geben Sie Ihre Hände her«, sagte Se.

Sie nahm ein Ende des langen Schleiers und band damit Saltners Hände zusammen. Man konnte keinerlei Stoff erkennen. Es sah auch jetzt aus, als wenn ein Strom vom lichten Funken um seine Hände stöbe.

»Fühlen Sie etwas?« fragte Se.

»Jetzt, nachdem Sie Ihre Finger fortgenommen haben, nichts. Kann man denn den Stoff überhaupt nicht fühlen?«

»Wenigstens nicht mit der groben Haut von euch Menschen.«

Saltner führte die zusammengebundenen Hände mit dem Schleier an seine Lippen.

»Doch«, sagte er, »mit den Lippen fühle ich, daß etwas zwischen meiner Hand und meinem Mund ist.«

»Nun strengen Sie einmal Ihre Riesenkräfte an, und reißen Sie die Hände voneinander.«

»Oh, das wäre schade um den Funkenschleier.«

»Versuchen Sie es nur.«

Saltner zerrte seine Hände auseinander, aber je heftiger er zog, um so enger schloß sich der Knoten, und er merkte jetzt, wie sich die kleinen Sternchen in seine Haut eingruben.

»Ja«, sagte Se, »der Stoff ist unzerreißbar, wenigstens kann er kolossale Lasten halten. Diese unsichtbar feinen Fäden, von denen jeder wohl einen Zentner tragen kann, sind für viele unserer Apparate ein unentbehrlicher Bestandteil. Jetzt sind Sie also gefesselt und können ohne meine Erlaubnis nicht mehr fort.«

»Um die bitte ich auch gar nicht, ich finde es reizend hier«, sagte Saltner und beugte sich über die Lehne des Diwans, auf welche er die gebundenen Hände stützte.

Se faßte seinen Kopf zwischen ihre Hände und bog ihn zu sich nieder, während sie ihm in die Augen sah, als wollte sie seine Gedanken ergründen.

»Seid ihr eigentlich dumm, ihr Menschen?« fragte sie plötzlich.

»Nicht so ganz«, sagte Saltner, indem er sich noch tiefer herabbeugte.

»Der Strich!« rief Se lachend und schob seinen Kopf leicht zurück. »Geben Sie die Hände her.«

Sie löste im Augenblick den Knoten und ergriff wieder die gläsernen Stäbchen, mit denen sie in einem Gefäß auf besondere Weise hantierte.

»Sie haben mir noch immer nicht gesagt«, sprach Saltner, nach seinem Pult zurückgehend, »was für ein Stoff das ist, auf dem die Stickerei sitzt.«

»Eine Stickerei ist es überhaupt nicht, sondern es sind Dela – wie heißt das? Aus Muscheln, kleine Kristalle, die sich darin bilden.«

»Also etwas Ähnliches wie unsere Perlen –«

»Aber sie leuchten von selbst. Und der Stoff ist Lis.«

»Lis? Da bin ich ebenso klug.«

»Lis ist eine Spinne, sie webt ein fast unsichtbares Netz.«

»Und wie findet man das auf? Wie webt man die Fäden?«

»Im polarisierten Licht, sehr einfach, und mit besonderen Maschinen. Und die Dela sind nicht daraufgesetzt, sondern sie liegen in Schlingen zwischen dünnen Schichten des Gewebes.«

»Sie nannten die Dela Kristalle – wie ist es denn möglich, daß sie dieses Eigenlicht dauernd aussenden, ähnlich wie unsre Glühwürmchen?«

»Sie müssen natürlich von Zeit zu Zeit ins Strahlbad, dann leuchten sie wieder ein paar Tage.«

»Ins Strahlbad?«

»Nun ja, sie werden einer starken, künstlichen Bestrahlung ausgesetzt. Das Licht trennt einen Teil der chemischen Stoffe der Kristalle voneinander, und indem diese sich nachher langsam wieder vereinigen, entsteht das Selbstleuchten.«

»Also was wir Phosphoreszenz nennen. Und was haben Sie dort für eine Handarbeit?«

Se antwortete nicht sogleich. Sie stellte gerade eine Kopfrechnung an, die sich auf ihre Arbeit bezog, und betrachtete dabei den Sekundenzeiger der Zimmeruhr.

Da klang die Klappe des Fernsprechers, und gleich darauf vernahm man die Stimme von La. Sie fragte an, ob die ›Menschen‹ für einige Herren der Insel zu sprechen seien.

»Es wird mir sehr angenehm sein, die Herren zu sehen«, sagte Saltner. »Mein Freund ist augenblicklich nicht anwesend, aber ich werde ihn sogleich rufen.« –

12 - DIE RAUMSCHIFFER

Grunthe beschäftigte sich auf der Oberfläche der Insel mit Messungen. Was ihn sowohl wie Saltner besonders wunderte, war der Umstand, daß die vom Ballon aus beobachtete Erdkarte auf dem Dach der Insel selbst durchaus nicht sichtbar war. Wie kamen die Martier überhaupt auf die Idee, eine solche Riesenkarte anzubringen, und auf welche erstaunliche Weise war sie hergestellt? Aber gerade darüber konnten die Forscher auf ihre Fragen keine Auskunft erhalten.

Grunthe liebte es, sich soviel als möglich im Freien aufzuhalten, um sowohl die technischen Einrichtungen der Insel als auch die Erscheinungen der Natur am Nordpol zu studieren, ja er hatte schon mit Unterstützung einiger Martier Bootfahrten auf dem Binnenmeer und ebenfalls bis zum gegenüberliegenden Ufer vorgenommen, ohne jedoch auf weitere Spuren von Torm zu treffen. Er hatte dabei bemerkt, daß die Polinsel infolge ihrer versteckten Lage zwischen den übrigen höheren Inseln von den Ufern des Bassins aus überhaupt nicht wahrnehmbar und somit gegen zufällige Entdeckung geschützt war. So ernsthaft ihn diese Studien beschäftigten, war es ihm doch nebenbei sehr angenehm, mit einem triftigen Vorwand sich von dem Konversationszimmer fernzuhalten. Denn hier waren einen großen Teil des Tages über Se oder La, manchmal auch eine oder die andre der übrigen auf der Insel wohnenden Frauen anwesend, und die Aufgabe der Höflichkeit, sich mit diesen zu unterhalten, überließ er gern Saltner, der sich derselben mit Vorliebe unterzog. Im Freien dagegen war er ziemlich sicher, keiner von den Damen zu begegnen. Außerhalb der Schutzvorrichtungen, die sie von einem Teil der Erdschwere befreiten, war ihnen der Aufenthalt zu lästig; und sie wußten wohl, daß der schwerfällige Schritt und die gebeugte Haltung, die ihnen dort die eigene Körperlast auferlegte, ihre Anmut keineswegs erhöhten. Insbesondere den Menschen gegenüber, die sich hier ungezwungen in ihrem Element fühlten, zeigten sie sich nicht gern in dem Zustand physischer Unfreiheit.

Da Saltner wußte, daß sich Grunthe in der Nähe aufhielt, konnte er ihn leicht benachrichtigen.

Die Zahl der auf der Insel befindlichen Martier war nicht unbedeutend, sie mochte gegen dreihundert Personen betragen, worunter sich ungefähr fünfundzwanzig Frauen, aber keine Kinder befanden. Die Lebensweise dieser Kolonie entsprach nicht den Gewohnheiten der Martier auf ihrem eigenen Planeten; es waren nicht Familien, die sich hier angesiedelt hatten, sondern die Kolonisten bildeten eine ausgewählte Truppe mit militärischer Organisation, wie sie von den Martiern zur Vornahme wichtiger öffentlicher Arbeiten ausgerüstet wurde. Aber auch hier war dem Bedürfnis der Nume nach möglichst großer individueller Unabhängigkeit Rechnung getragen. Die einzelnen hatten sich je nach ihrer persönlichen Neigung zu Gruppen zusammengefunden und danach ihre Wohnung auf der Insel gewählt. Jede dieser Gruppen wurde durch einen der älteren Beamten geleitet, der die Ordnung der Arbeiten verteilte. Ihm stand eine der Damen zur Seite, welche gewissermaßen die häusliche Wirtschaft der Gruppe führte, die Verteilung der Nahrungsmittel beaufsichtigte und die regelmäßige Funktion der Automaten kontrollierte, während jedes Mitglied einer Gruppe eine bestimmte Zeit der Bedienung dieser Automaten widmete.

Die Pflege der beiden Gäste hatten die Gruppen des Ingenieurs Fru und des Arztes Hil übernommen, denen als weibliche Assistenten La und Se angehörten. Es war natürlich, daß Saltner und Grunthe hauptsächlich mit den Mitgliedern dieser Gruppe verkehrten, wozu sich noch als täglicher Gast der Direktor der Kolonie, Ra, gesellte. Mit den übrigen Gruppen waren sie bisher nur gelegentlich in Berührung gekommen.

Die Martier, welche im Begriff standen, ihren Besuch bei den Gästen zu machen, gehörten der Gruppe des Ingenieurs Jo an, dessen Tätigkeit Grunthe und Saltner hauptsächlich ihre Rettung verdankten. Selbstverständlich hatten sie nicht versäumt, ihm alsbald nach ihrer Wiederherstellung ihren herzlichsten Dank abzustatten.

Mit ihnen zusammen erschien La. Sie trat zuerst Saltner entgegen und bot ihm mit einem reizenden Lächeln über den ›Strich‹ hinüber ihre Hand. Aber ehe noch Saltner in ein Gespräch mit ihr kam, wußte Se sie beiseite zu ziehen. Während Jo mit Saltner sprach, unterhielten sich die beiden Damen eifrig und leise, worauf Se das Zimmer verließ. Jo begrüßte Saltner in seiner offenen, nach martischen Begriffen etwas derben Weise und nannte die Namen seiner Begleiter. Jeder von ihnen grüßte nach martischer Sitte, indem er die linke Hand ein wenig erhob und die Finger derselben leicht öffnete und schloß. Saltner bewies die Fortschritte in seiner Bildung dadurch, daß er den Gruß in derselben Weise erwiderte. Die Martier wollten ihm jedoch an Höflichkeit nicht nachstehen und schüttelten ihm der Reihe nach auf deutsche Weise die rechte Hand, ohne sich merken zu lassen, wie sehr diese barbarische Zeremonie sie innerlich belustigte. Sie hüteten sich dabei sorglich, den Strich zu überschreiten, jenseits dessen die Erdschwere begann.

Auf Saltners Einladung nahmen sie an der breiten Tafel in der Mitte des Zimmers Platz. Man hatte dieses Zimmer in Rücksicht auf zahlreiche Versammlungen so eingerichtet, daß ein großer Tisch die Länge desselben erfüllte und mit dem einen Ende über den ›Strich‹ hinüberragte. Hier befanden sich die Plätze für die beiden Deutschen. In den Besuchsstunden, besonders aber am Abend, wenn die Arbeiten des Tages beendet waren, pflegte sich hier stets eine größere Gesellschaft zusammenzufinden. Dann wurde auch bei gemeinschaftlichen Gesprächen eine leichte Erfrischung in Form von Getränken eingenommen. Die Einhaltung dieser Plauderstunden war eine feststehende Sitte der Martier. Die Mahlzeiten dagegen, welche wirklich zur Sättigung dienten, fanden niemals gemeinschaftlich statt; dies galt bei den Martiern als unpassend. Beim Essen schloß sich ein jeder ab, und schon daß Saltner und Grunthe gemeinschaftlich zu speisen pflegten, erschien den Martiern als ein Zeichen der stark tierischen Natur der Menschen. Nach ihrer Ansicht war die Sättigung eine physische Verrichtung, welche nicht in die Gesellschaft gehörte; in dieser wurden nur ästhetische Genüsse gestattet. Zu solchen ästhetischen Genüssen gehörten Essen und Trinken allerdings auch, insofern sie dem reinen Wohlgefallen am Geschmack entsprachen und sich der Empfindungen der Zunge und des Gaumens nur zum freien Spiel bedienten, nicht aber insofern sie den Zweck der Ernährung und die Stillung des körperlichen Bedürfnisses zu erfüllen bestimmt waren.

Auf Las Aufforderung, welche jetzt die Stelle der Wirtin vertrat, öffneten die Martier die auf dem Tisch stehenden Kästchen und bedienten sich der darin befindlichen Piks.

Der Gebrauch dieser Piks ersetzte den Martiern in vollkommener Weise den Genuß, welchen die Menschen durch das Rauchen erreichen, ein leichtes, die Sinne mäßig beschäftigendes und die Nerven beruhigendes, damit den ganzen Gemütszustand behaglich hebendes Spiel, das aber dem Rauchen gegenüber den Vorteil hatte, daß es die Luft nicht verdarb und die übrigen Anwesenden nicht belästigte. Die Piks bestanden in Kapseln, etwa in der Größe und Gestalt einer kleinen Taschenuhr, die an leichte Aluminiumstäbe gesteckt und dadurch bequem hin und her bewegt wurden. Brachte man diese Kapsel, während man den Stiel in der Hand hielt, an die Stirn, so ging ein schwacher, angenehm erregender Wechselstrom durch den Körper, wodurch man sich wohltuend erfrischt fühlte. Die Bewegung der Hand und das Streichen der Stirn und Schläfen war ein sehr anmutiger Zeitvertreib. Dabei zeigte sich auf der Kapsel ein zartes Farbenspiel je nach der Größe des Widerstandes, den der Strom fand, und die Art der Berührung, die Wendungen des Piks boten eine reiche Abwechslung der Beschäftigung. Der Kenner wußte diese leichten Reize des Gefühls aufs feinste zu variieren. Wegen der Grazie und Zierlichkeit der Bewegungen, mit denen Se und La die Piks zu handhaben pflegten, hatte Saltner diesen Instrumenten den Namen Nervenfächer beigelegt.

»Freut mich sehr«, sagte Jo, mit seinem Pik an die Stirn klopfend, »den Herrn Bat wieder wohlzusehen. Hätt's nicht gedacht, als wir Sie unter dem Ballon hervorholten. Habe leider wenig Zeit gehabt, mit Ihnen zu plaudern, hätte gern etwas über Ihre Luftfahrt gehört.«

»Dazu ist hoffentlich noch Gelegenheit«, sagte Saltner.

»Fürchte nein«, erwiderte Jo. »Kommen nämlich, uns zu verabschieden. Morgen geht's heim.«

»Wie?« fragte Saltner erstaunt.

Jo deutete mit dem Pik nach einer Stelle des Fußbodens und sagte: »Nu.«

Saltner mußte sich erst besinnen, daß Jo mit seiner Bewegung die Richtung nach dem Mars bezeichne, denn unwillkürlich stellte er sich die Fahrt nach dem Mars immer als einen Aufstieg gegen den Himmel vor. Aber der Mars befand sich gegenwärtig unter dem Horizont, und dahin deutete Jo.

»Sie sollten mit uns kommen«, sagte Jo lächelnd. »Das ist doch noch ganz etwas anderes bei uns auf dem Mars wie hier auf der schweren Erde, wo man sich genieren muß, vor die Tür zu gehen.«

»Ich danke«, erwiderte Saltner, »ich fürchte, auf dem Mars Sprünge zu machen, die mir nicht gut bekommen würden. Interessant wäre es ja freilich, Ihre wunderbare Heimat kennenzulernen, aber glauben Sie denn, daß ein Mensch bei Ihnen existieren kann?«

»Gewiß könnte er das«, sagte einer der anwesenden Martier, »und zwar viel besser, als wir auf der Erde fortkommen. Ich bin überzeugt, daß Sie sich an die geringere

Schwere bald gewöhnen würden und ebenso an die dünnere Luft. Beide Umstände kompensieren sich einigermaßen in der Wirkung auf den Organismus, und Sie müssen wissen, daß die Luft bei uns relativ reicher an Sauerstoff ist als hier. Wie wäre es auch sonst möglich, daß die Bewohner beider Planeten eine so große Ähnlichkeit besitzen?«

»Ich bin Ihnen sehr verbunden für dieses Kompliment«, antwortete Saltner, »indessen ist unsere Expedition doch nicht auf einen so weiten Ausflug eingerichtet, und wir müssen zunächst daran denken, wieder nach Hause zu kommen.«

»Es wird Ihnen wohl etwas einsam hier werden« mischte sich La in das Gespräch.

»Wie«, fragte Saltner überrascht, »gehen Sie auch fort?«

»Morgen noch nicht, aber im Verlauf der nächsten – – ja, ich will es Ihnen lieber in Ihre Zeitrechnung nach Erdtagen übersetzen –, also in den nächsten vierzehn Tagen ungefähr werden wir fast alle die Erde verlassen haben.«

»Aber davon höre ich das erste Wort.«

»Weil wir überhaupt noch nicht von der Zukunft gesprochen haben –«

»Es ist wahr, die Gegenwart war zu schön und zu reich –«

»Nun, werden Sie nicht melancholisch! Und dann versteht es sich ja doch von selbst, daß wir im Winter nicht hierbleiben, ausgenommen die Wächter.«

»Was für Wächter?«

»Wir erwarten sie mit dem nächsten Fahrzeug vom Nu«, sagte Jo. »Sie sind unsre Ablösung – nur zwölf Mann, die hier überwintern und die Insel bewachen. Im Winter können wir unsre Arbeiten nicht fortsetzen, und die ganze Insel zu heizen, das wäre denn doch zu kostspielig.«

»Und kommen Sie im Sommer zurück?«

»Wir oder andere.«

»Und ich denke, Sie bringen die Polarnacht nicht hier auf der Insel zu, sondern bei uns. Dort, wo wir auf dem Mars wohnen, haben wir dann gerade unsern herrlichen Spätsommer. Und wenn die Sonne hier am Nordpol wieder aufgeht, reisen Sie vom Mars ab und kommen dann im Lauf Ihres Mai hier an. Das ist gerade die rechte Zeit für den Pol – und dann werden Sie, denke ich, Ihre Freunde vom Mars zu Ihren Landsleuten zu führen wissen. Sie brauchen aber nicht jetzt schon mit Jo zu reisen, wir verlassen die Erde erst mit dem letzten Schiff.«

La hatte dies zu Saltner gesagt. Und als sie ihn dabei so freundlich ansah, schien es ihm, als könne es gar nicht anders sein, er müsse mit nach dem Mars gehen. Aber was würde Grunthe dazu sagen?

Allerdings hatten weder Saltner noch Grunthe bisher mit den Martiern über ihre nächste Zukunft gesprochen. Das hatte verschiedene Ursachen in zufälligen Umständen. Der Hauptgrund war jedoch, wohl ohne daß die beiden Deutschen sich darüber klar wurden, daß die Martier bisher es absichtlich vermieden hatten, sich über diese Frage zu äußern. Sie hatten selbst noch keinen Entschluß gefaßt. Auf die erste Lichtdepesche nach dem Mars über die Auffindung der Menschen hatte die Zentralregierung der Marsstaaten geantwortet, daß man zunächst die Fremdlinge beobachten und ausforschen und dann über sie Bericht erstatten solle. Dieser Bericht war vor kurzem abgegangen, die Antwort jedoch noch nicht eingetroffen. Deshalb hatten die Martier jede Hindeutung auf das weitere Schicksal ihrer Gäste vermieden, und sobald Grunthe und Saltner eine Frage in dieser Hinsicht zu stellen oder einen Wunsch zu äußern versuchten, waren sie darüber mit einer ausweichenden Antwort hinweggegangen. Wenn aber die Martier auf irgendeine Frage nicht eingehen wollten, so war es für die Menschen ganz unmöglich, sie dahin zu bringen. Die Leichtigkeit, mit welcher sie die Gedanken lenkten, und die Überlegenheit ihres Willens waren so groß, daß die Menschen ihnen folgen mußten und dabei kaum merkten, daß sie geleitet wurden. Aber Grunthe wie Saltner waren in der Tat noch so erfüllt von den Aufgaben, die ihnen auf der Insel gestellt waren, daß sie die Pläne über die Fortsetzung ihrer Reise selbst in ihren Gesprächen untereinander nur vorübergehend berührt hatten. Sie hatten sich zwar vorgenommen, in den nächsten Tagen einen definitiven Entschluß zu fassen und zu gelegener Zeit mit den Martiern darüber zu reden, bis jetzt war es aber noch nicht dazu gekommen. Grunthe glaubte nämlich, daß sie, falls nur die Erlaubnis der Martier erlangt war, jederzeit die Insel ohne Schwierigkeit würden verlassen können, weil er nach einer allerdings nur vorläufigen Untersuchung sich für überzeugt hielt, daß der Ballon mit verhältnismäßig geringer Mühe sich wieder herstellen ließe. Mit dem größten Teil ihrer Ausrüstung waren auch einige Reservebehälter gerettet worden, die komprimierten Wasserstoff enthielten. Allerdings konnte derselbe zu einer vollständigen Füllung des Ballons nicht ausreichen. Doch hoffte Grunthe, von den Martiern die Mittel zur genügenden Entwicklung des Gases zu erhalten. Er hatte bei seinen Studien auf der Insel gesehen, daß die Martier über so gewaltige Mengen elektrischen Stromes verfügten, daß er dadurch den Wasserstoff leicht aus dem Wasser des Meeres erhalten konnte. Sollte ihm aber hierzu die Beihilfe verweigert werden, so war er entschlossen, den Ballon entsprechend zu verkleinern und mit dem Reservevorrat an Gas und nur dem notwendigsten Gepäck die Heimreise anzutreten. Er hatte in der Bibliothek der Martier die Witterungsbeobachtungen gefunden, welche Jahre hindurch von ihnen am Nordpol ausgeführt waren. Daraus hatte er entnommen, daß während des Novembers regelmäßig andauernd nach Europa hinwehende Winde einzutreten pflegten, daß er aber früher keine Aussicht hatte, günstige Windverhältnisse zu erwarten. Demnach mußte er sich entscheiden, ob er sich jetzt, kurz vor Beginn der Polarnacht, unbestimmten atmosphärischen Verhältnissen anvertrauen wollte, oder ob er mitten in der Polarnacht es wagen wollte, bei günstigem Wind aufzusteigen. Das letztere schien ihm das Empfehlenswertere zu sein, da er bei gutem Wind hoffen durfte, in wenigen Tagen bewohnte Gegenden zu erreichen.

Diese Überlegungen, welche Grunthe für sich angestellt hatte, waren von ihm zwar Saltner gegenüber beiläufig erwähnt worden, doch hatte sie dieser, eben weil sie die Zeit zur Ausführung noch nicht für gekommen hielten, zunächst nicht weiter erwogen. Ihm war vorläufig die Gegenwart alles, und jetzt erst stellten ihn Las Worte unmittelbar vor die Frage, was zu tun sei, wenn die Martier fast sämtlich die Insel verließen. Zugleich aber schien ihm im Augenblick eine so schnelle Trennung von seinen innig verehrten Gastfreunden und von La und Se insbesondere als etwas kaum Mögliches. Indem ihm Grunthes Pläne momentan durch den Kopf schossen, fühlte er doch, daß er nicht sofort eine Zusage geben dürfe, und in seiner Verwirrung zögerte er mit der Antwort, während die Martier mit allerlei verlockenden Schilderungen Las Einladung unterstützten.

Zum Glück trat Grunthe jetzt ein, und die Zeremonie der Begrüßung mit den Martiern wiederholte sich. Nur La, an welcher Grunthe nach Möglichkeit vorbeisah, mußte sich mit einem steif ausfallenden martischen Fingergruß begnügen. Sie lächelte zu Saltner hinüber, und ihr Blick schien sagen zu wollen: »Wir werden ihn doch mitnehmen.«

Grunthe hatte bereits auf dem Weg von Hil gehört, daß morgen ein Fahrzeug nach dem Mars abgehe.

»Wie viele Nume verlassen uns denn?« fragte er.

»Dreiundfünfzig, darunter fünf Damen«, antwortete Jo.

»Dann ist es wohl ein bedeutendes Fahrzeug? Wenn ich recht gehört habe, sind selbst Ihre größten Raumschiffe nicht auf viel mehr berechnet.«

»Das ist richtig. Auf mehr wie sechzig können wir unsere Schiffe nicht gut einrichten, das Verhältnis zu den Richt-Bomben wird sonst zu ungünstig. Aber der ›Komet‹ ist ein vorzügliches Fahrzeug und trägt gut seine sechzig Personen – Sie haben also noch bequem Platz, und ich würde mich sehr freuen, Sie mitzunehmen.«

»Sie sind selbst der Kommandant?« fragte Grunthe.

»Ich habe die Ehre, das Raumschiff ›Komet‹ zu führen, bestimmt nach der Südstation des Mars. Sie fahren darin sicherer durch den Weltraum als in Ihrem Ballon durch die Luft der Erde. Also abgemacht, kommen Sie mit?«

»Daran ist nicht zu denken«, sagte Grunthe lächelnd. »Aber es würde mich sehr interessieren, der Abfahrt beizuwohnen. Wann findet sie statt?«

»64,63«, erwiderte Jo.

Grunthe sah ihn fragend an.

»Mittlere Marslänge«, fügte Jo hinzu.

»Sie müssen schon«, begann La, »den Herren alle Maßangaben in ihre irdische Rechnungsweise umrechnen. In unsre Messungsmethode können sie sich nicht so schnell hineinfinden. Morgen um 1,6 ist die Abfahrt, das heißt nach Ihrer Stundenrechnung um drei Uhr. Sehen Sie sich nur die Sache einmal an, Grunthe, Sie werden Lust bekommen, bald selbst eine Fahrt mitzumachen. In der nächsten Zeit geht jeden dritten Tag ein Schiff ab!«

»Der Mars«, fiel Jo ein, »ging sechs Tage vor Ihrer Ankunft durch sein Perihel – ich meine den Punkt, wo er der Sonne am nächsten steht –, und da er sich gerade jetzt auch in der Erdnähe befindet – Sie wissen, daß die Opposition vor wenigen Tagen stattfand –, so gibt es keine günstigere Reisezeit. Aber ›piken‹ Sie denn nicht?«

»Ich danke, niemals«, sagte Grunthe, die angebotenen Piks zurückweisend. Dabei starrte er geradeaus und zog seine Lippen zusammen. Er rechnete in der Eile die augenblickliche Entfernung von Mars und Erde aus.

»Wie lange Zeit pflegen Sie denn zur Fahrt zu brauchen?« fragte Saltner.

»Das kommt ganz auf die Umstände an. Bei günstiger Stellung der Planeten läßt sich die Reise auf dreißig Ihrer Tage und weniger reduzieren, ja wenn wir tüchtige Bombenhilfe geben, was freilich sehr teuer wird, so könnte man bei so großer Planetennähe wie jetzt sogar auf acht oder neun Tage herabkommen. Aber ich muß freilich bemerken, daß man eine solche Geschwindigkeit von 90 bis 100 Kilometern in der Sekunde nur unter ganz besonderen Umständen benutzen würde.«

»Ich begreife überhaupt noch nicht«, sagte Grunthe, sich wieder am Gespräch beteiligend, »wie sie Ihre Geschwindigkeit und Richtung in verhältnismäßig so kurzer Zeit verändern können. Ich weiß, daß Sie Ihr Fahrzeug mehr oder weniger diabarisch machen, daß Sie also die Anziehung der Sonne schwächer oder auch gar nicht auf dasselbe einwirken lassen können. Bei der Abfahrt heben Sie die Gravitation ganz auf, um zunächst genügend weit aus dem Anziehungsbereich der Erde zu kommen, nicht wahr?«

»Ganz richtig. Aber sprechen Sie, bitte, weiter, damit ich sehe, wie weit Sie mit den Prinzipien unserer Raumreisen vertraut sind.«

»Wenn Sie abreisen, verlassen Sie also die Erde und die Erdbahn in der Richtung ihrer Tangente mit einer Geschwindigkeit von etwa 30 Kilometern in der Sekunde, denn das ist die Geschwindigkeit der Erde in ihrer Bahn, die Sie nach dem Beharrungsgesetz beibehalten. Sie kommen dadurch in immer größere Entfernung von der Sonne. Wenn Sie nun die Gravitation wieder wirken lassen, vielleicht nur schwach, so wird das denselben Erfolg haben, als wenn Sie sich mit der Geschwindigkeit der Erde in sehr großer Entfernung von der Sonne, zum Beispiel in der Entfernung des Uranus befänden, und die Bahn müßte dann eine hyperbolische werden, Sie würden sich auf einer Hyperbel von der Sonne entfernen.«

Jo machte ein Zeichen der Zustimmung.

»Nun kann ich mir wohl denken«, fuhr Grunthe fort, »daß Sie durch geschickte Kombinierung solcher Bahnen, indem Sie die Gravitation schwächen oder verstärken, in das Anziehungsgebiet des Mars gelangen können. Aber ich verstehe nicht, wie dies in so kurzer Zeit möglich ist. Sie müssen jedenfalls einen sehr weiten Weg durchlaufen, und wenn Sie sich von der Sonne entfernen wollen, so wird doch unter dem Einfluß der Gravitation Ihre Geschwindigkeit immer kleiner, niemals aber größer.«

»Sie haben darin vollkommen recht«, erwiderte Jo. »Dies war der einzige Weg, der unsern Raumschiffern in der ersten Zeit unserer Weltraumfahrten zu Gebote stand. Sie hatten damals nur das Mittel der Gravitationsänderung, infolgedessen waren die Fahrten sehr zeitraubend, mühsam und gefährlich. Man konnte unter Umständen Jahre brauchen, um von der Erde bis in die Nähe des Mars zurückzugelangen, und ein kleiner Fehler in der Berechnung oder eine unvorhergesehene Störung konnte weitere Jahre kosten. Ja, wir haben damals noch manches Schiff verloren, von dem man nie wieder etwas gehört hat.«

»Und wieso ist das jetzt besser geworden?« fragte Grunthe.

»Sie scheinen noch nichts von der Speschen Erfindung der Richtschüsse zu wissen«, bemerkte Jo.

»Was ist das?«

»Das ist alles zugleich, was bei Ihren Schiffen Schraube, Steuer und Anker sind. Wir können dadurch unsere Geschwindigkeit vergrößern, verringern, vernichten und umkehren sowie in jede beliebige Richtung lenken. Da es sich dabei aber um kolossalen Energieaufwand handelt, wie Sie sich denken können – wir haben es ja mit Geschwindigkeiten von durchschnittlich 30 Kilometer zu tun, deren Quadrate hier in Ansatz kommen –, so benutzen wir sie nur mit Maß. Die Gravitation arbeitet billiger.«

Grunthe schwieg. Es war ihm unheimlich, sich dieser Macht gegenüber zu fühlen, welche selbst die Herrschaft der Sonne im Weltraum zu bändigen wußte.

»Wie in aller Welt ist das möglich?« fragte Saltner. »Sie haben ja im Raum keinerlei Widerstand, wie unsre Schiffe im Wasser. Können wir doch nicht einmal unsern Luftballon ohne Schleppseile lenken.«

»Es fehlen Ihnen nur die nötigen Energiequellen und allerdings auch der nötige Platz zum Losschießen, wie wir ihn im Weltraum zur Verfügung haben. Sehen Sie, ein solcher Schuß, man nennt ihn einen ›Spe‹, entwickelt eine Energiemenge von ungefähr 500 Billionen Meterkilogramm, wenn ich richtig umgerechnet habe –«

»Es trifft ziemlich zu«, sagte La, da Jo sie fragend ansah.

»Dadurch können wir also«, fuhr Jo fort, »einem Raumschiff, das eine Masse von etwa einer Million Kilogramm besitzt, eine Geschwindigkeit von einem Kilometer in der Sekunde erteilen – wenn wir somit dreißig Spes anwenden, so ist es möglich, die Geschwindigkeit, die unser Fahrzeug von der Erde mitnimmt, auf Null herunterzubringen. So ein Schuß wird ganz allmählich entladen, sonst könnte ja niemand den Ruck aushalten – immerhin bringen wir das Schiff binnen drei Stunden zum Stehen. Sie sehen also, daß wir auf diese Weise an jeder beliebigen Stelle des Weltraums einfach haltmachen können. Wir heben die Anziehung der Sonne auf und heben die planetarische Tangentialgeschwindigkeit auf, und damit stehen wir still, unverändert in unsrer Lage zu allen Körpern unsres Sonnensystems. Hier können wir warten, so lange wir Lust haben; wir stellen uns zum Beispiel auf die Marsbahn und lassen den Planeten einfach herankommen. Aber das würde immer noch viel zu lange dauern. Wenn wir noch etwas mehr Bomben in passender Richtung anwenden, so können wir uns sofort direkt auf den Planeten oder vielmehr auf den Punkt seiner Bahn hinbewegen, an welchem wir ihn am schnellsten antreffen. Natürlich nehmen wir dabei, so gut es sich machen läßt, die Gravitation mit in Anspruch, selbstverständlich immer, wenn wir uns der Sonne zu nähern haben, also wenn wir vom Mars hierherfahren.«

Grunthe verharrte noch immer in seinem Schweigen. Er rechnete jetzt aus, welche Geschwindigkeit wohl das Geschoß bekommen müsse, wenn durch den Rückschlag beim Abfeuern das ganze Raumschiff mit einer Geschwindigkeit von einem Kilometer pro Sekunde zurückgeschleudert werden solle. Schon begann das Gespräch der Martier sich anderen Gegenständen zuzuwenden, als er sagte:

»Ich kann natürlich in Ihre Worte keinen Zweifel setzen. Aber wenn Sie der Masse des Schiffs von einer Million Kilogramm eine Geschwindigkeit von 1.000 Metern erteilen, so würde dies ja voraussetzen, daß das Geschoß selbst eine so ungeheure Geschwindigkeit erhielte, wie sie auf keine Weise sich erzeugen läßt.«

»Warum nicht?« fragte Jo.

»Und wenn auch«, unterbrach Saltner, »was nützt Ihnen denn das Abschießen? Dadurch kann doch Ihr Schiff nicht bewegt werden?«

»Das schon«, berichtigte ihn Grunthe, »nur der Schwerpunkt des ganzen Systems kann nicht verrückt werden. Der Schwerpunkt von Geschoß und Schiff behält seine Geschwindigkeit, aber dort befindet sich ja niemand, das Raumschiff entfernt sich von diesem Schwerpunkt infolge des Rückschlags, wie wir hören, um einen Kilometer in der Sekunde, das heißt, es bewegt sich dann nur noch mit einer Geschwindigkeit von 29 Kilometern vorwärts. Gleichzeitig aber muß das Geschoß nach der entgegengesetzten Seite mit einer solchen Geschwindigkeit fliegen, daß das Produkt aus dieser und der Masse des Geschosses gleich ist dem Produkt aus Masse und Geschwindigkeit des Schiffs (in bezug auf den Schwerpunkt), das gibt in unserm Fall die Zahl von tausend Millionen. Es fragt sich nun, welche Masse Ihre Geschosse besitzen –«

»Hundert Kilogramm«, sagte Jo.

»Dann würde ja«, sagte Grunthe kopfschüttelnd, »das Geschoß eine Geschwindigkeit von zehn Millionen Meter, das sind zehntausend Kilometer in der Sekunde bekommen – das ist mir undenkbar!«

»Und dennoch ist es so«, versicherte Jo. »Ja, es ist dies noch gar nicht die Grenze des Erreichbaren. Wir haben berechnet, daß sich die Geschwindigkeit bis über die Lichtgeschwindigkeit hinaus muß steigern lassen –«

»Sie wollen mich zum besten haben –«

»Nicht im geringsten.«

»Durch die Entwicklung von Explosionsgasen?«

»Wer behauptet das? Das ist natürlich nicht möglich. Aber durch die Explosion des Weltäthers selbst.«

Grunthe schüttelte nur den Kopf.

»Ich las in Ihren Büchern«, fuhr Jo fort, »daß Sie Ihre Geschosse durch die Entwicklung der Pulvergase mit Geschwindigkeiten schleudern, welche größer sind als die Geschwindigkeit, mit der sich der Schall in der Luft fortpflanzt. Nun – der Vergleich trifft zwar nicht vollständig zu, aber in der Hauptsache – warum sollen wir nicht durch Entwicklung großer Äthervolumina Geschwindigkeiten erzeugen, die größer sind als diejenige, mit welcher sich das Licht im Äther fortpflanzt? Es kommt nur darauf an, Apparate zu haben, die das leisten.«

»Und diese haben Sie?«

»Allerdings. Wir können Ätherspannungen erzeugen, die wir plötzlich entlasten. Der kondensierte Äther heißt ›Repulsit‹. Unsere Geschütze und Geschosse bestehen aus – ja, wie soll ich Ihnen das übersetzen? Übrigens kommt die Sache im Grunde darauf hinaus, große Elektrizitätsmengen unter kolossalen Spannungen zu halten – und die Entdeckung hängt wieder mit derjenigen der Diabarie zusammen.«

»Das ist uns freilich jetzt nicht möglich, so schnell zu fassen«, sagte Grunthe. »Und Sie wollen die Geschwindigkeiten noch steigern?«

»Wir hoffen bis auf fünf mal hunderttausend Kilometer zu kommen. Wir überholen dann das Licht. Und wer auf einem solchen Geschoß in den Weltraum reiste, der würde zurückblickend die Zeiten der Vergangenheit auftauchen sehen, denn er käme zu jenen Lichtwellen, die vor seiner Abreise den Planeten verlassen haben.«

»Ich danke Ihnen«, sagte Grunthe verstummend.

»Übrigens«, setzte Jo noch hinzu, »ist es für die Richtschüsse natürlich kein Vorteil, so große Geschwindigkeiten zu wählen, denn der Energieverbrauch wächst ja mit der Geschwindigkeit im Quadrat. Wir würden viel besser fortkommen, wenn wir kleinere Geschwindigkeiten anwendeten, aber dann würden die Massen der Geschosse so groß werden müssen, daß wir sie nicht mitnehmen können. Tausend Richtgeschosse zu je hundert Kilo Masse machen ohnehin schon zehn Prozent unsrer gesamten Schiffsmasse aus.«

Es traten jetzt neue Gäste ein, um sich ebenfalls die Menschen noch einmal anzusehen, ehe sie nach dem Mars abreisten. Denn sie wollten doch bei der Heimkehr auch etwas von den Eingeborenen der Erde zu erzählen haben. Ein Teil der Anwesenden erhob sich und verabschiedete sich. Auch Jo stand auf.

»Nun«, sagte er, »schade, daß Sie nicht mit mir kommen wollen, doch wir sehen uns morgen vor der Abreise.«

»Und auf dem Nu treffen wir uns alle bald wieder«, fügte La hinzu. »Wer weiß«, sprach sie neckend zu Jo, »ob wir Sie im ›Meteor‹ nicht noch überholen und eher zu Hause sind als Sie. Oß wird wahrscheinlich den ›Meteor‹ führen.«

»Da kennen Sie den alten Jo schlecht«, erwiderte Jo lachend. »Man fährt nicht fünfundzwanzig Jahre zwischen Mars und Erde, um sich von solch jungem Springinsfeld überholen zu lassen.«

»Sie sind eben ein zu guter Lehrer für Oß gewesen, da ist's kein Wunder, daß er jetzt auch seine Sache versteht.«

»Das tut er, gewiß, das tut er«, sagte Jo, indem er La freundschaftlich das Haar streichelte. »Aber was will das jetzt sagen – das heißt, Oß ist ein tüchtiger Techniker, brillanter Abariker, weiß es – doch um die Überfahrt zu machen, dazu gehört heute nicht mehr viel, das kann man lernen. Ja, liebe La, vor – nun, Sie lebten wohl noch nicht, als ich meine erste Fahrt als Lehrling machte, da war's etwas anderes; da gab's noch keine Außenstation auf der Erde, von der aus man den Mars jederzeit sehen und nach ihm telegraphieren konnte. Und wenn so ein Schiff zehn oder zwanzig Richtschüsse zum Anlegen mithatte, da galt es schon als besonders fein ausgerüstet. Da haben wir Dinge erlebt, wovon Ihr junges Volk keine Ahnung habt.«

»Erzählen Sie«, bat La, »bleiben Sie noch, Jo, Sie müssen uns etwas erzählen. Sie haben es eigentlich längst versprochen. Setzen Sie sich, die Bate müssen es auch hören.«

13 - DAS ABENTEUER AM SÜDPOL

Grunthe und Saltner hatten sich inzwischen mit den übrigen Martiern unterhalten. Diesmal waren sie recht gründlich nach allerlei Einrichtungen der Menschen ausgefragt worden. Grunthe beschrieb ihnen auf der Karte die Wohnplätze der verschiedenen Rassen und die Abgrenzungen der bedeutendsten Staaten. Sie waren sehr erstaunt zu hören, daß es große Gebiete der Erde gäbe, die man noch gar nicht oder sehr wenig kenne, und daß ihre Einwohner keinerlei Einfluß auf die Geschicke der ganzen Menschheit ausübten. Bei den Martiern bestehe zwar auch ein sehr großer Unterschied zwischen der Bildung der einzelnen Bewohner und Volksstämme, aber gänzlich unzivilisierte Landschaften gäbe es überhaupt nicht. Grunthe fragte nach der Anzahl der Marsbewohner und erfuhr zu seiner Überraschung, daß sie nicht weniger als dreitausendeinhundert Millionen betrüge, also das doppelte der Zahl der Menschen, auf einer viermal so kleinen Oberfläche zusammengedrängt wie die der Erde.

»Da können wir Ihnen einen Teil von uns überlassen«, sagte einer der Martier scherzend.

»Es würde Ihnen auf der Erde zu schwer werden«, erwiderte Saltner, dem der Gedanke eines Einfalls der Martier auf die Erde recht bedenklich erschien. »Lieber kommen wir ein wenig zu Ihnen.«

»Aber erst lernen Sie ordentlich balancieren«, ertönte eine Stimme aus der Luft. »Ich werde gleich einmal nachsehen.«

Es war Ses Stimme. Sie hatte die Klappe des Fernsprechers geöffnet und gerade Saltners Worte verstanden.

Gleich darauf erschien sie an der Tür. Um seine Geschicklichkeit zu erweisen, überschritt Saltner den ›Strich‹ und ging ihr vorsichtig entgegen. Sie lachte herzlich und rief, ihm die Hand entgegenstreckend: »Es geht schon ganz gut, Sie haben Fortschritte gemacht.«

Saltner ergriff die Hand und bückte sich, um sie an seine Lippen zu führen. Diese Verbeugung ging auch ganz gut vonstatten, aber als er sich aufrichten wollte, geschah es zu plötzlich, und er lief Gefahr, nach hinten zu stürzen. Da er sich über sich selbst lustig machte, so zeigten auch die Martier ihre Heiterkeit über seine vorsichtigen Bewegungen und baten ihn dann, ihnen doch einige seiner Kraftproben zu zeigen, von denen sie gehört hatten.

Eben hatte er zwei der Martier mit Leichtigkeit in die Luft gehoben, als sich La nach ihm umdrehte.

»Was wollen Sie über dem ›Strich‹?« sagte sie scherzhaft drohend.

Saltner sprang schleunigst einen Schritt zurück, hatte aber die beiden Herren vom Mars noch nicht niedergesetzt, und in dem Augenblick, als er den ›Strich‹ passierte, wurden sie ihm zu schwer, so daß sie ziemlich unsanft zur Erde kamen.

Während er sich entschuldigte, rief La: »Alle an den Tisch! Jo erzählt von seiner ersten Erdfahrt, bitte, bitte!«

Dem allgemeinen Drängen konnte Jo nicht widerstehen. Auch auf dem Mars spinnt ein alter Seemann gern ein Garn. Er setzte sich oben an den Tisch. Se und La saßen dicht am ›Strich‹ neben den beiden Deutschen.

Jo nahm bedächtig ein Pik, legte es an die Stirn, an das rechte und an das linke Auge, und sah sich dann noch einmal im Zimmer um.

Se verstand ihn.

»Unter dem Tischrand«, sagte sie. »Greifen die Herren nur zu.«

Schmunzelnd zog Jo ein Mundstück hervor und probierte das Getränk.

»Ein feiner Tropfen«, sagte er.

Ein Teil der Martier und auch Saltner folgten seinem Beispiel. La lehnte sich bequem zurück, Se nahm ihre chemische Handarbeit auf, und Grunthe zog sein Notizbuch hervor, um sich einige stenographische Aufzeichnungen zu machen.

»War damals siebzehn Jahr alt«, begann Jo seine Erzählung.

»Marsjahre«, sagte La leise zur Erklärung.

»– hatte eben meinen technischen Kursus absolviert, als ich mich beim Kapitän All meldete, der mit der ›Ba‹, vierundzwanzig Personen, nach der Erde abgehen sollte. Wollte mich eigentlich nicht mitnehmen, weil ich noch zu jung sei, aber da im letzten Augenblick einer von der Mannschaft verhindert wurde und kein andrer sich gemeldet hatte, so kam ich mit. Fünf Monate waren wir unterwegs und hatten glücklich so manövriert, daß wir der Erde parallel flogen, genau in der Achse über dem Südpol. Sie hatten Sommer dort unten, aber um den Pol herum war alles von dichten Wolken bedeckt. Wir sahen auf der Erde nur ihre weiße, von der Sonne beglänzte Wolkenoberfläche, und wo sie im Schatten verschwand, spielten die Südlichter in rötlichen Streifen. Wir ließen uns sinken und machten uns, als wir tief genug gekommen waren, so leicht, daß wir als Luftballon in der Atmosphäre schwammen. Dann ging es durch die Wolken hinab, und wir kamen auch glücklich, leider aber mit einer Abweichung von ein paar Kilometern, auf den Pol. Nun, Sie wissen, auf dem Südpol ist's nicht so schön wie hier, 's ist ringsum Festland-Eis, eine Hochfläche von ein paar tausend Metern, wie Sie's hier nebenan haben – in – wie heißt das Ding?«

»Grönland.«

»Gut. Nun mußten wir aber das Schiff nach dem Pol schaffen, denn wir hatten das schwere Schwungrad für die Station, die wir vorbereiten sollten, auszuladen. Deshalb war All sehr ungehalten, daß er von der Erdachse abgekommen war. Aber dieselbe Ursache, die uns abgetrieben hatte, verhinderte uns, auch jetzt ans Ziel zu gelangen. Das war der herrschende Wind. Ich sagte schon, daß wir uns in der Atmosphäre nicht anders wie einer ihrer Luftballons verhalten können. Wir können uns leichter machen als die Luft, aber ihren Strömungen unterliegen wir dabei ebenso wie ihrem Widerstand.«

»Verzeihen Sie«, begann Grunthe, »ich habe mich schon immer gewundert, gerade weil sich Ihr Raumschiff in der Atmosphäre wie ein Luftballon handhaben läßt, und zwar mit dem wunderbaren Vorteil, weder Ballast noch Gas opfern zu müssen, da Sie sich nach Belieben leicht oder schwer machen können, ich habe mich gewundert, daß Sie nicht, nachdem Sie einmal am Pol die Erdgeschwindigkeit gewonnen haben, einfach mit Ihren Raumschiffen nach Europa oder den Vereinigten Staaten von

Nordamerika gekommen sind – kurzum, warum Sie so ängstlich in der Befahrung unsres Luftmeers sind.«

»Und ich«, erwiderte Jo, »habe mich allerdings auch gewundert, wie Sie sich diesen gebrechlichen Dingern in einer Atmosphäre anvertrauen können, die so dicht und schwer ist wie die Ihrige, und in welcher nach allen Richtungen die tollsten Stürme einherrasen.«

»Ich habe«, bemerkte La, »in einem der Bücher gelesen, die Sie mitgebracht haben, von den Entdeckungsreisen der Menschen auf der Erde. Da spricht ein Seefahrer seine Verwunderung darüber aus, daß die Eingeborenen in irgendeiner Inselgruppe in ihren gebrechlichen Kähnen weite Fahrten unternehmen, an die er sich in seinem großen Dampfschiff nicht wagen würde, weil er die Gefahren der Tiefe nicht zu vermeiden weiß. Ähnlich mag es sich wohl mit unsern Raumschiffen und Ihren Luftballons verhalten. Bedenken Sie, daß wir Ihre Atmosphäre noch sehr wenig kennen –«

»Und vor allen Dingen«, fuhr Jo fort, »daß unsre Raumschiffe, die aus Stellit bestehen, nicht darauf eingerichtet sind, den großen Druck Ihrer Luft und den Widerstand, wenn wir nicht mit dem Wind fliegen, zu ertragen. Das Stellit ist sehr fest in der Kälte des Weltraums, aber in der Wärme und Feuchtigkeit der Luft wird es schnell angegriffen. Außerdem sind wir luftdicht durch unsre Kugel von außen abgeschlossen und können uns darum außerhalb derselben an nichts wagen. Die Technik unserer Luftschiffahrt auf dem Mars läßt sich auf der Erde aus verschiedenen Gründen nicht anwenden. Sie dürfen sich also nicht wundern, daß es uns bis jetzt noch nicht eingefallen ist, unsre Raumschiffe an unbekannte Gefahren zu wagen, durch die uns möglicherweise die Rückkehr abgeschnitten worden wäre. Doch sind bereits Versuche geglückt, diabarische Fahrzeuge mit Öffnungen herzustellen, und das, was uns noch fehlt, ist eigentlich nur ein genügend widerstandsfähiger Stoff für dieselben. Aber auch hier steht die Abhilfe bevor, und dann fahren wir zu Ihnen.«

»Wenn Sie zu uns kommen«, sagte La lächelnd zu Grunthe, »werde ich Ihnen mit Se eine Privatvorlesung über Raum- und Lufttechnik halten.«

»Dann fürchte ich leider, darauf verzichten zu müssen, denn ich gedenke vorläufig hierzubleiben.«

»So werde ich Ihnen einen ausführlichen, schönen, gelehrten Brief schreiben, verlassen Sie sich darauf!«

Grunthe verbeugte sich mit zusammengepreßten Lippen, und Jo fuhr fort:

»Nun kurzum, wir hatten keine Wahl, wir mußten jetzt mit dem Raumschiff nach dem Pol. Da nun aber das Wetter nicht besser wurde – das heißt, der Himmel war klar, aber die Luft blies vom Pol her –, so beschloß All, den Versuch zu wagen, uns nach dem Pol hinzuwinden. Wir hatten große Mengen von mit Lis durchzogenen Tauen mit. Dieses Tau legten wir vom Schiff bis zum Pol aus, verankerten es dort gründlich und setzten mit der Winde an. Das Schiff wurde nur soweit leicht gemacht, daß es sich gerade hob, ohne Gefahr, auf dem Eis aufzulaufen. Denn es zu schleifen durften wir nicht wagen, darauf ist unsere Stellitkugel nicht eingerichtet.

Die Arbeit ging natürlich langsam vorwärts, aber wir waren in vierundzwanzig Stunden doch einen Kilometer vorgerückt. Leider frischte der Wind immer stärker auf und wurde böig. Bei den Stößen bog sich die Kugel bedenklich an der Haftstelle des

Seiles, und All hielt es für nötig, die ganze Kugel in ein Netz zu fassen. Es war eine furchtbare Arbeit, in dieser Luft und Schwere die Seile über die fünfzehn Meter hohe Kugel zu spannen, und daß keiner von uns dabei verunglückt ist, bleibt mir heute noch ein Rätsel. Todmüde ging es am dritten Tag wieder an die Winde. Eine Maschine hatten wir leider nicht mit, wir mußten mit unsern eignen Kräften arbeiten. Am fünften Tag waren wir bis auf einen Kilometer heran. Wir arbeiteten immer vier Mann und wurden alle Stunden abgelöst. Lieber machten wir den Weg hin und her zum Schiff, als daß wir uns ohne Erholung dem Druck der Schwere länger ausgesetzt hätten. Zur Rückfahrt benutzten wir übrigens einen Segelschlitten; das war unsre größte Freude, so der Ruhe mit Bequemlichkeit entgegenzufahren. Eben hatte ich mich mit meinen Kameraden aufgesetzt, und in zwei Minuten waren wir bis auf die Hälfte des Weges zum Schiff herangekommen, das nicht höher als etwa zehn Meter über dem Eis schwebte. Die Strickleiter hing aus der Luke bis zum Boden herab, und in weiteren zwei Minuten hofften wir in unsren Hängematten zu liegen.

Plötzlich sehen wir von der Seite und halb nach vorn hin etwas Gelblich-Weißes herantrotten, zwei große vierfüßige Tiere, wie wir sie noch nie gesehen hatten. Es waren, was Sie Eisbären nennen, aber damals wußten wir noch nicht, was das heißen will, wenn man ihnen waffenlos begegnet. Waffen hatten wir überhaupt nicht mit, nur die langen, mit Eisenspitzen versehenen Stangen, mit denen wir unsern Schlitten dirigierten und ihm nachhalfen. Noch niemals war uns auf dieser öden Erdfläche, außer einigen Vögeln, irgendein Tier begegnet. Von Raubtieren, die dem Numen gefährlich sind, wußten wir überhaupt nichts als aus den alten Überlieferungen der Vorzeit, da es solche auf dem Mars noch gegeben haben soll. Aber als diese Bestien, sobald sie uns erblickten, mit gierigen Augen auf unsern Schlitten zutrabten, dachten wir uns doch, daß die Sache nicht geheuer sei. Wir konnten freilich nichts tun, als mit unsern Picken die Fahrt unsres Schlittens beschleunigen, wobei wir dem Wind das Beste überlassen mußten. Ließ der Wind einen Augenblick nach, so mußten uns die Bären den Weg abschneiden. Es war eine fatale Situation, doch sahen wir dieselbe nicht als besonders bedenklich an, da wir glaubten, ihnen mit unsern Stöcken gewachsen zu sein. Wir waren jetzt nur noch hundert Meter von der Strickleiter entfernt, und man war bereits vom Schiff aus auf uns aufmerksam geworden. All selbst und zwei Mann, mehr hatten an der Luke nicht Platz, standen mit Gewehren bereit, denn damit war die Expedition für alle Fälle versehen. Sie wagten aber nicht zu schießen, weil das Schiff an dem langen Tau stark hin- und herschwankte und die Bären jetzt so dicht an dem Schlitten waren, daß wir selbst hätten getroffen werden können; ein sicheres Zielen war ja nicht möglich. Zudem hatten wir auch noch keine Erfahrung, wie Luftwiderstand und Schwere auf der Erde unsere Geschosse ablenken. Das Telelyt war damals noch nicht für Handwaffen im Gebrauch.

Ich stand vorn am Schlitten. Die Gefährten riefen mir zu, direkt auf die Strickleiter zu halten und sie sofort zu erfassen. Wir durften ja die Geschwindigkeit des Schlittens nicht mäßigen. Es handelte sich noch um Sekunden. Da stößt der Schlitten an irgendein kleines Hindernis und wird von seinem Weg abgelenkt. Ich fürchte, daß ich die Strickleiter verfehle, und renne den Stock so stark in das Eis, daß er mir aus der Hand gerissen wird. Wir sausen an der Leiter vorbei. Da pfeift es über uns, und der eine Bär wälzt sich in seinem Blut. Durch die Wendung des Schlittens hatte All zum Schuß kommen können. Der andere aber ist unmittelbar am Schlitten. Unglücklicherweise stechen die beiden zuletzt Stehenden mit ihren Picken nach ihm. Der Bär ist verwundet, aber mit einem Tatzenschlag hat er den armen Tam vom Schlitten gerissen. Er erfaßt ihn an seinen Kleidern und trabt mit ihm davon.

Inzwischen war All mit einer Anzahl bewaffneter Leute die Leiter herabgestiegen, und wir hatten den Schlitten zum Stehen gebracht. Der Bär aber lief mit seiner Beute so schnell, daß All ihm nicht folgen konnte; Sie wissen ja, daß wir schwer an uns zu tragen haben, wenn wir uns auf der Erde bewegen sollen. Zu schießen wagte All nicht um Tams willen; wenn auch dieser nicht selbst getroffen wurde, so wäre er doch verloren gewesen, sobald der Bär nicht sofort auf der Stelle tot war.

Unsre Bestürzung war groß. Wir suchten den Bären durch Schreien einzuschüchtern, aber er kümmerte sich um nichts. Die Entfernung zwischen ihm und uns vergrößerte sich schnell.

›Wir können ihn nicht stellen‹, rief All, ›doch folgen müssen wir ihm. Ich gehe selbst, zwei Leute genügen zur Begleitung. Die andern zurück aufs Schiff!‹

Jetzt sahen wir, daß der Bär die Richtung auf unsern Arbeitsplatz am Pol einschlug. Unsre Gefährten an der Winde hatten ebenfalls den Vorgang bemerkt. Sie stellten die Arbeit ein und beratschlagten offenbar, ob sie sich dem Schlitten anvertrauen oder auf das Gerüst flüchten sollten, das über der Winde erbaut war. Da der Bär sich schnell näherte, so wählten sie das letztere. Auch sie suchten den Bär durch Lärm zu verscheuchen, aber vergebens.

Als All erkannte, daß der Bär auf die Arbeiter an der Winde zulief, hieß er jeden seiner Begleiter noch ein Gewehr mitnehmen, um sie womöglich ihnen zuzustellen. All hatte noch nicht die Hälfte des Weges zurückgelegt, als der Bär bereits bei der Winde ankam. Wir waren inzwischen, mit Ausnahme Alls und seiner Begleitung, in das Schiff zurückgekehrt und beobachteten von dort den Vorgang. Die Leute auf dem Gerüst ärgerten offenbar den Bären. Er ließ Tam am Fuß des Gerüstes liegen, setzte sich auf die Hinterbeine und schlug seine Tatzen in die Winde ein, als wolle er sie umreißen. Kaum hatte All bemerkt, daß Tam nicht mehr geschleppt wurde, als er auf etwa fünfhundert Meter auf den Bären anlegte. Einen Augenblick zögerte er noch, um eine günstigere Stellung abzuwarten. Da schien es, als wolle der Bär von der Winde ablassen und sich wieder seiner Beute zuwenden.

All drückte los.

Eine Sekunde später sahen wir den Bären zusammenstürzen. Mehr sahen wir nicht. im Moment darauf erhielten wir einen Stoß, daß wir alle übereinander fielen. Als wir uns aufrafften, fanden wir das Raumschiff um wenigstens fünfzig Meter gehoben und vom Wind mit großer Geschwindigkeit davongetrieben. Es war nicht anders denkbar, als daß Alls Kugel das dünne Tau zerschnitten, der Druck des Windes es vollends zerrissen hatte.

Der erste Steuermann übernahm das Kommando. Aber es war sehr schwierig, etwas zu tun.

Die Anker heraus und tiefer!

Das Schiff streifte in drohender Nähe des Eises hin. Wenn die Anker nicht bald faßten, so war keine Aussicht, die Gefährten wiederzusehen.

Aber die Anker tanzten über die völlig glatte, hart gefrorene Fläche des Eises hin, ohne zu fassen. Glücklicherweise leistete uns das lange Seil ausgezeichnete Dienste, an welchem wir das Schiff nach dem Pol hinbugsiert hatten. Es diente uns jetzt als Schleppseil, indem wir es in einer Länge von fast tausend Meter nachzogen. Von Minute zu Minute hofften wir über Spalten zu kommen, in denen es sich vielleicht verfangen könne. Leider wurde der Wind immer stärker und steigerte sich zum Sturm. Wir wußten aus der Karte, daß es nicht mehr lange dauern konnte, bis wir zu der Stelle gelangten, an der das Eisfeld in steilem Abfall nach dem Meer hin abstürzt. Vorher freilich mußten große Bruchspalten kommen, und darauf setzten wir unsre Hoffnung.

Fast eine Stunde mochten wir so dahingerast sein, schon sahen wir in der Ferne das Meer auftauchen – da kamen auch die Spalten. Würde das Tau sich verfangen? Die Anker nutzten uns nichts mehr, denn die Oberfläche des Eises wurde jetzt so unregelmäßig, daß wir uns höher erheben mußten, um nicht gegen einen Vorsprung geschleudert zu werden, und die Ankerseile waren nur kurz. Da, endlich gibt es einen Ruck, daß wir taumeln – doch die Fahrt geht wieder weiter – aber jetzt, jetzt halten wir an, das Seil hat sich gespannt! Doch was ist das? Ein furchtbarer Windstoß von oben drückt unser Schiff nach dem Boden zu; da wir dem Sturm nicht mehr folgen, drängt er uns hinab, das Schiff prallt gegen den Boden und erhebt sich aufs neue – noch ein solcher Stoß, und wir sind verloren. Wir müssen steigen, wir machen uns schwerelos und heben uns in die Höhe. Aber war die Hebung zu stark oder hat die veränderte Richtung das Seil aus der Spalte gelöst – kurzum, es gibt nach, wir schnellen in die Höhe, das Seil hängt frei herab, und wir folgen wieder dem Sturm – wir schweben über dem Absturz des Gletschers, vor uns das wütende, mit Eisschollen erfüllte Meer. – Jetzt blieb nichts übrig, als nach oben zu entfliehen, in höhere Schichten der Atmosphäre. Wir wußten aus der Karte, daß wir eine breite Meeresbucht zu überfliegen hatten, jenseits deren sich hohe feuerspeiende Berge erheben. Schon sahen wir von unsrer Höhe ihre Rauchwolken am Horizont. Wir fliegen immer direkt nach Norden auf einem Meridian, der in der Richtung nach der großen Insel hinläuft, die Sie, wie ich aus Ihrer Karte gesehen habe, Neuseeland nennen. An Landung konnten wir nicht mehr denken, wir mußten hinauf. Aber dazu mußten wir noch eine schwere Arbeit vollbringen, an die ich nicht gern denke. Das Netz um unser Schiff mit dem langen Seil mußte fort. Denn was außerhalb unsrer Kugel ist, können wir nicht diabarisch machen, es hätte unsre Bewegung im Raum gehindert. Ich war der Jüngste, ich mußte in der untern Luke hängend das Seil kappen; dann wurden von oben die Verbindungen des Netzes gelöst, und ich hatte die Aufgabe, die Seile nach unten zu ziehen. Dabei herrschte hier oben eine Kälte, daß das Quecksilber gefror. Glücklicherweise behalten die Lisseile ihre Geschmeidigkeit, sonst wäre die Arbeit unmöglich gewesen. Ich wundere mich noch heute, daß ich nicht abgestürzt bin, denn ich mußte in der Erdschwere arbeiten.

Endlich war auch das geschehen. Die Luken wurden geschlossen, und wir ließen die Erde hinter uns.«

14 - ZWISCHEN ERDE UND MARS

Jo tat einen Zug aus seinem Mundstück und fuhr dann in seiner Erzählung fort.

»Was war nun zu tun? Nach kurzer Ruhepause versammelte uns der erste Steuermann, Mitt hieß er, der später die berühmte Umschiffung des Jupiter ausführte, zu einer Beratung. Sollten wir versuchen, noch einmal die Erdachse zu gewinnen und nach dem Pol zurückzukehren? Sollten wir die Unseren ihrem Schicksal überlassen und die Heimreise nach dem Mars antreten? Wir hatten den vierten Teil unserer Mannschaft und den Kapitän verloren. Es war natürlich, daß wir zu ihnen zurückwollten. Aber es war auch nicht leicht. Eine nochmalige Landung und eine zweite Abfahrt von der Erde verlangten einen solchen Aufwand von Energie und vor allem von Richtschüssen, daß die Gefahr vorlag, dadurch unsre Rückkehr nach dem Mars überhaupt in Frage zu stellen. Trotzdem wurde beschlossen umzukehren, nachdem Mitt eine Berechnung gemacht und gefunden hatte, daß wir unter günstigen Umständen gerade auskommen könnten. Wären wir nämlich nach dem Mars gegangen und wäre von dort sofort ein neu ausgerüstetes Schiff nach der Erde geschickt worden, so hätte doch erst im nächsten Frühjahr den Zurückgebliebenen Hilfe gebracht werden können. Daß sie aber den Polarwinter auf der Erde nicht überstehen konnten, war gewiß.

Alle diese Überlegungen, insbesondere die genauere Berechnung und ihre wiederholte Prüfung, hatten längere Zeit in Anspruch genommen.

Seitdem wir die Atmosphäre der Erde verlassen und in der Richtung der Tangente der Erdbahn uns bewegten, mochten etwa sechs Stunden vergangen sein. Obwohl wir in dieser Zeit einen Weg von über 600.000 Kilometern zurückgelegt hatten, waren wir doch von der Erde selbst, die ja in gleicher Richtung auf ihrer Bahn hinlief, noch kaum 1.500 Kilometer entfernt. Wenn wir uns jetzt volle Schwere gaben, konnten wir sie in kurzer Zeit wieder erreichen, und es kam darauf an, uns durch einen mäßigen Korrekturschuß eine solche seitliche Geschwindigkeit zu erteilen, daß wir nach dem Pol gelangten.

Die äußere Kugelhülle unseres Schiffes, in welcher sich die innere Kugel fast ohne Reibung nach jeder Richtung drehen kann, hatte natürlich durch die Abenteuer, die wir bei der Abfahrt und in der Atmosphäre erlebten, eine starke Rotation erhalten. Wir hatten bereits zu unserm großen Mißbehagen bemerkt, daß der Apparat nicht richtig funktionierte, welcher die innere Kugel in ihrer Gleichgewichtslage zu halten hatte, indem wir fortwährend Schwankungen durch die äußere Kugel erlitten. Bis jetzt war jedoch noch keine Zeit gewesen, dem Übelstand abzuhelfen. Nun aber kam es darauf an, die Rotation der äußeren Kugel sowohl wie die Schwankungen der inneren vollständig zu hemmen. Es war dies einerseits wünschenswert, um eine genaue Aufnahme unserer Lage zu machen, obwohl dieser Zweck allenfalls auch durch Momentphotographie erreicht werden kann; andererseits war es durchaus notwendig für die genaue Abgabe des Richtschusses, der durch das Ventil an der Außenseite der äußeren Kugel gelöst wird. Denn wenn dieser auch nur um geringe Differenzen fehlerhaft wird, so können daraus Abirrungen vom Weg entstehen, die nur schwer wieder zu korrigieren sind, für uns aber, die wir keine Kraft zu verschwenden hatten, verhängnisvoll werden konnten.

Als wir nun das Schiff einer genauen Besichtigung unterwarfen, stellte sich zu unserm nicht geringen Schrecken heraus, daß der Winddruck während der Verankerung und das Aufschlagen des Schiffes Formveränderungen der äußeren Kugel bewirkt hatten, die eine umständliche Reparatur erforderten. Bevor diese nicht fertiggestellt war, durften wir keine Schwere geben und überhaupt kein Manöver ausführen. Und diese Reparatur nahm leider, das war zu sehen, einige Tage in Anspruch. Während dieser Zeit mußten wir auf unsrer gradlinigen Bahn verharren, die uns auf Strecken von der Erde entfernte, welche dem Quadrat der Zeit proportional waren.

Aber es war auf dieser Reise, als wenn uns nichts gelingen sollte. Ein neuer Mißstand trat auf.

Der Mond der Erde näherte sich der Stellung, in welcher die Erde Vollmond hat. Unglücklicherweise entfernten wir uns also von der Erde gerade in der Richtung auf den Mond zu. Dies wäre ja für uns ziemlich gleichgültig gewesen, wenn wir in der Nähe der Erde, wenigstens am ersten Tag unsrer Fahrt, unsere Umkehr hätten bewerkstelligen können. Nach Ablauf des dritten Tages aber mußten wir, sobald wir uns der Gravitation unterwarfen, in den Anziehungsbereich des Mondes statt in denjenigen der Erde geraten. Konnten wir also unsere Reparatur nicht vorher beendigen, so hatten wir nur die Wahl, unsere Richtschüsse auf gut Glück bloß zur Verringerung unsrer Geschwindigkeit zu verschwenden oder uns in so weite Entfernung von der Erde hinaustragen zu lassen, daß sich unsere Rückkehr auf lange verzögern mußte. Und wer weiß, ob wir dann unsere Gefährten noch lebend angetroffen hätten?

Wir arbeiteten also in fieberhafter Eile an der Herstellung des Schiffes, um möglichst bald einen sichern Richtschuß abgeben zu können. Und wirklich, im Verlauf des dritten Tages war es gelungen, die Kugeln zeigten keine merkliche Drehung mehr. Es war die höchste Zeit; noch wenige Stunden, und wir hätten den Einfluß des Mondes bekämpfen müssen. Jetzt konnten wir es noch wagen, uns schwerzumachen und der Anziehung der Erde nur durch einen schwachen Korrekturschuß nachzuhelfen.

Die Diabarität wurde aufgehoben. Mit höchster Spannung warteten wir die nächste Beobachtung ab. War in der früheren Berechnung irgendein kleiner Fehler vorgekommen, so konnte es sein, daß wir nach dem Mond statt nach der Erde fielen. Noch stand er über uns, mit seiner glänzenden Scheibe einen beträchtlichen Teil des Himmels verdeckend, denn sein Durchmesser erschien 26mal so groß wie hier von der Erde aus. Deutlich unterschieden wir jede Einzelheit an seiner Oberfläche. Die riesigen Ringgebirge lagen wie zum Greifen vor uns. Die langgestreckten Lavafelder, durch die tiefschwarzen Schatten breiter Risse unterbrochen, glänzten blendend im Sonnenlicht. Unter uns, bereits merklich kleiner als der Mond, schwebte die Erde als matte Scheibe, vom Schimmer des Mondlichts erleuchtet; nur eine schmale Sichel zeigte sich im Strahl der Sonne. Wenn wir uns von der Sonne, die nahe neben der Erde stand, abwendeten, glänzten überall am tiefschwarzen Firmament die Sterne in leuchtender Pracht. Es war ein herrlicher Anblick, aber wir achteten nicht darauf. Wir warteten nur, ob unsere Kugel beginnen würde, sich zu drehen, das heißt, den Boden unter unsern Füßen dem Mond zuzuwenden; dies wäre das Zeichen gewesen, daß wir dem Mond und nicht mehr der Erde tributär waren. Noch näherten wir uns dem Mond, da er noch immer ein wenig vor uns in unserer Richtung stand. Noch überwog die Anziehung der Erde, doch war sie von der des Mondes so geschwächt, daß wir kaum einen Zug nach dem Boden bemerkten; wir mußten uns verhalten wie im schwerelosen Feld. Die Sorge um unsere Gefährten ließ es uns jeden Augenblick erscheinen, als begönnen die Gegenstände sich zu erheben, als wollte unsre innere Kugel sich drehen. Aber noch immer schwebte der Mond über uns.

Endlich hatte Mitt seine Beobachtung beendet. ›Wir kommen durch‹, sagte er. ›Wir sinken.‹ Alle atmeten auf.

Noch eine Viertelstunde, und die Erdschwere machte sich wieder geltend. Die Instrumente ließen deutlich erkennen, daß wir uns der Erde wieder zu nähern begannen. Nun kam es darauf an, den passenden Richtschuß zur Korrektur unsres Falls abzugeben. Wir hätten zwar damit warten können, bis wir der Erde näher waren. Aber je eher wir es taten, um so weniger Energie brauchten wir aufzuwenden. Denn wenn erst unsre Fallgeschwindigkeit größer geworden war, so mußte die Kraft auch um so stärker sein, welche unsre Richtung zu verändern vermochte.

Mit größter Sorgfalt wurde die Bombe gewählt, die äußere Kugel in die berechnete Stellung gebracht und die Entladung durch Verbindung mit dem Chronometer im richtigen Moment bewirkt. Die Reaktion war schwach, und wir schwankten nur wenig auf unsern Plätzen. In wenigen Minuten war alles vollbracht, was wir vorläufig tun konnten. Todmüde suchten wir unsere Lagerstätten auf, denn Ruhe hatte es bis jetzt für uns nicht gegeben.

Ich hatte einige Stunden fest geschlafen, als ich durch ein allgemeines Stimmengewirr aufgeweckt wurde. Ich eilte in den Außenraum, und das erste, was mir in die Augen fiel, war der veränderte Anblick des Mondes. Er war kleiner geworden, wir entfernten uns also von ihm; das beruhigte mich. Aber seine erleuchtete Fläche zeigte eine Abplattung, das heißt, wir sahen auf ein Stück der nicht erleuchteten Mondkugel, das meiner Ansicht nach größer war, als es hätte sein dürfen, wenn wir nach der Erde zu fielen. Schnell begab ich mich nach der unteren Seite, und hier sah ich, daß auch die Erde entschieden an Größe abgenommen hatte. Wir entfernten uns also von beiden Himmelskörpern, und zwar, wie sich sogleich herausstellte, in einer nahezu kreisförmigen Ellipse, deren Ebene mit der der Erdbahn fast einen rechten Winkel bildete.

Wie dies geschehen konnte, ist bis heute unaufgeklärt geblieben. Daß es nicht eher bemerkt wurde, daran trug der Mann schuld, welcher die Wache hatte und aus Übermüdung eingeschlafen war. Sonst hätte er sehr bald am Richtungszeiger den Fehler bemerken müssen, und dann hätte noch ein Korrekturschuß angebracht werden können. Jetzt aber war unsere Entfernung von der Erde bereits so groß geworden, daß wir unsere Richtung fast hätten umkehren müssen, um die Erde wieder zu erreichen. Das durften wir bei unserm geringen Vorrat an starken Richtschüssen nicht tun.

Einige von Ihnen wissen vielleicht, daß Mitt nach unsrer Rückkehr auf den Mars seines Fehlers wegen zur Verantwortung gezogen wurde. Es konnte ihm aber kein Versehen nachgewiesen werden, und er wurde freigesprochen. Die Rechnungen wurden sämtlich aufs genauste geprüft, und es blieben nur zwei Erklärungen übrig. Es war möglich, daß nach dem Verlassen der Erdatmosphäre wegen der mangelhaften Beschaffenheit unsres Schiffes die erste Ortsbestimmung fehlerhaft gewesen ist und dieser Fehler auf die Beurteilung unsrer Richtung oder Geschwindigkeit nachgewirkt hat. Infolgedessen wäre der Korrekturschuß unrichtig abgegeben worden. Es konnte aber auch die Beobachtung als richtig vorausgesetzt und der Rechnung durch die Hypothese genügt werden, daß wir, ohne es zu wissen, während des Schlafs der Wache durch einen unbekannten kosmischen Körper abgelenkt worden sind, den wir, obgleich er ziemlich groß gewesen sein muß, nachträglich nicht bemerkten, weil er bereits in den Erdschatten getreten war.

Nun, wie dem auch sein mochte, wir konnten nicht mehr zur Erde zurück. Unsre Niedergeschlagenheit können Sie sich denken. Sie wurde noch größer, als wir erkannten, wie es mit unsrer Rückkehr zum Mars beschaffen sei.

Gingen wir in unsrer Bahn weiter, so kamen wir nach einem halben Erdenjahr wieder der Erde so nahe, daß wir sie hätten erreichen können. Aber dann hatte der Südpol Winter, und wir wären dort verloren gewesen. Der gewöhnliche Weg nach dem Mars war uns zum Unglück durch einen großen Kometen versperrt, dessen Anziehungsbereich wir berücksichtigen mußten. Ein zweiter Weg – Sie müssen bedenken, daß wir unsre Richtung und Geschwindigkeit nicht so oft und beliebig ändern konnten wie heutzutage –, ein zweiter Weg hätte uns bis in die Nähe der Asteroidenbahnen geführt, und das ist so, als wenn Sie auf dem Meer zwischen unbekannten Klippen segeln wollten. Denn wenn wir auch damals schon gegen 2.000 dieser kleinen Planeten kannten, so gibt es doch noch unzählige, die so klein sind, daß wir sie noch nie gesehen haben, kleiner als unsre Kugel, aber genügend, um uns in Grund und Boden zu bohren, wenn wir auf einen treffen. Außerdem hätte auch dieser Weg so lange Zeit in Anspruch genommen, daß es fraglich wurde, ob unser Proviant dazu ausreichte. Alle übrigen Wege waren noch weiter und mußten deshalb verworfen werden. Der Mars stand, wie ich bemerken will, hinter der Sonne, denn seit unsrer Abreise von ihm war ein halbes Erdenjahr vergangen.

Mitt hatte uns das Resultat seiner Berechnungen mitgeteilt und sich dann zu neuen Prüfungen in seine Kajüte zurückgezogen. Wir saßen in uns gekehrt da, jeder machte sich mit dem Gedanken vertraut, unsren lieben Nu nicht wieder zu betreten. Einer der Gefährten äußerte sich endlich dahin, man solle die jetzige Bahn einhalten, nach einem halben Jahr die Erde zu treffen suchen, diese aber am Nordpol anlaufen. Da alsdann dort Sommer wäre so würden wir wahrscheinlich eins unsrer Schiffe antreffen, von dem wir genügende Vorräte bekommen könnten, um im nächsten Südsommer nach dem Südpol zurückzukehren. Die Hoffnung freilich, unsre Gefährten noch zu retten, mußten wir wohl aufgeben, immerhin aber konnten wir auf diese Weise unsre Rückkehr nach dem Mars sichern, selbst für den Fall, daß wir kein Schiff daselbst antrafen. Wir konnten ja dann die günstigste Stellung zur Reise abwarten und fanden auf alle Fälle einige Vorräte in den Depots. Dieser Plan fand allseitigen Beifall, und wir schickten uns eben an, den Kapitän zu rufen, um ihm unsre Vorschläge zu machen, als dieser mit glänzenden Augen unter uns trat und rief: ›Freunde, wollen wir in sechzig Tagen auf dem Mars sein?‹

Wir sprangen auf und umringten ihn. Alle wollten wir näheres hören. Nun –«

Jo unterbrach sich und warf einen Blick auf die Uhr.

»Pik und Spe!« rief er. »ist das schon spät geworden! Nun, ich will schnell ein Ende machen!«

»O bitte, bitte, es ist noch Zeit.«

»Kurz und gut! Mitt hatte den kühnen Plan erdacht, in einer rückläufigen Hyperbel mit kurzer Periheldistanz quer über die Erdbahn weg auf den Mars zu stoßen. Er setzte uns das kurz auseinander. Allerdings mußten wir unsre Richtschüsse bis auf einen letzten, zum Landen bestimmten Notvorrat daran wagen. Nur eine Gefahr war dabei, und deshalb wollte Mitt nicht ohne unsere Einwilligung handeln – wir kamen der Sonne in einer Weise nahe, wie es noch kein Raumschiffer gewagt hatte, und es fragte sich, ob wir die Strahlung würden aushalten können.

Auch der Plan, auf der Erde am Nordpol anzulegen, schien Mitt sehr erwägenswert, und lange wurde hin und her überlegt, was zu tun sei.

Aber Sie wissen ja, in jedem rechten Raumschifferherzen steckt die Lust, das Ungewohnte zu wagen, wenn es einigermaßen aussichtsvoll ist. Den Gefährten konnten wir in diesem Südpol-Sommer doch nicht mehr helfen, und so wurde beschlossen, die kühne Hyperbelfahrt zu versuchen.

Nun, Gott war gnädig, wir sind heimgekommen. Aber die zwei Tage, die wir um die Sonnennähe jagten, die möchte ich nicht wieder erleben. Ich habe manches durchgemacht – solche Glut noch nicht. Wir konnten unsre äußere Stellitkugel nur dadurch vor dem Schmelzen bewahren, daß wir sie schnell rotieren ließen; so strahlte sie die auf der einen Seite empfangene Hitze auf der andern wieder aus – weiß nicht, bekomme sogleich einen wahren Merkursdurst, wenn ich daran denke!«

Damit tat Jo einen tiefen Zug aus seinem Mundstück und erhob sich.

»Schade, schade, daß Sie morgen schon fortgehen!« sagte La zu Jo. »Von der Sonnennähe müssen Sie uns noch einmal erzählen!«

»Wenn's einmal recht kalt ist!«

»Und All? Hat man nichts mehr von ihm gehört?« fragte Grunthe.

»Nichts! Auch bei wiederholten Besuchen des Südpols hat man keine Spuren mehr gefunden, keine Aufzeichnungen. Und nun, Gott befohlen! Auf Wiedersehen morgen vormittags!«

Jo schüttelte den Deutschen die Hände, und alle Martier wiederholten die Begrüßung. Dann zogen sie sich zurück. Nur La und Se blieben noch einige Minuten und redeten ihren Gästen zu, ihre Reise nicht im Winter zu wagen, sondern mit ihnen nach dem Mars zu gehen.

»Lassen Sie sich durch Jos Erzählung nicht bange machen«, sagte La lächelnd. »Wir nehmen jetzt soviel Richtschüsse mit, daß wir allen Hindernissen schleunigst ausweichen können. Die Gefahr lag ja früher darin, daß man auf der Erdoberfläche landen und von dort abreisen mußte; jetzt aber haben wir auf beiden Planeten Stationen außerhalb der Atmosphäre.«

»Solche Besorgnisse würden uns nicht abhalten«, sagte Grunthe ernst. »Wir hoffen ja später mit der Hilfe Ihrer Landsleute auf den Mars zu reisen.«

»Und was hält Sie denn ab, schon jetzt mit uns zu kommen?« fragte Se.

»Die Pflicht«, erwiderte Grunthe.

La und Se schwiegen einen Augenblick. Dann sagte Se mit einem Blick auf Saltner:

»Es gibt auch eine Pflicht gegen die Freunde.«

»Die Pflicht der Dankbarkeit gegen unsre Retter wird mir stets heilig bleiben«, sagte Grunthe, »aber im Falle des Widerstreits entscheidet die ältere –«

»Oder die höhere«, fiel La ein, »und das werden wir schon noch untersuchen.«

»Das wissen Sie ja«, sagte Saltner herzlich, »daß ich nichts lieber täte, als mit Ihnen zu gehen, wohin's auch immer wäre.«

»Mit wem denn?« scherzte La. »Wir wohnen leider auf dem Mars dreitausend Kilometer voneinander.«

»Das ist nicht so schlimm«, erwiderte Saltner. »Sie haben dort gewiß so schnelle Beförderungsmittel, daß man einen Tag hier und einen da sein kann. Und das hat auch seine guten Seiten.«

»Das ist reizend«, rief Se. »Sie passen ausgezeichnet auf den Mars. Wenn wir Sie nun beim Wort nehmen?«

Se und La warfen sich einen Blick des Einverständnisses zu. Dann faßten sie jede einen seiner Finger und sagten gleichzeitig:

»Gebunden.«

Saltner machte ein etwas verdutztes Gesicht, da er nicht recht wußte, was das bedeuten sollte.

»Wieso?« fragte er. »Was soll das sein?«

»Ein Spiel!« rief La, und beide sahen ihn so sonderbar und freundlich an, daß ihm ganz seltsam ums Herz wurde.

»Gehen's«, sagte er etwas verlegen, »Sie wollen mich gewiß zum besten haben. Was muß ich denn jetzt tun?«

»Das wird sich schon finden. Recht liebenswürdig sein müssen Sie!« sagte Se. »Und jetzt gute Nacht! Sie müssen morgen zeitig aufstehen, eigentlich schon heute, der Flugwagen nach der Außenstation geht um ein Uhr.«

»Auf Wiedersehen morgen am abarischen Feld!« rief La.

Und beide nickten ihm freundlich zu, grüßten Grunthe und schwebten mit ihrem leichten, gleitenden Schritt nach der Tür. Die Wolke glühender Funken wogte um Se, und über den schlanken Formen ihres Halses schimmerte der zarte Regenbogen ihres Haars. Über Las Haupt glänzte es wie ein Heiligenschein, und aus ihren tiefen Augen fiel ein langer Blick auf Saltner zurück. Dann schloß sich die Tür. Die Feen der Insel waren verschwunden.

Saltner stand noch lange stumm und blickte nach der geschlossenen Tür. Was meinten sie wohl? Wie sollte er sie verstehen? Und welche von beiden – –

Dann drehte er sich auf dem Absatz herum und pfiff leise vor sich hin.

»Das ist gescheit«, sagte er, »die scheinen halt nicht eifersüchtig. Aber – am Ende ist das gar nicht sehr schmeichelhaft für mich. Wer kann sich auch gleich bei den Feen auskennen? Kommen Sie, Grunthe, wir wollen soupieren.«

Die beiden Männer zogen sich in ihr Zimmer zurück, aßen zu Abend und sprachen dabei hin und her über die Frage, ob sie imstande sein würden, dem Wunsch der Martier zu widerstehen und am Pol zurückzubleiben.

»Ich ging schon gern hin«, sagte Saltner endlich, »aber von Ihnen geh ich nicht, alter Freund. Und nun sehen Sie zu, was Sie durchsetzen.«

15 - 6.356 KILOMETER ÜBER DEM NORDPOL

Grunthe und Saltner ruhten noch in ihren Betten, als bereits im abarischen Feld ein reges Leben herrschte. Die Martier, welche das Raumschiff besteigen sollten, begaben sich in Abteilungen von je vierundzwanzig Personen nach der Außenstation. So viele faßte der Flugwagen, der den Verkehr von der Insel nach dem Abgangspunkt der Raumschiffe vermittelte, nach jenem in der Höhe von 6.356 Kilometern über dem Pol schwebenden Ring. Es waren also, um die Reisenden und diejenigen ihrer Freunde, die sie bis an das Schiff begleiten wollten, nach dem Ring zu befördern, drei Flugwagen erforderlich. Der Aufstieg nahm ungefähr eine Stunde in Anspruch, und da sich niemals mehr als ein Wagen im abarischen Feld befinden durfte, so verließ der erste Wagen schon am frühsten Morgen, richtiger noch in der konventionellen Schlafenszeit, denn die Sonne ging ja nicht auf noch unter, die Inselstation. Dies war nach der Tageseinteilung, welche die Martier für den Nordpol der Erde festgesetzt hatten, um 11,6 Uhr, nach mitteleuropäischer Zeit ungefähr um 11 Uhr vormittags, eine Stunde vor dem Aufstehen, wie es sonst auf der Insel üblich war.

Diesmal mußten Grunthe und Saltner freilich etwas früher ihre Ruhe unterbrechen, denn der dritte Flugwagen, der sie nach der Außenstation bringen sollte, verließ die Insel gegen 0,6 Uhr, um eine Stunde vor der Abfahrt des Raumschiffes am Ring zu sein.

Die Martier waren schon fast vollständig in der Abfahrtshalle am abarischen Feld versammelt, als Grunthe und Saltner ankamen. Die meisten der Anwesenden waren ihnen bereits bekannt, und alle begrüßten sie aufs liebenswürdigste. Auch Hil, der Arzt, hatte sich eingefunden. Da die Menschen zum erstenmal eine Fahrt im abarischen Feld machten – wenn man die unfreiwillige in ihrem Luftballon nicht mitrechnen wollte –, so war es ihm von größtem wissenschaftlichem Interesse, ihr Verhalten dabei zu beobachten. Auch konnte man ja nicht wissen, ob nicht vielleicht unter den ungewohnten Bedingungen, denen die Menschen hier ausgesetzt waren, seine Hilfe vonnöten würde. Indessen wußten sich Grunthe und Saltner schon ganz geschickt zu benehmen, als sie die auf Marsschwere gestellte Vorhalle betraten. Zu ihrer Verwunderung sahen sie, daß die Martier die Pelzkragen nicht mehr trugen, in denen sie den Weg über die Insel zurückgelegt hatten, sondern sich in ihrer gewöhnlichen Zimmertoilette befanden.

Hil forderte sie auf, ebenfalls ihre Mäntel abzulegen, da sie nun bis zu ihrer Rückkehr nicht mehr ins Freie kämen. Wagen und Ringstation seien selbstverständlich künstlich erwärmt.

Vergeblich sah sich Saltner nach La und Se um. Schon ertönte das Signal zum Einsteigen, als La eilig hereinkam und die Anwesenden begrüßte. Ihre Blicke flogen alsbald zu Saltner, der sich ihr noch schnell näherte und ihr die Hand reichen wollte. Sie aber legte beide Hände auf seine Schultern und sah ihm zärtlich in die Augen. Die Begrüßung überraschte ihn, er mußte sich einen Augenblick sammeln, denn er wußte, daß diese Form des Willkomms nur unter ganz nahestehenden Freunden oder Liebenden üblich war und ungefähr die Bedeutung eines Kusses unter den Menschen besaß. Aber ihre Blicke gaben ihm schnell den Mut, sie zu erwidern, und zu seiner großen Freude glückte es ihm, ihre Schultern mit seinen Händen zu berühren, ohne zu hoch in die Luft zu greifen, und sie auch wieder zu entfernen, ohne das Gleichgewicht zu verlieren. Nur das rosig schimmernde Haar streiften seine Finger, und er fühlte diese Berührung wie ein leises Überspringen elektrischer Funken.

Schon bestiegen die übrigen den Flugwagen. Hil geleitete Grunthe hinein. La faßte Saltner an der Hand, um ihn beim Hinaufsteigen der ungewohnten Stufen ins Innere des Wagens zu unterstützen. Ehe er dieselben betrat, blickte er noch einmal zurück, um nach Se zu schauen, ob sie nicht käme.

»Heute nicht«, sagte La, seinen Gedanken erratend, »morgen sehen Sie sie wieder. Heute müssen Sie mit mir vorliebnehmen.«

Es war keine Zeit zu Erklärungen. Der Wagen wurde geschlossen. Dies geschah, indem der außenstehende Beamte die Falltür hob, durch welche die Reisenden in das Innere des Wagens gestiegen waren. Der Boden bildete jetzt die ebene, mit weichen Teppichen belegte Fläche eines geräumigen Zimmers. Die Decke war gleichfalls eben, während der ganze Wagen äußerlich die Gestalt einer vollkommenen Kugel besaß. In den beiden Segmenten, welche durch Boden und Decke gebildet waren, befand sich je ein Wagenführer, die beide durch Signale mit der untern wie mit der oberen Station verkehrten.

Nirgends zeigte sich ein Fenster, von der Außenwelt war nichts zu sehen. Eine Anzahl von Kugeln, welche an unsichtbaren Lisfäden von der Decke herabhingen, verbreitete ein angenehmes Licht. Die Deutschen sahen hier zum erstenmal die künstliche Beleuchtung der Martier durch fluoreszierende Lampen, die nur aus absolut luftleer gemachten, durchscheinenden Kugeln bestanden und infolge der schnellen Wechselströme leuchteten, welche von dem mittleren Teil der Wagenwand ausgingen. In diesem befand sich auch der Heizapparat. Das Zimmer hatte im Grundriß die Gestalt eines Quadrats, so daß zwischen seinen Wänden und der Kugel noch Raum für einige kleinere Gelasse blieb. Die Ausstattung war die bei den Martiern übliche mit einem festen Tisch in der Mitte, der zugleich als Büffet diente. Nur dadurch unterschied sie sich von der eines gewöhnlichen Gesellschaftszimmers, daß sich ringsum an den Wänden auffallende Gestelle hinzogen, deren Zweck Grunthe nicht zu erraten vermochte. Er war geneigt, sie für Turngeräte zu halten, und etwas Ähnliches waren sie auch. Eigentümlich waren ferner die Stühle, sämtlich mit Seitenlehnen und Leisten an den Füßen versehen. Diese Stühle konnte man zwar, infolge einer besonderen Mechanik, nach Verlangen hin- und herschieben, nicht aber vom Boden aufheben.

Kaum war der Wagen verschlossen, als ein zweites Signal ertönte. Schnell suchte sich jeder der Martier eines der Gestelle am Rand des Zimmers und begab sich in dasselbe. Grunthe und Saltner wurden angewiesen, wie sie sich dabei zu benehmen hätten. Sie steckten die Füße in schuhartige Vorsprünge am Boden, so daß sie nicht ausgleiten konnten, stemmten sich mit den Armen fest an den zur Seite befindlichen

Griffen und lehnten sich mit dem Rücken an die gepolsterte Wand, während der Kopf zwischen weichen Kissen wie in einer Grube ruhte.

»Nun bin ich nur neugierig, was das soll«, sagte Saltner. »Hoffentlich brauchen wir nicht zwei Stunden lang hier als Mumien zu stehen.«

»Es dauert nicht lange«, sagte einer der Martier.

»Halten Sie sich ganz fest«, fügte La hinzu, »von dem Augenblick, in welchem die tiefe Glocke erklingt und das Licht sich verdunkelt, bis es wieder hell wird, und rühren Sie sich ja nicht.«

»Ich folge blindlings –«

»Warum –« Grunthe wollte etwas fragen. Da erscholl das Signal. Das Licht wurde so schwach, daß man eben nur noch die Stellen sah, wo die Lampen hingen.

Es erfolgte ein dumpfer Knall. Die Insassen der Kugel erlitten eine leichte Erschütterung und fühlten sich kräftig gegen den Boden gedrückt. Unter die Kugel war nämlich ein Behälter mit stark komprimierter Luft gebracht worden, durch deren Entspannung der Flugwagen mit einer Geschwindigkeit von 30 Metern pro Sekunde in dem abarischen Feld aufwärtsgeschleudert wurde. Gleichzeitig wurde die Schwere im Feld vollständig kompensiert. Während bisher die Schwerkraft innerhalb der Kugel, der Gewohnheit der Martier entsprechend, immer noch ein Drittel der Erdschwere betragen hatte, war sie jetzt gänzlich aufgehoben.

Das Gefühl, welches die Menschen ergriff, war nicht unangenehm und keineswegs stark, ähnlich wie in einem Bad, nur daß die Berührungsempfindung des Wassers fehlte. Man gewöhnte sich schnell daran und gewahrte nur einen schwachen Blutandrang nach dem Kopf.

Die Lampen wurden wieder hell, und ein Teil der Martier kam vorsichtig aus den Gestellen hervor. Sie machten sich das Vergnügen, in dem absolut schwerelosen Raum durch einen leichten Stoß gegen den Boden bis zur Decke in die Höhe zu schwingen und sich von dort wieder abzustoßen oder eine Zeitlang ohne jede Unterstützung völlig frei in der Luft zu schweben.

Saltner hätte dies gern auch einmal probiert, aber La riet ihm dringend, sein Gestell noch nicht zu verlassen, da es längerer Übung bedürfe, ehe man sich in dem schwerelosen Raum geschickt bewegen könne. Dagegen forderte sie zwei Damen, welche die Fahrt mitmachten, zu einem kleinen Tänzchen auf, und die drei graziösen Figuren schwebten nun, indem sie mit geschickten Bewegungen sich vom Boden und den Wänden abstießen, Hand in Hand um das Zimmer. In ihren wehenden Schleiern glichen sie den Elfen des Märchens, die in der Mondnacht ihren luftigen Reigen führen. Darauf zogen sie sich wieder auf ihre Plätze zurück.

Grunthe nahm sein Fernrohr aus der Tasche, streckte die Hand aus und öffnete sie dann. Das Fernrohr blieb frei in der Luft schweben, ohne zu fallen. Er konnte es sich nicht versagen, selbst einmal zu versuchen, wie es sich ohne Schwere gehe, und trat aus seinem Gestell. Sobald er aber dasselbe losgelassen und den Fuß zum ersten Schritt erhob, verlor er das Gleichgewicht und focht mit Händen und Füßen in der Luft herum, ohne wieder auf den Boden kommen zu können. Es sah ungeheuer possierlich aus, wie der ernste Mann hin- und herstrampelte, und Saltner war sehr froh, daß er Las Rat gefolgt war, sich nicht von seinem festen Punkt fortzuwagen. Erst durch Hilfe einiger Martier kam Grunthe wieder auf den Boden zu stehen und wurde in sein Gestell zurückgeführt.

»Es schadet nichts«, sagte er, »man muß alles versuchen.«

Jetzt erscholl ein neues Signal, worauf alle sich schleunigst in ihre Gestelle begaben. Gleich darauf wurde es ganz dunkel bis auf den matten Schimmer einer Lampe, welche genau die Mitte des Zimmers einnahm. Doch reichte ihr Schein nur aus, ihre Stelle zu bezeichnen, nicht aber, irgendwelche andere Gegenstände zu erkennen.

»Was kommt denn nun?« fragte Saltner.

Hil antwortete ihm. »Bis jetzt«, sagte er, »sind wir ohne Schwere durch den gegebenen Anstoß mit gleichmäßiger Geschwindigkeit gestiegen, und zwar sechs Minuten lang. Wir haben dadurch eine Höhe von ungefähr 10.000 Metern erreicht. Die Luft ist hier dünn genug, daß wir eine größere Geschwindigkeit annehmen können. Das Feld wird jetzt überkompensiert, das heißt, die ›Gegenschwere‹ überwiegt nun die Schwere, und wir ›fallen‹ nach oben, nach dem Ring zu. Sie werden bald merken, daß unsere Geschwindigkeit stark zunimmt, denn unser Fall nach dem Ring beschleunigt sich natürlich rasch.«

In der Tat bemerkten Grunthe und Saltner bald dasselbe Gefühl, welches sie bei sehr beschleunigtem Fallen des Ballons zu haben pflegten. Es war, als würde ihnen der Boden unter den Füßen entzogen.

»Was ist denn das?« rief Saltner. »Wir stürzen ja ab!«

»Freilich fallen wir«, lachte La, »aber nach oben, das heißt, von der Erde fort.«

»Ich fühle doch, daß der Boden unter den Füßen sich senkt.«

»Ganz richtig, aber wo, glauben Sie, daß die Erde sich befindet?«

»Nun, doch unter uns!«

»Fehlgeschossen! Sie stehen jetzt auf dem Kopf wie ein Antipode. Die Erde ist über Ihrem Scheitel, unsre Füße sind dem Ring der Außenstation zugekehrt, wohin jetzt die Richtung der Fallkraft hinweist.«

»Ach, liebste La, wollen Sie mich denn vollständig verdreht machen?«

Als Antwort hörte er ihr leises Lachen.

Es wurde wieder hell. Nichts im Zimmer hatte sich verändert.

Die Martier verließen nun ihre Gestelle und bewegten sich wie gewöhnlich im Zimmer.

Auch Grunthe und Saltner bemerkten, daß sich das eigentümliche Gefühl des Fallens ziemlich verloren hatte. Doch kam dies nur daher, daß sie sich daran gewöhnt hatten. Tatsächlich flog die Kugel mit immer größerer Geschwindigkeit auf ihr Ziel zu, von der Erde fort, und diese Geschwindigkeit sollte sich allmählich bis auf die kolossale Zahl von gegen zweitausend Meter in der Sekunde steigern.

Der untere Teil der Kugel, unter dem Fußboden, war beschwert, so daß sich die Kugel je nach der Richtung der Fallkraft immer mit dem Boden des Zimmers nach unten einstellte. Diese Drehung hatte sich sofort vollzogen, als das Feld überkompensiert wurde und die Beschleunigung nach oben begann. Aber die Insassen hatten gar nichts davon bemerkt, da sie fest in ihren Gestellen ruhten und die Wirkung der Schwere im Anfang so gering war, daß es zu ihrer Aufhebung keiner merklichen Muskelkraft bedurfte. Sie standen jetzt, im Vergleich zu ihrem Aufenthalt am Pol, tatsächlich auf dem Kopf; im Vergleich zu der auf sie wirkenden Anziehungskraft befanden sie sich jedoch in der normalen Lage; sie standen auf ihren Füßen. Immerhin mußten sich Grunthe und Saltner vorsichtig bewegen, da das Feld nur um ein Drittel der Erdschwere überkompensiert war, das heißt so, daß die Insassen der Kugel unter einer anziehenden Kraft standen, wie sie sie auf dem Mars gewohnt waren. Die Menschen zogen es daher vor, sich auf den Sesseln am Tisch niederzulassen und dort zu bleiben. Es fehlte nicht an Unterhaltung mit den Martiern, die jetzt zu ihren Piks gegriffen hatten. Hil hatte sich überzeugt, daß die Menschen die Schwerelosigkeit leicht ertrugen. Saltner saß Hand in Hand mit La in vertraulichem Gespräch. Niemand kümmerte sich um sie.

Eine halbe Stunde etwa nach der Abfahrt von der Erde mußten die Insassen des Wagens auf das gegebene Signal noch einmal ihre Plätze in den seitlichen Verschlägen einnehmen. Der Wagen hatte jetzt seine größte Geschwindigkeit erreicht und über die Hälfte seines Weges zurückgelegt. Es kam nunmehr darauf an, seine Geschwindigkeit zu vermindern und so zu regulieren, daß er gerade innerhalb des Ringes zur Ruhe kam. Dies geschah, indem man die Erdschwere wieder wirken ließ. Diese besaß jedoch in dieser Höhe nicht mehr die volle Stärke wie am Pol, sondern war nur noch etwa so groß wie auf dem Mars, ja auf dem Ring selbst betrug sie nur ein Viertel der unten herrschenden Schwere. Der Wagen glich jetzt einem Körper, den man mit großer Geschwindigkeit in die Höhe geworfen hat und der sich nun mit abnehmender Geschwindigkeit dem höchsten Punkt seiner Bahn nähert. Der Fußboden des Wagens mußte sich demnach wieder der Erde zuwenden, und diese Drehung wartete man bei verdunkeltem Wagen in den schützenden Gestellen ab. Den übrigen Teil der Fahrt über konnte man sich nach Belieben im Wagen bewegen, nur kurz vor der Ankunft wurden die Gestelle wieder aufgesucht. Denn der letzte Teil des Weges mußte mit gleichmäßiger, nicht sehr bedeutender Geschwindigkeit zurückgelegt werden, um das Anhalten des Wagens im richtigen Zeitpunkt zu regulieren. Dazu aber war es notwendig, diese Strecke abarisch, ohne jede Schwere zu durchlaufen, bis das Wiedereinstellen der Schwere in der letzten Sekunde den Wagen anhielt.

Man bemerkte kaum das Anhalten des Wagens, so allmählich war es geschehen. Das Fallnetz hatte sich unter ihm geschlossen und war nach der Befestigung des Wagens wieder entfernt worden. Die Tür im Boden wurde geöffnet.

Ehe die Reisenden den Wagen verließen, versahen sich alle mit Schutzbrillen für die Augen, da hier oben das direkte Sonnenlicht durch keine Atmosphäre gemildert war und alle Gegenstände, auf die es traf, in blendendem Glanz erscheinen ließ, während sich die Schatten tiefschwarz abhoben. Nun trat man in die mittlere Galerie des Ringes.

Die Martier durchschritten dieselbe und begaben sich sogleich durch die Tür, welche die Überschrift trug ›Vel lo nu‹ – ›Raumschiff nach dem Mars‹ –, nach der oberen Galerie, über welcher das Raumschiff ruhte. Grunthe und Saltner dagegen wurden von Hil und La zunächst durch eine andere Tür nach der unteren Galerie geleitet, und zwar nach derjenigen, welche den Ring auf seiner äußeren Seite umzog.

Eine zweite solche untere Galerie umgab den Ring auf der inneren Seite und enthielt die Apparate, durch welche das abarische Feld kontrolliert wurde. Hier befanden sich auch die Arbeitsräume der Ingenieure. Um nach der äußeren Galerie durch einen Verbindungsweg zu gelangen, mußte man zunächst die innere durchschreiten, und La begrüßte ihren Vater Fru, dem die Leitung der Außenstation oblag. Die äußere, sechs Meter breite Galerie sprang noch etwa zwei Meter über die Seitenwand des Ringes vor, so daß man an dieser vorüber in die Höhe blicken konnte. Sie diente als Aussichtsraum, von welchem aus der Blick auch nach der inneren Seite des Ringes frei war, so daß man nach unten den ganzen Horizont beherrschte.

Ihrer vollen Länge nach hatte man nach Art eines Balkons eine Brüstung angebracht, so daß man glaubte, von diesem erhabenen Standpunkt aus direkt ins Freie zu sehen. Tatsächlich war man durch den vollkommen durchsichtigen Stoff der Außenwand vom luftleeren, eisigen Weltraum geschieden. Aber die in weiten Zwischenräumen sich folgenden Träger dieser Galerie hinderten ebensowenig die Aussicht wie der weiter oberhalb sich drehende durchbrochene Schwungring. Die Stelle, an welcher Grunthe und Saltner mit ihren Begleitern die Galerie betraten, lag von der Sonne abgewendet, so daß die Strahlen derselben, trotz ihres niedrigen Standes, durch die ganze Breite des über der Galerie befindlichen Ringes abgeblendet wurden. Sie standen in einer geheimnisvollen Dämmerung, die nur durch den Reflex des Mondlichtes auf dem einen Rand der Galerie und durch denjenigen des Erdlichtes an der Decke über ihnen erhellt wurde.

Tiefschwarz lag der Himmel ringsum, über ihnen, an den Seiten, zu ihren Füßen; auf dem schwarzen Grund glänzten die Sterne in nie geschauter Klarheit, ohne zu funkeln, als tausend ruhig leuchtende Punkte. Im ersten Augenblick glaubten die Forscher in einen tiefen See zu blicken, in welchem der Himmel sich spiegele. Dann erst erkannten sie, daß sie zu ihren Füßen einen großen Teil der Sternbilder des südlichen Himmels vor sich hatten. Denn ihr Blick beherrschte den Himmel bis zu sechzig Grad unter den Horizont des Nordpols.

In der Mitte zu ihren Füßen schwebte die Erde als eine glänzende Scheibe. Sie hatte die Gestalt des zunehmenden Mondes kurz nach seinem ersten Viertel, doch erblickte man auch den von der Sonne nicht beleuchteten Teil, da ihn das Licht des Mondes in einen schwachen Schimmer hüllte. Die ganze Scheibe der Erde erschien unter einem Gesichtswinkel von sechzig Grad und erfüllte somit gerade den dritten Teil des Himmels unterhalb des Horizontes. Die Schattengrenze schnitt das Eismeer in der Nähe der Jenisseimündung, so daß der größte Teil Sibiriens und die Westküste Amerikas im Dunkel lagen. Hell glänzten die Gletscher an der Ostküste Grönlands im Schein der Mittagssonne, und als ein strahlender weißer Fleck hob sich Island aus den dunklen Fluten des Atlantischen Meeres. Der westliche Teil des Ozeans und der amerikanische Kontinent waren nicht zu erkennen. Über ihnen ruhte eine nur selten unterbrochene Wolkenschicht, deren obere Seite die Sonnenstrahlen in blendendem Weiß zurückwarf, so daß ihr Anblick ohne die schützenden Augengläser unerträglich gewesen wäre. Dagegen lag die Karte von ganz Europa, wenigstens in seinem nördlichen Teil, in günstigster Beleuchtung vor den entzückten Blicken. Unter dem Einfluß eines ausgedehnten Hochdruckgebiets war die Luft dort völlig klar und rein, so daß man die nördlichen Inseln und Halbinseln und die tief eingeschnittenen Meeresbuchten deutlich erkannte. Weiterhin verschwammen die Formen der Ebenen in einem bläulich-grünlichen Luftton, aber als feine helle Linien blitzten für ein scharfes Auge die Ketten der Alpen und selbst des Kaukasus auf. In matterem Licht schimmerte der Rand des beleuchteten Teils der Scheibe, und nur an der Schattengrenze bezeichneten einige helle Lichtpunkte den Untergang der Sonne für die Schneegipfel des Tianschan und des Altai.

In tiefem Schweigen standen die Deutschen, völlig versunken in den Anblick, der noch keinem Menschenauge bisher vergönnt gewesen war. Noch niemals war es ihnen so klar zum Bewußtsein gekommen, was es heißt, im Weltraum auf dem Körnchen hingewirbelt zu werden, das man Erde nennt; noch niemals hatten sie den Himmel unter sich erblickt. Die Martier ehrten ihre Stimmung. Auch sie, denen die Wunder des Weltraums vertraut waren, verstummten vor der Gegenwart des Unendlichen. Die machtvollen Bewohner des Mars und die schwachen Geschöpfe der Erde, im Gefühl des Erhabenen beugten sich ihre Herzen in gleicher Demut der Allmacht, die durch die Himmel waltet. Aus der Stille des Alls sprach die Stimme des einen Vaters zu seinen Kindern und füllte ihre Seelen mit andächtigem Vertrauen.

La hatte Saltners Hand ergriffen, sanft lehnte sie sich an seine Schulter, und mit der Rechten auf den hellsten der Sterne weisend, der unterhalb des Horizonts des Pols leuchtete sagte sie leise: »Dort ist meine Heimat.«

Saltner zog sie an sich und sprach: »Und dort meine Erde, ist sie nicht schön?«

Grunthe holte sein Relieffernrohr hervor und trat dicht an den inneren Rand der Galerie, welcher den Blick auf den Nordpol gestattete. Auch ihn hatte die Erinnerung an die so greifbar nahe vor ihm ausgebreiteten und doch so unerreichbaren fernen Lande seiner Heimat weichgestimmt. Aber er wollte nichts wissen von dem, was La und Saltner sich zu sagen hatten. Ihn beschäftigte jetzt, nachdem das Überwältigende des ersten Eindrucks vorüber war, vor allem der Gedanke, wie er es ermöglichen könne, die Reise über die Eisfelder und Meere des Polargebiets zurückzulegen. Und er wollte die günstige Gelegenheit benutzen, von hier oben den Weg zu überblicken, den er auf den Karten der Martier schon wiederholt studiert hatte. Ein kleiner dunkler Fleck direkt unter ihm stellte das Binnenmeer am Pol vor, und mit seinem Glas konnte er die Insel in der Mitte desselben erkennen. Er wandte sich mit einer Frage an Hil, der ihn an eine andere Stelle der Galerie führte.

»Sie können hier«, sagte er, »die Erde bequemer mit einem unsrer Apparate betrachten, der Ihnen eine hundertfache Vergrößerung gibt. Später sollen Sie im Laboratorium unser großes Fernrohr mit tausendfacher Annäherung kennenlernen.«

La blickte lange nach der Erde hinab. Dann sagte sie in ihrer langsamen, tiefen Sprechweise: »Größer und schöner mag eure Erde sein, aber ich müßte dort sterben in eurer Schwere. Und schwer wie die Luft sind eure Herzen. Ich aber bin eine Nume.«

Sie ließ das schützende Augenglas herabfallen und wendete ihm voll das Gesicht zu. In ihrem Blick flammte wieder jene unbeschreibliche Überlegenheit, welche den Menschenwillen brach. Aber es war nur ein Moment. Dann wechselte der Ausdruck ihrer Züge, ihre Wimpern senkten sich über die Sterne ihrer Augen, und Saltner fühlte, wie ein Strom von Wärme ihrem Antlitz entstrahlte, das sie nun zur Seite wandte.

Vom Zauber ihrer Nähe hingerissen, beugte er sich ihr entgegen und drückte seine Lippen auf ihren Hals.

La zuckte zusammen. Schon fürchtete Saltner, sie beleidigt zu haben, aber sie wandte sich mit einem glücklichen Lächeln und duldete seinen Kuß auf ihren Mund.

»Geliebte La«, flüsterte er, »wie glücklich machst du mich! Ist es denn möglich, du Wunderbare, daß ein armer Mensch eine Nume lieben darf?«

Sie sah ihn freundlich an und antwortete: »Ich weiß es nicht, was ihr Liebe nennt und was ein Mensch darf. La aber darf dem Menschen nicht zürnen, ohne den sie den Nu nicht wiedersehn würde – – doch, mein Freund –«, und ihr Blick wurde ernst, »– vergiß nicht, daß ich eine Nume bin.«

»Aber ich liebe dich!«

»Ich will es nicht verbieten, nur vergiß niemals –«

»Das verstehe ich nicht, wenn ich nur dein sein darf –«

»Die Liebe der Nume macht niemals unfrei«, sagte La.

»Und wenn du mich lieb hast –«

»Wie Nume lieb haben. Und du mußt wissen, wenn sie es tun, daß dies niemand etwas angeht als sie selbst, und daß –. Ich weiß es auf deutsch nicht recht zu sagen –«

»Auf martisch versteh ich's ganz gewiß nicht, aber ich weiß –«, und Saltner zog ihre Hand an seine Lippen, »– ich weiß, daß du –« Seine beredten Schmeichelworte wurden durch die Annäherung Hils unterbrochen.

»Wenn wir vor dem Abgang noch einen Blick in das Schiff werfen wollen«, sagte er, »so ist es jetzt Zeit.«

»Schon?« rief La. »Wir haben die Erde noch gar nicht durchs Fernrohr betrachtet.«

»Das können wir noch vor der Rückfahrt.«

»Aber dann ist es vielleicht in Deutschland schon Abend«, sagte Saltner, »ich möchte doch gern –«

»Durchaus nicht«, erwiderte Hil. »In einer halben Stunde ist alles vorüber, und dann haben Sie erst ein Viertel nach drei Uhr. – Aber lassen Sie uns jetzt eilen!«

16 - DIE AUSSICHT NACH DER HEIMAT

Die vier Besucher des Ringes begaben sich über die mittlere Galerie nach der Treppe zur oberen. Hier gelangten sie in die weite Halle, von welcher aus die Abfahrt der Raumschiffe stattfand. Das rege Leben, das hier geherrscht hatte, begann sich jetzt zu beruhigen. Denn die Einschiffung der Abreisenden war vollendet, und ihre Begleiter verließen soeben das Schiff. Die Luke sollte geschlossen werden.

Hil mit seiner Begleitung hatte sich doch verspätet, und so mußten Grunthe und Saltner sich diesmal darauf beschränken, das Raumschiff von außen zu betrachten. Sie trösteten sich damit, daß in drei Tagen bereits eine neue Abfahrt stattfände; überdies fesselte sie der Anblick, der sich ihnen darbot, zur Genüge.

Die riesige Halle besaß einen Radius von 60 Meter. An ihrer Decke, und zwar rings um den Rand herum, befanden sich kreisförmige Einschnitte. Auf fünf von ihnen ruhte je ein Raumschiff, so daß das untere Segment desselben in die Halle hineinragte und von hier aus zugänglich war. Der überwiegende Teil jedes Raumschiffs befand sich natürlich oberhalb der Decke nach außen, wodurch die Halle, wenn man sie von oben her hätte betrachten können, wie von fünf Riesenkuppeln gekrönt erschienen wäre. Bei vollbesetzter Station hätten sich acht Kuppeln über der Halle erhoben. Die Martier waren imstande, acht Raumschiffe gleichzeitig auf der Station zu halten. Die vorhandenen fünf Schiffe sollten in dreitägigen Zwischenräumen die Station verlassen; sie vermochten sämtliche anwesende Martier fortzufahren, so daß also der Aufenthalt der Martier auf der Insel in fünfzehn Tagen beendet sein mußte. Man konnte durch die vollständig durchsichtige Decke die Außenseite der Schiffe genau betrachten. Sie stellten vollkommene Kugeln dar, die mit ihrem größten Umfang noch weit über den Rand der Galerie hinausragten. Auch nicht der geringste Vorsprung, nicht die kleinste Unebenheit war an ihnen zu entdecken. Die äußeren Hüllen dieser Kugeln waren durchsichtig. Man erblickte hinter ihnen die innere Kugel, den eigentlichen Schiffsraum, von welchem aus eine Reihe von Öffnungen in den Zwischenraum zwischen beiden Kugeln hineinführte. Dieser über zwei Meter breite Raum trug in regelmäßiger Anordnung allerlei Gerüste, die den verschiedenen Zwecken der Raumfahrt dienten. Jetzt waren sie zum größten Teil von den Martiern besetzt, die mit ihren Freunden in der Abfahrtshalle noch Abschiedsgrüße austauschten.

An der tiefsten Stelle der Kugel befand sich ein abgegrenzter Raum, der die Kommandobrücke bildete. Hier erschien jetzt Jo. Er warf einen Blick auf die Apparate, die rings um seinen Platz angeordnet waren. Dann grüßte er mit einer Handbewegung in die Halle hinein und drückte auf einen Knopf. In diesem Augenblick leuchtete zu seinen Füßen auf der Innenseite der durchsichtigen Kugel das Bild eines Kometen und der Name des Schiffes, das der ›Komet‹ hieß, in bläulichem Fluoreszenzlicht auf. Dies war das Zeichen, daß der ›Komet‹ bereit war, seine Reise anzutreten.

Man hatte schon vorher die ganze Galerie, die sich um ihre vertikale Achse drehen ließ, für die Abfahrt passend eingestellt. Genau in der Sekunde, in welcher diese stattfinden sollte, mußte der Punkt der Galerie, wo das Schiff sich befand, von der Sonne abgewendet stehen. Denn sobald das Schiff bei seiner Abfahrt völlig schwerelos gemacht wurde, bewegte es sich in der Tangente der Erdbahn. Da aber die Erde gleichzeitig in ihrer Bahn fortlief, so hatte dies zur Folge, daß das Schiff in bezug auf die Erde sich auf einer Linie entfernte, welche genau von der Sonne fortwies. Nach dieser Richtung hin also mußte die Bahn frei sein. Die Sonne hatte den niedrigen Stand von gegen sieben Grad über dem Horizont, die Bewegung wich somit von der horizontalen wenig ab.

Die Martier im Innern der Abfahrtshalle fuhren jetzt auf Schienen eine eigentümliche Hebemaschine unter das Schiff. Sie bestand in einem oben offenen, unten geschlossenen Zylinder, welcher dazu diente, das Schiff aus seinem Lager zu heben und gleichzeitig die Öffnung der Abfahrtshalle luftdicht zu schließen. Der Zylinder wurde in die Höhe geschraubt und hob dadurch auf seinem oberen Rande das fast schon schwerelos gemachte und darum leicht bewegliche Schiff empor. Als das Schiff so hoch gebracht war, daß sein tiefster Punkt höher stand als das Dach der Halle, wurde der Hebungszylinder angehalten. Auf ein gegebenes Zeichen mußte er herabfallen und damit das Schiff freigeben.

Der entscheidende Augenblick nahte. Die vollkommene Diabarie des Schiffes mußte genau in dem berechneten Moment eintreten, wenn nicht die Disposition der ganzen Raumreise dadurch verändert werden sollte.

Jo hatte seinen Blick auf die Uhr gerichtet, während seine Hand den Griff des diabarischen Apparats umfaßt hielt. Mit größter Aufmerksamkeit beobachtete ihn der Ingenieur im Innern der Halle, um das Zeichen zum Fallen des Stütz-Zylinders zu geben.

Jetzt blickte Jo hinab und drückte auf den Griff. Zugleich sank der Zylinder nach unten. Die riesige Kugel schwebte, vollständig frei, dicht über dem Dach der Halle.

Die Martier im Schiff und in der Halle schwenkten grüßend Hände und Tücher. Mit angehaltenem Atem folgten Grunthe und Saltner dem wunderbaren Schauspiel, das so gar keine Ähnlichkeit mit dem Aufstieg eines Luftballons hatte. Es schien den Menschen, als müßte die freischwebende Riesenmasse sie im nächsten Augenblick zerschmettern.

In den ersten Sekunden bemerkte man kaum, daß das Raumschiff sich bewege, denn die Abweichung von der Erdbahn, welche in der ersten Sekunde nur 3 Millimeter beträgt, steigt nach 10 Sekunden erst auf 30 Zentimeter. Nach einer Minute aber war die Entfernung schon auf 11 Meter gewachsen. Die Kugel passierte jetzt den Rand der Galerie und schwebte frei über der unendlichen Tiefe, 6.300 Kilometer hoch über der Erde. Selbst die geübten Luftschiffer Grunthe und Saltner überkam ein beängstigendes Gefühl, als sie das Schiff so ganz langsam, ohne jede bemerkbare Triebkraft, über den Abgrund ziehen sahen. Schon wuchs die Entfernung merklicher. Nach zwei Minuten war es 44, nach drei Minuten 100 Meter entfernt, und immer mehr verschwanden die wehenden Tücher. Genau in der Richtung der Sonnenstrahlen, sanft nach unten geneigt, hart am Rand des – übrigens im leeren Raum nicht sichtbaren – Schattens des Ringes zog das Schiff hin. Die Kugel wurde sichtlich kleiner; nach zehn Minuten hatte sie einen Abstand von 1.100 Metern erreicht.

»Es ist nun hier weiter nichts mehr zu sehen«, sagte Hil zu Saltner. »Wenn es Ihnen recht ist, werfen wir jetzt einen Blick auf die Erde durch unsern großen Apparat.«

»Wie lange kann man den ›Komet‹ noch erblicken?« fragte Grunthe.

»Mit dem Fernrohr«, erwiderte Hil, »können wir ihn so lange sehen, bis er Richtschüsse gibt und durch den Erdschatten geht. Wie mir Jo sagte, beabsichtigt er dies zu tun, sobald er 1.000 Kilometer von hier entfernt ist. Das wird in 5 Stunden der Fall sein. Nachher entfernt er sich natürlich mit viel größerer Geschwindigkeit, weil er von der Erdbahn abbiegt.«

»Kann man die Lösung der Richtschüsse von hier beobachten?«

»Davon sehen Sie gar nichts. Ich will Ihnen jetzt etwas Interessanteres zeigen, und Sie sollen mir mancherlei erklären.«

In der inneren auf der Unterseite des Ringes befindlichen Galerie traf die kleine Gesellschaft auf Las Vater, der erst jetzt Saltner und Grunthe freundlich begrüßte, da er bisher zu sehr mit der Expedition des Schiffes beschäftigt gewesen war. Hil bat um Erlaubnis, das große Instrument der Station benutzen zu dürfen. Fru erklärte sich gern bereit, selbst die Einstellung zu übernehmen.

»Aber du mußt die ganz starke Vergrößerung anwenden«, sagte La schmeichelnd zu ihrem Vater, »der arme Bat hier möchte einmal sehen, wo er zu Hause ist.«

»Und die neugierige La auch, nicht wahr? Nun, du weißt, es kommt alles auf die Beleuchtung an.«

Es gesellten sich noch einige andere Martier hinzu, die ebenfalls die Gelegenheit wahrnehmen wollten, sich die Erde von ihren Bewohnern erklären zu lassen.

»Ach«, sagte Saltner leise zu La, »das wird eine große Gesellschaft, da werden wir wohl nicht viel zu sehen bekommen.«

»Warte nur ab«, antwortete sie ebenso, »das wird gerade hübsch. Du weißt ja gar nicht, wie man bei uns ins Fernrohr sieht.«

Man sammelte sich vor einer geschlossenen Tür.

»Sie denken vielleicht«, sagte La, »daß bei uns jeder für sich durch ein Rohr guckt. O nein, das ist viel bequemer.«

Fru öffnete die Tür. Man trat in ein vollständig verdunkeltes Zimmer, das nur künstlich durch eine Lampe beleuchtet war. Die eine Wand war rein weiß, alle übrigen schwarz angestrichen. Man gruppierte sich vor der weißen Wand, im Vordergrund La, Saltner und Grunthe als Gäste neben ihr. Hinter den Zuschauern befand sich ein Gestell mit verschiedenen Apparaten und Meßinstrumenten, von welchem aus schwarz angestrichene Rohre nach der Decke liefen. Hier stellte sich Fru auf. Das Licht verlosch. Nur die Schrauben und Skalen der Apparate phosphoreszierten in schwachem Eigenlicht.

Als Fru den Verschluß des Suchers öffnete, projizierte sich auf der Wand ein Teil des südlichen Sternenhimmels, und nach einigen Verschiebungen erschien das Bild der Erde, nicht vergrößert, aber sehr scharf in allen Umrissen. Es nahm fast die ganze Fläche der Wand ein, und man konnte deutlich die Abnahme der Beleuchtung an der Schattengrenze beobachten, die jetzt schon etwas weiter nach Westen gerückt war. Zum Glück zeigte sich der Himmel über Deutschland ganz klar, so daß Fru nicht zweifelte, die stärkste Vergrößerung anwenden zu können. Fru ersuchte Grunthe, ihm auf dem Bild an der Wand die Stelle zu bezeichnen, an welcher ungefähr die Hauptstadt seines Landes zu suchen sei. Grunthe deutete auf einen Punkt in Norddeutschland und Fru stellte nun den Projektionsapparat so ein, daß dieser Punkt genau in die Mitte des Bildes kam. Jetzt wandte er hundertfache Vergrößerung an, um die Stadt Berlin erkennen zu lassen. Die Entfernung von der Außenstation bis nach Berlin betrug 8.600 Kilometer; bei der angewandten Vergrößerung wurden also die Gegenstände bis auf 86 Kilometer nahegerückt, und es war somit möglich, Ausdehnungen von etwa hundert Meter Länge zu unterscheiden und bei besonders heller Beleuchtung auch noch kleinere. Der Kreis an der Wand, der jetzt freilich sehr viel lichtschwächer erschien, zeigte sich von bräunlichen und grünlichen Streifen und Vierecken bedeckt, die an zahlreichen Stellen von dunkleren, unregelmäßigen Flecken unterbrochen waren; jene waren die bebauten Felder, diese die dazwischen liegenden Wälder und Seen.

Grunthe hatte richtig geschätzt. An der rechten Seite des Bildes waren die ausgedehnten Seen der Havel bei Potsdam unverkennbar, links erschien noch der Lauf der Oder bei Frankfurt auf dem Bild. Eine verwaschene Stelle nach rechts unten zeigte die von Rauch erfüllte Atmosphäre der Millionenstadt an. Diese wurde nun in die Mitte der Projektion gebracht und nochmals um das Zehnfache vergrößert. Dadurch rückte die Stadt bis auf kaum neun Kilometer an den Standpunkt des Beschauers heran. Es war, als ob man sie aus einem dreitausend Meter über dem Nordende der Stadt schwebenden Luftballon betrachtete, nur freilich bei einer außerordentlich matten Beleuchtung. Der auf der Wand abgebildete Kreis umfaßte in Wirklichkeit einen Durchmesser von zehn Kilometern.

Dem Mangel an Licht, welcher eine Folge der Projektion bei starker Vergrößerung war, konnten die Martier durch eine ihrer genialen Erfindungen abhelfen; sie schalteten in den Gang der Lichtstrahlen ein sogenanntes optisches Relais ein. Die Strahlen passierten dabei eine Vorrichtung, durch welche sie neue Energie aufnahmen, und zwar jede Farbengattung genau Licht derselben Art und im Verhältnis ihrer Helligkeit. Dadurch erhielt das ganze Bild, ohne seinen Charakter zu verändern, die erforderliche Lichtstärke. Eins aber konnte freilich nicht entfernt werden – der über der ganzen Stadt lagernde Dunst und Qualm. Die Felder nördlich von der Stadt und ein Teil der Vororte waren zu erkennen. Man bemerkte die feinen Linien, von einem Rauchwölkchen gekrönt, welche die der Hauptstadt zustrebenden Eisenbahnzüge vorstellten. Das Häusermeer selbst aber verschwamm in einem grauen Nebel, über den nur die Türme und Kuppeln der Kirchen hervorragten. Deutlich erkannte man den Reflex der Sonne an dem Dach des Reichstagsgebäudes und an der Siegessäule.

Grunthe und Saltner hatten natürlich schon öfter Gelegenheit gehabt, bei ihren Gesprächen mit den Martiern die wichtigsten geographischen und politischen Aufklärungen über die Menschen zu geben. Sie würden noch besseres Verständnis dafür gefunden haben, wenn nicht die Inselbewohner als Techniker hauptsächlich mathematisch-naturwissenschaftlich gebildet gewesen wären, so daß ihre historischen Kenntnisse nur der allgemeinen Bildung der Martier entsprachen. So wußten diese bloß im allgemeinen zu sagen, daß ihnen die Einrichtungen der Erde auf dem Standpunkt zu stehen schienen, den man auf dem Mars als Periode der Kohlenenergie bezeichnete. Sie lag für die Geschichte der Martier um mehrere hunderttausend Jahre zurück. Rassen, Staaten und Stände in heißem Konkurrenzkampf um Lebensunterhalt und Genuß, die ethischen und ästhetischen Ideale noch nicht rein geschieden von den theoretischen Bestimmungen, der Energieverbrauch ganz auf das Pflanzenreich angewiesen, ob diese Energie nun von der Landwirtschaft aus den lebenden oder von der Industrie aus den begrabenen Pflanzen, den Kohlen, gezogen wurde.

»Woher kommen diese Nebel über Ihren großen Städten?« fragte einer der Martier.

»Hauptsächlich von der Verbrennung der Kohle«, erwiderte Grunthe.

»Aber warum nehmen Sie die Energie nicht direkt von der Sonnenstrahlung? Sie leben ja vom Kapital statt von den Zinsen.«

»Wir wissen leider noch nicht, wie wir das machen sollen. Übrigens sind die Kohlen doch nur zurückgelegte Zinsen, die unsere geehrten Vorfahren im Tierreich nicht aufzehren konnten.«

»Die Wolken sind häßlich, man kann ja nichts deutlich sehen«, sagte La.

»Ich wünschte«, sprach Hil mehr für sich als zu den andern, »wir hätten bei uns einen Teil Ihrer Wolken. Welch gewaltige Wasserbecken haben Sie auf der Erde!«

»Es ist aber hier an der Stadt wirklich nichts zu sehen«, bemerkte Fru. »Die Luft ist zu unruhig in größerer Höhe über der Stadt, wir bekommen keine klaren Bilder.«

»Lassen Sie uns einmal meine Heimat schauen«, rief Saltner. »Bitt' schön! Da ist die Luft klar wie auf dem Mars.«

»Das wollen wir sehen«, sagte La. »Aber Heimweh dürfen Sie nicht bekommen.«

»Ich will Ihnen sagen, wie Sie reisen müssen. Drehen Sie einmal so, daß wir nach Westen kommen –«

»Wie weit ist es bis nach Ihrer Heimat?«

»Von Berlin? Nun so siebenhundert Kilometer oder etwas mehr werden's wohl sein.«

»Nun, da kommen wir doch rascher zum Ziel, wenn wir erst noch einmal die hundertfache Vergrößerung nehmen und dann einstellen. So, jetzt dirigieren Sie. Das Bild faßt nunmehr hundert Kilometer im Durchmesser.«

»Also westlich bitte – aber nicht zu schnell, sonst erkenn ich nichts. Das ist Potsdam, nun weiter –. Das ist die Elbe – meinen Sie nicht, Grunthe? Das dort muß Magdeburg sein – halt! Nun immer direkt südlich.«

Fru ließ die Karte von Deutschland über die Tafel wandern. Der Harz, die Hügel- und Waldlandschaften Thüringens und des fränkischen Jura zogen schnell vorüber, die bayerische Hochebene beherrschte das Bild.

»Das dort muß München sein, da ist's schön!« rief Saltner. »Bitte, machen Sie einmal groß. Und dann erst weiter, dann kommen die Alpen.«

Fru stellte den Apparat wieder auf tausendfache Vergrößerung und schaltete das optische Relais ein. Die Hauptstadt Bayerns zeigte ihre Kuppeln.

»Jetzt dachte ich doch wirklich einen Augenblick«, rief La, »dort eine Frau zu erkennen. Aber das müßte ja eine seltsame Riesin sein.«

»Das ist sie auch«, sagte Saltner lachend. »Es ist die Bildsäule der Bavaria, die Sie sehen.«

»Bavaria? Wodurch hat sich die Frau so verdient gemacht, daß man ihr Bildsäulen setzt? Hat sie ein Problem gelöst?«

»Die Bierfrage«, sagte Saltner.

»Die Bildsäule stellt die Personifikation eines unsrer Staaten vor«, erklärte Grunthe.

»Warum nehmen Sie aber dazu nicht einen Mann?« fragte La wieder.

»Das hätte Grunthe auch sicher getan, wenn er gefragt worden wäre«, neckte Saltner.

»Ich denke«, sagte Grunthe, »es ist Zeit weiterzureisen.«

»Nun immer weiter nach Süden!« rief Saltner.

Die Vorberge der Alpen erschienen im klaren Licht der Nachmittagssonne. Ein dunkler Bergsee erfüllte die Wand, dahinter erhoben sich die Spitzen der bayerischen Alpen –

»Der Walchensee!« rief Saltner.

»Das ist schön – so schön gibt es nichts bei uns –«, sagte La.

»Wartens nur«, rief Saltner, der jetzt alles um sich und beinahe selbst La vergaß. »Es kommt noch schöner. Nun drehens nur langsam!«

Es war ein wunderbares Wandelpanorama, das sich jetzt entfaltete. Je höher die Gebirgswelt anstieg, um so klarer und reiner wurde die Luft und damit die Schärfe der Bilder. Man betrachtete das Gebirge aus einer Entfernung von neun Kilometern und unter einem Neigungswinkel von annähernd zwanzig Grad, also wie aus einer Höhe von dreitausend Metern, doch so, daß man unter dieser Neigung stets einen Umkreis von zehn Kilometern Durchmesser vor sich hatte, entsprechend einem Flächenraum von achtzig Quadratkilometern. So sah man jetzt gerade den Nordabfall der Karwendelwand vor sich, aber man blickte darüber hinweg auf die dahinterliegenden Gebirgsketten. Alles dies erschien im höchsten Grade plastisch, genau wie ein Relief der Gegend; denn das Fernrohr wirkte durch seine Konstruktion wie ein Stereoskop.

So schob sich die Gegend nach und nach vor den Blicken der Zuschauer vorüber, als ob dieselben in einem Luftballon schnell darüber hinschwebten. Der Einschnitt des Inntals wurde passiert, und nun leuchteten hell im Sonnenstrahl die Ferner der Ötztaler Alpen. Fru war bei der Drehung des Fernrohrs nach Westen abgewichen. Wieder erblickte man den schmalen Streifen eines tief eingeschnittenen Tales, und dahinter erschien eine herrliche Berggruppe, alle Gipfel mit glänzendem Weiß bedeckt.

»Was ist denn das«, rief Saltner, »da sind wir von der Richtung abgekommen. Das ist der Ortler! Nun müssen Sie wieder nach Osten drehen – so – immer weiter! Sehen Sie, immer an diesem Streifen hin, das ist nämlich das Etschtal, und jetzt können Sie gerad hineinschauen, hier schwenkt es nach Südost ab. Noch immer weiter, bis es ganz nach Süden geht – da – da schaun Sie hin – ah, wie schade, aus dem Tal steigt die Luft so unruhig in die Höhe, aber die Etsch können Sie durchschimmern sehn. Und jetzt, ganz langsam, noch ein bißchen, hier, die Berge am linken Ufer, hier ist's wieder klar – nun bitte, halt!«

Er beugte sich ganz dicht vor, daß der Schatten seines Kopfes auf die Wand fiel und die andern nicht mehr gut sehen konnten.

»Da, da ist's«, rief er jubelnd, »ich kann's deutlich erkennen. Das ist die alte Burg, links daneben liegt das Haus, mein Haus – Jesus Maria – ich kann's wahrhaftig sehen, wie ein kleines, weißes Pünktchen! Da wohnt mein Mutterl.«

Jetzt beugte auch La sich vor.

»Wo?« fragte sie.

Mit der Spitze einer Nadel bezeichnete Saltner den Punkt.

Ihre Köpfe berührten sich. Lange betrachtete La die Gegend, als wollte sie sich jede Einzelheit einprägen. Saltner trat beiseite.

»Ich hab nun genug geschaut, mir tun die Augen weh«, sagte er und zog sich auf einen der Stühle zurück. Er bedeckte die Augen mit der Hand und saß schweigend. La setzte sich neben ihn und drückte leise seine Linke.

Nach längerer Pause, während deren Fru die Schattengrenze der Erde betrachten ließ, die jetzt schon bis an den Ural vorgerückt war, sagte La zu Saltner: »Du möchtest wohl jetzt den Mars nicht mehr sehen?«

»Warum nicht?« entgegnete Saltner. »Ich will ihn auch liebgewinnen – aber du mußt verzeihen! Es ist ein bissen viel auf einmal, was jetzt durch meinen dummen Menschenverstand geht.«

»Ja, ihr armen Menschen«, sagte La, »es wird wohl noch ein Weilchen dauern, eh ich recht begreife, wie es in solchem Kopf aussieht. Die Heimat liebhaben und die Eltern und die Freunde, das ist gut. Und was gut ist, wie kann das traurig machen?«

»Wenn man es nicht hat –«

»Nicht hat? Wie kann man das nicht haben, was doch nur vom Willen abhängt? Wer kann dir die Treue nehmen, die du für recht hältst? Diese Liebe hast du doch, ob hier oder dort, weil du sie selbst bist.«

»Aber La, kennt ihr Nume die Sehnsucht nicht?«

»Die Sehnsucht? Siehst du, du törichter Lieber, was wirfst du doch durcheinander! Also bist du gar nicht gut aus reinem Willen, sondern dich treibt das Verlangen nach dem Besitz. Und aus diesem Widerstreit bist du traurig. Oh, was seid ihr für Wilde!«

»So würdest du dich nie nach mir sehnen?«

»Nach dir? Das ist doch ganz etwas anderes. Ich hab dich doch nicht lieb, weil es Pflicht ist, weil es gut ist, sondern lieb hab ich dich, weil es schön ist zu lieben und geliebt zu werden. Deine Nähe wünsche ich, wie ich den Ton des Liedes wünsche, um mich an seiner Schönheit zu erfreuen – aber nein, das ist auch noch nicht richtig, du könntest denken, das sei nur ein Mittel zur ästhetischen Lust – nein, so brauch ich deine Liebe und Nähe, wie der Künstler die eigne Seele braucht, um das Schöne zu schaffen. – Ach, ich komme mit eurer Sprache nicht zurecht. Ihr sprecht von Liebe in hundertfachem Sinn. Ihr liebt Gott und das Vaterland und die Eltern und die Kinder und die Gattin und die Geliebte und den Freund, ihr liebt das Gute und das Schöne und das Angenehme, ihr liebt euch selbst, und das sind doch absolut verschiedene Zustände des Gemüts, und immer habt ihr nur das eine Wort.«

»Ich will dich ja ohne alle Worte lieben, du kluge La –«

Sie blickte tief in seine Augen und sprach: »Wie nennt ihr das, was niemals wirklich ist, was man nur in der Phantasie sich vorstellt, und indem man es sich vorstellt, ist das Glück wirklich in uns? Wie nennt ihr das?«

Saltner zauderte mit der Antwort, und La fuhr fort: »Und das, was man wollen muß, ob es auch nicht glücklich macht, und was im Wollen erfreut, wenn es auch nicht wirklich wird, wie nennt ihr das?«

»Ich glaube«, erwiderte Saltner, »das erste nennen wir schön, und das zweite gut.«

»Und wenn ihr eine Frau liebt, rechnet ihr das zum Schönen oder zum Guten?«

Es kam zu keiner Antwort.

»Was ist das?« hörte man plötzlich Fru laut rufen. Eine Bewegung entstand bei den Martiern. Sie drängten sich nahe an die Wand und hefteten ihre Augen auf eine bestimmte Stelle des Bildes, das soeben vom Fernrohr projiziert wurde.

Grunthe hatte Fru gebeten, ihm die Einrichtung des Apparats zu erklären. Hierbei hatte Fru die Schrauben hin und her gedreht, das Bild der Erde war nicht mehr im Gesichtsfeld, zahllose Sterne liefen infolge der Umdrehung der Erde über den projizierten Teil des Himmels. Jetzt setzte Fru, weiter demonstrierend, das Uhrwerk in Gang, welches das Fernrohr der Erdbewegung entgegen drehte, so daß die Sterne auf dem Bild stillstanden. Fru warf einen Blick auf den Teil des Himmels, der sich zufällig eingestellt hatte. Es war ein Stückchen der ›südlichen Krone‹, das sich abbildete. Verwundert blickte er schärfer hin. Er kannte die Stelle zu genau, als daß ihm nicht ein Stern hätte auffallen sollen, der sich sonst nicht hier befand. Einer der Asteroiden konnte es nicht sein. Er änderte die Einstellung ein wenig und erkannte daran, daß der fragliche Körper sich in verhältnismäßig großer Nähe befinden müsse.

Dies hatte ihn zu dem lauten Ausruf veranlaßt. Aufmerksam prüften alle den Lichtpunkt, der sich deutlich von den Bildern der Fixsterne als eine kleine rötliche Scheibe unterschied.

»Es ist ein Schiff!« rief endlich einer der Martier.

»Der ›Komet‹?« fragte Grunthe.

»Das ist nicht möglich«, sagte Fru. »Es ist der ›Glo‹! Kein Zweifel, er ist an seiner roten Farbe kenntlich, es ist das Staatsschiff.«

»Die Ablösung!« hieß es in den Reihen der Martier.

»Und Instruktionen von der Regierung«, rief Fru.

»Wie lange Zeit braucht das Schiff noch bis zur Ankunft?« fragte Grunthe.

»Darüber können noch Stunden vergehen. Aber trotzdem muß ich leider um Entschuldigung bitten, daß ich Ihnen heute den Mars nicht mehr zeigen kann. Ich hoffe, es wird nächstens Gelegenheit dazu sein. Denn ich muß sofort die Vorbereitungen zur Landung treffen. Und deshalb, so leid es mir tut, muß ich auch den Flugwagen früher als beabsichtigt hinabgehen lassen. Sie müssen also die Güte haben, sich zur Rückfahrt nach der Insel bereitzuhalten.«

Fru verabschiedete sich herzlich von Grunthe, Saltner und La, und diese wie die übrigen Martier begaben sich nach der Abfahrtsstelle der Flugwagen, um auf die Insel zurückzukehren.

17 - PLÄNE UND SORGEN

Als Saltner am folgenden Morgen in Grunthes Zimmer trat, fand er diesen bereits eifrig mit Schreiben beschäftigt.

»Schon so fleißig?« fragte Saltner. »Sie haben wohl noch nicht einmal gefrühstückt?«

»Nein«, sagte Grunthe, »ich warte auf Sie. Ich habe nicht schlafen können und unsere Lage nach allen Seiten hin erwogen. Wir haben Wichtiges zu besprechen.«

Beide pflegten, ohne sich um die martische Sitte des Allein- speisens zu bekümmern, ihre Mahlzeiten gemeinschaftlich in ihren Privatzimmern einzunehmen. Hier bot sich ihnen fast die einzige Gelegenheit, sich völlig ungestört auszusprechen.

»Nun«, sagte Saltner, nachdem sie sich aus den Automaten die Teller und Becher gefüllt hatten, die zu ihrer Reiseausrüstung gehörten – denn es war ihnen bequemer, nach europäischer Art zu speisen –, »nun, schießen Sie los, Grunthe! Ich höre.«

Grunthe sah sich um, ob die Klappen des Fernsprechers geschlossen seien. Dann sagte er leise:

»Ich habe die Überzeugung, daß sich unser Schicksal heute entscheiden wird. Und nach allem, was ich aus den Gesprächen der Martier entnommen habe, insbesondere gestern bei der Rückfahrt, erwartet man, daß das Staatsschiff den Befehl mitbringen wird, uns nach dem Mars zu transportieren.«

»Ich glaube, Sie haben recht«, erwiderte Saltner. »Soweit ich mit La darüber gesprochen habe, sieht sie es als bestimmt an, daß wir beide mit nach dem Mars gehen, und wir werden wohl schließlich einfach dazu gezwungen werden.«

Grunthe sah starr geradeaus. Dann sprach er langsam: »Ich gehe nach Europa zurück.«

Seine Lippen zogen sich zu einer geraden Linie zusammen. Sein Entschluß war unabänderlich.

Saltner blickte ihn erstaunt an.

»Na«, sagte er, »ich gebe zu, daß wir alle Kräfte daranzusetzen haben, unsrer Instruktion nachzukommen, das heißt, nach Auffindung des Nordpols auf dem kürzesten Wege heimzukehren. Und wenn ich auch eine Reise nach dem Mars in schöner Gesellschaft nicht so übel fände, so habe ich doch einen gewissen Horror vor Balancierkünsten und insbesondere vor diesen furchtbar fetten Speisen – ich denke noch mit Entsetzen an die flüssige Butter oder was es war, das wir neulich zum Frühstück erhielten – und bei dem Klima bleibt einem ja nichts übrig, als früh, mittags und abends ein Pfund Fett zu verschlingen –«

Grunthe runzelte die Stirn.

»Ja, Ihnen tut das nichts, Sie wissen ja nie, was Sie essen –«, er klopfte ihn auf die Schulter. »Seien Sie nicht böse, ich kann es nur nicht leiden, wenn Sie dieses fürchterlich ernste Gesicht machen. Aber ohne Scherz, was ich sagen wollte, ist dies:

Wie stellen Sie sich denn das vor, gegen den Willen der Martier von hier fort- oder woanders hinzukommen, als wo man Sie freundlichst hinkomplimentiert?«

»Der Gewalt muß ich weichen«, erwiderte Grunthe. »Aber verstehen Sie, nur der Gewalt. Ich werde mich ihr indessen zu entziehen suchen.«

»Denken Sie die Nume zu überlisten?«

»Ich würde selbst das versuchen, wenn sie wirklich Gewalt brauchten, denn ich würde dann meinen, mich im Zustand der Notwehr zu befinden. Aber nach alledem, was ich von ihnen weiß, glaube ich nicht, daß sie so unwürdig und barbarisch handeln. Sie werden nur keine Rücksicht auf uns nehmen und uns dadurch in die Lage versetzen, ihnen freiwillig auf den Mars zu folgen.«

»Wie meinen Sie das?«

»Ich habe mir überlegt, sie werden uns nicht mit Gewalt einschiffen; das wäre ein Bruch des Gastrechts. Aber sie werden uns nicht erlauben, länger auf der Insel zu bleiben, als bis dieselbe für die Wintersaison geräumt wird. Und das kann man ihnen nicht verdenken, wenn sie uns nicht im Winter hierlassen wollen, während die Wirte selbst bis auf ein paar Wächter das Haus verlassen. Und somit werden wir vor die Alternative gestellt werden, entweder mit nach dem Mars zu ziehen oder die Heimreise mit unzulänglichen Mitteln bei Beginn des Polarwinters und wahrscheinlich bei widrigen Winden anzutreten. Und das ist es, was ich Ihnen sagen wollte. Wir müssen auf diesen Fall vorbereitet sein und genau wissen, was wir wollen; und ich muß wissen, wie Sie darüber denken. Denn ich bin überzeugt, daß der heutige Tag nicht ohne Ultimatum vorübergeht.«

»Das ist eine kitzlige Sache, liebster Freund. Unter diesen Umständen könnte es sicherer sein, auf dem kleinen Umweg über den Mars nach Berlin oder Friedau zurückzukehren. Nehmen Sie an, wir kommen glücklich über das Eismeer und geraten nicht in einen der Ozeane, aber wir gelangen nach Labrador oder Alaska oder nach Sibirien oder sonst einer dieser lieblichen Sommerfrischen – wenn wir dann überhaupt wieder herauskommen, so ist doch vor dem Sommer an keine Heimkehr zu denken; und für den Sommer haben uns die Martier ja sowieso versprochen, uns wieder herzubringen.«

»Die Gefahren kann ich leider nicht leugnen, aber wir müssen sie auf uns nehmen. Es ist doch immer die Möglichkeit vorhanden, daß wir nach Hause kommen oder wenigstens bis zu einem Ort, von welchem aus wir Nachricht geben können. Und das scheint mir das Entscheidende. Wir dürfen nichts unterlassen, die Kunde von der Anwesenheit der Martier am Pol den Regierungen der Kulturstaaten zu übermitteln, ehe jene selbst in unsern Ländern eintreffen. Man muß in Europa wie in Amerika vorbereitet sein.«

Saltner nickte nachdenklich. »Wenn wir unsre Brieftauben noch hätten! Aber die armen Dinger sind alle ertrunken.«

»Sehen Sie«, fuhr Grunthe noch leiser fort, »ich fürchte, wir können die Sachlage nicht ernst genug nehmen. Wir haben eine wissenschaftliche Pflicht; in dieser Hinsicht könnte man vielleicht sagen, daß wir ein Recht hätten, die sicherste Heimkehr zu wählen, auch daß der Besuch des Mars eine so unerhörte Tat wäre, daß sie die Übertretung unserer Instruktion entschuldigen könnte, obwohl sie dies für mein

Gewissen nicht tut. – Bitte, lassen Sie mich aussprechen. Wir haben aber nach meiner Überzeugung außerdem eine politische und kulturgeschichtliche Pflicht, wenn man so sagen darf, die uns zwingt, alles daranzusetzen, selbst den geringsten Umstand auszunutzen, der uns eine Chance bietet, der Ankunft der Martier zuvorzukommen. Wer garantiert Ihnen, was die Vereinigten Staaten des Mars beschließen, wenn sie erst im vollen Besitz der Nachrichten über die Erdbewohner sind? Und selbst, wenn sie uns Wort halten, durch welche unbekannten Einflüsse können sie uns nicht verhindern, das zu tun, was für die Menschen das Richtige wäre? Wenn wir erst zugleich mit ihnen in Europa ankommen, wenn die Regierungen überrascht werden, ist es vielleicht zu spät, die geeigneten Maßregeln zu treffen.«

»Ich hätte unsre Stellung nicht für so verantwortlich gehalten«, sagte Saltner.

»Und ich sage Ihnen«, sprach Grunthe weiter, »nach reif- licher Überlegung – Sie wissen, daß ich keine Phrasen mache – ist es mir klar geworden, daß, solange die Menschheit existiert, von dem Entschluß zweier Menschen noch niemals so viel abgehangen hat wie von dem unsrigen.«

Saltner fuhr in die Höhe. »Das ist ein großes Wort –«

»Ein ganz bescheidenes. Wir sind durch Zufall in die Lage versetzt worden, einen Funken zu entdecken, der vielleicht einen Weltbrand entfacht. Unsere Entscheidung gleicht nicht der des Machthabers, der über Völkerschicksale bestimmt, sondern der des Soldaten, der sein Leben aufs Spiel zu setzen hat, um eine wichtige Meldung zur rechten Zeit zu überbringen. Sie werden mir zugeben, daß es noch niemals für die zivilisierte Menschheit ein bedeutungsvolleres Ereignis gegeben hat, als es die Berührung mit den Bewohnern des Mars sein muß. Die Europäer haben so viele Völker niederer Zivilisation durch ihr Eindringen vernichtet, daß wir wohl wissen können, was für uns auf dem Spiel steht, wenn die Martier in Europa Fuß fassen.«

»So wollen Sie überhaupt verhindern, daß die Martier in Europa aufgenommen werden?«

»Wenn ich es könnte, würde ich es tun. Aber wir sind einfache Gelehrte, wir haben keine politischen Entscheidungen zu fällen. Und eben darum dürfen wir unter keinen Umständen auf eigene Faust den Martiern die Hand bieten, dürfen nicht mit ihnen zugleich nach Europa gelangen, sondern wir müssen versuchen, den Großmächten die Nachricht von dem Bevorstehenden so zeitig zu bringen, daß sie sich über ihr gemeinsames Vorgehen entschließen können, ehe die Luftschiffe der Martier über Berlin und Petersburg, über London, Paris und Washington schweben.«

»Um Gottes willen, Sie sehen die Sache zu tragisch an. Die paar hundert Martier werden uns nicht gleich zugrunde richten; und wenn sie uns gefährlich werden, ist es immer noch Zeit, sie wieder hinauszuwerfen. Aber es ist doch viel wahrscheinlicher, daß wir sie als Freunde aufnehmen und den unermeßlichen Vorteil ihrer überlegenen Kultur für uns ausbeuten.«

»Die Frage ist zu schwer, um sie jetzt zu diskutieren, und wir eben müssen dafür sorgen, daß sie an den entscheidenden Stellen zur rechten Zeit erwogen werden kann. Nur unterschätzen Sie ja nicht die Macht der Martier. Denken Sie an Cortez, an Pizarro, die mit einer Handvoll Abenteurer mächtige Staaten zerstörten. Und was will die Kultur der Spanier gegenüber den Mexikanern oder Peruanern bedeuten im

Vergleich zu dem Fortschritt von Hunderttausenden von Jahren, durch welchen die Martier uns überlegen sind? Das eben ist meine größte Sorge, daß man diese Überlegenheit überall unterschätzen wird, wenn nicht wir, die wir das abarische Feld und die Raumschiffe gesehen haben, soviel an uns ist, darüber Aufklärung verbreiten.«

»Sehen Sie nicht zu schwarz, Grunthe?«

»Ich will es von Herzen hoffen. Aber das sage ich Ihnen als meine Überzeugung: Mit dem Augenblick, in welchem das erste Luftschiff der Martier über dem Lustgarten erscheint, ist das deutsche Reich ein Vasall, der von der Gnade der Martier, vielleicht von der Gnade irgendeines untergeordneten Kapitäns lebt, und so alle übrigen Staaten der Erde.«

»Daran habe ich noch nicht gedacht.«

»Was wollen Sie gegen diese Nume tun? Ich will gar nicht von ihrer moralischen Überlegenheit und ihrer höheren Intelligenz reden; durch diese werden sie wahrscheinlich Mittel finden, uns nach ihrem Willen zu lenken, ehe wir es merken. Denken Sie allein an ihre technische Übermacht.«

»Man wird ihnen ihre Luftschiffe, die übrigens noch gar nicht fertig sind, einfach mit Granaten entzweischießen, oder man wird sie auf der Erde, wo sie nur kriechen können, gefangennehmen.«

»Das kann vielleicht mit der ersten Abteilung geschehen, die zu uns kommt; aber der Mars hat doppelt soviel Bewohner als die ganze Erde. Das zweite Luftschiff würde uns vernichten. Lieber Saltner, Sie haben vorgestern gehört, was Jo von der Raumschiffahrt erzählte. Durch ihre Repulsitschüsse erteilen die Martier einer Masse, die auf der Erde zehn Millionen Kilogramm wiegt, Geschwindigkeiten von 30, 40, ja bis 100 Kilometern. Wissen Sie, was das heißt? Leute, die das können, werden aus Entfernungen, wohin kein irdisches Geschütz trägt, ganz Berlin in wenigen Minuten in Trümmer legen, falls sie dies wollen. Die Europäer können dann einmal erleben, was sie sonst an den Wohnstätten armer Wilden getan haben. Freilich werden die Martier zu edel dazu sein. Sie hätten es wohl auch nicht nötig. Sie können die Schwerkraft aufheben. Was nützt uns die größte, tapferste, glänzend geführte Armee, wenn auf einmal Bataillone, Schwadronen und Batterien zwanzig, dreißig Meter in die Luft fliegen und dann wieder herunterfallen? Ich weiß, ich werde die Regierungen nicht überzeugen, aber die Pflicht habe ich, unsre Erfahrungen mitzuteilen. Schon die Freundschaft der Martier halte ich für gefährlich, ihre Feindschaft für verderblich. Kommen sie vor oder mit uns zu den Menschen, so werden sie dieselben so für sich einnehmen, daß unsere Warnung, unsere Beschreibung ihrer Macht zu spät kommt. Deshalb ist mir der Entschluß gereift, daß unsere Abreise so bald wie möglich vor sich geht. Ich werde sofort zur Instandsetzung des Ballons schreiten.«

»Es versteht sich von selbst, daß ich Ihnen dabei helfe.«

»Das nehme ich natürlich an. Aber es ist eine andere Frage, Saltner – es ist vielleicht richtiger, daß ich allein zurückgehe, während Sie die Studien auf dem Mars fortsetzen.«

»Das ist unmöglich, allein können Sie nicht –«

»Doch, ich kann sogar besser allein zurück. Der Ballon ist kaum noch für zwei Personen tragfähig. Fahre ich allein, so kann ich mich auf viel längere Zeit verproviantieren, ich gewinne dadurch an Wahrscheinlichkeit, bis in bewohnte Gegenden zu gelangen. Beobachtungen will ich jetzt natürlich nicht mehr machen, also genügt eine Person vollständig zur Leitung des Ballons. Und andererseits ist es vielleicht von größter Wichtigkeit zu erfahren, was die Martier inzwischen vorgenommen haben –«

»Nein, Grunthe, ich kann und will mich nicht von Ihnen trennen.«

»Ich sage Ihnen, es wird das beste sein. Überlegen Sie sich die Sache. Und nun an die Arbeit.«

Sie räumten unter ihrem Gepäck auf.

Die Klappe des Fernsprechers erklang. Saltner wurde in das Sprechzimmer gerufen.

»Sehen Sie zu«, rief ihm Grunthe nach, »daß Sie unsern Ballon herausbekommen. Wie ich bemerkt habe, hat man ihn unter Verschluß gebracht, was auch ganz vernünftig war. Lassen Sie ihn auf das Inseldach hinaufschaffen.«

Saltner hatte gestern mit La nicht mehr ungestört sprechen können. Es war den ganzen Abend über viel Besuch im gemeinsamen Zimmer gewesen, man erwartete eine Nachricht über die Landung des Staatsschiffes. Doch hatte man sich trennen müssen, ehe eine solche eingelaufen war. Daß Se nicht mehr zum Vorschein gekommen war, hatte Saltner kaum bemerkt. Der Gedanke an La erfüllte ihn ganz, und dennoch sagte er sich selbst, daß er in seinem Liebesglück nur einen Traum sehen dürfe, dem jeden Augenblick ein unerwartetes Erwachen folgen könne. Aber warum nicht träumen?

Diesen Feen gegenüber konnte er, der ›arme Bat‹, gewiß kein Unglück anrichten, sie würden ihn aufwachen lassen, wann sie wollten. Doch wie hätte er ihnen widerstehen können?

Es war ihm wie eine Enttäuschung, daß er jetzt nicht La, sondern Se im Sprechzimmer vorfand. Sie begrüßte ihn mit derselben Liebenswürdigkeit und Vertraulichkeit wie gestern La, doch aber wieder anders, ihrem lebhafteren Wesen entsprechend. Und als er nach den ersten Minuten der Unterhaltung neben ihr saß, zog es ihn mit so unwiderstehlicher Macht zu ihr hin, daß er sein Gefühl gegen La gar nicht von dem gegen Se zu unterscheiden wußte. Nur einen neuen, eigentüm- lichen Reiz hatte es durch die Veränderung der Persönlichkeit gewonnen.

Wundersamerweise war es ihm nun gar nicht möglich, nach La zu fragen, und Se erwähnte ihrer mit keinem Wort. Aber er konnte es nicht unterlassen, ihr zu sagen, wie glücklich es ihn mache, neben ihr zu weilen, ihr ins Auge zu sehen und ihre Stimme hören zu dürfen.

Sie ließ ihn ausreden und antwortete dann mit einem hellen Lachen, das aber durchaus nichts Beleidigendes für ihn hatte.

»Das freut mich ja sehr«, sagte sie, »daß wir nun so gute Freunde geworden sind. Sie haben mir gleich von Anfang an gut gefallen. Es ist merkwürdig, ihr Menschen seid so ganz anders, und doch – oder vielleicht darum habt ihr etwas, wodurch man sich zu euch hingezogen fühlt.«

Saltner ergriff ihre Hand.

»Freilich kennt man euch auch noch zu wenig. Vielleicht verdient ihr gar nicht –«

»Ich hoffe, liebste Freundin, mich werden Sie immer bereit finden, ihnen zu dienen.«

»Daran zweifle ich gar nicht«, lachte Se, »man weiß nur nicht, ob Sie nicht einmal vergessen, daß wir Nume doch in vielem anders denken –«

»Es ist nicht schön, mich sogleich daran zu erinnern, daß ich armer Mensch es gewagt habe –«

»Sie verstehen mich nicht, Sal, wie könnt' ich mich überheben wollen? Nur – doch das führt zu nichts, jetzt auseinanderzusetzen, was erst erfahren sein will. Ich bin ja auch zu ganz anderem Zweck hierhergekommen. Obwohl aus wirklicher Freundschaft«, setzte sie hinzu.

Jetzt erst fiel es Saltner wieder aufs Herz, vor welch wichtiger Entscheidung er stünde. Er wurde sehr ernst. Er wußte nicht, was er zuerst sagen sollte.

Se kam ihm zuvor.

»Sie wissen, daß der ›Glo‹ angekommen ist?« fragte sie.

»Ist er schon gelandet?«

»Diese Nacht. Er bringt wichtige Nachrichten für Sie mit. Und deshalb bin ich hierhergekommen.«

»Sie wollen mir einen Rat geben, liebe Se? Und Sie werden uns Ihre Hilfe nicht versagen?«

»Soweit ich darf. Amtlich habe ich nichts erfahren, sonst wäre ich nicht hier. Aber was jedermann bei uns weiß, darf ich auch Ihnen sagen. Machen Sie sich darauf gefaßt, daß Sie mit uns nach dem Nu reisen.«

Saltner schwieg nachdenklich.

»Ich habe so etwas erwartet«, sagte er dann. »Ich bin in einer fatalen Lage.«

»Sie machen ein erschrecklich böses Gesicht«, sagte Se, indem sie ihm mit ihrer Hand freundlich über die Stirn strich. »Ich weiß ja schon, daß Sie sehr gern mit uns kämen und doch Ihren Freund nicht verlassen wollen. Aber er wird auch mit uns kommen.«

»Das wird er nicht«, platzte Saltner heraus. »Das heißt«, fuhr er fort, »wenn Sie uns mit Gewalt zwingen –«

»Zwingen? Wie meinen Sie das?«

»Nun, Sie sind die Stärkeren. Sie können uns einfach als Gefangene auf Ihr Schiff bringen.«

»Können? Ich weiß nicht, ich verstehe Sie nicht recht, liebster Freund. Man kann doch immer nur das, was nicht Unrecht ist. Ihre Sprache ist so unklar. Sehen Sie diesen Griff? Sie sagen, ich kann ihn drehen, und meinen, ich habe die physische Möglichkeit dazu. Wenn ich aber drehe, so versinkt der Sessel unter Ihnen, und so kann ich ihn nicht drehen, das heißt, ich kann es nicht wollen. Diese moralische Möglichkeit oder Unmöglichkeit können Sie auch nicht anders ausdrücken. Könnte es denn bei Ihnen vorkommen, daß Sie Menschen aus dem Wasser erretten und ihnen dann das Leben nehmen? Und die Freiheit, ist das nicht noch schlimmer?«

»Ich weiß nicht«, sagte Saltner, »wie man bei uns verfahren würde, wenn Europäer auf einer Insel in einem fremden Weltteil, wo noch keine zivilisierte Macht Fuß gefaßt hat, ein reiches Goldlager entdeckten und, um dasselbe zu sichern, eine Befestigung anlegten; wenn dann Kundschafter der Eingeborenen in diese Befestigung gerieten – ich weiß nicht, ob wir uns nicht das Recht zuschreiben würden, diese Wilden um unserer eigenen Sicherheit willen an der Rückkehr zu verhindern. Das scheint mir ungefähr die Lage zwischen Ihnen und uns. Vielleicht würden wir auch sagen, wir schicken diese Leute wieder zurück, damit sie uns als Boten und Vermittler dienen; aber erst führen wir sie nach Europa, damit sie unsere ganze Machtfülle kennenlernen und ihren heimatlichen Häuptlingen sagen, daß diese unsern Kanonen nicht würden widerstehen können; und wir entlassen sie erst, wenn unsre Befestigungen soweit fertig sind, daß wir von dort aus die ganze Insel beherrschen und wir Herren der Lage sind.«

Se nickte ernsthaft. »Sie erkennen die Sachlage ganz richtig«, sagte sie. »Ich glaube, daß wir unser Verhältnis zu Ihnen in der Tat so auffassen, nur mit dem Unterschied, daß wir diese Kundschafter nicht gegen ihren Willen festhalten können.«

»Dann ist doch die Sache sehr einfach – wir reisen eben ab.«

»Nein, nein – so einfach ist das nicht. Ich weiß nur nicht, wie ich es Ihnen klarmachen soll. Sie verstehen unter ›Willen‹ allerlei Gemütskräfte, die bloß individuelle Triebe sind; diese können wir bezwingen, gegen diesen Willen können wir Sie festhalten. Zum Beispiel, ich binde Ihnen mit diesem Schleier wieder die Hände. Nun wollen Sie fort, weil Sie gern etwas Interessanteres tun möchten, als hier zu sitzen. Daran kann ich Sie verhindern.«

»Dazu brauchten Sie mich gar nicht zu binden.«

»Oder es entstände draußen ein Lärm, Sie erschrecken plötzlich, Ihre Sinne verwirren sich, und Sie wollen deshalb fort – daran hindert Sie dieser Knoten. Nun, wenn Sie in dieser Weise fort wollen, nur weil es Ihnen lieber ist, heimzukehren als auf den Mars zu gehen, dann wird man Sie hindern. Wenn aber nicht Ihr individueller Wille, sondern Ihr sittlicher Wille im Spiel ist, Ihre freie Selbstbestimmung als Persönlichkeit, oder wie Sie das nennen, was wir als Numenheit bezeichnen – dann gibt es keine Macht, die Sie hindern kann.

Sehen Sie, liebster Freund«, fuhr sie fort und löste den Knoten, den sie im Spiel geschlungen, »das wollte ich Ihnen sagen. Ihr Wille ist nichts gegen den unsern, nur das Motiv des Willens gilt. Gibt es eine gemeinsame Bestimmung der sitt- lichen Würde zwischen Numen und Menschen, so werden Sie Freiheit haben; gibt es für Menschen nur Motive der Lust, so werden Sie uns nie widerstehen. Ich weiß ja nicht, wie Ihr Bate im Grunde seid. Und noch dies. Glauben Sie niemals, Sal, daß ich an Ihrer Neigung zweifle, aber vergessen Sie nicht, daß ich eine Nume bin; Liebe darf niemals unfrei machen. Und daran denken Sie!«

»Ich will«, sagte Saltner. »Aber sehen Sie, das eben ist für uns Menschen das Schwere und dem einzelnen oft unmöglich, diese Trennung zu vollziehen, die Ihnen selbstverständlich ist. Unser Denken vermag nicht immer Neigung und Pflicht auseinanderzuhalten, oft erscheint die eine im Gewand der andern. Was darf ich um Ihretwillen tun, was bin ich Ihnen schuldig und was darf ich nicht mehr tun? Sie Glücklichen haben gelernt, wie Götter ins eigene Herz zu schauen, wir armen Menschen aber wenden uns in solchen Fällen an unser Gefühl. Wir nennen es zwar Gewissen, sittliches Gefühl, weil es das umfaßt, was uns allen als Menschen gemeinsam sein soll. Aber als Gefühl bleibt es doch immer so eng verwachsen mit dem Einzelgefühl, daß wir nur zu leicht für Pflicht halten, was im Grunde Neigung ist; und wenn nicht unsre Neigung, vielleicht die Neigung, die Gewohnheit unsres Stammes, unsrer Zeitgenossen. Und wir tun aus bester Absicht das Unrechte. Auch der Indianer folgt seinem Gewissen, wenn er den Feind skalpiert. Wir irren, weil wir blind sind.«

»Sie mischen schon wieder einen anderen Irrtum dazwischen, Sal. Nicht darauf kommt es an, ob wir das Richtige treffen, sondern darauf, ob wir aus den richtigen Motiven wollen. Wer das kann, besitzt Numenheit. Wenn der Indianer den Feind skalpiert, so wird er von der höheren Gesittung eines Besseren belehrt oder vernichtet. Aber dies trifft nur seinen Irrtum, nämlich die Folgen, die daraus in der Welt entstehen. Doch die Heiligkeit seines Willens bleibt unberührt, wenn er lieber zugrunde geht, als das aufgibt, was er für sittliche Pflicht hält. Sie brauchen also nicht darum zu sorgen, ob Sie bei Ihrer Entscheidung das Richtige treffen in dem, was Sie tun, sondern nur, ob Ihr Motiv rein ist in dem, was Sie wollen.«

»Das meinte ich ja; eben auch darin können wir uns täuschen. Se, ich muß Ihnen gegenüber ganz offen sein. Wir wollen, daß unsere Mitmenschen von dem Besuch der Martier nicht überrascht werden; diese Überraschung zu verhüten, halten wir für unsere Pflicht. Wir irren vielleicht darin, daß wir den Menschen damit zu nützen glauben; aber unser Motiv ist rein. Meinen Sie es nicht auch so?«

»Ganz richtig.«

»Aber damit ist es nicht entschieden, wie ich zu handeln habe. Und hier spielt unsere theoretische Unwissenheit in die ethische Frage hinein. Wenn nun zum Beispiel einer von uns allein den Erfolg leichter erreichte, hätten wir nicht die Pflicht uns zu trennen? Und wenn nicht, ist es nicht Pflicht, daß wir zusammenhalten auf alle Fälle? Wie also soll ich hier entscheiden, was meine Pflicht erfordert?«

»Aber Sal! Ich hatte mich schon gefreut, daß Sie auch so vernünftig reden können, und nun urteilen Sie wieder wie ein Wilder!«

»Sie sind grausam, Se!«

»Was reden Sie denn da von Pflicht? Das ist doch einzig eine Frage der Klugheit. Was Ihre Klugheit erfordert, das können Sie fragen. Die Pflichtfrage ist schon längst mit dem Willen entschieden, nur das Klügste hier zu tun. Die dürfen Sie gar nicht mehr in Betracht ziehen.«

»Wenn ich mit Ihnen nach dem Mars ginge und mein Freund allein nach Europa, und er verunglückte unterwegs, würde ich mir nicht immer Vorwürfe machen, daß ich nicht mit ihm gegangen bin? Würde man mich nicht pflichtvergessen nennen?«

»Was die Menschen tun würden, weiß ich nicht und geht mich auch nichts an. Sie aber können sich höchstens den Vorwurf machen, unklug gehandelt zu haben.«

»Also meinen Sie, ich müßte ihn begleiten?«

»Das habe ich nicht gesagt. Ich habe nur unter Ihrer Voraussetzung gesprochen, daß er mit Ihnen sicherer reise. Das ist aber doch erst zu untersuchen.«

»Was raten Sie mir?«

»Zunächst die Entscheidung der Martier abzuwarten. Sie wissen ja noch gar nicht, ob Ihnen die Mittel zur Abreise gewährt werden können. Erst wenn Sie diese Mittel kennen, vermögen Sie zu entscheiden, ob Ihre Begleitung entbehrlich ist. Und wenn sie entbehrlich ist, so würde ich mich sehr freuen, Sie mit zu uns zu nehmen.«

»Ich rechne auf Ihre Hilfe. Lassen sie unsern Ballon auf das innere Inseldach schaffen!«

»Das geht nicht, bevor Sie die Erlaubnis der Regierung haben –«

»Und die Ihrige würde ich erhalten? Ich meine, Sie würden mich nicht für unwürdig Ihrer Freundschaft halten, wenn ich Ihrem Wunsch nicht entspräche, nach dem Mars –«

»Was habe ich Ihnen gesagt, Saltner? Das wäre keine Liebe, die unfrei machte.«

»Se, wie glücklich machen Sie mich!« Saltner ergriff zärtlich ihre Hände.

»Jetzt sind Sie wieder der alte Saltner! Kaum ist die Angst von ihm genommen, ich könnte ihm böse werden, wenn er etwas Vernünftiges tut, so ist er wieder seelenvergnügt. Und ich habe wirklich geglaubt, Sie wären so ernsthaft, weil es sich um Ihre Pflicht handelt –«

»Das ist nicht Ihr Ernst, Se, Sie kennen mich besser!«

»Gar nicht kennt man euch Menschen! Wozu denn überhaupt erst traurig? Was wollen Sie übrigens über dem Strich?«

»Sehen Sie, Se, Sie sind auch nicht vollkommen – ich meine, nicht so absolut vollkommen –«

»Ich begreife!«

»Sie haben gar nicht gemerkt, daß ich schon eine Viertelstunde lang neben Ihnen sitze – ich habe gestern das Balancieren gründlich gelernt.«

»Ach, gestern! Bei La?«

»Ja, sagen Sie, was ist das? Wo ist sie heute? Wo waren Sie gestern? Was ist das mit dem Spiel, von dem Sie sprachen? Ich bitte Sie, Se –«

Aber seine weiteren Fragen wurden abgeschnitten. Ra, der Leiter der Station, trat in das Zimmer. Er hatte eine amtliche Mitteilung zu machen. Der Regierungskommissar, welcher mit dem ›Glo‹ angekommen war, ließ Grunthe und Saltner zu einer offiziellen Konferenz bitten, um drei Uhr. Er würde sich vorher beehren, den Herrn seine private Aufwartung zu machen.

Saltner erklärte sich natürlich bereit. Er werde sofort seinen Freund benachrichtigen. Schnell verabschiedete er sich von Ra und Se.

»Ein ganz ehrliches Spiel!« flüsterte Se ihm zu, als sie ihm die Hand zum Abschied reichte. »Und nun Kopf oben! Einschüchtern brauchen Sie sich nicht zu lassen!«

Eilig teilte Saltner das Wesentlichste aus seiner Unterredung mit Se Grunthe mit und benachrichtigte ihn von dem bevorstehenden Besuch.

Kaum hatte Grunthe Zeit gefunden, seine Toilette einigermaßen in Ordnung zu bringen, als auch die Deutschen schon gebeten wurden, sich im Empfangszimmer einzufinden. Fast gleichzeitig mit ihnen trat der Kommissar, von Ra geleitet, ein.

Seine Persönlichkeit machte auf Grunthe und Saltner einen tiefen Eindruck. Er war größer als alle Martier, die sie bisher gesehen hatten, und überragte sogar um ein weniges noch die lange Gestalt Grunthes. Ein stattlicher weißer Bart gab ihm ein ehrwürdiges Aussehen. Seiner Haltung und seinem Blick war zu entnehmen, daß man es mit einem vornehmen Mann zu tun hatte, der gewohnt war, sowohl zu repräsentieren als zu dirigieren. Aber aus seinen großen dunklen Augen sprach ein Vertrauen erweckendes Wohlwollen, man war überzeugt, daß dieser Mann bei seinen Anordnungen niemals an sich selbst dachte, sondern nur an das Wohl derer, die er zu vertreten hatte.

Ill, dies war sein Name, zeigte sich bis in alle Einzelheiten über die bisherigen Vorgänge auf der Insel unterrichtet. Er bat um Entschuldigung, daß er sich seiner Muttersprache bedienen müsse und erkundigte sich in der liebenswürdigsten Weise nach dem persönlichen Wohlergehen der Gäste. Insbesondere sprach er in warmen Worten sein Bedauern über das Verschwinden des Leiters der Expedition aus. Es schien ihm unbegreiflich, daß man keine weiteren Spuren von Torm gefunden habe, und er meinte, daß das Binnenmeer und womöglich seine Umgebung noch einmal genauer durchsucht werden müsse. Er kam dann auf die Methode zu sprechen, wie sich die Deutschen das Martische angeeignet hätten, und nun flocht er einige sehr interessierte Fragen nach Ell ein, wie alt er sei, woher er stamme, wie Grunthe ihn kennengelernt habe, wo er jetzt lebe.

Grunthe antwortete ausführlich, soweit er vermochte. Ell mochte etwa gleichaltrig mit ihm sein, einige dreißig Jahre. Er sei in Südaustralien geboren, wo Ells Vater große Besitzungen gehabt habe. Seine Mutter sei eine in Australien eingewanderte Deutsche gewesen. Nach dem Tod der Eltern habe sich Ell nach Deutschland begeben, um seine Studien, die sich hauptsächlich auf Astronomie und technische Fächer bezogen, fortzusetzen. Damals, vor etwa zehn Jahren, habe ihn Grunthe in Berlin kennengelernt und viel mit ihm verkehrt, obwohl Ell stets ein fremdartiges und zurückhaltendes Wesen eigen war. Kurze Zeit darauf war Ell plötzlich verschwunden, man hörte nichts von ihm und nahm an, er sei in seine australische Heimat zurückgekehrt. So verhielt es sich auch. Seit etwa vier Jahren war Ell wieder in Deutschland erschienen. Er hatte sein jedenfalls bedeutendes Vermögen flüssig gemacht und sich in Mitteldeutschland eine Privatsternwarte erbaut, auf der er sich mit Vorliebe Marsbeobachtungen widmete. Hier hatte Grunthe eine Zeitlang bei ihm gearbeitet und bei dieser Gelegenheit Torm kennengelernt. Ell war es gewesen, der durch eine großartige Geldspende die Errichtung der Abteilung für wissenschaftliche Luftschiffahrt ermöglicht und Torm an ihre Spitze gezogen hatte. Der Sitz derselben war Friedau, eine mitteldeutsche Residenz, die durch ihre wissenschaftlichen Institute berühmt ist.

Nachdem sich Ill noch die Lage von Friedau und die der Privatsternwarte Ells genau hatte beschreiben lassen, brach er das Gespräch ab. irgendwelche Fragen nach den bevorstehenden Ereignissen wurden nicht berührt, und Ill verabschiedete sich bald mit dem Wunsch, daß die Verhandlungen, zu denen er die Herren erwartete, zur beiderseitigen Befriedigung verlaufen möchten.

Nach dem Fortgang der Martier zogen sich Grunthe und Saltner in ihre Zimmer zurück und besprachen noch einmal die Sachlage; Grunthe brachte ihre Ansichten zu Papier. Beide aber sahen jetzt der Verhandlung mit besserer Zuversicht entgegen.

18 - DIE BOTSCHAFT DER MARSSTAATEN

Punkt drei Uhr öffnete sich die Tür, die das Zimmer der Gäste mit dem Konferenzsaal verband, und der Vorsteher Ra lud Grunthe und Saltner mit einer höflichen Handbewegung zum Eintreten ein. Sie stutzten beim ersten Anblick des Saales, denn derselbe erschien vollständig verändert. Um Platz zu gewinnen, hatte man die Grenze der Schwere bis dicht an die Tür gerückt, durch welche die Menschen den Saal betraten, und die Tafel in der Mitte entsprechend verlängert, so daß nur die beiden Plätze am untern Ende des Tisches, die sich aber jetzt nahe der Tür befanden, noch innerhalb des Gebietes der Erdschwere lagen. Der ganze übrige Teil des Raumes war von festlich gekleideten Martiern erfüllt, die sich beim Eintritt der Gäste erhoben. Nachdem Ra an seinen Sessel am oberen Ende der Tafel neben dem Präsidenten Ill gelangt war, gab dieser ein Zeichen mit der Hand, und alle nahmen wieder schweigend Platz. Grunthe und Saltner folgten ihrem Beispiel.

Durch die geöffneten Fernsprechklappen des Saales ertönte eine leise Musik, wie sie die Menschen noch nie vernommen hatten. Sie bewirkte eine feierliche, aber zugleich freudig erhebende Stimmung. Es herrschte vollständige Ruhe, während deren Grunthe und Saltner die Versammlung erwartungsvoll musterten.

Das Tageslicht war durch dichte Vorhänge abgeschlossen. Die sehr helle, aber für menschliche Augen zu stark ins Bläuliche schimmernde Beleuchtung ging von der Decke aus, deren Arabesken in fluoreszierendem Schein glühten. Am Ende des Zimmers war das große Banner des Mars in selbstleuchtenden Farben entfaltet. Es zeigte auf schwarzem Grund den Planeten als eine weiße Scheibe, die in der Mitte einen Kranz trug; bei näherer Betrachtung konnte man darin die Symbole der 154 Staaten des Mars unterscheiden. Vor dem Banner, an der Spitze der Tafel saß zwischen den beiden ersten Beamten Ra und Fru der Kommissar der Marsstaaten Ill, an den Seiten reihten sich die Vorsteher der einzelnen Abteilungen der Station an. Seitlich von der Haupttafel, in der Mitte des Zimmers, war ein phonographischer Apparat aufgestellt, der von einer Dame bedient wurde. Auf der andern Seite saßen La und eine zweite Martierin vor ihren Schreibmaschinen als Schriftführerinnen. Der übrige Raum des Zimmers war dicht von Martiern und Martierinnen erfüllt, die der öffentlichen Verhandlung beiwohnen wollten. Auch Se befand sich unter ihnen und hatte sich in der Nähe Saltners niedergelassen, der ihr einen dankbaren Blick zuwarf. Das Lächeln, mit welchem Saltner anfänglich die Versammlung überflog, verschwand bald unter dem Eindruck der Musik und der Haltung der schweigenden Martier. Alle trugen heute über ihrer anschließenden metallisch glänzenden Rüstung einen leichten, in malerischen Falten geworfenen Mantel. Ihre Blicke waren ruhig und ernst, aber erfüllt von einem freudigen Stolz; sie fühlten sich als die freien Mitglieder ihrer großen und mächtigen Gemeinschaft, die sie zum ersten Mal den Menschen in ihrem festlichen Glanz zeigten. Sie wußten, daß sie heute nicht nur als Wirte ihren Gästen, sondern als Vertreter der Numenheit den Männern gegenüberstanden, die für sie die Vertreter der

Menschheit waren. Und dieses Bewußtsein, das den ganzen Charakter der Versammlung beherrschte, wirkte sehr bald auf Grunthe und Saltner zurück; sie fühlten, wie sie der übermächtigen Gegenwart der Martier in ihrem Willen zu erliegen drohten. Grunthe preßte die Lippen zusammen und starrte auf sein Notizbuch, das er krampfhaft in der Hand hielt, um sich dem Einfluß zu entziehen, den das Äußerliche der Versammlung auf ihn machte.

Nur wenige Minuten hatte die musikalische Einleitung gedauert. Jetzt erhob sich Ill. Absolute Stille herrschte im Saal, als er seine großen, strahlenden Augen auf die Versammlung richtete und dann wie in weite Ferne blickte. Darauf sprach er klangvoll die einfachen Worte:

»Den wir im Herzen tragen, Herr des Gesetzes, gib uns deine Freiheit.«

Wieder erfolgte eine Pause, in welcher jeder mit sich selbst beschäftigt war.

Jetzt ließ sich Ill auf seinem Stuhl nieder und begann:

»Gesandt bin ich, Grüße zu bringen den Numen von der Heimat, Grüße vom Nu und seinem Bund!«

»Sila Nu!« hallte der gedämpfte Gegengruß der Martier durch den Saal.

»Grüße vom Nu auch den Bewohnern der leuchtenden Ba, des benachbarten Planeten, den Menschen, die wir zum ersten Mal heute in der Festversammlung zu sehen uns freuen. Eine alte Sehnsucht zog uns Nume durch den Weltraum hinüber zum lichten Abendstern, und es gelang uns Fuß zu fassen auf der Erde. Aber noch immer war es uns versagt, diejenigen kennenzulernen, die diesen mächtigen Planeten beherrschen als vernünftige Wesen. Da kam zu uns vor wenigen Wochen die erste frohe Kunde, daß zwei willkommene Gäste unserer Station am Pol genaht, daß die ersten zivilisierten Bewohner der Erde entdeckt seien. Ausführliche Lichtdepeschen meldeten uns bald, was wir bisher wohl vermutet, aber doch aus direkter Anschauung nicht gekannt hatten, daß unser Nachbarstern bewohnt ist von hochgebildeten Völkern, mit denen wir uns verständigen können in den Aufgaben der Kultur. Eine unbeschreibliche Aufregung ging auf diese Nachricht durch die verbündeten Staaten des Mars. Die öffentliche Meinung drang darauf, keine Zeit zu verlieren, unsern Brüdern auf der Erde die Hand zu reichen. Und da der Winter auf diesem Nordpol bevorsteht, der unsre Verbindung unterbricht, so beschloß der Zentralrat des Nu, ohne die Ankunft der Raumschiffe abzuwarten, sich in direkten Verkehr mit den Bürgern der Erde zu setzen. Wir schätzen es von unermeßlicher Wichtigkeit für die beiden Planeten, welche allein im ganzen Sonnensystem in der Art und der Kultur ihrer Bewohner sich berühren, daß diese in gemeinsamem Einverständnis ihre Interessen fördern. Das erste Zusammentreffen mit den hier anwesenden Vertretern der Menschheit halten wir daher für einen Akt von höchster kulturgeschichtlicher Bedeutung. Wir sehen darin den ersten Schritt zum unmittelbaren Verkehr mit den Regierungen der Erde, von denen uns gegenwärtig noch technische Schwierigkeiten trennen, die wir indessen bald zu überwinden hoffen. Erde, von denen uns gegenwärtig noch technische Schwierig In gerechter Würdigung der Wichtigkeit dieser ersten Begegnung und um bei dieser Gelegenheit zugleich zu zeigen, welch hohen Wert die Marsstaaten auf die freundschaftlichen Beziehungen mit den Staaten der Erde legen, endlich um von seiten der Nume in feierlicher Handlung die ganze Menschheit bei der ersten Begrüßung zu ehren, hat der Zentralrat beschlossen, eines seiner Mitglieder in eigener Person auf die Erde zu senden.«

Eine allgemeine Bewegung gab sich bei diesen Worten unter den Zuhörern zu erkennen. Man sah sich erwartungsvoll an, leise Fragen flogen herüber und hinüber. Grunthe warf Saltner einen Blick zu, und dieser flüsterte: »Sie behalten recht.« Er blickte nach Se hinüber, aber ihre Augen waren auf Ill gerichtet. Dieser erhob langsam und feierlich die rechte Hand und sprach:

»Kraft des Amtes, das der Wille der Nume mir übertragen hat, enthülle ich das heilige Symbol der Numenheit als das Zeichen des Gesetzes in Vernunft und Arbeit, dem wir gehorchen.«

Die Martier erhoben ihre Augen in andächtigem Aufblick nach einem Punkt, den Ills Hand ihnen zu weisen schien. Vergebens strengten Grunthe und Saltner sich an, das zu erblicken, was alle andern ehrfurchtsvoll erschauten. Sie vermochten nichts wahrzunehmen, wo die Wissenden in würdevollem Schweigen einer geheimnisvollen Erscheinung huldigten, die ihnen den Gedanken ihres Weltbürgertums repräsentierte.

Der Schauer des Unbegreiflichen erfaßte das Gemüt der Menschen. Grunthe starrte auf die ehrwürdige Gestalt, und wieder kam die Erinnerung an Ell über ihn. Saltner fühlte sich von dem Eindruck der ganzen Szene wie berauscht, er merkte, daß er die Gewalt über seine Entschlüsse verlieren würde, und richtete einen hilfesuchenden Blick auf Se.

Da ließ Ill seine Hand sinken, und die Martier begannen wieder sich zu bewegen. Nach kurzer Pause hob Ill ein Schriftstück in die Höhe und begann:

»Vernehmen Sie, Nume und Menschen, den Beschluß des Zentralrats.«

Jetzt blitzte Ses Auge zu Saltner hinüber. Instinktiv verstand er die Mahnung. Er stieß Grunthe an und flüsterte: »Reden Sie, ehe er liest!«

Aber auch dieser hatte schon begriffen, daß er sofort handeln müsse, und war bereits aufgesprungen. Alles dies vollzog sich momentan in der kurzen Pause, während deren Ill das Schriftstück entfaltete, und ehe er zu lesen begann, rief Grunthe: »Ich bitte ums Wort!«

Er hatte in der Erregung deutsch gesprochen. Seine laute Stimme tönte grell über den Saal, im Gegensatz zu dem auch in der feierlichen Rede halblauten Organ der Martier. Die ganze Versammlung wandte sich unwillig nach Grunthe um, und Ill warf einen erstaunten Blick auf ihn.

»Ich bitte ums Wort«, wiederholte Grunthe jetzt in der Sprache der Martier. »Ich bitte um Verzeihung, wenn ich Sie ersuche, mich vor der Verlesung des Beschlusses eines hohen Zentralrats der Marsstaaten zu hören, und ich bitte im voraus um Verzeihung, wenn ich aus Unkenntnis der Sprache mich vielleicht nicht völlig angemessen auszudrücken vermag.«

Ill nickte langsam mit dem Haupt. »Es liegt kein Grund vor«, sagte er, »unsern Gästen das Wort zu verweigern, wenn ich auch Ihre Antwort erst nach der Verlesung erwartet habe.«

»Ich aber und mein Freund«, fiel Grunthe schnell ein, »wir beantragen, die Verlesung zu unterlassen; wir protestieren gegen die Verlesung; wir fühlen uns nicht als kompetent, Beschlüsse des Zentralrats der Marsstaaten entgegenzunehmen.«

Auf den Gesichtern der Martier malte sich deutlich das Erstaunen über diese unerwartete Erklärung. Es herrschte ein bedeutsames Schweigen. Keinerlei Urteil machte sich geltend. Die Mißbilligung des kühnen Eingriffs, welchen ein armseliger Bat sich gegen die Beschlüsse der höchsten Behörde des Mars erlaubte, stritt bei den Martiern mit der Achtung vor der Entschiedenheit dieses offenen Bekenntnisses, doch überwog bei den meisten ein Gefühl des Mitleids. Diese armen Menschen wußten offenbar nicht, was sie sich erlaubten; man konnte sie wohl nicht ernst nehmen. Nur die nächsten Freunde der Deutschen ermutigten sie durch ihre beipflichtenden Blicke.

Ill richtete sein ruhiges Auge auf Grunthe und Saltner, der sich ebenfalls erhoben hatte, und fragte:

»Wollen die Menschen ihren Protest begründen?«

»Ich will es«, sagte Grunthe sofort. »Ich fühle tief die große Ehre, welche die Vertreter des Mars durch ihr freundliches Entgegenkommen den Bewohnern der Erde erweisen. Auch ich bin überzeugt, daß die Berührung der Bewohner dieser beiden großen Kulturplaneten ein weltgeschichtliches Ereignis ersten Ranges sein wird. Und mein Freund und ich sind allen Numen, denen wir bisher zu begegnen das Glück hatten, den herzlichsten Dank schuldig für die Rettung vom Untergang und für die gastfreundliche Aufnahme in ihrer Kolonie. Wir werden das nie vergessen.«

»Niemals«, sagte hier Saltner dazwischen.

Bei diesen warm gesprochenen Worten wurden die Blicke der Martier freundlicher. Grunthe fuhr sogleich fort:

»Als Menschen sprechen wir auch unsern ehrerbietigen Dank der Regierung der Vereinigten Staaten des Mars aus für die Beachtung, welche sie den Mitgliedern der Tormschen Polarexpedition zuteil werden läßt, indem sie durch ihren Repräsentanten in eigener Person uns eine Botschaft entbieten will. Aber diese Ehre müssen wir ablehnen.

Wir sind nicht Vertreter irgendeiner Regierung. Wir haben kein Recht, diplomatische Erklärungen entgegenzunehmen oder abzugeben. Wir sind einfache Privatleute, die in ihrer Heimat keine andere Geltung haben, als ihr Ruf als Gelehrter ihnen verschafft, und diese ist nach den Sitten unsrer Heimat in politischer Hinsicht verschwindend. Und selbst wenn wir uns als Boten betrachten wollten, die ihrer Regierung eine Mitteilung zu überbringen hätten, so habe ich zu betonen, daß, wie dem Herrn Repräsentanten bekannt sein wird, außer dem Deutschen Reich noch fünf andre europäische Großmächte, außerdem die Vereinigten Staaten von Nordamerika die politische Macht über die Erde in Händen haben, daß wir demnach nicht in der Lage sind, für die Staaten der Erde Aufträge zu übernehmen.«

Hierauf sprach Ill, da Grunthe eine kleine Pause machte, mit unveränderter Höflichkeit, aber sehr überlegen:

»Die Worte unseres werten Gastes sagen uns nichts Neues. Sie haben keinen Einfluß auf die mitzuteilende Botschaft, und es wäre daher einfacher gewesen, dieselbe erst anzuhören, da sie sich allein auf die beiden hier anwesenden Personen unserer Gäste bezieht.«

Grunthe biß die Lippen aufeinander. Er ärgerte sich über die Zurechtweisung, zumal er auf den Gesichtern der Martier wieder das mitleidige Lächeln erscheinen sah. Er rief daher etwas erregter:

»Wir müssen es aber auch für unsre Personen ablehnen, irgendwelche Bestimmungen seitens der Regierung des Mars entgegenzunehmen, und zwar aus formellen Gründen. Wir dürfen es prinzipiell nicht geschehen lassen, daß die Regierung des Mars hier irgendwelche offizielle Anordnungen treffe über die Bürger eines Staates der Erde. Über unser Tun und Lassen kann nur diejenige Regierung Verordnungen geben, auf deren Gebiet wir uns befinden. Wir stehen aber hier auf der Erde, nicht auf dem Mars. Und wenn Sie hier die Flagge der Marsstaaten entfaltet haben, so können wir derselben doch nur eine dekorative, aber keine staatsrechtliche Bedeutung zusprechen. Mit welchem Recht Sie hier eine Niederlassung begründet haben, darüber mögen die Regierungen der Erde bestimmen, es ist nicht unseres Amtes; aber unseres Amtes ist es, dagegen zu protestieren, daß auf Grund dieser noch nicht anerkannten Niederlassung Rechte über uns ausgeübt werden.«

»Kann mir der Herr Redner vielleicht sagen«, fiel Ill ein, »auf dem Gebiet welches Erdenstaates wir uns seiner Ansicht nach hier befinden?«

Das war eine heikle Frage. War der Nordpol schon von einer zivilisierten Macht in Besitz genommen? Grunthe wich der Frage aus, er sagte schnell:

»Jedenfalls nicht im Gebiet der Marsstaaten. Auf der Erde gibt es bis jetzt keine völkerrechtlich anerkannte Ansiedlung der Martier.«

Die Blicke der Martier waren drohend geworden. Ill richtete sich hoch auf und sprach mit leuchtenden Augen und erhobener Stimme:

»Meines Wissens gibt es keine Organisation der Staaten der Erde, mit welcher wir über den Besitz des Nordpols verhandeln könnten, oder wenigstens war eine solche Verhandlung bisher nicht möglich. Wir sind an dieser Stelle des Sonnensystems die ersten Ankömmlinge gewesen, wir also bestimmen über dieselbe. Es gibt kein interplanetarisches Recht, wonach die Besitzergreifung von Gebieten sich auf einen einzelnen Planeten beschränken müsse. Die Nume sind die einzigen Wesen, welche zwischen den Planeten verkehren; sie schaffen damit das Recht dieses Verkehrs. Kraft dieses Rechtes hat die Regierung der Marsstaaten Besitz von diesem Teil der Erde ergriffen. Kraft dessen gilt hier das Gesetz des Mars. Und kraft dieses Gesetzes und des Beschlusses des Zentralrats vom 603. Tag des Jahres 311770 werde ich hiermit den Beschluß vom gleichen Tag verkünden.«

Grunthe fühlte, wie ihm das Herz pochte. Er vermochte nichts zu erwidern. Die Menschen waren geschlagen, ihr erster Versuch der Opposition gegen die Übermacht der Martier war gescheitert. Sie mußten die Befehle der Regierung des Mars anhören, auf ihrem eigenen Planeten, an der Stelle, welche sie zuerst von den Menschen erreicht hatten. Und das Schlimmste war, daß beide, Grunthe wie Saltner, ihre Widerstandskraft erlahmen fühlten. Gegen diesen Willen, der aus den großen Augensternen des Repräsentanten leuchtete, der sich in den Blicken der ganzen Versammlung widerspiegelte, vermochten sie nicht aufzukommen.

Und schon begann Ill, die kurzen Worte vorzulesen, welche über ihr Schicksal bestimmen sollten. Er las:

»Der Zentralrat des Nu, im Namen der Vereinigten Staaten des Mars, hat beschlossen, wie folgt: Die beiden an der Station des Mars auf dem Nordpol der Erde angelangten Menschen, namens Grunthe und Saltner, stehen unter dem Schutz der Marsstaaten. Die Freiheit ihrer Person, ihres Verkehrs und Eigentums wird ihnen gewährleistet im gesamten Gebiet des Mars. Sie werden eingeladen, innerhalb sechs Tagen nach Verlesung dieser Botschaft auf einem der Raumschiffe der Erdstation sich nach dem Mars zu begeben. Sie sind Gäste der Marsstaaten, denen jede Förderung zuteil werden soll, Einrichtungen und Gesinnungen der Nume zu studieren. Sie werden ersucht, im Frühjahr der Nordhalbkugel der Erde nach derselben zurückzukehren, um alsdann eine nach den Hauptstädten der Erde aufbrechende Expedition zu begleiten. Der Repräsentant Ill wird mit der Überbringung dieser Botschaft nach der Erde beauftragt.

Gezeichnet Del. Em. An.«

Die Martier ließen sich auf ihren Sitzen nieder, auch Grunthe und Saltner sanken in ihre Sessel.

19 - DIE FREIHEIT DES WILLENS

Nach der Verlesung der Botschaft faltete Ill das Dokument zusammen und sprach mit liebenswürdigster Miene:

»Nachdem die Menschen den Willen des Zentralrats vernommen haben, darf ich annehmen, daß sie der Einladung und dem Ersuchen der Martier Folge leisten werden. Ich bitte Sie daher, Ihre Vorbereitungen so treffen zu wollen, daß Sie mit dem am fünften Tag von heute abgehenden Schiff Ihre Reise antreten können.«

Da weder Grunthe noch Saltner sogleich antwortete, erhob sich Ra und hielt eine versöhnliche Rede. Aus dem Inhalt der Botschaft, führte er aus, würden sich die Gäste gewiß überzeugt haben, daß sie gar keinen Grund hätten, gegen die Verlesung zu protestieren. Er wüßte wohl, daß man ihnen mit der Reise nach dem Mars ein ungewöhnliches und anstrengendes Unternehmen zumute. Er verstünde, daß sie es vorziehen würden, alsbald in ihre Heimat zurückzukehren. Dies – und damit deckte er offen ihre Motive auf – wäre wohl auch der eigentliche Grund des Protestes gewesen, da die Menschen die Einladung nach dem Mars erwartet und sich der Verlegenheit hätten entziehen wollen, sie abzulehnen. Und dann stellte er ihnen die Reise und den Aufenthalt auf dem Mars in verlockenden Farben vor.

Grunthe und Saltner wußten nicht recht, ob sie diese Rede zu ihren Gunsten deuten dürften, da sie die Schwäche ihres Protestes enthüllte und ganz geeignet schien, ihnen die Ablehnung zu erschweren. Aber Saltner erkannte an dem stillen Lächeln in Ses Zügen, daß Ra ihnen tatsächlich zu Hilfe kommen wollte, daß er sie wohl nur warnen wollte, neue Fehler zu begehen. In der Tat schloß er mit den Worten:

»Der Zentralrat garantiert Ihnen volle Freiheit. Er kommandiert Sie nicht nach dem Mars, er lädt Sie ein; er befiehlt nicht, daß Sie uns nach Europa geleiten sollen, er ersucht Sie darum. Er setzt dabei voraus, daß es keine berechtigten ethischen Motive gibt, weshalb Sie diesen Wünschen nicht nachkommen sollten, und er erwartet daher, daß Sie ihnen Folge leisten.«

Während Grunthe finster vor sich hinblickte und darüber nachsann, in welche Form er seine Weigerung kleiden sollte, erhob sich Saltner. Obwohl er sich sagte, daß er mit seinen Worten den Entschluß der Martier nicht würde ändern können, wollte er doch versuchen, etwas Näheres über ihre Pläne zu hören, und die Ablehnung der Einladung aus Zweckmäßigkeitsgründen motivieren. Er legte dar, daß der Besuch auf dem Mars gegenwärtig für beide Teile keine besonderen Vorteile biete. Sein Freund und er hätten bereits vollständig die Überzeugung von der Macht und Leistungsfähigkeit der Martier gewonnen. Was sie vom Mars wüßten, wäre schon so viel, daß sie Mühe haben würden, es ihren Mitbürgern begreiflich zu machen. Es wäre daher sicherlich das beste, wenn sie sogleich in ihre Heimat zurückkehrten, um den Erdbewohnern ihre Erfahrungen mitzuteilen und sie durch die Presse allmählich auf das Erscheinen der Martier vorzubereiten. Das gegenseitige Verständnis zwischen Mars und Erde würde auf diese Weise am sichersten gefördert; die Überraschung durch die Bewohner des Mars könnte die Erdbewohner, bei ihrer mangelhaften Kenntnis der Verhältnisse auf dem Mars, vielleicht zu falschen Maßregeln verleiten, unter denen alsdann beide Teile zu leiden hätten. Deswegen müßten sie darauf dringen, nach Europa zurückzukehren, ehe die Martier dahin kämen. Sie zu begleiten, könnte für die Martier jedenfalls von viel geringerem Nutzen sein. Im übrigen wäre es ihnen, den Menschen, vom größten Interesse, zu erfahren, welche Vorteile eigentlich die Martier sich vom Verkehr mit der Erde versprächen und was sie etwa von den Menschen zu erlangen wünschten.

Die Martier hatten unter wachsender Aufmerksamkeit zugehört. Ills Antlitz war wieder ernster geworden. Nachdem er die Mitteilung des Zentralratsbeschlusses durchgesetzt, hatte er geglaubt, daß die Menschen nicht länger wagen würden, sich zu weigern. Aus Saltners Worten erkannte er jedoch, daß es keinen Sinn mehr hätte, den eigentlichen Kernpunkt der Frage zu verschleiern. Die Deutschen hatten offenbar die Absicht der Martier durchschaut, eine Warnung der Großmächte zu verhindern. Der Hilfe der Menschen bedurften die Martier nicht; aber sie wollten bei dem ersten Besuch in den zivilisierten Staaten der Erde sogleich in einer Weise auftreten, die sie zum unbedingten Herren der Situation machte. Die Vorbereitungen dazu waren schon in viel höherem Maß getroffen, als Grunthe und Saltner wußten. Ihre Landung am Nordpol und die Kenntnis, welche die Martier dadurch von den zivilisierten Staaten der Erde erhielten, hatte den Zentralrat nur in der Ansicht bestärkt, daß man mit den Bewohnern der Erde in sehr ernsthafter Weise zu rechnen haben würde und daß alles darauf ankäme, sich bei der ersten Begegnung keine Blöße zu geben. Dies wäre aber sehr leicht möglich gewesen, wenn die Erdbewohner zu früh erfuhren, mit welchen Schwierigkeiten die Martier auf der Erde zu kämpfen hatten. Diese zu heben war daher ihr Hauptaugenmerk bei den Vorbereitungen zur Expedition und zugleich der Grund ihrer langen Verzögerung gewesen. Nun hatte der Zentralrat beschlossen, die Vorbereitungen aufs äußerste zu beschleunigen, ehe die Besitznahme des Nordpols auf der Erde bekannt wurde, und vorläufig die Rückkehr der Menschen zu verhindern. Doch konnte er sich dazu nach der sittlichen Weltanschauung der Martier keiner Mittel bedienen, die das Recht der Persönlichkeit der Menschen verletzt hätten.

Es wäre unter der Würde der Martier gewesen, wenn sie sich hinter Vorwänden hätten verstecken wollen, nachdem der Versuch, die Menschen durch bloße Autorität zu leiten, gescheitert war. Ill sagte daher:

»Es ist allerdings unsre Absicht, den Erdstaaten unsre Ankunft nicht eher bekanntwerden zu lassen, als bis dieselbe wirklich erfolgt. Und zwar aus demselben Grund, welcher unsere Gäste wünschen läßt, das Entgegengesetzte herbeizuführen und die Erdstaaten vorzubereiten. Wir fürchten, daß gerade die lückenhaften Nachrichten, welche sie durch die hier anwesenden Menschen erhalten würden, sie dazu veranlassen könnten, falsche Maßregeln zu ergreifen und unser gegenseitiges Verständnis zu erschweren. Denn wenn Sie auch, meine Herren Gäste, mancherlei von unserer äußeren Macht kennengelernt haben, so kennen Sie doch noch zu wenig die Grundsätze unsres Handelns, um Ihre Freunde belehren zu können, wie sie sich gegen uns zu verhalten haben. Die traurigsten Mißverständnisse sind leicht möglich. So müssen wir denn darauf bestehen, daß Sie uns zuerst nach dem Mars begleiten, da wir, unmittelbar vor Beginn des Polarwinters, noch nicht in der Lage sind, mit Ihnen zusammen nach Europa aufzubrechen.«

»Ich bin dem Herrn Repräsentanten sehr dankbar«, erwiderte Saltner, »daß er uns so offen die Gründe des hohen Zentralrats für seine Botschaft dargelegt hat. Sie konnten uns aber nicht überzeugen, um so weniger, da wir über die eigentlichen Absichten der Martier gegen die Erdbewohner nicht näher unterrichtet wurden. Wir müssen daher darauf bestehen, nach der Heimat zurückzukehren, um den Unsrigen Gelegenheit zu geben, sich ihrerseits schlüssig zu machen, wie sie den Martiern zu begegnen haben.«

Ill entgegnete ziemlich scharf.

»Nach dem, was wir soeben gehört haben«, sagte er, »scheinen uns die anwesenden Menschen wenig geeignet, ihren Landsleuten als Berater zu dienen, wie sich letztere gegen uns verhalten sollen. Wenn Sie ihnen vielleicht zu raten gedenken, unserm Aufenthalt auf der Erde Schwierigkeiten entgegenzusetzen, so würden Sie eben das erreichen, was wir zu vermeiden hoffen, Mißtrauen und Spannungen zwischen den Bewohnern beider Planeten, während wir ein friedliches Verhältnis zu gemeinsamer Arbeit anstreben. Die Menschen haben von uns nichts zu befürchten, sobald sie gelernt haben werden, uns zu verstehen. Wir bedürfen der Erdbewohner nicht; wir kommen zu ihnen, um ihnen die Segnungen unsrer Kultur zu bringen. Ich bin überzeugt, daß auch wir im Eintausch der Produkte der Erde viel Neues und Nützliches gewinnen werden. Aber das wirtschaftliche Bedürfnis welches uns außer dem allgemeinen wissenschaftlichen Interesse nach der Erde trieb, erfordert nicht die Beteiligung der Menschen. Wir können es vollauf hier am Nordpol befriedigen, und ich stehe nicht an, es Ihnen zu sagen, was wir von der Erde holen wollen, damit Sie Ihre Mitbürger und Regierungen über unsre Absichten beruhigen. Wir wollen nichts anderes als Luft und Sonne, atmosphärische Luft und Strahlung, die Sie ja in ausreichendem Maß besitzen und die niemand gehört. Wir haben sie bereits reichlich exportiert und werden sie weiter exportieren.

Was uns aber nun veranlaßt, die Menschen selbst aufzusuchen, das sind Beweggründe rein idealen Charakters. Es ist nicht möglich, sie Ihnen, als Menschen, hier in Kürze zum Verständnis zu bringen. Wir sind Nume. Wir sind die Träger der Kultur des Sonnensystems. Es ist uns eine heilige Pflicht, das Resultat unsrer hunderttausendjährigen Kulturarbeit, den Segen der Numenheit, auch den Menschen zugänglich zu machen.«

Grunthe machte eine ungeduldige Bewegung. Er wollte sprechen, aber Ill fuhr fort:

»Fürchten Sie nichts für Ihre Überzeugung und ihre Freiheit. Ihre Freiheit werden wir achten, denn sie ist die Grundbedingung zur Numenheit. Die Kultur kann nicht aufgedrängt und nicht geschenkt werden, denn sie will erarbeitet sein. Aber zu dieser Arbeit kann man erzogen werden. So war es auch auf Ihrem Planeten; die vorgeschrittenen Nationen haben die barbarischen zur Kulturarbeit erzogen. Dazu bieten wir nun vermöge unsrer so viel älteren Erfahrung uns Ihnen als Lehrer an. Weisen Sie uns nicht in falschem Stolz zurück. Nachdem einmal die Erde von uns betreten ist, läßt sich die Berührung der beiden Planetengeschlechter nicht vermeiden. Sie ist eine Notwendigkeit. Erwecken Sie also nicht erst die Täuschung, als könnte die Menschheit unsrem Einfluß sich entziehen. Vertrauen Sie unsern Maßregeln und bewahren Sie die Menschen vor dem Fehler, uns aufgrund kurzsichtiger mensch- licher

Überlegungen Schwierigkeiten zu bereiten, die nur zum Nachteil für sie ausschlagen könnten. Erfahren die Menschen von unserer Ankunft, ohne zugleich dem vollen Gewicht unsres unmittelbaren Einflusses ausgesetzt zu sein, so begehen sie sicherlich eine Torheit. Auch Ihr Rat, meine Herren Gäste, würde sie nicht davor bewahren, zumal Sie uns selbst Ihre Einflußlosigkeit eingestanden. Überlassen Sie uns also ganz allein die Verantwortung für die Gestaltung der Verhältnisse, indem Sie sich dem entschieden ausgesprochenen Wunsch des Zentralrats fügen.«

Grunthe fühlte aufs neue, daß er der Macht dieser Gründe zu unterliegen drohte. Hatte er sich zunächst aufgebäumt gegen die stolze Sprache des Martiers, so mußte er sich jetzt doch fragen, ob er nicht durch eine Warnung das Schicksal der Menschen nur verschlimmern würde. Was konnten sie gegen die Martier tun? Ihnen feindlich begegnen? Es wäre ja wohl das Klügste gewesen, sich der Verantwortung zu entziehen und den Martiern zu folgen. Aber nein! Das Klügste hatte er nicht zu tun, sondern seine Pflicht. Und es war ihm kein Zweifel, daß er die Verantwortung nicht übernehmen durfte, sein Vaterland ohne Nachricht zu lassen.

Er erhob sich in tiefem Ernst. Er sah weder Ill noch die Martier an, sondern heftete sein Auge vor sich auf den Tisch. Seine Lippen zogen sich fest zusammen. Dann öffnete er sie mit einem festen Entschluß. Er warf einen Blick auf Saltner. Auch dieser hatte in sich verloren mit ähnlichen Gedanken gesessen. Als Grunthe ihn ansah, sagte er leise: »Ablehnen.«

Grunthe begann. Erst stockend und leise. Allmählich hob sich seine Stimme.

»Wir sind als Menschen nicht so eingebildet«, sagte er, »daß wir glauben, von einer älteren Kultur nicht lernen zu können. Es kann ein hohes Glück sein, den Martiern zu folgen. Es kann auch unser Unglück sein. Ich wage darüber nicht zu entscheiden. Und eben darum, weil ich nicht darüber entscheiden kann, darf ich, soviel an mir liegt, nicht zugeben, daß mein Verhalten einer Entscheidung gleichkommt; die Menschen, die Erdbewohner, müssen sich eine Meinung bilden können. Dies zu ermöglichen, ist meine Pflicht. Dadurch ist meinem Freund und mir unsere Handlungsweise klar und deutlich vorgeschrieben. Unsre Instruktion lautet dahin, nach Erreichung des Nordpols so schnell als möglich nach Hause zurückzukehren. Schon dies verbietet uns, auf Ihre Aufforderung einzugehen. Doch es könnten Zweifel entstehen, ob nicht unser kürzester Weg über den Mars führe. Diese Zweifel erledigen sich nun durch unsere gegenseitige Aussprache. Sie wollen uns nicht vor Ihrer eigenen Ankunft bei den Unseren heimkehren lassen. Das müssen wir verhüten. Es ist keine Frage der Klugheit, es ist eine Frage des Gewissens. Mag daraus entstehen, was da wolle, wir müssen unsre ganze Kraft und unser Leben einsetzen, um die Nachricht von der Ankunft der Martier auf der Erde sofort in die Heimat zu bringen. Dies erfordert die Pflicht gegen das Vaterland und gegen die Menschheit. Jedes weitere Wort ist überflüssig. Mein Freund und ich werden mit Hilfe unsres von Ihnen geborgenen Ballons sobald als möglich abreisen. Wenn Sie wirklich jene erhabene Gesinnung der Nume besitzen, nach der die Freiheit der Persönlichkeit unbedingte Achtung erfordert, so erwarte ich von Ihnen, daß Sie uns Ihre Beihilfe zu unsrer Abreise nicht versagen. Wir bitten, uns zu entlassen.«

Grunthe und Saltner, der sich ebenfalls erhoben hatte, verließen ihre Plätze und wandten sich nach der Tür.

Tiefes Schweigen herrschte in der Versammlung der Martier. Die meisten blickten finster vor sich hin, nur die näheren Freunde der Menschen zeigten ihnen durch ihre Mienen, daß sie ihr Verhalten billigten. Saltner sah im Fortgehen, daß ihm Se freundlich mit den Augen folgte, während er von La vergeblich noch einen Blick zu erhaschen suchte. Schon hatte Grunthe die Tür geöffnet. Niemand hielt die beiden auf. Sie verließen den Saal.

Die Martier setzten ihre Beratung fort. Sie waren in ihrer Majorität sichtlich durch den Mißerfolg verstimmt, ja es wurden Stimmen laut, ob man die Menschen nicht auch gegen ihren Willen zur Reise nach dem Mars zwingen könne. Der junge Kapitän Oß warf die Frage auf, ob nicht den Menschen das Recht der Persönlichkeit abzusprechen sei, da sie nicht das genügende Verständnis für das Wesen der Numenheit gezeigt hätten. La blickte ihn sehr erstaunt an, und Fru erhob sich darauf, um diesen Vorwurf zurückzuweisen. Daß sie die Fähigkeit gehabt hatten, ihren Willen gegen den der Martier zu behaupten, sei der genügende und allerdings einzig mögliche Beweis dafür, daß ihnen die Selbstbestimmung der sittlichen Person zukomme. Man könne sie also nicht zur Mitreise zwingen, ja man müsse sogar ihrer Abreise jetzt jede Unterstützung angedeihen lassen.

Ill entschied dahin, daß die Frage nach dem Recht der Menschen auf freie Entschließung nicht mehr zur Diskussion stehen könne, da der Zentralrat ihnen dasselbe bereits zugesichert habe. Dagegen brauche man nicht soweit zu gehen, ihre Rückreise geradezu zu fördern, wenn man sie auch nicht verhindern könne. Man müsse aber wohl oder übel sich damit abfinden, daß die Menschen von der Anwesenheit der Martier früher erführen, als die ursprüngliche Absicht war. Andrerseits jedoch läge ihm auch sehr viel daran, wenigstens einen der Menschen nach dem Mars mitzunehmen, damit dieser den Martiern später als Augenzeuge dienen könne. Dies könne indessen nur mit seiner freien Einwilligung geschehen. Dazu bemerkte Ra, vielleicht würde sich Saltner zur Mitreise bereit erklären, wenn man dafür Grunthe die vollständige Sicherheit der Heimkehr gewährleisten könne. Aber eine solche Garantie könne man doch wohl nicht übernehmen.

Ill sagte darauf nach kurzem Besinnen:

»Ich glaube die Gewähr übernehmen zu können, Grunthe nach Europa zu bringen, und zwar, wenn es sein müßte, binnen vierundzwanzig Stunden.«

Bei der Mehrzahl der Martier erweckte diese Äußerung das lebhafteste Erstaunen. Wie konnte man Grunthe die Rückkehr garantieren? Hätte man dann nicht selbst sogleich nach Europa aufbrechen können?

Ill ließ sich zunächst überzeugen, daß Grunthe und Saltner von der weiteren Verhandlung nichts vernehmen könnten. Sie hatten sich bereits an die Arbeit an ihrem Ballon gemacht und befanden sich auf dem Dach der Insel, wo sie genügenden Raum hatten, um den Ballon einer Untersuchung zu unterziehen. Man hatte ihnen denselben ohne weiteres zur Verfügung gestellt, da auch die im Dienst befindlichen Beamten durch den Fernhörer von dem Resultat der Versammlung bereits unterrichtet waren.

Ill ließ nun die Klappen der Fernsprecher schließen und den phonographischen Apparat außer Tätigkeit setzen. Gespannt lauschten die Martier den näheren Mitteilungen, welche ihnen Ill jetzt über die Fortschritte machte, die in der

Vorbereitung der Expedition nach Europa geglückt waren. Sie hatten bisher von den mit Ill auf dem ›Glo‹ angekommenen Martiern nur im allgemeinen gehört, daß auf dem Mars neue wichtige Entdeckungen in bezug auf die Luftschiffahrt gelungen seien. Die schleunige Absendung des ›Glo‹ hatte vornehmlich den Zweck, diese neuen Entdeckungen und Apparate in der Atmosphäre der Erde, für welche sie berechnet und konstruiert waren, praktisch zu erproben, um alsdann bis zum Frühjahr den Bau zahlreicher Luftschiffe für die Erde auszuführen. Die Überbringung der Botschaft des Zentralrats war mit dem Transport dieser neuen Apparate verbunden worden. Andernfalls hätte man sich wahrscheinlich damit begnügt, sie durch den Lichttelegraphen zu übermitteln oder die Ankunft des nächsten Raumschiffs von der Erde vor der Absendung abzuwarten. Aber die letzten Tage des Sonnenscheins am Nordpol mußten ausgenutzt werden, um Erfahrungen über die Brauchbarkeit der neuen Erfindung zu machen. Ill gab nun Aufklärungen über seine weiteren Absichten. Daran schloß sich eine längere Beratung der Martier, so daß die Feierstunde herangekommen war, als die Martier auseinandergingen.

Grunthe und Saltner kehrten sehr entmutigt von ihrer Tagesarbeit zurück. Die Untersuchung des Ballons hatte ergeben, daß er in seiner ursprünglichen Gestalt nicht wieder herstellbar sei. Glücklicherweise waren die Ventile und das Netzwerk unverletzt. Vom Stoff des Ballons war jedoch ein großer Teil unbrauchbar geworden. Der Rest konnte indessen ausreichen, einen kleineren Ballon zusammenzunähen, vorausgesetzt, daß die Martier bei dieser Arbeit ihre Hilfe leisten wollten, denn die beiden Gelehrten allein hätten damit nicht zustande kommen können. Aber die Tragkraft dieses Ballons, bei dem man Proviant und Ballast sehr reichlich mitnehmen mußte, um auf eine lange Fahrt gerüstet zu sein, hätte dann nicht ausgereicht, um beide Forscher aufzunehmen. Grunthe kam deshalb wieder auf seinen Plan zurück, allein abzureisen und Saltner die Fahrt nach dem Mars mitmachen zu lassen. Vielleicht, so meinte er, würden die Martier ihnen ihre Hilfe bei der Herstellung des Ballons nicht versagen, wenn sie ihnen insoweit entgegenkämen, daß wenigstens einer von ihnen ihre Einladung nach dem Mars nachträglich annähme. Endlich dürfe man die Chance nicht aus der Hand geben, daß, wenn der Ballon verunglücke, wenigstens Saltner seine Erfahrungen auf dem Umweg über den Mars nach Europa bringe, wiewohl dies dann freilich nicht vor Ankunft der Martier geschehen könne.

Saltner überzeugte sich schließlich, daß dieser Ausweg in der Tat der vorteilhafteste sei, da unter den gegebenen Verhältnissen ein Luftschiffer die Fahrt sicherer zurücklegen könne als zwei. Persönlich war er ja überhaupt nicht abgeneigt, die Martier zu begleiten. Auch Grunthe wäre, was seinen Forscher- eifer anbetraf, gern nach dem Mars gegangen, aber einer von ihnen mußte notwendig als Bote nach Europa. Freilich hatte sich auch Saltner zu dieser gefährlichen Fahrt erboten, aber es verstand sich von selbst, daß Grunthe, als der erfahrenere Luftschiffer, die Fahrt unternahm. So beschlossen denn beide, am nächsten Morgen mit den Martiern in diesem Sinn zu verhandeln. Für heute war die Verkehrsstunde schon vorüber.

20 - DAS NEUE LUFTSCHIFF

Grunthe erwachte aus einem unruhigen Schlummer und sah nach der Uhr. Sie zeigte auf 9,6, das entsprach nach mitteleuropäischer Zeit ein Uhr früh; es war also noch mitten in der konventionellen Nacht.

Er legte sich daher wieder auf sein Lager zurück. Während er sich seinen Gedanken hingab, vernahm er ein eigentümliches Zischen. Es unterschied sich deutlich von dem leichten, gleichmäßigen Rauschen des Meeres, das in den Schlafräumen nur schwach durch die Stille der Nacht hörbar war. Auch schien es aus der Luft herzukommen, nahm erst zu, um dann allmählich schwächer zu werden und schließlich zu verschwinden. Nach einiger Zeit begann das Zischen wieder, kam aber deutlich von einer andern Seite her. Sollten es Windstöße sein, die sich um die Insel erhoben? Aber auf diese Weise hätten sie sich wohl nicht geäußert. Als sich das Geräusch mehrfach wiederholte, stand Grunthe auf, und die Läden der Decke schoben sich, als sein Fuß den Boden berührte, an einer Stelle automatisch beiseite. Ein schräger rötlicher Sonnenstrahl schlich sich in das Zimmer, und ein Streifen des Himmels wurde sichtbar. Es war also noch immer klares Wetter, nur stand die Sonne bereits so tief, daß sie nur schwach durch die Atmosphäre hindurchdrang. Plötzlich verdunkelte sich der sichtbare Streifen des Himmels auf einen Moment, es war, als ob ein großer Gegenstand mit namhafter Geschwindigkeit über die Insel fortgeflogen wäre. Zugleich war das Zischen besonders laut geworden.

Da das Zimmer keine seitlichen Fenster hatte, konnte Grunthe keinen Rundblick gewinnen. Er wußte aber, daß man an einigen Stellen die Hartglasbedachung der Decke öffnen konnte. Nur mußte man dazu die genügende Höhe erreichen, um bis zur Decke zu gelangen. Eine Leiter hatte er nicht zur Verfügung, er wollte deshalb zunächst versuchen, ob er nicht durch die Fenster des Sprechzimmers eine genügende Aussicht finden könne. Zu seiner Überraschung fand er die Verbindungstür von außen gesperrt. Dies ließ darauf schließen, daß bei den Martiern etwas im Werk sei, wobei sie von den Menschen nicht beobachtet zu werden wünschten. Um so mehr steigerte sich bei Grunthe das Verlangen, seine Wißbegier zu befriedigen.

Er betrachtete sorgfältig die Decke in der Nähe der Luken und erkannte, daß sich dort verschiedene, zu den Apparaten der Martier gehörige Haken befanden, an denen man sehr gut Stricke befestigen konnte. Solche waren zur Genüge an den Körben vorhanden, die zur Ausrüstung des Ballons gedient hatten und in seinem Zimmer lagerten. Aus einem der leeren Körbe und zwei Seilen ließ sich eine Art schwebendes Trapez herstellen, das, an der Decke angehängt, gestatten mußte, den Kopf bis über das Dach zu erheben. Aber wie hinaufkommen? Er entschloß sich, Saltner zu wecken. Der räsonnierte eben ein wenig über die nächtliche Störung, als sich das Zischen in der Entfernung wieder hören ließ. Nun sprang er mit einem Satz in die Höhe und fuhr in seine Kleider. Auf Grunthes Schultern stehend, gelang es ihm, zwei Seile an der Decke zu befestigen, und nun war es nicht mehr schwer, einen Beobachtungsposten einzurichten.

Vorsichtig steckten die beiden indiskreten Beobachter ihre Köpfe aus der Luke und wandten sich nach der Richtung, in welcher sich jetzt deutlich, aber in der Ferne, ein gleichmäßiges leises Sausen vernehmen ließ. Zu ihrem grenzenlosen Erstaunen sahen sie, daß dieses Geräusch von einem riesigen Vogel herzurühren schien, der mit ausgebreiteten Schwingen in ruhigem Segelflug durch die Luft glitt und in geringer Höhe über dem Wasser rings um die Insel schwebte. Jetzt näherte er sich derselben und schoß mit rasender Geschwindigkeit vielleicht zwanzig Meter über dem Dach der Insel hinweg. Trotz der kurzen Zeit, in welcher die beiden Männer den seltsamen Vogel beobachten konnten, sahen sie doch, daß er weder Kopf noch Füße besaß. Sein langgestreckter Körper hatte die Gestalt einer nach vorn und hinten konisch zulaufenden Zigarre, am hinteren Ende befand sich ein langer, flacher Schwanz als Steuerruder. Natürlich war den Beobachtern sofort klar, daß sie eine neue Erfindung der Martier vor sich hatten, ein den Verhältnissen der Erde angepaßtes Luftschiff. Die Martier stellten damit Übungen und Versuche an, wobei sie von den Menschen nicht beobachtet sein wollten.

Das Luftschiff entfernte sich, kehrte dann in einem kurzen, eleganten Bogen um, brauste zurück und hielt plötzlich direkt über der Insel an. Man konnte beobachten, wie der ganze Schiffskörper in Schwingungen geriet, als der äußerst schnelle Flug binnen drei Sekunden zum Stillstand kam. Und nun geschah etwas noch Merkwürdigeres. Die Flügel und das Steuerruder waren plötzlich verschwunden. Etwa zehn Meter über dem Dach der Insel, aber so weit vom Standpunkt der beiden Deutschen entfernt, daß ihre eben nur aus der Luke hervorblickenden Köpfe kaum bemerkt werden konnten, schwebte der Schiffskörper frei in der Luft. Seine Länge mochte etwa zehn, sein Durchmesser gegen vier Meter betragen. Das Material zeigte dasselbe glasartige Aussehen wie die Raumschiffe der Martier, gestattete aber keine Durchsicht. Den Boden wie das Verdeck bildeten zwei glatte, nach oben und unten gewölbte Schalen, zwischen denen ein nur vorn und hinten geschlossener, etwa meterhoher Streifen freiblieb. Durch denselben konnte man beobachten, daß das Luftboot von zwölf Martiern bemannt war.

Jetzt senkte sich das Boot auf das Dach der Insel langsam herab, wo es ohne Verankerung liegenblieb. Die Besatzung stieg aus, und andere Martier traten an ihre Stelle. Nur die beiden Männer, die an den beiden Enden des Bootes sich befunden hatten, nahmen ihre Plätze wieder ein. Sie waren Grunthe und Saltner unbekannt, und diese schlossen daher, daß es die mit dem ›Glo‹ angekommenen Konstrukteure des neuen Luftschiffes seien, die hier die Martier mit der Behandlung des Bootes bekannt machten. Die Galerien der Insel waren von zuschauenden Martiern besetzt, doch konnte man diese von dem tiefen Standpunkt Grunthes und Saltners aus nicht erblicken; auch der untere Teil des Luftschiffes blieb ihnen verborgen, und sie konnten die Bemannung nur in dem Augenblick sehen, in welchem sie das Schiff verließ oder betrat, was durch das Verdeck desselben zu geschehen schien.

Ein neues Manöver begann. Ohne Flügel und Steuer, horizontal liegend, stieg das Boot mit zunehmender Geschwindigkeit senkrecht in die Höhe. Da war kein

Luftballon sichtbar, keine Schraube, kein Flügelschlag hob es. In wenigen Minuten war es so hoch gestiegen, daß es dem bloßen Auge nur als ein Pünktchen mit Mühe wahrnehmbar erschien. Plötzlich vergrößerte sich der Punkt schnell. Das Schiff stürzte herab. Aber jetzt entfaltete es seine Flügel und sein Steuer, und wie ein riesiger Raubvogel sauste es in weitem Kreis um die Insel, streifte fast an der Meeresoberfläche hin und erhob sich dann wieder in einer Spirale. Dabei wurden offenbar Signale mit den Martiern der Insel gewechselt, die aber für Grunthe nicht verständlich waren. Man sah nun, daß das Schiff seine Flügel verkürzte oder zurücklegte, das Steuer stellte sich gerade, eine weiße Dampfwolke brach aus dem Hinterteil des Schiffes hervor, der ein kanonenschußartiger Knall und ein gewaltiges Brausen folgte – das Boot schoß schräg aufwärts steigend wie aus einem Geschütz geschleudert in die Ferne und war nach weniger als einer Minute in der Richtung des zehnten Meridians dem Auge entschwunden.

Aus der Bewegung, welche sich jetzt auf der Insel bemerkbar machte, schlossen Grunthe und Saltner, daß das Schiff eine Fernfahrt angetreten habe und fürs nächste nicht wieder zu erwarten sei. Sie verließen daher ihren unbequemen Posten und zogen sich in ihr Zimmer zurück, jedoch entschlossen, die Rückkehr des Schiffes zu erwarten. Zu diesem Zweck wollten sie sich im Wachen ablösen.

Diese Mühe hätten sie sich freilich sparen können, wenn sie gewußt hätten, wie weit das Schiff seine Aufklärungsfahrt ausdehnen sollte. Es wurde erst in der folgenden Nacht von den Martiern zurückerwartet.

Die Versuche der Martier waren vollständig gelungen. Ihre auf dem Mars in Berücksichtigung der terrestrischen Verhältnisse ausgeführten Konstruktionen bewährten sich in überraschender Weise. Sie waren nun im Besitz eines Luftschiffs, welches sie nach Belieben in der Erdatmosphäre lenken konnten und mit welchem sie selbst einem Sturm zu widerstehen vermochten. Was die Menschen so lange vergeblich angestrebt hatten, die Techniker des Mars hatten es in verhältnismäßig kurzer Zeit erreicht.

Allerdings besaßen ja die Martier vor allem ein Mittel, sich in die Luft zu erheben, das den Menschen fehlt, die Anwendung der Diabarie. Der Fortschritt der Luftschifffahrt bei den Menschen war früher immer daran gescheitert, daß man das aerostatische und das dynamische Luftschiff nicht in geeigneter Weise verbinden konnte. Wandte man den Luftballon an, um Lasten in die Höhe zu heben, so mußte der Apparat riesige Dimensionen annehmen, und es war dann unmöglich, ihn gegen die Windrichtung zu bewegen, weil er dem Wind eine zu große Angriffsfläche bot oder nicht genügend widerstandsfähig gegen seinen Druck gemacht werden konnte. Wählte man aber die dynamische Form des Luftschiffs, wobei durch Schrauben oder Flügel die Erhebung bewerkstelligt wurde, so fehlte es an Maschinen, um die erforderliche große Kraft zu entwickeln; denn um dies zu leisten, mußten die Maschinen selbst zu schwer werden.

Diesen Schwierigkeiten waren nun die Martier dadurch enthoben, daß sie diabarische Fahrzeuge zu bauen vermochten, das heißt Fahrzeuge, für welche die Anziehungskraft der Erde nahezu ganz aufgehoben werden konnte. Bei der Luftschiffahrt geschah diese Aufhebung natürlich nicht so vollständig wie bei der

Raumschiffahrt, sondern nur soweit, daß das Gewicht des Schiffes samt seinem Inhalt geringer wurde als das Gewicht der von ihm verdrängten Luft. Nach dem archimedischen Gesetz mußte es dann in der Luft in die Höhe steigen, und, je nachdem man seine Schwere vergrößerte oder verkleinerte, konnte man es senken oder heben. Man bedurfte dazu keiner Riesenballons und keiner Ballastmassen. Das Probeschiff der Martier wog mit seinem ganzen Inhalt etwa fünfzig Zentner und besaß eine Luftverdrängung von über hundert Kubikmeter. Es genügte also eine Erniedrigung des Gewichts bis auf fünf Prozent des eigentlichen Betrages, das heißt bis auf 125 Kilogramm, um zu bewirken, daß das Schiff in der Nähe der Erdoberfläche schwebte, denn soviel beträgt hier ungefähr das Gewicht der verdrängten hundert Kubikmeter Luft. Was aber die Martier bisher verhindert hatte, sich mit ihren Raumschiffen in die Atmosphäre zu wagen, war die mangelhafte Widerstandsfähigkeit des Stellits. Es galt somit für die Martier vor allem, einen Stoff zu finden, der sich diabarisch machen ließ und dabei doch die genügende Festigkeit besaß, um eventuell nicht nur den gewaltigen Druck eines Sturmwindes auszuhalten, sondern auch mit großer Geschwindigkeit gegen die Luft anzufliegen. Das war jetzt gelungen. Das neue Luftschiff vermochte einer mit 400 Metern Geschwindigkeit gegen dasselbe bewegten Luftmasse Widerstand zu leisten, ohne eine schädliche Verbiegung seiner Umhüllung zu erleiden. Dieser Stoff führte den Namen Rob.

Diabarie und Rob fanden nun ihren dritten Verbündeten zur Vollendung der Aerotechnik in einer Modifikation des Repulsit. Man konnte natürlich in der Luft der Erde nicht wie im leeren Raum Repulsitbomben schleudern. Aber man hatte dafür eine Vorrichtung ersonnen, den kondensierten Äther des Repulsits so allmählich zu entspannen, daß man den unmittelbaren Rückstoß zur Fortbewegung benutzen konnte. So bedurfte es keiner Schrauben oder Flügel, die nicht nur viel Raum einnahmen, sondern auch leicht der Havarie ausgesetzt waren; man schoß sich direkt durch Reaktion, wie eine Rakete, durch die Luft. Die beiden großen Flügel und das Steuer, welche das neue Luftschiff trug, konnten unter Umständen gänzlich zusammengeschoben und eingezogen werden; sie dienten nur dazu, um das Gleichgewicht bei plötzlicher Änderung der Richtung zu bewahren und um nicht die großen Vorteile zu verlieren, welche der Segelflug bei günstigem Wind darbietet.

Ill hatte das Schiff vom Mars mitgebracht und sich jetzt von seiner Tauglichkeit überzeugt. Die Versuche geschahen in der Nacht, das heißt während der Schlafenszeit, weniger, weil man die neuen Erfolge vor den Menschen verbergen wollte, als weil man bei einem etwaigen Mißerfolg keinerlei Zeugen zu haben wünschte. Immerhin beabsichtigte Ill nicht, die Menschen in die Fortschritte einzuweihen, welche die Martier gemacht hatten; da aber noch weitere Übungen angestellt werden sollten und man höchstens noch auf zwei Wochen Tageslicht rechnen konnte, so lag ihm selbst daran, Grunthe, wenn dieser auf seiner Weigerung beharren sollte, möglichst schnell von der Insel zu entfernen. Die Aufklärungsfahrt des Luftschiffs in der Richtung nach Europa hing mit dieser Absicht zusammen. Es stellte sich heraus, daß mit Anwendung des Repulsits Geschwindigkeiten von 200 Metern in ruhiger Luft mit Leichtigkeit erreicht werden konnten. Man bewegte sich dabei in Höhen von ungefähr zehn Kilometern, bei einer Luftverdünnung, welche allerdings von Menschen nur bei künstlicher Sauerstoffatmung ertragen werden konnte, den Martiern aber, wenn sie nur von Zeit zu Zeit etwas Sauerstoffzuschuß erhielten, keine besonderen Beschwerden verursachte. Heftige Luftströmungen konnten hier die Geschwindigkeit des Luftschiffs wohl zeitweise um die Hälfte steigern oder mindern, im Mittel jedoch vermochte man in der Stunde siebenhundert Kilometer zurückzulegen. Auf diese Weise konnte man vom Nordpol nach Berlin in sechs Stunden gelangen.

Als die Lichtdepesche über das Gelingen dieser Probefahrten nach dem Mars gelangte, bewilligte der Zentralrat die Mittel zum Bau von hundertvierundvierzig Erd-Luftschiffen, welche bis zum nächsten Erd-Nordfrühjahr fertigzustellen seien – – – –

Es war noch früh am Tage, und Saltner wollte sich eben von seinem Posten, auf dem er vergeblich nach der Rückkehr des Luftschiffes ausgeschaut hatte, nach dem Dach der Insel begeben, um Grunthe bei der Arbeit am Ballon zu helfen, als er in das Sprechzimmer gerufen wurde.

Dort erwartete ihn La. Der kühle Ernst, welchen sie gestern gezeigt hatte, die fremde Haltung war verschwunden. Mit einem Lächeln auf den Lippen, in der ganzen hinreißenden Anmut ihres Wesens schwebte sie ihm entgegen und begrüßte ihn mit einer Zärtlichkeit, die ihn wehrlos machte. Sie zog ihn neben sich auf einen Sitz und sagte, seine Hand haltend:

»Sei nur nicht gar so verwundert, Sal, heute ist wieder mein Tag, und was gestern war, geht uns nichts an. Oder hast du schon vergessen –?«

»Wie könnte ich! Aber ich begreife nur nicht –«

»Aber liebster Freund, das ist doch ganz einfach! Haben wir uns lieb?«

»La!«

»Und hab ich dir nicht schon gesagt, Liebe darf nicht unfrei machen? Und hast du nicht auch Se lieb?«

»Ich bitte dich.«

»Ich weiß es, und es ist ein Glück, sonst dürften wir uns so nicht sehen.«

»Was ihr für seltsame Sitten habt!«

»Können wir uns gehören für immer? Kannst du dauernd auf dem Mars leben oder ich auf der Erde? Oder irgendwo zwischen den Planeten? Und was hat das überhaupt mit der Liebe zu tun? Das sind ganz andere Fragen. Wir aber wollen uns der Schönheit freuen und des Glücks, das wir im freien Spiel des Gefühles genießen. Liebtest du mich allein, du wärest bald unfrei, über dich herrschte die Leidenschaft, der das Herzeleid folgt, und ich müßte mich dir entziehen. Wohl gibt es ein Glück zwischen Mann und Frau, das kein Spiel ist, sondern Ernst; doch davor stehen viele Prüfungen, und ob es möglich ist zwischen Nume und Mensch, das weiß noch niemand. Und damit wir nicht vergessen, daß Liebe ein Spiel ist, dürfen wir nicht ganz allein es führen, und doch allein, wann wir wollen. Und nun zerbrich dir nicht den törichten Kopf! Ich habe dir etwas Ernstes zu sagen.«

»Noch etwas Ernsteres? Ich werde Mühe haben, mich in das eine zu finden. Aber es ist wahr, allgemeineres dürfen wir nicht über unserem – Spiel vergessen.«

»Ich glaube, du verstehst mich noch immer nicht – Spiel heißt doch Kunstwerk, ein Trauerspiel ist auch ein Spiel, nur daß man nicht selbst dabei umkommt, sondern der Held, mit dem man fühlt. Und den Wert unseres Gefühls setzen wir nicht herab, nein, wir machen ihn reiner und höher, wenn wir ihn in die Freiheit des Spiels, in das Reich des selbstgeschaffenen schönen Scheines erheben. – Du Tor! Ist dieser Kuß ein Schein? – Nein, Schein ist nur, daß ich damit die Freiheit meines Selbst verliere. Und nun höre! Du kommst mit uns auf den Mars, damit du endlich einmal verständig wirst.«

»Sprichst du so als meine geliebte La? Dann muß ich dir zeigen, daß ich dein gelehriger Schüler bin, indem ich meine Freiheit bewahre. Du weißt, warum ich nicht mit euch kommen kann.«

»Ich weiß es, und du bist brav, und ich hab dich darum nur lieber. Ihr wart gestern Männer. Aber wenn wir nun die Bedingung erfüllen, daß ihr eure Nachrichten überbringen könnt, wenn wir einem von euch die Mittel zur Heimkehr verschaffen, will dann nicht der andere mit uns kommen?«

»Und wer soll der andere sein?«

»Das wird sich ja finden. Doch im Ernst, ich bin beauftragt, bei euch anzufragen, ob ihr darauf eingehen wollt. Sobald sich einer von euch beiden bereiterklärt, nach dem Mars mitzugehen, schaffen wir den andern sofort in seine Heimat.«

»Merkwürdig! Und ich wollte euch heute denselben Vorschlag machen. Es hat sich gezeigt, daß der Ballon nur eine Person wird tragen können, das muß natürlich Grunthe sein. Wollt ihr uns eure Hilfe leihen, den Ballon herzustellen, so daß Grunthe abreisen kann, so bin ich bereit, mit euch nach dem Mars zu gehen.«

»Das ist herrlich, liebster Freund, dafür muß ich dir danken. Und wegen des Ballons mache dir keine Sorge – wir haben einen sichereren Weg nach Deutschland –«

»Das Luftschiff?«

»Ihr habt gelauscht?«

»Gesehen. Und damit wollt Ihr uns – aber dann könnte ich ja auch mit zurück?«

»Nein, das ist Bedingung. Du mußt mit uns kommen –«

»Ach, La, ich sträube mich ja nicht.«

»So komm, wir wollen mit Ra und deinem Freund sprechen.«

»Aber zuvor dürfen wir wohl noch ein wenig hier plaudern?«

Es war sieben Uhr, zwei Stunden nach Feierabend, als das Luftschiff von seiner Fahrt zurückkehrte. Nachdem Ill den erstatteten Bericht mit großer Zufriedenheit entgegengenommen hatte, wurde das Schiff sofort zu einer neuen Fernfahrt in Bereitschaft gesetzt.

Grunthe und Saltner hatten sich bereits in ihre Zimmer zurückgezogen, als das Schiff ankam, und daher nichts mehr von demselben bemerkt. In einer Unterredung mit Ill und Ra hatte Grunthe eingewilligt, die Fahrt auf dem Luftschiff der Martier anzutreten. Er bereitete sich darauf vor, indem er alle Gegenstände zusammenpackte, die er mitzunehmen wünschte. Man hatte ihm Gepäck im Gewicht von einem Zentner bewilligt, und außer seinen Büchern und Instrumenten packte er noch eine Anzahl Kleinigkeiten ein, welche seinen Landsleuten die Industrie der Martier verdeutlichen sollten. Darauf legte er sich zur Ruhe.

Am folgenden Morgen, am zweiten Tag nach der Beratung mit den Martiern, hatten Grunthe und Saltner eben ihr Frühstück beendet, und Saltner hatte sich nach dem Sprechzimmer begeben, als Hil bei Grunthe eintrat. Dieser war damit beschäftigt, seine Effekten auf einen Platz zusammenzustellen.

»Das ist Ihr Gepäck?« fragte Hil. »Wünschen Sie sonst noch etwas mitzunehmen?«

»Nichts weiter – es ist alles vollständig und wird das Gewicht von einem Zentner nicht überschreiten.«

»So sind Sie also reisefertig?«

»Ganz und gar – Sie sehen, ich bin sogar schon in meinem Reiseanzug, und da liegt mein Pelz. Wann soll die Fahrt beginnen?«

»Sehr bald, vielleicht schon in dieser Stunde. Haben Sie Ihrem Freund noch etwas mitzuteilen?«

»Nein, wir haben uns hinreichend ausgesprochen, hier sind seine Briefe und Tagebücher für die Heimat.«

»Sie wären also bereit, sogleich aufzubrechen?«

»Ich bin bereit.«

Hil trat dicht an ihn heran und faßte seine Hände, als wollte er sich verabschieden. Dabei sah er ihm fest in die Augen. Grunthe fühlte sich von diesem Blick eigentümlich betroffen. Er konnte die Augen nicht fortwenden, und doch begann die Umgebung vor seinen Blicken zu verschwimmen. Er sah nur noch die großen, glänzenden Pupillen des Arztes.

Dieser legte ihm jetzt langsam die Hände auf die Stirn und sagte bedeutsam:

»Sie schlafen!«

Grunthe stand starr, bewußtlos, mit offenen Augen. Hil drückte leise seine Augenlider herab und winkte mit dem Kopf rückwärts. Zehn Martier, die sich bereitgehalten hatten, traten ein. Sechs von ihnen nahmen Grunthe behutsam in die Arme, legten ihn auf ein Tragbett und schafften ihn aus dem Zimmer. Die vier andern folgten mit dem Gepäck. Grunthe wurde in das Luftschiff gebracht und sorgfältig in seinen Pelz gehüllt. Das Rohr des Sauerstoffbehälters wurde in seinen Mund geführt.

Wenige Minuten darauf erhob sich das Luftschiff senkrecht in die Höhe. Nachdem es tausend Meter gestiegen war, schlossen sich die seitlichen Öffnungen. Der Reaktionsapparat spielte. Schräg aufwärts schoß es in der Richtung des zehnten Meridians nach Süden.

Ra begab sich zu Saltner in das Sprechzimmer und sagte:

»Wundern Sie sich nicht, daß Sie Ihren Freund nicht mehr vorfinden werden. Ich hoffe, daß wir Ihnen bald die Nachricht seiner glücklichen Ankunft in der Heimat melden können. Wir hielten es für notwendig, die Abreise zu beschleunigen.«

Saltner sprang an das Fenster. Fern am Horizont leuchtete ein schwaches Dampfwölkchen auf, um alsbald zu verschwinden.

Er war jetzt der einzige Europäer am Nordpol.

Se trat zu ihm.

»Seien Sie guten Muts, lieber Freund«, sagte sie. »Morgen geht unser Raumschiff nach dem Nu!«

21 - DER SOHN DES MARTIERS

Auf der Nordseite der Stadt Friedau dehnt sich ein langgestreckter Hügelrücken. Sorgsam gepflegte Gärten ziehen sich an seinen Abhängen in die Höhe, aus deren Grün schmucke Villen hervorlugen. Vom Gipfel hernieder glänzt über den Baumkronen eines parkartigen Gartens ein weißes Landhaus, das ein erhöhter Kuppelbau auf den ersten Blick als eine Sternwarte erkennen läßt.

Der wunderbar klare Septembertag, an dem die Besucher jenes über dem Nordpol schwebenden Ringes mit ihrem tausendmal vergrößernden Projektionsfernrohr die Karte von Deutschland durchmusterten, neigte sich seinem Ende zu. Sein mildes Licht lag über den zierlichen Gärten Friedaus, in denen großblumige Georginen den Rosenflor verdrängten, über den alten Bäumen des weiten fürstlichen Parks, der vom Fuß des Hügels beginnend fast die ganze Stadt umzog, und spiegelte sich dort im ruhigen Wasser des Teiches.

Den breiten Kiesweg, welcher vom Hügel herab zwischen den Vorgärten der Villen nach dem Eingang des Parkes führte, schritt in Gedanken verloren der Besitzer jener Privatsternwarte. Im Schatten der Bäume angelangt, nahm er den weichen hellfarbigen Filzhut ab, und man sah, daß volles graues Haar seinen Kopf bedeckte. Aber es war nicht ergraut von der Last des Alters, es hatte stets diese Farbe gehabt. Unter der hohen Stirn leuchteten zwei mächtige tiefdunkle Augen. Sie waren jetzt nicht mehr sinnend zur Erde gerichtet, sondern spähten erwartungsvoll durch die Gänge des Parkes.

Zwischen den Büschen am Ufer des Teiches schimmerte ein heller Sonnenschirm. Beim Geräusch der nahenden Schritte erhob sich von einer Bank unter dem Schatten einer breitästigen Linde eine anmutige Frauengestalt in eleganter Sommerkleidung. Der nachdenkliche Ernst, der über ihren feinen Zügen gelegen hatte, wich einem freundlichen Lächeln, als sie jetzt Ell entgegentrat, und in ihren dunkelblauen Augen blitzte es auf wie von einem stillen Glück, als sie ihm die Hand reichte.

»Verzeihen Sie«, sagte Ell, indem er an ihrer Seite den Parkweg am Ufer des Teiches entlangwandelte, »ich habe mich verspätet, natürlich ohne meine Schuld.«

»Auch ich bin eben erst gekommen«, erwiderte Isma Torm. »Ich habe Besuch gehabt. Frau Anton hat mir sehr weise Reden gehalten. Sie konnte gar kein Ende finden.«

»Ich kann es mir denken, aber machen Sie sich nichts daraus. Sie können tun, was Sie wollen, den Menschen werden Sie es doch nicht recht machen.«

Isma seufzte leise. »Sie sehen, ich bin doch gekommen!«

Ell dankte ihr durch einen Blick. »Es ist die einzige Stunde am Tag, Isma, in der einmal der Weltärger verschwindet und ich frei und glücklich bin.«

»Und Ihre Arbeit?«

»Selbst diese ist nicht frei von Enttäuschung. Beschränktheit und Engherzigkeit, wohin Sie sehen. Sie wissen, daß ich mich über Kampf und Streit nicht beklage, denn das ist die Form, wodurch wir weiterkommen. Aber diese Unfähigkeit, das Ziel zu sehen, dieser Eigensinn, daß die Dinge nicht auch anders gingen!«

»Was hat Sie denn heute geärgert, Ell? Schütten Sie nur das Herz aus.«

»Es ist ja nichts Neues. Sie wissen, daß ich mich vor Jahresfrist entschlossen habe, meine Theorie der Gravitation zu veröffentlichen. Grunthe redete mir zu, obwohl er sagte, es wird niemand begreifen.«

»Ich erinnere mich sehr gut. Es war –«

»Ja damals –«

»Und damals sagten Sie, das wäre Ihnen ganz gleichgültig.«

»Das ist auch wahr. Was meine Person angeht, meinen Ruhm oder wie Sie es nennen wollen, das ist mir auch ganz gleichgültig. Aber um der Sache willen tut es mir leid. Was die Menschheit dadurch verliert, das schmerzt mich, und ich sehe, daß ihr so nicht zu helfen ist. Erst wird das Buch totgeschwiegen, die Gelehrten wissen nicht, was Sie damit anfangen sollen, dann kommt einer und behauptet, das wäre eine phantastische Hypothese, durch nichts bewiesen. Dabei habe ich aufgrund meiner Theorie das sogenannte Drei-Körper-Problem gelöst und die Richtigkeit bis auf die Hundertstelsekunden an der Störung der Marsmonde nachgewiesen. Aber glauben Sie, daß ein einziger Astronom meine Methode der Rechnung verstanden hat?«

»Ko Bate«, sagte Isma lächelnd. »Das wollten Sie doch wohl sagen? Wahrscheinlich haben Sie sich nicht klar genug ausgedrückt.«

»Allerdings, ich hätte darüber ein besonderes Buch schreiben müssen – ich glaubte nicht, daß man so schwerfällig sein würde. Ich habe die Methode gar nicht selbst erfunden, sondern schon in meinem achtzehnten Jahr von meinem Vater erlernt –«

»Aber warum haben Sie das alles so lange geheimgehalten?«

»Sie sehen ja, daß es noch immer zu früh ist. Könnten die andern mit mir in der gleichen Richtung weiterarbeiten, man würde auch technisch zu Resultaten kommen, die eine ganz neue Welt eröffnen müßten. Ach, dann würden wir vielleicht einmal frei von dieser schweren Erde.«

»Immer wieder dieselbe Sehnsucht. Es ist ja doch hier ganz leidlich. Sie müssen Geduld haben. Und dies hat Sie heute verstimmt und aufgehalten?«

»Dies weniger. Heute waren es praktische Sachen, Ärger mit den Behörden. Das ist eine Schwerfälligkeit – vornehmlich drüben im Nachbarstaat –, ein Reglementieren – alles muß in eine Schablone gepreßt werden. Und das hat mich mißmutig gemacht, ganz besonders, weil es auch Sie angeht.«

»Mich? Ist etwas vorgefallen?« fragte Isma ängstlich.

»Nein, ich meine unsere Luftschifferstation. Man will sie verstaatlichen, neben die militärische unter das Kriegsministerium stellen, wahrscheinlich dann auch von hier fort verlegen. Jedenfalls verlangt man eine Staatsaufsicht – obwohl der Staat noch nicht einen Pfennig dazu gegeben hat.«

»Aber warum denn?«

»Ich glaube, man traut mir nicht. Im Falle eines Krieges will man wohl Sicherheiten haben. Sie wissen, die Abteilung ist eine internationale Gründung. Ich selbst habe meine besonderen Ansichten über Patriotismus.«

»Ich bitte Sie, Ell, Sie sind doch ein Deutscher. Im Kriegsfall müssen wir uns selbstverständlich zur Verfügung stellen – aber, wer wird denn an Krieg denken. Ach, machen Sie mir nicht noch mehr Sorge!«

»Ich bin ein Deutscher mit meinen Sympathien, staatsrechtlich bin ich es nicht, man kann mich also im Notfall ausweisen. Die Sache ist doch so – Deutschland oder Frankreich oder England, irgendeine Nation oder ein Staat ist ja kein Selbstzweck; Selbstzweck kann nur die Menschheit als Ganzes sein. Die einzelnen Völker und Staaten sind Mittel, im gegenseitigen Wettbewerb die Idee der Menschheit zu erfüllen. Wenn nun einmal der Staat, dem ich angehöre, durch seinen Erfolg nicht das zweckentsprechende Mittel wäre in Rücksicht auf die Idee der Menschheit, so wäre es unmoralisch, wenn ich als freie Persönlichkeit mich nur darum für ihn entschiede, weil ich ihm viel verdanke. Die ethische Forderung ist eine andere. Aber bei den Menschen wird immer nach dem unmittelbaren Gefühl entschieden, und das nennt man dann Patriotismus und hält für Pflicht, was doch bloß Neigung ist.«

Isma blieb stehen. »Aber dann«, sagte sie langsam, »mit welchem Recht gehen wir hier spazieren? Ist das auch Pflicht?«

»Gewiß, wenn sie auch mit der Neigung zusammenfällt. Sie werden sich selbst doch nicht danach beurteilen, was die Friedauer für richtig halten?«

»Nein«, sagte Isma, indem sie lächelnd zu ihm aufblickte, »kommen Sie ruhig mit durch die Stadt. Glauben Sie nicht, daß wir bald eine Nachricht erwarten können?«

»Die Depesche von Spitzbergen sagt uns, daß die Fahrt am 17. August angetreten ist. Es ist wohl möglich, daß in den nächsten Tagen eine Nachricht eintrifft.«

»Sie sind noch immer guten Muts?«

»Ich hoffe zuversichtlich. Glauben Sie mir, ich hätte Ihrem Mann nicht so aufrichtig zugeredet, wenn ich nicht überzeugt wäre, daß ihm die Expedition in besonderer Weise glücken wird.«

»Ell, Sie denken noch an irgend etwas Unerwartetes; ich bitte Sie, seien Sie offen, fürchten Sie eine bestimmte Gefahr?«

»Nichts, was zu fürchten ist, ich versichere Sie, Isma! Etwas Unerwartetes vielleicht, aber nichts zu fürchten!«

»O bitte, was denken Sie? Ich habe schon oft bemerkt, daß Sie mir noch etwas verschweigen.«

»Wahrhaftig, Isma, ich verschweige Ihnen nichts, was ich weiß, aber verlangen Sie nicht, daß ich Vermutungen Ausdruck gebe, die vielleicht völlig nichtig sind. Ich setze eine große Hoffnung auf die glückliche Wiederkehr der Expedition, und ich rechne mit Sicherheit darauf. So sicher, daß ich mir größte Mühe gebe, eine Stellung für Saltner ausfindig zu machen. Denn was soll er dann tun, wenn er zurückkehrt? Und sehen Sie, das hat mich auch heute gekränkt – glauben Sie, daß die Regierung den Mann anstellt, der eine so ruhmvolle Expedition mitmacht? Er ist ja ein Ausländer und hat seine Prüfungen nicht bei uns abgelegt!«

»Lassen Sie ihn nur erst zurück sein. Mich beunruhigt dieses Unerwartete, wie Sie es nennen.«

»Wirklich, es ist nur eine Art Ahnung, daß uns mit der Auffindung des Nordpols mehr gegeben werden wird als eine geographische Entdeckung.«

»Das müssen Sie mir noch erklären.«

»Vielleicht bald. Aber heute haben wir noch nicht einmal von Ihnen gesprochen. Was haben Sie getan, gelesen, erfahren?«

»Herzlich wenig. Die Polarkarte habe ich wieder einmal studiert.«

Im lebhaften Gespräch durchschritten sie die belebteren Teile der Anlagen. Hinter den Bäumen sank die Sonne, rot und golden leuchtete der Abendhimmel. Öfter begegneten sie jetzt Spaziergängern. Den meisten waren sie bekannt, man grüßte die beiden höflich, aber hinterher drehte man sich um und sah ihnen nach. Man warf sich Blicke zu oder zischelte eine Bemerkung.

»Sie haben gut spazierengehen«, näselte ein kleiner Herr mit breitem, schnüffligem Gesicht seinem Begleiter zu, »er hat den Mann nach dem Nordpol geschickt.«

»Das ist die Torm«, sagte ein junges Mädchen. »Jeden Tag geht sie mit dem Doktor Ell hier vorüber.«

Die Friedauer waren sehr stolz darauf, daß alle Zeitungen von ihrer Nordpolexpedition erfüllt und die Lebensbeschreibungen ihrer Mitbürger überall zu lesen waren. Darum waren sie glücklich, auch über sie reden zu können. Sie taten es nach Herzenslust in ihrer menschenfreundlichen und liebevollen Weise und um so mehr, je weniger sie von ihnen wußten.

Ell und Isma hatten die Anlagen verlassen und waren in eine der breiten mit Vorgärten vor den Häusern versehenen Alleen hineingeschritten. Sie standen vor der Tormschen Wohnung. Ell hatte schon Isma die Hand zum Abschied gereicht, und beide zögerten nur noch einen Augenblick, sich zu trennen. Da öffnete sich die Haustür und ein Telegraphenbote kam ihnen entgegen.

»Guten Abend, Frau Doktor«, sagte er. »Da treff ich Sie ja noch. Es war oben niemand zu Hause.«

Isma griff nach dem Telegramm. Sie riß es auf.

»Von ihm! Aus Hammerfest!« rief sie fieberhaft.

»Das ist die Brieftaubenstation«, sagte Ell.

Es dunkelte schon. Sie konnte die Buchstaben nicht mehr recht erkennen. Die Leute sahen ihr von den Fenstern aus zu.

»Kommen Sie mit hinauf, Ell«, sagte sie. »Die Sache ist nicht so kurz. Das ist eine Ausnahme, heute dürfen Sie kommen!«

Isma eilte voran. Als Ell in das Wohnzimmer trat, stand sie schon unter der elektrischen Lampe und las das Telegramm. Ihren Hut, der ihr das Licht nahm, hatte sie herabgerissen.

»Da«, sagte sie, Ell das Papier reichend. »Er lebt! Er ist gesund! Lesen Sie, lesen Sie vor. Ich werde nicht daraus klug.« Sie ließ sich in einen Sessel sinken und begann ihre Handschuhe abzustreiten.

Ell warf einen Blick auf das Telegramm. Seine Hände bebten sichtlich. Er setzte sich.

»Um Gottes willen, Ell, was ist – Sie zittern –«

»Nicht aus Sorge, nein, nein – es war nur ein Augenblick der Überraschung. Hören Sie, Isma.«

Er las:

»Hammerfest, 5. September, 3 Uhr 8 Minuten. Soeben Brieftaube mit dem Stempel ›Ballon Pol‹ zurückgekehrt, brachte folgende Nachricht:

Frau Isma Torm, Friedau, Deutschland.

19. August, 5 Uhr 34 Minuten M.E.Z., nachmittags. Alle gesund. Nach dreißigstündiger direkt nördlicher, günstiger Fahrt schweben wir über dem Pol. Gewirr von Inseln in meist eisfreiem, nicht sehr ausgedehntem Bassin. Kleine, kreisrunde Insel, etwa fünfhundert Meter Durchmesser, von unbekannten Bewohnern als Pol markiert, trägt unerklärliche Apparate. Ihre Oberfläche enthält im größten Maßstab stereographische Polarprojektion der Nordhalbkugel bis gegen den dreißigsten Breitengrad. Bewohner nicht sichtbar. Da Landung nicht ratsam, setzen wir Reise fort. Innigsten Gruß. Torm.«

Ell las die Depesche noch einmal sorgfältig durch, während Isma ihn erwartungsvoll ansah. Dann sprang er auf und machte einige Schritte durch das Zimmer. Auch Isma hatte sich erhoben.

»Wir setzen die Reise fort! Das heißt, wir kommen wieder – nicht wahr, Ell, das heißt es doch? Es ist gelungen? O Gott sei Dank!«

»Ja, es ist gelungen«, sagte Ell bedeutungsvoll.

Isma trat auf ihn zu und ergriff seine beiden Hände.

»Ich danke Ihnen, lieber Freund«, sagte sie, ihre tränenfeuchten Augen zu ihm aufschlagend, »ich danke Ihnen, es ist Ihr Werk!«

Er zog sie sanft an sich, sie lehnte weltvergessen ihren Kopf an seine Schulter.

»Isma!« sagte er. Seine Lippen berührten ihre Stirn.

Sie schüttelte leise den Kopf und trat zurück. »Setzen Sie sich«, sagte sie. »Und nun sprechen Sie, erklären Sie mir – das Rätselhafte, das Unerwartete –«

»Es ist da.«

»Aber was bedeutet es – ich verstehe nicht, ich bin ganz verwirrt. Ist es eine Gefahr?«

»Es bedeutet – Isma, Sie werden es nicht glauben wollen, was es bedeutet – für uns alle. Wie soll ich es Ihnen sagen?«

Er zog seinen Sessel an den ihrigen und ergriff ihre Hand.

»Was ist Ihnen?« fragte sie, ihn ängstlich anblickend.

»Es bedeutet, daß die Bewohner des Planeten Mars auf dem Nordpol der Erde gelandet sind. Es, bedeutet, daß sie mit ihren Apparaten und Maschinen festen Fuß auf der Erde gefaßt haben. Es bedeutet, daß die Erde, die Menschheit binnen kurzem unter ihrer Leitung stehen wird – daß ein goldenes Zeitalter des Glückes und des Friedens die Not der Menschheit ablösen soll – und daß wir es erleben!«

Seine Stimme hatte sich gehoben, er hatte mit Begeisterung gesprochen, seine Augen flammten tief, groß, dunkel und hafteten wie in weiter Ferne.

Isma wußte nicht, was sie denken sollte.

»Ell«, sagte sie schüchtern, »ich bitte Sie, Sie können in dieser Stunde nicht scherzen – wie soll ich das verstehen?«

»Es ist die Wahrheit.«

Es war mit einem Ausdruck gesprochen, daß ein Zweifel nicht möglich war.

Isma schwieg. Sie lehnte sich zurück und strich das lichtbraune Haar aus der schmalen Stirn. Dann faltete sie ihre Hände und sah ihn bittend an.

»Hören Sie, Isma, geliebte Freundin«, sprach Ell langsam, »hören Sie, was noch niemand weiß, noch niemand wissen durfte, und was ihnen manches erklären wird, das Ihnen an mir rätselhaft war. Es ist eine lange Geschichte.«

Er verfiel in Schweigen.

»Erzählen Sie«, bat sie innig. »Sie bleiben über Abend – ich kann heute nicht allein sein, und andere mag ich heute nicht sehen – ich muß alles wissen.«

Ell erzählte. Er sprach vom Mars, von seinen Bewohnern, von ihrer Kultur, ihrer Güte, ihrer Macht. Er erklärte, wie sie zur Erde zu gelangen hofften, um die Menschheit ihrer Kultur, der Numenheit, entgegenzuführen, wie er sein Leben lang auf die Nachricht gehofft habe, daß der Pol im Besitz der Martier sei, wie er hauptsächlich darum die Polarforschung und Ausrüstung der Expedition betrieben habe. Und nun habe er keinen Zweifel mehr.

Isma hatte ihm schweigend zugehört. Ihre Fassungskraft schien zu Ende.

Als er schwieg, sagte sie:

»Sie erzählen ein Märchen, ein schönes Märchen. Ich würde das alles für ein Märchen halten, wäre nicht die Depesche, und wären Sie nicht mein lieber, treuer Freund. So muß ich Ihnen glauben, obwohl ich nicht begreife, woher Sie das alles wissen und warum Sie niemals davon gesprochen haben. Wenn Sie es wußten, was am Pol zu erwarten war, so mußten Sie doch meinen Mann darauf vorbereiten.«

Ell lächelte jetzt. »Das hab ich auch«, sagte er, »soweit ich durfte. Ich wußte ja nicht, ob meine Vermutung eintreffen würde, also durfte ich auch nicht davon sprechen. Denn eben haben Sie selbst gesagt, daß Sie mir ohne die Depesche nicht geglaubt hätten. Man hätte mir nicht geglaubt, man hätte mich für einen Narren gehalten, und ich hätte meine ganze Tätigkeit diskreditiert. Aber ich habe für alle Fälle gesorgt. Erinnern Sie sich der drei Flaschen Champagner, die Sie durch Saltner in den Korb schmuggeln ließen? Sie gingen durch meine Hände. Unter denselben befindet sich ein von mir entworfener Sprachführer – deutsch und martisch –, der beim Zusammentreffen mit den Marsbewohnern am Pol, auf das ich hoffte, gefunden werden mußte.«

Isma reichte ihm lächelnd die Hand und sagte kopfschüttelnd: »Und nun sagen Sie mir das eine und Hauptsächlichste. Woher konnten Sie alles das wissen – wenn es wirklich wahr ist?«

»Sie sollen auch dies wissen. Mein Vater war ein Nume. Er war kein Engländer, wie es hieß, kein auf der Erde Geborener. Ich stamme väterlicherseits von den Bewohnern des Mars.«

Isma sah ihn sprachlos an. Sie konnte nicht zweifeln. Das Fremdartige seines Wesens, selbst seiner Erscheinung, das sie anfänglich abgestoßen, später so viel stärker gefesselt hatte, als sie sich selbst gestehen mochte – alles wurde ihr auf einmal erklärlich.

Das Mädchen erschien an der Tür.

»Kommen Sie«, sagte sie. »Wir wollen uns wenigstens zu Tisch setzen, es ist Zeit. Ich muß aber noch mehr hören, viel mehr.«

»Wie oft haben wir Sie geneckt«, sagte Isma bei Tisch, »wenn Sie hier bei uns saßen und von den Marsbewohnern phantasierten. Es ist mir nie der Gedanke gekommen, daß Sie Ihre Erzählungen ernst meinen könnten.«

»Ich habe mich auch gehütet, es so erscheinen zu lassen. Dann säße ich wohl im Irrenhaus. Und doch ist es so. Ich werde Ihnen die Aufzeichnungen meines Vaters zeigen, wenn Sie wieder einmal auf meinen Berg steigen. Und das meiste weiß ich aus seinem eigenen Mund. Sie sehen mich ungläubig an?«

»Seien Sie nicht böse – ich glaube Ihnen, aber es will mir noch nicht in den Kopf, das Unerhörteste, was je geschehen ist – und mir, mir soll es begegnen –«

»Zwischen uns soll sich nichts ändern, Isma! Aber ich hoffe, Ihnen jetzt erst ganz zeigen zu können, wie lieb ich Sie habe. Meine Pläne sind groß.«

»Lassen Sie mich nur erst das Vergangene verstehen. Ihr Vater –«

»Mein Vater hieß All. Er war Kapitän des Raumschiffes ›Ba‹, das heißt ›Erde‹, mit dem er bereits mehrere Fahrten nach dem Nordpol wie nach dem Südpol der Erde gemacht hatte, als er infolge eines Unglücksfalls mit sechs Gefährten auf dem Südpol zurückgelassen wurde. Als das Schiff in den nächsten Tagen nicht zurückkehrte, wußten sie, daß sie vor dem nächsten Frühjahr keine Hilfe zu erwarten hatten. Den Polarwinter am Südpol zu durchleben, war unmöglich. Unter unsäglichen Strapazen schleppten sie sich nach Norden bis an das Meeres- ufer. Mein Vater allein gelangte dort an, die übrigen waren den Anstrengungen erlegen. Es glückte ihm, von einem verspäteten Walfischjäger aufgenommen zu werden. Man hielt ihn für einen Schiffbrüchigen, der den Verstand verloren hatte. Er aber benutzte die Zeit der Überfahrt nach Australien, um die Sprache zu erlernen, ohne daß die Seeleute es wußten. Man brachte ihn in ein Hospital. Durch unerschütterliche Energie gewöhnte er sich an die Erdschwere und machte sich mit menschlichen Verhältnissen vertraut. Dann gewann er Freunde, die ihm die Mittel gaben, seine technischen Kenntnisse zu verwerten. Einige Erfindungen, die auf dem Mars längst bekannt waren, machten ungeheures Aufsehen. Es dauerte nicht lange, so war mein Vater ein reicher Mann. Er lernte meine Mutter kennen, die als deutsche Erzieherin in einem englischen Haus lebte. So wurde ich in deutscher Bildung aufgezogen. Außer meiner Mutter und mir erfuhr niemand das Geheimnis der Herkunft meines Vaters. Aber in mir pflegte er den Stolz, als Sohn eines Martiers teilzuhaben an der Numenheit. Immer habe ich den roten Planeten als meine eigentliche Heimat betrachtet, und einmal auf ihn zu gelangen, war mein Jugendtraum. Aber mein Vater starb, ehe ich das zweiundzwanzigste Jahr erreichte, ohne daß den Menschen eine Nachricht vom Mars gekommen war. Und das Vermächtnis meines Vaters – meine Mutter war noch vor ihm dahingegangen – stellte mir eine größere Aufgabe: die Erde den Martiern zu erschließen, die Menschheit teilnehmen zu lassen am Segen der martischen Heimat.

Ich ging nach Deutschland, ich studierte und lernte den ganzen Jammer dieses wilden Geschlechtes kennen an der Stelle, wo die höchste Zivilisation des Planeten sich zeigen soll. Auch ein großes, herrliches Glück trat mir entgegen, aber es sollte mir nicht beschieden sein. Ich lernte Isma Hilgen kennen –«

»Sie wissen –«

»Ja, ja, Isma, Sie haben recht gehabt damals. Sie wären unglücklich geworden, wie ich es war. Ich ging nach Australien zurück. Aber meine Pläne, die Martier am Nordpol aufsuchen zu lassen, konnte ich nur von Europa aus verfolgen. Ich kaufte mich hier an – das andere wissen Sie.«

Sie reichte ihm die Hand über den Tisch hinüber.

»Ich nehme Sie bei Ihrem Wort«, sagte sie herzlich, »zwischen uns soll sich nichts ändern. Nein, ich fange an, vieles zu verstehen, was mich manchmal von Ihnen zurückschreckte. Wie konnte ich mir anmaßen, Ihnen das sein zu können, was Sie bei den Menschen suchten?«

»Ich habe Sie niemals mehr geliebt, als wenn Sie mich für wandelbar hielten.«

»Lassen Sie – wir dürfen jetzt nicht von uns sprechen. Was werden Sie zunächst tun?«

»Das Telegramm muß natürlich veröffentlicht werden. Ich nehme es gleich mit. Aber die Aufklärung, welche ich Ihnen gegeben habe, bleibt vorläufig unter uns. Die Presse wird sogleich ihre Zweifel, Vermutungen und weisen Bemerkungen laut werden lassen. Dann gebe ich den Hinweis auf die Martier als eine Hypothese, ganz vorsichtig, nur um vorzubereiten.«

»Aber sind Sie denn auch Ihrer Sache ganz sicher? Ich meine, daß es wirklich Ihre Landsleute sind, die sich am Pol befinden?«

»Ich habe keinen Zweifel. Ich kann Ihnen noch etwas sagen, was ich selbst erst seit einigen Tagen weiß. Es wird sicherlich ebenfalls öffentlich zur Sprache kommen, sobald die Nachricht von der Expedition bekannt wird. Sie müssen wissen – mein Vater hat es mir erklärt –, daß die Martier nur am Nordpol oder am Südpol auf der Erde landen können. Ihre Raumschiffe suchen, sobald sie der Grenze der Atmosphäre sich nähern, genau in der Richtung der Erdachse heranzukommen. Es ist aber für sie gefährlich, in die Atmosphäre einzudringen. Deswegen ging man auf Anregung meines Vaters mit dem Plan um, in der Verlängerung der Erdachse außerhalb der Atmosphäre eine Station zu errichten, auf welcher die Schiffe bleiben und von der aus man dann auf andere Weise nach unten gelangt – ich erkläre Ihnen das ein andermal genauer, auch weiß ich ja nicht, ob die Pläne so ausgeführt worden sind, wie sie damals, vor mehr als vierzig Erdenjahren, bestanden. Sicherlich aber haben die Martier in irgendeiner Weise ihre Absicht durchgesetzt und eine Außenstation gegründet. Danach habe ich mit meinem Instrument gesucht, aber nur einmal einen Lichtpunkt bemerkt, den ich für die Station halten konnte, da er sich nicht mit den übrigen Sternen um die Weltachse drehte. Ich habe ihn seitdem nicht wieder finden können, obgleich ich die Stelle genau gemessen hatte; aber das wundert mich auch nicht, denn die Martier werden schon dafür sorgen, daß die Station möglichst wenig Licht ausstrahlt, und es sind gewiß nur vereinzelte Stunden, in denen die Station einmal auf so große Entfernung – ich berechne sie auf gegen 9.000 Kilometer – sichtbar wird. Nun wurde vor einigen Tagen von der Zentralstation für Kometen in Kiel ein Telegramm versendet, daß in Helsingfors ein Stern entdeckt wurde, der kein Stern sein kann, weil er am Umlauf des Himmels nicht teilnimmt und doch nicht im Pol steht, dagegen genau im Meridian in 36 Grad Höhe. Daraus läßt sich leicht berechnen, daß sich auf der Erdachse, genau in der Entfernung des Erdradius über dem Pol, ein leuchtender

Körper befinden muß. Allerdings konnte dieser wegen leichten Nebels, vielleicht auch, weil er schwächer leuchtend wurde, bisher nicht wiedergefunden werden, aber die Angabe stimmt genau mit meiner früheren Beobachtung. Ein Körper, der an dieser Stelle über dem Nordpol stillsteht, kann gar nichts anderes sein als die geplante Station der Marsbewohner; eine andere Erklärung ist undenkbar. Diese Entdeckung wird meine Hypothese bestätigen, sobald sie bekannt werden wird. Man hat sie nur von Helsingfors aus mit so großer Vorsicht weitergegeben, weil man keine Erklärung dafür weiß und daher an eine Täuschung denken mußte. Wir werden also vorbereitet sein, wenn die Expedition zurückkommt –«

»Wann, wann glauben Sie, daß dies möglich ist?«

»Jeden Tag, jede Stunde kann die Nachricht eintreffen, daß sie bewohnte Gegenden erreicht haben, ja –«

Ell unterbrach sich und sann nach.

»Sie wollten noch etwas sagen, Ell! Sie wollten sagen, es müßte schon Nachricht da sein, wenn alles gut gegangen? Nicht wahr?«

»Allerdings, es könnte schon Nachricht da sein, aber es ist auch durchaus kein Grund zur Beunruhigung, daß sie noch nicht da ist. Bedenken Sie – wir haben heute den fünften – also siebzehn Tage, nachdem die Expedition den Pol verlassen hat – sie können in Gegenden gelandet sein, von denen aus ein Bote Wochen braucht, um die nächste Telegraphenstation zu erreichen.«

Isma preßte die Hände an ihre Stirn.

»Es ist so seltsam«, sagte sie nachdenklich, »wie sehnte ich mich nach einer Nachricht, alle Gedanken gingen um die Expedition – und nun, nachdem Sie mir dies gesagt haben, dies Ungeheuerliche, das uns bevorsteht – wie schrumpft das alles zusammen, was Menschen tun. Ach, Ell, es ist eigentlich Unrecht –«

»Durfte ich länger schweigen?«

»Nein, mein Freund, ich danke Ihnen ja doch – aber – Sie müssen mir noch mehr sagen, vom Mars –. Sie müssen mich lehren –«

»Was Sie wollen, Isma.«

»Doch nicht heute – es ist schon spät.«

»Wirklich, in der zehnten Stunde. Ich muß Sie verlassen. Aber auf Wiedersehen! Morgen wie gewöhnlich?«

»Wie gewöhnlich – wenn nicht – – Nein doch, wir haben zu viel zu sprechen – kommen Sie hierher –«

»Ich gehe jetzt auf die Redaktion und zur Post, das Telegramm steht morgen in allen Zeitungen, Sie werden den ganzen Tag über von Besuchen belagert sein.«

»Dann flüchte ich lieber –. Ich komme hinaus zu Ihnen, bald nach Tisch. Ich will martisch lernen«, setzte sie mit einem halb komischen Seufzer hinzu. »Ach, Ell, was werden die nächsten Zeiten bringen?«

»Großes für die Menschen!« war seine ernste Antwort.

Ell ging.

22 - SCHNELLE FAHRT

Auf die Veröffentlichung der Depesche Torms folgten heiße Tage für Isma. Glückwünsche, Anfragen und Besuche, teilnahmsvolle und neugierige, drängten sich. Einige Zeitungen schickten ihre Reporter, um ihren Lesern möglichst genau die Ansicht von Frau Torm über die Zustände auf dem Nordpol auseinanderzusetzen. Soweit Isma die Besuche nicht ablehnen konnte, beschränkte sie sich darauf zu sagen, sie teile die Vermutungen, welche Friedrich Ell sogleich am Tag nach dem Erscheinen des Telegramms in der Vossischen Zeitung ausgesprochen habe.

Über die Möglichkeit einer Besiedelung des Pols durch die Marsbewohner erhob sich ein heftiger Streit in den Tagesblättern. Ein großer Teil des Publikums fand die Aussicht höchst interessant, welche sich für einen Verkehr mit den Martiern eröffnete. Andere hätten am liebsten die ganze Depesche für Schwindel erklärt; da dies aber nicht anging, behaupteten sie, Torm müsse sich jedenfalls getäuscht haben. Es wäre ja möglich, daß es Bewohner des Mars gebe, sie könnten aber nicht auf die Erde gelangen. Und selbst wenn sie das könnten, so wäre nicht einzusehen, warum sie nicht nach Berlin oder Paris kämen, sondern sich das Vergnügen machten, eine Riesenerdkarte am Nordpol zu konstruieren. Ein berühmter Physiker erklärte es als absolut unmöglich, daß menschenähnliche Wesen jemals von einem Planeten nach dem andern durch den Weltraum hindurchdringen könnten. Darauf stellte ein Geologe eine höchst geistreiche Hypothese auf, derzufolge sich notwendigerweise am Pol ein Vulkan bilden müsse, aus welchem von Zeit zu Zeit ein Teil des Erdinnern herausquelle. Die Lavaablagerungen seien infolge einer zufälligen Ähnlichkeit von Torm für eine Karte gehalten worden. Endlich erklärte sich der Redakteur der ›Geographischen Mitteilungen‹ dahin, daß es keinen Zweck habe, Vermutungen aufzustellen, weil man überhaupt erst weitere Nachrichten abwarten müsse. Der Mann hatte recht, fand aber am wenigsten Beifall.

Die Friedauer fühlten sich mehr wie je befriedigt. Die Beachtung, welche ihre Stadt in der ganzen Welt fand, gab eine erhabene Veranlassung, um Glossen über Frau Torm daran zu knüpfen, wenn sie ihr in der Nähe der Ellschen Besitzung begegneten oder Ell an ihrer Seite durch die Gänge des Parkes wandelte; das taten sie zwar schon seit Jahren, aber jetzt war es doppelt schön, noch dieses Privatwissen über das allgemeine hinaus zu haben. Isma selbst kümmerte sich darum nicht. Mehr wie je war ihr das Urteil der Menschen gleichgültig geworden, während ihr der tägliche Verkehr mit Ell allein einigermaßen Beruhigung gewähren konnte. Ell hatte sie schon geliebt und um sie geworben, als sie noch als Isma Hilgen bei ihrer früh verwitweten Mutter in Berlin lebte. Damals hatte sie seine Bewerbung zurückgewiesen. Die Neigung des seltsamen Mannes konnte sie zwar nicht unberührt lassen, aber von der Fremdartigkeit seines Wesens war sie immer wieder abgestoßen worden. Als sie mit Torm sich verlobte, war Ell in die Fremde gegangen. Nach seiner Rückkehr hatte er sich ihr in uneigennützigster Freundschaft genähert. Sie wußte, daß er sie liebte, und sie ahnte die

Kämpfe, die er im stillen mit seiner Leidenschaft führte. Aber sie hing an ihrem Mann mit inniger Zuneigung, und sie hatte Ell bald im Anfang gesagt, daß daran eine Änderung niemals eintreten würde. Damals gab er ihr das Versprechen, daß sie niemals durch ihn eine Störung ihres Glückes, ja nur eine trübe Stunde erfahren solle. Und dies Versprechen hatte er die Jahre hindurch gehalten. Wohl hatte manche andere sein Interesse gewonnen, und obwohl Isma sein gutes Recht dazu anerkannte, hatte sie sich dann doch eines schmerzlichen Gefühls nicht erwehren können. Aber sie wollte sich über ihr Gefühl keine Rechenschaft geben. Sie wußte, daß er ihrer Nähe, ihrer Freundschaft und ihres Glückes bedurfte, und jene seltsame Abstraktionsgabe, das Erbteil der Martier, in seiner Vorstellung sein Gefühl zu trennen von den harten Pflichten der Wirklichkeit, ermöglichten es Ell, als ein treuer und aufopfernder Freund ihr zu dienen. So herrschte zwischen beiden ein unbedingtes Vertrauen, das Isma die volle Sicherheit gab, auch sein Freundschaftsverhältnis mit Torm könne unter ihrem Verkehr nicht leiden. Zum Glück waren alle in der Lage, über das Gerede derer, die sie nicht kannten, die Achseln zucken zu können.

Es war am achten September, am dritten Tag nach der Ankunft des Tormschen Telegramms. Gegen Abend hatte Ell seinen gewohnten Spaziergang mit Isma gemacht, die über das Ausbleiben jeder weiteren Nachricht lebhaft beunruhigt war. Auch Ell war es schwer geworden, ihr Mut zuzusprechen. Denn er sagte sich, daß man allerdings eine Nachricht hätte erwarten dürfen. Die Expedition hatte eine Anzahl Brieftauben mit, und man mußte annehmen, daß sie alsbald über die weitere Richtung ihrer Reise eine Depesche absenden würde. Doch die geflügelten Boten konnten auf dem weiten Wege leicht verunglücken. Es ließ sich zunächst gar nichts tun als geduldig warten.

Eine milde Spätsommernacht lag über der Stadt, alles in tiefe Dunkelheit begrabend. Der Mond war noch nicht aufgegangen, ein leichter Wolkenschleier verhüllte das Sternenlicht. Regungslos streckten die hohen Bäume ihre dichtbelaubten Zweige aus und deckten mit undurchdringlicher Finsternis die Rasenplätze, die sich zwischen ihnen auf dem Hügel hinbreiteten, wo Ell seine Warte erbaut hatte. Es war schon spät, und nur aus der hohen geöffneten Tür, die von Ells Arbeitszimmer nach der weinumlaubten Veranda führte, schimmerte noch Licht. Von dort ging eine Freitreppe in den Garten. Ell war an seinem Schreibtisch mit einer Arbeit beschäftigt, die er schon seit Jahren betrieb, einer Darstellung der Verhältnisse der Marsbewohner und einer Anleitung, ihre Sprache zu erlernen. Er wollte diese Bücher in dem Augenblick veröffentlichen, in welchem die ersten Martier mit den Menschen zusammenträfen.

In seine Arbeit vertieft, vernahm er nicht, daß langsame Schritte über den Kiesweg des Gartens sich nahten, daß jemand die Treppe der Veranda erstieg. Erst als der Tritt auf der Veranda selbst erklang, drehte er sich um. In der Tür stand die Gestalt eines Mannes.

»Wie kommen Sie in den verschlossenen Garten?« fuhr Ell auf, indem er nach der Waffe auf seinem Schreibtisch griff.

Seine vom Licht des Arbeitstisches geblendeten Augen konnten nicht sogleich erkennen, wen er vor sich habe.

»Ich bin es!« sagte eine ihm wohlbekannte Stimme.

Ell zuckte zusammen und sprang empor. Er faßte mit den Händen nach seinem Kopf.

»Eine Halluzination«, war sein Gedanke.

Die Gestalt trat näher. Ell wich zurück.

»Ich bin es wirklich, Herr Doktor, es ist Karl Grunthe.«

»Grunthe!« rief Ell. »Ist es möglich? Wo kommen Sie her?«

»Direkt vom Nordpol, den ich heute gegen Mittag verließ.«

Ell hatte ihm die Hände entgegengestreckt. Bei diesen Worten trat er wieder zurück.

»Ich will Ihnen etwas sagen, Grunthe«, begann er. »Ich bin bei der Arbeit eingeschlafen, ich träume – Sie können es ja nicht sein. Das sehen Sie doch ein. Das Tor ist ja auch verschlossen, Sie können nicht über die Mauer klettern.«

Grunthe trat jetzt auf ihn zu. Er schüttelte ihm die Hände. »Glauben Sie's!« sagte er. »Sie träumen nicht, Sie wachen. Es ist, wie ich sage. Erlauben Sie mir ein Glas Wasser, richtiges, frisches Quellwasser, das habe ich vermißt. Hier, trinken Sie auch. Kommen Sie, setzen Sie sich. Ich will Ihnen alles erklären. Aber so schnell geht das nicht.«

Ell faßte Grunthe an den Schultern und schüttelte ihn. Er lachte. Dann setzte er sich und starrte Grunthe noch einmal an.

Grunthe zog seine Uhr und verglich sie mit dem Chronometer in Ells Zimmer.

»Keine Abweichung«, sagte er.

»Sie sind es doch, Grunthe!« rief Ell. »Jetzt glaube ich es. Verzeihen Sie, aber nun bin ich wieder klar. Um Gottes willen, sprechen Sie, schnell! Wo ist Torm?«

»Torm ist nicht zurückgekehrt«, sagte Grunthe langsam, indem sich die Falte zwischen seinen Augen vertiefte.

Ell sprang wieder auf.

»Er ist verunglückt?«

»Ja.«

»Tot?«

»Wahrscheinlich. Der Ballon wurde in die Höhe gerissen. Wir verloren das Bewußtsein. Als wir wieder zu uns kamen, war Torm verschwunden. Er ist bis jetzt nicht wiedergefunden worden.«

»Bis jetzt? Das heißt, Sie haben noch eine Hoffnung?«

»Auch der Fallschirm fehlte, es ist möglich, daß er sich damit gerettet hat – aber sehr unwahrscheinlich. Wohin sollte er gekommen sein?«

Ell trat an die Tür und starrte in die Nacht, wortlos – dann drehte er sich plötzlich um.

»Und Sie, Grunthe?« rief er. »Und Saltner?«

»Wir wurden von den Bewohnern der Polinsel gerettet. Mich brachten sie hierher in einem Luftschiff. Saltner ist noch am Pol, er reist morgen auf den Mars. Da sind seine Briefe, da sein Tagebuch.« Er legte zwei Päckchen auf den Tisch.

»So sind sie da?« fragte Ell fast jubelnd.

»Sie sind da. Wir haben Ihren Sprachführer gefunden. Und wenn Sie sich gefaßt haben, so kommen Sie mit mir. Ich bin nicht allein, meine Begleiter sind hier.«

»Wo? Wo?«

»Auf dem mittleren Rasenplatz neben dem Sommerhäuschen liegt das Luftschiff. Man erwartet Sie!«

Ell wollte hinausstürzen. Die Füße versagten ihm. Er setzte sich wieder.

»Ich kann noch nicht. Bitte, erzählen Sie mir erst noch etwas. Dort steht Wein, geben Sie mir ein Glas!«

Grunthe holte den Wein. Dann schilderte er kurz ihr Schicksal am Pol, die Aufnahme bei den Martiern, die Station des Ringes. Allmählich wurde Ell ruhiger.

Er holte eine Laterne.

»Gehen wir!« sagte er.

Grunthe nahm die Laterne. Sie durchschnitten die dunkeln Gänge des Gartens. An dem bezeichneten Rasenplatz angekommen, blieb Grunthe stehen und erhob die Laterne. Ein dunkler Körper zeigte sich undeutlich in der Mitte des Platzes. Grunthe gab die Losung: »Bate. Grunthe it Ell.«

Darauf setzte er in der Sprache der Martier hinzu: »Wir sind vollständig ungestört und sicher. Sie können Licht machen.«

Seit dem Tod seines Vaters hatte Ell kein martisches Wort mehr vernommen. Die Laute berührten ihn überwältigend. Jetzt sollte er den Numen, den Stammesgenossen des Vaters entgegentreten.

Ein mattes Licht durchglänzte den Bau des Luftschiffs und ließ eine Falltreppe erkennen, welche auf das Verdeck führte. Ell folgte dem vorankletternden Grunthe. Oben erwartete sie der wachhabende Steuermann und geleitete sie in das Innere des Schiffes hinab. »Warnen Sie den Herrn«, sagte er zu Grunthe, »wir haben Marsschwere.«

»Ich danke«, versetzte Ell, »ich passe auf.«

Der Steuermann sah den martisch redenden Menschen verwundert an, ging aber schweigend voran. Sie durchschnitten einen schmalen Gang, zu dessen beiden Seiten die Mannschaften in Hängematten nach ihrer anstrengenden Fahrt ausruhten, und befanden sich vor der Tür der Kajüte. Sie öffnete sich. Der Steuermann trat zurück; Grunthe und Ell standen in dem hellerleuchteten Raum.

Ell schrak zusammen und drohte das Gleichgewicht zu verlieren, da er seine Bewegungen der geringen Schwere noch nicht anzupassen vermochte. Von Grunthe gestützt, starrte er sprachlos mit weitgeöffneten Augen auf die hohe Gestalt, die ihm gegenüberstand.

»Vater«, wollte es sich auf seine Lippen drängen – –

»Mein Freund, Dr. Friedrich Ell«, sagte Grunthe vorstellend. »Der Herr Repräsentant der Marsstaaten, Ill.«

»Ill re Ktohr, am gel Schick – Ill, Familie Ktohr aus dem Geschlechte Schick«, sagte Ill mit Betonung, indem er Ell scharf beobachtete. Auch ihm klopfte das Herz, er sah seine Vermutung bestätigt. »Ich bin«, setzte er hinzu, »der jüngste Bruder des Kapitän All, der im Jahre –«

»Mein Vater!« rief Ell. »Er war mein Vater! Und so sah er aus, nur gebeugter vom Druck –«

Ill schloß seinen Neffen in die Arme und ließ ihn dann sanft auf den Diwan gleiten.

»Ich dachte es mir«, sagte er, »als die erste Nachricht zu uns kam, daß ein Ell auf der Erde unsre Sprache kenne. Darum erbot ich mich freiwillig hierherzugehen, als einer von uns den Auftrag übernehmen sollte. Laß dich noch einmal ansehen! Welch ein Glück, dich zu finden! Und nicht bloß für uns. Nun habe ich die Hoffnung, daß sich die Planeten verstehen werden.«

Stunden vergingen, und noch immer saßen der Oheim und sein Neffe in der Kajüte des Raumschiffes in eifrige Besprechungen vertieft. Grunthe hatte sich sogleich nach der Erkennungsszene zurückgezogen. Er war nach Torms Arbeitszimmer gegangen. Das Bedürfnis nach Schlaf fühlte er nicht, denn fast während der ganzen Fahrt hatte er in Schlummer gelegen. Erst in der Abenddämmerung hatte man ihn geweckt. Er sah unter sich das Häusermeer von Berlin, welches das Luftschiff in weitem Bogen umkreiste. Man ließ sich jetzt Erklärungen von ihm über die Bedeutung der hervorragenden Gebäude geben und dann den Weg nach Friedau zeigen, das man von Berlin aus mit dem Luftschiff in 25 Minuten erreichen konnte. Man hatte jedoch im Dunkeln zu der Fahrt absichtlich eine Stunde gebraucht. Längere Zeit nahm dann die Landung in Anspruch, weil diese ganz langsam und geräuschlos vor sich gehen sollte. Die Martier wollten dabei nicht bemerkt werden, um nicht während ihrer Anwesenheit im Land irgendwie die Aufmerksamkeit auf sich zu ziehen.

Sie wußten ja nicht, ob man sie nicht bei der Abfahrt stören könnte, und wollten auf alle Fälle jeden Konflikt vermeiden. Ob sie dagegen bei ihrer freien Fahrt in der Luft zufällig einmal gesehen wurden, darauf kam es ihnen jetzt nicht mehr an. Nachdem sie Grunthe zurückgebracht, mußte es ja doch bekannt werden, daß sie da waren und mit ihren Luftschiffen über die Erde fuhren. Nur ihre volle Freiheit wollten sie nicht aufs Spiel setzen.

Grunthe hatte sich in Torms Zimmer die Zeitungen der letzten Wochen zusammengesucht. Es war ihm ein Bedürfnis, sich über die Vorgänge bei den Menschen während der Zeit seiner Abwesenheit zu unterrichten. Aber wie engherzig und beschränkt kam ihm jetzt alles vor! Und dennoch, er war entschlossen, das Mögliche zu tun, um den Einfluß der Martier abzuwehren.

Die ersten Spuren der Dämmerung zeigten sich im Osten, als Ell mit fieberhaft leuchtenden Augen wieder eintrat.

»Sind sie schon fort?« fragte Grunthe, sich erhebend.

»Noch nicht.«

»Aber es wird bald hell.«

»Ill bleibt noch bis zur Nacht. Ich soll ihn begleiten, er will über die Hauptstädte Europas einen Überblick gewinnen. Aber ich kann heute früh noch nicht fort. In der Sache ist es eigentlich nicht recht zu zögern, aber ich kann nicht.«

»Sie dürfen freilich jetzt nicht fort. Wir müssen die Resultate der Expedition bekanntmachen. Sie sind dabei unentbehrlich.«

»Wir haben uns schon geeinigt. Ich will nur eben Anordnung treffen, daß heute niemand im Garten zugelassen wird. Auf den alten Schmidt können wir vertrauen, er wird die Tür geschlossen halten und wie ein Cerberus wachen. Mein Oheim ist mit dem Ruhetag einverstanden, den die Mannschaft wie er selbst nötig hat. Jetzt will er mir nur einmal die Leistungsfähigkeit des Luftschiffs bei größter Geschwindigkeit zeigen. Die Luft ist ganz still. Wir wollen uns Wien betrachten. In einer Stunde, noch vor Sonnenaufgang, sind wir zurück. Wir fahren jetzt nach Osten, über Wien wird es schon hell genug sein. Kommen Sie mit, wir können die Zeit zum Erzählen benutzen. Nachher frühstücken wir zusammen.«

Er sprach in großer Aufregung und suchte dabei nach seinem Mantel.

»Sie brauchen weiter nichts mitzunehmen«, sagte Grunthe. »Pelze sind im Schiff. Instruieren Sie nur Schmidt, daß er niemand einläßt. Ich aber will lieber hierbleiben.«

Ell weckte den Kastellan. Es dürfe niemand in den Garten. Auch die Sternwarte bleibe heute geschlossen. In besonderen Fällen oder wenn Bekannte kämen, solle man ihn selbst rufen. Er verlasse sich auf sein unbedingtes Schweigen über alles, was er etwa Außergewöhnliches sehe.

Der alte Mann, der schon seinem Vater gedient hatte und mit Ell nach Deutschland gekommen war, versprach sein Bestes. Seine Frau, welche auch die häusliche Bedienung für Ell führte, kam niemals über ihr eigenes kleines Gemüsegärtchen, das außerhalb der Gartenmauer lag, hinaus. Von ihr war keine Störung zu befürchten.

Ell begab sich nach dem Rasenplatz. Das Luftschiff war zur Abfahrt bereit. Die Lichter wurden gelöscht. Geräuschlos hob es sich senkrecht in die Höhe. Die Stadt lag im Schlummer, niemand bemerkte den dunkeln Körper, der in wenigen Augenblicken in der Dämmerung entschwunden war.

Ell saß stumm in seinen Pelz gehüllt und blickte durch die Robscheiben dem schnell emporsteigenden Frührot entgegen.

»Ein neuer Tag«, sagte er leise, »wirklich ein Tag! Ich fliege! O heiliger Nu!«

Aber sie, Isma, was würde sie sagen? Er vergaß seine Umgebung. Das Herz krampfte sich ihm schmerzhaft zusammen. Wie sollte er ihr das Schreckliche mitteilen? Da ihm alles geglückt, da seine höchste Sehnsucht erfüllt, seine Heimat wiedergefunden war, da sollte ihr das Lebensglück entrissen werden? Er suchte sich in ihre Seele zu versetzen und vermochte es nicht. Er trauerte um den Freund, und inniges Mitgefühl mit der Freundin drängte die Tränen in sein Auge. Er sah sie die schmalen Hände ringen, er sah, wie ihre großen dunkelblauen Augen starr wurden. Er hätte sein Leben dafür gegeben, diesen Schmerz ihr abzunehmen, ihr den Verlorenen zu retten und wiederzubringen. Es war aussichtslos. Was vermochte er für sie zu tun? Und in allem Schmerz konnte er es nicht hindern, daß es wie eine leise Hoffnung ihn durchzog, ob es ihm nicht möglich sei, ihr das entschwundene Glück zu ersetzen. Er drängte den Gedanken zurück. Er dachte an seine nahen, großen Aufgaben. Aber die nächste war ja doch – sie zu benachrichtigen.

Eine Frage Ills riß ihn aus seinen Grübeleien.

Zur Rechten erglänzte die Kette der Alpen im Licht der aufgehenden Sonne. Das Luftschiff breitete seine Schwingen aus und umkreiste, sich tiefer senkend, in weitem Bogen die Kaiserstadt an der Donau. Drei-, viermal strich es bis dicht über den Spitzen der Türme hin, dann erhob es sich wieder und floh vor den Strahlen der Morgensonne nach Nordwesten. Es erreichte Friedau, noch bevor der erste Sonnenstrahl die Kuppel der Sternwarte, des höchsten Punktes der Umgebung, vergoldete, und ließ sich langsam auf den Rasenplatz nieder.

Einige Arbeiter, die aufs Feld gingen, liefen herzu, aber da sie das Schiff hinter den Bäumen des Gartens verschwinden sahen, setzten sie ihren Weg wieder fort. Sie waren gewohnt, die Übungsballons der Luftschiffer bei Friedau aufsteigen zu sehen, und wunderten sich daher nicht weiter, daß einmal ein so sonderbarer Ballon hier niederging.

23 - ISMAS ENTSCHLUß

Um dieselbe Zeit wurde Frau Isma Torm durch heftiges Läuten aus dem Schlummer geweckt.

Man brachte ihr ein Telegramm. Mit klopfendem Herzen las sie:

»Hammerfest, den 9. September. Brieftaube ›Ballon Pol‹ brachte folgende Nachricht:

Frau Isma Torm. Friedau. Deutschland, 21. August, 2 U. 30 Min. nachm. M.E.Z.Ballon durch unbekannte Kraft in die Höhe gerissen. Ich verlor das Bewußtsein. Erwachte, als der Ballon auf dichte Wolkendecke schnell abstürzte. Korb gekentert. Ballon nur durch stärkste Erleichterung zu retten. Grunthe und Saltner bewußtlos, nicht transportierbar. Ich verließ den Ballon mit dem Fallschirm, konnte Brieftauben mitnehmen. Ich fiel langsam durch Wolken, trieb vom Pol in unbekannter Richtung ab, konnte mich auf Festland retten. Entdeckte Spuren von wandernden Eskimos und fand ihr Lager. Ziehe mit ihnen nach Süden, habe noch zwei Tauben. Hoffe auf glückliche Heimkehr. Sei unbesorgt. Ich bin unverletzt und bei Kräften. Torm.«

Sie klammerte sich an die letzten Worte. »Hoffe auf glückliche Heimkehr. Sei unbesorgt. Ich bin unverletzt und bei Kräften.« Aber wo? Wo? Jenseits unzugänglicher Meere und Eiswüsten, kurz vor Beginn der ewigen Nacht, angewiesen auf das Mitleid einiger armseliger Eskimos! Der Ballon gescheitert – die gehofften, stolzen Resultate verloren! Wie konnte er heimkehren – und wann?

Und sie – sie hatte ihn ermutigt, ihm zugeredet, als er darum sorgte, sie allein zurückzulassen. War sie nicht mitschuldig an seinem Unglück? Hatte sie nicht zu sehr dem Freund vertraut, der des Gelingens so sicher schien? Eine furchtbare Angst erfaßte sie. Hätte sie ihn nicht beschwören müssen, das gefährliche Unternehmen um ihretwillen zu unterlassen? Sie hatte sich eingebildet, der großen Sache, der Wissenschaft mutig das Opfer ihres häuslichen Glückes zu bringen, aber nun kam es über sie wie eine schreckliche Anklage – hätte sie den Mut auch gehabt, wenn nicht Ell sie gebeten hätte? Wenn sie nicht dem Freund zuliebe, dem sie das eine Lebensglück versagt, nun zur Erreichung seines innigsten Wunsches ein Opfer hätte bringen wollen? Und wenn das Opfer angenommen war? Sie schauderte zusammen. Nein, nein, sie wollte nicht mutlos sein. Das durfte sie sich ja sagen, sie hatte sich nie verhehlt, daß sie jeden Augenblick auf das Schlimmste gefaßt sein mußte. Aber was sie dann tun würde? Das hatte sie niemals sich zur vollen Klarheit gebracht. Jetzt mußte es sein. Sie wollte handeln. Wenn Hilfe möglich war – es gab von den Menschen nur einen, der hier helfen konnte. O, er würde ihr helfen! Sie glaubte an ihn.

Eine Stunde später zog sie die Klingel an dem großen eisernen Gitter, das den Vorgarten des Wohngebäudes neben der Sternwarte von der Straße abschloß.

»Ist der Herr Doktor schon zu sprechen?« fragte sie den öffnenden Kastellan.

Der Alte nahm sein Käppchen ab und kratzte sich verlegen hinter dem Ohr.

»Ei, ei, die Frau Doktor sind es? Hm! Hm! Na, ich will gleich einmal fragen. Kommen Sie nur inzwischen herein. Es ist freilich – Hm! –«

»Sagen Sie, ich müßte den Herrn Doktor sofort sprechen, es sind wichtige Nachrichten angekommen.«

Der Alte schlurfte ins Haus.

Ell beriet mit Grunthe die Form, welche den ersten Mitteilungen zu geben sei, als ihm Frau Torm gemeldet wurde.

Er sprang auf und warf die Feder weg.

»Führen Sie die gnädige Frau sogleich in die Bibliothek.«

»Es sind wichtige Nachrichten da, sagte die Frau Doktor.« Mit diesen Worten ging der Kastellan ab.

»Sie hat Nachrichten!« rief Ell erbleichend. »Und sie kommt selbst, um diese Zeit! Woher kann sie es wissen?«

Er stürzte hinaus. Vor der Tür des Bibliothekzimmers hielt er an. Er mußte sich erst sammeln. Dann trat er ein, ruhig, gefaßt. Aber das Herz schlug ihm. Sein Gesicht war bleich und übernächtig.

Isma stand mitten im Zimmer und stützte ihre Hand auf den großen Tisch, der mit aufgeschlagenen Kartenwerken und Tabellen bedeckt war. Sie fand keine Worte.

»Isma«, sagte er, »Sie haben – was wissen Sie?« Sie brach in Schluchzen aus. Er eilte an ihre Seite. Wieder lehnte sie an seiner Schulter. Er führte sie an das Sofa.

»Fassen Sie sich, liebste Freundin, fassen Sie sich!«

»Ich weiß nicht, was ich tun soll«, sagte sie unter Tränen. Sie zog die Depesche aus ihrer Tasche und reichte ihm das zerknitterte Papier.

Ell las.

Er atmete tief auf.

»Gott sei gedankt!« rief er aus tiefstem Herzen.

Isma sprang auf und wich zurück. Ihr Blick fiel feindlich auf ihn. ihre Augen wurden starr. Sie drohte zusammenzubrechen.

»Was ist Ihnen, Isma?«

»Ich – ich –«, sagte sie, die Hand auf das Herz pressend, »ich habe wohl nicht recht verstanden – oder – oder – sagten Sie nicht –?«

»Gott sei Dank, sagte ich, denn Ihr Mann ist gerettet.«

»Gerettet?«

»Ja, hier steht es ja.«

»Gerettet?«

»Ihre Nachricht ist jünger als die meinige, ist von ihm selbst«, fuhr Ell fort. »Ich aber empfing diese Nacht durch Grunthe die Nachricht, daß der Ballon abgestürzt und Ihr Mann verschwunden sei. Ich glaubte ihn tot und wußte nicht, wie ich Ihnen, Isma – aber was ist Ihnen?«

Isma ergriff seine Hände. »O, Ell, Ell, verzeihen Sie mir!«

Er sah sie erstaunt an.

»Sie halten ihn für gerettet?« rief sie, indem ihr das Blut in die Wangen stieg. »Im ewigen Eis, in der Polarnacht? Wie soll er gerettet werden?«

»Da er glücklich aus dem Ballon auf die Erde gelangt ist und im Schutz der Eskimos steht, so droht ihm unmittelbar keine Gefahr.«

»Aber der Winter?«

»Wo die Eskimos überwintern, wird es Ihrem Mann auch gelingen. Es ist gewiß keine angenehme Aussicht, aber wie viele Forscher haben schon einen Winter in den Schneehütten der Eskimos zugebracht. Und darauf war er, mußten wir alle gefaßt sein, daß ein solcher Unfall eintrat. Nein, Isma, liebste Freundin, ängstigen Sie sich nicht. Wir werden dafür sorgen, daß im Frühjahr auf allen Seiten des Pols nach ihm gesucht wird. Vielleicht erhalten wir noch eine Nachricht. Er hat ja noch Tauben. Sehen Sie –«, er streichelte ihre Hand und versuchte zu lächeln, »verzeihen Sie mir, aber die Depesche, die Ihnen nur Trauriges meldete, für mich war sie eine Erlösung. Alles, was Grunthe und Saltner von Ihrem Mann wußten, bestand darin, daß er aus dem Ballon verschwunden war, als sie von ihrer Ohnmacht erwachten. Der Fallschirm wurde im Meer gefunden, von Torm keine Spur. Sie können sich denken, Isma, was ich in Ihrer Seele fühlte, wie mir zumute war, als ich Sie jetzt vor mir sah. Da atmete ich auf, als ich Ihre Depesche las. Nach dem, was ich wußte, ist es vielleicht die beste Nachricht, die sich überhaupt erhoffen ließ. Ich brauche nicht zu sagen, wie sehr ich den Unfall Ihres Mannes bedauere; Sie aber dürfen stolz sein. Er hat sich selbst geopfert und die Gefährten dadurch gerettet. Alle Resultate der Expedition sind geborgen, selbst meine kühnsten Hoffnungen erfüllt.«

Isma starrte in die Ferne. Das Schicksal Torms nahm noch alle ihre Gedanken in Anspruch.

»Und ist Ihnen denn dies alles gleichgültig geworden?« fragte Ell. »Sie fragen nicht einmal, woher ich meine Nachricht habe?«

»Wie können wir uns des Erreichten freuen, und er, dem wir es verdanken, hat nichts von alledem? Den langen Winter – ach, wohl noch ein Jahr. – Ist es denn nicht möglich, noch jetzt, gleich, etwas für ihn zu tun?«

Ell sah sie schmerzlich enttäuscht an und schüttelte nur den Kopf.

Sie verstand seinen vorwurfsvollen Blick. Eine feine Röte überzog ihr Gesicht, und sie schlug ihre großen, sanften Augen wie bittend zu ihm auf. Sie sah entzückend aus. Ell wendete sich ab, er konnte den Anblick nicht länger ertragen.

Isma legte ihre Hand auf seinen Arm.

»Verzeihen Sie mir, mein lieber Freund«, sagte sie herzlich. »Erzählen Sie mir! Ich sehe ja selbst ein, daß ich mich in Geduld fassen muß. Aber es hätte mich so glücklich gemacht, sogleich etwas tun zu können.«

Ell schwieg noch immer. Er stützte den Kopf in seine Hand.

»Ich hab Sie darum nicht weniger lieb«, sagte Isma einfach.

Beide sahen sich tief in die Augen.

Ell sprang auf und machte einige Schritte durch das Zimmer. Dann blieb er vor Isma stehen.

»Ich dachte einen Augenblick – eine Möglichkeit, aber nein, es geht nicht. Es geht nicht.«

Er setzte sich ihr gegenüber.

»Hören Sie zu«, sagte er. »Was ich Ihnen jetzt sage, wird Ihnen unglaublich erscheinen. Aber die Beweise sollen Sie selbst sehen. Grunthe ist hier. Und Saltner ist auf der Reise nach dem Mars. Oben in meinem Garten liegt ein Luftschiff der Martier. Mein Oheim Ill, der Bruder meines Vaters, hat Grunthe darin hierhergebracht. Die Fahrt nach dem Pol dauert sechs Stunden –«

»Um Gottes willen, Ell, hören Sie auf!« rief Isma zurückweichend, die gefalteten Hände nach ihm ausstreckend. In ihren Augen malte sich Angst. Sie fürchtete für seinen Verstand. War das seine fixe Idee, die jetzt mit ihren Wahnvorstellungen zum Ausbruch kam?

Er stand auf und ging zur Tür. Isma blieb ratlos sitzen. Nur wenige Augenblicke, dann sprang sie auf.

Grunthe trat in das Zimmer. Er machte seine steife Verbeugung.

Isma starrte auf ihn wie auf eine Erscheinung.

»Lesen Sie diese Depesche«, sagte Ell zu Grunthe. »Frau Torm hat sie heute früh empfangen.«

Grunthe las, sah noch einmal nach dem Datum, und sagte dann: »Das ist eine sehr günstige Nachricht, unter den einmal vorhandenen Umständen.«

»Und nun bitte, Grunthe«, rief Ell, »tun Sie mir den Gefallen und geben Sie Frau Torm einen kurzen Bericht über Ihre Erlebnisse. Kommen Sie, setzen wir uns.«

Grunthe sprach in seiner knappen, fast trockenen Weise. Da war nichts übertrieben, keine Vermutungen, kein subjektives Urteil, alles klar wie ein mathematischer Beweis.

Isma saß regungslos. Ihre weitgeöffneten Augen hingen an Ell. Es überkam sie wie ein Gefühl der Ehrfurcht.

»Und nun ich hier bin«, schloß Grunthe, »darf ich keine Minute versäumen, den Bericht fertigzustellen. Wir haben alle unsre Kräfte anzustrengen, das zu beweisen, was uns niemand wird glauben wollen. Ich darf daher wohl auf Entschuldigung rechnen, wenn ich mich jetzt wieder zurückziehe. Würden Sie mir noch einen Augenblick schenken?« setzte er zu Ell gewendet hinzu.

Er verbeugte sich gegen Isma und wollte gehen.

Da sprang Isma auf und trat dicht vor Grunthe, der mit zusammengekniffenen Lippen stehenblieb.

»Ist es wahr«, fragte sie, »das Luftschiff liegt noch draußen?«

»Gewiß.«

»Und in sechs Stunden kann man zum Nordpol gelangen?«

Grunthe nickte bestätigend.

»Ich bin heute früh selbst in einer Stunde nach Wien und wieder zurückgefahren«, setzte Ell hinzu.

»Ich danke Ihnen«, sagte Isma zurücktretend.

»Entschuldigen Sie mich auf einen Augenblick – ich bin sogleich wieder hier«, sagte Ell zu Isma, indem er mit Grunthe das Zimmer verließ.

Sie nickte schweigend. Ihre Gedanken waren bei dem Luftschiff. In sechs Stunden konnte man am Nordpol sein – nur sechs Stunden! So lange braucht der Schnellzug nach Berlin. Das ist eine Spazierfahrt. Sechs Stunden nur trennten sie von Hugo. – –

Wenn das Glück günstig war, wenn das Schiff die richtige Bahn beschrieb, so mußte man ihn bemerken, so konnte man ihn aufnehmen und zurückbringen – noch heute konnte er in Friedau sein –

Ach, aber ihn scheiden die Wüsten des Eises, die unzugänglichen Meere, die noch kein Forscher zu durchqueren vermochte – dort sitzt er in der kläglichsten Schneehütte, Monat auf Monat, ohne Licht, ohne Tat – in ewiger Nacht trauernd und sich sehnend nach der Heimat, umgeben von den Gefahren des furchtbaren Winters. – – Und hier daheim, hier reifen die Früchte seiner kühnen Fahrt, hier drängt sich von Stunde zu Stunde neues, lebendiges Schaffen, hier vollzieht sich das Unerhörte, noch nie Gewesene – von den Sternen steigen die Götter herab, um die Menschen zu laden zu ihrem seligen Wandel – hier, in dieser Stadt, in diesem Hause wird ein neues Zeitalter geboren, und er weiß nichts davon, kann nicht teilnehmen an dem Großen, was die ganze Erde erfüllt, an dem Höchsten, was erlebt wurde und was ihr Herz so erwartungsvoll schlagen macht – und sie muß es allein erleben –

Und vielleicht nur sechs Stunden –

Allein – den ganzen Winter allein in solcher Zeit, wo Seele zu Seele gehört – allein? Ja, wenn sie allein wäre! Aber der Freund? Wo bleibt er? Er ist länger draußen aufgehalten, aber er wird kommen – er wird kommen so wie heute, dann jeden Tag, der einzige Vertraute, mit dem sie alles teilen muß, was das Herz bewegt – mit ihm wird sie allein sein, der ihr so wert ist, so lieb, und nun vor ihr steht in einem neuen, geheimnisvollen Licht, der Sohn einer höheren Welt, zu dem sie aufblickt – –

Nein, nein! Sie will nicht allein sein, und nicht allein mit ihm –

Sie ringt die Hände und geht auf und ab im Zimmer. Sie blickt nach der geschlossenen Tür und glaubt seine Stimme zu hören. Sie blickt nach der Uhr – und der Gedanke läßt sie nicht los: Nur sechs Stunden! In sechs Stunden kann alles entschieden sein –

Ja, wenn sie mitfahren könnte, durch die Lüfte reisen nach dem Reich des Eises, wo er weilt – sie würde ihn finden, sie würde ihn ausspähen, wo er sich auch bärge, im Boot von Seehundsfell, in der Hütte von Schnee – bis in die Gletscherspalte würde ihr Auge dringen – sie schauerte zusammen. Vielleicht schon lag er – sie mochte das Schreckliche nicht denken. Diese furchtbare Ungewißheit – nein, das konnte, das wollte sie nicht ertragen. Und die Fragen, die ewigen, und das Mitleid – und das höhnische Zischeln, ob sie sich wohl tröstet – – oh!

Sie stampfte mit dem Fuß auf und preßte die Hände krampfhaft zusammen. Dann stand sie still wie ein Bild aus Stein. Und nun wußte sie es. Sie atmete tief auf. Die Starrheit löste sich. Ihr Entschluß war gefaßt.

Nur sechs Stunden!

Das Luftschiff zog sie mit magischer Gewalt an. Sie wollte fort, sie wollte an den Pol, sie würde ihn finden, den Verlorenen, sie, Isma Torm. Wenn es ein Unrecht war, daß sie um des Wunsches des Freundes willen den Mann nicht zurückhielt, so mochte dies ihre Buße sein, und die seinige!

Sie setzte sich und überdachte alles noch einmal in voller Ruhe.

Es war das Richtige, es mußte so sein.

Isma erhob sich und schritt auf die Tür zu, als ihr Ell aus derselben entgegentrat.

Er stutzte bei ihrem Anblick. Die Trauer und Angst aus ihren Zügen war verschwunden. Sie stand aufgerichtet vor ihm. Aus ihren tiefblauen Augen sprach jene Innigkeit des Gefühls, die ihn immer hingerissen hatte. Auf ihren Lippen lag es wie ein leises Lächeln.

»Ell«, sagte sie – sie stockte einen Augenblick wie verlegen »bei Ihrer Freundschaft, wenn Sie mich liebhaben –«

»Isma!«

»Wollen Sie mir eine Bitte erfüllen?«

»Was Sie wollen!«

»Sprechen Sie bei Ihrem Oheim für mich, daß er mich in seinem Luftschiff mit nach dem Pol nimmt und mich wieder hierherbringt, wenn wir Hugo gefunden haben – ja, ja – ich werde ihn finden, wenn ich mit dem Luftschiff ihn suchen darf – o, weigern Sie sich nicht –«

Sie faßte seine Hände und sah ihn flehend an. Zwei Tränen traten in ihre Augen.

»Und – kommen Sie selbst mit!« setzte sie hinzu.

Ell fand nicht sogleich Worte. Das hatte er nicht erwartet.

»O Isma, Isma«, rief er endlich. »Was verlangen Sie? Diese Reise ist nichts für Sie. Die Nume werden selbst suchen, sie suchen schon, und was die nicht finden, werden auch Sie nicht finden.«

»Ich werde es. Was sind fremde Augen gegen die der Frau? Ich werde sehen, wo andere nicht hinblicken. Es sind nur sechs Stunden – so nahe –, und ich soll hier müßig sitzen – den Gedanken ertrage ich nicht –«

»Ich bitte Sie, Isma, bedenken Sie meine Lage. Jetzt darf ich, kann ich nicht von hier fortgehen. Jetzt gilt es, die Menschheit auf den Besuch der Martier vorzubereiten. Was ich seit Jahren erwartet, ich muß nun die Konsequenzen ziehen –«

»Es handelt sich vielleicht nur um wenige Tage.«

»Die habe ich meinem Oheim zu andern Zwecken versprochen. Und dann muß ich wahrscheinlich nach Berlin.«

»Dann bin ich also ganz allein«, sagte Isma leise.

»Nein, nein – ich komme bald wieder.«

Isma wandte sich schweigend ab. Dann kehrte sie plötzlich zurück und sagte fast hart:

»Führen Sie mich zu Ihrem Oheim, ich will ihn bitten. Und wenn Sie nicht fortkönnen, lassen Sie mich allein mitgehen. Lassen Sie mich hingehen, Ell!«

Ell kämpfte mit sich. Mit düstern Blicken starrte er durchs Fenster.

»Wo ist das Schiff?« fragte Isma. »Ich will die Nume bitten, sie werden einer verlassenen Frau nicht abschlagen, was der einzige Freund ihr nicht gewähren will.«

»Isma, seien Sie vernünftig!«

»Das Vernünftige ist die Pflicht. Und dies ist der einzige Weg, sie zu erfüllen.«

»Und meine Pflicht ist die Versöhnung der Planeten. Dagegen muß das Geschick des einzelnen zurücktreten.«

»Darum eben gehe ich allein.«

»Das werde ich nie zugeben.«

»Ich will«, sagte Isma finster. »Ich will zu meinem Mann.«

Ell stöhnte. Er sah, wie sie entschlossen der Tür zuschritt. Sie drehte sich noch einmal um, mit tiefer Trauer im Antlitz.

»Bleiben Sie, Isma«, rief er. »Ich bringe Ihnen Hugo, wenn es in der Macht der Menschen steht und der Nume!«

»Nehmen Sie mich mit!«

»Kommen Sie zu Ill. Alles hängt von seiner Entscheidung ab.«

Ell brachte Isma zu seinem Oheim. Es hätte ihr wenig genutzt, ihre Sache bei Ill zu vertreten, wenn nicht Ell sie zu der seinigen gemacht hätte. Denn Ill verstand nicht deutsch, Ell mußte daher die Verhandlungen führen. Ill, der Isma mit herzlichster Teilnahme begegnete, versprach sofort, daß nach seiner Rückkehr mit Hilfe des Luftschiffes die sorgfältigste Durchforschung des arktischen Gebietes vorgenommen werden solle, so lange die Martier dazu noch Zeit hätten. Dazu wäre er ohnehin entschlossen gewesen, und nur die Zurückführung Grunthes und die Aufsuchung Ells hätten zuvor erledigt werden müssen. Übrigens würde schon jetzt nach Torm gesucht, da noch ein kleineres Luftboot, freilich zu weiteren Reisen nicht verwendbar, in Dienst gestellt werde. Er sähe daher nicht ein, wozu es notwendig sei, daß Ell oder gar Isma zu diesem Zweck ihm an den Pol folgen sollten. Ersterer wäre jetzt in Deutschland nicht zu entbehren, um Grunthe in der Darstellung der Resultate der Expedition zu unterstützen. Man würde ihn auch jedenfalls seitens der Regierung zu Rate ziehen.

Ell gab dies gern zu; es war ja vollständig seine Ansicht. Er sagte, daß er nur den innigsten Wunsch von Frau Torm vertrete. Isma brachte nun selbst ihre Bitte vor, mit rührendem Ton, in Ills Gegenwart. Ell, der jetzt erst hörte und im übrigen erriet, was Isma zur Reise antrieb, fühlte seinen Widerstand gebrochen. Er unterstützte nunmehr ihre Bitten und wollte sie unter keinen Umständen verlassen. Er stellte daher Ill vor, daß sich seine Reise wohl mit seinen Pflichten gegen die Martier vereinen lasse, da sie doch nicht länger als acht bis zehn Tage dauern würde. Denn gleichviel, ob Torm gefunden werde oder nicht, vor ihrer Abreise nach dem Mars würden ja die Martier ihn und Isma zurückbringen. In dieser Zeit aber sei er um so eher entbehrlich, als sich die erste Aufregung über das Erscheinen der Martier erst einigermaßen legen müsse, ehe es zu ernsthaften Entschlüssen der Regierungen kommen könne. Bis dahin sei er wieder zu Hause; inzwischen reiche Grunthe vollständig aus, die erforderliche Auskunft zu geben. Es stehe also dabei eigentlich weiter nichts in Frage, als daß die Martier sich der Mühe unterzögen, noch einmal eine Fahrt vom Pol nach Friedau und zurück zu machen. Das aber sei doch in zwölf Stunden erledigt.

Ell führte dies, hin und wieder von seinem Oheim unterbrochen, in eifriger Rede aus. Isma hörte dem Gespräch, von dem sie kein Wort verstand, geduldig zu. Sie erschrak, wenn sie aus Ills Augen auf eine ablehnende Antwort schließen zu müssen glaubte. Jetzt aber lächelte Ill und sagte:

»Die Transportfrage, euch beide mitzunehmen und wieder herzubringen, ist für uns kein Hindernis. Persönlich würde es mich sehr freuen, dich bei mir zu haben, und sogar sachlich könnte es von Vorteil sein, da Fälle denkbar sind, in denen wir unser Schiff verlassen müssen, um das Land zu betreten; und dann würdest du mit den Eskimos, die wir mitnehmen werden, mehr leisten können als wir. Ich wundere mich aber, warum du für den Wunsch der Frau Torm so eifrig eintrittst, der eigentlich nur einer Stimmung, man möchte fast sagen, einer Einbildung entspringt.«

»Sie hegt nun einmal den Wunsch«, erwiderte Ell etwas verlegen, »sie hält die Reise für ihre Pflicht, und es ist der einzige Trost, den ich ihr gegenwärtig geben kann, wenn ich ihren Wunsch zu erfüllen suche.«

Ill blickte seinem Neffen mit Herzlichkeit ins Auge. »Du liebst diese Frau.«

Ell schwieg.

»Und du willst sie mitnehmen und begleiten, um ihr den Gatten wiederzugeben?«

»Ja.«

»So machst du ihren Wunsch zu dem deinen?«

»Vollständig.«

»Ich möchte dir deine erste Bitte nicht abschlagen. Aber es ist noch ein prinzipielles Bedenken. Zugegeben, deine Abwesenheit von hier für kurze Zeit wäre allenfalls belanglos. Es könnte aber ein unglücklicher Zufall eintreten, der uns verhindert, hierher zurückzukehren. Deine Abwesenheit könnte sich auf den ganzen Winter ausdehnen. Dann übernehmen wir eine furchtbare Verantwortung. Das Verständnis zwischen den Planeten steht auf dem Spiel.«

»Ich weiß es. Es ist der Gedanke, der mich zuerst der Bitte von Frau Torm widerstehen ließ, der mich in Konflikt mit mir selbst brachte. Aber gerade, weil wir nicht allwissend sind, dürfen wir einen solchen Umstand nicht in die Berechnung ziehen; er ist nur als Zufall zu behandeln; ich kann morgen tot sein, auch wenn ich nicht aus meinem Zimmer gehe. Ich habe mich nun einmal um Ismas willen entschlossen; was daraus wird, muß ich mit meinem Gewissen abmachen. Daß ich nicht eigennützig handle, weißt du.«

»Sonst hätte dein Wunsch für uns nicht existiert.«

»So aber, da es sich nur um Chancen des Gelingens oder Mißlingens handelt, dürfen wir auch nicht vergessen, daß mit der größeren Wahrscheinlichkeit unsre Reise das Verständnis zwischen den Planeten fördern wird. Wenn es uns gelingt, Torm zu retten, wenn er durch die Nume hierhergebracht wird, so haben wir das Zutrauen der Menschen und ihren Glauben an uns in viel höherem Grad gewonnen, als sie selbst durch mein Fernsein verloren werden könnten. Ich glaube also, daß wir im Interesse der Planeten selbst wirken, wenn wir Torm suchen. Dieser Grund ist mir allerdings erst jetzt eingefallen.«

Ill lächelte wieder. »Er würde auch gelten, wenn Frau Torm uns nicht begleitete. Wir gewinnen aber durch sie eine Zeugin, die uns von Nutzen sein kann. Doch gleichviel. So will ich denn einen Vorschlag machen, das Äußerste, was ich zugeben kann. Ich beurlaube dich von der Begleitung nach Rom, Paris und London. Dagegen kürze ich unsern Aufenthalt in Europa ab und komme von Petersburg aus nicht erst hierher zurück, sondern gehe sogleich von dort nach Norden. Wollt Ihr also mit, so müßt ihr – wir haben heute, nach eurer Zeitrechnung –?«

»Den 9. September.«

»Nun gut. So haltet euch bereit, im Laufe des 11. Septembers mit uns aufzubrechen.«

Ell sprang in die Höhe. Er dankte Ill und sagte freudig zu Isma: »Wir dürfen mit. Aber wir müssen übermorgen reisefertig sein.« Und mit ernsterem Ausdruck setzte er hinzu: »Wollen Sie nicht lieber von Ihrem Vorhaben abstehen? Sie können gewiß sein, daß die Nume alles tun werden, um Hugo aufzufinden. Bleiben Sie hier, Isma!«

Isma stand einen Augenblick unschlüssig. Sie sah sich in der Kajüte des Luftschiffes um, in welcher sie saßen.

Ill drückte auf einen Griff. Auf beiden Seiten der Kajüte öffnete sich je eine Tür.

»Hier sind noch zwei Kabinen, je für einen Gast«, sagte er. »Sie werden es etwas eng, aber sonst ganz bequem haben. Es versteht sich von selbst, daß ihr meine Gäste seid«, setzte er zu Ell gewendet hinzu.

Isma verstand nicht seine Worte, aber seine Handbewegung. Sie streckte Ill schüchtern ihre Hand entgegen, die er zwischen die seinigen nahm.

»Ich danke Ihnen«, sagte sie, »von ganzem Herzen.« Dann wandte sie sich zu Ell. Sie sah ihn mit einem Blick an, dem er nicht widerstehen konnte.

»O zürnen Sie mir nicht, mein lieber, treuer Freund. Ich werde es Ihnen nie vergessen, was Sie heute für mich taten. Ich kann nicht hierbleiben, ich will hinaus. Und wenn Sie mitgehen, so danke ich ihnen, denn unter diesen Fremden allein – es ist mir alles so beängstigend – und keiner versteht mich – aber mit Ihnen – o Ell, ich weiß, welches Opfer Sie mir bringen, und ich habe es nicht um Sie verdient.«

Mit Tränen in den Augen reichte sie ihm die Hände.

»Also übermorgen.«

»Noch eins«, sagte Ill, »eine Bedingung, die ich machen muß. Unsere Nachforschungen werden am 12. September beginnen. Sie müssen aber am 20. unter allen Umständen aufhören. Sind wir bis dahin nicht glücklich gewesen, so müssen Sie es tragen. Am Morgen des 21. September setzt Sie dieses Schiff wieder hier ab. Und so Gott will, schon früher und – zu dreien.«

Ell übersetzte Isma die Worte.

»Gott sei uns gnädig!« sagte sie leise.

»Und wie ist es mit der Reise nach den Hauptstädten?« fragte Ell.

»Die mache ich morgen. Ich habe es mir nach deinen Karten und Angaben schon berechnet. Die ganze Fahrt von hier nach Rom, über Paris nach London und von dort zurück könnten wir in kaum fünf Stunden zurücklegen. Wir werden uns aber viel mehr Zeit nehmen. Nur hier breche ich ungesehen auf, vor Sonnenaufgang. Denn da wir wieder hierher zurückkommen, würde ich dir und uns die ganze Bevölkerung auf den Hals ziehen und vielleicht ernstliche Schwierigkeiten haben, wenn man von unserm Hiersein wüßte. Dagegen werden wir unsere Fahrt, wenn wir erst jenseits der Alpen sind, und dann in Frankreich und England, zum Teil absichtlich langsam und möglichst vor aller Augen ausführen. Die Menschen sollen sehen, was wir können, sie werden dann Grunthe eher glauben. Auf irgendeinem unzugänglichen Alpengipfel werden wir einige Stunden ungestört Mittagsruhe halten. Paris, London, Amsterdam, Brüssel besuchen wir im Lauf des Nachmittags und Abends. Sobald es dunkel genug ist, landen wir wieder hier. Und nun besorge deine Geschäfte und bereite alles vor.«

Ell führte Isma aus dem Schiff. Sie zitterte an seinem Arm.

»Sie muten sich zuviel zu, liebste Freundin.«

»Nein, nein«, sagte sie. »Ich weiß, was ich kann. Es ist nur die ungewohnte geringe Schwere in dem Schiff – aber ich werde mich daran gewöhnen. Es ist schon wieder besser in der freien Luft.«

»Ill wird es gewiß arrangieren können, daß Sie nicht immer in der Marsschwere zu sein brauchen.«

»Das ist ja alles gleichgültig. Nun will ich nur schnell nach Hause. Sie können sich denken, daß ich viel zu tun habe«, sagte sie mit schwachem Lächeln.

»Warten Sie, ich will einen Wagen holen lassen.«

»Das dauert zu lange. Können Sie mich nicht hier aus dem Parkpförtchen lassen? Dann spare ich Weg.«

»Gewiß, ich habe den Schlüssel hier.«

Ell öffnete die kleine Tür in der Mauer. Sie führte auf einen Promenadenweg, der von den Friedauern vielfach benutzt wurde, da er zu einem beliebten Spazierort führte. Es war inzwischen neun Uhr geworden.

Isma zog den Schleier vor das Gesicht. Noch ein herzlicher Händedruck, und sie schritt schnell den Weg nach der Stadt hinab.

Zwei Herren begegneten ihr, die sie scharf ansahen und sich dann etwas zuflüsterten.

Ell war noch einen Augenblick stehen geblieben und hatte ihr nachgeblickt. Als er in die Tür zurücktreten wollte, waren die beiden Spaziergänger herangekommen.

»Ach, guten Morgen, Herr Doktor«, sagte der eine mit näselnder Stimme. »Was macht der Nordpol?«

»Schon so früh interessanten Besuch gehabt? Wie?« sagte der andere. »Wohl sehr besorgt um den Herrn Gemahl?«

Ell sah den Sprecher von oben bis unten an und drehte ihm, ohne ein Wort zu sagen, den Rücken. Vor dem Blick Ells wich er erschrocken zurück, und aus Ärger über seine eigene Verlegenheit rief er Ell protzig nach:

»Na, na, man wird doch wohl fragen dürfen?«

Ell drehte sich um. »Nein, Herr von Schnabel, was einen nichts angeht, wird man nicht fragen dürfen. Adieu.«

»Ich bitte doch, soll das vielleicht eine Zurechtweisung sein? Dann möchte ich allerdings noch um eine Aufklärung bitten.«

»Tun Sie, was Sie wollen«, sagte Ell. »Ich habe keine Zeit.« Er schloß die Tür hinter sich und ging zu Grunthe zurück.

24 - DIE LICHTDEPESCHE

Sobald die Redaktion der ersten Berichte beendet war, begab sich Grunthe nach dem Ministerium, um seine Anwesenheit in Friedau und die vorgelegten Dokumente beglaubigen zu lassen. Von dort trug er die Depeschen sogleich nach dem Telegraphenamt. Die Beamten hatten ihn verwundert angestarrt. Einige Friedauer erkannten ihn unterwegs und versuchten, ihn auszuforschen. Aber auf alle Fragen hüllte er sich in Schweigen, und so gelang es ihm, noch ziemlich ohne Aufsehen nach der Sternwarte zurückzugelangen, während sich in der Stadt bereits das Gerücht von der Rückkehr der Expedition und wunderbare Fabeln von den Bewohnern des Mars verbreiteten.

Noch ehe Grunthe zurückkehrte, erhielt Ell den Besuch eines ihm befreundeten Oberlehrers des Friedauer Gymnasiums, Dr. Wagner. Der elegant gekleidete Herr trat mit einem etwas gezwungenen Lächeln ein und sagte, nach der ersten Begrüßung verlegen sein Schnurrbärtchen drehend: »Ich habe da einen etwas fatalen Auftrag, den ich aber nicht ablehnen konnte. Weil wir uns ja kennen, dachte ich, ich könnte die Sache am besten beilegen. Weißt du, du hast da heute früh mit dem Herrn von Schnabel –«

Ell machte eine abwehrende Bewegung.

»Na ja«, sagte Wagner, »es ist ein nicht sehr angenehmer Herr, hä, außerdem so etwas« – er klopfte mit dem Finger an die Stirn – »seinerseits taktlos und dabei furchtbar empfindlich. Du hast ihn ja wahrscheinlich ganz mit Recht abfallen lassen, aber er fühlt sich von dir brüskiert, und ich soll da eine Art von Erklärung fordern.«

»Mit dem größten Vergnügen«, erwiderte Ell lächelnd, »ich habe ihm verwiesen, naseweise Bemerkungen zu machen über Dinge, die ihn nichts angehen. Ich habe ihn vielleicht etwas schroff behandelt, aber einerseits hat er es verdient, andrerseits hatte ich den Kopf wirklich mit wichtigeren Dingen voll, als sie die Neugier von Herrn Schnabel erregen. Wenn es ihn tröstet, so sage ihm, daß mir nichts ferner gelegen hat als ihn beleidigen zu wollen.«

»Hm – ich weiß nicht, ob ihm das genügen wird, er verlangt, daß du deine Äußerungen formell zurücknimmst.«

»Ich habe nichts zurückzunehmen, da ich nur die Wahrheit gesagt habe, er muß sich also schon an der Erklärung genügen lassen, daß ich ihn nicht beleidigen wollte. Eine Unhöflichkeit ist noch keine Beleidigung. Wenn er sich aber seiner Fragen wegen entschuldigen will, so bin ich auch bereit, wegen der unhöflichen Form meiner Antwort um Entschuldigung zu bitten. Ich dächte, die Angelegenheit wäre erledigt.«

»Ich fürchte«, sagte Wagner verlegen, indem er aufstand, »es werden sich da wohl noch weitere Folgen daran knüpfen. Ich kenne ja deine Ansichten über dergleichen Affären, ich bin auch ganz deiner Meinung, aber, hä, in meiner Stellung, ich muß da Rücksichten nehmen, weißt du, du wirst mir's also zugutehalten – ich wollte nur vermitteln und werde ihm zureden. Wenn es nur nützt! Er wird dir wohl da noch einen Kartellträger schicken.«

»Er soll sich nur die Mühe sparen, ich würde den Herrn an die Luft setzen. Aber ich danke dir für deine Bemühung. Also, wie gesagt, erkläre ihm in aller Form, daß mir jede Absicht einer Beleidigung ferngelegen hat, daß ich mir aber das Recht vorbehalten müßte, mir unberufene Fragen zu verbitten, und er sich in bezug hierauf zunächst selbst zu entschuldigen hätte. Und nun entschuldige du auch mich, alter Freund, du wirst heute noch merkwürdige Dinge von mir hören.«

Wagner wollte weiter fragen, aber Ell verabschiedete sich freundschaftlich, und Wagner ging kopfschüttelnd ab.

Schon eine Stunde später – Grunthe war eben zurückgekommen, und Ell wollte sich mit ihm zu Tisch setzen – Ill hatte die Einladung abgelehnt, er wollte ruhen –, erschien der Kartellträger des Herrn von Schnabel und überbrachte Ell eine Forderung.

Der Herr, ein junger Assessor, hatte sich seines Auftrages kaum in feierlichster Weise erledigt, als Ell ihm mit blitzenden Augen entgegentrat und ihn anfuhr:

»Wie können Sie sich unterstehen«, rief er, »mich durch eine derartige Zumutung zu beleidigen? Wofür halten Sie mich? Bin ich ein rauflustiger Bruder Studio oder ein pflichtvergessener Narr? Ich bin ein Mann, der seine Arbeitskraft ernsten Dingen schuldet. Übrigens bedauere ich Sie«, sagte er milder, »Sie haben sich jedenfalls nicht klargemacht, was Sie tun. Ich wünsche von der Sache nichts mehr zu hören.«

Der Assessor wollte auffahren, aber auf eine Handbewegung Ells machte er kehrt und verließ das Zimmer.

Ell setzte sich mit Grunthe zu Tisch.

»Das wird auch Zeit«, sagte er, noch etwas erregt von dem letzten Auftritt, während er seine Serviette entfaltete, »daß mit diesem Unfug einmal aufgeräumt wird. Das ist so einer von den Punkten, in denen die Martier keinen Spaß verstehen. Ich will hoffen, daß es nicht zu Konflikten kommt.«

Im Lauf des Nachmittags wurden von allen Zeitungen, nicht bloß in Deutschland, sondern in ganz Europa, Extrablätter ausgegeben.

»Neues vom Nordpol!« – »Die Bewohner des Mars auf der Erde!« – »In sechs Stunden vom Nordpol!«

So und ähnlich lauteten die Ausrufe auf den Straßen. Man riß sich die Blätter aus der Hand. Vom Erlös für dieselben hätte man allein eine neue Nordpolexpedition ausrüsten können.

Die Blätter enthielten zuerst die Depesche Torms an Isma. Sodann folgten ein knapper Bericht Grunthes über die weiteren Erlebnisse der Expedition und kurze Angaben über die Martier und seine Heimkehr. Endlich eine Bestätigung der letzteren durch Ell und die Beglaubigung seitens des fürst- lichen Staatsministeriums in Friedau, daß Grunthe die im Bericht erwähnten Dokumente und Effekten persönlich vorgelegt habe.

Nur eines war mit Stillschweigen übergangen, nämlich daß sich das Luftschiff noch in Friedau befinde. Dagegen war die Abstammung Ells kurz erwähnt worden, weil sie dazu dienen konnte, das Unbegreifliche einigermaßen der menschlichen Vorstellungskraft näherzurücken.

Ein ausführlicher schriftlicher Bericht war noch vormittags an den Reichskanzler abgegangen. Am Abend schon traf eine telegraphische Depesche ein, durch welche Grunthe und Ell ersucht wurden, sich sobald als möglich mit allen Beweisstücken persönlich in Berlin einzustellen. Se. Majestät habe sofortigen Bericht eingefordert. Eine Stunde später erhielt Grunthe ein Glückwunsch-Telegramm des Kaisers, ebenso Frau Torm eine in sehr liebenswürdiger Form ausgesprochene Beileidsbezeugung, in welcher das Vertrauen auf die glückliche Heimkehr ihres Gatten ausgedrückt war.

Von dem Augenblick an, in welchem die Extrablätter ausgegeben wurden, war die Sternwarte Ells von Besuchern bestürmt. Das Läutwerk des Telephons kam so wenig zur Ruhe wie die Türklingel, und bald häuften sich Telegramm auf Telegramm, Glückwünsche und Anfragen. Da dies vorauszusehen war, hatte Ell einige seiner persönlichen Freunde in Friedau gebeten, ihn zu unterstützen. Sie ordneten die Eingänge der Depeschen und empfingen die Besuche. Ell und Grunthe ließen sich nicht sehen. Beide trafen die Vorbereitungen zu ihren Reisen. Grunthe mußte allein nach Berlin gehen, was ihm nicht sehr angenehm war. Ell gab ihm die fertiggestellten Manuskripte mit. Ein Berliner Verleger hatte ihm bereits telegraphisch einen hohen Preis geboten für alles, was er über die Martier schreiben wolle. Ell verlangte das Zehnfache und erhielt es sofort zugestanden, da der Verleger wußte, daß man von London aus das Zwanzigfache geben würde. Ell bestimmte das Honorar für die Teilnehmer der Expedition.

Isma hatte auf Ells Rat ihre Besorgungen sogleich am Vormittag gemacht, soweit sie dazu in die Stadt gehen mußte. Denn es ließ sich erwarten, daß sie keine Ruhe mehr finden würde, sobald die Nachricht bekannt geworden sei. Sie fühlte sich zu angegriffen, um die sich drängenden Besuche anzunehmen, fand aber ebenfalls einige Freundinnen, die ihr diese Mühe abnahmen und sich ein Vergnügen daraus machten, ihr spezielles Wissen immer wieder aufs neue mitzuteilen. Von ihrer Absicht, zu verreisen, sagte sie nichts. Nur ihrem Mädchen teilte sie mit, daß sie in den nächsten Tagen auf etwa eine Woche von Friedau fortgehen würde; sie konnte ihr vertrauensvoll die Wohnung überlassen.

Am folgenden Tag reiste Grunthe frühzeitig, bald nachdem sich das Luftschiff der Martier unbemerkt entfernt hatte, nach Berlin ab. Die Flut der Anfragen bei Ell nahm noch zu. Es kamen jetzt auch auswärtige Besucher, und nicht alle durfte er abweisen. Vor dem Gittertor der Sternwarte stand den ganzen Tag über eine Menge Neugieriger und guckte in den Hof, als ob dort etwas zu sehen wäre. Gegen Abend verließ Ell durch die Parkpforte sein Grundstück und begab sich zu Isma, um sie zu fragen, ob er ihr noch irgendwie behilflich sein könne. Isma dankte.

»Es ist ja nur eine kurze Reise«, sagte sie wehmütig lächelnd.

Man verabredete, daß sie am andern Morgen frühzeitig an der Parkpforte sein solle. Ihren kleinen Handkoffer konnte das Dienstmädchen tragen.

Auf dem Rückweg besorgte Ell noch einigen Proviant, den er auf Grunthes Rat mitnehmen wollte, weil die Lebensmittel der Martier für den Anfang vielleicht Isma und ihm nicht zusagen würden. Er nahm daher seinen Weg durch die Stadt. Hier aber heftete sich bald die Straßenjugend neugierig an seine Fersen und folgte ihm auf jedem Schritt. Anfänglich hielten die Kinder sich scheu zurück, dann brachte ein Witzbold das Wort auf: »Das ist der vom Monde, der Mann vom Monde! Guck här, 's kummt eener vom Monde!« Ell beeilte sich, nach Hause zu gelangen. Er nahm sich nicht Zeit, eines der Extrablätter zu kaufen, zu denen sich das ›Friedauer Intelligenzblatt‹ in Ermangelung einer Abendausgabe aufgerafft hatte.

Das Extrablatt brachte bereits einen Bericht über den Empfang Grunthes beim Reichskanzler, der indessen offenbar der Phantasie eines Berliner Korrespondenten entsprungen war. Dann aber enthielt es Depeschen aus Rom, Florenz, von der meteorologischen Station des Montblanc, aus Paris und London über die Beobachtung eines Luftschiffs. Das Luftschiff war zuerst in Rom wahrgenommen worden, wo es am Morgen schon um sieben Uhr auftauchte, die Stadt umkreiste und nach allen Richtungen hin überflog. Es entfernte sich nach einer Stunde, wurde im Laufe des Vormittags noch in verschiedenen italienischen Städten gesehen, um 11 Uhr umflog es in unmittelbarer Nähe die Spitze des Montblanc, so daß die anwesenden Touristen die Bemannung des Fahrzeugs erkennen konnten. In Paris und London waren diese Nachrichten schon durch Extrablätter bekanntgegeben, man achtete also am Nachmittag gespannt darauf, ob sich das Schiff zeigen würde. Alsbald verbreitete sich in Paris das Gerücht, das Luftschiff sei eine Erfindung der Preußen und speziell dazu bestimmt, die Befestigungen von Paris auszukundschaften. In der Tat erschien das Luftschiff um 3 Uhr nachmittags am Horizont und umkreiste in langsamem Segelflug die Forts im Südosten der Stadt. Man wurde unruhig und löste einen Warnungsschuß. Darauf stieg das Schiff etwas höher und umflog nun den ganzen Kreis von Befestigungen, aber auf der inneren Seite nach der Stadt zu, so daß man ihm nichts anhaben konnte, ohne die Stadt selbst zu gefährden. Um fünf Uhr schoß es in die Höhe und erschien eine halbe Stunde später in London. Es überschritt die Themse bei Greenwich, zog dann in einem weiten Halbkreis nördlich um die Stadt, wandte sich am Hyde Park wieder nach Osten und kreuzte über dem Häusermeer. Auf allen freien Plätzen standen dichtgedrängte Volksmassen, welche mit Tüchern winkten und Hurra schrien. Böllerschüsse wurden gelöst, und die Schiffe auf dem Fluß hißten ihre Flaggen. Das Luftschiff aber kümmerte sich um nichts. Sobald die Sonne sich zum Untergang neigte, zog es die Flügel ein und stieg senkrecht so hoch in die Lüfte, daß es den Blicken entschwand, und man nicht angeben konnte, wohin es sich gewendet hatte.

Um zehn Uhr abends senkte sich eine dunkle Masse langsam auf den Garten der Sternwarte von Friedau.

Es war zwischen zwei und drei Uhr nachts, als Ell davon erwachte, daß die Sonne hell in sein nach Norden gelegenes Schlafzimmer hineinschien. Verwirrt richtete er sich auf, aber ehe er bis an das Fenster gelangte, war die Erscheinung verschwunden. Die Nacht war nur vom matten Schimmer des aufgehenden Mondes erhellt. Plötzlich aber leuchtete ein beschränkter Bezirk der Landschaft wieder im Sonnenlicht, und diese erhellte Stelle veränderte ihren Ort, in gerader Linie von Norden nach Süden laufend, bis sie den Garten der Sternwarte, jetzt etwas westlich vom Haus, wieder erreichte. Da die Richtung des in der Luft deutlich erkennbaren Lichtstreifens unter einer Neigung von etwa 24 Grad direkt nach Norden lief, so war es Ell sofort klar, daß man die Gegend von der Ringstation der Martier aus mit einem riesigen Reflektor systematisch absuchte. Denn dieser Punkt lag für die Friedauer Warte in einer Höhe von 23 Grad 56 Minuten. Ell kleidete sich daher schleunigst an und begab sich nach dem Garten, wo das Luftschiff lag.

Er bemerkte, daß das Schiff seine Lage verändert hatte. Es befand sich jetzt auf der Südseite des geräumigen Rasenplatzes, so daß der Blick nach Norden über die Bäume freier wurde und die Spitzen derselben tiefer als 24 Grad lagen. Als er auf den Platz trat, war das Schiff und die südliche Baumwand so stark von der Sonne beleuchtet, daß er geblendet wurde. Aber noch hatte er das Schiff nicht erreicht, als das Licht verschwand. Sein Weg wurde jetzt nur durch den schwachen Schein einer Lampe aus dem Innern des Fahrzeugs erhellt.

Ill war damit beschäftigt, einen Ell unbekannten Apparat einzustellen. Ein Offizier des Schiffes war ihm dabei behilflich.

»Entschuldige, wenn ich störe«, sagte Ell, »aber ich glaubte bemerkt zu haben, daß man Zeichen von der Außenstation gibt.«

»Es ist so«, sagte Ill, »und sie haben uns jetzt gefunden. Es muß etwas Wichtiges passiert sein. Nimm Platz und gedulde dich ein wenig. Wir werden sogleich die Unterhaltung beginnen können. Die Verbindung ist bereits optisch hergestellt, wir müssen jetzt langwellige unsichtbare Strahlen anwenden, um telephonieren zu können.«

Ell fragte erstaunt: »Telephonieren? Du willst mit der Station sprechen?«

»Ja«, sagte Ill, »vermittels der Strahlen. Aber es muß nun vollständige Ruhe herrschen.«

Ell setzte sich still in den Hintergrund. Eine Hoffnung stieg in ihm auf. Sollte man vielleicht Torm gefunden haben?

Ill brachte sein Ohr an den Apparat. Ell vermochte nichts zu hören, auch was Ill sprach, konnte er nicht vernehmen, da es ganz leise in den telephonischen Apparat gesprochen wurde.

Etwa eine halbe Stunde mochte so vergangen sein. Dann wendete sich Ill zu seinem Neffen.

»Wir müssen unsern Aufbruch aufs möglichste beschleunigen«, sagte er. »Meine Anwesenheit auf der Insel ist dringend erforderlich, voraussichtlich unsere Hilfe.«

»Was ist geschehen? Keine Nachricht von Torm?«

»Bis jetzt nicht. Ich sagte dir bereits, daß wir noch ein kleineres Luftboot in Betrieb setzen wollten. Das ist geschehen. Es bedarf nur vier Mann zur Besatzung, kann aber auch nur die halbe Geschwindigkeit im Mittel erreichen wie hier unser Luftschiff. Für die Fahrten im Polargebiet hat es sich jedoch, wie ich eben erfahre, als sehr geeignet erwiesen. Die Unsern sind damit in drei Stunden bis zum 80. Breitengrad nach Süden gelangt. Mit diesem Boot sind die Nachforschungen nach Torm aufgenommen worden. Und bei dieser Gelegenheit ist es zu dem unangenehmen Zwischenfall gekommen, der meine sofortige Rückkehr erfordert.«

»Ein Unglücksfall?«

»Ein Konflikt mit einem europäischen Kriegsschiff.«

»Nicht möglich! Wo?«

»Auf 81 Grad Breite, 294 Grad Länge ungefähr. Infolge eines Mißverständnisses jedenfalls – ich sehe darin noch nicht ganz klar – sind unsre Leute am festen Land, während sie verunglückten Matrosen des Kriegsschiffs Hilfe zu bringen versuchten, von anderen überfallen worden. Zwei gerieten in Gefangenschaft der Menschen, die beiden anderen konnten auf dem Luftboot entfliehen. Das Boot selbst ist beschossen worden und scheint dabei gelitten zu haben. Ich muß also mit unserm Schiff hin, um auf jeden Fall die beiden Leute zurückzuholen. Und so bleibt gar nichts übrig, du mußt dich sogleich aufmachen und versuchen, Frau Torm zu wecken und hierherzubringen, wenn sie dabei beharrt, uns zu begleiten. Größte Eile tut not. Wir machen inzwischen unser Schiff klar.«

Es war für Ell eine recht peinliche Aufgabe, mitten in der Nacht und möglichst ohne Aufsehen zu erregen Isma zur Reise nach dem Nordpol abzuholen. Doch es mußte geschehen. Schließlich kam es jetzt schon nicht mehr darauf an, ob sich die bösen Zungen von Friedau noch etwas mehr aufregten.

Isma, die in dieser Zeit stets gefaßt war, durch eine Nachricht aus dem Schlaf geweckt zu werden, eilte ans Fenster, als Ell die Hausklingel ertönen ließ. Sie erkannte Ell. Wenige Worte genügten zur Verständigung. Eine halbe Stunde später verließ sie das Haus, ohne daß ihr Mädchen, das auf der andern Seite der Wohnung schlief, erwacht wäre. Ein paar Worte, die Isma auf einem Zettel zurückließ, besagten nur, daß sie ihre Reise unerwartet schnell hätte antreten müssen. Aus der Dunkelheit tauchte Ell neben ihr auf und nahm ihr den Handkoffer ab. Ein verschlafener Nachtwächter sah ihnen verwundert nach.

In tiefer Ruhe, wie ausgestorben lag die Stadt Friedau, als im ersten Grauen der Morgendämmerung das Luftschiff der Martier sich erhob, um alsbald mit der größten Anspannung seiner Maschine sich durch die Höhen des Luftmeers nach Norden zu schnellen.

25 - ENGLÄNDER UND MARTIER

Das englische Kanonenboot ›Prevention‹ hatte den Auftrag, die im Interesse der Polarforschung angelegten Depots im Smith-Sund und weiter nach Norden, soweit es die Eisverhältnisse ohne Gefährdung des Schiffes gestatteten, zu revidieren und zu vermehren. Kapitän Keswick traf die Lage sehr günstig. Die Kane-Bai war in ihrer Mitte völlig eisfrei, sie wurde in rascher Fahrt passiert, die ›Prevention‹ dampfte in den Kennedy- Kanal hinein und drang ohne Schwierigkeiten bis über 80,7 Grad Breite vor; hier legte sie sich an einer günstigen Stelle vor Anker und schickte ein Boot zur Aufsuchung eines passenden Ortes aus, um an dem felsigen Ufer eine Niederlage von 3.600 Rationen zu errichten. Man fand in einer kleinen Bucht eine natürliche Felsenhöhle, in welcher die Vorräte sicher geborgen werden konnten. Während die Bemannung des Bootes zum größten Teile mit dieser Arbeit beschäftigt war, erstieg Leutnant Prim mit zwei Matrosen den Hügel über der Höhle, um dort als Signal einen Cairn zu errichten. Die Spitze des Hügels sah auf eine breite, teilweise mit Eis bedeckte Ebene, so daß der Cairn auf weithin, sowohl vom Land als vom Wasser aus, zu sehen sein mußte. Denn dieser zu errichtende ›Steinmann‹ sollte dazu dienen, in seinem Innern die Dokumente aufzunehmen, welche die Lage der in der Umgegend niedergelegten Depots bezeichneten, er mußte daher einen Platz erhalten, wo er für etwa hierher vordringende Reisende auf weithin wahrgenommen werden konnte. Der Steinmann war soweit fertig, daß der Offizier die Blechbüchse mit den Papieren darin deponieren konnte, und die Matrosen waren damit beschäftigt, den Bau zu schließen und noch mehr zu erhöhen. Als Leutnant Prim inzwischen auf dem Hügel herumkletterte, bemerkte er in der Ferne einige dunkle Punkte, die er alsbald als weidende Moschusochsen erkannte. Sie zogen nach Süden und näherten sich langsam seinem Standpunkt. Alsbald war die Jagdlust in ihm erwacht, er ergriff eines der mitgebrachten Gewehre und bedeutete seine Leute, ihre Arbeit zu vollenden und ihm dann nachzukommen. Er hoffte rasch einen guten Schuß tun zu können. Bald war er hinter einigen Felsvorsprüngen verschwunden.

Die Matrosen schlenderten ebenfalls in der Umgebung umher, um noch einige große Steine aufzusuchen, als sie im Norden, rechts von der Seite, wohin der Offizier, nur die Moschusochsen im Auge haltend, gegangen war, einen dunklen Punkt über dem Horizont auftauchen sahen. Derselbe nahm schnell an Größe zu und erwies sich zu ihrem nicht geringen Erstaunen als ein riesiger Vogel, der seinen Flug mit großer Geschwindigkeit direkt auf sie zu nahm. Eine Weile standen sie still und starrten auf die merkwürdige Erscheinung. Dann liefen sie nach dem Cairn zurück, um ihre Gewehre zu holen. Da sich das rätselhafte Tier bereits stark genähert hatte, ergriff sie Furcht, und sie zogen es vor, so schnell wie möglich den Hügel hinabzulaufen, um Zuflucht bei ihren Gefährten zu finden. Zwischen den Felstrümmern, von Zeit zu Zeit nach dem Ungeheuer sich umblickend, das sich jetzt in weitem Bogen nach dem Steinmann hin zu senken schien, verfehlten sie jedoch die Richtung und kamen an eine mit Eis gefüllte, steil abfallende Schlucht. Plötzlich stieß der Vorangehende einen Schrei aus. Er hatte auf dem steilen Abhang einen Fehltritt getan und stürzte, auf die Felsvorsprünge aufschlagend, in die Schlucht. Sein Gefährte blickte ihm mit Entsetzen nach und wollte den Versuch machen, zu ihm hinabzuklettern. Mit den Händen sich anklammernd, ließ er sich eben auf einen tiefer liegenden Felsen nieder, als plötzlich über ihm der glänzende Leib des Riesenvogels mit eingezogenen Flügeln erschien. Er bebte in abergläubischer Furcht, seine Glieder zitterten, er vermochte sich nicht länger zu halten und stürzte ebenfalls in die Tiefe.

Kaum hatten die vier Martier in dem vom Pol herkommenden Luftboot, das die Matrosen für ein Luftungeheuer gehalten hatten, das Unglück erkannt, das sie durch ihr Erscheinen unschuldigerweise angerichtet hatten, als sie das Luftboot langsam und vorsichtig sich in die Schlucht hinabsenken ließen. Bald hatten sie die Körper der Unglücklichen erreicht. Blutüberströmt lagen sie vor ihnen. Obgleich keine Hoffnung war, die Menschen ins Leben zurückzurufen, wollten sie doch ihre Leichen nicht in der Schlucht liegen lassen. Da es unzweckmäßig war, sie in das Boot hineinzunehmen, legten sie die Verunglückten in das Netz, das sich unter ihrem Boot ausspannen ließ. Dann erhoben sie sich mit ihnen und dirigierten das Boot nach der Spitze des Hügels. Sie überzeugten sich hier, daß beide Menschen tot seien. Sie legten sie am Fuße des Cairn nieder und brachten dann ihr Luftboot in eine gesicherte Lage in der Nähe. Zwei von ihnen blieben im Boot zurück, während die beiden andern noch einmal nach dem Steinmann zurückgingen, um ihn näher zu untersuchen. Die Öffnung war noch nicht vermauert, und sie entdeckten bald die Büchse mit den Dokumenten. Sie öffneten diese und musterten den ihnen unverständlichen Inhalt. Während sie hiermit beschäftigt waren, kehrte Leutnant Prim zurück. Das Boot der Martier konnte er von seinem Standpunkt aus nicht sehen, auch hatte er es vorher, nur auf das Wild und seinen Weg achtend, nicht wahr genommen. Jetzt erblickte er zwei fremde, seltsam gekleidete Männer, die sich seiner Papiere bemächtigt hatten. Und neben ihnen – entsetzt wich er zurück – lagen die beiden Matrosen, entseelt, mit blutigen, zerschmetterten Stirnen. Er konnte nicht anders glauben, als daß er ihre Mörder vor sich habe. Er riß das Gewehr in die Höhe und rief sie an.

Die Martier blickten erstaunt empor. Sie deuteten auf die verunglückten Matrosen und riefen Prim zu, daß sie sie aus der Schlucht herausgebracht hätten. Er dagegen befahl ihnen, die Papiere hinzulegen und sich zu ergeben. Natürlich verstanden sie sich gegenseitig nicht. Noch einige Rufe hin und her, ohne daß die Martier Miene machten, sich zurückzuziehen, wie es Prim verlangte, da knallte sein Gewehr, und die Kugel durchbohrte die blecherne Büchse, welche der eine der Martier in der Hand hielt. Ein zweiter Schuß aus dem Repetiergewehr folgte sofort, aber der Martier hatte sich bereits beiseite geworfen, die Kugel ging fehl. Im nächsten Augenblick ließ Prim das Gewehr machtlos aus der Hand fallen. Er war nicht verwundet, aber die Hand war gelähmt, er konnte sie nicht bewegen. Der andere Martier hatte mit seinem Telelyt-Revolver die motorischen Nerven der Hand gelähmt.

Inzwischen hatten die mit der Hinterlegung des Depots beschäftigten Mannschaften ihre Arbeit beendet. Die im Boot zurückgelassene Wache war auf das Erscheinen des Luftboots, das jedoch bald wieder durch die Felshöhe über ihnen verdeckt wurde, aufmerksam geworden und hatte die übrigen Seeleute verständigt. Diese machten sich sofort unter Führung eines Unteroffiziers daran, den Hügel zu ersteigen. Da ertönten die beiden Schüsse, welche ihre Schritte beschleunigten. Im Augenblick darauf rannten sie mit Geschrei auf den Gipfel des Hügels zu. Prim, der sich von seiner augenblicklichen Verwirrung erholt hatte, riß mit der linken Hand seinen Revolver aus dem Gürtel und stürzte auf die Martier zu, indem er rief: »Hierher, Leute, hier sind die Mörder! Faßt sie!«

Der Martier erhob aufs neue seine Waffe – sein Begleiter war unbewaffnet –, und auch der Revolver entfiel dem Offizier – er konnte seine linke Hand ebenfalls nicht mehr bewegen. Gleichzeitig aber wurde der Martier durch einen Stoß in den Rücken niedergeworfen. Die Matrosen waren im Sturmlauf herangekommen. Im Handgemenge waren die Martier ohnmächtig. Sie wußten dies und machten daher auch keinen weiteren Versuch, sich zu wehren. Auf den Befehl des wütend gewordenen Offiziers wurden sie gefesselt, und die Matrosen trieben sie mit Fauststößen vor sich her, um sie in das Boot zu bringen.

Die Schüsse und das nachfolgende Geschrei hatten die beiden im Boot zurückgebliebenen Martier aufmerksam gemacht; da sie aber nicht schnell genug über die Felsen hätten klettern können, die sie vom Schauplatz des Kampfes trennten, ließen sie das Luftboot so weit aufsteigen, daß sie beobachten konnten, was geschehen. Sobald sie ihre Kameraden gefangen sahen, versuchten sie, ihnen mit dem Luftboot zu Hilfe zu kommen. Aber kaum näherte sich dieses, als die Engländer ein Schnellfeuer eröffneten. Die Geschosse drangen in die Rob-Wände des Bootes ein, und wenn sie dieselben auch nicht durchschlugen, so lag doch die Gefahr nahe, daß sie Stellen trafen, an denen der feine Mechanismus des Steuerapparates beschädigt werden konnte. Die Martier stiegen daher mit ihrem Boot schleunigst so hoch, daß sie von den Kugeln nicht mehr gefährdet waren, und überlegten, was zu tun sei. Sie besaßen zwei Telelytgewehre, mit denen sie imstande gewesen wären, aus sicherer Entfernung die ganze Mannschaft zu vernichten oder wehrlos zu machen, um dann ihre Kameraden zu befreien. Aber da sie sowohl selbst, der Luftströmung wegen, nicht völlig ruhig liegen konnten, und auch die Gefangenen mitten zwischen den Matrosen in Bewegung waren, konnten sie aus so großer Entfernung nicht auf ein sicheres Zielen und genau berechenbare Wirkung vertrauen. Während sie zögerten, wurden ihre Kameraden in das Boot gebracht, das sich mit schnellen Ruderschlägen vom Ufer entfernte. Sie folgten ihm in der Höhe und sahen bald das Kriegsschiff in der Ferne. Als sie dieses nun in schnellem Flug erreichen und umkreisen wollten, bemerkten sie zu ihrem Schrecken, daß der Mechanismus des Steuerruders nicht mehr völlig funktionierte. Sie konnten ihr Boot nur langsam und in beschränkter Weise lenken. Unter diesen Umständen beschlossen sie, so schnell wie möglich nach der Insel am Pol zurückzukehren. Sie brauchten dazu die doppelte Zeit wie gewöhnlich. Von hier aus wurde nach der Außenstation gesprochen, von der aus es möglich war, Ill mit seinem größeren Luftschiff, das zur Verteidigung wie zum Angriff mit Repulsitgeschützen ausgerüstet war, zur Hilfe herbeizurufen.

Kapitän Keswick scheitelte bedenklich den Kopf zum Bericht des Leutnants Prim, der es übrigens nicht für nötig hielt, sich über seinen mißglückten Jagdversuch näher auszulassen. Keswick konnte sich nicht recht vorstellen, wie diese beiden Männer, die sich offenbar nur mit Mühe aufrecht zu erhalten vermochten, ohne Waffen die harten Köpfe seiner Matrosen hätten zerschlagen können. Noch mehr freilich wunderte ihn die Lähmung der Hände seines Leutnants. Eine nähere Untersuchung erforderte aber vor allem, daß mit den beiden Fremdlingen ein Verhör angestellt wurde. Diese indessen sprachen kein Wort.

Keswick trat zu ihnen und betrachtete sie näher. Er redete sie auf englisch und französisch an und auch in der einzigen Sprache, von der er noch etwas wußte, auf chinesisch. Sie verstanden ihn offenbar nicht. Aber sie öffneten jetzt zum erstenmal ihre bisher halb geschlossen gehaltenen Augen. Finster blickten sie auf ihre Fesseln und richteten dann ihre Augen voll auf den Kapitän. Es lag nichts Feindseliges in diesem Blick, aber ein tiefer Vorwurf und zugleich ein mächtiger Stolz. Unwillkürlich wich Keswick zurück. Auch die herumstehenden Offiziere und Matrosen fühlten sich seltsam betroffen.

»Nehmen Sie den Leuten die Fesseln ab«, sagte der Kapitän. »Das ist hier nicht nötig. Und behandeln Sie sie anständig.«

Sobald die Stricke entfernt waren, begann der ältere der Martier zu sprechen. Obgleich der Kapitän kein Wort verstand, machte die Rede doch den Eindruck, daß er hier etwas noch nie Vorgekommenes und Unerklärliches erfahre. Er wußte nichts zu tun, als die Achseln zu zucken.

»In dieser Sache entscheide ich nicht allein«, sagte er dann zu seinem ersten Offizier. »Die Geschichte mit dem Luftschiff ist zu rätselhaft. Hätten wir nicht selbst in der Ferne so ein Ding gesehen, ich würde nichts glauben. Die Leute sehen nicht aus, als ob sie von der Erde stammten. Und verstehen kann man sie nicht. Ich nehme sie mit nach England. Wir sind überdies hier mit unserer Aufgabe fertig.«

Die ›Prevention‹ machte Dampf auf und steuerte nach Süden.

Mit rasender Geschwindigkeit jagte Ills Luftschiff in einer Höhe von zwölf Kilometern über das europäische Nordmeer, der Küste Grönlands entgegen. Im Osten glänzten schillernde Nebensonnen, während das Tagesgestirn selbst unterm Horizont blieb. Denn die Fahrt war nach Nordwesten gerichtet, und die aufgehende Sonne konnte das Luftschiff nicht einholen. Ein ewiger Dämmerschein erleuchtete die unter leichtem Cirrusgewölk lagernde Meeresflut, daß sie wie eine ungeheure Schale von dunklem, mit lichten Streifen durchzogenem Marmor schimmerte. Still war's ringsum. Nur das gleichmäßige Zischen des Reaktionsapparats und das Pfeifen der durchschnittenen Luft um den zusammengepreßten Robpanzer des Schiffes ließ seine eintönige Weise vernehmen.

»Luftdruck 170 Millimeter.« Ell las die Angabe an seinem eigenen Barometer ab. Er warf einen nachdenklichen Blick auf die Wand, hinter welcher Isma schlummerte. Ill hatte dort selbst aufs umsichtigste für ihr Wohlbefinden gesorgt.

»Schlafen Sie«, hatte er gesagt. »Sie müssen jetzt Ruhe haben. Wenn wir in die hohen Breiten gekommen sind, werden wir unseren Flug mäßigen und in die Nähe der Erdoberfläche hinabsteigen. Dann wollen wir Sie wecken.«

In einen warmen Pelz gehüllt ruhte Isma in ihrer Hängematte. Über Mund und Nase schloß sich die weiche Maske, die mit dem Ventil des Sauerstoffapparats verbunden war, um ihr Handgelenk war ein elastischer Ring gelegt, der ihren Pulsschlag auf ein Meßinstrument übertrug. An der Außenwand ihrer Kabine, die Ell jetzt beobachtete, zeigten zwei Zifferblätter den Gang, die Frequenz und die Stärke der Atmung und des Pulses. »Vollständig normal«, sagte Ill lächelnd, der Ells Augen gefolgt war. Dann blickte er wieder auf die Orientierungsscheibe. Der Projektionsapparat, welcher auf der Unterseite des Schiffes angebracht war, bildete auf der Scheibe die überflogene Gegend ab.

»Im Nordwesten taucht die Küste auf«, begann Ill wieder. »Es ist die Gegend, die auf euren Karten als ›König-Wilhelms- Land‹ bezeichnet ist. Noch eine Stunde, bis das Festlandeis überflogen ist, dann wollen wir hinabsteigen. So lange laß sie nur schlummern.«

»Ich denke«, sagte Ell, »daß wir das Schiff im Kennedy-Kanal oder in der Kane-Bai treffen. Ich bin nur neugierig, was es für ein Landsmann ist.«

»Unser Feind, leider«, sagte Ill ernst, »wer es auch sei.«

Ill war längere Zeit schwankend gewesen, ob er zuerst nach dem Pol fahren solle, um noch nähere Erkundigungen einzuziehen, oder ob er besser täte, direkt das Kriegsschiff aufzusuchen. Er entschloß sich für das Letztere. Denn jede Minute konnte kostbar sein, jede mußte die Leiden der Nume verlängern, jede konnte ihr Leben gefährden. Dazu stand die Wichtigkeit dessen, was er am Pol erfahren konnte, in keinem Verhältnis, selbst eine genauere Ortsangabe für den Schauplatz des Ereignisses hätte nichts ihm genützt. Es waren seitdem über zwölf Stunden vergangen, und das Schiff konnte inzwischen seinen Ort um hundert und mehr Kilometer verändert haben. Er durfte darauf rechnen, von seinem Luftschiff aus die Fahrstraße in jenen Gegenden verhältnismäßig schnell zu durchforschen. Schwere Bedenken erregte ihm die Frage, wie er verfahren solle, wenn man ihm die friedliche Herausgabe der Martier verweigere. Zwar besaß er die Mittel, selbst ein mächtiges Kriegsschiff zu vernichten. Aber dazu hätte er sich nie entschließen können, es sei denn, wenn er die eigene Existenz nicht anders retten konnte. Mußte er Gewalt anwenden, so sollte es nur so geschehen, daß die Menschen doch nachträglich imstande waren, mit ihrem Schiff in ihre Heimat zurückzukehren. Ob es aber möglich sein würde, bei den Menschen etwas durchzusetzen, ohne sie zuvor schwer zu schädigen, das war die Sorge, die Ill beschäftigte. Er mußte die schließliche Entscheidung den Verhältnissen überlassen, wie der Augenblick sie bieten würde.

Nach einer Stunde war das ewige Eis des grönländischen Festlands überflogen. Die weiten Felder des Humboldtgletschers senkten sich zum Meer hinab. Das Luftschiff mäßigte seinen Flug und stieg abwärts, so schnell es die Rücksicht auf die Insassen gestattete, die sich an den höheren Luftdruck erst gewöhnen mußten. Jetzt war die Höhe von 1.500 Metern erreicht.

Ill schob leise die Tür zu Ismas Schlafraum beiseite und entfernte die Maske von ihrem Gesicht. Sie erwachte und schaute sich erstaunt um. Er löste den Ring von ihrem Handgelenk und sagte ihr, daß sie jetzt, falls sie es wünsche, sich erheben könne. Darauf entfernte er sich und zog die Tür wieder zu.

Wenige Minuten darauf trat Isma in die Kajüte. Ihre Wangen waren gerötet. Verlegen blickte sie umher.

»Wo sind wir?« fragte sie.

»An der Westküste von Grönland, auf dem 80. Grad nördlicher Breite«, sagte Ell, ihr die Hand reichend. Sie ließ sich auf einen Sessel fallen und bedeckte die Augen mit den Händen. Sie schwieg lange.

»Lassen Sie mich sehen«, sagte sie dann.

Man trat aus der Kajüte in das Schiff. Die seitlichen Fenster waren jetzt teilweise geöffnet. Man konnte hinausblicken.

Ein farbenprächtiges Nordlicht entsandte seine zuckenden Strahlen über das Firmament, während im Nordosten die Morgendämmerung ihren bleichen Schein entfaltete. Tief unten, in undeutlichen Reflexen schimmernd, erstreckten sich die zerrissenen Eismassen des Humboldtgletschers, der als eine Riesenmauer von Eis über dem Meer abbrach. Am westlichen Horizont erhob sich wie eine dunkle Wand der eisfreie Meeresspiegel der Kane-Bai.

Isma stand lange in den überwältigenden Anblick versunken.

»Es ist ja noch Nacht?« sagte sie dann fragend. »Wie spät ist es denn?«

»Es ist sogar, nach Ortszeit, noch eine Stunde früher, als bei unsrer Abfahrt in Friedau«, antwortete Ell, »weil wir nach Westen gefahren sind. Trotzdem sind wir vier Stunden unterwegs. In Friedau ist es jetzt etwa acht Uhr morgens.«

»In Friedau!« Isma zog den Pelz dichter um ihre Schultern. Und unter ihr die Gletscher Grönlands!

Ein Schwindel drohte sie zu erfassen.

»Kommen Sie in die Kajüte«, sagte Ill. »Es ist jetzt erst wenig da unten zu erkennen, aber wir steigen noch tiefer und reisen nicht weiter nach Westen. Nun wird die Sonne bald aufgehen, es wird heller und wärmer werden. Inzwischen lassen Sie uns für ihre Kräftigung sorgen. Auch in den ungewohntesten Situationen ist Frühstücken eine empfehlenswerte Handlung. Ell hat daran gedacht, daß Sie ihren Friedauer Morgenkaffee nicht zu entbehren brauchen.«

Ell übersetzte getreulich die Worte des Oheims.

Ein Lächeln glitt über Ismas Züge. »Sie denken an alles«, sagte sie, Ell anblickend, »und ich – was werde ich nicht alles vergessen haben! Hoffentlich hat Luise meinen Zettel gefunden.«

»Etwas habe ich doch vergessen«, sagte Ell zu Ill, »nämlich ein Signalbuch, für den Fall, daß uns das Schiff Signale macht. Übrigens würden wir sie doch nicht beantworten können.«

»Richtig, es ist schade«, antwortete Ill, »dafür besitzen wir ein vorzügliches Sprachrohr, mit dem wir uns verständlich machen können.«

Sie begaben sich in die Kajüte, und ausnahmsweise, um Isma zu ehren, wohnte Ill dem gemeinschaftlichen Frühstück bei, obwohl er sich auf einige Züge aus einem martischen Mundstück beschränkte. Er verfolgte inzwischen den Gang des Schiffes auf der Projektionsscheibe.

Als Ell und Isma wieder den offenen Schiffsraum betraten, war es Tag geworden. Das Schiff strich in mäßiger Bewegung – immerhin noch mit

Schnellzugsgeschwindigkeit – mit weit ausgebreiteten Flügeln in etwa dreihundert Meter Höhe über die Meeresoberfläche hin. Es hatte sich der Ostküste von Grinnell-Land genähert und folgte nun dem offenen Fahrwasser in ihrer Nähe nach Norden. Isma spähte mit Ells Relieffernrohr eifrig nach der Küste hinüber. Auf den Uferschollen sonnten sich Seehunde, zahllose Vögel saßen auf den Klippen, selbst einige Moschusochsen konnte sie auf einer entfernten Ebene mit Hilfe des vorzüglichen Glases erkennen. Überall glaubte sie Menschen oder Hütten von Eskimos zu sehen, es war ihr, als müßte sie jeden Augenblick auf Torms Spuren stoßen, und erst allmählich begann sie ruhiger zu werden. So also sah die Gegend aus, die er im Geleit der tranduftenden Gastfreunde durchzog! Ob es wohl glücken würde?

Der Anruf des Martiers, der den Ausguck im Vorderteil des Schiffes hielt, unterbrach ihr Sinnen.

26 - DER KAMPF MIT DEM LUFTSCHIFF

Am Horizont zeigte sich eine Rauchwolke, die sich vergrößerte. Das Dampfschiff, nach Süden steuernd, und das nach Norden fliegende Luftschiff, das seine Geschwindigkeit sogleich steigerte und die Flügel verkürzte, näherten sich rasch. Bald konnte man die Formen des Schiffes durch das Glas unterscheiden. Der Wimpel am Großtopp ließ es als Kriegsschiff erkennen. Jetzt hatte man auch an Bord der ›Prevention‹ das Luftschiff gesehen. Dieses senkte sich bis auf hundert Meter über die Oberfläche des Meeres und schoß direkt auf das Kanonenboot zu. Dort stieg eine weiße Dampfwolke in die Höhe, und ein Kanonenschuß donnerte über die Flut. Man konnte jetzt die Flagge erkennen.

»Es ist ein Engländer«, sagte Ell. »Er fordert uns auf, unsere Flagge zu zeigen.«

Eine Flagge führte zwar das Luftschiff nicht, man hatte aber diesen Fall vorgesehen und, um keine besonderen Verwicklungen hervorzurufen, eine Flagge improvisiert, die dem Banner der vereinigten Marsstaaten nachgebildet war. Sie bestand einfach in einem schwarzen Tuch von dreieckiger Gestalt, das in der Mitte einen großen orangenfarbigen Kreis trug.

Die Flagge wurde jetzt gehißt, das Luftschiff setzte aber seinen Lauf fort. Ill wollte denselben erst in unmittelbarer Nähe des Schiffes anhalten. Vorsichtshalber stieg er jedoch schnell in größere Höhe.

Ell beobachtete mit dem Glas die Vorgänge an Deck des Schiffes.

»Die gefangenen Martier sind jedenfalls unter Deck«, sagte er. »Das Schiff ist klar zum Gefecht – ich glaube, man will auf uns schießen. Willst du nicht lieber anhalten?«

»Wie ist das Schiff bewaffnet?« fragte Ill.

»Es ist, soviel ich davon verstehe, ein sogenannter Torpedo- Rammkreuzer. Den Rammsteven und die Torpedos haben wir freilich nicht zu fürchten, aber das 25-Zentimeter-Geschütz auf dem Deck ist eine furchtbare Waffe. Es schleudert mit einer Geschwindigkeit von über 600 Metern Granaten, die vielleicht den dritten Teil des Gewichts unseres ganzen Schiffes haben. Ein einziger Schuß zerschmettert uns in Atome.«

»Wenn er uns trifft. Aber wie du siehst, sind wir bereits wieder auf achthundert Meter gestiegen und dem Schiff so nahe, daß sie dem Geschütz nicht die genügende Erhebung geben können.«

Ein gewaltiger Knall unterbrach ihn. Kapitän Keswick hatte sein Riesengeschütz sprechen lassen. Aber das Geschoß flog, bedeutend tiefer als das Luftschiff, unter ihm hin, ohne Schaden zu tun.

»Die Sache ist nicht so gefährlich«, sagte Ill, »selbst wenn wir in der Schußlinie wären, könnten wir den Schuß aufnehmen – da wir dreimal so viel Masse haben als das Geschoß, würde es uns nur eine Geschwindigkeit von höchstens zweihundert Metern geben, und das ist für uns das Gewöhnliche.«

Ell sah ihn erstaunt an.

»Ich meine, wenn wir den Stoß auffangen.«

»Aber wir werden doch zerschmettert.«

»Keine Sorge! Wir müssen nur aufpassen. Jetzt aber wollen wir verhandeln.«

»Wollen Sie sich nicht lieber in die Kajüte begeben?«

Diese Frage richtete Ill an Isma, die den Vorgängen mit Herzklopfen gefolgt war. »Diese Herren sehen mir gerade so aus, als wollten sie uns mit ihren Flintenschüssen begrüßen.«

»O lassen Sie mich hier«, bat Isma. »Könnte nicht vielleicht – mein Mann – auf dem Schiff sein?«

»Das werden wir alles erfahren. Ell soll durch das Sprachrohr die Verhandlung als Dolmetscher führen.«

Wirklich beschoß man das Luftschiff jetzt aus den Gewehren. Es schwebte aber bereits so hoch und so nahe senkrecht über dem englischen Kanonenboot, daß die Kugeln ihm keinen Schaden tun konnten, obwohl sich die Engländer zum Zielen auf den Rücken legten. Jetzt fiel eines der abgeschossenen Langbleie auf das Verdeck des Schiffes selbst zurück und durchschlug seine Planken. Das Feuer mußte eingestellt werden, da die Kugeln die Schützen selbst zu treffen drohten.

Die Martier entfalteten nunmehr eine große, weiße Fahne als Zeichen der Freundschaft und des Friedens. Alsdann senkte sich das Luftschiff, immer mit gleicher Geschwindigkeit senkrecht über dem Kriegsschiff bleibend, zu diesem herab, erst schnell, dann langsamer, bis es sich in einer Höhe von etwa fünfzig Metern über den Spitzen der Masten hielt.

Die Besatzung des Schiffes bestand aus tapferen Männern. Aber bei diesem Anblick pochte allen das Herz in der Brust. Wenn die Fremden Verräter waren? Wenn sie jetzt eine Dynamitbombe herabfallen ließen jeder sagte sich, daß das Schiff dann verloren war. Und sie waren wehrlos. Aber hätte das Luftschiff feindlich vorgehen wollen, so hätte es dies sicherer aus der früheren Höhe tun können.

Der Kapitän stand mit finsteren Blicken auf der Kommandobrücke.

Jetzt zuckte er zusammen. Aus der Höhe kam ein Anruf in englischer Sprache.

»Wer seid Ihr?« fragte er durch das Sprachrohr entgegen.

Ell versuchte eine Erklärung zu geben. Das Luftschiff habe keine feindlichen Absichten. Es gehöre demselben Staat an wie die beiden Gefangenen, die sich auf dem englischen Schiff befänden. Sie seien Bewohner des Planeten Mars, die auf dem Nordpol der Erde eine Kolonie angelegt hätten. Die beiden würden zu Unrecht gefangengehalten, sie hätten sich an den Engländern nicht vergriffen, vielmehr die in den Abgrund gestürzten heraufbefördert. Das Luftschiff wolle nichts als die beiden Gefangenen zurückhaben. Man möge sie in der Nähe ans Land setzen, wo das Luftschiff sie abholen werde. Außerdem wolle man wissen, ob das Schiff Nachricht von der deutschen Nordpolexpedition Torm habe.

Kapitän Keswick erwiderte, von der Tormschen Expedition habe er bis jetzt keinerlei Spuren gefunden. Was die andere Frage beträfe, so verböte es ihm seine Ehre, mit dem Luftschiff zu verhandeln, so lange es sich über seinem eigenen Schiff in bedrohender Stellung befände. Der Kommandant möge zu ihm an Bord kommen; er garantiere ihm unbehinderte Rückkehr.

Es trat eine Pause ein. Auf beiden Schiffen wurde Kriegsrat gehalten.

Ill wollte ohne weiteres dem Wunsch des Kapitäns nachgeben und ihn besuchen, aber Ell riet ihm dringend davon ab.

»Traust du ihm nicht?« fragte Ill.

»Das nicht«, sagte Ell, »sein Wort wird er halten. Aber nach den Anschauungen der Menschen würden wir damit anerkennen, daß wir uns den Bestimmungen des englischen Kriegsschiffs unterordnen. Der Hochmut der Engländer würde dadurch nur wachsen und die Verhandlungen erschweren. Wir nehmen für uns selbst den Charakter eines Kriegsschiffs in Anspruch.«

»Es mag sein, doch liegt kein Grund vor, unsre Stellung über dem Schiff beizuhalten, wenn sie den Kapitän beunruhigt. Ich habe mich nur hierhergelegt, um überhaupt zu Wort zu kommen. Wir können ja auch jeden Augenblick hierher zurückkehren, wenn wir wollen; nur nützt es uns wenig. Mit einer Vernichtung des Schiffes zu drohen, geht nicht an, da ich sie doch nicht ausführen würde und auch die Leute sich sagen dürften, daß wir das Schiff nicht in Grund bohren werden, so lange unsere Kameraden sich darauf befinden.«

Ell rief nun durch das Sprachrohr hinab, daß sich das Luftschiff in einiger Entfernung niederlassen werde. Auf demselben befinde sich einer der höchsten Beamten des Mars, der nicht daran denke, sich zuerst dem Kapitän vorzustellen. Der Kapitän möge daher entweder zu ihm an Bord kommen oder eine Stelle am Ufer zur Zusammenkunft bestimmen. Im übrigen genüge es, wenn der Kapitän die beiden Martier ans Land sende. Das Luftschiff werde sich dann sogleich entfernen, sobald es die beiden aufgenommen hätte.

Ohne eine Antwort abzuwarten, ließ Ill das Luftschiff nach dem Land zu lenken.

Der Engländer hatte inzwischen seinen Lauf angehalten und lag jetzt still. Ihm gegenüber, etwas über einen Kilometer entfernt, in geringer Höhe über dem Ufer, schwebte das Luftschiff der Martier in vollkommener Ruhe. Flügel und Steuer waren eingezogen. Der Hinterteil des Fahrzeugs war gegen das Kriegsschiff gewendet und zeigte die Öffnung eines bis dahin nicht sichtbar gewesenen Rohres. Kapitän Keswick hatte seinen Zweck erreicht, Zeit zu gewinnen und das unheimliche Fahrzeug über seinem Kopf zu entfernen. Er fühlte sich wieder sehr erhaben. Er dachte nun erst recht nicht daran, die Gefangenen auszuliefern. Verhielt es sich wirklich so, daß sie Marsbewohner waren – und eine bessere Erklärung angesichts des Luftschiffes wußte keiner seiner Offiziere –, so wollte er sich den Triumph nicht nehmen lassen, diese seltsamen Geschöpfe nach London zu bringen. Daß man auf dem Mars auch englisch verstand und sich nach der deutschen Nordpolexpedition erkundigte, war schließlich nicht wunderbarer als die Existenz des Luftschiffes überhaupt. Die Zumutung, einem englischen Kriegsschiff Bedingungen zu stellen, hielt Kapitän Keswick für eine Frechheit. Seiner Ansicht nach hatte das fremde Schiff einfach zu gehorchen.

Er signalisierte daher jetzt, das Schiff möge sofort die Flagge streichen und sich ergeben. Da er sich aber allerdings selbst sagte, daß man drüben die Signale nicht verstehen würde, so schickte er einen Offizier in der Jolle soweit vor, bis er durchs Sprachrohr mit dem Luftschiff reden konnte, und ließ durch ihn seinen Befehl ausrichten. Das Luftschiff solle landen und die Besatzung sich von demselben ohne

Waffen auf tausend Schritt zurückziehen. Geschähe das nicht, bis das Boot wieder an Bord sei, so würde er Gewalt anwenden.

Ill ließ antworten, es würde ihm sehr leid tun, wenn er seinerseits Gewalt anwenden müßte, um seine Genossen wieder zu erhalten. Bei der geringsten Feindseligkeit seitens der Engländer würde er sich jedoch gezwungen sehen, ihr Schiff kampfunfähig zu machen. Sollte einem der Martier Leides geschehen, so hafteten Kapitän, Offiziere und Mannschaft mit ihrem Leben.

Der Offizier brachte diese Antwort zurück.

»Wir werden mit den Leuten deutlicher reden«, sagte Keswick.

Leutnant Prim hätte sich gern aus Vergnügen die Hände gerieben, aber sie waren immer noch steif. Er konnte nicht einmal seinen Feldstecher halten. Das Luftschiff lag vollkommen ruhig, es konnte gar kein besseres Ziel für das 25-Zentimeter- Geschütz geben, es war nicht zu verfehlen.

Ell beobachtete, daß das Boot kaum beim Schiff angekommen war, als man das Geschütz richtete.

»Wir sind verloren«, rief er Ill zu.

Dieser hatte schon seine Vorkehrungen getroffen. Er sah scharf auf die Mündung des Geschützes.

»Halte dich fest und befürchte nichts«, sagte er zu Ell gewendet. Seine Hand lag am Griff des Repulsitapparates. Von dem Moment, in welchem der Schuß an Bord des Kriegsschiffs gelöst wurde, bis zu demjenigen, in welchem das Geschoß das Luftschiff treffen konnte, mußten fast zwei Sekunden vergehen. Das genügte ihm.

Jetzt blitzte drüben der Schuß auf. Das vernichtende Geschoß war entsandt. Ell fühlte, wie sich ihm die Kehle zusammenschnürte, aber er vertraute auf die Kraft der Nume. Isma hatte sich auf seine Bitte schon vorher zurückgezogen und war sich der unmittelbaren Gefahr glücklicherweise nicht bewußt.

Ill hatte gleichzeitig den Griff des Repulsitgeschützes gedreht. Das Luftschiff erhielt einen Stoß und sauste durch die Luft. Hinter ihm, etwa in der Mitte zwischen dem englischen Schiff und dem martischen, gab es einen ohrenbetäubenden Krach. Die Granate zersprang in der Luft, als sei sie an eine feste, unsichtbare Mauer gestoßen. Die Bruchstücke flogen nicht weiter, sie fielen direkt nach unten und ließen das Meer unter sich aufschäumen.

Im Moment aber spannte das Luftschiff seine Flügel aus, in engem Kreis kehrte es zurück, binnen zehn Sekunden war es wieder bei der ›Prevention‹ angelangt, hinter dem Kanonenboot sank es bis zur halben Höhe seiner Masten. Ein zweiter Repulsitschuß knickte die eisernen Masten wie Strohhalme, die mit einer scharfen Sense abgeschnitten werden. Zugleich aber wurden sie wie von einem Sturmwind fortgetragen, der sie über das Schiff hinwegfegte und gegen hundert Meter weiter ins Meer fallen ließ. Auf dem Verdeck selbst wurde nichts direkt von dem Schuß betroffen; nur die entstehende gewaltige Luftwelle warf die gesamte Mannschaft über den Haufen und setzte das ganze Schiff in schwankende Bewegung. Ehe sich die Engländer wieder auf ihre Füße gefunden hatten, war das Luftschiff, in kurzer Wendung aufsteigend, umgekehrt und ruhte in etwa tausend Meter Höhe senkrecht über dem Kanonenboot.

Ill hatte nur die Wirkung seiner Waffen zeigen wollen. Der im Repulsitgeschütz sich entspannende Äther entwich mit einer Geschwindigkeit, welche der des Lichtes vergleichbar war, und riß die Luft und alles, was in seinem Weg lag, mit sich fort, obgleich seine Masse nur wenige Gramm betrug. Er breitete sich kegelförmig aus und mußte daher das ihm entgegen fliegende Sprenggeschoß auffangen und zur Ruhe bringen. Ill wollte jetzt das Luftschiff wieder sich herabsenken lassen, um neue Verhandlungen zu beginnen, aber die zur Wut gereizten Feinde beschossen es aus ihren Gewehren ohne Rücksicht auf die Gefahr, von ihren eigenen Kugeln getroffen zu werden. Wie sollte er nun, ohne Menschenleben zu vernichten und das Schiff selbst unbrauchbar zu machen, die Herausgabe der Gefangenen erzwingen?

Ill hätte durch den Telelyten das Geschütz demontieren oder das Schiff leck machen können. Der Telelyt ist ein Apparat, durch welchen chemische Wirkung in jeder beliebigen Form erzeugt werden kann, soweit nur die direkte Bestrahlung des Gegenstandes vom Apparat aus möglich ist. Wenn man zum Beispiel glühenden Sauerstoff durch den Telelyten treten ließ, so wurde die chemische Energie durch Strahlung fortgepflanzt und kam auf dem bestrahlten Körper, etwa dem Gußstahl des Geschützes, wieder als chemische Energie zum Vorschein, so daß der Stahl einfach verbrannt wurde.

Ill hätte auch sein Repulsitgebläse auf das Schiff richten und dieses an beliebiger Stelle auf den Strand treiben können.

Aber er wollte sich nicht dazu entschließen. Das Geschütz konnte ihm nicht schaden, wenn er sich über dem Schiff hielt, und auch sonst nicht, wenn er die Abgabe des Schusses rechtzeitig bemerkte. Und das Schiff selbst wollte er nicht untauglich zur Fortsetzung der Reise machen. Er versuchte daher nochmals zu verhandeln und ließ zu diesem Zweck wieder die weiße Fahne aufziehen, obwohl Ell meinte, daß dieses Entgegenkommen falsch verstanden werden würde.

»Was wollen die Schufte?« rief der Kapitän wütend, ließ aber das Feuer einstellen. Das Luftschiff senkte sich. Als es so nahe gekommen war, daß man sich durchs Sprachrohr verständigen konnte, fragte Ell, ob man jetzt bereit sei zu kapitulieren.

»Mit euch Freibeutern gibt es keine Verhandlungen«, schrie Keswick zurück. »Ehe ich meine Flagge streiche, sprenge ich das ganze Schiff samt euren sauberen Brüdern in die Luft.«

»Wir verlangen nicht, daß ihr die Flagge streicht«, lautete die Antwort. »Es genügt, wenn ihr die Gefangenen ans Land setzt. Aber unsere Geduld ist jetzt zu Ende. Stößt das Boot mit unseren Landsleuten nicht binnen zehn Minuten vom Schiffe ab, so macht euch auf das Schlimmste gefaßt. Bis jetzt haben wir euch nur eine Probe gegeben.«

»Der Teufel soll euch holen. Feuer auf die Hunde!« schrie Keswick wütend.

Aber schon hatte sich das Luftschiff fortgeschnellt. Nach wenigen Sekunden war es bereits wieder über einen Kilometer vom Schiff entfernt, das jetzt mit voller Dampfkraft nach Süden strebte.

Da Ill keine Zeit dadurch verlieren wollte, daß sich die Entfernung des Schiffes von der Küste vergrößerte, beschloß er zunächst, den Dampfer aufzuhalten. Er erhob sich so hoch, daß er nicht beschossen werden konnte, und richtete dann einen

Repulsitstrom gegen die Meeresoberfläche in einiger Entfernung vor dem Schiff. Das Meer kochte auf, als hätte man einen Berg hineingestürzt. Ein haushoher Wogenwall wälzte sich von der getroffenen Stelle im Kreise nach außen und zwang das englische Schiff, seinen Kurs zu ändern. Alsbald erregte das Luftschiff durch einen zweiten Repulsitschuß an geeigneter Stelle einen neuen Wirbel, und so zwangen die Martier ihren Gegner, sich dahin zu wenden, wohin sie ihn haben wollten. Bald aber war die ganze Umgebung wie von einem Sturm aufgewühlt, und die ›Prevention‹ hatte die größte Mühe, sich in dem tollen Wogengang zu halten. Von einem Gebrauch des Geschützes konnte beim Schwanken des Schiffes jetzt nicht die Rede sein. Inzwischen waren die zehn Minuten Frist längst abgelaufen. Ill ließ dem Schiff noch Zeit, um einen Felsenvorsprung herum in ruhigeres Wasser zu gelangen. Hier erwartete er den Engländer.

Der Kapitän sah nun wohl ein, daß er dem Luftschiff nicht entkommen könne. Aber er war immer noch zu hartnäckig, um nachzugeben. Das Luftschiff lag wieder vollständig ruhig und ließ das Kanonenboot herankommen, während die Vorgänge auf demselben aufs genaueste beobachtet wurden. Ill konnte mit seinem Sprachrohr sich bis auf tausend Meter verständlich machen. Er rief nochmals hinüber, wenn man jetzt nicht gehorche, werde er auf das Schiff selbst schießen.

Der Dampfer machte eine Wendung und stoppte. Die Martier glaubten, es geschehe, um ein Boot auszusetzen; aber das Manöver hatte nur den Zweck, zum Schuß zu kommen. Ehe die Martier es erwarten konnten, blitzte der Schuß auf. Die Entfernung war zu kurz, um den Gegenschuß der Martier genau abzumessen. Er erfolgte sofort, aber er war zu heftig. Mit rasender Geschwindigkeit schleuderte der Rückstoß das Luftschiff fort. Die Insassen wurden von ihren Plätzen geworfen. Isma stieß einen Schrei aus und klammerte sich schreckensbleich an die Wand. Zum Glück hatte sie keinen Schaden genommen. Das Luftschiff gehorchte wieder dem Steuer, die Bewegung wurde gemäßigt, es kehrte in weitem Bogen zurück und lagerte sich in einer Entfernung von etwa acht Kilometern vom Kriegsschiff auf der Spitze eines Hügels, von wo aus man mit dem Fernglas die Vorgänge auf dem Schiff gut beobachten konnte.

Hier sah es schlimm aus. Unter dem Gegenstoß des Repulsits war das Sprenggeschoß explodiert, aber die Trümmer waren nicht in das Meer gefallen, sondern, weil die Wirkung zu stark gewesen war, auf das Schiff zurück. Ein Teil der Mannschaft und der Kapitän selbst waren verwundet. Der Verschluß des Geschützes war abgeschlagen. Dichter Qualm drang aus einem der zertrümmerten Schornsteine.

Ill nahm das Glas vom Auge. Ein finsterer Ernst lagerte über seinen Zügen.

»Es ist schrecklich«, sagte er. »Ich habe das Meinige getan, um Blutvergießen zu vermeiden. Auch das jetzige Unglück ist gegen meine Absicht geschehen, wir hatten bei der Plötzlichkeit des Überfalls nicht länger Zeit, unsern Schuß abzuwägen. Die Menschen sind wahnsinnig.«

Er sann lange nach.

»Ich erwäge«, sagte er dann, »ob ich es gegen unsere Genossen verantworten kann, wenn ich jetzt nachgebe und das Schiff entlasse. Aber ich bin ja nicht einmal sicher, ob man ihr Leben schonen wird, nachdem dieses Blut geflossen ist. Das also ist unser erstes Zusammentreffen mit den Menschen, das ist die Verbrüderung der Planeten! Ich hatte es mir anders gedacht. Ich höre, die Menschen haben unsern Planeten nach dem Gott des Krieges genannt; wir wollten den Frieden bringen, aber es scheint, daß die Berührung mit diesem wilden Geschlecht uns in die Barbarei zurückwirft. Gott gebe, daß diese Begegnung kein Vorzeichen ist. Indessen – wir können nicht mehr zurück. Wir wollen aus dem einen Fall noch keine Schlüsse ziehen.«

Er wandte sich zu Isma und sagte ihr bedauernde Worte, daß ihre Reise mit so schrecklichen Ereignissen begönne. Ell wollte eben seine Äußerungen übersetzen, als der wachthabende Martier meldete:

»Das Schiff setzt ein Boot aus.«

Es war so, man sah, daß die beiden Martier in das Boot hinabgelassen wurden. Dieses ruderte dem Land zu. In einer kleinen Bucht, deren Ufer mit Eisschollen bedeckt waren, landeten die Engländer. Sie warfen die Gefangenen rücksichtslos auf eine Scholle, feuerten ihre Gewehre in die Luft ab, um ein Signal zu geben, und kehrten dann schleunigst zurück an Bord ihres Schiffes.

Sofort befahl Ill, daß das Luftschiff aufsteigen solle, um die Genossen abzuholen. Der Weg war nicht weit, doch lag die kleine Bucht auf der anderen Seite des Kriegsschiffs, das man in einem Bogen umgehen mußte, um sich nicht etwaigem Gewehrfeuer auszusetzen. Dann senkte sich das Schiff mit eingezogenen Flügeln nahe am felsigen Abhang hinab. Hierbei streifte es einmal bis dicht an einen Felsen und legte sich stärker nach der Seite, als beabsichtigt war. Der Ingenieur machte ein bedenkliches Gesicht. Es kam bei diesen langsamen Bewegungen auf und nieder auf die äußerste Präzision in der Funktion des diabarischen Apparats an, und es schien ihm, als ob das Schiff auf der linken Seite nicht mit derselben Geschwindigkeit seine Schwere ändere wie auf der rechten. Man war jetzt auf der breiten Eisscholle angelangt.

Die gefangenen, nunmehr befreiten Martier befanden sich in üblem Zustand. Sie waren zwar nicht gefesselt, aber der Druck der Erdschwere, dem sie seit achtzehn Stunden – denn es war inzwischen Mittag geworden – ausgesetzt waren, die beim Kampf und zuletzt beim Transport erlittenen Mißhandlungen und der Mangel an für sie genießbarer Nahrung hatten sie körperlich schwer mitgenommen. Sie atmeten beglückt auf, als im Innern des Luftschiffes ihre Leiden gemildert wurden. Ill wandte sich betrübt ab, als er erfuhr, welche Behandlung ihnen zuteil geworden war. Die Strafe der Engländer war hart, dachte er, aber verdient. Und doch, im Grunde waren sie unschuldig an ihrem Irrtum.

Und nun vorwärts zum Pol! In anderthalb Stunden konnte er erreicht sein. Das Luftschiff erhob sich langsam, und wieder bemerkte der Steuermann die Ungleichmäßigkeit der Diabarie auf den beiden Seiten des Schiffes. Er machte Ill darauf aufmerksam, doch konnte man die Ursache nicht sogleich auffinden. Inzwischen war die Höhe des Felsufers überstiegen. Die Flügel wurden nun ausgebreitet, und vom Reaktionsapparat getrieben glitt das Schiff auf schiefer Ebene weiter aufwärts und nordwärts.

Plötzlich vernahm man einige scharfe Schläge gegen die Flügel des Schiffes.

»Höher!« rief Ill. »Höher und schneller!«

Mit dem Schiff und den geretteten Gefährten beschäftigt, hatte man kaum noch auf den Engländer geachtet. Auch war man so weit von ihm entfernt, daß die Martier außer Schußweite zu sein glaubten. Die Engländer aber hatten, als sie sahen, daß das Luftschiff sich entfernte, ihm auf gut Glück noch einige Schüsse aus ihren weittragenden Gewehren nachgesendet, und einige Kugeln hatten es erreicht.

»Höher«, lautete der Befehl. Aber als der diabarische Apparat dementsprechend gestellt wurde, legte sich das Schiff auf die Seite. Infolge der Flügelstellung beschrieb es sofort eine Spirale nach rückwärts und kam dadurch nochmals in den Bereich der feindlichen Geschosse. Man mußte die Diabarie der rechten Seite wieder vermindern, da die linke nicht folgte. Das Schiff schwebte zwar, aber man konnte es nur langsam und in engen Grenzen heben und senken. Der Repulsitapparat war dagegen in Ordnung und trieb das Schiff vorwärts. Es entfernte sich nun vom Schauplatz des Kampfes nach Norden, in verhältnismäßig geringer Höhe über der Erde. Ein Gebirge, das noch zu überwinden war, konnte nur durch das Vorwärtstreiben mit schräggestellten Flügeln genommen werden. Infolgedessen nahm die Fahrt bis zum Pol die vierfache Zeit wie gewöhnlich in Anspruch.

Endlich kam die Polinsel Ara zu Gesicht, und das Schiff senkte sich vorsichtig auf das Dach derselben. Aufs äußerste ermüdet entstiegen die Martier dem Fahrzeug, von den Bewohnern der Insel freudig bewillkommt. Isma wurde der Obhut der Gemahlin Ras übergeben und von ihr aufs freundlichste aufgenommen. Ehe sie die Treppe in die Wohnung hinabstieg, warf sie noch einen forschenden Blick auf die Umgebung und suchte in Gedanken die Stelle zu finden, wo der Fallschirm des Ballons herabgestürzt war. Dann reichte sie Ell die Hand. Sie wollte zu ihm sprechen, aber sie fand keine Worte. Nur ihr Blick dankte ihm. »Auf Wiedersehen!«

Bereits vierundzwanzig Stunden hatte Isma auf der Polinsel zugebracht, ohne daß die in Aussicht genommenen Entdeckungsfahrten nach ihrem Mann angetreten wurden. So sehr sie sich danach sehnte, hatte sie doch keine Zeit, ungeduldig zu werden, denn die Fülle der neuen Umgebung beschäftigte sie ausreichend. Die Gegenwart Ells gab ihr die erforderliche Zuversicht in den neuen Verhältnissen. Saltner mit Se, La und Fru waren bereits nach dem Mars abgegangen, aber unter den noch anwesenden Martiern befanden sich noch mehrere, mit denen sie sich deutsch unterhalten konnte, so vor allem der Vorsteher Ra, dessen Frau und der Arzt Hil. Von ihnen erhielt sie nicht nur Nachricht über die Verhältnisse des Mars, sondern auch Einzelheiten über die Schicksale der Gefährten ihres Mannes, die ihr Gemüt lebhaft bewegten.

Man begab sich eben zu der üblichen Plauderstunde ins Empfangszimmer, wo Isma und Ell jetzt die Plätze einzunehmen pflegten, die für Grunthe und Saltner eingerichtet waren, als Ell mit bekümmertem Antlitz eintrat.

Isma sah ihn erschrocken an.

»Was ist geschehen?« rief sie.

»Fassen Sie sich, liebste Freundin.«

»Hugo ist –?«

»Nein, nein – wir wissen nichts – aber wir können ihn nicht suchen.«

»Warum nicht?«

»Das Luftschiff ist unbrauchbar geworden.«

»Um Gottes willen!«

»Der diabarische Apparat hat durch den übermäßigen Luftdruck bei unserm zweiten Verteidigungsschuß auf das Kanonenboot einen Fehler erhalten. Außerdem ist eine verirrte Gewehrkugel in denselben eingedrungen und hat den Differential-Regulator verletzt. Bei der Untersuchung stellte sich heraus, daß die Reparatur hier nicht möglich ist. Der auseinandergenommene Apparat läßt sich nur in der Werkstätte auf dem Mars mit den dortigen Mitteln wieder einsetzen. Leider ist auch das kleine Luftboot für weitere Fahrten nicht mehr zu verwenden. Wir müssen die Nachsuchungen aufgeben.«

Isma saß starr. »Mein armer Mann!« sagte sie tonlos.

»Geben Sie sich um seinetwillen nicht so großer Sorge hin«, suchte Ell sie zu trösten. »Er wird sicherlich glücklich heimkehren. Vielleicht früher als wir«, setzte er zögernd hinzu.

Isma sah ihn an. Dann schlug sie die Hände vor das Gesicht und ließ sie endlich langsam herabsinken.

»Wir können nicht – zurück –?«

»Es ist unmöglich – in diesem Jahr.«

»Und ich – ich glaubte – in acht Tagen – – o ich Törin! Was hab ich getan! O wäre ich nicht so eigensinnig gewesen.«

»Es ist der Fall, vor dem Ill uns warnte.«

Isma weinte still. Ell saß ratlos neben ihr.

»Was nun?« fragte sie endlich.

»Es bleibt uns nichts übrig, als mit Ill und Ra nach dem Mars zu gehen. Im ersten Frühjahr kehren wir mit neuen Luftschiffen zurück. Bis dahin hilft uns nichts als Fassung.«

»Nach dem Mars!« flüsterte Isma wie geistesabwesend. Dann stand sie auf. Sie trat vor Ell. Ihren Schmerz bezwingend, reichte sie ihm beide Hände.

»Vertrauen Sie mir!« sagte er.

Sie sahen sich in die Augen.

»Ich werde tun, was Sie verlangen«, erwiderte Isma. »Ich habe das Geschick herausgefordert. Ich muß es tragen.«

»Ob auf dem Mars oder auf der Erde – wir können dieselben bleiben.«

Zweites Buch

27 - AUF DEM MARS

Über dem Südpol des Mars, um den Halbmesser des Planeten von seiner Oberfläche entfernt, also in einer Höhe von 3.390 Kilometern, schwebt die ausgedehnte Außenstation für die Raumschiffahrt.

Ungleich gewaltiger ist die Anlage als die am Nordpol der Erde, denn über siebzig Raumschiffe vermögen gleichzeitig hier Platz zu finden. Das abarische Feld, das die Außenstation in der Richtung der Achse mit dem Pol des Planeten verbindet, befördert stündlich einen geräumigen Flugwagen.

Heute waren die aufsteigenden Wagen bis auf den letzten Platz besetzt. Nicht nur die Bevölkerung der nächsten Umgebung drängte sich zu den Flugwagen, selbst aus den entlegeneren Gegenden waren Neugierige auf den schnellen Bahnwagen herbeigeeilt, um der Rückkehr des Regierungsschiffes von der Erde beizuwohnen. Denn heute wurde der ›Glo‹ erwartet. Die Lichtdepesche hatte gemeldet, daß der Repräsentant Ill auf der Erde den Sohn seines verunglückten Bruders, des verschollenen Raumfahrers All, aufgefunden habe und zurückbringe. Man durfte auf merkwürdige Neuigkeiten von der Erde rechnen. Auch das Raumschiff ›Meteor‹, Kapitän Oß, welches bereits vor dem ›Glo‹ die Erde verlassen hatte, wurde erwartet. Es sollte den ersten Menschen von der Erde auf den Mars bringen. Man erzählte die wunderbarsten Geschichten von seiner furchtbaren Stärke. Zehn Nume seien notwendig, um ihn in Schranken zu halten.

»Ist es denn wahr«, fragte eine besorgte Mutter, ihr Töchterchen ängstlich an sich ziehend, »daß die Menschen kleine Kinder fressen?«

Ihre Nachbarin im Flugwagen antwortete: »Ich weiß es nicht im allgemeinen, aber der, den wir jetzt erwarten, frißt keine Kinder. Ich weiß es ganz genau, denn ich erwarte meine Schwester Se, die ihn kennt; wir haben mit dem ›Kometen‹, Kapitän Jo, Briefe von ihr bekommen, und sie schreibt, daß er ein ganz netter, beinahe zivilisierter Mann sei. Sie sehen, ich habe ja auch meinen kleinen Wast und sogar meine Ern mitgebracht. Haltet euch fest, Kinder, wir sind gleich da!«

Die weiten Galerien des Ringes der Außenstation waren seit Stunden dicht mit Zuschauern besetzt, die sich vor den Projektionsfernrohren drängten und bald die Aussicht auf den Mars bewunderten, bald den gestirnten Himmel durchmusterten. Mit besonderer Vorliebe wurde die Erde aufgesucht, doch da sie fast in derselben Richtung wie die Sonne stand, konnte sie nicht gut beobachtet werden.

Der ›Glo‹ war bereits nahe herangekommen, sein roter Glanz ließ ihn im Fernrohr nicht verkennen. Man konnte die Landung in zwei bis drei Stunden erwarten. Aber auch der ›Meteor‹ war schon signalisiert. In acht bis zehn Stunden mochte er eintreffen.

Die Reise des ›Glo‹ war so beschleunigt worden, wie man es nie bei einem Raumschiff gewagt hatte. Die allgemeine Aufregung, die in allen Marsstaaten aufgrund der neuen Depeschen von der Erde entstanden war, machte wichtige politische

Erwägungen und die Anwesenheit Ills im Zentralrat notwendig. Ill hatte außerdem das persönliche Interesse, Isma, der er sehr zugetan war, die Beschwerden der Reise möglichst abzukürzen. So war, durch die Stellung der Planeten begünstigt, das Außerordentliche gelungen; die Reise von der Erde zum Mars, also der Sonnenanziehung entgegen, war in acht Tagen zurückgelegt worden. Man hatte den ›Meteor‹, welcher sieben Tage früher von der Erde abgegangen war, überholt. Freilich durfte er sich nicht die Repulsitverschwendung gestatten wie das im Auftrag des Zentralrats fliegende Eilraumschiff.

Mit rührender Sorgfalt hatte Ill, den Ratschlägen Ells folgend, Isma den Aufenthalt im Raumschiff behaglich zu machen gesucht. Die Raumkrankheit, eine Folge der zeitweiligen Aufhebung der Gravitation, pflegte selbst erprobten Raumschiffern nicht ganz fernzubleiben. Auch Isma hatte unter ihr zu leiden. Aber die Beschwerden, die ihr durch die geringe Schwere innerhalb des Raumschiffes drohten, waren ihr durch eine sinnreiche Konstruktion ihres Schlafraumes sehr erleichtert worden. Derselbe stellte zwar nicht viel mehr als einen durch geeignete Ventile ausreichend gelüfteten Kasten vor, aber es war darin künstlich Schwere und Luftdruck der Erde erzeugt. Und so konnte Isma nicht nur während des Schlafes ganz nach ihrer Gewohnheit ruhen, sondern auch im Laufe des Tages sich von Zeit zu Zeit zur Erholung dahin zurückziehen. Sie fühlte sich daher vollkommen wohl, als der ›Glo‹ sich bereits dem Mars näherte.

Wie oft auch ihre Gedanken sehnsüchtig nach der Erde zurückeilten und sich um das Schicksal ihres Mannes mit Bangen bewegten, so war doch die Fülle der neuen Eindrücke gewaltig genug, um sie aufs lebhafteste zu beschäftigen und zu zerstreuen. Die Notwendigkeit, nun ein halbes Erdenjahr auf dem Mars zuzubringen, ließ sie die Muße der Reise benutzen, mit Ells Hilfe in die Sprache der Martier einzudringen, während sich Ill gleichzeitig das Deutsche aneignete. Auch an weiblicher Gesellschaft während der Überfahrt fehlte es Isma nicht, da gegen zehn Frauen verschiedenen Lebensalters mit dem ›Glo‹ von der Erde zurückkehrten.

Längst war die schmale Sichel der Erde als ein lichter Stern unter die übrigen zurückgesunken, und die Verkleinerung des Sonnenballs infolge der größeren Entfernung von ihm ließ sich, wenn man die Strahlung durch ein dunkles Glas abblendete, sichtlich bemerken. Immer mächtiger trat das Ziel der Reise, der Mars, als hell leuchtende Scheibe hervor. Jetzt hatte man sich über die Marsbahn erhoben, um, in unmittelbarer Nähe des Planeten, sich in der Richtung der Achse auf seinen Südpol hinabsinken zu lassen. Nur noch etwa 13.000 Kilometer trennten das Raumschiff von der Außenstation. Aber um diese Strecke zu durchfliegen, die man bei der vollen Fahrtgeschwindigkeit fern vom Planeten in zwei bis drei Minuten zurücklegte, bedurfte man jetzt ebenso vieler Stunden. Es galt, die Geschwindigkeit zuletzt durch Repulsitschüsse so zu vermindern, daß man gerade auf dem Ring der Außenstation zur Ruhe kam. Die Schwierigkeit der Landung erforderte die volle Aufmerksamkeit des Kapitäns Fei.

Als bevorzugte Gäste des Zentralrats konnten sich Isma und Ell bei Ill auf einer kleinen reservierten Tribüne dicht neben der Kommandobrücke aufhalten. Isma mit bangem Herzen, Ell in freudiger Aufregung, die nur durch die Teilnahme am Geschick der Freundin gedämpft war, hefteten ihre Blicke erwartungsvoll auf die neue Welt, die sich zu ihren Füßen auftat.

Es war Sommer am Südpol des Mars, und so zeigten sich, hier von der Achse aus gesehen, etwa zwei Drittel von der Scheibe des Planeten beleuchtet, während ein Drittel in tiefem Dunkel lag. Auf dem erhellten Teil vermochte man jetzt die Südhalbkugel bis gegen den zehnten Grad südlicher Marsbreite zu überblicken. Dieser Horizont verengte sich mehr und mehr beim Herabsinken des Raumschiffes, während infolge der größeren Annäherung das Bild des Planeten an Ausdehnung zunahm und die Einzelheiten immer deutlicher hervortraten. Infolge der dünnen, durchsichtigen, wolkenlosen Atmosphäre lag die Gestaltung der Oberfläche bis an den Rand der sichtbaren Fläche klar vor Augen. in der Nähe des Poles und nach der Schattengrenze hin dehnten sich weite Gebiete von grauer, ins Blaugrüne spielender Färbung, das Mare australe der Astronomen der Erde. Der Pol selbst war eisfrei, aber westlich von ihm lagen zwischen den dunklen Landesteilen noch langgestreckte Schneeflächen bis zum 80. Breitengrad hinab. Zwei ausgedehnte große Flecken, die weiter nördlich zwischen dem 60. und 70. Breitengrad hellrot im Sonnenschein glänzten, bezeichnete Ill als die Wüsten Gol und Sek; sie werden auf der Erde die beiden Inseln Thyle genannt. Im übrigen Teil der sichtbaren Scheibe herrschte diese hellrote Farbe vor, doch an mehreren Stellen von breiten und ausgedehnten grauen Gebieten unterbrochen. Alle diese dunkeln Stellen waren untereinander durch dunkle Streifen verbunden, die sich geradlinig durch die hellen Gebiete hindurchzogen. Die hellen Teile sind teils sandige, teils felsige Hochplateaus, trockene und fast vegetationslose Gegenden, in denen sich nur spärliche Ansiedlungen zur Gewinnung der Mineralschätze des Bodens befinden. Dicht bevölkert dagegen sind die dunklen Teile, deren Erdreich von Feuchtigkeit durchdrungen und mit einem üppigen Pflanzenwuchs bedeckt ist.

Ein seltsames Farbenspiel entwickelte sich an der Schattengrenze, an welcher die Sonne für die Marsbewohner im Aufgehen und die Nacht zu entschwinden im Begriff war. Während der Nacht bedeckte sich die Oberfläche des Planeten infolge der starken Abkühlung weithin mit einer Nebelschicht. Wo diese dichter war, dauerte es einige Zeit, ehe sie von den Strahlen der Sonne aufgesogen wurde, und hier erschienen glänzende Lichter durch den Reflex der Strahlen auf den Nebeln. Einzelne der Hochplateaus erhoben sich so weit, daß sie mit Schnee oder Reif bedeckt waren, der aber bald in den Strahlen der Sonne verschwand.

Ill wies nach einer Stelle nahe am nördlichen Rand des Vegetationsgebiets, schon an der Grenze des Horizonts, wo der graue Grund eine Mannigfaltigkeit von teils helleren, teils dunkleren Konturen aufwies und wohin durch die benachbarten roten Wüsten eine besonders große Anzahl dunkler Streifen zusammenliefen.

»Dort liegt Kla«, sagte er, »der Sitz des Zentralrats, und dort werden wir zunächst wohnen. Nur wenn der Sommer noch weiter fortgeschritten ist, rücken wir weiter nach dem Südpol vor.«

»Es wird mir leicht werden«, bemerkte Isma mit einem wehmütigen Lächeln, »denn ich werde nicht viel Gepäck haben.«

»Daran wird es Ihnen nicht fehlen, ich werde es mir nicht nehmen lassen, Ihnen eine vollständig eingerichtete Wohnung zur Verfügung zu stellen. Sie werden sich dann wohl bequemen, unsere Tracht anzunehmen, denn es wird Ihnen nicht angenehm sein, aufzufallen. Übrigens müssen Sie wissen, daß ein Umzug von einem Ort zum andern kein Einpacken und Umräumen erfordert. Wir ziehen mit unserm ganzen Haus. Sie bestellen nur beim nächsten Transportbüro, wann und wohin Sie befördert sein wollen, legen sich ruhig schlafen und sind am andern Morgen an Ort und Stelle.«

»Es wird nämlich meistens in der Nacht gezogen«, erklärte Ell weiter. »Die Häuser stehen auf Rollschlitten und werden auf unsern Gleitbahnen befördert. Größere Lasten lassen sich vorteilhafter in der Nacht fortbringen, am Tag würden wir bei der herrschenden Trockenheit stärkeren Wasserverbrauch haben.«

»Hat denn jede Familie ihr eigenes Haus?«

»In den wohlhabenden Staaten gewiß, und wo man es sich gestatten kann, sogar jede einzelne Person. Die Häuser sind nicht sehr groß, es werden aber diejenigen einer Familie zu einer zusammenhängenden Gruppe verbunden. Sie werden es bald sehen, denn wir nähern uns dem Ziel. Blicken Sie gerade unter uns. Der glänzende Punkt – es ist schon eine kleine Scheibe – ist der Ring der Außenstation. Von dort bringt uns der Fallwagen nach Polstadt, wo wir zunächst übernachten.«

»Das Letztere«, bemerkte Ill, »ist noch nicht gewiß. Vielleicht müssen wir unsre Reise sogleich fortsetzen. Doch gehen unsre Wagen so ruhig und sind so bequem eingerichtet, daß Sie keinerlei Anstrengung zu fürchten haben.«

An der unteren Wölbung des Raumschiffs flammte das Zeichen der Marsstaaten auf. Der ›Glo‹ hatte sich bis dicht über die Station gesenkt, deren Raumschiffe wie eine Stadt aus riesigen Kuppeldomen im Sonnenschein strahlten. Alle diese Schiffe ließen jetzt ihre Symbole und Flaggenzeichen an ihren Wölbungen zur Begrüßung aufleuchten. Fast unmerklich langsam glitt das Schiff auf seinen Platz nieder. Kein Laut unterbrach die Stille, durch die Leere des Weltraums pflanzte sich kein Schall fort. Aber hinter den durchsichtigen Wänden der Galerien sah man eine gedrängte Menge, die dem nahenden Schiff mit Schleiern ihr Willkommen zuwinkte.

Der aufnehmende Zylinder senkte sich in die Empfangshalle, der ›Glo‹ ruhte an seinem Ziel; der Stationsbeamte betrat durch die Eingangsluke das Schiff. Ill mit seinen Gästen zog sich zunächst in das Innere des Schiffes zurück. Nach Erfüllung der erforderlichen Förmlichkeiten wurde das Verlassen des Schiffes gestattet. Zunächst strömten die von der Erde abgelösten Martier heraus und wurden von ihren Verwandten und Freunden jubelnd bewillkommnet. Erst nachdem dieses rege Gewühl sich einigermaßen gelegt hatte, nahte sich eine Deputation von Mitgliedern des Zentralrats und andern offiziellen Persönlichkeiten und betrat das Innere des Raumschiffs. Hier erfolgte die Begrüßung und formelle Vorstellung von Ell und Isma, indem Ill in Kürze die notwendigsten Erklärungen gab. Ein erster telephotischer Bericht war bereits von der Erde aus vorangegangen.

Obgleich dieser Empfang im Innern des Schiffes ziemlich lange währte, hatten die Zuschauer es sich doch nicht nehmen lassen, in der Empfangshalle zu warten. Absperrungen gab es nicht. Es verstand sich von selbst, daß die Martier den Ausgang des Schiffes und den Weg nach der Abfahrtshalle des Fallwagens im abarischen Feld freiließen.

Endlich erschien die Empfangsdeputation wieder und schritt den Weg nach dem Fallwagen voran. Hinter ihr kam Ill, der Isma führte, während Ell an seiner linken Seite ging.

Isma hatte den Schleier dicht vor ihr Gesicht gezogen, sie wagte nicht, sich umzuschauen. Ill und Ell dankten nach martischer Sitte für die Willkommrufe, die ihnen entgegenschallten. Erst als Isma bereits auf der Treppe des Fallwagens stand, schob sie ihren Schleier zurück und warf einen Blick auf das bunte Bild der bewegten Menge. Ein enthusiastischer junger Mann, der sich bis dicht an die Treppe gedrängt hatte, warf ihr einen Gegenstand zu, den sie nicht kannte; doch ahnte sie wohl, daß dies eine Huldigung sein sollte. Es war allerdings nicht, wie sie vermutete, ein Blumenstrauß, sondern ein buntes Spielzeug, wie man sie kleinen Kindern schenkte. Hier auf der Außenstation, um den Marsdurchmesser vom Mittelpunkt des Planeten entfernt, herrschte nur der vierte Teil der Marsschwere, also nur ein Zwölftel der Erdschwere. Der Gegenstand, etwas höher als Ismas Kopf geworfen, schwebte daher so langsam herab, daß sie ihn bequem mit der Hand ergreifen konnte. Sie tat es und verneigte sich in ihrer natürlichen Anmut gegen die Anwesenden, für welche die Fremdartigkeit ihres Grußes einen besondern Reiz hatte.

»Sila Ba!« – »Es lebe die Erde!« rief der Jüngling, und die Versammlung stimmte in den Ruf ein. »Sila Ill, Sila Ell, Sila Ba!«

In der Tür des Wagens wandte sich Isma nochmals zurück. Sie faßte Mut und rief: »Sila Nu!« Sie erschrak über ihre eigene Stimme. Denn selbst die Hochrufe der Martier klangen tief und halblaut, sie aber hatte ihre helle Menschenstimme nicht gedämpft, und so hob sich ihr Gruß deutlich in dem allgemeinen Geräusch ab. Die Martier waren entzückt.

Der Verkehr auf weite Strecken und mit großer Geschwindigkeit wurde auf dem Mars durch zwei Arten von Bahnen vermittelt, Gleitbahnen und Radbahnen. Die Kraftquelle war die Sonnenstrahlung selbst; sie wurde auf den glühenden, trockenen Hochplateaus in ausgedehnten Strahlungsflächen gesammelt und den Motoren in Form von Elektrizität zugeleitet. Bei den Gleitbahnen befand sich zwischen der Schienenbahn und der Last, die auf Schlittenkufen mit eingelassenen Kugeln ruhte, eine dünne Wasserschicht, wodurch die Reibung so vermindert wurde, daß man riesige Massen mit großer Geschwindigkeit transportieren konnte. Noch viel rascher indessen fand der Personenverkehr auf den Radbahnen statt. Die zwischen drei Schienen laufenden Einzelwagen legten in der Stunde 400 Kilometer zurück. Der Verkehr durch Luftschiffe hatte sich bis jetzt nicht als vorteilhaft bewährt, doch beabsichtigte man nunmehr nach den neuen Entdeckungen, zu denen die Fahrten nach der Erde geführt hatten, den Bau neuer Luftschiffe mit Repulsitmotoren in Angriff zu nehmen. Ill hatte beim Empfang erfahren, daß er die Reise sogleich fortsetzen solle. Er bestieg daher mit seinen Gästen den von der Regierung gestellten Zug, um ohne Aufenthalt nach Kla zu gelangen. Trotzdem war hierzu eine zwölfstündige Fahrt erforderlich.

Jene Bahnen wurden aber nur dann benutzt, wenn es sich darum handelte, große Strecken in kürzester Zeit zurückzulegen. Das Hauptverkehrsmittel war stets der

Radschlitten, ein leichter, teils auf Kufen, teils auf Rädern ruhender Wagen für ein oder zwei Personen, den ein unter dem Sitz befindlicher kleiner Motor bewegte. Ferner kamen dazu die Stufenbahnen, die in regelmäßigen Abständen von etwa zehn Kilometern alle bewohnten Gegenden mit ihrem dichten Netz überspannten. Diese Stufenbahn war das Ideal einer Straße, in ihr war jene Phantasie des Märchendichters realisiert, daß statt des Reisenden die Wege selbst sich bewegten. Die Breite der eigentlichen Fahrstraße betrug etwa 30 Meter, und ebenso breit waren die parallellaufenden Zugangsstraßen. Diese bestanden aus zwanzig eng nebeneinander befindlichen Streifen von anderthalb Meter Breite, von denen der äußere sich mit einer Geschwindigkeit von drei Metern in der Sekunde fortschob. Jeder folgende, nach innen zu, hatte eine um drei Meter größere Geschwindigkeit, so daß die Bahn in der Mitte, die eigentliche Fahrstraße, sich mit einer Geschwindigkeit von 60 Metern in der Sekunde bewegte. Jeder Punkt derselben legte also in der Stunde über 200 Kilometer zurück. Die Streifen selbst erhielten ihre Bewegung durch Walzen, über welche sie in der Art von Transmissionsriemen gezogen waren. Man konnte die Stufenbahn sowohl zu Fuß als auf dem eigenen Radschlitten benutzen. An jeder Stelle konnte sie betreten und verlassen werden. Die Geschwindigkeit des ersten Streifens von drei Metern konnte man auf dem Mars, wo wegen der geringeren Schwere das Springen eine jedermann geläufige Sache war, leicht erreichen, noch bequemer mit Hilfe des Radschlittens. Man sprang oder fuhr also einfach auf diesen Streifen, und da jeder folgende Streifen zum vorhergehenden dieselbe relative Geschwindigkeit besaß, so gewann man, von Streifen zu Streifen schräg vorwärts gehend oder fahrend, die Geschwindigkeit der Hauptstraße. Diese benutzte man, ebenfalls fahrend oder gehend, soweit man wollte, um alsdann in derselben Weise sie wieder zu verlassen. Die linke Seite war zum Aufstieg, die rechte zum Abstieg bestimmt. Über die Stufenbahn führten alle hundert Meter leichte Brücken.

Über den Bahnen erhoben sich, die ganze Breite in kühnen Bogen überspannend, die Riesengebäude des gewerblichen und Geschäftsverkehrs. Diese stiegen bis zur Höhe von hundert Meter an. Das leichte, feste Baumaterial gestattete bei der geringen Marsschwere diese gewaltigen Wölbungen und Säulenmassen. Gleich Palästen und Domen, in zierlichen Formen und lichten Farben, stiegen die Gebäude wie spielend in die klare Luft, überall auf ihren Dächern die Sonnenstrahlen sammelnd, um ihre Kraft zu verwerten. So zogen diese Hallen ohne Unterbrechung durch das Land, es in große Abschnitte von durchschnittlich hundert Quadratkilometer Fläche zerlegend. Eigentliche Städte oder Dörfer gab es hier nicht, die Orte gingen ineinander über, und nur als Verwaltungsbezirke schieden sich die Gebäude in zusammengehörige Gruppen. Diese Bauten überbrückten auch die Kanäle und die Bahnen, die sich meist in derselben Richtung mit ihnen hinzogen.

Entfernte man sich aber von diesen Industriestraßen nur um einige hundert Schritte, so befand man sich in einer vollständig anderen Gegend. Gewaltige Riesenbäume, deren Gipfel zum Teil sogar die hundert Meter hohen Gebäude noch überragten, verdeckten mit ihren Zweigen die Nähe der Bauwerke. Es waren teils den Platanen, teils den Fichten gleichende Pflanzen, mit denen sich kein irdischer Baum, selbst nicht die berühmten Riesen des Yosemite-Tales, vergleichen konnte. Erst in einer Höhe von etwa vierzig Metern begann der Astansatz, und von hier aus bildete das Laubdach eine natürliche Wölbung, auf den geradlinig aufsteigenden Pfeilern der Stämme ruhend. Kein direkter Sonnenstrahl vermochte den Boden zu treffen, aber ein mildes, bläulich-grünes Licht schimmerte von den Blättern hernieder und verteilte sich gleichmäßig im Raum. Diese lebendigen Kuppeln ersetzten den Martiern den Schutz einer dichteren Atmosphäre, sie milderten den Gegensatz der Einstrahlung am Tag und der Ausstrahlung in der Nacht und schützten den Boden vor Verdunstung. Der gesamte Raum der von den Industriestraßen begrenzten Bezirke war eine solche entzückende Waldlandschaft, die übrigens nach der Mitte der Bezirke zu auch zuweilen von Lichtungen unterbrochen wurde und eine reiche Abwechslung des Pflanzenwuchses darbot.

Auf beiden Seiten der Industriestraßen, in einem Streifen von etwa tausend Metern Breite, erstreckten sich die Privatwohnungen der Martier. Unter dem Riesendach der Bäume dehnte sich ein reizendes Gewirr von Garten- und Parkanlagen aus, Blumenbeete und kleine Teiche wechselten mit Gebüsch und Baumgruppen, deren Höhe das auf der Erde gewohnte Maß nicht überstieg. Mitten in diesen Gärten, die bald aufs anmutigste gepflegt, bald als einfache Rasenplätze sich darstellten, standen die Häuser der Martier, kleine einstöckige Gebäude, manchmal zu Gruppen zusammengeschlossen, im allgemeinen aber villenartig durchs Gelände zerstreut. Sie reihten sich, vom Blaugrün der Sträucher und bunten Blumenbosketts umgeben, unregelmäßig zu beiden Seiten der Wege, auf deren festem Moosteppich sich, für das Auge wenig bemerkbar, die Geleise der Gleitbahn hinzogen. Sämtliche Martier in den kulturell entwickelten Teilen des Planeten hielten sich in solchen ländlichen Wohnsitzen auf, sofern sie nicht gerade geschäftlich oder dienstlich in den Industrieräumen zu tun hatten. Es kamen hier auf einen Quadratkilometer ungefähr tausend Einwohner, so daß ein solches Straßenviertel von zehn Kilometern Länge und Breite in dem Streifen, der es umfaßte, gegen vierzigtausend Einwohner zählte. Hatte man diese Zone von Wohnstätten durchschritten und drang man auf einer der schmalen, sauber angelegten Straßen weiter in das Innere des Bezirks vor, so nahm die Landschaft wieder einen neuen Charakter an. Die Gärten hörten auf, an ihre Stelle trat die Wildnis des Waldes. Tiefe Stille herrschte ringsum, nur unterbrochen durch das leichte Summen kleiner Vogelarten oder das Zwitschern der singenden Blüten, die sich auf ihren schwanken Stengeln wiegten. Zahlreiche Wasseradern verzweigten sich unter den breiten Blättern einer Sumpfpflanze und sammelten sich zu einem stillen See, dessen dunkle Fläche seine Ufer widerspiegelte. Und alles dies war überragt und geschützt von dem sanft leuchtenden Blätterdach der Riesenbäume, das sich wie ein grünes Himmelszelt über die niedere Waldlandschaft hindehnte. Man war entrückt in die Einsamkeit ungestörter Natur, und nichts verriet, daß man auf dem eilenden Radschlitten in wenigen Minuten auf die Weltstraße gelangen konnte, wo Millionen geschäftiger Bewohner, die Kräfte der Sonne und des Planeten ausnutzend, arbeiteten. Es war ein Gesetz, daß in jedem Bezirk drei Fünftel des Flächenraums im Innern als Naturpark von jeder Ausbeutung und Bewohnung geschützt blieb, was jedoch eine geregelte Forstkultur darin nicht ausschloß. Je nach der areographischen Breite wechselte natürlich die Art der vorherrschenden Pflanzen. Ihr Wuchs wurde üppiger in der Nähe des Äquators, spärlicher nach den Polen zu. Doch gab es in den Niederungen nirgends eine eigentliche Waldgrenze, da nach den Polen hin die Feuchtigkeit das Klima milderte.

Einen starken Gegensatz zu dem reichen Kulturleben und der Lebensfülle der Niederungen boten die felsigen Hochplateaus, auf denen es an einigen Stellen sogar beträchtliche Gebirge gab. Im allgemeinen erhoben sie sich jedoch nicht bedeutend über die Tiefebenen. Auch durch jene Wüsten zogen sich, uralten Kulturwegen folgend, die Industriestraßen hin, nur daß sie hier nicht ein dichtes Netz bildeten, sondern parallel verliefen und dadurch Streifen von dreißig bis dreihundert Kilometern Breite darstellten, die mit Bewohnern besetzt waren. Denn jeder solcher Streifen war von einem Kanal begleitet, der das Wasser von den Polen über den ganzen Planeten verbreitete. Nicht immer reichte die Wassermenge aus, alle diese Kanäle zu füllen, so daß die Breite des Vegetationsstreifens je nach der Stärke der Bewässerung wechselte. Es schien dann, von der Erde aus gesehen, als ob die dunklen Streifen, welche die Wüstengebiete auf die Länge von Tausenden von Kilometern durchsetzen, sich seitlich verschoben, verengten, verbreiterten oder auch verdoppelten. Sobald der Wasserzufluß hier aufhörte, verloren die schützenden Bäume ihr Laub und der Boden verdorrte, wenige Tage aber genügten auch wieder, dem Pflanzenwuchs seine Frische zurückzugeben.

Die Bevölkerung dieser Weltstraßen stand unter ungünstigeren Lebensbedingungen als die der immer feuchten Niederungen, aber sie war doch ungleich besser gestellt als die Bewohner der Wüsten. Hier hausten in der Kultur zurückgebliebene Gruppen der Bevölkerung des Planeten, die zum Teil sogar noch Ackerbau trieben, wo geringe Einsenkungen infolge der nächtlichen Niederschläge den Anbau von Früchten gestatteten, zum größeren Teil aber im Bergbau und in den Strahlungs-Sammelstätten tätig waren. Denn jene Wüstengegenden, einst leer und unbewohnt, waren in der gegenwärtigen Kulturperiode des Planeten das Hauptreservoir und die Hauptquelle für die Energie geworden. Aus den Kalkfelsen, dem ausgetrockneten Ton- und Lehmboden und den darunter befindlichen, von Erzgängen reich durchsetzten Schichten zog die Bevölkerung des ganzen Planeten ihre Nahrung und ihre Macht. Aber die klimatischen Verhältnisse gestatteten nicht, die Verarbeitung an Ort und Stelle vorzunehmen. Die Gesteinsmassen wurden an den Rändern der Verkehrsstreifen gebrochen, wodurch diese sich allmählich verbreiterten. Die Sonnenstrahlung wurde auf der ganzen Hochfläche gesammelt und in der Form von Elektrizität über den Planeten verteilt. Die Bergleute an den Rändern der Kulturstreifen gelangten dabei zu Wohlstand, vermischten sich stetig mit der Bevölkerung der Niederungen und rekrutierten sich immer aufs neue aus dem Stand der Beds, den Wüstenbewohnern, die für die Besorgung der Sammelwerke unentbehrlich waren. Diese abgehärteten Wüstensöhne durchzogen im Sonnenbrand die weiten Hochflächen, um im Dienst der großen Strahlensammelkompagnien die Stromleitungen bei Sonnenaufgang in Tätigkeit zu setzen und bei Sonnenuntergang wieder abzustellen. Sie erhielten einen reichlichen Lohn, der ihnen wohl gestattet hätte, nach einer Reihe von Jahren ihren beschwerlichen Beruf aufzugeben, aber sie liebten ihre Hochflächen, wie ihre Väter sie geliebt hatten, wo in der Nacht der Himmel mit

Millionen Sternen leuchtete, wo wallende Nebel der Morgensonne vorauszogen und dann das Glutgestirn den Boden unter den Füßen brennen ließ. Sie liebten die Wüste und schüttelten die Köpfe, sobald einer der Ihren in die Schächte am Wüstenrand hinabstieg. Sie betrachteten die Bewohner der Täler nur als die Lieferanten ihrer Bedürfnisse und fühlten sich als die eigentlichen Spender der Kraft des Planeten; aber sie wußten auch, daß sie trotz ihrer Sonne und Sterne verhungern müßten, wenn nicht die klugen Männer der Tiefe ihnen Steine in Brot verwandelten.

Steine in Brot! Eiweißstoffe und Kohlenhydrate aus Fels und Boden, aus Luft und Wasser ohne Vermittlung der Pflanzenzelle! – Das war die Kunst und Wissenschaft gewesen, wodurch die Martier sich von dem niedrigen Kulturstandpunkt des Ackerbaues emanzipiert und sich zu unmittelbaren Söhnen der Sonne gemacht hatten. Die Pflanze diente dem ästhetischen Genuß und dem Schutz der Feuchtigkeit im Erdreich, aber man war nicht auf ihre Erträge angewiesen. Zahllose Kräfte wurden frei für geistige Arbeit und ethische Kultur, das stolze Bewußtsein der Numenheit hob die Martier über die Natur und machte sie zu Herren des Sonnensystems.

28 -SEHENSWÜRDIGKEITEN DES MARS

In einem der großen Bezirke, welche den Sitz der Zentralregierung des Mars umschlossen und den Gesamtnamen Kla führten, lag die Wohnung Ills nahe an der Grenze der Waldwildnis. Sie bestand aus mehreren miteinander verbundenen Einzelhäuschen, so daß das Ganze eine geräumige Villa darstellte. Die Anlagen, die sich um die Gebäude erstreckten, zeugten von sorgfältiger Pflege und feinem Geschmack. Am Eingang des Gartens saßen rechts und links in anmutiger Haltung zwei Frauengestalten, die sich im Scherz eine Blumengirlande zu entreißen suchten; sie zogen quer über den Weg an den entgegengesetzten Enden derselben und versperrten dadurch den Zutritt.

Auf der schmalen, glatten Straße, die zwischen den Nachbargärten von dem Hauptweg abzweigend auf diesen Eingang hinführte, näherte sich rasch ein leichter, zweisitziger Radschlitten. Ein jüngerer Mann in der anliegenden Sommerkleidung der Martier lenkte denselben; der Sitz neben ihm war leer. Wer Ell mit dem grauen Haar und der Falte zwischen den Augen nachdenklich von seiner Sternwarte in Friedau hatte herabsteigen sehen, hätte ihn in diesem Martier nicht wiedererkannt. Ell fühlte sich in der Tat wie verjüngt, gleich als ob seine Erdenjahre ihm nach der Rechnung des Mars, zwei auf ein Marsjahr, angerechnet werden sollten. Ein unaussprechliches Glücksgefühl durchzog seine Seele; das Bewußtsein, dem Planeten zurückgegeben zu sein, den er für seine Heimat hielt, mitzuleben unter den Numen und ihren Götterwandel zu teilen, erhob ihn zunächst über alle die Sorgen, die bei dem Gedanken an das Geschick der Erde und seiner irdischen Freunde sich ihm aufdrängten. Es war ihm, als müßten alle diese Schwierigkeiten unter den Händen der Nume von selbst sich lösen, und er genoß in vollen Zügen die Seligkeit, all das Große und Herrliche zu sehen, von dem sein Vater mit dem Schmerz des Verbannten in unstillbarer Sehnsucht geredet hatte.

Der Radschlitten glitt auf den Eingang des Gartens zu, und Ell ließ den Strahlenkegel einer kleinen, an der Lenkstange des Radschlittens befestigten Lampe einen Moment auf die Augen der rechts sitzenden Frau fallen. Sogleich richteten beide Figuren sich in die Höhe und erhoben wie zum Gruß die Arme, indem sich dabei die Girlande wie ein Triumphbogen emporschwang und den Eingang freigab. Der Schlitten glitt hindurch und hielt gleich darauf vor der Veranda des Hauses.

Die beiden anmutigen Pförtnerinnen waren Automaten. Die Bestrahlung der Augen der rechtssitzenden löste eine chemische Reaktion aus und öffnete dadurch die Pforte. Zugleich wurde damit der Eintritt eines Ankommenden im Innern des Hauses signalisiert.

Ell sprang aus dem Schlitten und eilte die Stufen der Veranda empor.

Eine schlanke Frauengestalt trat ihm aus dem Haus entgegen.

Ell blieb erstaunt stehen. Er erkannte nicht sogleich, wen er vor sich hatte. Er hatte Isma noch nicht im Kostüm der Martierinnen gesehen.

»Isma!« rief er jetzt, mit bewundernden Blicken sie anstarrend. Er wollte nach Martiersitte die Hände auf ihre Schultern legen, aber sie ergriff sie nach alter Gewohnheit mit den ihrigen und drückte sie freundschaftlich.

»Ich kann nicht dafür«, sagte sie, verlegen errötend, »Frau Ma hat es nicht anders gewollt.«

»Sie konnte es nicht besser treffen«, sagte Ell heiter, »ich wünschte, ich könnte so mit Ihnen durch die Straßen von Friedau gehen. Passen Sie auf, das kommt auch noch.«

Isma schüttelte leise den Kopf. »Lassen Sie uns jetzt nicht an die Erde denken. Wenn ich allein bin, kommen meine Gedanken nicht fort davon, immer sehe ich den Zettel auf dem Tisch meines Zimmers, als ich die Lampe abdrehte, und dann die Gletscher zwischen den Felsen, wo – –. Nein, Ell, bis wir nicht handeln können und nichts Neues erfahren, lassen Sie mich in Ihrer Gegenwart versuchen, mit Ihnen auf dem Mars zu leben. Versuchen – wie ich dies Kleid versuche.«

»Verzeihen Sie mir«, sagte Ell, »ich bin so überrascht von allem Neuen, daß ich nicht sogleich den richtigen Ton traf. Aber ich werde es. Und jetzt wollen Sie mir die Freude machen, mich zu begleiten?«

Sie blickte wieder lächelnd an sich herab und zupfte an den dichten Falten des Schleiergewandes.

»Ich will nur fragen, was noch zur Straßentoilette gehört«, sagte sie. »Nehmen Sie Platz.« Sie schlüpfte in das Zimmer.

Nach wenigen Minuten kehrte sie zurück. Sie trug jetzt den leichten Kopfputz der Martierinnen, wie er im Sommer üblich war, der nur den Vorderkopf bedeckte. Ein Kranz sehr feiner und zarter Federn schützte die Stirn und die Augen, indem er als ein halbkreisförmiger Schirm vortrat. Die Farbe war genau das tiefe Blau ihrer Augen, und von derselben Farbe war das den schlanken Formen sich anschließende weiche Panzerkleid, das, stärker als Seide, metallisch, wie die Flügeldecken mancher Käfer schimmerte. Der Schleier, auf beiden Schultern befestigt, wurde von einem Gürtel zusammengehalten, dessen Grund unsichtbar war, er erschien nur wie ein Kranz ineinander verschlungener Zweige. Vom Gürtel ab floß der Schleier, dessen Farbe genau dem Lichtbraun des Haares angepaßt war, in dichten Falten um die ganze Gestalt bis zu den Knöcheln, wurde aber von scheinbar vom Gürtel herabhängenden Blütengewinden durchsetzt. Dunkelblaue Schuhe vollendeten den Anzug. Es war, als hätte sich der schimmernde Lichtglanz der Augen und das zarte Gewölk des Haares um den ganzen Körper verbreitet.

Hinter Isma erschien eine ältere, würdige Dame, Frau Ma, die Gattin Ills.

»Guten Morgen«, rief Ell, ihr freudig entgegentretend. »Darf ich dir deinen Gast entführen?«

Ma warf mit jugendlicher Frische den Kopf zurück und blinzelte Ell mit ihren gutmütigen Augen vergnügt an, ihn von oben bis unten musternd.

»Ganz wie eingeboren!« sagte sie lachend. »Eigentlich hatte ich mich auf einen Menschenneffen gefreut, der in Felle gekleidet umherläuft. So macht man's wohl? Nicht?«

Dabei streckte sie Ell ihre linke Hand entgegen.

»Die rechte, Tante!« sagte Ell.

»Na also dann wohl die?«

Ell ergriff die Hand und zog sie an seine Lippen.

»So also wird das gemacht?«

»Herren gegen Damen, wenn sie besonders aufmerksam sein wollen. Einer Tante darf man sogar um den Hals fallen.«

»Na, ein andermal. Aber nun sag einmal, Neffe, wie gefällt dir das Kind?« Dabei faßte sie Isma am Arm und drehte sie ohne weiteres um sich selbst. »Mir gefällt bloß nicht«, fuhr sie sogleich fort, »daß sie so traurige Augen macht. Das ist nichts, auf dem Nu muß man lustig sein. Nun nimm sie einmal mit und zeig ihr die Welt. Du sollst mir sie ein bißchen munter machen.«

Sie ließ Isma gar nicht zu Wort kommen, sondern schob die beiden, sie freundlich auf die Schulter klopfend, nach der Treppe. Schon hatte Isma den Wagen bestiegen, und Ell wollte ihn eben in Bewegung setzen, als Ma rief:

»Halt, halt! Isma, Frauchen, Sie haben ja Tuch und Schirm vergessen. Bleiben Sie nur sitzen. Ich hab's schon drin zurechtgelegt.«

Im Augenblick erschien sie wieder und warf ein kleines Rohr hinab. Ell fing es auf.

Isma dankte.

»Wenn Sie auf der einen Seite ziehen, ist's ein Schirm, und auf der andern bekommen Sie ein Umschlagetuch. Da, an den Gürtel hängt man's – – zeig's ihr doch, Ell! Fahrt wohl, ihr Kinder.«

Isma betrachtete das zierliche Röhrchen. »Ich denke«, sagte sie, »hier regnet es nur in der Nacht. Wozu braucht man da einen Schirm?«

»Es ist auch eigentlich ein Sonnenschirm.«

»Aber hier ist überall der wunderbare Baumschatten, und die Straßen draußen sind alle überwölbt.«

»Es gibt auch Lichtungen und Übergänge, wo der Schirm unentbehrlich ist; denn wo die Sonne scheint, brennt sie gewaltig. Obwohl wir soviel weiter von ihr entfernt sind als auf der Erde, schützt uns doch nicht die dichte Erdenluft; es ist, als ob wir auf dem Gaurisankar ständen.«

»Aber diese herrliche Vegetation.«

»Den Verhältnissen angepaßt, und die sind doch wieder ganz andere als auf einem Gebirge. Hier in den Niederungen halten wir alle Wärme fest und geben keine wieder heraus. Dafür sorgen die großen pelzverbrämten Blätter unsrer Riesenbäume. Aber Sie sind an das Klima nicht gewöhnt, es ist vielleicht besser, wenn Sie während des Fahrens sich in das Tuch hüllen. Erlauben Sie.«

Ell nahm Isma das Schirmröhrchen aus der Hand und zog an dem Ring, welcher das eine Ende abschloß. Eine kleine Rolle, nicht größer als ein Zeigefinger, schob sich heraus, scheinbar schwarz; aber unter Ismas Händen entfaltete sich das Röllchen zu einer großen Decke, in die man den ganzen Körper einhüllen konnte. Das Gewebe war ganz weich, locker und vollständig unsichtbar, die eingewebten dunklen Fäden dienten nur dazu, überhaupt erkennen zu lassen, wo das Tuch sich befand und wie weit es reichte. Isma hüllte sich behaglich hinein, und man bemerkte nicht, daß sie überhaupt ein Tuch umgeschlagen hatte; ihre Toilette blieb vollständig sichtbar.

»Das ist ja wie das Zelt der Fee Paribanu«, sagte sie lächelnd. »Aber wie bekommt man denn das Tuch wieder in das Futteral?«

»Man knüllt es einfach in der Hand zusammen und stopft es hinein. Diesen Lisfäden ist es ganz gleichgültig, wie sie zu liegen kommen, man kann sie zusammenpressen wie Luft.«

»Jetzt ist es erst behaglich«, sagte Isma. »Und wie still und schön. Das ist ja wie in unserem Wald, nur Felsen scheint es nicht zu geben. Aber so viel Wasser! Und ich denke, der Mars ist so wasserarm?«

»Das ist auch richtig, wir haben kein Meer, wenigstens kein nennenswertes. Unser ganzer Reichtum ist auf dem Land verteilt, da nutzen wir ihn aus.«

Es war am frühen Vormittag. Die Wege hier im Waldesdickicht waren einsam, nur hin und wieder begegnete man einem Gleitwagen oder einem Spaziergänger. Ell hatte sein Gefährt langsam durch den Naturpark gelenkt, es näherte sich jetzt der gegenüberliegenden Grenze des Bezirks, die Wege wurden belebter, und die ersten Häuser der Wohnungszone erschienen. Ein starkes Geräusch wie das einer Säge unterbrach die Ruhe der Umgebung. Bei einer Wegbiegung wurde die Ursache sichtbar. Es war in der Tat eine große Säge, die, von einem elektrischen Motor getrieben, den sieben Meter im Durchmesser haltenden Stamm eines der Waldriesen bereits bis auf einen kleinen Rest durchnagt hatte. Das Alter – er zählte über sechstausend Jahre – hatte ihn vollständig gehöhlt und der Zusammensturz war zu befürchten; man mußte ihn beseitigen.

»Mitten zwischen diesen anderen Bäumen«, rief Isma, »wie ist das möglich? Er muß ja in seinem Fall ringsum alles zermalmen.«

Auch Ell wußte keine Auskunft zu geben. »Vielleicht sehen wir bald, was geschieht, wenn wir ein wenig warten, die Säge ist ja schon fast hindurch. Man muß doch keine Gefahr befürchten, denn nur ein kleiner Kreis ringsum ist abgesperrt.«

Nach wenigen Minuten war die Säge aus der Rinde vollends herausgedrungen. Die Maschine schob sich beiseite, und die Arbeiter zogen sich außerhalb des abgesperrten Kreises zurück. Der Arbeitsleiter sprach in ein Telephon, dessen Drähte sich nach oben zwischen den Ästen der Bäume verloren. Gleich darauf vernahm man ein gewaltiges Rauschen zwischen den Blättern, einzelne Zweige wurden geknickt, und Blätter fielen herab. Der Riesenbaum schwankte ein wenig und hob sich langsam in die Höhe. Wie er gestanden, senkrecht, schwebte er aufwärts zwischen seinen gesunden Nachbarn, von denen nur einzelne Äste und Zweige mitgerissen wurden, die sich zu eng mit denen des gefällten Baumes verbunden hatten. Ein Streifen Sonnenlicht durchbrach das blaugrüne Laubdach.

»Ich sehe es jetzt«, rief Ell. »Sie heben den Baum mittels Luftballons in die Höhe. So wird er sogleich bis zur Fabrik transportiert werden, wo man das Holz verarbeitet. Und raten Sie, was in dem hohlen Baum steckt!«

»Nichts, vermutlich.«

»Hier, Ihr Tuch. Vielleicht hunderttausend solcher Tücher. Sehen Sie, da –«

Eine Anzahl Neugieriger, besonders aber Kinder, hatten sich um den abgesperrten Kreis gesammelt. Als die Schranken fielen, stürzten sie mit Jubel auf den Stumpf des

Baumes zu und kletterten auf den Rand. Gleich darauf sah man sie, die Hände fest zusammengedrückt, davonlaufen.

»Was haben sie da?« fragte Isma.

»Das Gewebe der Lisspinne, es füllt die Höhlung des Baumes zum großen Teil aus, und was unten im Stumpf bleibt, gehört dem, der es nimmt.«

Ein kleiner Junge rannte auf Ells Wagen zu, den er im Eifer so spät bemerkte, daß er beim Ausweichen hinstürzte. Gleich war er wieder auf den Beinen, aber jetzt suchte er nach seiner Handvoll Lis, die ihm entfallen und nun kaum zu sehen war. Isma, die den Wagen verlassen hatte, sah das Gewebe zufällig am Boden glitzern und hob es auf. Sie betrachtete es neugierig. Der Knabe bemerkte es. Es war ein kleines, dickes, pausbäckiges Kerlchen, sehr ärmlich gekleidet. Er starrte Isma an. Sie hielt ihm das wirre, weiche Fadenknäuel hin. Seine Augen leuchteten groß auf, als er es wieder erhielt, aber er blieb wie angenagelt mit gespreizten Beinchen vor Isma stehen. Seine Blicke gingen jetzt zwischen Isma und seinen Händen hin und her. Er kämpfte offenbar einen großen Kampf. Dann hielt er das Päckchen Isma wieder hin und sagte, als wenn er ein Königreich vergäbe:

»Ich schenke es dir.«

»Warum?« fragte Isma lächelnd.

»Weil du kleine Augen hast.«

Isma wußte nicht, ob sie recht verstanden habe, und sah Ell zweifelnd an.

»Weil ich kleine Augen habe?« wiederholte sie fragend.

»Kleine Augen sind traurig, man schenkt ihnen«, sagte der Knirps.

»Ich will dir –« Isma unterbrach sich. »Ich will dir auch etwas schenken, weil du große Augen hast«, wollte sie sagen. Aber es fiel ihr ein, daß sie nichts zu verschenken habe. Der kleine Nume auf seinen Wackelbeinchen – was konnte sie ihm als Gegengabe bieten?

Ell verstand sie. Er griff in die Wagentasche, in der sich einige kleine Erfrischungen befanden, und gab Isma ein Stückchen Naschwerk.

»Das ist etwas für ihn«, sagte er.

Der Junge lachte über das ganze Gesicht, als ihm Isma den Kuchen reichte. Diese Sprache verstehen die Kinder aller Planeten. Aber er biß nicht sogleich hinein.

»Gib ihr auch«, sagte er zu Ell. »Du hast große Augen. Große Augen dürfen nicht essen, wenn kleine hungern.«

Er beruhigte sich nicht eher, bis Isma einen Kuchen in der Hand hielt. Dann rannte er spornstreichs davon.

Isma stieg ein. Der Wagen rollte weiter.

»Was meinte er mit den kleinen Augen?« fragte Isma.

»Das ist eine sprichwörtliche Redensart. ›Kleine Augen‹ nennt man unglückliche, kranke, armselige Leute. Der Junge hat die Sache wörtlich genommen.«

Man durchfuhr die Zone der Wohnhäuser, die Bäume hörten auf, der Wagen glitt unter die Säulenhallen der Industriestraße. Ell beschleunigte sein Tempo, er fuhr auf den Außenstreifen der Stufenbahn und war schnell auf der breiten Mittelstraße. In einem Gewühl von Fahrzeugen legte er hier seinen Weg zurück.

Aus der Ruhe des ländlichen Hauses, in der Isma sich zunächst einige Tage bei der liebenswürdigen Pflege ihrer Wirte hatte erholen sollen, und jetzt aus der Einsamkeit des Waldfriedens fand sich Isma plötzlich in das Gedränge des Weltverkehrs, der Weltstadt im wörtlichen Sinn, versetzt. Denn diese Palastreihen bildeten in der Tat den Zusammenhang einer Riesenstadt, die sich über den größten Teil des Planeten verbreitete, nur mit der glücklichen Anordnung, daß sie meilenweite Wälder und auch Hunderte von Meilen ausgedehnte Wüsten zwischen ihren Mauern umschloß. Wenn Isma den Blick auf die Wagen und Fußgänger richtete, die sich in ununterbrochener Kolonne in derselben Richtung mit ihr bewegten oder auf der andern Seite der Straße ihr in rascher Gangart entgegenkamen, so glaubte sie in einer ungeheuern Völkerwanderung zu stecken. Dabei war das Geräusch keineswegs betäubend, denn auf diesem Planeten wickelte sich alles verhältnismäßig leise ab. Auch die relative Geschwindigkeit der Wagen und Fußgänger gegeneinander war nicht groß. Nur wenn sie nach den kühn aufstrebenden Säulen blickte, welche die mächtigen Wölbungen trugen, nach den Treppen und Aufzügen, die an den Seiten in die oberen Stockwerke führten, nach den Plakaten und Anschlägen, die sie von hier aus nicht zu entziffern vermochte, erkannte sie, daß der Weg selbst, auf dem ihr Radschlitten hinglitt, mit der dreifachen Geschwindigkeit eines irdischen Schnellzugs sie fortriß.

Mit Erstaunen blickte sie auf ihren Nachbar zur Rechten, der den Wagen mit einer Sicherheit zwischen den übrigen hinlenkte, als wäre er seit Jahren an diese Beschäftigung gewöhnt. Allerdings hatte Ell bereits die wenigen Tage seines Aufenthalts benutzt, um sich gründlich in der Umgebung umzusehen. Er wohnte nicht weit von der Illschen Villa in einem eigenen Häuschen, hatte sich aber immer nur des Abends auf eine Stunde bei seinen Verwandten sehen lassen. Isma empfand diese Zurückhaltung nicht gerade als Zurücksetzung. Hatten sich doch beide auch in Friedau stets nur kurze Zeit gesprochen, und mußte sie sich doch sagen, daß ihn die neue Umgebung voll in Anspruch nahm. Aber nach dem gemeinsamen Erlebnis der Reise und hier, in der völligen Fremde, vermißte sie die Nähe des Freundes stündlich, des einzigen, der sie ganz zu verstehen vermochte. Gestern abend war dann der heutige Ausflug verabredet worden.

Beide hatten, seitdem sie die Stufenbahn benutzten, kaum miteinander gesprochen. Ell mußte seine Aufmerksamkeit ganz auf den Weg richten, und Isma musterte neugierig und überrascht die Gesichter und Trachten rings um sie her. Offenbar strömten hier alle Klassen der Bevölkerung durcheinander, das ärmlichste Kleid erschien neben der elegantesten Toilette, der einfache Arbeitsanzug herrschte vor. Sie bemerkte bald, daß ihre von Ma ausgewählte Toilette sich sehen lassen durfte und sie sowohl wie ihr Gefährte nur durch ihre Züge und ihre bleichere Gesichtsfarbe auffielen.

Nun wendete sich Ell wieder zu ihr. »Wir sind am Ziel«, sagte er. »jene helle Zahl dort – 608 – zeigt es an; bei 609 müssen wir die Bahn verlassen.«

Er lenkte das Gefährt nach rechts. Die Bewegung verminderte sich merklich, Isma mußte sich fest im Wagen zurücklehnen. Jetzt glitt der Wagen auf die ruhende Straße. Nach wenigen Augenblicken hielt er unter einem Riesenportal hinter einer langen Reihe ähnlicher Fahrzeuge.

Ell half Isma aus dem Wagen.

»War es Ihnen unangenehm?« fragte er, ihre Hand festhaltend. Sie erwiderte den leisen Druck seiner Finger. Sie freute sich, in seinen Augen wieder die gewohnte Sorge um sie zu lesen, die sie daheim so oft im stillen beglückt hatte.

»Zuletzt begann ich etwas schwindlig zu werden«, antwortete sie. »Ich bin ganz froh, wieder einmal ein Stück zu Fuß gehen zu können. Wo führen Sie mich denn hin?«

Er sah sie noch immer an. »Ich bin so glücklich, Sie hier zu haben!«

Sie hob die Augen bittend zu ihm auf.

»Was wollen Sie sehen?« fragte er in anderem Ton. »Wir sind hier am Museum der Künste. Eine oder die andre Abteilung wollen wir betrachten.«

»Was Sie wollen!« sagte Isma heiter. »Wir ziehen nun einmal auf Abenteuer aus.«

Ein Beamter befestigte eine Marke an Ells Wagen und reichte ihm die Gegenmarke. Dann schritten sie beide der Tür eines Aufzugs zu und ließen sich in das erste Stockwerk heben.

29 - DAS HEIMLICHE FRÜHSTÜCK

Isma und Ell standen vor einem prachtvollen Portal, das die Aufschrift trug: ›Museum der schönen Künste‹. Es führte auf eine kreisförmige Galerie, die eine mächtige Rotunde umschloß. Der Blick öffnete sich sowohl nach unten wie nach oben. Man glaubte unten in das Gewühl des wirklichen Lebens zu blicken, in rascher Veränderung, von den Seiten immer neu herandrängend, sah man Gestalten in ihren gewohnten Beschäftigungen, in der Arbeit des Tages, andere mit dem Ausdruck des Leidens und den Mängeln der Wirklichkeit. Aber in der Mitte emporwallende Nebel umhüllten diese Figuren und hoben sie langsam in die Höhe. Je höher sie emporstiegen, um so mehr verschwand der Nebel und löste sich nach oben in immer helleres Licht auf. Die Gestalten wechselten ihren Ausdruck, ihre Blicke wurden frei, ihre Mienen verklärt, sie waren zu Werken der Kunst, zu reinen Formen geworden. Sie schienen zu ruhen, und doch stiegen immer neue Gestalten auf, ohne daß jene Bilderwelt an der Kuppel der Wölbung zunahm oder sich überfüllte. Es wär nicht möglich zu verfolgen, wie dieser Übergang in die Höhe sich vollzog, ein lebendiges Abbild des Mysteriums in der Seele des Künstlers.

»Eine symbolische Darstellung des künstlerischen Schaffens«, sagte Ell.

»Aber wo kommen diese Gestalten her und wohin gehen sie?«

»Das Ganze beruht auf einer optischen Täuschung, und nach einigen Stunden würde man bemerken, daß dieselben Gruppen wiederkehren. Aber die Illusion ist vollständig. Nun suchen Sie sich eine dieser Überschriften aus.«

Sie umschritten die Galerie. Die äußere Seite war ringsum von schmalen Türen umgeben, deren Aufschriften die Abteilungen nannten, zu denen man durch jene gelangte. Aber jede Hauptgruppe hatte wieder eine große Zahl Unterabteilungen, die historisch geordnet waren. Da zählte zum Beispiel bei der Malerei die ältere Malerei in der archaistischen Periode, das heißt vor Erfindung der selbstleuchtenden Farben, allein 30 Abteilungen, die jede mehrere Jahrhunderte umfaßte; die agrarische Periode zählte aus der Zeit der Handarbeit 315, aus der Zeit der Dampfkraft 56, der Elektrizität 212, der Energiestrahlung 25 Abteilungen. Die neuere Malerei begann erst seit der Erfindung der künstlichen Darstellung der Nahrungsmittel. Zwischen beiden lag eine Periode des Verfalls, die man den dreitausendjährigen sozialen Krieg nannte. Es war dies eine jetzt etwa 18.000 Jahre zurückliegende Zeit, in welcher ein allgemeiner Niedergang der Marskultur stattgefunden hatte. Sie war nämlich ausgefüllt durch furchtbare Kämpfe zwischen der ackerbautreibenden und der industriellen Bevölkerung. Durch die Darstellung der Lebensmittel aus den Mineralien ohne Vermittlung der Pflanzen glaubte sich die agrarische Bevölkerung in ihrer Existenz bedroht, obwohl sie längst nicht mehr den Bedarf an Lebensmitteln hatte decken können. Die Besitzer des Grund und Bodens waren als Herren der Nahrungsmittel zu unumschränkter Macht gelangt und wollten die Verbilligung der Volksernährung durch die neuen gewaltigen Fortschritte der Wissenschaft und industriellen Technik nicht dulden. Dieser Kampf füllte fast drei Jahrtausende in wechselnden Formen aus und endete erst mit der Vernichtung der Macht der Ackerbauer und der Begründung der vereinigten Marsstaaten. Während dieser Zeit hatte die Kunst keinerlei Förderung empfangen. Sie war erst wieder aufgeblüht, als statt der nüchternen Getreidefelder die anmutigen Wälder entstanden waren und der Erwerb von Grund und Boden für den einzelnen auf ein mäßiges Maximum beschränkt war.

Isma ging ratlos an der Reihe der Überschriften entlang, die ihr Ell zu entziffern behilflich war. Sie schüttelte mutlos den Kopf.

»Das ist mir zu viel und macht mich nur verwirrt. Suchen wir zunächst etwas ganz Einfaches, das ich verstehen kann. Was ist denn hier hinter der Malerei für eine Kunst?«

»Die Tastkunst.«

»Was ist das?«

»Ich muß gestehen, ich weiß es selbst nicht recht.«

»Lassen Sie uns sehen.«

Ell öffnete die Tür. Sie führte in einen kleinen, mit zwei gepolsterten Bänken ausgestatteten Raum. Ell sah jetzt erst, daß sich in demselben ein Anschlag befand: ›Abgang alle zehn Minuten‹; eine Uhr zeigte, daß nur noch eine Minute zur Abgangszeit fehlte. Es war also nicht ein Zimmer, sondern eine Art Omnibus, worin man sich befand. Alle die Türen aus der Galerie führten in solche Coupés, die zu bestimmten Zeiten die Insassen nach den betreffenden Abteilungen des Museums beförderten. Denn die Anlagen waren zu ausgedehnt, um sie zu Fuß zu erreichen und sich bis dahin zurechtzufinden. Die Tür öffnete sich jetzt noch einmal, und zwei Damen flogen förmlich in den Raum. Gleich darauf setzte sich der Wagen in Bewegung.

Die ältere der beiden Damen schnappte nach Luft; sie war eine sehr korpulente Erscheinung und nahm wenigstens zwei Plätze des Sofas ein.

»Das war gerade die höchste Zeit!« rief sie erhitzt und atemlos, indem sie ein feines Tuch hervorzog und fortwährend zwischen ihren kurzen, dicken Fingern rieb. »Diese Wagen gehen ja nur alle zehn Minuten. Der Besuch ist so schwach! Ja, es ist nur eine Kunst für Auserwählte. Sie schwärmen auch dafür?« wandte sie sich zu Isma. »Sie sind Spitzistin? Nicht wahr?« sagte sie, indem sie einen Blick auf Ismas schlanke und zarte Finger warf. »Ich bin natürlich Rundistin, aber das tut nichts. Sie wollen gewiß auch das neue Meisterwerk tasten? Blu hat sich wieder selbst übertroffen! Das ist das hohe Lied des Widerstandes, die Sphärenmusik des Hautsinns!« Und sie kniff die Augen schwärmerisch zusammen, daß sie zwischen den Fettpolstern ihrer Augenlider verschwanden.

»Ich muß gestehen«, sagte Isma schüchtern, »ich bin noch ganz unerfahren in der Tastkunst. Ich weiß gar nicht –«

»Was? Wie? Sie wissen nicht?« Sie betrachtete Isma näher. »Sie sind wohl aus dem Norden von den Streifen, wenn ich fragen darf? Sie waren noch nie in Kla?«

»Nein, meine Heimat ist fern von hier.«

»Aber Blu sollten Sie doch kennen. Sie ist doch die größte – neidlos gestehe ich es, obwohl ich selbst Künstlerin bin. Und von allen Künsten ist wieder die Tastkunst die höchste. Auge, Ohr, Geruch, selbst Geschmack – was will das alles sagen! Der Tastsinn ist doch der intimste aller Sinne. Hier berühren wir die Dinge unmittelbar, sie bleiben uns nicht in der Ferne. Und schmecken ist ja eigentlich auch ein Tasten, nur ein unreines, gestört durch Gerüche und durch Salziges, Saueres, Bitteres, Süßes – aber die Fingerspitzen, die Handflächen, das sind die wahren Schlüssel zur Schönheit. Und hier im Tasten enthüllt sich die Kunst in ihrer höchsten Freiheit. Hier überwindet sie am reinsten die Macht des Wirklichen, das vitale Interesse. Was wir sehen, was wir hören, bleibt uns immer noch fern. Es ist keine Kunst, das ohne Verlangen zu betrachten, was wir doch nicht erreichen können. Aber die Gegenstände in den Händen halten und doch nichts von ihnen zu wollen als das reine, freie Spiel des Wohlgefallens, das ist echte Kunst. Spielt nicht ein jeder unwillkürlich mit dem, was er zwischen den Fingern hält? Dies zur Kunst zu erheben, das ist das wahrhaft Geniale! Das Rauhe, Glatte, Scharfe, Spitzige, Runde, Nachgebende, Elastische, Harte, Kratzende, Kribblige – ohne Gedanken, ohne Wünsche –, das ist das wahrhaft Ästhetische. Eine Tastsymphonie von Blu ist für mich das Höchste. Kommen Sie nur mit, ich werde sie Ihnen zeigen.«

Isma blickte zu Ell hinüber.

»Ich fürchte«, sagte er deutsch – es fiel auf dem Mars nicht auf, wenn man in Sprachen redete, die andere nicht verstanden, da die meisten Familien eigene Mundarten besaßen –, »ich fürchte, das wird für uns nichts sein. Wir sind wohl zu wenig auf diesen Kunstgenuß vorbereitet.«

Die Dicke begann eben einen neuen Redestrom, als der Wagen hielt. Sie stürzte schleunigst hinaus. Ihre Begleiterin, die stumm geblieben war, folgte ihr, und Isma und Ell taten das gleiche.

Man befand sich in einem großen Saal, in welchem man nichts erblickte als zahllose Kästen verschiedener Größe. Aufschriften gaben Verfasser und Inhalt des Tastkunstwerkes an, das sie enthielten. Vor einigen saßen Besucher in stiller Andacht und hielten die Arme bis zum Ellenbogen in zwei Öffnungen der Kästen versenkt.

Die beleibte Dame suchte nach ihrem Katalog eine bestimmte Nummer. Vor dem betreffenden Kasten angelangt, streifte sie die Ärmel auf und steckte die Arme zunächst in ein Becken. Es war nicht mit Wasser gefüllt, sondern ein Luftstrom führte ein fein verteiltes ätherisches Öl gegen die Haut und bereitete durch diese Reinigung auf den nachfolgenden Kunstgenuß vor. Alsdann brachte die Kunstjüngerin durch einen Handgriff ein Uhrwerk in Gang, setzte sich auf einen Stuhl vor dem Kasten, steckte ihre Arme in die Öffnungen und versank in Schwärmerei. Isma und Ell hatten ihr auf gut Glück an dem ersten besten Kasten, der unbesetzt war, alles nachgeahmt. Aber nach wenigen Minuten zog Isma ihre Hände zurück.

»Wollen Sie noch bleiben?« fragte sie Ell.

»Fällt mir nicht ein, wenn Sie nicht Lust haben. Ich wollte Sie nur nicht stören.«

»Ich verzichte auf den Genuß. Ich kann nichts spüren als ein abwechselndes Drücken, Ziehen, Prickeln, Reiben – für mich ist das nur eine Art Massage.«

»Mir ging es auch so. Es ist eine Kunst für Blinde. Wir müssen nicht tastkünstlerisch veranlagt sein. Wir wollen lieber nur einen kurzen Gang durch einen der andern Säle machen, und dann will ich Sie in das technische Museum führen.«

Ohne von der Tast-Enthusiastin bemerkt zu werden, gingen die untastlichen Erdgeborenen nach dem Coupé zurück, das sie bald wieder in der Rotunde absetzte. Ein anderer Wagen, dicht von Besuchern erfüllt, trug sie in eine der Abteilungen für Skulptur. Hier fand sich Isma leichter zurecht. Es war eine Kunst für menschliche Sinne, eine Fülle großer Gedanken in wunderbarer Ausführung, aber doch im Grunde dieselbe unsterbliche Schönheit aller Vernunftwesen, wie sie auf der Erde auch schon vor Jahrtausenden ihre Meister fand. Das Neue und Überraschende lag nur in der Verfeinerung der Technik, in der Zartheit des Materials, in der spielenden Überwindung der Schwere, wodurch sich ungeahnte Effekte darboten. Nicht minder bewundernswert erschien die Architektur dieser Hallen, Wölbungen, Galerien. Oft sprangen die einzelnen Gemächer aus einem breiten Grundpfeiler in der Form von Blumenkelchen vor, die auf schlanken Stielen sich zu wiegen schienen. Diese Stiele enthielten die Treppen verborgen, auf denen man in die Gemächer gelangte. Isma erhielt den Eindruck, daß das Eigentümliche der martischen Kunst, das sie von der menschlichen unterschied, nicht in einer neuen Auffassungsform des Schönen lag; hier wirkten offenbar zeitlose Gesetze als bestimmende Ideen für die freie Gestaltung des Schönen bei allen bewußten Wesen. Der Fortschritt hing vielmehr ab von dem überlegenen Standpunkt der Technik, wodurch sich das Gebiet für die Anwendung des Ästhetischen ins Unermeßliche erweiterte. Nur die Intelligenz ist es, welche der ewigen Idee entgegenwächst. Ell bestätigte diese Bemerkung und stimmte Isma bei, nun zunächst ein oder das andre der technischen Wunderwerke aufzusuchen.

»Ich fürchte nur, ich werde nichts davon verstehen«, sagte Isma.

Sie waren inzwischen wieder in der Eingangsrotunde angelangt und hatten sich nach dem Ausgang hinabsenken lassen, wo ihr Schlitten bereitstand.

»Was soll ich jetzt sehen?«

»Frau Ma hat mir auf die Seele gebunden, Sie nach dem Retrospektiv zu führen. Das ist wohl die neueste und großartigste Entdeckung.«

»Ich habe davon gehört und auch zu lesen versucht, aber Sie müssen mir die Sache noch einmal erklären. Ist es weit bis dorthin?«

»Mit der Stufenbahn wenige Minuten. Aber wir können auch in einer halben Stunde quer durch den Wald fahren, und das will ich eben tun.«

Er lenkte den Radschlitten über eine der Brücken, welche, die Bahnen und Kanäle überschreitend, in die Waldregion führten. Rasch glitt das Gefährt unter den Schatten der Bäume in die Zone der Wohnungen. Isma atmete auf.

»Wie schön, daß wir bald wieder in die Waldeinsamkeit kommen!« sagte sie. »Da denke ich, wir sind daheim unter unsern Tannen, und Sie erzählen mir wieder von den Märchen des Mars –«

»Und dabei packen wir unsre Butterbrote aus und frühstücken.«

»Ach, Ell, ich wünschte, das ginge hier! Mir armem Menschenkind ist es schrecklich langweilig, immer so allein bei verschlossenen Türen essen zu müssen.«

»Hier an der Straße und zwischen den Wohnungen geht es natürlich nicht. Sehen Sie, da ist die großartige Restauration, aber wenn wir zu speisen verlangten, würde man uns sofort jedem ein Extrakabinett anweisen, anders ist es unmöglich. Doch ich habe daran gedacht. Ich habe aus meinem Reisevorrat ein richtiges Erdenfrühstück eingesteckt; zwar das Brot ist trotz des luftdichten Verschlusses etwas altbacken, aber denken Sie, Friedauer Wurst und wirklichen Rheinwein! Wir suchen uns ein Plätzchen, wo uns niemand sehen kann. Ich freue mich wie ein Kind! Jedoch die gute Tante darf um Himmels willen nichts erfahren! Das wäre schlimmer, als wenn ich Ihnen auf dem Marktplatz von Friedau um den Hals fallen wollte!«

»Stille von Friedau! Aber das Frühstück nehme ich an. Wir wollen dem Nu ein Schnippchen schlagen.«

Ihre Augen glänzten schelmisch, indem sie zurückblickte, als fürchtete sie, gehört zu werden.

»Eigentlich darf ich's ja nicht als Nume. Ich bin da in meine Menschlichkeit zurückgefallen –«

Isma richtete die Augen auf Ell. Er sprach im Scherz, aber sie hörte an der Art, wie er den Satz abbrach, daß ein ernstes Bedenken in ihm aufzutauchen begann.

Ell sah, wie das glückliche Lächeln aus ihren Zügen zu verschwinden drohte, und er griff schnell nach ihrer Hand.

»Nein, nein«, rief er, »geliebte Freundin, für Sie will ich nichts sein als der Mensch, der glücklich ist, wenn er Ihnen dienen kann. Aber ganz leicht ist es nicht. Denn sehen Sie – ein Nume soll ich nicht sein, damit Sie mich nicht verändert finden; und von der Erde soll ich nicht reden, damit Sie nicht traurig werden –«

»Sie haben recht, mein treuer Freund – ich weiß ja selbst nicht, was ich will – ich verdiene gar nicht, daß Sie so gut sind –«

Er ergriff ihre Hand und hielt sie fest. Seine Rechte lenkte den Radschlitten mühelos auf der glatten Bahn. Die letzten Wohnungen verschwanden. Dichtes Buschwerk bildete auf dem freien Rasen des Bodens ein Labyrinth von Plätzen und Gängen. Ein leichter, erfrischender Luftzug strömte über den Boden, denn die Lichtungen und die Industriestraßen, auf denen die Sonne brannte, wirkten um die Mittagszeit wie Schornsteine, welche die Umgebung ventilierten und die erwärmte Luft in die Höhe führten. Die Straße war einsam. Die Blumen musizierten leise, und kleine eichkätzchenartige Tiere spielten an den Stämmen der Bäume.

Ell löste mit einem Druck des Fußes den Mechanismus aus, der die Kugelkufen emporhob und den Wagen auf zwei hochachsigen Rädern laufen ließ, so daß er sich auch auf unebenem Weg ohne Schwierigkeit bewegen konnte. Er verließ die Fahrstraße und fuhr auf dem Waldrasen zwischen Buschwerk und Bäumen dahin. Ein kleiner Weiher kam in Sicht, von einem klaren Bächlein genährt. Am Rande desselben hielt Ell den Wagen an; es war ein reizendes, stilles Ruheplätzchen. Kein Liebespaar konnte sich besser verstecken.

»Hier können wir es wagen«, sagte Ell.

Sie wollten nur frühstücken.

Isma sprang aus dem Schlitten. Ell reichte ihr die Tasche mit dem heimlichen Vorrat. Beide sahen sich vorsichtig um und lachten dann über ihre Furcht. Sie packten ihre Schätze aus und vergaßen in heiterem Geplauder, daß über den Baumzweigen zu ihren Häuptern nicht der blaue Himmel der Erde, sondern das Blätterdach des martischen Riesenwaldes sich wölbte.

»Kann man durch das Retrospektiv alles Vergangene sehen?« fragte Isma.

»Nein«, erwiderte Ell, »nur dasjenige, was unter freiem Himmel und bei genügender Beleuchtung vorgegangen ist. Der Erfolg beruht ja darauf, daß wir das Licht, welches damals von den Gegenständen ausgestrahlt wurde, auf seinem Lauf durch den Weltraum wieder einholen, sammeln und zurückbringen.«

»Und wie ist das möglich?«

»Ich habe Ihnen schon früher gesagt – was mir freilich die andern Menschen noch nicht glauben wollen –, daß die Gravitationswellen sich eine Million Mal so schnell fortpflanzen als das Licht. Sie können also das Licht auf seinem Weg einholen. Wenn zum Beispiel vor einem Erdenjahr irgend etwas unter freiem Himmel geschehen ist, so hat sich das von diesem Ereignis ausgesandte Licht jetzt bereits gegen zehn Billionen Kilometer weit in den Raum verbreitet. Die Gravitation aber durchläuft diesen Weg in einer halben Minute, trifft also nach einer genau zu berechnenden Zeit mit den damals ausgesandten Lichtwellen zusammen. Nun haben die Gelehrten der Martier ein Verfahren entdeckt, wodurch man bewirken kann, daß die den Lichtwellen nachgeschickten Gravitationswellen jene selbst in Gravitationswellen von entgegengesetzter Richtung verwandeln und somit zu uns zurückwerfen; sie laufen also in der nächsten halben Minute in der Form von Gravitationswellen den Weg zurück, den sie als Licht im Laufe eines Jahres durcheilt haben. Hier werden sie im Retrospektiv – und das ist die Großartigkeit dieser Erfindung – in Licht zurück verwandelt und durch ein Relais verstärkt, so daß man auf dem Projektionsapparat genau das Ereignis sich abspielen sieht, wie es sich vor einem Jahr vollzogen hat. Man kann den Versuch natürlich auf jeden beliebigen Zeitraum ausdehnen, aber die Bilder werden immer schwächer, je größer die vergangene Zeit ist, weil das Licht inzwischen im Weltraum zuviel Störungen erfahren hat. Es erfordert nun eine sorgfältige Berechnung, wann und wo ein Ereignis stattgefunden hat, das man zu sehen wünscht. Man kann daher das Retrospektiv – wenigstens vorläufig – nicht nach Belieben und schnell wie ein Fernrohr einstellen, sondern es gehört dazu ein umfangreicher Apparat, ein ganzes Laboratorium.«

»Wir können also nicht zu sehen bekommen, was wir wollen?«

»Nein, wir müssen uns mit dem begnügen, worauf der Apparat gegenwärtig eingestellt ist. Aber wenn es für einen bestimmten Zweck gerade notwendig ist, zum Beispiel um eine wichtige Rechtsfrage oder dergleichen zu entscheiden, so wird für diesen Zweck eine Berechnung und Einstellung vorgenommen.«

»Kann man damit auch sehen, was zum Beispiel zu einer bestimmten Zeit auf der Erde vorgegangen ist?«

»Ich zweifle nicht, daß sich das ermöglichen läßt.«

»Und was kostet so eine Beobachtung, wenn man sie für einen besonderen Zweck machen lassen will?«

»Dazu ist überhaupt die Erlaubnis der Staatsbehörde erforderlich. Es gibt nämlich, soviel ich weiß, bis jetzt kein Privat- Retrospektiv.«

Isma schwieg nachdenklich. Dann sagte sie: »Nun weiß ich ja, was es mit dem Retrospektiv auf sich hat, und gefrühstückt haben wir auch, so daß wir eigentlich aufbrechen könnten. Aber es ist so schön hier, und ich bin gar nicht sehr neugierig, den Apparat zu sehen, denn was man wirklich dabei beobachtet, kann ja nicht viel sein, wenn man an dem vergangenen Ereignis kein Interesse hat.«

»Das ist schon wahr, indessen Ma würde –«

»Ich will es mir ja auch auf jeden Fall ansehen. Aber wir können wohl noch hier ein wenig ruhen.«

Sie legte ihr Listuch unter den Kopf und streckte sich behaglich hin. »Wenn ich noch einen Schluck Wasser bekommen könnte!« sagte sie.

Ell nahm den mitgebrachten Becher und füllte ihn am Quell. Isma trank und gab das Glas dankend halb geleert zurück. Eben setzte es Ell an seine Lippen, um den Rest selbst zu trinken, als sich in der Ferne ein dumpfes Brausen erhob. Isma richtete sich erschrocken auf.

»Was ist das?« fragte sie. »Kommt jemand?«

Ell hatte das Glas ohne zu trinken abgesetzt. Er lauschte. Das Brausen nahm zu. Er zog seine Uhr.

»Es ist nichts«, sagte er, »es ist das Mittagszeichen.« Er verglich sorgfältig die Uhr. Das Brausen mochte eine Minute gedauert haben, dann brach es mit einem hellen Schlag plötzlich ab.

»Der Anfangspunkt der Planetenzeitrechnung wird so markiert. Hier bei uns, nicht weit von der Zentralwarte, fällt er nur kurze Zeit nach dem wahren Mittag. Aber ich glaube, wir müssen doch aufbrechen.«

Er hatte nicht getrunken, sondern das Wasser unbemerkt, wie er glaubte, auf die Erde fließen lassen, und bückte sich jetzt, um alle Spuren des gemeinsamen Frühstücks zu beseitigen.

Isma stand schweigend auf und begab sich in den Wagen. »Wir sind auf dem Mars«, seufzte sie leise. Sie lehnte sich zurück und schloß die Augen.

Bald darauf kam Ell. Er betrachtete sie mit einem innigen Blick. Der Mittagston hatte ihn wieder auf den Mars zurückgeführt. Ein tiefes Mitleid mit dem Geschick der Freundin überkam ihn, und die ganze Fülle seiner Liebe fühlte er in sich aufsteigen. Er hätte sich zu ihr herabbeugen und ihre Lippen mit Küssen bedecken mögen. Und doch war etwas Trennendes zwischen sie getreten, dessen er sich nicht zu erwehren wußte. Er küßte die schmale Hand, die auf der Seitenlehne des Wagens ruhte.

Isma öffnete die Augen und schüttelte leicht den Kopf.

»Sie sind müde, Isma«, sagte Ell. »Hier, nehmen Sie von diesen Pillen, und Sie werden sich erquickt fühlen wie nach einem festen Schlaf.«

»Nein, nein, solche Nervenreize mag ich nicht, das ist eine falsche Erquickung.«

»Diese nicht. Es ist kein anregendes Nervengift, das den Körper zur Abgabe seiner letzten Energiereserve veranlaßt wie unsre irdischen Reizmittel. Es führt dem Blut und damit dem Gehirn wirklich die verbrauchte Energie wieder zu, und zwar genau in der Form, wie es durch den Schlaf geschieht. Die Pillen sind ganz unschädlich. In einer halben Stunde sind Sie wieder frisch wie am Morgen. Sie sind noch zu wenig an unsere Luft gewöhnt, Sie brauchen eine Hilfe in diesem Klima.«

Isma nahm die Pillen. Ell schwang sich an ihre Seite, und der Wagen rollte nach der Straße zu. Der übrige Teil des Waldes und die Wohnungsräume wurden durchschnitten und die Industriestraße im Quartier Tru erreicht. Ell hemmte den

Wagen vor einem Tor, das er für den Zugang zum Retrospektiv hielt. Er hatte sich jedoch in der Richtung getäuscht, in der er durch den Wald gefahren war, und bemerkte jetzt erst, daß er sich vor dem Erdmuseum befand.

»Corsan ba«, las Isma die Rieseninschrift, »das heißt ja doch wohl ›Sammlungen von der Erde‹?«

»Ja«, antwortete Ell, »ich habe mich geirrt. Wir müssen nach der anderen Seite – die Stufenbahn bringt uns in einer Minute hin.«

»Ich hätte eigentlich Lust –«, sagte Isma zögernd, »könnten wir nicht hier einmal uns umsehen?«

»Gewiß, aber Sie wollten ja heute nichts von der Erde wissen.«

»Es ist schon wahr – aber ich bin neugierig, was ihr hier von dem wilden Planeten gesammelt habt. Und man wird die alte Erde doch nicht los.« Sie seufzte. Unentschieden sah sie abwechselnd auf die Menge, die in den Eingang strömte, und dann auf Ell.

»Es ist heute besonders stark besucht«, sagte dieser, »alles redet jetzt von den Menschen. Wenn man uns nur nicht erkennt – wir tun vielleicht besser, eine andere Zeit zum Besuch zu wählen.«

»Sie sehen, man achtet gar nicht auf uns.«

»Weil diese Leute erst hineingehen. Wenn wir am Ausgang ständen, wäre es vielleicht anders, unsere Gesichter würden auffallen.«

»Ach was«, rief Isma lebhaft. »Nun will ich gerade hinein. Ich habe meinen dunklen Schneeschleier eingesteckt, durch den man nicht hindurchsehen kann. Wir sind nun einmal hier – kommen Sie, Ell!«

Ell lächelte. »Das kommt von den Energiepillen«, sagte er. »Jetzt haben Sie wieder Mut. Nun, man wird uns nichts tun, aber wenn man Ihnen wieder Spielzeugtüten zuwirft, wie an der Polstation, so halten Sie sie nicht für Blumensträuße.«

Isma schlug ihn mit ihrem Schirmröhrchen auf die Hand. »Zur Strafe kommen Sie mit«, sagte sie, »damit Sie meine Trophäen tragen können. Und nun gehe ich auch ohne Schleier trotz der kleinen Augen.«

Sie traten in das Gebäude.

30 - DAS ERDMUSEUM

Die einströmende Menge verteilte sich in den weiten Räumlichkeiten des Erdmuseums, so daß Isma und Ell zwar nirgends allein, aber doch nicht gerade beengt waren. Isma wollte gern sehen, was an der Erde die Aufmerksamkeit der Martier besonders fessele, und wandte sich daher solchen Gängen und Sälen zu, in denen sich die Hauptmasse der Besucher zusammendrängte; Ell folgte ihr und musterte wie sie nicht weniger die Beschauer als die Gegenstände. Ein riesiger Saal enthielt in historischer Darstellung eine vollständige Entwicklung der Raumschiffahrt. Ell hätte sich gern hier näher in die Einzelheiten vertieft, aber Isma interessierte sich wenig dafür und drängte weiter. Ein Wandelpanorama, das eine Reise nach der Erde darstellte, ließen sie beiseite liegen und hielten sich nur kurze Zeit bei der Darstellung des Luftexports von der Erde auf. Die Maschinen, die den Menschen auf der Polinsel nicht zugänglich gemacht worden waren, arbeiteten hier vor ihren Augen in gefälligen Modellen. Sie sahen, wie die Luft in starke Ballons gepumpt und im leeren Raum zum Erstarren gebracht wurde. Die gefrorenen Luftmassen hatten das Aussehen von bläulichen Eiskugeln und die Dichtigkeit des Stahls.

Sehr dürftig war die Sammlung der pflanzlichen und tierischen Produkte der Erde, da sie nur aus den polaren Regionen stammte. Was der ›Glo‹ mitgebracht hatte, war noch nicht dem Museum übergeben worden. Dagegen hatte man schon die Nachrichten, Gegenstände und Abbildungen verwertet, die Jo im ›Meteor‹ von der Tormschen Expedition mitgebracht hatte. Hier drängten sich die Zuschauer dicht zusammen, und Isma und Ell waren gezwungen, ihrem langsamen Zug zu folgen. Es berührte sie ganz seltsam, als sie hier Grunthe und Saltner in verschiedenen lebensgroßen Aufnahmen vor sich sahen und auf dem Tisch eine Reihe von Ausrüstungsstücken, Kleidern und Kleinigkeiten ausgebreitet bemerkten, die Grunthe den Martiern überlassen hatte. Isma mußte an sich halten, um sich nicht einzumischen, als sie die Bemerkungen der Martier und die Scherze vernahm, die sie über die Menschen und ihre Industrie machten.

Plötzlich faßte sie Ells Arm und drückte ihn, daß es schmerzte.

»Was gibt es?« fragte er.

»O sehen Sie!«

Eine Gruppe von Herren und Damen musterten eine Photographie.

»Eine weibliche Bat!« sagten sie. »Sie ist hübsch«, meinten die einen.

»Viel zu mager«, die andern.

Es war Ismas Bild. Die Photographie hatte sich unter Torms Effekten gefunden und war mit andern Kleinigkeiten hierhergekommen.

Die neben Isma stehende Dame, die sie eben zu mager gefunden hatte, warf zufällig einen Blick auf ihr Gesicht. Sie stutzte und stieß ihre Nachbarin an. Ell sah, daß man auf seine Begleiterin aufmerksam wurde. Die Umstehenden wurden still.

»Kommen Sie«, sagte er hastig zu Isma. »Man erkennt Sie.«

Er zog sie fort, beide drängten sich durch das Gewühl. Sie wandten sich nach einer Stelle, wo das Gedränge geringer war, und glaubten plötzlich auf dem Dach der Polinsel zu stehen. Das Panorama des Nordpols breitete sich in naturgetreuer Nachahmung vor ihnen aus. Dicht zu ihren Füßen schien das Meer zu branden. Das Jagdboot der Martier lag zur Abfahrt bereit – zwei Eskimos lösten das Seil, das es am Ufer hielt. Im Boot saßen Martier mit ihren Kugelhelmen. Und dort – auf der andern Seite –, da standen Grunthe und Saltner, wie sie leibten und lebten. Grunthe, mit zusammengezogenen Lippen, schrieb eifrig in sein Notizbuch, Saltner sah lächelnd einer verhüllten Gestalt nach, die auf zwei Krücken dahinschlich und die Wirkung der Erdschwere auf die Martier veranschaulichen sollte.

»Da sind unsre Freunde!« rief Ell, wirklich überrascht. Es waren meisterhaft nachgebildete Figuren.

Isma stand lange still. Die Plattform begann sich mit andern Besuchern zu füllen. »Wir wollen lieber gehen«, sagte sie. »Hier unten scheint es leer zu sein, vielleicht kommen wir dort an den Ausgang.«

Gegenüber dem Haupteingang führte von dem nachgeahmten Teil des Inseldaches eine schmale Treppe abwärts. Ell blickte hinunter. »Es scheint niemand da zu sein«, sagte er.

Sie stiegen hinab und befanden sich in einem Gemach, das einem der Gastzimmer auf der Insel nachgebildet war. Keiner von ihnen hatte beachtet, daß über der Tür die Inschrift ›Vorsicht‹ stand und vor derselben eine Anzahl Stöcke zum Gebrauch aufgestellt waren.

»Oh, hier ist es angenehm«, rief Isma, indem sie sich auf einen der an der Wand stehenden Lehnstühle setzte. »Hier wollen wir uns ein wenig ausruhen.« Sie bemerkte, daß irgendeine Veränderung mit ihr vorging, die ihr wohltat, wußte jedoch nicht, was der Grund sei.

Ell wollte seinen Sessel in ihre Nähe heben, mußte aber dazu eine ungewohnte Kraft aufwenden. »Sind diese Sessel schwer!« sagte er. Im selben Augenblick fiel ihm die Ursache ein.

»Hier herrscht ja Erdschwere«, rief er überrascht. »Das ist also auch eine Demonstration, und darum ist es so leer hier.«

»Das ist herrlich!« sagte Isma vergnügt.

Ein Martier trat in die Tür, knickte zusammen und zog sich sogleich zurück. Isma lachte laut. Sie sprang auf, drehte sich vor Vergnügen im Kreis und rief:

»Kommt nur herein, meine Herren Nume, hier ist die Erde, hier zeigt, ob ihr tanzen könnt!« Sie schlüpfte hierhin und dahin, rückte an den Stühlen und nahm ihren Hut ab. »Ich bin wie zu Hause!« sagte sie. »Jetzt sieht man erst, daß die angebliche Leichtigkeit dieser Federhaube eigentlich Schwindel ist. Sehen Sie nur, wie eilig sie es hat, hinabzufallen!«

Ell sah ihr schweigend zu. Er schüttelte leicht den Kopf. »Ein Kind der Erde«, dachte er bei sich. »Sie würde hier oben niemals heimisch werden.«

Isma war vor eine Tür getreten. »Ob es dahinten auch noch schwer ist?« fragte sie.

Ell zog den Vorhang zurück. Es zeigte sich ein Balkon, von dem aus man ins Freie unter die Wipfel der Bäume blickte. Die Gestalt eines Mannes lehnte am Geländer. Er drehte der Tür den Rücken zu und sah, mit der Hand die Augen schützend, auf die Straße hinab.

Ell und Isma blickten sich an. Dann lachte Isma auf.

»Da haben sie ja den Saltner noch einmal hingestellt«, rief sie. »Und wie natürlich! Man möchte meinen, er müßte sich umdrehen und ›Grüß Gott‹ sagen.«

Die Gestalt schnellte herum.

»Grüß Gott!« rief Saltners Stimme. Er sprang auf Ell und Isma zu und schüttelte ihnen die Hände.

»Das ist gescheit«, rief er, »daß man schon einmal Menschen trifft. Das ist eine Freud! Aber um alles in der Weit, wie kommen denn Sie alleweil hierher? Ich bin ja gerad auf dem Weg zu Ihnen. Haben's denn meine Depesche nicht erhalten?«

»Wir sind seit heute früh von Hause fort.«

»Ja, da wird sie halt dort liegen. Schauens, ich hab Ihnen heut früh telegraphiert, als wir von Frus Wohnort weggereist sind, um Sie zu besuchen. Unterwegs wollten sie mir den Kram hier zeigen, aber wie ich hier in das schöne schwere Zimmer gekommen bin, hab ich gesagt, nun lassens mich aus, jetzt bleib ich hier, bis Sie sich alles angeschaut haben, und dann holens mich wieder ab. Denn das hatt' ich satt, daß mir die Herren Nume alle nachschauten und die Kinder mir nachliefen und meine gute Joppe anfaßten.«

»Aber wie konnten Sie auch in Ihrem Reisekostüm von der Erde sich hier sehen lassen?«

»Wissen Sie, ich bin halt ein Mensch, und so bleib ich einer. Ich werd mich doch nicht in eine neue Haut stecken, wo ich nicht einmal eine richtige Westentasch' für meinen Zahnstocher hab? Und so gut wie Ihnen, Gnädige, würd mir's Marsröckel auch nicht stehn.«

Isma schüttelte ihm nochmals die Hand. »Sie sind der alte geblieben, Herr Saltner! Nun setzen Sie sich mit her, und lassen Sie sich erst einmal ordentlich von mir ausfragen!«

Saltner schilderte in seiner anschaulichen und drastischen Weise auf Ismas Fragen die Einzelheiten der Expedition, über die Grunthe nur in seiner knappen Formulierung berichtet hatte, und ließ sich von Isma die Ereignisse aus Deutschland und ihre eigenen Erlebnisse seit der Ankunft Grunthes in Friedau erzählen. Über die Reise Ills nach dem Pol, den Kampf der Schiffe und die Fahrt nach dem Mars hatte er bis jetzt nur die Darstellungen kennengelernt, welche die kurzen Depeschen gaben, und die Gerüchte und Betrachtungen, welche die Zeitungen daran knüpften. Letztere gründeten sich auf die mündlichen Mitteilungen der von der Erde zurückgekehrten Martier. Der offizielle Bericht sollte erst erscheinen, nachdem er vom Zentralrat dem Hause der Deputierten vorgelegt worden. Dies mußte inzwischen geschehen sein, denn heute sollte die betreffende Sitzung stattfinden. Es war zu vermuten, daß die Beratungen darüber sich noch einige Tage hinziehen würden. Dann erst, nach Anhörung der Deputiertenversammlung, konnte der Zentralrat einen definitiven Beschluß fassen über die der Erde gegenüber zu treffenden Maßnahmen. Da hierbei alle auf der Erde tätig gewesenen höheren Beamten als Sachverständige eventuell gebraucht wurden, mußte Fru seinen Urlaub, auf den er sonst nach der Rückkehr von der Erde Anspruch hatte, unterbrechen, um sich in Kla aufzuhalten. Saltner, der als Gast der Marsstaaten selbst die Rechte eines Numen erhalten hatte, war auf seinen eigenen Wunsch unter die spezielle Fürsorge Frus gestellt worden und wollte nun auch in Kla in seiner Obhut bleiben. Der weiten Entfernung wegen, welche den gewöhnlichen Wohnort Frus von Kla trennte, mußte der Transport der Wohnungen schon am Tag beginnen, und Fru war mit Frau und Tochter und seinem Gast Saltner vorangereist. Sie wollten sich das Erdmuseum ansehen, und hier hatte Saltner seine Freunde von der Erde getroffen.

Ill, von den Verhandlungen im Zentralrat völlig in Anspruch genommen, hatte sich zu Hause über die zu erwartenden Maßnahmen nicht geäußert und auch aus Schonung für Isma von den letzten Ereignissen nicht gesprochen. Ell war ganz in der Begeisterung für die wiedergefundene Heimat des Vaters aufgegangen. So erfuhr er sowohl wie Isma zuerst von Saltner, daß, wenigstens in den südlichen Teilen des Mars, aus denen Saltner kam und wo auch die Mehrzahl der auf der Erde gewesenen Martier herstammte, die anfängliche Begeisterung für die Erdbewohner sich stark abzukühlen begonnen hatte.

Der Umschwung war durch das Verhalten der Engländer gegen das Luftschiff herbeigeführt worden, und sobald die Zeitungen Berichte über die Behandlung gebracht hatten, die den beiden gefangenen Martiern zuteil geworden war, begann in einigen Staaten, deren Bewohner sich durch lebhaftes Temperament auszeichneten, eine gereizte Stimmung Platz zu greifen. Man verlangte ein entschiedenes Vorgehen gegen das Barbarentum der Erdbewohner, und nur der Hinweis der ruhigeren Elemente darauf, daß man keinerlei Urteile abzugeben berechtigt sei, bevor nicht der amtliche Bericht vorliege, hielt die menschenfeindliche Bewegung in mäßigen Grenzen. Fru besorgte jedoch, wie Saltner mitteilte, daß die öffentliche Meinung nach dem Bekanntwerden des Berichts stark genug sein würde, um auf die Entschließungen des Zentralrats einen dem guten Verhältnis zur Erde ungünstigen Einfluß auszuüben.

Isma fühlte sich beängstigt. Sie fürchtete, wenn es zu Feindseligkeiten der Martier gegen die Erde käme, daß sich ihrer Rückkehr Schwierigkeiten in den Weg legen könnten, daß vielleicht die erneute Aufsuchung Torms im Frühjahr durch Maßregeln vereitelt werden würde, die den Martiern wichtiger erschienen. Ell suchte sie zu beruhigen. Er sah die Sachlage in viel günstigerem Licht. Ill werde seinen Bericht jedenfalls so mild wie möglich gestalten. Aus der ungerechtfertigten Handlungsweise eines einzelnen Kapitäns könne man unmöglich ein Zerwürfnis zwischen den Planeten herleiten. Momentane Stimmungen des Publikums hätten auf dem Mars niemals einen dauernden politischen Einfluß, da ein jeder der Belehrung des Besseren zugänglich sei.

»Aber wer weiß«, sagte Isma, »wie man auf der Erde denken mag!«

»Wir hätten uns nicht der Gefahr aussetzen sollen, sie verlassen zu müssen«, sagte Ell etwas verstimmt.

Isma wandte sich schmerzlich berührt ab, und Ell fuhr sogleich fort:

»Aber an dem feindlichen Zusammenstoß der Schiffe hätten wir ja doch nichts geändert, auch wenn wir zu Hause geblieben wären. Ich wollte Ihnen keinen Vorwurf machen, Frau Torm, ich meine nur, wir dürfen uns jetzt keinen trübsinnigen Grübeleien hingeben. Da wir nun einmal hier sind –«

»Da lassen wir ruhig die Nume weitersorgen, das will ich auch meinen«, sagte Saltner. »Es sind wirklich ganz prächtige Leute dabei, und wir Menschen müssen halt ein bissel zusammenhalten. Hier unser Doktor Ell, der wird sich ja wohl auch noch zu uns rechnen. Oder –«

»Wo bleiben Sie, Sal?« fragte eine tiefe Frauenstimme zur Tür herein. »Kommen Sie gefälligst heraus, wir haben auf der Erde Schwere genug genossen. Es ist übrigens irgend etwas Besonderes zu sehen, wo wir hingehen müssen.«

»Das ist La«, rief Saltner, eilig aufspringend. »Oh, kommen Sie mit, ich mache Sie gleich alle bekannt.« Und sich zu den Angekommenen wendend, rief er: »Da bringe ich Ihnen neue Menschen! Nun bin ich doch nicht mehr das einzige Wundertier.«

Fru und die Seinigen begrüßten Ell und Isma sehr freundlich. Isma fühlte sich trotzdem etwas verlegen; bei aller taktvollen Zurückhaltung der Martier wußte sie doch, daß sie von ihnen, die zum ersten Mal ein weibliches Wesen von der Erde sahen, einer lebhaften Prüfung unterworfen wurde. Aber Las Herzlichkeit half ihr sogleich über diesen Zustand fort. Sie gab Isma nach Menschenart die Hand und redete sie deutsch an.

»Ich weiß«, sagte sie, »welch bedauerliche Zufälle Sie zu uns führten, uns aber müssen wir es zum Glück anrechnen, eine Schwester von der Erde in Ihnen begrüßen zu dürfen. Unser Freund Saltner hat schon viel von Ihnen erzählt. Und Sie sind es ja gewesen, der die Martier die erste Gabe europäischer Arbeit verdanken – den Flaschenkorb nämlich, den Grunthe den unsrigen beinahe auf den Kopf geworfen hat. Ohne den Flaschenkorb hätten wir –«, sie wandte sich zu Ell, »Ihren prächtigen Leitfaden nicht gefunden, und ich könnte wahrscheinlich jetzt nicht in Ihrer Sprache mit Ihnen reden.«

Sie zog dabei die Reproduktion des Büchleins aus ihrem Reisetäschchen und zeigte sie Ell, mit dem sie jetzt martisch weitersprach.

Sie fragte ihn, welchen Eindruck das Denkmal auf ihn gemacht habe, das die Marsstaaten seinem Vater in der Ruhmesgalerie der Raumschiffer errichtet hatten. Aber dorthin war Ell noch gar nicht gekommen. Er wollte sogleich diesen Besuch nachholen, die andern aber wünschten einer soeben neu eröffneten Schaustellung beizuwohnen, nach der dichte Scharen von Besuchern hinströmten. Die Richtungsweiser, denen sie folgten, besagten nur ›Neues von der Erde‹, ohne nähere Angabe. Auch Isma war daher sehr gespannt, dieses Neue kennenzulernen, Ell ließ sich jedoch von seinem Vorhaben nicht abhalten. Er trennte sich am Eingang der Galerie von den übrigen, und man verabredete nur, sich in einer halben Stunde in der Lesehalle des Museums zu treffen.

Die Besucher drängten nach dem Theater des Museums, worin von Zeit zu Zeit Vorträge über die Erde oder die Raumschiffahrt gehalten wurden. Diese wurden durch bewegliche Lichtbilder illustriert, die mit aller Kraft martischer Malerei und Technik so plastisch wirkten, daß sie vollkommen den Eindruck der Wirklichkeit hervorriefen. Als Frus mit ihrer Begleitung ankamen, war das Theater, obwohl es Raum für zwanzigtausend Personen bot, schon überfüllt. Da jedoch Fru bei der Einrichtung des Erdmuseums tätigen Anteil genommen hatte, wußte er seine Gesellschaft einen von den weniger ortsbekannten Besuchern meist übersehenen Gang zu führen, der auf eine

Reihe noch freier Plätze auslief. Sie befanden sich in ziemlich versteckter Lage zwischen den architektonischen Verzierungen über einem der Eingänge. Sehr bald ertönte ein Signal, das den Beginn der Vorstellung bezeichnete, und die Riesenhalle verdunkelte sich. Auf der Bühne, das heißt auf einer Kreisfläche von etwa dreißig Metern Durchmesser zeigte sich eine vorzüglich dargestellte Gegend aus dem Polargebiet der Erde, ein Teil des Kennedy-Kanals, mit felsigen Ufern und Gletscherabstürzen, wie er aus der Vogelperspektive des Luftboots in einigen hundert Meter Höhe erschien. Die Polardämmerung lag über der Landschaft, die von einem strahlenden Nordlicht erhellt wurde. Nun erfolgten die Lichteffekte des Sonnenaufgangs, und es erschien das kleine Luftboot der Martier. Im Vordergrund erkannte man den Cairn, an welchem die Engländer bauten, man sah, wie sie denselben verließen, in den Abgrund stürzten, von den Martiern herausgeholt und am Fuße des Steinmannes niedergelegt wurden. Die ganze Szene, von den Zuschauern mit lebhaftem Beifall begleitet, wurde durch die künstlich verstärkte Stimme eines gewandten Redners erklärt.

Es erschienen nun, vom Standpunkt der am Cairn befindlichen Martier aus nicht sichtbar, die englischen Seesoldaten; fratzenhafte Gestalten, wahre Teufel, in unmöglicher Kleidung, führten sie, ihre Gewehre schwingend, einen wilden Kriegstanz auf, der durchaus der Phantasie des martischen Wirklichkeitsdichters entstammte. Isma und Saltner war es peinlich, den Eindruck zu beobachten, den diese Szene auf das Publikum ausübte. Es nahm sie in vollem Glauben auf und wollte sich über die abenteuerlichen Wilden totlachen.

Saltner schüttelte den Kopf. »Ich bin kein Freund der Englishmen«, sagte er, »aber so sehen sie doch nicht aus, und so benehmen sie sich auch nicht. Man bringt ja den Martiern ganz falsche Begriffe von den Menschen bei.«

»Unseren gefangenen Landsleuten, denen so übel mitgespielt wurde, sind sie jedenfalls so erschienen«, sagte La. »Sie haben ihre Schilderungen offenbar unter dem Eindruck der erlittenen Mißhandlungen gemacht.«

»Ich bedauere trotzdem«, bemerkte Fru unwillig, »daß man hier diese Aufführung veranstaltet, es ist unsrer nicht würdig. Aber seit jenem Zwischenfall ist leider von einem Teil der Presse die Ansicht verbreitet worden, daß die Menschen nicht als vernünftige Wesen zu betrachten und als gleichberechtigt zu behandeln seien. Das ist nicht gut.«

Die Szene änderte jetzt ihren Charakter aus dem Komischen in das Schauerliche. Die Engländer stürzten unter wildem Geheul, das akustisch wiedergegeben wurde, auf die beiden Martier zu und überfielen sie. Die Martier scheuchten sie majestätisch zurück, und es entwickelte sich zunächst eine Art Diskussion, die durch das menschliche Kauderwelsch, welches Englisch vorstellen sollte, einen Augenblick ins Komische umzuschlagen schien, aber sofort die Entrüstung der Zuschauer wachrief, als eine neue Schar von Wilden den Martiern in den Rücken fiel und sie hinterrücks niederriß. Dann wurden den unglücklichen Opfern die Arme zusammengeschnürt und sie an langen Stricken fortgeschleppt.

Bei diesem Anblick brach im Theater ein unheimlicher Lärm aus. Wie ein Wutschrei ging es durch die Masse der Zuschauer. Die Fesselung, die Beraubung der persönlichen Bewegungsfreiheit, war die größte Schmach, die einem Numen angetan werden konnte. Die Gesamtheit der Martier fühlte sich dadurch beleidigt. Und seltsam, während man die Menschen eben als unvernünftige Wesen belacht hatte, betrachtete man sie doch jetzt als verantwortlich für ihre Handlungen. Die Darstellung hatte offenbar die Tendenz, die Menschen als böse zu zeigen, indem das Folgende ihre Intelligenz zu verdeutlichen bestimmt war. Das englische Kriegsschiff dampfte herbei. Es schien ganz im Vordergrund zu liegen, und in einem kaum verfolgbaren Wechsel des Bildes befand man sich plötzlich an Bord desselben. Die vorzügliche Einrichtung, die musterhafte Ordnung, die Waffen und Maschinen bewiesen die hohe technische Kultur der Menschen; dagegen stach die rohe Behandlung der Gefangenen häßlich ab und empörte die Zuschauer nur um so heftiger. Mit Jubel wurde daher das Erscheinen des großen Luftschiffes begrüßt und der Kampf zwischen den Martiern und Menschen mit Enthusiasmus verfolgt. Die erhabene Friedensliebe der Nume schien verschwunden, in dieser gereizten Versammlung wenigstens kam sie nicht zum Ausdruck. Und als in einem ästhetisch wunderbar gelungenen Schlußtableau auf der Eisscholle am Felsenufer Ill selbst erschien und den Gefangenen die Fesseln löste, artete die Vorstellung zu einer eindrucksvollen patriotischen Kundgebung aus. Die Rufe »Sila Nu« und »Sila Ill« brausten durch das Haus.

Isma lehnte sich ängstlich zurück. Sie fürchtete jeden Augenblick, sich selbst oder wenigstens Ell auf der Bühne erscheinen zu sehen; aber mit diesen den Martiern befreundeten Menschen wußte die tendenziöse Dichtung nichts anzufangen, sie waren einfach fortgelassen. Saltner war wütend. »So was dürfte die Polizei gar nicht erlauben«, sagte er, »bei uns würde man das gleich verboten haben.«

»Was wollen Sie«, sagte La, »dies ist eine Privatveranstaltung. Sie können das Theater mieten und morgen eine Verherrlichung der Erde aufführen.«

Sie sah ihn lächelnd an, und er schwieg.

»Es muß auch etwas geschehen«, sagte Fru, »um der Verbreitung dieser Menschenhetze entgegenzuwirken. Lassen Sie uns gehen.«

31 - MARS-POLITIKER

Die Entleerung des Theaters geschah trotz der ungeheueren Zuschauermenge in wenigen Minuten, denn zahlreiche breite Gänge führten nach allen Seiten auseinander und mündeten nach der Straße hin. Man hörte überall unter dem Eindruck der Vorstellung verächtlich über die Menschen sprechen, doch hatte die übertriebene Darstellung der Menschen als Wilde das Gute, daß niemand auf die Vermutung kam, in Isma und Saltner solche Erdbewohner vor sich zu haben, obwohl Saltner in seiner Joppe, die Hände in den Taschen, in recht auffallender Weise einherschlenderte und den prüfenden Blicken, die ihn gelegentlich trafen, ungeniert begegnete. Aber da jetzt alle in gleicher Richtung sich bewegten und noch von den Eindrücken erfüllt waren, die sie eben erhalten hatten, so achtete man wenig auf ihn.

Erst als sich Fru mit seiner Begleitung in dem Vorraum der Lesehalle zwischen dichten Gruppen sich lebhaft unterhaltender Martier hindurchdrängen mußte, wurde man wieder auf ihn aufmerksam. Hier begegneten sich Besucher des Theaters und solche, die aus der Lesehalle kamen und sich soeben mit den neuesten Nachrichten bekanntgemacht hatten. Es herrschte eine sichtliche Erregung. Verkäufer riefen die neuen Blätter aus für diejenigen, die sich das in der Halle Gelesene in eigenen Exemplaren mit nach Hause nehmen wollten.

»Der Bericht des Zentralrats!« – »Die Rede des Repräsentanten Ill!«

»Die Rede des Deputierten Eu!« – »Der Antrag Ben.«

»Karte der Erde!« – »Leben und Tod des Kapitäns All.«

»Der Sohn des Numen auf der Erde.« – »Bild des Baten Saltner!« – »Bildnis der Batin Torm.«

Isma und Saltner verstanden das in eigentümlichem Tonfall herausgestoßene Martisch der Ausrufer nicht. Fru und La suchten schnell mit ihren Begleitern aus dem Gewühl in die Lesehalle zu gelangen. Aber Saltner erkannte in der Hand eines Verkäufers sein wohlgetroffenes Bildnis.

»Was?« rief er. »Da werd ich wohl gar feilgehalten. Das ist mir doch noch nicht passiert, das muß ich mir mitnehmen.«

Die um den Verkäufer Herumstehenden hatten ihn nun natürlich sogleich erkannt. Bald war die Gruppe von Neugierigen umringt, und es fielen manche nicht sehr schmeichelhafte Äußerungen.

Saltner nahm sein Bild in Empfang und zahlte. Man hatte ihm als Gast der Regierung einen anständigen Reisefonds übermittelt.

»Da schaut mich an«, sagte er, sich in Positur stellend, »wenn Ihr noch keinen anständigen Bat gesehen habt.« Und auf martisch fügte er hinzu: »Nun, seh ich aus wie ein Engländer?«

La drängte ihn vorwärts. Sie führte Isma am Arm, die ihren Schleier vorgezogen hatte und ihrer martischen Tracht wegen nicht auffiel. Die Nahestehenden blickten Saltner nicht gerade wohlwollend an, belästigten ihn aber in keiner Weise und folgten ihm auch nicht, als er sich durch sie hindurchdrängte, obwohl ihm jetzt jeder nachsah. So gelangten alle in das Innere der Lesehalle, die aus einer Reihe großer Säle bestand.

Die langen Tafeln waren dicht besetzt. Viele der Lesenden benutzten diese Zeit, um ihrer offiziellen Lesepflicht zu genügen. Denn jeder Martier war verpflichtet, bei Verlust seines Wahlrechts, aus zwei Blättern, von denen eines ein oppositionelles sein mußte, täglich über die wichtigsten politischen und technischen Neuigkeiten sich zu unterrichten. Die größeren Blätter gaben zu diesem Zweck kurze Auszüge besonders heraus.

Im Saal herrschte absolute Stille. Hier wurde nicht gesprochen. An den Wänden befanden sich jedoch kleinere Abteilungen, verschlossene Logen, in mehreren Stockwerken übereinander, in denen sich Bekannte zusammensetzen und ihre Meinungen austauschen konnten. In eine solche Plauderloge begab sich Fru mit seinen Begleitern. Er schloß die Tür und trat an einen Fernsprecher, der zur Verwaltung führte. Hier nannte er seinen Namen und die Nummer der Loge. Dann fragte er, ob Ell re Kthor, am gel Schick, nach ihm gefragt habe. Die Antwort besagte, ja, er befinde sich in Loge 408. Fru ließ ihm nun die Nummer seiner Loge sagen und ihn zu sich bitten. Auf demselben Weg machte er eine Bestellung auf eine Reihe Erfrischungen, die alsbald auf automatische Weise in dem Schrankaufsatz des Tisches erschienen, der auch hier die Mitte des Zimmers einnahm.

Es befand sich darunter für jeden Anwesenden eine Schüssel mit Wasser, das durch eine kleine Flamme in lebhaftem Sieden erhalten wurde.

»Ach«, rief Saltner, »das sind heiße Boffs, das ist die beste Frucht auf diesem künstlichen Planeten; das ist wirkliche Natur.«

Isma kannte die Speise noch nicht und fragte danach.

»Um Himmels willen«, sagte Saltner, »nennen Sie die Boffs nicht eine Speise, sonst dürfen wir sie ja nicht zusammen essen. Das ist eben das Beste daran, daß sie nicht als Speise, sondern als Erfrischung gelten, weil sie wirkliche Früchte, in der Natur gewachsen sind, eine Art Erdgurken, oder wie man sie nennen soll, und deshalb hier gemeinschaftlich gegessen –«

»O pfui«, sagte La, ihn leicht auf den Arm schlagend. Sie las bereits eifrig in einer Zeitung, in die sie sich jetzt wieder vertiefte.

»Ich wollte sagen, genossen, ästhetisch verwendet werden dürfen. Aber gut schmecken sie doch.«

Er zog die Schüssel an sich heran und griff – zum Erschrecken Ismas – mit der Hand in das siedende Wasser, eine der rötlichen, gurkenartigen Früchte hervorziehend.

»Sie brauchen nicht zu fürchten, daß Sie sich verbrennen«, sagte er lachend zu Isma. »Das Wasser ist gar nicht heiß, es siedet in unverschlossenen Gefäßen hier schon bei 45 Grad Celsius. Das ist ja ein Planet ohne Luftdruck.«

»Lassen Sie endlich unsern Nu in Frieden«, sagte La lachend, indem sie die Zeitung beiseite legte, »sonst werden Sie mit dem nächsten Schiff nach dem Südpol Ihrer abscheulichen schweren Erde transportiert. Lesen Sie lieber die neuesten Beschlüsse, sie werden Sie interessieren. Ich fürchte nur, mit dem Urlaub wird es diesmal nichts sein. Wer weiß, ob wir nicht wieder fort müssen!«

Isma horchte auf.

»Nach der Erde?« fragte sie. »Schickt man Schiffe jetzt nach der Erde?«

In diesem Augenblick trat Ell ein. Er sah erregt aus. In der Hand hielt er einen Stoß Blätter und Zeitungen, die er teils gekauft, teils aus dem Saal entnommen hatte.

Ehe er sich in die Lesehalle begab, hatte er lange vor dem Denkmal seines Vaters gesessen. Es war eine Porträtstatue in Lebensgröße, die All in seinen jüngeren Jahren darstellte, in der Kleidung des Raumschiffers. Man glaubte ihn durch die Stellithülle des Raumschiffs auf der Kommandobrücke stehend zu sehen und mit ihm auf die unter ihm liegende Erde hinabzublicken. Aus seinen Augen sprach der feste Entschluß, auf diesen Planeten siegreich seinen Fuß zu setzen.

»Du hast uns den Weg gezeigt, den wir nun betreten«, so klang es in Ells Seele. »Dir verdanken wir die Erde, die du mit deinem Leben uns gewonnen hast.«

Die jugendlichen, kräftigen Züge des Bildes schienen sich zu verwandeln. Ell sah in ihnen wieder den schwermütigen, ernsten Mann, wie er ihn gekannt, nur der siegreiche Blick des Auges war geblieben, der ihm entgegenfunkelte, wenn der Vater dem Jüngling von der Heimat sprach und von der großen Aufgabe, die Erde zu gewinnen für die Numenheit. Er gedachte des eigenen Lebens und der letzten Jahre, die er auf der Erde gearbeitet hatte, erfüllt von dem Gedanken, daß der Menschheit Glück abhinge von ihrer Befreiung durch die Kultur der Martier. Und jetzt stand er auf dem Mars, nun blickte er hinab auf die Erde, und es war ihm, als verlöre sich das Schicksal der Erdbewohner wie eine Episode in der Geschichte der Sterne, als lebe er mit den Numen um der Nume willen und sähe in der Besetzung der Erde nur eine der Stufen, das höchste Leben des Geistes im Kampf mit den widerstrebenden Kräften der Natur zu erhalten. Was war ihm nun die Menschheit? Was wär sie ihm gewesen? Wenn er sie zu lieben glaubte, war es nicht allein die Eine gewesen, in der er die Menschheit liebte? Was hielt ihn noch an dem barbarischen Planeten? Das Andenken seiner Mutter? Sie war dahin; dieses Andenken blieb ihm überall. Und die tiefblauen Augen der heißgeliebten Frau, deren weltfernes Leuchten durch all die Jahre hindurch mit unverminderter Kraft in seinem Herzen gewirkt hatte? Sie wirkten fort und fort mit ihrer zarten Gewalt – die teuren milden Züge, von denen ein glückliches Lächeln zu gewinnen sein steter Gedanke, für die er nahe daran gewesen war, seine Numen heit zu vergessen, um sie zu erobern mit den Mitteln der Menschen für sich und um ihretwillen ein Mensch zu werden wie die andern! Und jetzt, jetzt konnte er dies sicherer wie je, nie war er diesem Ziel näher gewesen. Aber diese Frau war hierhergekommen, weil sie ausgezogen war, ihren Mann zu suchen, und er hatte sich ihr gelobt, ihn finden zu helfen. Sie wird ihn finden, und drunten in Friedau oder in einer andern Stadt, wohin der Ruhm des Polentdeckers sie führen würde, da wird sie glücklich sein und der Reise nach dem Mars und des fernen Freundes gedenken wie eines Traumes, der zerronnen ist. Und er? Sollte er weiter leben dort unten, um eine flüchtige Stunde ihrer Nähe zu gewinnen, um sich zu versichern, daß er zu ihr gehöre, wie ein teures Schmuckstück ihres Daseins? Sollte er wieder zwischen diesen engherzigen Schlauköpfen wandeln, um ihre ganze, verständnislose Wirtschaft zu verachten?

Nein, nun er die Freiheit der Heimat gekostet hatte, konnte er nicht dauernd auf die Erde zurückkehren. Was war ihm noch die Menschheit?

»Ein Vermächtnis hast du uns gelassen, o Vater«, so sagte Ell im stillen zu sich, »die Erde, auf der du littest, zu gewinnen zu einem höheren Zweck. Und ich vor allen habe die Pflicht, dies Vermächtnis anzutreten. In Frieden wollen wir die Menschheit gewinnen und ihr zum Segen. Und, ein Menschensohn, weiß ich von ihren Schmerzen zu sagen. Aber wenn unseliger Mißverstand zum Streit führt, so kann mein Platz nur dort sein, wo du gestanden hast.«

Er erhob sich. Bald umwogte ihn wieder der Verkehr des Tages. Er begab sich nach der Lesehalle. Begierig griff er nach den neuen Depeschen und studierte sie, bis Fru ihn rufen ließ.

»Wissen Sie schon alles?« war gleich seine erste Frage beim Eintritt. Er sprach martisch. La antwortete lebhaft. Fru und seine Gattin mischten sich ein. Die Martier sprachen schnell und eifrig. Ell hatte offenbar noch etwas Wichtiges erfahren. Isma und Saltner konnten dem schnellen Gespräch nicht folgen. Die Menschen schienen einen Augenblick vergessen. Es war nur eine Minute der Erregung. Dann wandte sich La mit ihrem freundlichen Lächeln zu Isma.

»Haben Sie alles verstehen können?« fragte sie. »Ihr Freund bringt uns wichtige Mitteilungen.«

»Ich konnte nicht folgen«, sagte Isma.

Jetzt erst wandte sich Ell zu Isma. Sie sah ihn an. In ihren Augen lag es wie eine schmerzliche Bitte: Verlaß mich nicht. Ich bin einsam. Ich weiß nicht, was das alles soll. Sie fragte ihn jetzt:

»Was gibt es denn Neues? Erzählen Sie nun auch mir einmal.«

Und während dieser kurzen Worte wechselte ihr Ausdruck. Der ängstliche Zug wich einem frohen Vertrauen. Sie fühlte sich wieder sicher, seitdem er neben ihr weilte.

»Ist es etwas Ungünstiges?« fragte sie weiter, als Ell zögerte.

La war der Wechsel in Ismas Mienen nicht entgangen. Sie hatte das Aufblitzen ihrer Augen beobachtet, als Ell eintrat, und jetzt die Beruhigung ihrer Stimmung. Und ebenso unbemerkt blickte sie auf Ell und las in seiner Seele. Er wandte sich mit einem fragenden Blick an sie, aber sie beugte sich schnell zu Saltner hinüber.

»Ich weiß wirklich nicht«, sagte Ell, »was wir von der Sache zu erwarten haben, aber jedenfalls können wir jetzt auf eine schnellere Entwicklung gefaßt sein. Es werden Schritte getan, noch während des Winters Nachrichten von der Erde zu erhalten.«

»Wie ist das möglich?« fragte Isma.

»Haben Sie die Vorgänge in der Kammer von heute vormittag gelesen?« Isma schüttelte den Kopf.

»Wir sind eben erst gekommen«, sagte Fru, »und wissen selbst noch nichts Zusammenhängendes. Wir bemerkten nur, daß die Stimmung gegen die Erde umgeschlagen zu sein scheint.«

»Ich sah eben hier zufällig«, fügte La hinzu, »daß die Südbezirke auf eine starke Armierung des Erdsüdpols dringen und ein Vorgehen von dort aus wünschen, und ich wußte nicht, was das zu bedeuten hat.«

»Dann erlauben Sie, daß ich in Kürze mitteile, was ich gelesen habe. Der Bericht der Regierung stellte den Konflikt mit dem englischen Kriegsschiff und die Gefangennahme und Behandlung unserer Leute als das dar, was er war, ein unglücklicher Zufall und die Tat eines untergeordneten Kapitäns, für die man kaum die englische Regierung, geschweige denn die Bewohner der Erde verantwortlich machen dürfe. Sie erklärte, daß durch diesen Zwischenfall an dem ursprünglichen Plan nichts geändert werde. Man wolle im Beginn des nördlichen Erdfrühjahrs eine starke Luftschifflotte bereithalten, um, sobald die Nordstation zugänglich sei, die zu diesem Zweck früher als sonst eröffnet werden sollte, sofort sämtliche Großmächte der Erde in ihren Hauptstädten aufzusuchen. Man werde den Regierungen einen Vertrag über den Verkehr und die Handelsbeziehungen zum Mars vorschlagen und die Vorkehrungen so treffen, daß sich das Übereinkommen ruhig und friedlich vollziehe. Nur einen böswilligen Widerstand werde man im Interesse der Gesamtheit eventuell mit Gewalt niederwerfen, indem man über den betreffenden Staat das Protektorat der Marsstaaten aussprechen werde.

Diese Erklärung fand aber lebhaften Widerspruch, sowohl von der Opposition gegen die Erdkolonisation, die unter der Führung von Eu schon immer die weitgehenden Pläne der Erdbesiedelung bekämpfte, als auch von einer erst infolge der letzten Nachrichten entstandenen Gruppe, denen das Vorgehen gegen die Erde nicht scharf genug erschien. Und beide standen nun zusammen. Denn Eu vertrat jetzt den Standpunkt, es wäre von Anfang an das beste gewesen, sich überhaupt nicht um die Menschen zu kümmern; nachdem aber die Regierung einmal den Fehler gemacht habe, die Existenz der Nume zu verraten und durch feindselige Handlungen gegen die Menschen sich bloßzustellen, verlange es die Pflicht der Numenheit, den Erdbewohnern auch den richtigen Begriff derselben und Aufklärung über die Bedeutung und die Absicht der Nume zu geben. Es sei Menschenblut geflossen und der Numenheit Schmach angetan worden. Die Sühne könne nur in einer großen Tat friedlicher Kultur bestehen. Es müsse den Erdbewohnern gezeigt werden, daß wir ihre Gewohnheit des Kampfes mit den Waffen verabscheuen und als unsittlich verwerfen. Es sei deswegen über die ganze Erde der Planetenfrieden zu gebieten und die Entwaffnung sämtlicher Staaten zu verlangen.«

»Jesus Maria!« rief Saltner. »Das nenn ich einen Radikalen! Ich hab schon nichts dagegen, aber, was meinens, was sie bei uns auf dem Kriegsministerium dazu sagen werden?«

»Das Verlangen der chauvinistischen Gruppe«, fuhr Ell fort, »war nicht weniger radikal. Sie erklärten, die Menschen hätten durch ihr Verhalten bewiesen, daß sie dem Begriff der Numenheit noch nicht zugänglich seien. Sie seien nicht als freie Persönlichkeiten zu behandeln und nicht würdig des Weltfriedens. Man solle sie im Gegenteil ruhig untereinander wüten lassen, aber die ganze Erde und ihre Bewohner als Eigentum der Marsstaaten erklären. Die einzelnen Gebiete der Erde seien unter die einzelnen Marsstaaten aufzuteilen, um die Einkünfte derselben zu vermehren. Die Menschen seien ausdrücklich als unfrei und Nicht-Nume zu bezeichnen und die Erdstaaten durch vom Zentralrat eingesetzte Gouverneure zu beaufsichtigen. Im Resultat aber waren beide oppositionelle Parteien einig, die Unterwerfung der Erde müsse sofort mit allen Mitteln in Angriff genommen werden.

Die Debatte war sehr heftig, und die Regierung hatte einen schweren Stand. Noch während der Sitzung schloß sich die chauvinistische Gruppe zu einer Fraktion der

›Antibaten‹ zusammen, und aus großen Teilen des Landes trafen bereits zustimmende Erklärungen ein für die Menschenfeinde.

Allmählich gelang es jedoch der Regierung, den Parteien begreiflich zu machen, daß man die Erdbewohner aus Unkenntnis unterschätze; eine derartige Bestimmung über sie werde nicht durchzusetzen sein, ohne zu den Gewalttätigkeiten zu führen, die man gerade verabscheue und verhüten wolle. So kam ein Kompromiß zustande, zunächst noch ein genaueres Studium der Machtverhältnisse der Erdstaaten abzuwarten. Doch mußte die Regierung ihrerseits zugestehen, sogleich wenigstens von England eine Bestrafung des Kapitäns der ›Prevention‹ und eine Genugtuung für die Mißhandlung der Gefangenen zu verlangen.

Dieser Kompromiß zwischen Opposition und Regierung fand endlich im Antrag Ben seinen Ausdruck. Danach sollte sobald als möglich ein Raumschiff nach der Südstation der Erde abgehen und drei große Erdluftschiffe dahin bringen. Vom Südpol aus sollte zunächst mit der englischen Regierung verhandelt werden, um eine Genugtuung für die Gefangennahme der beiden Martier und die Beschädigung des Luftschiffs zu verlangen. Man sollte sich jedoch dabei der größten Mäßigung befleißigen, einerseits um die wohlmeinende, obwohl ernste Gesinnung der Martier zu zeigen, andrerseits weil man es vor Beginn des Frühjahrs der nördlichen Erdhalbkugel nicht zu einer größeren Aktion kommen lassen durfte. Denn die Station auf dem Südpol bot weder den Raum noch die Sicherheit der Landung für eine größere Flotte der Martier; auch wäre es wenig praktisch gewesen – soviel sah auch die antibatische Opposition ein –, vom Südpol aus mit den Großmächten der Erde zu verhandeln, da der Weg vom Südpol bis Berlin oder Petersburg selbst für ein Luftschiff der Martier fast vierundzwanzig Stunden in Anspruch nahm. Der Zentralrat wurde mit der sofortigen Ausführung der Maßnahmen beauftragt. Die letzte Depesche besagte bereits, daß der Zentralrat einen besonderen Erdausschuß mit einjähriger Amtsdauer und weitreichenden Vollmachten ernannt und den Repräsentanten Ill zum Leiter desselben bestimmt habe. Das ist augenblicklich der Stand der Dinge«, schloß Ell. »Was sagen Sie dazu?«

Er warf die Zeitungen auf den Tisch und ging erregt auf und ab. Niemand antwortete sogleich. Die Nachrichten waren nicht nur von weittragender politischer Wichtigkeit, sie mußten zugleich das private Geschick der hier Versammelten unmittelbar beeinflussen. Die Mienen waren düster geworden. Nur Isma pochte das Herz freudig. Sie war sofort entschlossen, alles daranzusetzen, um nach dem Südpol und von dort nach Hause zurückzukehren. Wollte man sich mit England in Verbindung setzen, so mußte doch ein Luftschiff nach bewohnten Gegenden, wenn nicht nach London, so wenigstens nach den Kolonien, wahrscheinlich nach Australien, abgesandt werden, und mit diesem hoffte sie reisen zu können. Und wenn dies nicht möglich war, so konnte sie immerhin auf baldige Nachrichten von der Erde rechnen. Diese Gedanken und Wünsche gingen durch ihr Gemüt, während ihre Hände das Flugblatt zerknitterten, das ihr Porträt zeigte; es hatte sich unter den von Ell mitgebrachten Papieren befunden.

»Wollen Sie nicht Platz nehmen?« sagte La zu Ell. Er setzte sich hastig und beschämt. Das Menschenblut in ihm hatte ihn hin- und hergetrieben. Als Martier schickte sich das ja nicht, da verhielt man sich ruhig. Er ärgerte sich.

»Das ist fatal, höchst fatal«, begann jetzt Fru. »Ich halte den Beschluß für einen schlimmen politischen Fehler. Auch Ill wird dieser Ansicht sein, aber er konnte jedenfalls nicht mehr durchsetzen. Unsre Politiker kennen die Verhältnisse zu wenig. Verhandlungen, denen wir nicht die Tat auf dem Fuße folgen lassen können, müssen unsern Standpunkt erschweren und bei den Regierungen der Erde nur die Meinung erwecken, daß sie uns nicht ernst zu nehmen brauchen.«

»Eine sakrische Dummheit ist's«, platzte Saltner deutsch heraus.

»Sie fürchten«, sagte La, sich zu Ell wendend, »daß wir auf diese Weise zur Anwendung von Gewalt gedrängt werden?«

»Wohl möglich«, erwiderte Ell. »Doch die Menschen werden bald begreifen, daß sie sich uns fügen müssen. Wir werden ihnen zeigen, daß wir nur ihr Bestes wollen.«

»Ich fürchte Schlimmeres«, entgegnete La lebhaft. »Die Verhältnisse werden sich so entwickeln, daß die antibatische Bewegung immer mehr Nahrung erhält. Statt des Friedens werden wir den Kampf zwischen den Planeten bekommen, man wird die Menschen nicht als gleichberechtigt anerkennen – es wird furchtbar werden.«

»Oh, lassen Sie uns zurückkehren!« rief Isma. »Bitten Sie Ihren Oheim, daß uns das erste Schiff nach dem Südpol mitnimmt.«

Ell antwortete nicht. Er blickte finster vor sich hin. Fru stand auf. »Ich glaube«, sagte er, »es ist das beste, wenn wir unsere Reise fortsetzen und Ihren Oheim aufsuchen. Bis wir an unser provisorisches Quartier und an Ihre Wohnung gelangen, ist die Ruhezeit gekommen. Wir treffen uns dann alle zur Plauderstunde bei Ill.«

»Wir wollten noch nach dem Retrospektiv«, sagte Ell.

»Dazu ist es ohnehin schon zu spät.«

»Ich habe heute genug gesehen«, fügte Isma hinzu.

Man brach auf. Der Weg bis zu dem Depot der Radschlitten, wo auch Fru seinen viersitzigen Gleitwagen gelassen hatte, betrug einige Minuten. La nahm Ismas Arm.

»Am Schlitten bekommen Sie Ihre Damen wieder«, sagte sie zu Ell und Saltner. Sie schritt mit Isma voran.

»Sie möchten gern nach der Erde zurück, nicht wahr?« sagte sie zu Isma. »Ich sah es Ihnen an, und Sie hoffen, nach dem Südpol mitzugehen. Aber würden Sie auch ohne Ell gehen?«

»Er wird mitgehen, wenn man uns überhaupt mitnimmt. Er muß gehen, er gehört jetzt auf die Erde.«

La schwieg. Sie streifte Isma mit einem teilnehmenden Blick und sah, wie eine feine Röte ihre Wangen bedeckte.

»Meine Frage darf Sie nicht verletzen«, sagte sie bittend. »Ich kann mir wohl denken, daß es für Sie schwer sein muß, die weite Reise ohne Begleitung eines Menschen zu machen. Aber ich glaube auch nicht, daß man Sie jetzt mitnehmen wird. Das Schiff wird zu Ausrüstungszwecken voll in Anspruch genommen sein. Und auf dem Südpol finden Sie nicht die Bequemlichkeit wie auf dem Nordpol. Ich wollte Sie nur bitten, sich nicht Hoffnungen zu machen, die vermutlich enttäuscht werden müssen. Aber jedenfalls dürfen Sie darauf rechnen, daß Sie nun bald Nachrichten von der Erde bekommen. Dafür wird Ill Sorge tragen. Und Sie brauchen sich nicht verlassen unter uns zu fühlen. Ich werde mich herzlich freuen, wenn ich Ihnen dienen kann.«

Isma dankte, aber sie konnte sich eines bedrückenden Gefühls nicht erwehren. Warum bedurfte sie dieses Mitleids? Sie fühlte sich verletzt, ohne La zürnen zu können.

Die Radschlitten erschienen. Man verabschiedete sich. Mit Benutzung der Stufenbahn konnte man in einer halben Stunde zu Hause sein.

Isma saß stumm an Ells Seite. Sie sah, daß seine Gedanken nicht mit ihr beschäftigt waren. Sie wollte ihn jetzt nicht fragen, was er zu tun gedenke. So tauschten sie nur flüchtige Worte, bis der Wagen vor Ills Haus hielt.

32 - IDEALE

La ließ ihre Hände von der Schreibmaschine herabgleiten und lachte herzlich, indem sie sich in ihrem Sessel zurücklehnte.

»Nein«, sagte sie, »das ist ja nicht zu glauben! Das ist wirklich zu komisch. Diese Bate! ich glaube, da muß selbst Schti lachen.«

Ein allerliebstes, schneeweißes Flügelpferdchen, nicht größer wie ein kleines Kätzchen, flatterte von dem Büchergestell, wo es gesessen, auf die Lehne von Las Armstuhl und blickte sie mit seinen klugen Augen ernsthaft an. Das Tierchen sah wirklich aus wie ein Miniatur-Pegasus, nur hatte es statt der Hufe zierliche Zehen, mit denen es sich anklammern konnte. Zoologisch betrachtet gehörte es zu den Insekten und war eine Art Heuschrecke, die aber auf dem Mars warmes Blut besaßen und die höchstentwickelte Gruppe der Insekten darstellten. Der Kopf war der eines Pferdes mit fast menschenähnlichem Ausdruck, die Flügel saßen an den Schultern und glichen denen einer Libelle.

»Schti muß lachen!« sagte La.

Das Tierchen stieß einen Laut aus wie eines helles Lachen. »Ko Bate, Ko Bate«, sprach es dann deutlich.

La streichelte ihm das weiche Fellchen, und es rieb sein Köpfchen an ihrer Hand.

»Schti muß studieren!« Das gut abgerichtete Tierchen flog auf das Bücherbrett und setzte sich gravitätisch hin.

La fuhr in ihrer Schreibarbeit fort. Auf dem Gestell über der Schreibmaschine stand eines der deutschen Bücher, die Ell mitgebracht hatte. Es war ein kurzgefaßter Grundriß der ›Weltgeschichte‹, das heißt des wenigen, was man über die Geschichte der abendländischen Menschheit wußte. La übersetzte das Buch in Ills Auftrag ins Martische. Während sie ihre Augen langsam über den Text gleiten ließ, lagen ihre Hände auf der Klaviatur und ihre Finger schrieben ganz mechanisch in martischen Zeichen den Sinn der gelesenen Sätze nieder. Die Arbeit nahm ihre Aufmerksamkeit nicht mehr in Anspruch, als der Strickstrumpf die einer älteren Kränzchendame, und hinderte sie nicht, sich lebhaft mit Ell zu unterhalten, der zum Besuch gekommen war.

»Es ist eigentlich mehr traurig als komisch«, sagte Ell. »Denn die Sache geht nicht immer bloß mit dem Knallen ab. Oft genug kommen schwere Verwundungen und Todesfälle vor, und das Leben eines Mannes, der verpflichtet wäre, der Menschheit und den Seinigen sich zu erhalten, ist einem sinnlosen Vorurteil hingeopfert.«

»Das ist abscheulich. Aber ich denke, Vernunft und Gesetz verbieten den Zweikampf. Wie ist er denn noch möglich?«

»Durch Unvernunft. Es gibt nämlich Menschen, die sich einbilden Vernunft und Gesetz seien zwar ganz gut für das Volk, aber dieses würde den Respekt vor Vernunft und Gesetz verlieren, wenn es nicht durch eine auserwählte Gruppe von Menschen in Schranken gehalten würde. Diese Auserwählten könnten sich jedoch nur dadurch als solche erweisen, daß sie sich einen gewissen Zwang, eine Pönitenz auferlegten, indem sie selbst zum Teil auf das höchste Gut der Menschheit, Vernunft und Freiheit, verzichten und sich zum Sklaven überlebter Formen machen. Sie meinen wohl, durch den Widerspruch, den ihre Sitten erwecken, in der Allgemeinheit die Herrschaft der Vernunft um so mehr zu stärken.«

»Welch edle Seelen, so zum Besten der Kultur sich selbst zu opfern! Ein wahrhaft menschlicher Gedanke, die Kultur durch Unkultur des eigenen Lebens zu fördern! Es wäre ein bloßer Irrtum, wenn er nicht leider dadurch unmoralisch würde, daß der egoistische Zweck unverkennbar ist.«

»Gewiß, sich selbst als Kaste zu unterscheiden. Es will jeder etwas Besonderes sein.«

»Das soll er ja auch«, sagte La, »etwas Besonderes aber nur durch seine Freiheit, durch die innere Freiheit, mit der wir die Mittel bestimmen, in unserm Leben das Vernunftgesetz zu verwirklichen. Aber diese Leute lassen, nach Ihrer Schilderung, die innere Freiheit gar nicht gelten, weil sie sie nicht kennen. Sie setzen ihre Ehre in Äußerlichkeiten. Ich kann mir denken, wie schwer es ihnen sein mußte, in dieser Gesellschaft zu leben.«

»Ich kann auch nicht in ihr leben«, erwiderte Ell. »Für sie besteht die Ehre eines Menschen in dem, was andere von ihm halten und sagen; deswegen glauben sie auch, sie könnte durch Beleidigungen vernichtet, durch rohe Gewalt wiederhergestellt werden. Als ob mich der Wille eines andern erniedrigen könnte, als ob es nicht die größte Selbsterniedrigung wäre, die eigene Vernunftbestimmung der fremden Meinung unterzuordnen! Und da ich in ihr leben mußte, so war mein inneres, wahres Leben eine Lüge in ihrem Sinne, eine Umgehung ihrer konventionellen Sitten. Doch das ist das wenigste, das ist für mich nur unangenehm, für meine Freunde beschwerlich. Aber das Unerträgliche, das Schmerzende liegt in dem Gedanken, daß diese Millionen und Abermillionen vernünftiger Wesen durch ihre bloße Dummheit, durch die mangelhafte Entwicklung ihres Gehirns, durch die fehlende Bildung in einem Zustand gehalten werden, der sie schwach, elend, unglücklich, unzufrieden und ungerecht macht. Denn sie sind nicht böse. Sie wollen das Gute, sie wollen die Freiheit. Ihr Gefühl ist lebendig und warm. Darin sind sie uns gleichstellend; die Idee des Guten, als die Selbstbestimmung, durch die wir Vernunftwesen sind, ist in ihnen wirksam wie in uns, insofern sind sie unsere Brüder. Aus der Menschheit erblühten Religionen tiefster Wahrhaftigkeit und Kraft, die ihnen die Offenbarung gaben, um die es sich handelt – unser individuelles Leben in Raum und Zeit, den Inhalt unsres Daseins, den wir Natur nennen, zu gestalten zu einem Mittel, um als freie Vernunftwesen über Raum und Zeit das Reich der Ideen zu umfassen. Und Weise sind ihnen erstanden, die gezeigt haben, wie es zu begreifen sei, daß das Leben des einzelnen abrollt wie ein Rädchen im Getriebe der Weltenuhr und dennoch das Ich dessen, der es selbst lebt, das ganze Uhrwerk erst zu schaffen hat. Aber die wenigsten haben die Weisheit verstanden. Sie haben das Gesetz, aber sie mißdeuten es und wissen es nicht anzuwenden; sie verfallen stets in Irrtum. Und deswegen, weil es Unwissenheit ist und nicht Mangel an Wille und an Gefühl für das Gute, deswegen glaube ich, daß wir der Menschheit helfen können. Verständiger müssen wir sie machen – nur nicht verständiger im Sinne der Menschen, für die verständig nur bedeutet: klug sein auf Kosten der andern.«

»Möge Sie dieser Glauben nicht täuschen. Ich fürchte, es ist nicht bloß der Mangel an Verständnis des Zusammenhangs der Dinge, es ist noch mehr die Unfähigkeit, das wirklich zu wollen, was man als gut erkannt hat, es ist die Schwäche des Charakters hier, die Stärke des Egoismus dort, weshalb die Menschen den unvermeidlichen Kampf ums Dasein in so bedauernswerter Weise führen.«

»Das bestreite ich nicht, daß diese Mängel zur Erniedrigung der Menschen beitragen, aber doch nur subjektiv, indem sie den einzelnen unfähig machen, des Glücks der inneren Freiheit sich zu erfreuen. Aber auch hier kann nur eine Vertiefung der Einsicht helfen. Die Handlungen sind ja immer bedingt durch diejenigen Vorstellungen, denen der höchste Gefühlswert zukommt, und diese Gefühlswerte richtig zu verteilen, ist Sache der Bildung.«

»Wenn aber jemand«, sagte La, »ganz genau weiß, zum Beispiel ein Schüler, deine Pflicht verlangt jetzt, das und das zu tun, diese Arbeit zu vollenden, und wenn du es nicht tust, so wirst du nicht bloß Reue haben, sondern auch sinnlich schwer dafür büßen, und trotz dieser klaren Einsicht verleitet ihn doch eine momentane Lust, und sei es bloß das Lustgefühl der Faulheit, die Arbeit nicht zu tun, so sehen Sie doch, alle Einsicht hilft nichts gegen die Willensschwäche.«

»Das spricht gerade für mich«, erwiderte Ell lebhaft. »Willensschwäche ist doch nur falsche Richtung des Willens, Richtung auf das Unterlassen statt auf das Handeln. Vorstellungen sind immer dabei entscheidend. Die Einsicht war dann eben tatsächlich noch nicht vorhanden, nicht umfassend genug. Dem Schüler in Ihrem Beispiel haben sich etwa die Vorstellungen eingeschlichen, die an ihn gestellte Forderung sei ein unberechtigter Zwang oder die gefürchteten Nachteile werden zu umgehen sein und dergleichen. Der Erwachsene, der den Zusammenhang klarer durchschaut, wird einfach seine Pflicht tun. In anderen Fällen wird er sich in der Lage des Schülers befinden, aber diese Fälle werden immer seltener, je weiter die Einsicht reicht. Wenn mich der Zorn übermannt, so daß ich den Gegner verletze, so beruht mein Fehler darauf, daß ich nicht Zeit zur Überlegung hatte. Warum sind die Nume soviel milder als die Menschen? Weil sie schneller denken. Im Augenblick des Affekts ist das Bewußtsein des Menschen ganz vom sinnlichen Reiz erfüllt, er vermag nicht alle die Gedankenreihen zu durchlaufen, die ihm die Folgen seiner Handlungen zeigen; er braucht dazu längere Zeit, und dann ist es zu spät. Der Nume fühlt nicht minder lebhaft den Reiz, vielmehr noch viel feiner; aber sein Gehirn ist so geübt, daß im Moment der ganze Zusammenhang der Folgen seines Zustandes ihm ins Bewußtsein tritt und sein Handeln bestimmt. Das ist es, was man Besonnenheit nennt. Nicht mit Unrecht hielten sie die Griechen für die höchste der Tugenden, aber sie wußten sie nicht zu erringen. Lassen Sie uns den Irrtum verringern, und wir werden die Menschen bessern.«

»Die Leidenschaften werden Sie nicht ausmerzen.«

»Daran denke ich natürlich nicht. In ihnen ruht ja der Wert des Lebens, und die Nume freuen sich ihrer. Nur die Art ihrer Wirkung können wir und müssen wir durch den Verstand regulieren. Auch die Schwächen der Nume – und die werd en Sie nicht leugnen – beruhen auf demselben Grund wie die der Menschen. Sie sind vom Leben sinnlicher Wesen untrennbar. Die starken Gefühle sind die großen Reservoirs der

Energie des Gehirns, aus denen sie zur Wechselwirkung des Lebens herausströmt. Wären sie nicht mehr da, so hörte das Leben auf, so hörte das Denken auf. Aber auf den Weg kommt es an, den die Entladung der Gehirnenergie bei der Explosion des Gefühls nimmt. Es ist damit wie bei unsern Gebirgen auf der Erde. Sie sind die Sammelbecken der Gewässer, die von ihnen herabströmend den Völkern ihre segenspendende Kraft verbreiten. Die Niveauunterschiede müssen überall sein, wo Energieaustausch, wo Leben und Geschehen sein soll. Aber wie dieses Herabströmen stattfindet, das macht den Unterschied von Barbarei und Kultur. Der reißende Wildbach zerstört und verrinnt nutzlos. Bepflanzen wir die Abhänge, verteilen wir die Wasser, führen wir sie durch Turbinen und wandeln ihre Arbeit durch Maschinen um, so schaffen sie die Kultur. Diese Pflanzungen, diese Maschinen sind im Gehirn die Zellen der Rindensubstanz, in denen der Weltzusammenhang sich bildet. Die Macht des Gedankens ist es, die den Ausgleich der Gefühle zur Kultur lenkt. Und diese läßt durch Lehre und Erziehung sich erweitern. Das zu tun, sind wir den Menschen schuldig, wie Erwachsene den Kindern. Denn Kinder sind sie.«

»Ja«, sagte La, »Kinder sind sie, das habe ich auch gefunden, und darum mögen Sie in Ihren Ansichten recht haben, Ell. Wie das Kind nur die eine Wirklichkeit kennt, wie das Spielzeug, die Mutter und die Erde am Himmel ihm keine andre Realität besitzen als seine Hand, und diese keine andere als das Produkt seiner Phantasie, so können auch die Menschen die Arten der Wirklichkeit nicht unterscheiden. Selbst ein geistig so hochstehender Mann wie Saltner vermag es nicht zu begreifen, daß dasselbe lebendige Individuum gleichzeitig ganz verschiedene Realitäten besitzt, je nach dem Zusammenhang, in welchem es sich bestimmt. Die Frau an der Schreibmaschine ist ein Stück Naturmechanismus, die den notwendigen Zusammenhang zwischen verschiedenen Zeichen für dieselbe Vorstellung registriert, wenn sie, wie ich hier, eure langweilige Geschichte übersetzt. Dieselbe Frau, wenn sie den Freund zärtlich anblickt, ist ein Stück des Phantasiespiels, das unser Leben mit seinem schönen Schein verklärt. Und wenn sie ein Versprechen einlöst, ist sie ein Stück der ethischen Gemeinschaft der Nume. Aber keine dieser Realitäten wirkt auf die andere, kann die andere verpflichten, außer in der freien Bestimmung der Persönlichkeit dieser Frau selbst. Das kann unser Freund nicht verstehen. Er denkt immer, es müsse noch ein anderer Zusammenhang bestehen, notwendig wie die Natur in Raum und Zeit, zwischen diesen Tätigkeiten –«

»Sehen Sie – dieser Mangel der Einsicht ist es, welcher die menschliche Gesellschaft beschwert. Stets werfen sie das Verschiedene zusammen als Eines, indem sie es mit falschen Gefühlswerten belasten. Da ist der religiöse Glaube; er ist die Form, wie die Persönlichkeit das Weltgesetz in ihr Gefühl aufnimmt; die Menschen aber machen daraus ein Bekenntnis, das andre verpflichten soll und sich damit aufhebt. Da ist das Vaterland, die nationale Gemeinschaft; sie ist ein Mittel, die Macht des einzelnen zusammenzufassen, um für die Menschheit zu wirken; die Menschen umkleiden sie mit einem Gefühl, das sie zum Selbstzweck macht und infolgedessen Feindschaft der Nationen bewirkt. Da ist der natürliche, berechtigte Trieb der Selbsterhaltung; die Menschen machen daraus einen vernichtenden Egoismus, der zum Kampf der Gesellschaftsklassen führt. Und so mit allem. Hier kann Aufklärung helfen. Natürlich nicht, um Vollendung zu schaffen, die es überhaupt nicht gibt, aber eine höhere Stufe der Kultur. Es wäre nicht das erste Mal, daß Aufklärung die Menschen befreit hat, aber da mußte sie sich blutig durchkämpfen. Diesmal soll eine überlegene Macht den Sieg von vornherein gewähren.«

»Aber wie denken Sie sich diese Einwirkung? Ehe Anschauungen und Gewohnheiten sich ändern, müssen Generationen vergehen – die Menschheit selbst muß sich ändern –«

»Die Planeten haben Zeit. Aber die Hauptsache wird schnell geschehen. Die Menschen brauchten Jahrtausende, um den gegenwärtigen Stand ihres Wissens zu gewinnen; unter der Leitung geschickter Lehrer eignet sich heute der einzelne dieses Wissen in wenigen Jahren an. Wir werden die heutigen Menschen nicht zu Numen machen, aber wir werden sie in diesem Sinn führen. Nur muß unsre Bevormundung ihre Freiheit nicht beschränken, sondern allein den richtigen Gebrauch derselben erzielen. Das Niveau der Gesamtbildung läßt sich binnen kurzem so heben, daß sie eine klare Einsicht in das gewinnen, was im Leben möglich und erstrebbar ist. Sie werden erkennen, daß es eine Utopie ist, die Gleichheit der Lebensbedingungen anzustreben, daß die Gleichheit nur besteht in der Freiheit der Persönlichkeit, mit der ein jeder sich selbst bestimmt, und daß diese Freiheit gerade die Ungleichheit der Individuen in der sozialen Gemeinschaft voraussetzt. Wir haben ja doch viele Jahrtausende hindurch die sozialen Kämpfe durchgemacht, bis wir erkannt haben, daß der Kampf selbst unvermeidbar, die Gehässigkeit aber auszuschließen ist, daß in einem edlen Wettstreit alle Stufen der Lebensführung nebeneinander bestehen können. Nur eines ist dazu notwendig: dem einzelnen die Zeit zu geben, sich selbst zu bilden, zu kultivieren. Die Menschen können sich darum nicht selbst helfen, wenigstens nicht helfen, ohne den furchtbaren Kampf von Jahrtausenden, weil sie die Mittel nicht haben, den Massen die Sicherheit der notwendigsten Lebenshaltung zu geben. Diese Not der Massen können wir abstellen, ohne jene Utopie der Nivellierung des Vermögens. Wir können ihnen zeigen, daß das Hin- und Herschwanken des individuellen Besitzes sich nicht ändern läßt und auch nicht geändert zu werden braucht, daß aber jedem, der arbeitet, ein befriedigendes, seinen Fähigkeiten angemessenes Auskommen gewährleistet werden kann und daß niemand Not zu leiden braucht. Denn wir können den Menschen die Quelle des Reichtums erschließen durch unsre Technik, und wir können erzwingen, daß die damit verbundenen Besitzänderungen sich in Ruhe vollziehen. Den kleinlichen Eigennutz, den Krämersinn, die Unduldsamkeit, die Klassenherrschaft bringen wir zum Verschwinden, sobald ein jeder klar zu durchschauen vermag, welche Stelle im großen Zusammenwirken der einzelnen er ausfüllt. Der tückische, nagende Neid entflieht aus der Welt, und Menschenliebe hält den siegreichen Einzug.«

Ell war aufgestanden, seine Augen leuchteten, begeistert sah er in die Zukunft, die ihm nahe herangekommen schien. La hatte die Hände von der Schreibmaschine herabsinken lassen. Sie blickte ihn an.

»Halten Sie mich nicht für einen Schwärmer«, fuhr er fort. »Nicht daß ich meinte, Leid und Schmerz aus der Menschheit verbannen zu können. Ohne sie stände das Weltgetriebe still. Aber reinigen können wir dieses Leid, veredeln zu dem heiligen Schmerz, der untrennbar ist von der Liebe und dem Einblick in uns selbst. Die fremden Schlacken können wir ausstoßen, die aus der Not, der Roheit und der Dummheit stammen.«

»Sie glauben an die Menschheit«, sagte La. Auch sie erhob sich und streckte ihm die Hand entgegen. »Ich begann an ihr zu zweifeln, ich will es Ihnen gestehen. Ob sich Ihr Traum erfüllen läßt, ich weiß es nicht, aber ich danke Ihnen, daß Sie ihn träumen, daß Sie ihn mir erzählten. Sie haben mir neuen Mut gemacht, denn ich fürchtete manchmal, daß das Zusammentreffen mit den Menschen beiden Teilen verderblich werden könnte.«

»Fürchten Sie das nicht, La. Die Erde ist reich, viel reicher als der Mars. Sie empfängt von der Sonne fast das Zehnfache der Energie wie wir. So lange die alte Sonne strahlt, ist das Leben gesichert. Was läßt sich unter unseren Händen aus dieser Riesenkraft schaffen! In einem Jahr wird die Erde bedeckt sein mit Fabriken, in denen wir mit Hilfe der Sonnenenergie aus den unerschöpflichen Quellen der Erde von Luft, Wasser und Gesteinen Lebensmittel erzeugen und verteilen, die nahezu nichts kosten. Die äußere Not ist mit einem Schlag auch von dem Ärmsten genommen. Die Besitzer des Bodens können wir ohne Mühe entschädigen. Ich rechne, daß wir für jeden Menschen in den zivilisierten Staaten – denn diese können allerdings vorläufig erst in Betracht kommen – im Durchschnitt vier bis sechs Stunden gewinnen, die er nunmehr allein seiner geistigen Ausbildung widmen kann. Wir führen unsere Lehrmethoden ein. Die Menschen sind lernbegierig. Die unmittelbare Zuführung von Gehirnenergie wird ihnen die neue Anstrengung zur Lust machen. Die Wahnvorstellungen der Tradition in allen Bevölkerungsklassen werden verschwinden. Die Rüstungen, die Kriege hören auf. Wir üben in dieser Hinsicht zunächst einen leichten Zwang aus, bis die bessere Einsicht durchgedrungen, die bessere Haltung zur Gewohnheit geworden ist. Denn dies freilich wird notwendig sein; der Mensch muß zu jeder großen Veränderung erst gezwungen werden, bis er den Vorteil begreift und das Neue lieben lernt. Ich habe alles schon mit Ill durchgesprochen.«

»Sie müssen die Menschen besser kennen als ich«, sagte La. »Aber glauben Sie denn, daß das alles sich ohne Gewalt durchführen läßt?«

»Ich hoffe es. Wenn aber nicht, so werden wir sie anwenden –«

»O Ell, da sprechen Sie als Mensch – und das ist meine große Sorge – ihr Menschen werdet uns vergessen machen, daß Gewalt ein Übel ist, unwürdig –«

Die Klappe des Fernsprechers löste sich.

»Ist La zu Hause?« fragte Saltners Stimme.

»Ja, ja«, rief La. »Kommen Sie nur. Sie haben sich den ganzen Tag noch nicht sehen lassen.«

»Ich komme sogleich.«

33 - FÜNFHUNDERT MILLIARDEN STEUERN

Eine Minute später trat Saltner ein. Seine Miene verzog sich ein wenig enttäuscht, als er Ell in lebhaftem Gespräch mit La fand. Gleich nach der Begrüßung holte er ein Zeitungsblatt hervor.

»Da«, sagte er, »lesen Sie bitte. Wenn die Nume so sind, weiß man wirklich nicht, ob man lachen soll oder sich entrüsten. Zur Abwechslung werde ich mich einmal entrüsten. Es ist –«

»Sal, Sal«, rief La lachend, »setzen Sie sich, bitte, ruhig her, und dann wollen wir sehen, ob wir nicht lieber lachen wollen.«

Sie faßte seine Hand und zog ihn an ihre Seite. »Der Streit der Planeten soll uns nichts anhaben«, sagte sie leise.

Ell ergriff das Blatt und las:

»Wie wir aus sicherer Quelle erfahren, soll die Ausrüstung des nach dem Südpol der Erde zu entsendenden Raumschiffs weitere zwanzig bis dreißig Tage in Anspruch nehmen. Man macht angeblich noch Versuche, um die Luftschiffe gegen etwaige Angriffe von Menschen widerstandsfähiger zu machen. Ja, es soll der Bau dieser Schiffe überhaupt stark im Rückstand sein. Wir finden diese Verzögerung seitens der Erdkommission unverantwortlich. Die Erregung gegen die Menschen wächst sichtlich und mit vollem Recht. Man hat aus den Berichten der Augenzeugen erfahren, daß die Darstellung jenes Zwischenfalls mit dem englischen Kriegsschiff von der Regierung viel zu milde gefärbt war. Die den Numen angetane Schmach erfordert eine schnelle Bestrafung der Schuldigen. Wozu überhaupt diese Umstände mit dem Erdgesindel?«

»Erdgesindel! Hören Sie!« rief Saltner, »Da soll doch gleich –«

Ein Händedruck Las hielt ihn auf seinem Platz. »Lesen Sie weiter«, sagte sie zu Ell.

»Wir haben genaue Informationen über die Verhältnisse auf der Erde eingezogen. Sie sind geradezu haarsträubend. Von Gerechtigkeit, Ehrlichkeit, Freiheit haben diese Menschen keine Ahnung. Sie zerfallen in eine Menge von Einzelstaaten, die untereinander mit allen Mitteln um die Macht kämpfen. Darunter leidet die wirtschaftliche Kraft dermaßen, daß viele Millionen im bedrückendsten Elend leben müssen und die Ruhe nur durch rohe Gewalt aufrecht erhalten werden kann. Nichtsdestoweniger überbieten sich die Menschen in Schmeichelei und Unterwürfigkeit gegen die Machthaber. Jede Bevölkerungsklasse hetzt gegen die andere und sucht sie zu übervorteilen. Wer sich mit der Wahrheit hervorwagt, wird von Staats wegen verurteilt oder von seinen Standesgenossen geächtet. Heuchelei ist überall selbstverständlich. Die Strafen sind barbarisch, Freiheitsberaubung gilt noch als mild. Morde kommen alle Tage vor, Diebstähle alle Stunden. Gegen die sogenannten unzivilisierten Völker scheut man sich nicht, nach Belieben Massengemetzel in Szene zu setzen. Doch genug hiervon! Und diese Bande sollen wir als Vernunftwesen anerkennen? Wir meinen, es ist unsre Pflicht, sie ohne Zaudern zur Raison zu bringen durch die Mittel, die ihr allein verständlich sind, durch Gewalt. Es sind wilde Tiere, die wir zu bändigen haben. Denn sie sind um so gefährlicher, als sie Spuren von Intelligenz besitzen. Leider hat man sich, wie es scheint, in der Regierung durch einzelne Exemplare dieser Gesellschaft täuschen lassen, und wir wollen nur hoffen, daß hierbei bloß ein Irrtum und nicht eine Rücksicht auf gewisse Beziehungen vorliegt –«

Ell unterbrach sich.

»Das ist denn doch zu arg!« rief er. »Das sind Verdächtigungen, die man sich nicht gefallen lassen kann.«

»Meine Befürchtung!« sagte La. »Die Berührung mit den Menschen bringt einen Ton in unser Verhalten, wie er sonst im öffentlichen Leben nicht Sitte war. Nein, Ell, nein, meine lieben Freunde, Sie sind gewiß nicht daran schuld; es liegt in der Sache selbst – die antibatische Bewegung setzt eine Verrohung des Gemüts überhaupt voraus.«

Saltner rieb sich ingrimmig die Hände. »Lesen Sie nur weiter«, sagte er. »Jetzt haben Sie sich entrüstet, und ich werde wieder lachen.«

»Wir halten es für sinnlos«, las Ell weiter, »daß zwischen Wilden wie den Erdbewohnern und zwischen Numen überhaupt eine Verbindung verwandtschaftlicher Art stattfinden könne. Der Fall Ell bedarf entschieden einer näheren Untersuchung und Aufklärung. Wir haben diesen angeblichen Halbnumen noch nicht gesehen. Aber ein richtiges Exemplar der Menschheit hatten wir zu betrachten das zweifelhafte Vergnügen. Wer dieses stupide Gesicht mit den blinzelnden Punkten, die Augen sein sollen, diesen unanständigen, ungefärbten Anzug, diese rohen Bewegungen einmal gesehen hat, der wird sich sagen, diese Rasse kann von uns nur als vielleicht nutzbares Haustier geduldet werden.«

Ell warf das Blatt fort.

La brach in ein herzliches, leises Lachen aus, in das Saltner einstimmte. Sie trat vor Saltner und nahm seinen Kopf zwischen ihre Hände. »Ich muß mir doch einmal unser Haustierchen betrachten«, sagte sie lustig. »Sie sind wirklich ausgezeichnet geschildert.«

Sie sah in seine Augen, ihre Züge wurden ernster, ihr Blick inniger und tiefer. »Mein lieber, braver Freund«, sagte sie. Sie bog seinen Kopf zurück und küßte ihn.

Ell lächelte nun auch. »Wenn man so entschädigt wird«, sagte er, »muß man ja bedauern, nicht auch kräftiger geschildert zu sein. Aber Sie haben recht, man muß auf dieses dumme Zeug keinen Wert legen. Trotzdem bin ich froh, daß man Frau Torm wenigstens aus dem Spiel gelassen hat.«

»Es lohnt sich natürlich nicht, sich darüber zu ärgern«, sagte Saltner, »nichtsdestoweniger kann das Geschreibe Unheil anrichten.«

»Dazu ist es doch zu dumm, das nimmt niemand ernsthaft. Man kennt das Blatt als unzuverlässig.«

»Aber ich habe hier noch etwas anderes, das vielleicht politisch nicht ohne Einfluß sein dürfte. Ich hörte, daß ähnliche Ansichten nicht nur in weiten Kreisen geteilt werden, sondern sogar im Zentralrat Anhänger besitzen. Lesen Sie folgende Vorschläge, die das neugegründete Blatt, die ›Ba‹, macht.«

Ell nahm das Blatt und las: »Es ist bezeichnend für unsre Regierung, die sich 144 Luftschiffe für die Erde bewilligen ließ, daß sie jetzt im entscheidenden Augenblick kein einziges bereit hat. Aber für die Staaten ist es ein Glück. Die Begeisterung der Kolonialschwärmer hat Zeit, sich abzukühlen, und diese Abkühlung schreitet schnell vorwärts. Es wird auffallend still über unsre Brüder im Sonnensystem, die wir mit der Liebe und Freiheit der Nume umschließen sollen. Und es ist gut, daß wir zur Besinnung kommen. Man glaube nur nicht, daß uns die Menschen mit offenen Armen entgegenkommen werden. Unser Stand wird nicht leicht sein, und unsre Opfer werden sich höher und höher steigern. Sowohl die Menschenfreunde als die Antibaten unterschätzen den Widerstand, den wir zu erwarten haben. Deswegen sollen wir von vornherein klar sagen, was wir wollen, und dann rücksichtslos handeln, nicht auf ein Entgegenkommen rechnen, sondern ohne weiteres unsere Bedingungen mit dem Telelyt und Repulsit diktieren. Es mag sein, daß die Menschen sich zur Numenheit erziehen lassen, und wir sind die ersten, welche bereit sind, sie als Brüder anzuerkennen; aber dies wird uns nur möglich sein, wenn sie sehen, daß jeder Widerstand aussichtslos ist.«

»Es kommen nun einige Stellen«, sagte Saltner, »die eigentlich nichts andres verlangen, als was die Regierung selbst wollte, nämlich warten, bis die Martier überall zugleich losschlagen können. Aber lesen Sie, bitte, die Vorschläge hier unten.«

»Wir warnen davor, von der Erde zu viel zu erwarten. Wir werden sie niemals besiedeln können. Die Schwere und die Atmosphäre machen uns den dauernden Aufenthalt unmöglich. Wir werden immer nur einzelne Stationen mit wechselnder Besatzung drüben erhalten können. Die Ausnutzung des Reichtums der Erde muß durch die Menschen für uns geschehen. Etwa in folgender Weise. Die Gesamtstrahlung der Sonnenenergie auf die Erde beträgt –«

Ell unterbrach sich.

»Ja«, sagte Saltner, »die Zahlen verstehe ich nicht. Aber es wäre mir doch ganz interessant zu wissen, wie hoch uns die Herren Nume eigentlich einschätzen.«

»Ich will sie schnell umrechnen«, rief La. »Es ist ganz leicht. Sie wissen, unsere Münzeinheit gründet sich auf die Energiemenge, die von der Sonne während eines Jahres auf die Einheit der Fläche des Mars ausgestrahlt wird.«

»Gehört hab ich's schon«, sagte Saltner, »als man mir meinen ›Energieschwamm‹ ausgezahlt hat, aus dem ich alle Tage mein Taschengeld abzapfe. Aber warum Sie so rechnen, das weiß ich nicht.«

»Es ist das Einfachste. Einen vergleichbaren Preis mit allen Kräften der Natur hat doch nur die Arbeit, eine gleichbleibende Arbeitsmenge können wir leicht mechanisch definieren und herstellen, und alle Arbeitskraft, die wir zur Verfügung haben, stammt von der Sonne. Wir fangen die gesamte Sonnenstrahlung auf, benutzen sie, um eine bestimmte Menge Äther zu kondensieren, und so besitzen wir eine überall verwertbare Einheit der Arbeit. Die Sonnenstrahlung haben wir mit der Erde gemeinsam, hier muß sich also auch eine Vergleichbarkeit unserer Währungen ergeben.«

»Verzeihen Sie«, unterbrach sie Ell, »es besteht dabei noch eine Schwierigkeit. Ich habe nämlich die Umrechnung schon gemacht, um ein Urteil über das Budget der Erde aufzustellen. Aber auf der Erde vermögen wir Menschen nur einen sehr beschränkten Teil der Sonnenstrahlung, eigentlich nur die Wärme zu verwerten, während Sie auf dem Mars auch die langwelligen und die kurzwelligen Strahlen, die gar nicht durch unsere Atmosphäre gehen, in Wärme umwandeln und daher mitrechnen. Ich muß gestehen, daß ich nicht weiß, wie groß dieser Betrag ist.«

»Das schlagen wir nach«, sagte La. Sie hatte schon das physikalische Lexikon ergriffen. »Hier steht es. Wir können rechnen, daß die Ihnen bekannte Strahlung der Sonne etwa den zwölften Teil der von uns benutzten beträgt.«

»Dann ist es sehr einfach«, meinte Ell. »Die übrige Umrechnung habe ich schon früher für mich in Tabellen gebracht. Hier ist sie. Wir wollen also von den Angaben für den Mars nur ein Zwölftel rechnen. Dann kommt die Einheit der Sonnenstrahlung auf dem Mars etwa gleich 500.000 Wärmeeinheiten auf der Erde, was ungefähr, soweit sich der Kohlenpreis fixieren läßt, einem Wert von fünfzig Pfennig entsprechen dürfte. So – nun will ich Ihnen die Berechnungen gleich in Mark vorlesen –«

»Hören Sie«, warf Saltner ein, »der Wert einer Wärmeeinheit ist doch aber sehr schwankend, je nachdem –«

»Ganz gewiß, ich will auch nur zur Bequemlichkeit statt einer Million Kalorien, was das genaue Maß des Arbeitswertes wäre, der Anschaulichkeit wegen eine Mark sagen; ein ungefähres Bild der Größenverhältnisse gibt es doch. Nach meiner Umrechnung also lautet der Artikel weiter:

›Die Gesamtstrahlung der Sonnenenergie auf die Erde beträgt im Laufe eines Erdenjahres 3.000 Billionen Mark, wovon aber nur 1.200 bis auf die Erdoberfläche gelangen. Wir können indessen auf der Erde nur einen relativ viel kleineren Teil mit Strahlungssammlern besetzen als auf dem Mars, für den Anfang sicher nicht mehr als ein Prozent. Das gibt eine Billion Mark, die wir durch diese Anlagen den Menschen jährlich schenken. Allerdings müssen sie dafür arbeiten, aber die Arbeit wird ihnen reichlich bezahlt, wenn wir jährlich nur 500.000 Millionen Mark für uns als Steuer beanspruchen. Sie werden sich immer noch zehnmal besser stehen als bei ihren bisherigen Hilfsquellen, die ihnen außerdem noch zum großen Teil bleiben. Außer der Strahlungsenergie können wir uns noch Luft, Wasser, kohlensauren Kalk und andere Mineralien liefern lassen. Wir müssen nur die Lieferungen an Arbeit und Stoffen auf die einzelnen Staaten nach ihrer Bevölkerungszahl verteilen. Es wird sich empfehlen, dies so zu tun, daß die einzelnen Marsstaaten sogleich die betreffenden Erdgebiete zugeteilt erhalten, an die sie sich zu halten haben. Eine Vorschlagsliste gedenken wir demnächst zu veröffentlichen. Doch müssen wir den Anspruch unseres Nachbarstaates Berseb, die gesamten Vereinigten Staaten von Nordamerika für sich zu verlangen, schon heute zurückweisen; wenn diese große Ländermasse nicht geteilt werden soll, so wäre jedenfalls unser Hugal als der volkreichste Marsstaat am meisten berechtigt.‹«

»Sackerment, das nenn ich bescheiden«, sagte Saltner nach einer Pause. »Fünfhundert Milliarden jährlich, ohne das übrige! Da haben Sie uns eine schöne Suppe eingebrockt, Meister Ell, mit Ihren berühmten Numen.«

»Ich bitte Sie, Saltner«, antwortete Ell ärgerlich, »erstens sind das vage Projekte, auf die nicht viel zu geben ist; und zweitens, wenn der Mars Revenuen von der Erde zieht, so macht er sich eben nur für das Kapital und die Arbeit bezahlt, die er für die Kultur der Erde aufwendet, die Menschheit aber wird davon den größten Vorteil haben. An dieser meiner Überzeugung können alle die Auswüchse nichts ändern, die sich natürlich im Anfang einer so gewaltigen Unternehmung in der Phantasie unserer Landsleute bilden. Sie müssen sich nicht wundern, daß selbst den Numen der Gedanke zu Kopf steigt, durch die Erde auf einmal das Zehnfache derjenigen Energie zur Verfügung zu haben, welche die Sonne unserm Planeten allein spendet. Denn daß die Martier über die Erde verfügen können, ist doch nun nicht mehr zu leugnen.«

»Na, darüber ließe sich doch noch Verschiedenes sagen. Ich würde den ersten martischen Satrapen, der mir meine Million Kalorien abknöpfen wollte, mir doch erst ein wenig mit meinen Fäusten betrachten. Darin sind wir halt eigen.«

Ell zuckte die Achseln. »Es wird Ihnen wenig nützen«, sagte er.

»Vielleicht doch«, entgegnete Saltner trocken, »wenn alle so dächten, oder wenigstens viele. Es könnte nützen. Zunächst denen, die etwa Lust hätten, sich auf die Seite der Martier zu stellen; die könnte es zur Besinnung bringen, wenn sie sehen, wie ehrliche Menschen über die Treue zum Vaterland denken. Und im Notfall mir selbst. Denn besser ist es, mit ein bissel Repulsit ausgelöscht zu werden, als unter die Fremdherrschaft sich beugen, und wenn sie sich noch so sehr mit dem Namen der Freiheit ausstaffiert. Aber wir wollen uns nicht erhitzen. Darf ich mir ein Pik nehmen?« sagte er zu La.

»Wir wollen uns allerdings nicht erhitzen«, erwiderte Ell mit eisiger Miene. »Darum sollten Sie sich selbst etwas vorsichtiger ausdrücken. Man könnte auch auf dem Mars fragen, was ein jeder, der auf seiner Oberfläche wandelt, der Sache der Nume schuldig ist. Und was den Begriff der Fremdherrschaft anbetrifft, so kommt es doch ganz darauf an, was man als fremd ansieht. Die Staatsangehörigkeit jedes einzelnen würde unangetastet bleiben; wenn aber der Staat selber der Leitung einer höheren Vernunft unterliegt, so würde das für jeden Bürger nur eine größere bürgerliche Freiheit, einen weiteren Schritt zur Selbstregierung bedeuten.«

»Die sich in der Freiheit äußern würde, mehr Steuern zu zahlen. Oder meinen Sie vielleicht, man würde uns das Wahlrecht in den Marsstaaten oder einen Sitz im Zentralrat gewähren? Man wird uns immer nur als die Handlanger betrachten, die man vielleicht anständig füttert und im übrigen nach Belieben gängelt. Aber ein Haustier bin ich nit und werd ich nit. Ich nit!«

»O ihr Blinden!« rief Ell. »Seht ihr denn nicht, daß ihr nichts anderes seid als Sklaven, Sklaven der Natur, der Überlieferung, der Selbstsucht und eurer eigenen Gesetze, und daß wir kommen, euch zu befreien, daß ihr nur frei werden könnt durch uns?«

»Ich glaub nicht an die Freiheit, die nicht aus eigner Kraft kommt.«

»Wir wollen ja nur diese eigne Kraft stärken. Und nun weigert ihr euch wie ein Kind, das Arznei nehmen soll.«

La hatte schweigend zugehört. Ell hatte sie wiederholt angeblickt, als wollte er sich ihrer Zustimmung versichern, aber ihre Augen ruhten auf Saltner. Was er sagte, war ihr aus dem Herzen gesprochen, sie freute sich des kräftigen Ausdrucks seiner einfachen, natürlichen Gesinnung, aber durch ihre Seele zog es schmerzlich. War es nicht eine verlorene Sache, für die er kämpfte? Das große Schicksal, das über die Planeten rollte, mußte es nicht diese trotzigen Erdenkinder zermalmen? Ell hatte doch recht, die Numenheit ist die Vernunft, ist die Freiheit, und ihr Sieg ist gewiß, wie auch der edle

Irrtum des einzelnen sich sträube. Und dennoch! Was ist denn das Schicksal, wenn nicht die Festigkeit im ehrlichen Willen der Person? Was ist denn die Freiheit, wenn nicht der Entschluß, mit dem ein jeder nach seinem besten Wissen und Gewissen handelt, was ihm auch geschehe? Und welch höhere Freiheit konnten die Nume geben?

»Nein, Ell«, sagte La jetzt langsam, als Saltner auf Ells letzten Vergleich nicht antwortete, »nein – nicht wie ein Kind. Saltner hat wie ein Mann gesprochen. Ein Nume mag es besser verstehen, aber besser wollen und fühlen kann man nicht. Und ich weiß, er wird auch so handeln.«

Sie reichte Saltner die Hand. Ihre dunklen Augen schimmerten feucht, als sie sagte:

»Warum muß es denn zum Streit kommen? Lassen Sie uns alles versuchen, daß Nume und Menschen Freunde werden. Es ist ja doch nur notwendig, daß sie sich kennenlernen, ehrlich kennenlernen. Lassen Sie uns den Irrtum, die Verleumdung bekämpfen, die sich einzuschleichen drohen. Noch ist es vielleicht Zeit! Nicht wahr, auch Sie wollen es, Ell?«

»Was könnte ich Höheres wollen?« erwiderte Ell warm. »Es war der Wunsch meines ganzen Lebens, die Versöhnung, das Verständnis der Planeten herbeizuführen, ihre Kulturarbeit zu vereinen. Seit ich die Nume persönlich kennengelernt habe, ist mein Wunsch lebhafter als je. Daß die Nume die Überlegenen sind, ist eine Tatsache. Wenn es zum Kampf kommt, werden die Menschen unterliegen, das folgt daraus. Daß ich trotzdem in diesem Fall auf der Seite der Nume stehen würde, ist ebenso natürlich wie der entgegengesetzte Standpunkt Saltners. Was ich nicht billige, ist nur das Mißtrauen, mit dem die Menschen uns begegnen, weil sie von einem Teil der Martier von oben herab behandelt werden. Aber diese Zeitungen sind doch nicht die Marsstaaten. Ich hoffe wie Sie, daß die entgegengesetzten Stimmen bald durchdringen werden. Hätte Saltner andere Blätter gelesen, er wäre sicherlich weniger bitter gestimmt.«

»Ich habe auch die andern gelesen«, sagte Saltner, »den ganzen Vormittag habe ich mich mit den Zeitungen herumgeschlagen. Leider haben sie einen schweren Stand, zu beweisen, daß die Menschen anständige Leute sind. Was sie für uns sagen können, das müssen ihnen die Martier halt glauben. Aber was sich gegen uns sagen läßt, das haben sie in einem einzelnen Fall gesehen. Daran sind die sakrischen Engländer schuld. Aber auch die beiden vorlauten Matrosen vom Luftschiff und ihre Helfershelfer, die die Sache im Theater aufgebauscht haben. Dagegen müßte die Regierung mehr tun, als die bloße Berichtigung loslassen, die heute in den Zeitungen steht.«

»Es wird auch geschehen«, sagte Ell. »Ich will eben deshalb jetzt zu Ill, der gestern in Erwägung zog, ob sich nicht ermitteln lasse, wie die Engländer dazu gekommen sind, unsere Leute anzugreifen. Vielleicht lag nur ein Mißverständnis vor. Und wenn sich das beweisen ließe, wenn sich außerdem zeigte, daß die Darstellung im Theater und so weiter übertrieben ist, so wird die Gerechtigkeit bei den Martiern siegen.«

»Wie wollen Sie das nachweisen, da Sie keine andern Zeugen haben als die beiden Martier, von denen ich gar nicht behaupten will, daß sie absichtlich übertreiben, die aber in ihrer Bedrängnis nicht objektiv urteilen können?«

»Es käme darauf an zu sehen, was an dem Cairn – an dem Steinmann, den die Engländer errichtet hatten – eigentlich vorging bis zu dem Augenblick, in welchem die Seeleute dem Offizier zur Hilfe kamen. Auch wäre es sehr gut, wenn unsere Landsleute sich durch den Augenschein überzeugen könnten, wie europäische Matrosen und ein europäisches Kriegsschiff eigentlich aussehen –«

»Das ist wahr«, sagte Saltner. »Am Ende ginge ihnen doch ein Licht auf, daß die Menschen keine Wilden sind, mit denen zu spaßen ist. Aber wie sollte so ein Nachweis möglich sein über einen Vorgang, der in der Öde des Kennedy-Kanals vor Wochen stattgefunden hat?«

»Durch das Retrospektiv.«

Saltner machte ein erstauntes Gesicht.

»Das ist ein glücklicher Gedanke«, rief La.

»Ich habe dabei gar keinen Gedanken«, sagte Saltner kopfschüttelnd.

La erklärte das Verfahren. Saltner wurde wieder kleinlaut. Bedrückt setzte er sich nieder und murmelte für sich hin:

»Medizin! Wir sind ja doch arme Rothäute!«

Ell verabschiedete sich.

»Wenn es noch zur Anwendung des Retrospektivs kommt«, sagte La, »dann müssen Sie mir aber einen guten Platz verschaffen.«

»Ich wäre glücklich, Ihnen gefällig sein zu können.«

Ell sprach es wärmer als gewöhnlich und ließ seinen Blick lange auf La ruhen, die ihn lächelnd ansah. Dann ging er.

La wendete sich zu Saltner. Sie faßte seine Arme und blickte ihn an. »Wie bin ich froh, daß ich dich hier habe, du geliebter Mensch!« sagte sie.

34 - DAS RETROSPEKTIV

Die Rüstungen der Martier für ihren Zug nach der Erde waren darauf berechnet gewesen, sobald das Frühjahr für die Nordhalbkugel der Erde gekommen sei, sich gleichzeitig mit ihren Luftschiffen über sämtliche Hauptstädte der einflußreicheren Staaten zu legen und die Regierungen zu zwingen, die vom Mars zu diktierenden Bedingungen ohne weiteres anzunehmen. Es sollte dann unter einer Art Protektorat der Marsstaaten den Erdbewohnern die Kultur der Martier zugänglich gemacht werden, und man wollte abwarten, in welcher Weise sich die Marsstaaten am besten aus den alten und neuen Hilfsmitteln der Erde würden schadlos halten können.

Jetzt auf einmal sollte sofort und unter veränderten Umständen eine Expedition abgesandt werden. Man hatte die Erfahrung gemacht, daß die Erdbewohner vermutlich Widerstand leisten würden und daß sie nicht ungefährliche Mittel der Verteidigung besaßen. Man konnte nur wenige Luftschiffe auf einmal nach der Erde transportieren und mußte darauf gefaßt sein, statt einfach ein Protektorat zu erklären, in einen Krieg mit England, vielleicht mit der ganzen Erde verwickelt zu werden.

Daher hatte Ill alle Ursache, in seinen Entschlüssen und Handlungen sich nicht zu überstürzen. Je länger sich die Aktion gegen England hinzog, um so eher konnte er hoffen, eine genügende Macht auf der Erde zu versammeln, um nach dem ursprünglichen Plan eine Besetzung aller Kulturstaaten sofort anzuschließen. Da sich die Planeten jetzt voneinander entfernten, nahm die Reise immer längere Zeit in Anspruch. Wenn sich die Absendung des Raumschiffs noch um einen Monat verzögerte, so mußte wenigstens ein zweiter Monat ablaufen, ehe es nach der Erde gelangte. Aber auch dann wollte er nicht sogleich vorgehen, sondern zunächst weitere Verstärkungen abwarten. Etwa im Januar – nach irdischer Rechnung – hoffte er stark genug zu sein, seinen Forderungen den nötigen Nachdruck zu geben. Ließen sich nun die Verhandlungen mit England noch einige Zeit verschleppen, so hatte sich inzwischen die Raumschiffflotte auf der Außenstation des Nordpols eingefunden, und Mitte März konnte man dort mit der Indienststellung der Luftschiffe beginnen.

Ill hatte aber auch noch andere Gründe, die Absendung des Raumschiffs nach dem Südpol zu verzögern. Es hatte sich ja gezeigt, daß die Luftschiffe vor den Waffen der Erdbewohner keinen genügenden Schutz besaßen. Einen solchen galt es erst herzustellen. Wenn es gelang, die Luftschiffe gegen Geschosse jeder Art aus irdischen Geschützen widerstandsfähig zu machen, so war dadurch der Erfolg gesichert. Versuche darüber konnten erst jetzt angestellt werden, nachdem man die Wirkungsart der Repetiergewehre und der großen Marinegeschütze kennengelernt hatte. Und in dieser Hinsicht war man einer neuen Entdeckung von ganz erstaunlicher Wirkung auf der Spur. Dieses Argument schlug durch. Die oppositionellen Parteien im Parlament wie in der Presse beruhigten sich darüber, daß die Absendung der Expedition sich verzögerte. Die Wichtigkeit der technischen Vervollkommnung der Luftschiffe leuchtete ebenso ein wie die Schuldlosigkeit der Regierung, daß diese Erfahrungen nicht früher gemacht werden konnten. Sobald es sich überhaupt um die Lösung einer wichtigen technischen Aufgabe handelte, gab es keine Parteikämpfe mehr. Dann waren alle einig, und alles Interesse konzentrierte sich darauf. Da war ein Ehrenpunkt für jeden Martier berührt, und das technische Problem drängte alle anderen Fragen in den Hintergrund.

So kam es, daß die Hetze gegen die Erdbewohner und die zahllosen Pläne über die Ausnutzung der Erde nach wenigen Wochen verstummten und wieder eine ruhigere Auffassung Platz griff. Doch die Regierung ließ sich dadurch nicht täuschen. Es war kein Zweifel, daß ähnliche Gesinnungen wieder hervortreten würden, ja daß sie sich zu einem chauvinistischen Übermut verdichten würden, sobald es feststand, daß die martischen Schiffe durch menschliche Waffen unverletzbar seien. Die Gefahr lag vor, daß der Gegensatz zwischen beiden Planeten dann zu einer Vergewaltigung der Erde führen, daß die Regierung zu kriegerischen Maßregeln gegen die ohnmächtigen Menschen gedrängt werden könnte. Der Zentralrat war jedoch, in voller Übereinstimmung mit Ill, fest gewillt, dies zu vermeiden und die Würde der Numenheit in den Verhandlungen mit der Erde zu wahren, indem er die Übermacht der Martier nur benutzen wollte, Feindseligkeiten der Menschen ihrerseits unmöglich zu machen und dadurch das friedliche Zusammenwirken der Planeten zu erzielen. Es wurde daher versucht, ein Gesetz durchzubringen, das von vornherein den Menschen die Freiheit der Persönlichkeit garantieren sollte, indem es sie als Vernunftwesen erklärte. Doch war eine starke antibatische Opposition dagegen vorhanden, und auch die gemäßigteren Parteien erklärten, daß zuvor die Angelegenheit mit England geordnet sein müsse.

Man bestrebte sich jetzt von seiten der Regierung wie der Philobaten – so übersetzte Ell die Bezeichnung der menschenfreundlichen Richtung –, nach Möglichkeit bessere Ansichten über die Erdbewohner zu verbreiten. Dahin gehörte auch die Aufklärung des Zwischenfalls mit dem englischen Kriegsschiff. Namentlich war es für die beabsichtigten Unterhandlungen mit England wichtig und erforderlich, genau aus eigenen Quellen zu wissen, was am Cairn vorgegangen sei, womöglich auch, was aus dem Kriegsschiff geworden. Infolgedessen entschloß sich der Zentralrat, auf Antrag von Ill, einen Versuch mit dem Retrospektiv zu machen.

Die Einstellung des Apparates, um durch ihn ein bestimmtes Ereignis in der Vergangenheit wieder zu erblicken, bedurfte einer längeren Vorbereitung. Es war schwierig, genau die Richtung zu ermitteln, in welcher die Achse des Kegels von Gravitationsstrahlen liegen mußte, den man aussandte, um das zur Zeit des Ereignisses vom Planeten zurückgestrahlte Licht auf seinem Weg durch den Weltraum einzuholen und wieder zurückzubringen. Es kam dabei eine Menge von Einzelheiten in Betracht, welche mehrtägige theoretische Untersuchungen und langwierige Rechnungen erforderten. Alsdann bedurfte es noch praktischer Versuche, um die passendste Einstellung zu finden und zu korrigieren. Nachdem die zurückkehrenden Gravitationswellen wieder in Licht verwandelt worden waren und das optische Relais passiert hatten, erschien endlich das Bild der aufgesuchten Gegend in einem völlig verdunkelten Zimmer auf eine Tafel projiziert. Handelte es sich nicht nur um eine Schaustellung, sondern um Konstatierung von Tatsachen, so wurde das Bild, das sich natürlich fortwährend veränderte, indem es den ganzen Verlauf des beobachteten Ereignisses darstellte, durch eine ununterbrochene Folge von Momentphotographien fixiert, die später im Kinematograph wieder in ihrer lebendigen Folge betrachtet werden konnten. Die Schwierigkeiten des Versuchs waren nun im vorliegenden Fall in noch viel höherem Grad als sonst vorhanden, da man ein Ereignis betrachten wollte, das sich auf einem andern Planeten vollzogen hatte, und da man außerdem beabsichtigte, den Schauplatz, der Bewegung des Schiffes folgend, zu wechseln. Es war das erste Mal, daß man das Retrospektiv auf einen so komplizierten Fall anwendete, und man durfte nicht erwarten, daß alle Teile des Versuchs gleichmäßig oder überhaupt glücken würden. Das Experiment selbst sollte daher nicht öffentlich sein. Es konnte nachträglich wiederholt werden, in jedem Fall gaben die bewegten Momentphotographien ein unwiderlegbares Protokoll über die Beobachtungen, das jedermann zugänglich gemacht werden konnte.

Isma verzeichnete in ihrem Tagebuch bereits den 18. Oktober. Sie mußte erst einige Zeit in ihrem Gedächtnis nachrechnen, ehe sie sich des Datums vergewisserte, denn in den letzten Tagen hatte sie keinerlei Aufzeichnungen gemacht. Sie fühlte sich sehr niedergeschlagen. Zu ihren Besorgnissen kam eine körperliche Verstimmung infolge der Veränderung ihrer Lebensverhältnisse. Einige Tage hatte ihre Schwäche sie so überwältigt, daß sie ihr Zimmer nicht verlassen konnte. Ihre Gastfreunde waren in liebevollster Weise um sie besorgt und hatten sogar Hil den weiten Weg von seinem Wohnort nach Kla machen lassen, um diesen besten Kenner der menschlichen Konstitution auf dem Mars zu Rate zu ziehen. Er hatte angeordnet, daß für Isma ein besonderer Apparat gebaut werde, um die normalen Verhältnisse der Erde in Schwere und Luftdruck für sie herzustellen; und seitdem sie sich die Nacht über und einige Stunden des Tages in diesem künstlichen Erdklima aufhielt, hatte sich ihr Zustand gebessert, und ihre Kräfte waren wieder gestiegen.

Obwohl ihre Gastfreunde und befreundete Familien derselben, vor allem La, sie in jeder Weise aufzuheitern suchten, obwohl sie manchmal über Saltners harmlose Spöttereien und die Schilderungen seiner Abenteuer auf dem Mars herzlich lachen mußte, zählte sie doch sehnsüchtig die Stunden, in denen Ell bei ihr erschien. Er hatte sie täglich aufgesucht und während ihrer Erkrankung, so oft ihr Zustand es gestattete, sich durch den Fernsprecher mit ihr unterhalten. Sein Verhalten gegen sie war stets unverändert freundschaftlich und teilnehmend geblieben, sie hatte keine der kleinen Aufmerksamkeiten vermißt, mit denen er sie seit Jahren verwöhnt hatte. Ihre Wünsche suchte er zu erraten, fast nie kam er, ohne ihr irgend etwas mitzubringen, von dem er glaubte, daß es sie interessieren würde – einen Artikel in den Zeitungen, eine Abbildung oder eine der tausend unterhaltenden Neuigkeiten der Marsindustrie, und wenn er sie erblickte, ruhten seine Augen mit der alten, zärtlichen Anhänglichkeit auf ihr. Sie hätte nicht sagen können, worüber sie sich beklagen dürfte. Und dennoch – sie konnte sich eines schmerzlichen Gefühls nicht erwehren, als wäre eine Entfremdung zwischen ihr und dem Freund eingetreten. In seiner Anwesenheit verschwand es, aber wenn er fort war, stellte es sich wieder ein. Sie quälte sich selbst mit Grübeleien darüber, was sie ihm vorzuwerfen habe.

Warum konnte er so gar nichts darin durchsetzen, daß ihr die Erlaubnis erteilt werde, mit dem Raumschiff nach dem Südpol der Erde abzureisen? Ihre Bitte war von Ill mit Bedauern, aber entschieden abgeschlagen worden; die Verhältnisse gestatteten es nicht. Ell hatte sich vergeblich für sie verwandt; man hatte erklärt, so lange man sich in einer Art feindseligen Zustandes zur Erde befinde, sei es nicht zulässig, daß einer der Erdbewohner entlassen werde. Aber als Ell einmal in ihrer Gegenwart seinem Oheim gegenüber aufs lebhafteste für ihre Zurücksendung nach der Erde eingetreten war, hatte sie sich wieder durch den Eifer verletzt gefühlt, mit dem er bemüht war, sie fortzuschaffen. Und er wollte auf dem Mars bleiben. Es war gar keine Rede davon gewesen, daß er sie begleite. Und jetzt wäre doch sein Platz auf der Erde gewesen, jetzt hätte er zur Versöhnung tätig sein müssen! Was hielt ihn auf dem Mars zurück?

Sie glaubte, es wohl zu wissen. Warum sprach er anfänglich so viel und mit solcher Wärme und Bewunderung von La? Und jetzt suchte er ihren Namen zu vermeiden. Was war zwischen ihn und Saltner getreten, daß sie sich so kühl und förmlich begegneten, wo sie doch mehr als je auf sich angewiesen waren? Und wenn Ell mit La bei ihr zusammentraf, wie seltsam pflegte er sie anzusehen! Sie kannte diesen Blick. Und warum sprach er manchmal so schnell und eifrig zu La in ihrer Sprache, daß sie der Unterhaltung nicht zu folgen vermochte? Sie mochte die beiden nicht zusammen sehen. Ein Gefühl der Kälte durchzog ihre Seele und machte sie feindselig und unwirsch gegen La wie gegen Ell. Es war ja nichts, das sie ihnen vorwerfen konnte, und doch war ihr dieser Verkehr unbehaglich und verstimmte sie. Wenn dann La gegangen war und Ell noch zurückblieb, wenn er dann mit derselben Herzlichkeit zu ihr sprach, die sie eben auch La gegenüber in seinem Ton gehört zu haben glaubte, so stieg es wie Zorn in ihr auf, als wäre ihr etwas genommen, das ihr allein gebührte. Sie war dann unfreundlich gegen Ell, sie machte ihm Vorwürfe, die sie nicht verantworten konnte, und wenn er fort war, bereute sie ihre Worte, ihre Blicke und schalt sich undankbar und schlecht.

Ach, sie kannte auch diesen Zustand, dieses Gefühl der Unzufriedenheit. Und sie konnte es doch nicht ändern. Es war jedesmal so gewesen, wenn Ell an einer anderen Gefallen gefunden hatte. Sie sagte sich selbst, wie töricht sie sei. Sie hatte jedes Recht auf ihn aufgegeben, sie hatte es zur Bedingung ihrer Freundschaft erhoben, daß er sich keine Hoffnungen mache, mehr von ihr zu besitzen als diese Freundschaft. Wie durfte sie ihm verwehren, eine andere zu lieben, da sie selbst verzichtet hatte? Und doch, jedesmal, wenn diese Gefahr zu drohen schien, fühlte sie sich von Eifersucht ergriffen, die sie sich nicht gestehen wollte und die sie doch ohne ihren Willen ihm durch ihr Benehmen eingestand. Warum auch mußte er ihr das jetzt antun, wo sie fremd auf fremdem Planeten, eine Gefangene, krank und einsam weilen mußte, wo er der einzige war, der sie verstehen konnte? Warum mußte er jetzt –? Aber was warf sie ihm denn vor? Warum war sie selbst nicht besser? Warum sagte sie ihm denn nicht, hier, frei von allen Menschensatzungen, daß sie nicht ohne ihn sein wolle, daß sie ihn nicht entbehren wolle, nicht könne? Warum? Weil sie ihn ja doch nicht lieben wollte! Und warum konnte sie sich nicht von ihm losreißen, da sie doch ihren Mann liebte, da sie ausgezogen war, ihn zu suchen in den Öden der Polarnacht, und da sie zu ihm zurückwollte durch die Leere des Weltraums? Und wenn Torm nicht mehr war? Wenn sie zurückkam nach Friedau und er verschollen war, ein Opfer der Forschung, wie so viele vor ihm? Wenn sie dann verlassen war, hier wie dort? Sie ließ die Feder sinken und legte den Kopf in ihre Hände. Ach, daß es kein Zeichen von ihm gab, keine Nachricht! Und daß sie hier sitzen mußte, nicht mehr Tausende, sondern Millionen von Meilen von ihm getrennt, und angewiesen auf den Freund, der um ihretwillen gegangen war, allein mit ihm – gerade alles, was sie hatte vermeiden wollen! Gerade in diese Gefahr hatte sie sich gestürzt, der sie zu entfliehen gedachte. Und sie sah sie vor sich, leibhaftig, jeden Tag in den großen treuen Augen, die sie teilnehmend ansahen –. Ach, darum quälte sie ihn ja, quälte sie sich –

Aber wäre es in Friedau besser gewesen, wenn sie nun doch von ihrem Mann nichts erfahren konnte? Eines wenigstens war sie los, die fortwährenden Fragen, die teilnehmend sein sollten und doch so heuchlerisch waren, die hämischen Blicke, die widerwärtigen, kleinlichen, schamlosen Klatschereien – –

Aus ihrem Nachsinnen weckte sie der Ton, der den Eintritt eines Besuches durch das Gartentor meldete. Sie hörte den Wagen vor der Veranda halten. Das war Ells Stimme, er sprach mit Ma. Isma strich über ihr Haar, sie warf einen Blick in den Spiegel und ärgerte sich über ihre Erregung. Gleich darauf trat Ell ein. Sie ging ihm lächelnd entgegen. Er blickte sie an.

»Es geht Ihnen gut«, sagte er freudig. »Sie sehen wieder frisch und kräftig aus.«

Er hielt ihre Hände. In ihren Augen las er ihre Freude. Es war einer der Tage, an dem sie nicht verbergen konnte, wie lieb er ihr war. »Ich weiß nicht«, sagte sie. »Es geht mir eigentlich gar nicht gut. Ich kann von meinen Gedanken nicht loskommen.«

»Dann kommen Sie mit mir, Isma. Sie sollen etwas sehen, worauf wir schon lange warten. Das Retrospektiv ist glücklich eingestellt – der Cairn ist gefunden –«

»Ach, Ell! Noch einmal die schreckliche Geschichte! Ich bin ja leider dabei gewesen. Soll ich sie wirklich noch einmal sehen?«

»Ich dachte, der Triumph der Technik würde Sie interessieren. In die Vergangenheit zu blicken –«

Isma wollte eine abweisende Antwort geben. Aber sie sah, daß es Ell erfreuen würde, wenn sie ihn begleitete. Sie wollte gut zu ihm sein, sie wollte ihm nichts abschlagen.

»Nun denn«, sagte sie, »wenn es Ihnen lieb ist – kommen Sie. Es ist doch etwas Neues in der Form, wenn auch nicht im Stoff. Ich habe aber schon vor einigen Tagen den Platz abgelehnt, den Ihr Oheim mir anzubieten die Güte hatte.«

»Ich habe noch einen für Sie reserviert, allerdings etwas mehr im Hintergrund, wo La und Saltner sitzen, und wer sonst Verbindungen mit der Erdkommission hat. Sie wissen, es handelt sich nur um einen Versuch; außer dem Zentralrat, den Kommissionsmitgliedern und dem Präsidium des Parlaments sind nur einige Vertreter der Presse da. Aber unsre Plätze sind auch gut, und mit diesem Glas, daß ich Ihnen mitgebracht habe, können Sie sicherlich die einzelnen Personen erkennen – wenn wir sie überhaupt zu Gesicht bekommen. Allerdings wird das Bild etwas aus der Vogelperspektive erscheinen, doch hat man den Neigungswinkel so günstig genommen, als es die atmosphärischen Verhältnisse nur immer gestatteten. Ich habe den ›Steinmann‹ vor mir gesehen wie von einem niedrig schwebenden Luftschiff aus.«

Isma schwieg ein Weilchen. Also La war natürlich auch da. Sie verdrängte den aufsteigenden Gedanken und sagte:

»Aber ich begreife nicht – wenn man so deutliche Bilder aus so riesigen Entfernungen erzielen kann, warum betrachten Sie denn nicht die Erde direkt, warum können wir nicht einmal nach Friedau, nach unserm Haus sehen?«

»Mit Hilfe des Retrospektivs ginge das wohl an, aber Sie können nicht verlangen, daß man dieses äußerst schwierige, zeitraubende und kostspielige Experiment anstellt, um irgendeine Neugier zu befriedigen. Was sollte Ihnen das nützen? Was wollte man damit erfahren? Und selbst wenn eine Zeitung zufällig irgendwo aufgeschlagen läge, mit neuen Nachrichten über die Verhältnisse auf der Erde, und sie erschiene im Retrospektiv, so geht die Deutlichkeit doch nicht so weit, daß wir sie lesen könnten.«

»Und mit Ihren Fernrohren können Sie so genau nicht sehen, daß Sie Menschen auf der Erde erkennen könnten?«

»Das ist unmöglich. Beim Fernrohr haben wir mit den Lichtwellen zu tun, da bekommen wir auf so riesige Entfernungen keine erkennbaren Bilder von so kleinen Gegenständen. Das geht nur mit Hilfe der Gravitationswellen. Sie müssen bedenken, daß es die Gravitationsschwingungen sind, durch welche wir die ganze, vom zu beobachtenden Ereignis ausgegangene Bewegung zurückbringen, und daß die Umwandlung in Licht erst hier, innerhalb des Apparates, geschieht. Da bilden sich wieder dieselben Schwingungen, wie sie bei der Aussendung waren, abgesehen von den Störungen, die inzwischen durch äußere Verhältnisse eingetreten sind. Wenn zum Beispiel das Licht auf seinem Weg durch den Weltraum einen Meteorschwarm passiert hatte, so erhalten wir kein deutliches Bild mehr. Fernrohr und Retrospektiv verhalten sich etwa wie ein Sprachrohr und ein Telephon. Direkt können Sie die Schallwellen nicht weit senden, mit dem Telephon aber können Sie sprechen, so weit die elektrischen Schwingungen reichen.«

Isma hatte sich inzwischen zu ihrem Weg zurecht gemacht. Ill und seine Frau befanden sich schon im Retrospektiv-Gebäude. Eine halbe Stunde später hatten auch Isma und Ell ihre Plätze eingenommen. La und Saltner waren kurz zuvor gekommen.

Der große Saal war vollständig verdunkelt, trotzdem konnte man sich in ihm unschwer zurechtfinden und die in der Nähe sitzenden Anwesenden erkennen. Denn das erleuchtete Bild, von welchem das Licht im Saal ausging, nahm an der einen Wand einen Kreis von zehn Metern Durchmesser ein und erhellte dadurch die Umgebung. Es stellte die Gegend an der Küste von Grinnell-Land dar, welche der Schauplatz des englisch-martischen Konflikts gewesen war. Deutlich erkannte man ziemlich in der Mitte des Bildes die Gruppe der beiden englischen Matrosen, welche unter Leitung des Leutnants Prim mit der Errichtung des Cairns beschäftigt waren. Es war überraschend zu sehen, wie die etwa spannenlangen Figuren sich lebhaft durcheinander bewegten. Die Deutlichkeit des Bildes wechselte, mitunter erschien diese, dann jene Stelle etwas verschwommen, mitunter verdunkelte sich ein ganzer Streifen, im allgemeinen waren jedoch selbst Einzelheiten deutlich zu erkennen. Mit ihrem Glas konnte sich Isma die Gestalten der Engländer so nahe bringen, daß sie in dem Offizier denselben Mann wiedererkannte, den sie durch ihr Fernrohr auf dem Verdeck des Kriegsschiffs gesehen hatte.

Da man den Apparat auf ein und dieselbe Stelle des Weltraums eingestellt hielt und nur nach der sich verändernden Lage der beiden Planeten regulierte, so gab das Bild den Verlauf der Ereignisse in dem gleichen Zeitmaß wieder, wie er sich in Wirklichkeit vollzogen hatte. Man befand sich offenbar noch am Morgen, und wenn der ganze Tag in seinem Geschehen verfolgt werden sollte, so stand eine lange und ermüdende Sitzung in Aussicht. Die eintönige Arbeit der Engländer begann schon etwas langweilig zu werden, und Saltner sagte zu La:

»Merkwürdig ist ja die Geschichte, und immerhin können die Herrn Nume hier schon sehen, daß die Englishmen doch nicht ganz so wild sind wie auf ihrem Theater. Aber läßt sich denn die Sache nicht ein bissel beschleunigen?«

»Das geht allerdings«, antwortete Ell, der auf der andern Seite von La saß, »und man wird es wohl nachher auch tun. Man braucht nur den Apparat allmählich auf näher gelegene Stellen des Raumes zu richten, so fängt man die Lichtstrahlen in immer früheren Zeitmomenten ab und bewirkt dadurch, daß alles viel schneller zu geschehen scheint. Aber es treten dabei andere Schwierigkeiten auf. Und jetzt ist es nicht möglich, weil jeden Augenblick der entscheidende Moment eintreten kann. Wir müssen uns also in Geduld fassen.«

Es dauerte nicht mehr lange, so verstummte die Unterhaltung, denn man sah, wie der Leutnant den Cairn verließ und den benachbarten Hügel bestieg. Man konnte auch erkennen, daß er mit dem Feldstecher nach einer bestimmten Richtung blickte. Es zeigten sich nun alle die Ereignisse, wie sie sich abgespielt hatten. Unter lautloser Spannung sah man die Matrosen sich entfernen, man sah mit Hilfe einer kleinen Verschiebung des Bildes, wie sie verunglückten und von den Martiern gerettet wurden, man sah den ganzen Konflikt sich entwickeln – –

Die Martier waren von dem Versuch sehr befriedigt, da sich nun eine Erklärung des Mißverständnisses ergab. Die Engländer hatten die Martier in der Tat für Feinde halten müssen.

Man verfolgte das Schicksal der Gefangenen, bis sie auf dem Kriegsschiff unter Deck gebracht worden waren. Es war nun nichts mehr zu beobachten, da man wußte, daß man die Gefangenen nicht wieder erblicken konnte bis zu dem Moment ihrer Auslieferung. Diese achtzehn Stunden hindurch den Lauf des Kriegsschiffs und seinen Kampf mit dem Luftschiff zu verfolgen, hatte kein Interesse für die vorliegende Frage. Dagegen wollte man gern wissen, was aus der ›Prevention‹ nach ihrer Niederlage geworden sei. Es war daher beschlossen worden, durch eine Umstellung des Apparats diese später liegenden Ereignisse zu beobachten. Während der Vorbereitungen hierzu, die einige Stunden in Anspruch nahmen, verließen die Zuschauer den Saal. Isma erfuhr, daß erst in den Abendstunden die Fortsetzung des Versuchs zu erwarten sei.

Saltner und Isma, ebenso wie Ell, brauchten daher ihre gewöhnliche Tagesbeschäftigung nicht abzusagen, wie sie ursprünglich beabsichtigt hatten. Diese bestand darin, daß sie auf Ersuchen der Regierung es übernommen hatten, täglich einige Stunden mit dazu ausgewählten höheren Beamten das Studium der wichtigsten europäischen Sprachen zu treiben. Außer dem Deutschen hatte Ell den Unterricht im Englischen, Saltner im Italienischen und Isma im Französischen übernommen, den sie nur während ihrer Erkrankung einige Zeit hatte aussetzen müssen.

Gegen Abend wurde Isma von Ell mit der Nachricht angesprochen, daß der Apparat wieder eingestellt und das Kriegsschiff aufgefunden sei. Man räume eifrig auf demselben auf, um die erlittenen Beschädigungen zu beseitigen, und es scheinen daß das Schiff seine Fahrt wieder aufnehmen wolle. Als Isma im Saal des Retrospektivgebäudes erschien, zeigte indessen das Bild nur einen Teil des Meeres und des felsigen Ufers; von einem Schiff war nichts zu sehen. Sie hörte, daß es seinen Kurs nach Süden fortgesetzt habe, dabei aber dem Gesichtskreis entschwunden sei. Infolge einer vorübergehenden Trübung war es noch nicht gelungen, das Schiff wieder aufzufinden. Jetzt war das Bild wieder hell, und in dem Bemühen, das englische Schiff zu entdecken, ließ man die Fläche der Bai und die Felsenufer vorüberziehen. Bald blickte man auf treibende Schollen, bald in Buchten und Fjorde hinein.

Isma kam es vor, als befände sie sich wieder an Bord des Luftschiffes und durchspähte die Gegend, der sie so schnell entzogen worden war, nach Spuren von Hugo – –

Vielleicht war er gar nicht so weit von der Stelle entfernt, die sie jetzt vor Augen hatte, vielleicht verdeckte nur jener Berggipfel das Lager der Eskimos, bei denen ihr Mann weilte! Und da – nein – ja doch – das war doch ein Boot, zwei, drei Boote, was dort in dem Kanal unter dem Ufer sich bewegte –

Isma ergriff krampfhaft Ells Arm. »Sehen Sie doch – sehen Sie nicht dort –?«

»Wahrhaftig«, rief Ell, »es sind Boote, Umiaks, sogenannte Weiberboote der Eskimos. Sie scheinen mehrere Familien mit ihren Habseligkeiten zu tragen. Man wird gewiß das Bild festhalten –«

In der Tat stand die Landschaft jetzt still, man wollte die Boote betrachten, aber die Verschiebung war doch so weit gegangen, daß sie schon durch das höhere Ufer verdeckt waren.

Dicht daneben zeigte das Bild das freie Wasser der Bai, in welche der schmale Kanal mündete. Man erwartete, daß die Boote dort zum Vorschein kommen müßten. Bis dahin wollten die Beobachter das freiere Fahrwasser der Umgegend absuchen. Das Bild bewegte sich wieder, man sah nur Meer – und da – am Rand des Lichtkreises bewegte sich etwas Dunkles – es war das Kriegsschiff.

Bis jetzt hatte man ein größeres Gesichtsfeld angewendet, um einen weiteren Umblick zu haben. Nun kam es darauf an, stärkere Vergrößerung zu gewinnen, dabei mußte sich das Gesichtsfeld einschränken. Man sah jetzt, allerdings so deutlich, daß man die Stellung der Matrosen erkennen konnte, nur das Schiff und seine nächste Umgebung; mit dem Glas konnte man den Kapitän und den Leutnant Prim erkennen, der seine Hände, wie zur Übung, langsam hin und her bewegte. Man bemerkte, daß eine Meldung gemacht wurde und sich die Geschwindigkeit des Schiffes, dem der Apparat mit wunderbarer Präzision und nur geringen Schwankungen folgte, verringerte. Ein Boot wurde herniedergelassen. Die Ingenieure des Retrospektivs waren zweifelhaft, ob sie dem Boot folgen oder das Schiff im Auge behalten sollten. Das erstere wurde beschlossen, da das Boot ja jedenfalls zum Schiff zurückkehren mußte. Alsbald war nur noch das rasch rudernde, mit acht Matrosen bemannte Boot auf der Wasserfläche zu sehen. Da erschien ein zweites Boot, ihm entgegenfahrend. Man winkte von diesem aus. Die Fahrzeuge näherten sich rasch, das fremde war jetzt deutlich als grönländischer Umiak zu erkennen. An der Spitze desselben richtete sich ein Mann empor und schwenkte seine Mütze – ein blonder Vollbart umrahmte das weiße Gesicht – er war kein Eskimo –

»Hugo!« gellte eine Stimme laut durch den Saal. Die Martier blickten erstaunt auf, sie wußten nicht, was das bedeute.

»Es ist Torm!« rief Ell erklärend zu Ill hinüber, indem er die zusammensinkende Isma in seinem Arm auffing.

35 - DIE RENTE DES MARS

»Es geht nicht, Saltner, es geht nicht!«

Ell legte den Brief in Saltners Hand zurück. Der kleine, verschlossene Umschlag trug, von Ismas zierlicher Hand geschrieben, die Adresse Torms.

»Ich darf es nicht«, sagte Ell noch einmal, als Saltner nicht antwortete.

»Auch nicht, wenn Frau Torm Ihnen versichert, daß der Brief keine politischen, keine auf die Operationen und Absichten der Martier bezüglichen Mitteilungen enthält?«

»Auch dann nicht. Wir dürfen keinerlei Briefe von Erdbewohnern mit diesem Schiff nach der Erde befördern, die dem Kommando nicht offen eingereicht werden. Frau Torm verlangt, Sie verlangen von mir, daß ich die Möglichkeit schaffe, diesen Brief heimlich nach der Erde zu bringen. Sie verlangen etwas Unmögliches, den Ungehorsam gegen die Gesetze. Es ist Kriegszustand; Sie verlangen von mir eine Handlung, die als Hochverrat aufgefaßt werden kann. Und dann wollen Sie mir zürnen, wenn ich ein für allemal ablehne? Und Frau Torm ist darüber so entrüstet, daß sie mich nicht sehen, nicht sprechen will? Daß sie sich Ihrer Person bedient, um mir ihren Wunsch noch einmal vorzutragen? Sie hat ja doch an ihren Mann offen geschrieben, ein ganzes Buch. Der Brief liegt bereits hier, mit der Genehmigung des Kommandos versehen. Es steht alles darin, was sie ihm mitzuteilen hat, daß sie in der Sorge um ihn mit meiner Hilfe das Luftschiff benutzt hat, daß sie verhindert war, zurückzukehren, daß sie sich sehnt, sobald es ihr gestattet wird, zurückzukommen – was will sie mehr? Was hat sie dem Mann noch zu schreiben?«

»Das ist ihr persönliches Geheimnis. Wenn Frau Torm es Ihnen nicht mitteilen kann, wie soll ich es wissen? Übrigens weiß sie nichts von diesem Versuch meinerseits, auf Sie einzuwirken. Sie hatte mich nur gebeten, La um Hilfe anzugehen.«

»La? Wie käme La dazu?«

»Sie hatte Grunthe einige areographische Angaben und Aufklärung über verschiedene technische Fragen versprochen – ein kleines Paket, das den Brief sehr gut aufnehmen kann.«

»Und La hat diesen Betrug natürlich von sich gewiesen?«

»Ich habe sie noch gar nicht gefragt. Zunächst bin ich ja den Tag über von Pontius zu Pilatus gelaufen, um eine amt- liche Erlaubnis zu erhalten, dann habe ich La nicht angetroffen, als ich mit ihr sprechen wollte. Ich mußte nun zunächst mit Ihnen als Freund und Mensch reden. Ich sehe jetzt, daß es vergeblich wäre. Sie würden diesen Brief an Torm von mir nicht befördern? Auch nicht einen an meine Mutter?«

Ell schüttelte den Kopf. »Sie haben an beide schon geschrieben.«

»Aber offen. Es gibt Dinge, die man nicht vor andern sagen will. Wo bleibt die gerühmte Freiheit, die versprochene Freiheit, wenn man uns jetzt das persönliche Eigenrecht der Aussprache abschneidet?«

»Sie müssen bedenken, daß dies nur bis zu dem Augenblick geschieht, in welchem unser Verhältnis zur Erde sich geklärt hat. Das ist eine Ausnahme. Es ist ein Unglück, denn es ist allerdings ein Vergehen gegen die sittliche Grundlage, gegen die persönliche Freiheit. Aber sittliche Konflikte sind ein allgemeines Unglück, sie lassen sich nicht vermeiden. Die höhere Pflicht, die Ordnung zwischen den Planeten, erfordert diesen Verzicht des einzelnen auf seine Freiheit. Und im Grunde genommen ist es doch nur der Ausdruck individueller Gefühle, der eine Beschränkung erleidet.«

»Sie geschieht aber bloß aus einem Mißtrauen der Martier gegen die Menschen.«

Ell sah Saltner durchdringend an.

»Geben Sie mir Ihr Ehrenwort«, fragte er, »daß in Ihren Briefen nichts über unsre Maßnahmen steht?«

»Nein«, sagte Saltner.

»Und dann verlangen Sie von mir –«

»Ich verlange, was der Mensch vom Menschen, der Deutsche vom Deutschen verlangen kann, daß er ihm hilft, eines übermächtigen Gegners sich zu erwehren –«

»Ich aber stehe auf der Seite dieses sogenannten Gegners, der im Grunde der beste Freund ist.«

»Dann haben wir uns nichts weiter zu sagen. Ich wollte mich nur überzeugen, daß ich von Ihrer Seite für uns Menschen nichts zu erwarten habe.«

»Sie wollen mich nicht verstehen. Nur in Ihrem einseitigen Interesse kann ich nichts tun, sonst aber werden Sie mich stets bereitfinden –«

»Leben Sie wohl.«

Saltner hörte nicht mehr auf Ells Worte. Er war schon auf den Gleitstuhl getreten und löste die Hemmung. Der Stuhl sauste die schraubenförmige Bahn um den Stamm des Riesenbaumes hinab nach dem Erdboden. Das Gespräch hatte auf der Plattform stattgefunden, welche einen der Riesenbäume in der Nähe von Ells Wohnung umgab, dort, wo in einer Höhe von vierzig Meter über dem Boden die ersten Äste ansetzten. Ein mechanischer Aufzug führte in einer Schraubenlinie rings um den Stamm und beförderte ebenso leicht von unten nach oben als von oben nach unten. Diese geschützten Plattformen boten einen äußerst angenehmen Arbeitsplatz. Wie vom Chor eines Domes blickte man zwischen den Säulen der Baumstämme hindurch, über die niedrigen Häuser weit in die Anlagen. Die Luft war hier frischer und kühler als unten.

Ell trat an die Brüstung vor und blickte hinab. Es begann zu dämmern. An den Straßen entlang leuchteten schon die breiten Streifen des Fluoreszenzlichtes, in den Häusern glühten die Lampen. In tiefer Finsternis lag das Laubdach.

Ell seufzte. Also auch er hatte sich von ihm geschieden, der biedere Saltner! Mochte es sein! Was galt ihm das alles noch, da er sie verloren hatte! Finster zog sich seine Stirn zusammen. Das war der Dank, ihr Dank für alles – – Ismas Dank!

Als sie auf der Tafel des Retrospektivs ihren Mann erkannt hatte, wie er aus dem Umiak der Eskimos nach dem Boot des englischen Schiffes winkte, da hatten sie ihre Kräfte auf einen Augenblick verlassen. Auf einen Augenblick. Sie hatte sich sogleich wieder zusammengerafft und mit fieberhafter Erregung die Vorgänge verfolgt. Man hatte gesehen, wie beide Boote der ›Prevention‹ zusteuerten, wie Torm an Bord des Kriegsschiffes stieg, wie er dem Kapitän Papiere überreichte, die dieser prüfte; man sah, wie der Kapitän dann salutierte und Torm die Hand schüttelte, wie sich die Offiziere um Torm versammelten; man sah, wie die Eskimos beschenkt wurden und ihr Boot sich entfernte; wie die ›Prevention‹ ihre Fahrt nach Süden wieder aufnahm. Eine Stunde lang konnte man sie verfolgen. Maschine und Steuer waren offenbar nicht verletzt oder wieder repariert; das Schiff dampfte schnell und leicht vorwärts. Immer undeutlicher wurden die Umrisse desselben. Die Dämmerung brach herein. Bald konnte man nichts mehr unterscheiden als die Lichter. Man stellte den Versuch ein. Es war sicher, daß das Schiff und Torm mit ihm in wenigen Wochen wohlbehalten London erreichen würden. – –

Torm war gerettet. Er hatte ohne Zweifel jetzt schon die Nachricht von Ismas Verschwinden. Man würde in Friedau dafür gesorgt haben, daß ihm dasselbe unter dem Gesichtspunkt der Friedauer erschien. Und sie, die nicht ohne ihn in Friedau bleiben wollte, nun mußte sie ihn allein lassen –

Isma verbrachte eine schlaflose Nacht. Dann setzte sie noch einmal alles in Bewegung, um ihre Mitnahme auf dem Raumschiff nach der Erde zu erreichen. Es war unmöglich. Wenigstens einen Brief sollte man mitnehmen. Ja, aber nur einen offenen. Sie schrieb, doch das konnte ihr nicht genügen. Was sie ihm zu sagen hatte, das ging niemand andern an; das konnte sie nicht lesen lassen. Sie wußte, wie sie schreiben müsse und daß er sie nur so verstehen würde. Und dies wurde versagt. Und hier ließ sie Ell im Stich! Sie bat ihn flehentlich, ihren Brief zu besorgen. Es ginge nicht! Sie bat ihn, selbst die Reise zu machen, ihren Mann aufzuklären. Er weigerte sich, er wolle jetzt nicht auf die Erde zurückkehren. Die Martier selbst hätten es vielleicht gern gesehen, aber er könne sich nicht entschließen, jetzt den Mars zu verlassen. Warum nicht? Warum wollte er nicht? Um sie, Isma, nicht allein zu lassen? Sie glaubte es nicht, sie vermutete einen anderen Grund, den sie ihm nicht verzeihen konnte. Sie sagte ihm Bitteres. Sie wollte ihn nicht wiedersehen. Und er ging. Natürlich! La würde ihn wohl trösten – –

Ell versetzte sich in Ismas Seele, er sah deutlich, was in ihr vorging – alles dachte er wieder durch, während er in die Nacht hinausstarrte – das Gefühl der Bitterkeit verließ ihn, er konnte ihr nicht zürnen. Nur traurig wurde er, tieftraurig.

Aber er mußte es tragen. Er konnte nicht anders handeln, es war unmöglich. Stand sie auf der Erde, so stand er auf dem Mars. Die Kluft überbrückte kein Raumschiff. Und selbst wenn die Planeten sich versöhnten – würde er sie dann wiederfinden?

Er preßte die Hände gegen die Stirn und seufzte tief. Und seltsam, mitten in den Kummer um Isma drängte sich das Bild Las vor Ells Augen. Dieser Verkehr war so beglückend, so frei von dem dunkeln Hintergrund irdischer Fesseln! Das war Numenart, zu geben und zu nehmen! Die reizenden Stunden kamen ihm in den Sinn, in denen er sich sagen durfte, daß sie ihn bevorzugte, und es schien ihm, daß deren immer mehr geworden seien. Und doch! Er mußte sich gestehen, wäre La ihm so geneigt, wie er hoffte, sie hätte sich ihm noch anders zeigen müssen. Sie hatte sich in der letzten Zeit sichtlich von Saltner zurückgezogen, aber gerade darin schien ihm eine gewisse Absichtlichkeit zu liegen. Er konnte das Gefühl nicht loswerden, daß La unter der gleichmäßigen Liebenswürdigkeit ihres Wesens eine heimliche Sorge barg, und er sann nach, was sie wohl bedrücken könne.

Gestern, als er bei ihr war, hatte er sie überrascht, wie sie in Gedanken versunken saß, und er glaubte die heimlichen Spuren von Tränen in ihrem Auge gesehen zu haben. Aber auf seine warmen Worte erwiderte sie mit Scherzen, es war, als wollte sie nicht verstehen, was sie doch längst wußte, wie er für sie fühle. Zum erstenmal war er fortgegangen, ohne sie recht verstanden zu haben.

Und jetzt war Saltner auf dem Weg zu ihr. Es war ja nicht daran zu denken, daß sie auf seine Bitte eingehen würde – Überhaupt –

Ell fiel es plötzlich ein – vielleicht war sie gar nicht in Kla. La hatte mehrfach davon gesprochen, daß sie möglicherweise verreisen würde, und Saltner hatte sie heute vergebens zu sprechen versucht. – Er wollte sich doch überzeugen, ob La zu Hause sei. Auch die Plattform war mit dem Haus telephonisch verbunden. Er sprach La an. Sie war zu Hause, aber in großer Eile, wie sie sagte. Ell teilte ihr mit, daß Saltner bei ihr vorsprechen werde mit einem Ansinnen, das unmöglich zu erfüllen sei – darauf keine Antwort, trotz seiner wiederholten Frage. Endlich die Worte, wie mit gezwungener Stimme:

»Befürchten Sie nichts. Leben Sie wohl.« –

Nichts, nichts weiter! Ell wußte nicht, was er davon denken sollte.

Er trat zurück an den Tisch, auf dem seine Papiere lagen, und ließ die Lampe aufflammen. Er wollte versuchen, in der Arbeit zu vergessen, und versenkte sich in das Studium des Etats der Marsstaaten.

Die 154 Staaten, welche den Planetenbund des Mars bildeten, waren an Einwohnerzahl sehr stark verschieden; es gab darunter Reiche, die bis gegen hundert Millionen Einwohner zählten, und kleine Staaten, die nicht einmal die Zahl von einer Million erreichten; der kleinste von ihnen umfaßte nur zwanzig Bezirke mit zusammen 800.000 Einwohnern. Ebenso mannigfaltig wie die Größen waren die Verfassungen der Einzelstaaten. Die republikanischen Staatsformen herrschten vor, aber auch unter ihnen gab es eine bunte Musterkarte von kommunistischen, sozialistischen, demokratischen und aristokratischen Verfassungen. Die Monarchien waren besonders unter den kleineren Staaten vertreten. Ganz wie es die historische Entwicklung der lokalen Verhältnisse mit sich gebracht hatte, waren auch in diesen die Verfassungen sehr mannigfaltig; im ganzen unterschieden sie sich von den republikanischen nur dadurch, daß das Staatsoberhaupt nicht durch Wahl, sondern durch Erbfolge bestimmt war und sich eines größeren Einkommens und einer glänzenderen Hofhaltung als die Präsidenten erfreute. Einen höheren politischen Einfluß besaßen die Fürsten des Mars nicht, sie hatten vornehmlich eine ästhetische Bedeutung. Die reiche Entwicklung, welche die Verfeinerung des Lebens durch die Hofhaltung eines intelligenten Fürsten erfahren konnte, und der Einfluß, den eine hochsinnige Persönlichkeit hier zu entfalten vermochte, sollte auch auf dem Mars nicht verlorengehen. Die individualistischen Neigungen der Martier konnten daher nach jeder Richtung hin Befriedigung finden, und dem Ehrgeiz wie dem Unabhängigkeitsgefühl eines jeden war freier Spielraum gelassen. Zwischen allen Staaten herrschte, durch das Bundesgesetz garantiert, vollständige Freizügigkeit und Erwerbsfreiheit. Wem es in dem einen Staat nicht gefiel, transportierte sein Haus in einen andern, und es genügte, daß er dies bei der betreffenden Behörde anmeldete. Dadurch war eine natürliche Regulierung dafür gegeben, daß kein Staat seine Machtbefugnis mißbrauchte, denn er riskierte sonst, sehr bald seine Einwohner zu verlieren. Die natürliche Verschiedenheit der Individuen, ihre Gewohnheiten und ihre Anhänglichkeit für das Hergebrachte sorgten andererseits dafür, daß den einzelnen Staaten ihre Eigentümlichkeiten erhalten blieben und der Fluß der Bevölkerung nicht in Unbeständigkeit ausartete. Jede Gegend hatte ihre Vorzüge. Waren auch die wirtschaftlichen Lebensbedingungen in den breiten, die Wüsten durchziehenden, durch künstliche Bewässerung erhaltenen Kulturstreifen etwas erschwert, so boten dieselben doch andere Vorteile. Die Gelegenheit zum gewerblichen Gewinn war hier wegen der Nähe der großen Energiestrahlungsgebiete günstiger, und ein reicherer Arbeitsertrag entschädigte für die Störungen des äußeren Komforts, die dadurch entstanden, daß bei eintretendem Wassermangel die schützenden Bäume binnen wenigen Tagen ihr Laub verloren und die Vegetation unter ihnen vertrocknete. Dafür waren aber auch die hier gelegenen Staaten imstande, größere Zuschüsse den Privaten zu gewähren.

Gemeinschaftlich für den gesamten Staatenbund und unmittelbar dem Zentralrat unterstellt, der seinerseits dem Bundesparlament verantwortlich blieb, war die technische Verwaltung. Sie schied sich in die beiden großen Gebiete des Verkehrswesens und des Bewässerungswesens, wozu als drittes jetzt noch die Raumschifffahrt gekommen war. Diese ungeheure Organisation hielt die Bundesstaaten als ein untrennbares Ganze zusammen und machte es ebenso unmöglich, daß sich einzelne, selbst mächtige Staaten, vom Zusammenhang des Planeten ablösen konnten, als sich ein Organ des menschlichen Körpers der Blutzirkulation zu entziehen vermag.

Unterhalten wurde der Riesenbetrieb durch ein stehendes Arbeitsheer von sechzig Millionen Personen – ›Mann‹ kann man nicht gut sagen, denn die allgemeine einjährige Dienstpflicht galt für beide Geschlechter. Für besondere Fälle stand eine dreifache Reserve zur Verfügung. Finanziert wurde der Betrieb durch die Sonne selbst. Der Gesamtetat der Marsstaaten betrug – nach deutschem Geld gerechnet für das Erdenjahr, also für ein halbes Marsjahr – 300 Billionen, das sind 300.000 Milliarden Mark, also 100.000 Mark auf den Kopf der Bevölkerung. Dabei hatte aber niemand eine Steuer, außer der persönlichen Dienstleistung während eines Lebensjahres, beizutragen. Das Privateinkommen der Martier belief sich außerdem im Durchschnitt pro Kopf der Bevölkerung auf 100.000 Mark, schwankte jedoch für den einzelnen zwischen dem Maximum des zulässigen Einkommens von zwanzig Millionen und der Null. Die Besteuerung des Einkommens der Privaten diente nur dazu, um jedem, der nichts verdiente, wenigstens ein Minimum von Kapital pro Jahr zu sichern, wodurch er sich wieder heraufarbeiten konnte. Ein Notleiden aus Mangel an Nahrung, Wohnung und Kleidung konnte nicht eintreten, da hierfür durch öffentliche Verpflegungsanstalten gesorgt war. Aber es war natürlich jedem daran gelegen, dieser Armenpflege nicht anheimzufallen. Der Gesamtbetrag, der vom Staat und von den Privaten auf dem ganzen Planeten in einem halben Marsjahr eingenommen wurde, belief sich also auf 600 Billionen Mark. Dies war jedoch nur die Hälfte dessen, was bei völliger Ausnutzung aller Kräfte hätte erzielt werden können.

Diese Summen erschienen Ell so ungeheuerlich, daß er sich damit beschäftigte, sie nachzuprüfen und sich zu vergewissern, wie es möglich sei, eine so kolossale Rente zu erzielen. Ell hatte bei seinem ersten Versuch, den Geldwert auf dem Mars mit dem auf der Erde zu vergleichen, seiner Umrechnung den Wärmewert der Kohle zugrunde gelegt; er führte nun die Rechnung noch einmal so durch, daß er als Vergleichseinheit die Pferdestärken nahm, welche durch die Sonnenstrahlung pro Stunde als Arbeitseffekt erzielt werden konnten. Wenn er den gegenwärtigen Stand der Technik auf der Erde in Betracht zog, so glaubte er annehmen zu dürfen, daß selbst unter den günstigsten Verhältnissen, bei Berücksichtigung der Anlagekosten, die Pferdekraft in der Stunde nicht unter 0,8 Pfennig oder 1 Centime geliefert werden könne. Um nun den geringsten Wert der Sonnenrente für den Mars zu ermitteln, nahm er an, daß auch auf dem Mars nur die direkte Wärmestrahlung seitens der Sonne – nicht die anderen Wellengattungen – zur Arbeit verwertet werden. Er fand dann, daß im Lauf eines Erdenjahres die Sonnenstrahlung dem Mars soviel Wärme zuführt, daß, wenn sie vollständig in Arbeit übergeführt wurde, ihr Wert pro Quadratmeter der Oberfläche durchschnittlich 30 Mark betragen würde. Die zur Bestrahlung ausgenutzte Oberfläche des Mars beträgt aber rund hundert Billionen Quadratmeter, somit erhält der Mars eine Rente von 3.000 Billionen Mark. Von diesem Strahlungsbetrag können jedoch nur etwa 40 Prozent wirklich in Arbeit verwandelt und ausgenutzt werden – bei dem Stand der Technik auf dem Mars –, so daß der Gesamtgewinn des Mars an Arbeit (im Laufe eines Erdenjahrs) 1.200 Billionen Mark beträgt. Tatsächlich benutzte man hiervon nur die Hälfte. Denn die Gesamteinnahme der Marsstaaten betrug 300 Billionen, die der Privaten ebensoviel. Es war also kein Zweifel, daß die Marsstaaten über diese ungeheuren Mittel verfügten. Und dabei empfängt der Mars nur etwa ein Neuntel so viel Wärme von der Sonne wie die Erde. Wie weit also war die Erde zurück in der Ausnutzung der Mittel, die ihr von der Natur verliehen waren! Wieviel konnte sie noch gewinnen, wenn ihr die Erfahrung der Martier zugute kam!

Aufs neue fühlte sich Ell in der Ansicht bestärkt, daß gegenüber dem immensen Fortschritt, der hier für die Menschheit in Frage stand, die Rücksicht auf die Neigung der gegenwärtigen Menschheit, dieses Geschenk anzunehmen, zu schweigen hatte. Noch viel weniger aber durfte er sich seinen Handlungen durch persönliche Neigungen irre machen lassen. Mochte man ihn als Überläufer, als Verräter an der Sache der Erde betrachten, mochte man Schmach und Verachtung auf ihn häufen – gleichviel! Er wußte, daß er zum besten der Kultur überhaupt und so auch der Menschheit handle, wenn er voll auf der Seite des Mars stand. Mochte er selbst seine persönlichen Freunde verlieren, er mußte es tragen. Einst würden sie gerechter über ihn urteilen. Und Isma! Er sah den traurigen Blick der blauen Augen, er sah das schmerzliche Zucken ihrer Lippen und das verächtliche Zurückwerfen des Kopfes –. Und noch einmal sprang er empor und starrte trüben Blickes in die dunkle Nacht. Dort drüben, wo der hellgrüne Schimmer des Straßenstreifens sich hinzog, da wohnte sie. O könnte er hingehen und sie rufen, wie damals, als das Luftschiff auf sie wartete, könnte er sie wieder zur Erde zurückführen und dafür ihren dankbaren Blick erhalten! Doch es ging nicht. Sie durfte nicht fort, sie konnte nicht, selbst wenn er versucht hätte, sie fortzubringen. Aber er selbst! Ihm stand es frei, er besaß die Erlaubnis, mit nach der Erde zu gehen, er hatte die Vollmacht hier vor sich, die er eben mit den übrigen Briefschaften an Ill zurückschicken wollte. In wenigen Tagen ging das Raumschiff. Ill fuhr zu diesem Zweck selbst an die Polstation, um der Abreise beizuwohnen. Er konnte mitreisen. Er konnte ihr den Wunsch erfüllen, mit Torm selbst zu sprechen. – Nein doch, nein! Es war unmöglich. Würde ihm Torm glauben können, wenn er ohne Isma kam? Und in diese Verhältnisse! Unter diesen Umständen! Sich gewissermaßen entschuldigen? Von allen Seiten beargwöhnt und angefeindet, würde er überhaupt jetzt etwas zur Versöhnung beitragen können? Nein, wenn er überhaupt zur Erde zurückging, da konnte es nur sein, wenn die Menschen begriffen hatten, was die Nume ihnen bringen und wie sie dieselben aufzunehmen haben. Er wollte auf dem Mars bleiben, bis er zurückkehren konnte als ein Herr und Beglücker der Menschen.

Ell schloß die Papiere für Ill in die Mappe und fügte seinen Paß für das Raumschiff hinzu. Er brauchte ihn nicht.

36 - SALTNERS REISE

Saltner lenkte seinen Radschlitten, dessen er sich sehr bald zu bedienen gelernt hatte, Frus Haus zu. Wie oft hatte er in diesen zwei Monaten, die er schon auf dem Mars weilte, den Weg zurückgelegt und die kürzeste Verbindung ausprobiert! Heute hatte er weite Umwege gemacht und im nächtlichen Park seinen Gedanken nachgehangen. Sonst konnte es ihm immer nicht schnell genug gehen, wenn er über die schmalen Parkwege hinglitt, die nach Las Wohnung führten. Wenn ihm das Verhältnis des Mars zur Erde Sorge machte, bei La fand er Trost und Ermunterung, von ihr wußte er ja, daß sie ihn nicht für gering hielt, weil er nur ein Mensch war – –. Sie liebte ihn, die Nume, die herrliche. Sollte er nicht glücklich sein? Und doch – das Wort: »Vergiß nicht, daß ich eine Nume bin«, das sie zu ihm gesprochen, als sie zusammen auf die Erde hinabblickten, es ging ihm nicht aus dem Sinn, was er damals kaum beachtet, nicht verstanden hatte. Das Wort hatte er nicht vergessen, aber vielleicht die Warnung, die es enthielt. Sollte er jetzt daran erinnert werden? Durfte er es wagen, die Bitte auszusprechen, die sie ihm versagen mußte? Warum war er seit zwei Tagen nicht mehr bei La gewesen? Er hatte viel zu tun gehabt, gewiß; die Erdkommission hatte von ihm verschiedene Gutachten verlangt, auch Frau Torm hatte lange Unterredungen mit ihm, die Briefe nach der Erde nahmen seine Zeit in Anspruch. Zweimal hatte er auch La durch das Telephon angesprochen, doch beide Male war sie nicht zu Hause gewesen. Er wußte nicht einmal, womit sie so eifrig beschäftigt war. Seit acht Tagen war sie mit ihrer Mutter allein. Fru hatte sich bereits nach dem Pol begeben, um die Ausrüstung der Raumschiffe zu leiten. Es hatten lange Erwägungen in der Erdkommission stattgefunden, welche Kapitäne und Ingenieure bei der wichtigen und verantwortlichen Expedition nach dem Südpol der Erde zu verwenden seien. Schließlich wollte man, obgleich an tüchtigen Leuten kein Mangel war, doch des Rates Frus, als eines der bewährtesten Erdkenner, nicht entbehren, und er hatte sich entschlossen, die technische Leitung der Expedition zu übernehmen. Es war auch davon die Rede gewesen, daß La ihn begleiten solle. Die Aussicht, La so bald wieder zu verlieren, hatte Saltner schmerzlich erregt, und er hatte nun befreit aufgeatmet, als er hörte, daß La ihren Wunsch, auf dem Mars Liebe zu ihm der Hauptbeweggrund gewesen sei, der sie hier zurückhielt – er hatte sich dessen geschmeichelt. Aber warum war er in den letzten Tagen so zweifelhaft geworden? Warum hatte er nicht die Zeit gefunden, sie aufzusuchen? zu bleiben, durchgesetzt habe. Er schmeichelte sich, daß ihre

Er konnte es sich nicht verhehlen, er war eifersüchtig. Fast jedesmal in der letzten Zeit hatte er Ell bei La getroffen, oder sie war während seiner Anwesenheit von Ell aus der Ferne angesprochen worden. Und wie begegnete sie Ell! Jedes Wort, jeder Blick zwischen ihnen war sofort verstanden, ihren Gesprächen vermochte er nicht zu folgen, es waren zwei Nume, die sich unterhielten, die sich gefielen, die –. Es konnte ja gar kein Zweifel sein, wer mußte nicht La lieben, der sie näher kennenlernte? Und er, wie konnte er sich mit dem Martiersohn vergleichen, der La ebenbürtig war und doch den eigentümlichen Reiz des Menschentums besaß! Er hätte diesen Ell hassen mögen, er nannte ihn einen Verräter an der Menschheit und einen Räuber seines Glücks. Und doch, konnte man den einen Verräter nennen, der nur zu seinem eigentlichen Vaterland zurückkehrte, das ihm durch ein unverschuldetes Geschick geraubt war? Und welches Recht hatte er selbst an La? Was entbehrte er überhaupt? Sie entzog sich ihm nicht um Ells willen, sie war ebenso lieb und gut wie früher, ja vielleicht sorgsamer und zärtlicher wie je, sie zeigte ihm in jedem Augenblick, wie wert er ihr war. Aber sie zeigte es auch Ell. Das störte ihn, das empörte ihn, sie aber fand es offenbar ganz in Ordnung. Sie war eine Martierin. Sie hatte ihn ja gewarnt; wenn er sie liebte, mußte er mit der Sitte der Martier rechnen. Er aber war ein Mensch – –

Saltner näherte sich der breiteren Straße, wo La wohnte. In seine Gedanken versunken hatte er nicht bemerkt, daß ein Transport der Umzugsgesellschaft ihm entgegenkam. Er hatte nur gerade noch Zeit, zur Seite auszuweichen und den Zug an sich vorüberzulassen. Ein Haus, auf breiten Gleitkufen stehend, wurde von einer Reaktionsmaschine vorwärtsgeschoben. Die Fenster waren geschlossen, es war alles dunkel im Hause. Die Bewohner schliefen offenbar. Wenn sie am Morgen aufwachten, stand ihr Haus viele Hunderte von Kilometern entfernt. Nun war die Bahn wieder frei. Die Straße lag, von den breiten Streifen des Fluoreszenzlichtes an beiden Seiten erleuchtet, hell vor ihm. Noch eine Minute, und sein Schlitten war vor ihrem Haus. Ob er sie heute noch würde sprechen können? Es war schon ziemlich spät geworden. Ob er nicht seinen Besuch auf morgen aufschieben sollte? Er hatte eine dringende Bitte an sie, aber wie, wenn sie sich dadurch beleidigt fühlte? Er mochte gar nicht daran denken, daß auch La ihn abweisen könnte.

Da war das Nachbarhaus, an seinen tulpenartig aufragenden Erkern kenntlich, und hier –. Er hielt den Schlitten an. Frus Haus war verschwunden, die Stelle war leer. Saltner traute seinen Augen kaum. La war wirklich fortgezogen, ohne ihn zu benachrichtigen?

Auf dem Rasenplatz, wo das Haus gestanden hatte, zeigte sich eine Tafel. Sie enthielt nur die Worte:

»Verzogen 29,36 nach Mari, Sei 614.«

Saltner stand ratlos. 29,36 – das war die Zeit der Abreise. Er verglich den Kalender, den er sich zur Umrechnung der martischen Zeit angelegt hatte, da ihm das duodezimale Zahlensystem und die Angabe der Stunden und Minuten in Bruchteilen immer noch Schwierigkeiten machte. Seine Uhr zeigte 29,37 – das war ein Unterschied von zehn Minuten –, vor zehn Minuten erst hatte der Transport des Hauses begonnen. So war es gewiß Las Wohnung gewesen, die er an sich hatte vorüberschieben sehen. Sie konnte noch nicht weit fort sein. Wenn er seinen leichten Schlitten in volle Eile versetzte, konnte er den Transport vielleicht noch einholen, ehe er die Gleitbahn erreichte, die ihn dann mit größter Geschwindigkeit davontrug. Schon wandte Saltner sein Fahrzeug – doch – was hätte dies genutzt? Er konnte doch La nicht in der Nacht aus dem Schlaf stören. Nachreisen konnte er auch morgen noch. Er notierte sich die Adresse. Mari – er wußte freilich nicht, wo dieser Staat oder Bezirk lag, ob die Entfernung groß sei – doch das läßt sich ermitteln. Also nach seiner Wohnung! Er war seit Mittag nicht zu Hause gewesen. Gewiß, zu Hause würde er auch Aufklärung finden, warum La so plötzlich verzogen war.

Saltners Wohnung war ganz in der Nähe. Als er die Tür öffnete, flammten die Lampen im Haus auf, und das erste, was er beim Eintritt ins Zimmer erblickte, war ein Zettel mit den deutschen Worten: ›Ich sprach ins Grammophon. La.‹

Saltner eilte an das Instrument und löste den Verschluß. Das leichte Klopfen ertönte, womit der Beginn der Rede angezeigt wird. Dann vernahm er Las melodische, tiefe Stimme, er glaubte sie vor sich zu sehen, wie sie mit zärtlichem Vorwurf sagte:

»Wo stecktest du denn, mein geliebter Sal, dreimal habe ich dich angerufen, bei Frau Torm habe ich dich gesucht – du warst aber fortgegangen und sie gleichfalls, da bin ich in deine Wohnung geeilt, wo du auch nicht bist, und jetzt habe ich nur noch Zeit, dir schnell ein paar Worte ins Grammophon zu sagen, damit du nicht denkst, deine La wäre dir ohne Abschied davongegangen. Denn höre nur! Wir ziehen in einer halben Stunde nach Mari, Sei 614. Mari liegt ziemlich weit von hier nach Südwesten, am östlichen Rand der Wüste Gol. Gern tu ich's nicht, wie gern wäre ich bei dir geblieben in unserm schönen Kla! In Mari ist es kühler, und das lockt meine Mutter. Aber der Hauptgrund ist ein anderer. Ihr bösen Menschen seid an allem schuld! Auf Gol werden die Versuche zum Schutz der Luftschiffe gegen die Geschütze der Menschen abgehalten, und dort kommt der Vater noch einmal hin, so daß wir vor seiner Erdreise noch Abschied nehmen können. Bis hierhin würde es zu weit sein für ihn. Dort werden wir auch Se noch einmal sehen. Leb also wohl, mein lieber Freund! Wir können alle Tage miteinander sprechen. Morgen zwischen drei und vier werde ich dich ansprechen, sei also zu Hause. Ich erwarte dich vorläufig nicht in Sei, man würde deine Reise dahin nicht gern sehen. Aber wenn erst die Raumschiffe fort sind und mehr Ruhe bei uns herrscht, dann wirst du uns hoffentlich besuchen. Also auf Wiederhören morgen! Deine La.«

Saltner hatte mit angehaltenem Atem gelauscht. Nun stellte er den Apparat zurück und ließ sich die Abschiedsworte Las noch einmal sagen. Dann dachte er lange darüber nach. Allerlei Fragen drängten sich ihm auf.

An die Wüste Gol erinnerte sich Saltner; La hatte sie ihm gezeigt, als das Raumschiff, das ihn nach dem Mars brachte, sich der Außenstation näherte. Sie war der große helle Fleck, nicht sehr weit vom Südpol, den die Astronomen der Erde die Insel Thyle I nannten. Sein Weg vom Pol nach Kla führte nicht weit davon vorüber, weil der direkte Weg damals im ersten Sommer noch durch Schnee unbequem gemacht war. Er erinnerte sich, daß er auf seiner Fahrt aus dem Fenster des Eilzugs zu seinem Erstaunen im ersten Morgengrauen wolkenähnliche Gebilde gesehen hatte, fern im Westen am Horizont, und daß man ihm gesagt hatte, daß dies die Morgennebel auf dem Hochplateau der Wüste Gol seien. Auch daß die Versuche mit den weittragenden Geschützen der Erdbewohner dort vorgenommen wurden, hatte er gehört. Die Martier hatten für derartige Schießplätze nur auf ihren Wüsten Raum, und Gol lag dem Südpol am nächsten. Aber warum mußte La ihre Abreise so beschleunigen? Sie sagte, um ihren Vater noch einmal zu sehen. Also mußte Fru sehr bald, wohl morgen schon, dort erwartet werden, und daraus war zu schließen, daß auch das Raumschiff bald abgehen werde. Er hatte somit keine Zeit zu verlieren, wenn er La noch persönlich vor Abgang des Schiffes sprechen wollte. Warum aber, wenn es sich bloß um ein Zusammentreffen mit dem Vater handelte, war sie mit dem ganzen Haus übergesiedelt? Es war doch noch ziemlich früh, um eine so südlich gelegene Sommerfrische aufzusuchen. Und warum sollte er ihr nicht nachkommen? Und was bedeutete diese hingeworfene Bemerkung über Se?

Doch über diese Fragen nachzudenken, war noch Zeit auf der Reise; denn La nachzueilen, um sie zu sprechen, dazu war Saltner sofort entschlossen. Was er mit ihr zu beraten, von ihr zu erbitten hatte, das konnte er nicht telephonisch erledigen, dazu mußte er ihr Aug' in Auge sehen; fürchtete er doch mit gutem Grund, daß auch sie sich weigern würde. Aber diesem Schritt, der ihm schwer genug wurde, konnte und durfte er sich nicht entziehen, und er mußte sofort geschehen, solange noch das Raumschiff den Mars nicht verlassen hatte. Er hatte Isma das Versprechen gegeben, La um Hilfe anzugehen, das mußte er halten. Wichtigeres jedoch lag ihm selbst am Herzen. Er hielt es für seine Pflicht, die Staaten der Erde von den Maßnahmen der Martier zu unterrichten. Er erinnerte sich jenes Wortes von Grunthe, daß sie Kundschafter seien, an deren getreuen Diensten vielleicht das Wohl und Wehe der zivilisierten Erde hinge. Nicht von den Erklärungen allein, welche die Regierung der Martier abzugeben belieben würde, sollten die Menschen erfahren, sondern auch von den Ansichten, die hier auf dem Mars in der großen Antibatenpartei herrschten, und von dem Urteil, das er, als Mensch, über das Vorgehen der Martier sich gebildet hatte. Er mußte versuchen, seine von den Martiern nicht kontrollierten Briefe nach der Erde zu befördern, selbst in der schmerzlichen Aussicht, sich La zu entfremden.

Sie hatte gesagt: »Ich erwarte dich vorläufig nicht in Sei, man würde deine Reise hierher nicht gern sehen.« Er ließ sich die Worte noch einmal wiederholen. Das war also eine Meinungsäußerung Las, ein Rat vielleicht, kein direktes Verbot. Warum hatte sie sich so unbestimmt ausgedrückt, nicht mit der gewohnten Klarheit? Folgte sie vielleicht einem fremden Wunsch, der mit dem eigenen nicht übereinstimmte, oder war sie mit sich selbst im Zwiespalt? »Man würde deine Reise nicht gern sehen.« Wer ist das ›man‹? Sie hat also nicht gesagt, daß sie selbst sie nicht gern sehen würde. Das ›man‹ aber, die andern, also wohl die Regierung, die Martier, Ill, Ell und wer sonst, was ging ihn das an? Sie sollten nicht eher davon erfahren, als bis er dort wäre; hatte er erst mit La gesprochen, so war ihm alles übrige gleichgültig. Also vor allen Dingen sofort nach Mari!

Saltner war müde, er hätte sich gern niedergelegt. Aber zum Schlafen hatte er unterwegs Zeit. Er wußte, daß die Personenbeförderung auf große Entfernungen mit den schnellen Radbahnen alle Stunden stattfand, er konnte also jede Stunde abreisen. Seine Vorbereitungen waren schnell erledigt, eine kleine Handtasche, der Reisepelz, den er noch von der Erde mitgebracht, und sein ›Energieschwamm‹, das ist sein Kapital, aus welchem er die im Geldverkehr übliche Münze abzapfen mußte. Es war dies eine Büchse mit einem äußerst feinen und dichten Metallpulver, das in seinen Poren den höchst kondensierten Äther enthielt und dadurch eine bestimmte Arbeitsmenge repräsentierte. Ein Gramm dieses Pulvers hatte einen Wert von etwa fünftausend Mark, denn eine gleichwertige Arbeitskraft konnte man in dem geeigneten Apparat daraus entwickeln. Diese Währungseinheit hieß ein ›Eck‹ und war zugleich das

Zehntausendfache der Strahlungseinheit. Man pflegte sich ein bis zwei Zentigramm, fünfzig bis hundert Mark, in die im Kleinverkehr gebräuchliche Münze einzuwechseln, was in jedem offenen Geschäft geschehen konnte.

Die Personenbeförderung auf den Radbahnen, die aber nur auf Strecken über dreihundert Kilometer stattfand, war sehr bequem, und Saltner wußte damit Bescheid. Um Fahrpläne, Anschlüsse und dergleichen brauchte man sich nicht zu kümmern. Die Beförderung war ungefähr in derselben Weise geordnet wie diejenige der Briefe auf der Erde. Die Überführung der Passagiere an den Kreuzungsstrecken fand ohne Zutun derselben auf dem kürzesten Weg durch die Bahnverwaltung statt.

Saltner begab sich nach der nächsten Station, die er mit Hilfe der Stufenbahn in einer Viertelstunde erreichte. Hier standen, in langen Reihen aufgestellt, die Reisecoupés; Schalter, Billets, Schaffner, alles dies gab es nicht. Ein einziger Beamter achtete darauf, daß, sobald eine Anzahl Coupés besetzt war, sofort neue herbeigeschoben wurden. Jede Person nahm ein solches Coupé für sich in Anspruch. Sie waren etwa einundeinviertel Meter breit, zweieinhalb Meter lang und drei Meter hoch. Sie bildeten also eine Kammer von ausreichender Größe für eine Person und waren mit allen Reisebequemlichkeiten versehen. Ein Handgriff genügte, um den vorhandenen Sessel und Tisch in ein bequemes Bett zu verwandeln. Auch ein Automat, der gegen Einwurf der betreffenden Münzen Speise und Trank lieferte, fehlte nicht. Der Eingang zum Coupé war von der schmalen Seite aus. Sie standen auf Gleitkufen und wurden vor Abgang der Züge geräuschlos auf die Wagen der Radbahn geschoben.

Saltner trat vor ein unbesetztes Coupé, zog einen Thekel, eine Goldmünze im Wert von etwa zehn Mark, aus der Tasche und steckte sie in die hierzu angebrachte Öffnung an der Tür. Die bisher verschlossene Tür sprang auf, und Saltner trat ein. Die Zeit des Eintritts markierte sich selbsttätig an der Tür, und Saltner hatte nunmehr das Recht erhalten, sich einen vollen Tag lang in dem Coupé aufzuhalten und hinfahren zu lassen, wohin er Lust hatte.

Aus einem im Wagen befindlichen Kästchen nahm er ein kleines Kärtchen, um die Adresse seines Coupés, sein Reiseziel, daraufzuschreiben. Jetzt stutzte er einen Augenblick. Genügte auch die Angabe ›Mari Sei‹? Wenn es vielleicht noch ein anderes Mari gab, und er, statt in der Nähe des Südpols, sich am Äquator oder am Nordpol wiederfand? Aber das Coupé war selbstverständlich mit der erforderlichen Bibliothek versehen. Es fand sich da das Meisterwerk statistischer und tabellarischer Kunst, das Mars-Kursbuch, in welchem die Beförderungszeiten, Wege und Reisedauer angegeben waren. Durch eine höchst scharfsinnig konstruierte, verschiebbare Tabelle konnte man die Wegdauer zwischen je zwei beliebigen Stationen sofort finden. Als Saltner ›Mari‹ nachschlug, fand er, daß es allerdings noch einen Bezirk gleichen Namens auf der nördlichen Halbkugel gab und daß er die Bezeichnung ›Go‹ beizufügen hatte. Er schrieb also die Adresse auf das kleine Kärtchen und steckte dies in einen hierzu bestimmten Rahmen im Innern der Tür. Dadurch erschien die Adresse stark vergrößert und hell beleuchtet außen an der Tür. Ein leises Summen begann gleichzeitig. Dies dauerte so lange, bis der Wagen die Station verlassen hatte, und diente als Merkzeichen für den Reisenden, daß er nicht etwa bei der Abholungszeit übersehen war. Wenn es wieder begann, so war es das Signal, daß das Reiseziel nach Angabe der Adresse erreicht war.

Saltner hatte aus dem Kursbuch ersehen, daß seine Reise acht Stunden in Anspruch nehmen würde, denn die Entfernung betrug etwa 3.000 Kilometer. Es war jetzt bald Mitternacht, er traf also am Vormittag ziemlich zeitig auf der Station Mari ein. Übrigens brauchte er sich nicht darum kümmern, ob er zur rechten Zeit erwache, da sein Coupé so lange auf der Station halten blieb, bis er die Adresse entfernt hatte oder der ganze bezahlte Tag abgelaufen war. Aber er wußte nicht, wie weit er noch von der Bahnstation nach Las Wohnort habe. Darüber wollte er sich am Morgen während der Fahrt vergewissern, da die Bibliothek des Coupés genaue Reisehandbücher über alle Teile des Mars enthielt. Früher als am Nachmittag konnte er indessen nicht darauf rechnen, La anzutreffen, weil die Beförderung des Hauses, die auf der Gleitbahn stattfand, mindestens die doppelte Zeit in Anspruch nehmen mußte als seine Eilfahrt.

Jetzt zog er den Handgriff, welcher das Coupé in ein Schlafzimmer umgestaltete, und legte sich zu Bett. Kein Schienenrasseln, kein Pfiff, kein Ruf und Signal störte ihn. Er merkte noch, daß das leise Summen aufgehört und er somit seine Fahrt angetreten hatte. Er dachte, es sei doch eine gute Einrichtung, daß hier jeder für zehn Mark seinen eigenen Salonwagen haben könne, bequemer, als es sich auf der Erde ein Fürst leisten kann. Dreitausend Kilometer –. Und es fiel ihm ein, das war gerade die Entfernung von Ses Wohnort –. Ob der wohl in der Nähe war? La wollte sie ja wieder sehen. Wie lange hatte auch er sie nicht gesehen, obwohl gesprochen – aber sehen –. Saltner entschlummerte, während sein Coupé, auf dem Radwagen stehend, unter den Häuserreihen zwischen geradlinigen Kanälen nach Südwesten jagte.

37 - DIE WÜSTE GOL

Saltner hatte Se nicht wiedergesehen, seitdem er mit Frus die Reise nach Kla angetreten hatte. Aber er hatte öfter mit ihr telephonisch gesprochen – wenn sie ihn anrief, und auch dies war in der letzten Zeit seltener geschehen. Solange er mit La zusammen war, verblaßte der Eindruck, den sie auf ihn gemacht hatte, und La sprach mit ihm nach ihrer Gewohnheit fast niemals über Se. Das letzte, was er von Se gehört hatte, war ihre erneute Einberufung zum Dienst in der chemisch-technischen Abteilung des Arbeitsheeres.

Nicht nur die Männer, sondern auch die Frauen bildeten sich auf dem Mars für einen besonderen Beruf aus, doch bestand zwischen der Art dieser Ausbildung und des Betriebes der Berufsarten zwischen beiden Geschlechtern ein wesentlicher Unterschied. Nichts lag den Martiern ferner als der Gedanke einer schablonenhaften Gleichmacherei; Gleichheit gab es für sie nur im Sinne der gleichen Freiheit der Bestimmung als Persönlichkeit, aber die tatsächlichen Verhältnisse gestalteten sich durchaus verschieden nach dieser Selbstbestimmung. Die Frauen erwählten daher Berufsarten, die ihren Eigentümlichkeiten entsprachen und ihnen insbesondere eine gewisse Freiheit in der Wahl der Arbeitsstunden gestatteten. Se hatte einen wissenschaftlichen und praktischen Kursus in der Chemie durchgemacht. Da die Herstellung aller Nahrungsmittel auf dem Mars chemische Studien voraussetzte, war dies unter den Martierinnen einer der verbreitetsten Berufszweige. In dieser Eigenschaft war Se auch, als sie ihre einjährige Arbeitspflicht abzuleisten hatte, in die chemische Arbeitsabteilung eingetreten und auf ihren Antrag der Erdstation zugeteilt worden. Sie war nicht, wie La, in Begleitung ihrer Eltern, sondern in ihrer eigenen Dienstleistung nach der Erde gegangen. Auf Grund dieser besonderen Anstrengung konnte sie nach der Rückkehr auf zwei Monate beurlaubt werden. Dieser Urlaub war nun vorüber, und sie hatte noch einige Monate ihrer Dienstzeit zu absolvieren. Sie war jetzt aber von der Abteilung für Lebensmittel in die artilleristische Abteilung versetzt worden und bei den neuen Versuchen beschäftigt, zu denen der Konflikt mit den Engländern die Martier veranlaßt hatte. Saltner hatte davon nur soviel gehört, daß man entdeckt hatte, wie das Repulsit in eine neue Verbindung mit ganz wunderbaren Eigenschaften umgewandelt werden konnte, die man jedoch, wenigstens ihm gegenüber, bisher als Geheimnis behandelte. Se hatte damit zu tun, sie wohnte daher jetzt seit einer Woche ebenfalls am Rand der Wüste Gol, zwar nicht in Mari, aber dicht an der Grenze, im Bezirk Hed.

Als Saltner durch das Schütteln seines Kopfkissens erwachte, dessen Rüttel-Wecker er auf eine Stunde vor seiner Ankunft – nach seiner gewohnten Rechnung sieben Uhr morgens – gestellt hatte, zog er den Fenstervorhang beiseite und sah zu seiner Verwunderung, daß der Tag noch nicht angebrochen war. Er hatte nicht berücksichtigt, daß er nach Westen fuhr und daher an seinem Reiseziel die Ortszeit um etwa vier Stunden zurück sei. Er würde etwa um Sonnenaufgang in Sei ankommen.

Dennoch machte er Toilette, benutzte den Frühstücksautomaten und begann, sich aus dem Reisehandbuch über den Staat Mari zu unterrichten. Er erkannte daraus, daß Sei unmittelbar am Abhang der Wüste Gol läge und die Station ebenfalls, aber ungefähr hundert Kilometer südlicher. Die Radbahn zog sich in einer Strecke von dreihundert Kilometern direkt am Ostabhang der Wüste Gol hin, so daß er diese zur Rechten hatte. Um nach Sei zu gelangen, wo die Radbahn nicht anhielt, mußte er von der Station aus die letzten hundert Kilometer auf der Stufenbahn zurückfahren. Da ihm die Wege und die Lage der Wohnung Las nicht genau bekannt waren, mußte er eine Stunde auf den Weg von der Station bis zum Haus rechnen. Es blieben ihm also noch ungefähr sechs Stunden zur freien Verfügung, da er nicht eher bei La eintreffen wollte, als zu der Zeit, die sie zur telephonischen Unterhaltung bestimmt hatte. Er nahm an, daß sie diese Zeit gewählt habe, weil sie dann sicher in ihrem neuen Wohnort angekommen sei.

Das Fenster seines Coupés, welches der Tür gegenüberlag, sah nach Osten. Noch konnte er keinen Schimmer der Dämmerung erkennen, die freilich auf dem Mars nur kurz und schwach war. Dennoch lag über der Gegend ein rötliches Licht, das er sich nicht erklären konnte. Die Monde des Mars gaben keinen derartigen Schein. Wo die Reihe der Häuser, unter denen der Zug fortraste, unterbrochen war, und das war in dieser Gegend mehrfach der Fall, sah er, daß das rötliche Licht von Westen her auf die hier weniger dicht belaubten Riesenbäume einfiel. Um nach der Seite zu sehen, auf welcher die Wüste Gol lag, mußte Saltner die Tür seines Coupés öffnen. Sie führte auf den schmalen Wandelgang, der sich durch den Wagen hinzog. Hier konnten die Insassen der Coupés sich ergehen. Hier sah man durch die großen Fenster, als der Zug eine Häuserlücke passierte, die Felsenmauern der Wüste dunkel aufragen, über ihnen aber lag eine rosig glänzende Lichtschicht. Die Nebel über der Wüste, in ihrer Höhe von mehreren tausend Metern, waren bereits von der Morgensonne beleuchtet.

Der Beamte, welcher den Radwagen begleitete, durchschritt den Wandelgang und sagte zu jedem der wenigen sich hier aufhaltenden Passagiere leise: »Bitte einzusteigen.« Der Zug näherte sich der Station, und während des Haltens auf dieser mußte sich jeder in seinem Coupé befinden, er verlor sonst das Recht der Weiterbeförderung. Denn sobald der Wagen hielt, klappte die ganze Seitenwand herab und die einzelnen Coupés wurden mit großer Gewandtheit sortiert, um je nachdem auf der Station zu bleiben oder auf die kreuzenden Linien übergeführt zu werden. Bald verriet das erneute leise Summen an seiner Tür Saltner, daß sein Bestimmungsort, die Station Mari, erreicht war. Er packte seine Sachen zusammen und trat aus dem Coupé ins Freie. Er fand die Luft so kalt, daß er seinen Pelz umhing. Es waren nur wenige Coupés auf der Station zurückgeblieben, und ihre Insassen waren noch nicht zum Vorschein gekommen; sie schienen es vorzuziehen, ihren Schlaf nicht vorzeitig zu unterbrechen. Während Saltner noch unschlüssig stand, was er jetzt beginnen solle, trat jedoch aus einem der Coupés ein Fahrgast, der, nachdem er einen Blick auf den Himmel geworfen hatte, dem Ausgang der Station zuschritt wie jemand, der genau mit der Örtlichkeit vertraut ist. Er trug das dunkle Arbeitskleid eines Bergmanns und schien keine Zeit zu verlieren zu haben. Saltner gedachte ihn anzureden und folgte vorläufig seinen Schritten. Der Bergmann überschritt die hinter der Station vorüberführende Stufenbahn auf einer Brücke und trat dann in den Eingang eines Hauses. Da Saltner hier zögerte und der Martier bemerkte, daß ihm Saltner gefolgt war, wandte er sich nach ihm um und sagte:

»Wenn Sie noch zum Sonnenaufgang hinaufwollen, müssen Sie sich beeilen, der Wagen geht gleich ab.«

»Ich bin ganz fremd hier«, erwiderte Saltner. »Wenn Sie erlauben, schließe ich mich Ihnen an.«

Der Bergmann machte eine höfliche Bewegung und ging voran. Sie gelangten an einen gondelartig gebauten Wagen, welcher die Aufschrift trug: ›Abarische Bahn nach der Terrasse‹. Saltner stieg mit dem Martier ein, ein Schaffner nahm ihnen eine kleine Fahrgebühr ab. Der Wagen, der nur schwach besetzt war, begann sehr bald sich zu bewegen. Er glitt erst mit schwacher Steigung aufwärts, dann, als die fast senkrecht abfallende Felswand der Wüste erreicht war, sehr steil empor, indem er sich durch seine Schwerelosigkeit erhob. Ein Drahtseil, an dem er hinglitt, schrieb ihm die Bahn vor. Vorspringende Felswände verhinderten den Umblick. Die ganze Fahrt dauerte nur wenige Minuten. Die Einrichtung war, wie Saltner erfuhr, noch nicht lange in Betrieb.

Als Saltner den Wagen verließ, fand er sich auf einer kahlen Felsstufe, die sich, so weit er sehen konnte, in nördlicher wie südlicher Richtung einige hundert Schritt breit hinzog. Sie war mit zahlreichen Baulichkeiten bedeckt, die meist elektrische Schmelzöfen enthielten. In der ganzen Längserstreckung der Terrasse lief ein Bahngeleis hin. Sie war eine Stufe am östlichen Abfall der Wüste Gol. Nach Westen hin erhob sich das Gebirge noch weiter und trug das Hochplateau der Wüste, die sich in einer Erstreckung von etwa 600 Kilometer von Norden nach Süden und 1.000 Kilometer nach Westen hin ausdehnte. Über derselben glänzten, in ihren oberen Schichten hell beleuchtet, große Wolkenmassen, die sich in der Nacht gebildet hatten, jetzt aber schon unter den Strahlen der Sonne zu schwinden begannen.

Als sich Saltner dem Tal zuwendete, bot sich ihm ein herrlicher Anblick. Sein Auge schweifte weithin über die Landschaft, die vom Widerschein der erleuchteten Nebel schwach erhellt war. Nur im Südosten erhob sich ein heller rötlicher Schimmer, das baldige Nahen der Sonne anzeigend. Zwischen dem grünlichen Grau der Baumkronen, auf die er hinabblickte, zogen sich, noch künstlich erleuchtet, die geradlinigen Streifen breiter Straßen hin. Am dunkeln, klaren Himmel standen die Sterne, einer aber von ihnen, gerade im Osten, strahlte mit besonders hellem Licht, ein glänzender Morgenstern. Saltner konnte sich von seinem Anblick nicht losreißen. Ein tiefes Heimweh ergriff ihn. Zum erstenmal seit seiner Landung auf dem Mars sah er die Erde wieder.

Die Stimme des Bergmanns, der sich zu ihm gesellte, weckte ihn aus seiner Träumerei.

»Nicht wahr«, sagte dieser, »das ist schön. Da unten sieht man das nicht vor lauter Bäumen, oder man muß erst zwischen die Maschinen auf die Dächer steigen. Jetzt ist die Ba am hellsten, Sie haben sie wohl noch nie so deutlich gesehen? Die letzten Monate hat sie zu nahe an der Sonne gestanden.«

»Ich habe sie schon ganz in der Nähe gesehen«, sagte Saltner, »denn ich bin schon dort gewesen.«

»So, so«, erwiderte der Bergmann lebhaft, »da sind Sie also ein Raumschiffer. Das freut mich, daß ich einmal einen treffe, ich habe nämlich noch keinen gesehen. Muß ein seltsames Handwerk sein! Sie kamen mir gleich so fremdartig vor, einen solchen Mantel sah ich noch nie.«

»Der ist von dem Fell der Tiere, wie sie auf der Erde leben.«

Der Bergmann befühlte neugierig das Pelzwerk.

»Da sagen Sie mir doch«, begann er wieder, »ist es denn wahr, was die Zeitungen jetzt so viel schreiben, daß es dort auch Nume gibt? Ich meine, so wie wir, mit Vernunft?«

»Etwas Vernunft mögen sie schon haben.«

Der Bergmann schüttelte den Kopf. »Viel wird es wohl nicht sein«, sagte er. »Warum wären sie sonst nicht schon zu uns gekommen? Wir glauben nämlich hier nicht recht daran, daß dort viel zu holen ist, wir meinen, die Regierung nimmt nur jetzt den Mund recht voll, weil nächstes Jahr Wahlen zum Zentralrat sind. Da heißt es, wenn wir auf die Erde gehen, da können wir die Sonne sozusagen mit Händen greifen, da bekommen wir soviel Geld, daß jeder den doppelten Staatszuschuß erhält.«

Saltner zuckte plötzlich zusammen und wandte sich ab. Ohne daß die Dämmerung sich merklich verstärkt hätte, hatte unvermittelt ein blendender Sonnenstrahl seine Augen getroffen. Das aufgehende Gestirn beschien die Terrasse, und bald verbreitete sich sein Licht auch über die tieferliegenden Lande.

Der Bergmann verabschiedete sich, er müsse nun an die Arbeit. Saltner begleitete ihn noch ein Stück. So stark wirkte die Sonnenstrahlung, daß schon jetzt Saltner seinen Pelz nicht ertragen konnte. Er ließ ihn auf der Station zurück.

Die Nebel von den Höhen hatten sich verzogen. Saltner wandelte die Lust an, die felsigen Abhänge hinaufzuklimmen. Das Steigen in der geringen Schwere des Mars schien ihm ein Kinderspiel. Zunächst aber ging er mit dem Bergmann bis an den Eingang des Stollens, in welchem dieser zu tun hatte. Überall sah man auf der Terrasse diese Öffnungen, die zu den Mineralschätzen des Berges führten.

Im Gespräch erfuhr Saltner, daß der Bergmann auf einige Zeit unten im Lande gewesen war, um seinen Sohn zu besuchen, der auf der Schule studierte, und daß man sich hier in der Tat wieder ganz andere Vorstellungen von der Erde machte als im politischen Zentrum des Planeten. Man glaubte, daß man nur nach der Erde zu gehen brauche, um alsbald mit unermeßlichen Schätzen zurückzukehren. Die Jugend hatte sich daher massenhaft gemeldet, um nach der Erde mitgenommen zu werden. Der Bergmann verhielt sich dagegen durchaus skeptisch und hatte seine Reise hauptsächlich unternommen, um seinen Sohn von der beabsichtigten Erdfahrt zurückzuhalten. Er sah jetzt, daß er sich die Mühe hätte sparen können, denn die Regierung hatte alle diese Meldungen rundweg abgeschlagen.

Eine andere Maßregel aber hatte die Erdkommission getroffen, von der Saltner nur durch diese zufällige Unterhaltung erfuhr. Die Marsstaaten besaßen zwar ein stehendes Arbeitsheer, aber keine Soldaten, da Kriege und kriegerische Übungen bei ihnen als eine längst veraltete Barbarei galten. Sie hatten nur eine Art Polizeitruppe zur Aufrechterhaltung der Ordnung in besonderen Fällen.

Es entstand nun die Verlegenheit, woher die Leute zu nehmen seien, welche das technische Personal unterstützen sollten, falls es zu einem wirklichen Krieg mit den Menschen, zu einer längeren militärischen Aktion auf der Erde kommen sollte. Dazu gehörte eine Gewöhnung an große körperliche Strapazen, eine Abhärtung, wie sie die Martier im allgemeinen nicht besaßen. Man hatte deswegen an die kühnen und rauhen Bewohner der Wüsten, an die Beds gedacht. Man wollte dieselben anwerben und für den Dienst auf der Erde ausbilden. Die Aufforderung an sie war ergangen. Diese Nachricht erfüllte Saltner mit Besorgnis. Von diesen Leuten war zu befürchten, daß sie als Sieger ein weniger zartes Gewissen haben würden als die eigentlichen Träger der Kultur, die hochgebildeten Nume. Er sah sich dadurch nur in seiner Absicht bestärkt, seine Landsleute vor der Größe der drohenden Gefahr zu warnen.

Der Bergmann war an seinem Ziel. Er empfahl Saltner, wenn er das Plateau der Wüste selbst besuchen wolle, bis zur nächsten Station der Terrassenbahn zu fahren und die von dort nach oben führende Bergbahn zu benutzen. Auf keinen Fall solle er sich vom Rand der Wüste entfernen, da auf derselben nichts zu finden sei als die großen Strahlungsnetze und in einigen schwer zugänglichen Schluchten die ärmlichen Wohnsitze der Beds.

Saltner befolgte den Rat insofern, als er die Terrassenbahn benutzte und mit dieser ein weites Stück nach Süden fuhr. Unterwegs brachte er nämlich in Erfahrung, daß er hier eine Station ›Kast‹ erreichen könne, welche direkt über Sei lag, so daß er von da aus abwärts nur noch eine Viertelstunde bis zu Las Wohnort hatte. Auf diese Weise stand ihm genügend Zeit zur Verfügung, um das Plateau zu ersteigen. Allerdings führte von hier keine Bahn hinauf, aber es lag ihm viel mehr daran, durch eine Fußwanderung die seltsame Gebirgsbildung kennenzulernen.

In einer steil herab ziehenden engen Schlucht klomm er rasch aufwärts. Einige unten beschäftigte Leute riefen ihm etwas nach, das er nicht verstand, es schien ihm eine Warnung zu sein, nicht mit so großer Geschwindigkeit aufwärts zu springen; aber diese Martier konnten ja nicht wissen, daß er auf Erden gewohnt war, ein dreimal so großes Gewicht auf noch ganz andere Höhen zu schleppen. Die Wände der Schlucht verdeckten ihm zwar die Aussicht nach der Seite und, da die Schlucht nicht gerade verlief, auch nach oben und unten, aber sie schützten ihn dafür vor den Strahlen der Sonne. Und er sah bald, daß er ohnedies nicht weit gekommen wäre. Denn wo die Sonne das Gestein traf, glühte es so, daß man es mit der bloßen Hand kaum berühren konnte. Im Schatten aber war die Luft kühl.

Etwa dreiviertel Stunden mochte er so gestiegen sein, als die Wände der Schlucht sich verflachten; er näherte sich dem Rand des Plateaus. Mitunter war es ihm, als höre er in der Ferne ein Geräusch wie Donner, er schob es auf Sprengungen in den Bergwerken. Jetzt hörte der Schatten auf. Zwischen Felstrümmern mußte er sich emporarbeiten. Der Schweiß rann ihm von der Stirn, er empfand heftigen Durst, und noch immer wollte sich die ebene Hochfläche nicht zeigen. Da endlich erkannte er einen Gegenstand, der wohl nur das Dach eines Gebäudes sein konnte. Er eilte darauf zu, und plötzlich blickte er auf eine weite Ebene, nur hier und da von einzelnen Felsriegeln unterbrochen. Eben wollte er, aus den Felstrümmern des Absturzes heraussteigend, den Rand des Plateaus betreten, als er sich durch einen Draht von weißer Farbe gehemmt sah, der an diesem Rand sich hinzog. Er achtete nicht darauf, sondern überstieg ihn. Die Sonne, gegen die kein Schirm ihn schützte, brannte so furchtbar, daß er jeden Augenblick umzusinken fürchtete und nur daran dachte, ein schattenspendendes Dach zu gewinnen. Er sah jetzt das Haus dicht vor sich, und einige eilende Sprünge brachten ihn in den Schatten eines Pfeilers.

Nachdem er sich hier einen Augenblick erholt, blickte er sich erstaunt um. Wenn das ein Haus war, so war es ein sehr seltsames. Wie eine Brücke ruhte es schwebend auf zwei schmalen Pfeilern. Es hatte die Gestalt eines Bootes, auf das man ein zweites mit dem Kiel nach oben gesetzt hatte. Dazwischen war ein etwa meterhoher Zwischenraum, nach welchem eine Leiter hinaufführte. Saltner überlegte.

»Das Ding sieht beinahe aus«, sagte er bei sich, »wie das Luftschiff am Nordpol, das ich freilich nur sehr von weitem gesehen habe. Ob das hier vielleicht so eine Art Trockenplatz für frischen Anstrich ist? Ich möchte mir das Ding einmal von innen betrachten.«

Da er ringsum niemand bemerkte und ihm der schmale Schatten des Pfeilers keinerlei Bequemlichkeit bot, beschloß er die Leiter hinaufzusteigen und sich in dem seltsamen Bau umzusehen. Er fand jetzt, daß das, was er für einen leeren Zwischenraum gehalten hatte, von einer durchsichtigen Substanz verschlossen sei, die jedoch eine Öffnung am Ende der Leiter freiließ. Er stieg hinein. Niemand befand sich hier. In der Mitte war ein freier Raum mit Sitzen und Hängematten. Ringsum, unten, oben und besonders an den Enden des länglichen Baus, waren Verschläge mit unbekannten Apparaten. Drähte liefen von dort nach unten und durch die Pfeiler jedenfalls nach dem Erdboden, wo sie unterirdisch weitergeleitet werden mochten. Saltner hütete sich wohlweislich, irgend etwas zu berühren. Es wurde ihm einigermaßen unheimlich. Aber er fühlte sich so matt, daß er jedenfalls erst frische Kräfte sammeln mußte, ehe er den Rückweg antreten konnte. Vorsichtig zog er an einer der Hängematten, und da sich nichts in dem Raum rührte, legte er sich hinein.

»Ich bin doch neugierig, was das für eine Medizin sein wird«, dachte er. »Jetzt nur nicht die Zeit verschlafen, bloß einen Augenblick ruhen.« Aber erschöpft schloß er die Augen.

38 - GEFÄHRLICHER RUHEPLATZ

Eine Viertelstunde mochte er so im Halbschlummer gelegen haben, als ein gewaltiger Krach ihn emporschrecken ließ. Der ganze Bau war in eine zitternde Bewegung geraten. Eilends sprang Saltner empor und schaute sich um. Auf dem Felsboden, vielleicht hundert Meter hinter ihm nach dem Rand des Plateaus zu, lag eine gewaltige Staubwolke. Jetzt krachte es auf der anderen Seite. Eine neue Wolke von Trümmern und Staub erhob sich vom Boden.

»Da hat eine Granate eingeschlagen!« sagte sich Saltner. Im Moment war ihm die Situation klar. Die Schießversuche der Martier auf der Wüste Gol! Er hatte gehört, daß die Martier, ihren Erfahrungen und den von Ell mitgebrachten Büchern folgend, Geschütze konstruiert hatten, die, in ihren Wirkungen wenigstens, den auf der Erde üblichen glichen. Nun schossen sie mit menschlicher Artillerie nach ihren eigenen Luftschiffen. Er saß also gerade in dem Ziel selbst drin! Die erste Granate war zu weit gegangen, die zweite zu nahe, die dritte würde sicherlich treffen. Und jetzt sofort mußte der Schuß erfolgen! Da hatte er sich ja einen recht geeigneten Ort zur Ruhe ausgesucht! Ob noch Zeit war, hinauszuspringen? Instinktiv wollte er es tun, aber er faßte sich. Draußen war es offenbar noch gefährlicher – die Martier erwarteten ja wohl, daß das Ziel Widerstand leiste. Freilich, diese dünnen Wände! Jetzt sah er, wo das Geschütz stand. Es blitzte auf. Er empfahl seine Seele Gott und richtete seinen Blick standhaft gegen die Schußrichtung. Er hörte das Heransausen des Geschosses. Und wie ein Wunder schien es ihm, was er sah. Etwa zehn Meter vor seinem Standpunkt, in gleicher Höhe wie das Schiff, in welchem er sich befand, wurde die Granate sichtbar, weil sie plötzlich langsam heranschwebte. Noch auf fünf, auf vier Meter näherte sie sich – Saltners Züge verzerrten sich krampfhaft, aber er konnte den Blick von dem Verderben drohenden Geschoß nicht abwenden. Jetzt stand es still, ohne zu explodieren – und vor seinen Augen verschwand die stählerne Spitze, der Bleimantel, die Sprengladung löste sich unschädlich auf und der Rest des Geschosses, zu einer mürben Masse zersetzt, senkte sich langsam, wie ein Häufchen Asche, zu Boden.

Saltner glaubte zu träumen. Aber schon vernahm er das Heransausen einer zweiten Granate. Dasselbe Schauspiel – nahe vor der Spitze des Schiffes, gegen welche sie gerichtet war, verzehrte sie sich in der freien Luft. Und so ein drittes und viertes Mal.

Für seine Person fühlte er sich jetzt im Augenblick sicher. Aber wie gebrochen sank er auf eine Bank. Mit tiefem Schmerz gedachte er der Menschheit, deren gewaltigste Kampfmittel vor der Macht dieser Nume wirkungslos in nichts zerflossen. Er hatte wohl gesehen, daß diese letzte Probe mit einem jener Riesengeschosse angestellt worden war, denen die stärkste Panzerplatte nicht standhält. Aber auch dieses war in der freien Luft vor seinen Augen verschwunden. Es mußte sich in der Entfernung von drei bis vier Meter vor dem Schiff eine unsichtbare Macht befinden, die jede Bewegung und jeden Stoff vernichtete.

Ein eigentümliches Zittern hatte während der ganzen Beschießung in dem Schiff geherrscht, und es schien ihm, als wenn auch die Sonnenstrahlung rings um das Schiff matter wäre. Das hörte nun auf. Bald sah er, wie sich über die Ebene eine Art von gedecktem Wagen heranbewegte. Ohne Zweifel wollten die Schützen die Wirkung ihrer Versuche in Augenschein nehmen.

Hier entdeckt zu werden, war Saltner im höchsten Grade bedenklich. Er war sicher, daß man ihn als Spion behandeln und nicht glimpflich mit ihm verfahren würde. Ehe er seine Unschuld dartun konnte, hätte er mindestens viel Zeit verloren. Auf jeden Fall wäre seine Absicht vereitelt worden, heute noch La seine Briefe zu überreichen. Und doch war ihm jetzt mehr als je daran gelegen, seinen Landsleuten mitzuteilen, daß ein kriegerischer Widerstand gegen die Martier aussichtslos sei. Wenn er entfloh? Aber den Rand der Schlucht konnte er nicht mehr erreichen, ohne gesehen zu werden. Und auf der flachen Ebene war kein Versteck. Doch vielleicht im Schiff selbst? Es war wenigstens das einzige, was er versuchen konnte. Es gab da verschiedene Seitenräume – freilich, man würde sie wohl bei der Untersuchung betreten. Sein Blick fiel auf den Fußboden. Hier war eine Falltür. Zum Glück kannte er jetzt den üblichen Mechanismus des Verschlusses. Er kroch in den unteren Raum, der offenbar zur Aufbewahrung von Vorräten diente. Jetzt war er leer bis auf einige Haufen eines heuähnlichen Stoffes, den Saltner nicht kannte. Aber er hatte keine Wahl, er kroch in eine Ecke und versteckte sich. Wenn man das Heu, oder was es war, nicht durchwühlte, konnte man ihn nicht finden.

Inzwischen war der Wagen angelangt, und die Martier stiegen aus. Es waren nur vier Männer und eine Frau. Sie betrachteten zufrieden die Aschenrestchen der Geschosse, stiegen in das Schiff und überzeugten sich, daß es vollkommen unversehrt war. Keines der feinen Instrumente hatte einen Schaden erlitten. Saltner hörte, wie sie das Schiff wieder verließen. Schon glaubte er sich gerettet. Er lauschte aufmerksam, konnte aber nur hören, daß eine Unterhaltung geführt und Anweisungen erteilt wurden, ohne daß er die Worte zu verstehen vermochte. Dann vernahm er deutlich, wie der Wagen sich wieder entfernte.

Er verließ sein Versteck. Alles war still. Vorsichtig öffnete er die Falltür: das Schiff war leer. Er näherte sich der Aussichtsöffnung und spähte nach dem sich entfernenden Wagen. Jetzt konnte er versuchen, den Rand des Plateaus zu gewinnen. Er wandte sich um und schritt nach dem Ausgang zu. In diesem Augenblick erschien in demselben eine weibliche Gestalt. Saltner prallte zurück, dann stürzte er wieder vorwärts – diese einzelne Martierin konnte ihn nicht aufhalten. Er wollte an ihr vorüber, die, ebenfalls erschrocken, zur Seite trat. Schon stand er an der Öffnung, da hörte er seinen Namen.

»Sal, Sal! Was haben Sie hier zu tun?«

Er drehte sich um und erkannte Se. Sie faßte seine Hände und zog ihn zurück.

»Oh«, sagte sie, »mein lieber Freund, warum müssen wir uns hier treffen? Das durften Sie nicht sehen! Wie konnten Sie sich hierherwagen?«

»Ich bin unschuldig, teure Se, glauben Sie mir, ich bin durch Zufall hierhergeraten.«

»Wie sind Sie über den weißen Draht gekommen? Wissen Sie denn nicht, was das bedeutet?«

»Ich bin einfach darübergestiegen –«

»Und haben die Gesetze verletzt und sich der höchsten Lebensgefahr ausgesetzt.«

»Ich bedaure meine Unwissenheit. Und ich hoffe, ich darf Sie bald in sicherer Lage wieder sprechen. Jetzt verzeihen Sie wohl, wenn ich mich so schnell wie möglich davonmache.«

»Das geht ja nicht, Sal, das darf ich nicht zugeben – so sehr ich es Ihnen wünschte. Aber ich bin hier nicht privatim, ich habe das Nihilitdepot zu verwalten, ich darf Sie nicht freilassen, das hängt nicht mehr von mir ab.«

»Aber von mir! Leben Sie wohl, auf Wiedersehen!« Er schwang sich auf die Leiter.

»Um Gottes willen, Sal!« rief Se. »Keinen Schritt von hier, es ist Ihr Verderben! Ich muß Sie festhalten!«

»Wie wollen Sie das?« rief er lachend.

»Ich drehe diesen Zeiger, und der Nihilitpanzer bildet sich um das Schiff. Es ist ein Spannungszustand des Äthers, der momentan jede Kraft vernichtet, jedes Geschehen aufhebt. Alles, was in seinen Bereich gerät, verzehrt sich, jede Energie wird ihm entzogen, es schwindet in nichts. Da, sehen Sie!«

Das eigentümliche Zittern und die Trübung des Lichtes begann wieder. Se ergriff einen Hammer, der im Schiff lag, und schleuderte ihn durch die Öffnung hinaus. In etwa drei Meter Entfernung verschwand er spurlos.

»Sie können nicht fort«, sagte sie. »Kommen Sie herein.«

Saltner setzte sich. Beide sahen sich traurig an. Er ergriff Ses Hände. »Wenn ich Sie bitte«, sagte er. »Bei unserer Freundschaft! Ich muß jetzt fort! Hören Sie mich!«

Er erzählte, was ihn herbeigeführt, daß er La sprechen müsse, was er von ihr wünsche. Las Briefe nach der Erde würden nicht kontrolliert, sie konnte die seinigen an Grunthe adressieren – –

Se schüttelte traurig den Kopf.

»Das kann La nicht tun, das wird sie nie tun, sie darf es ebensowenig wie Ell. Bitten Sie sie nicht erst – Saltner, sie will nicht darum gebeten sein.«

»Wie kann sie wissen?«

»Haben Sie das nicht herausgehört aus dem, was sie Ihnen sagte? Wenn nun Ell mit ihr gesprochen hätte, ehe sie in Ihre Wohnung ging, wenn er Ihre Absicht ihr mitgeteilt hätte – während Sie von Ell nach Hause fuhren, war Zeit genug dazu. Und etwas Derartiges hat sie sicher seit Tagen erwartet, das war doch leicht zu ahnen. Warum ist sie fortgezogen, und warum sollen Sie nicht nach Sei kommen? Weil La den Konflikt voraussah. Sie war in Widerspruch mit sich selbst. Sie wollte die Bitte vermeiden, die sie Ihnen abschlagen mußte. Und vielleicht – doch ich habe kein Recht, in Las Gefühle zu dringen.«

Saltner klammerte sich an Ells Namen. Er also war ihm zuvorgekommen! Und es erschien ihm, als gelte es nur Ells Einfluß zu besiegen.

»Ich muß zu ihr!« rief er verzweifelt. »Se, ich beschwöre Sie, lassen Sie mich frei!«

»Ich darf ja nicht. Und Sie werden es mir noch danken, Saltner. La liebt Sie, vielleicht mehr, als Sie ahnen, sie wird es nicht ertragen, daß Sie in Trauer, in Zorn, in Verbitterung von ihr gehen, weil sie Ihrem Wunsch nicht folgen kann. Wenn Sie an der Ausführung Ihres Willens verhindert werden, so zürnen Sie lieber mir!«

»Und wenn ich Sie bäte, Se, die Briefe zu befördern, würden Sie es mir auch abschlagen?«

»Ich müßte es.«

Sie war aufgestanden und blickte auf die Ebene hinaus. Dann wandte sie sich zurück und trat dicht an ihn heran, mit ihren großen Augen ihn zärtlich anblickend.

»Mein lieber Freund, seien Sie vernünftig. Der Wagen mit meinen Begleitern kommt zurück. Ich war hiergeblieben, um den Nihilitapparat neu zu laden, und jene hatten nur frischen Vorrat zu holen. Ihre Unwissenheit wird Sie entschuldigen. Man wird Sie höchstens nach Kla zurückschicken. Aber ich darf nicht eigenmächtig handeln. Zürnen Sie mir nicht!«

Saltner sah, daß der Wagen in der Ferne auftauchte. Fünf Minuten mußten sein Schicksal entscheiden. Einen Moment zögerte er unter Ses mächtigem Einfluß. Aber er raffte sich zusammen; sein Entschluß war gefaßt.

»Ich zürne Ihnen nicht, geliebte Se«, sagte er. »Nur mögen Sie mir nicht zürnen, aber ich kann nicht anders. Leben Sie wohl!«

Er umschlang sie fest mit seinem linken Arm, indem er mit der rechten Hand den Zeiger des Nihilitapparates zurückdrehte. In ihrer Überraschung und dem Bestreben, sich ihm zu entwinden, hatte Se dies gar nicht bemerkt. Er drückte einen flüchtigen Kuß auf ihre Stirn und schwang sich mit einem Satz aus der Öffnung. Da wußte sie, was geschehen war. Im Augenblick, als Saltner den Boden erreichte, berührte Ses Hand wieder den Zeiger. Drückte sie ihn herum, so verzehrte das Nihilit den Freund. Und wenn sie es nicht tat, so hatte sie einen Verräter entfliehen lassen.

Sie preßte die Hände an ihre Stirn – nur einen Augenblick – dann schaute sie auf.

In weiten Sätzen entfernte sich Saltner und verschwand hinter den Felstrümmern am Abhang der Wüste. – Wie er den Berg hinabgelangte, er wußte es kaum. Am meisten fürchtete er, am Ausgang der Schlucht von den dort beschäftigten Martiern angehalten zu werden. Er umging ihn durch eine halsbrecherische Kletterei. Völlig erschöpft gelangte er in die Restauration neben dem Bahnhof. Hier in dem kühlen, separaten Speisezimmer, das er sich anweisen ließ, fand er Zeit, sich zu erholen.

Wenn ihn Se verraten hatte, so war freilich seine Flucht nutzlos. Man würde ihn in Sei, oder wohin er auch sonst sich wandte, erreichen. Aber er vertraute darauf, daß Se nicht sprechen würde. Niemand sonst hatte ihn oben gesehen. So benutzte er den zu Tal gehenden Wagen nach Sei und fand nach einigem Umherirren die von La angegebene Platznummer. Eben entfernten sich die Monteure, welche das neu eingetroffene Haus an die verschiedenen im Boden liegenden Leitungen angeschlossen hatten.

Es war die Zeit, um welche La mit ihm sprechen wollte, als Saltner in ihr Zimmer trat.

»Da bin ich selbst!« rief er. »Ich mußte dich wiedersehen!«

La stand wortlos. Dann atmete sie tief auf, preßte die Hände zusammen und sagte leise:

»O mein Freund, warum hast du mir dies getan?«

»Warum nicht? Ich sehnte mich nach dir, La, und ich bedarf deiner Hilfe.«

»Meiner Hilfe?« sagte sie warm. Sie hoffte einen Augenblick, es könne sich um etwas anderes handeln, als was sie fürchtete.

»Wenn es mir möglich ist, wie gern bin ich dir zu Diensten.« Sie zog ihn neben sich auf einen Sessel. Er hielt ihre Hand fest.

»Ich habe eine große Bitte, für Frau Torm und für mich.«

La wich zurück. »Sprich sie nicht aus! Ich bitte dich, sprich sie nicht aus, damit dich meine Weigerung nicht kränkt. ...«

»Du weißt –?«

»Ich weiß, um was es sich handelt.«

»Von Ell!«

»Durch ihn. Sieh, das ist unmöglich! So wenig du damals am Nordpol der Erde zögertest, die Pflicht für dein Vaterland zu erfüllen, so wenig kann ich jetzt um deinetwillen das Gesetz durchbrechen. Das Gesetz verbietet den Menschen, unkontrollierte Botschaft nach der Erde zu senden. Hätte ich die freie Überzeugung, daß es ungerecht und töricht sei, so dürfte ich mein Gewissen fragen, ob ich es übertreten will. Es wäre ein Konflikt, aber ich könnte ihn auf mich nehmen. Doch ich kann mich davon nicht überzeugen. Was ihr auch berichtet, es kann nur Verwirrung anstiften, und Ismas private Wünsche können nicht in Frage kommen.«

Saltner hatte ihre Gründe kaum gehört. Er blickte finster vor sich hin.

»Durch Ell!« sagte er dann bitter. »Natürlich, wann spräche er nicht mit dir, wann träfe ich ihn nicht bei dir, wann hörtest du nicht auf ihn mehr als auf mich?«

La seufzte. »Ich wußte es ja, daß es so kommen würde. Oh, hättest du auf meinen Rat gehört und wärest nicht hergereist.«

»Ich werde dich nicht stören; sobald Ell kommt, gehe ich.«

»Warum? Er wird wohl kommen. Aber warum entrüstest du dich? Hast du je bemerkt, daß ich dich weniger liebe?«

»Aber du liebst ihn?«

La sah ihn mit flammenden Augen an.

»Wie darfst du fragen«, sagte sie stolz, »was kaum das eigene Ich sich fragt?«

Aber ihr Ausdruck wurde plötzlich unendlich traurig und zärtlich. Sie faßte seine Hände und neigte sich zu ihm.

»Aber wie kann ich dir zürnen?« sagte sie. »Mich nur müßte ich schelten. Doch habe ich dir nicht gesagt: Vergiß nicht, daß ich eine Nume bin? Ach, ich vergaß wohl, daß du ein Mensch bist, und du weißt nicht mehr, was ich dir sagte: Liebe darf niemals unfrei machen! Und du willst mich unfrei machen? Willst dem Gefühl gebieten? Ist ein Nume so klein und einfach, daß ein einzelner seinen Kreis erfüllen könnte? Ist nicht jedes Individuum nur ein kleiner Ausschnitt, nur eine Seite von dem, was das Wesen des Mannes, das Wesen der Frau ist? Wer kann sagen, ich repräsentiere alles, was du lieben kannst?«

»Das also war es! Was vermag ich dagegen? Daß du eine Nume bist, wußte ich, und ich wußte, daß du mir nicht angehören könntest fürs Leben. Aber so dachte ich mir deine Liebe nicht. O La, ich weiß nicht, wie ich ohne dich leben werde, aber deine Liebe teilen – mit jenem –, das vermag ich nicht. Ich bin ein Mensch, und wenn du ihn liebst, so muß ich scheiden.«

Saltner saß stumm. Er konnte sich nicht aufraffen zu gehen, es war ihm, als müßte La ihn noch halten, er hoffte auf ein Wort von ihr. Auch sie schwieg, sie atmete lebhaft, mit einem Entschluß kämpfend. Dann sagte sie zögernd:

»Das glaube nicht, Sal, daß Ell dabei im Spiel ist, wenn ich dir deine Bitte wegen der Briefe abschlage. Daß er mich benachrichtigte, war nur zu unserm Besten, wenn du mir gefolgt hättest. Ich wollte einer Auseinandersetzung ausweichen, weil ich wußte, daß sie dich kränken müßte, daß du mich mißverstehen und an meiner Liebe zweifeln würdest – nach Menschenart – und weil – weil ich selbst nicht wußte, wie ich dies ertragen könnte. Ja, Sal, um meinetwillen wollt' ich dich nicht sehen –«

Saltner kniete zu ihren Füßen und schlang die Arme um sie.

»O La!« rief er, »so habe ich noch die Hoffnung, daß du mich erhörst, daß du meine Bitte erfüllst?«

»Du weißt nicht, was du verlangst, weißt nicht, welch namenlose Qual diese Stunde mir bereitet. Du verlangst mehr als mein Leben, du verlangst meine Freiheit, meine Numenheit. – Wenn ich dir nachgebe, wenn ich diesem Rausch der Gegenwart unterliege – o mein Freund –, dann bin ich keine Nume mehr, dann bin ich ein Mensch! Aus dem reinen Spiel des Gefühls verfalle ich in den Zwang der Leidenschaft, die Freiheit verlöre ich und müßte niedersteigen mit dir zur Erde. Und kann deine Liebe das wollen?«

Saltner barg sein Haupt zwischen den Händen, seine Brust hob sich krampfhaft.

»Verzeihe mir, La, verzeihe mir«, kam es endlich von seinen Lippen.

La nahm seinen Kopf zwischen ihre Hände und blickte ihn an, ihre Augen strahlten in einem verklärten Glanze.

»Du sollst es wissen, mein Freund«, sagte sie langsam, »ich liebe Ell nicht, ich liebe nur dich.«

»La!« hauchte er selig.

Tränen traten in ihre Augen, und mit gebrochener Stimme sagte sie: »Und dies ist das Schicksal, das uns trennt.«

Er sah sie sprachlos an.

»Ich bin eine Nume, und weil ich ihn nicht liebe, weil ich fühle, daß ich ihn nicht lieben kann, darum müssen wir scheiden. – Darum müssen wir scheiden«, wiederholte sie leise, »denn in dieser Liebe zu dir verlöre ich meine Freiheit. Was ich heute sprach, darfst du nie wieder hören. Steh auf, mein Freund, steh auf und glaube mir!«

Saltner wußte nicht, wie ihm geschah. Er stand vor ihr, er begriff sie nicht und wußte doch, daß es nicht anders sein konnte.

»Ob wir uns wiedersehen, weiß ich nicht. Jetzt nicht, jetzt lange nicht.« – Sie schluchzte auf und schlang die Arme um seinen Hals. Lange standen sie so.

»Noch diesen einen Kuß! Leb wohl, leb wohl!«

La riß sich von ihm los.

»Leb wohl«, sagte er wie geistesabwesend. Dann schloß sich die Tür hinter ihm. Mechanisch suchte er seinen Hut und schritt aus dem Haus.

39 - DIE MARTIER SIND AUF DER ERDE!

Auf der Erde hatte die Nachricht von der Besetzung des Nordpols durch die Martier und der Existenz eines Luftschiffes, mit welchem sie siebenhundert Kilometer in der Stunde in der Erdatmosphäre zurückzulegen vermochten, ein Aufsehen erregt wie kaum ein anderes Ereignis je zuvor. Der Bericht Grunthes und die von ihm vorgelegten Beweise ließen keinen Zweifel zu, überdies war das Luftschiff in Italien, der Schweiz, Frankreich und England gesehen worden, ja, die Ankunft Grunthes und das Verschwinden Ells und Frau Torms waren auf keine andere Weise zu erklären. Die Schriften Ells, welche jetzt herauskamen, gaben eine hinreichende Auskunft über die Möglichkeit technischer Leistungen, wie sie von den Martiern vollzogen wurden.

Als daher Kapitän Keswick, sobald er mit der ›Prevention‹ die erste Telegraphenstation berührte, seinen Bericht an die englische Regierung abgab und Torm nach Friedau telegraphierte, daß er glücklich gerettet sei, erregten diese Nachrichten schon nicht mehr die Verwunderung, die man auf der ›Prevention‹ erwartet hatte. Wohl aber wurde in England die anfänglich für die Martier vorhandene Begeisterung stark abgekühlt und machte einer in der Presse sich äußernden, etwas bramarbasierenden Entrüstung Platz, daß man diesen Herrn vom Mars doch etwas mehr Respekt vor der britischen Flagge beibringen müsse. Indessen fehlte es nicht an Stimmen, die zur äußersten Vorsicht rieten und die Gefahren ausmalten, welche den Nationen des Erdballs von einer außerirdischen Macht drohten, der so ungewöhnliche und unbegreifliche Mittel zur Durchsetzung ihres Willens zu Gebote ständen wie den Martiern.

Diese Sorge, die Bedrohung durch eine unbestimmte Gefahr, beherrschte das Verhalten der Regierungen aller zivilisierter Staaten. Man wußte weder, was man zu erwarten habe, noch wie man einem etwaigen weiteren Vorgehen der Martier begegnen solle. Ein äußerst lebhafter Depeschenwechsel fand statt, man erwog den Plan, einen allgemeinen Staatenkongreß zu berufen, und konnte sich vorläufig nur noch nicht über das vorzulegende Programm und den Ort des Zusammentritts einigen. Während man sich auf der einen Seite einer gewissen Solidarität der politischen Interessen aller Staaten gegenüber den Martiern bewußt war, zeigten sich doch auf der andern Seite sehr verschiedene Auffassungen über den zu erwartenden kulturellen Einfluß der Martier. Die Presse aller Nationen beschäftigte sich aufs eifrigste mit der Mars-Frage, und eine unübersehbare Menge von Meinungen und abenteuerlichen Hypothesen erfüllte die Blätter und erhitzte die Gemüter.

Die Quelle aller dieser Erwägungen war das Buch von Ell über die Einrichtungen der Martier und die Erklärungen, welche Grunthe aus seinen Erfahrungen am Nordpol dazu geben konnte. Ein Verständnis derselben, wenigstens im größeren Publikum, war jedoch nicht zu erreichen. Der Sprung von der technischen und sozialen Kultur der Menschen zu der Entwicklung, welche diese bei den Martiern erreicht hatte, war zu groß, als daß man sich in letztere hätte finden können. Gerade die ersten Mahnungen

Grunthes, man möge sich unter keinen Umständen in einen Konflikt mit den Martiern einlassen, weil ihre Macht alle menschlichen Begriffe überstiege, fanden am wenigsten Gehör; dazu waren sie schon viel zu wissenschaftlich in der Form.

Man stellte sich wohl vor, daß sich die Martier durch wunderbare Erfindungen eine ungeheure Macht über die Natur angeeignet hätten, aber man hatte keinerlei Verständnis dafür, wie ihre ethische und soziale Kultur sie den Gebrauch dieser Macht benutzen, mäßigen und einschränken ließ. Vor allem blieb das eigentliche Wesen ihrer staatlichen Ordnung trotz der Erläuterungen in Ells Buch ein Rätsel. Die individuelle Freiheit war so überwiegend, die Entscheidung des einzelnen in allen Lebensfragen so ausschlaggebend und so wenig von staatlichen Gesetzen überwacht, daß vielfach die Ansicht ausgesprochen wurde, das Gemeinschaftsleben der Martier sei durchaus anarchistisch. In der Tat, die Form des Staates war auf dem Mars an kein anderes Gesetz gebunden als an den Willen der Staatsbürger, und so gut ein jeder seine Staatsangehörigkeit wechseln konnte, so konnte auch die Majorität, ohne in den Verdacht der Staatsumwälzung oder der Staatsfeindschaft zu kommen, von monarchischen zu republikanischen Formen und umgekehrt übergehen. Keine Partei nahm das Recht in Anspruch, die alleinige Vertreterin des Gemeinschaftswohls zu sein, sondern in der gegenseitigen, aber nur auf sittlichen Mitteln beruhenden Messung der Kräfte sah man die dauernde Form des staatlichen Lebens. Es gab keinen regierenden Stand, so wenig es einen allein wirtschaftlich oder allein bildend tätigen Stand gab. Vielmehr war zwischen diesen Berufsformen ein stetiger Übergang, so daß ein jeder, ganz nach seinen Fähigkeiten und Kräften, diejenige Betätigungsform erreichen konnte, wozu er am besten tauglich war. Dies war freilich nur möglich infolge des hohen ethischen und wissenschaftlichen Standpunktes der Gesamtbevölkerung, wonach die Bildungsmittel jedem zugänglich waren, aber von jedem nur nach seiner Begabung in Anspruch genommen wurden. Natürlich bedeutete das nicht die Herrschaft des Dilettantismus, sondern jede Tätigkeit setzte berufsmäßige Schulung voraus, der Eintritt in höhere politische Stellen vor allem eine tiefe philosophische Bildung. Aber der Fähige konnte sie erwerben. Und dies beruhte wieder darauf, daß die Beherrschung der Natur durch Erkenntnis die unmittelbare Quelle des Reichtums in der Sonnenstrahlung erschlossen hatte.

Andere wieder behaupteten, die Staatsform der Martier sei durchaus kommunistisch. Auch hierfür schien manches zu sprechen. Denn wenn auch, was Ell nicht genügend hervorgehoben hatte, die Verwaltung der großen Betriebe der Strahlungssammlung, des Verkehrs und so weiter tatsächlich in der Hand von Privatgesellschaften lag, so war doch das Anlagekapital Staatseigentum. Es existierte auch eine staatliche Konzentration der wirtschaftlichen Tätigkeit, obwohl diese der Arbeit des einzelnen völlig freie Hand ließ und keineswegs die Güterproduktion durch Vorschriften regelte. Aber die Zentralregierung, deren Mitglieder auf eine zwanzigjährige Amtsdauer erwählt wurden, setzte unter Einwilligung des Parlaments einen ›Strahlungsetat‹ fest, das heißt, es war dadurch für ein Jahr im voraus bestimmt, welches Maximum von Energie der Sonne entnommen, also auch welches Maximum mechanischer Arbeit auf dem Planeten geleistet werden konnte. Sie setzte auch ein bestimmtes Kapital fest, das jeder als ein zinsloses Darlehen in Anspruch nehmen konnte, falls seine eignen Arbeitsmittel durch ungünstige Verhältnisse in Verlust geraten waren. Im übrigen aber war ein jeder auf seinen eigenen Fleiß angewiesen.

Auf dem Kulturstandpunkt der Menschheit erschienen die Einrichtungen des Mars als Utopien, und mit Recht; denn sie setzten eben Staatsbürger voraus, die in einer hunderttausendjährigen Entwicklung sich sittlich geschult hatten und theoretisch an der rechten Stelle alle die Mittel gleichzeitig zu benutzen wußten, deren Gebrauch im Lauf der sozialen Lebensformen nach irgendeiner Seite erprobt worden war. Ein Teil der Regierungen der Erdstaaten befürchtete nun, daß das Beispiel der Martier die Veranlassung zu übereilten Reformen, vielleicht zu gewaltsamen Umwälzungen geben würde. Die agrarische Bevölkerung geriet in Bestürzung über die drohende Konkurrenz der Lebensmittelfabrikation ohne Vermittlung der Landwirtschaft. Auf der anderen Seite begrüßten die Arbeiterschaft und alle für schnellen Kulturfortschritt enthusiasmierten Gemüter die Martier als die Erlöser aus der Not, deren Erscheinen nun bald bevorstünde. Durchweg aber war man im unklaren, was geschehen würde und was geschehen solle.

Als im Oktober die Parlamente der meisten Staaten zusammentrafen, gab es überall Interpellationen an die Regierungen über die Marsfrage. Und überall lautete die Antwort ausweichend dahin, es fänden Erwägungen statt über einen allgemeinen Staatenkongreß, worüber man indessen Näheres noch nicht mitteilen könne. Überall sprachen dann die Führer der verschiedenen Parteien die Ansichten über den Mars aus, die sie vorher in ihren Blättern hatten drucken lassen. Einige wollten die Martier enthusiastisch aufnehmen, andere sie dilatorisch behandeln, andere sie überhaupt von der Erde zurückweisen. Wie man das machen solle, wußte freilich niemand zu sagen. Der Erfolg war jedoch in allen Staaten der gleiche: neue Bewilligungen zur Vermehrung des Heeres und der Flotte.

Zum Glück für die Regierungen, die dadurch Zeit zur Beratung gewannen, hörte man nun nichts mehr von den Martiern. Das Luftschiff ließ sich nicht wieder sehen, die Martier schienen verschwunden.

Da plötzlich kam im Januar die Nachricht vom Wiedererscheinen eines Luftschiffs in Sydney. Am 2. Januar telegraphierte der Gouverneur von Neusüdwales nach London, daß in Sydney mehrere Luftschiffe eingetroffen seien, bestimmt, eine außerordentliche Gesandtschaft der Marsstaaten nach London zu bringen, falls die englische Regierung sich bereit erkläre, mit derselben wie mit der bevollmächtigten Gesandtschaft einer anerkannten Großmacht zu unterhandeln. Die Martier hatten sofort in Sydney einen berühmten Rechtsanwalt als Agenten engagiert, der die Verhandlungen mit den Behörden führte. Daß sie vom Mars mehr als 2.000 Kilogramm Gold in Barren mitgebracht und bei der Bank of New South Wales deponiert hatten, war eine so vorzügliche Empfehlung, daß ganz Neusüdwales für sie eingenommen war.

Die diplomatischen Verhandlungen waren inzwischen nicht weitergekommen. Auf Englands erneute Anregung einigte man sich jetzt endlich dahin, daß man die Marsstaaten als politische Macht anerkennen wolle, wenn sie gewisse Garantien gäben, daß sie sich dem auf der Erde geltenden Völkerrecht unterwärfen. Daraufhin beantwortete die englische Regierung die Depesche der Marsstaaten im Prinzip bejahend, knüpfte aber verschiedene Bedingungen an die Bewilligung weiterer diplomatischer Verhandlungen. Sie verlangte von den Martiern außer der Anerkennung der völkerrechtlichen Gewohnheiten der zivilisierten Erdstaaten, daß genau festgesetzt werde, worüber mit der Gesandtschaft verhandelt werden solle, und daß kein anderer Punkt zur Verhandlung käme, nachdem man die Martier in London zugelassen habe. Ihrerseits versprach natürlich die Regierung der Gesandtschaft den völkerrechtlichen Schutz auf der Erde.

Der Bevollmächtigte der Marsstaaten, Kal, ging hierauf ohne weiteres ein und stellte folgende Forderungen zur Verhandlung in einer Depesche vom 22. Januar:

1) Formelle Entschuldigung der englischen Regierung wegen des Angriffs, den die Mannschaft des Kanonenboots auf die beiden Martier und der Kapitän auf das Luftschiff unternommen hatten.

2) Bestrafung des Kapitäns Keswick und des Leutnants Prim.

3) Entschädigung für die beiden Martier von je hunderttausend Pfund.

4) Anerkennung der Hoheitsrechte der Marsstaaten auf die Polargebiete der Erde jenseits des 87. Grades nördlicher und südlicher Breite.

5) Anerkennung der Gleichberechtigung der Martier mit allen andern Nationen in bezug auf Niederlassung, Verkehr, Handel und Erwerb.

Gleichzeitig depeschierte Kal an die Regierungen aller größeren Staaten den Wunsch der Marsstaaten, über die beiden letzten Punkte in Verhandlung zu treten.

Die Antworten ließen auf sich warten. Die Regierungen der Erde verhandelten zunächst untereinander, da sie in ihren vorangegangenen Verabredungen übereingekommen waren, gemeinsam vorzugehen, falls die Martier mit allgemeinen Fragen des internationalen Verkehrs an sie herantreten sollten. Die Vereinigten Staaten, Frankreich, Italien und Japan traten dafür ein, den Martiern entgegenzukommen, Deutschland, Österreich- Ungarn und andere zögerten noch, Rußland verhielt sich ablehnend. Die englische Regierung war zuerst geneigt, Verhandlungen einzuleiten. Aber sobald die Forderungen der Martier in der Bevölkerung bekannt geworden waren, erhob sich ein allgemeiner Entrüstungssturm. Das Nationalgefühl forderte ungestüm die Ablehnung des Ansinnens der Martier, das britische Selbstbewußtsein lasse nicht zu, daß man mit einem Haufen Abenteurer in Verhandlungen über Entschuldigungen und Entschädigungen trete. Es kam zu einer bewegten Parlamentssitzung, in welcher das friedlich gestimmte Ministerium gestürzt wurde. Ein Toryministerium, zu entschiedenem Vorgehen geneigt, trat an die Stelle und erklärte sofort, daß es jede weitere Unterhandlung mit den Marsstaaten zurückweise. Die ablehnende Note, welche nach Sydney zur Mitteilung an den Gesandten der Marsstaaten geschickt wurde, war in sehr kühlem und herablassendem Ton gehalten.

Die übrigen Staaten hatten jetzt, nachdem England eigenmächtig vorgegangen war, keine Veranlassung, sich gegenseitig zu binden, und erklärten nunmehr sämtlich im Prinzip sich zu Unterhandlungen bereit, indem sie sich jedoch völlige Freiheit ihrer weiteren Entschließungen vorbehielten.

Sobald die Martier in Sydney aus den Zeitungen, die sie aufs sorgfältigste verfolgten, entnommen hatten, daß sie in England vermutlich auf kein

Entgegenkommen rechnen durften, sandte Kal nach dem Mars die Lichtdepesche, derzufolge die verabredeten Verstärkungen abzusenden seien. Ein Luftschiff vermittelte täglich den Verkehr zwischen Sydney und dem Südpol, von dessen Außenstation die Lichtdepeschen abgingen. Aber auch schon vorher hatte sich eine ansehnliche Macht am Südpol angesammelt. Es waren drei neue Raumschiffe angelangt, nachdem die früheren, um ihnen Platz zu machen, zurückgegangen waren, und hatten neue Luftschiffe und Mannschaften gelandet. Gegenwärtig befanden sich bereits vierundzwanzig Luftschiffe am Südpol, sämtlich mit Nihilitpanzern, Repulsitgeschützen und Telelyten ausgerüstet, eine furchtbare Macht, deren militärischen Oberbefehl ein energischer Martier aus dem Norden namens Dolf führte. Es ließ sich berechnen, daß binnen vier Wochen die Streitmacht der Martier auf 48 Fahrzeuge angewachsen sein würde. Mit dem letzten der Raumschiffe, dessen Ankunft im März zu erwarten war, wollte Ill selbst eintreffen, um die Leitung der Erdangelegenheiten zu übernehmen. Inzwischen hatte man Kal eine Anzahl anderer bedeutender Männer zur Seite gestellt, die als Gesandte an die Regierungen der Großmächte gehen sollten.

Als die Note der großbritannischen Regierung Kal übermittelt war, telegraphierte sie dieser sofort nach dem Mars. Die Antwort traf noch denselben Tag ein. Sie besagte nur, daß Kal genau nach den Instruktionen verfahren solle, welche für den Fall einer ablehnenden Haltung Englands festgesetzt seien. Am 15. März sei das Hauptquartier nach dem Nordpol zu verlegen, woselbst im Laufe des März nach und nach noch vierundzwanzig Raumschiffe mit durchschnittlich je sechs Luftschiffen eintreffen würden. Damit würde die Macht der Martier auf der Erde auf 144 große und eine Anzahl kleinerer Luftschiffe mit 3.456 Mann gebracht sein, eine Flotte, die den Martiern genügend schien, den Kampf im Notfall mit der gesamten Erde aufzunehmen.

Die Note der englischen Regierung war vom 18. Februar datiert. Am zwanzigsten erfolgte die Antwort Kals. Sie besagte, daß die Regierung der Marsstaaten hiermit an die großbritannische Regierung das Ultimatum richte, bis zum 1. März sämtliche gestellte Forderungen zuzugestehen, widrigenfalls sich die Marsstaaten als im Kriegszustand mit England betrachten würden. Diese Erklärung wurde gleichzeitig allen andern Regierungen mitgeteilt.

Am 23. Februar drängte sich in Berlin auf der Wilhelmstraße, Unter den Linden und vor dem königlichen Schloß eine ungeheure Menschenmenge. Es hatte sich das Gerücht verbreitet, eine Gesandtschaft der Martier sei eingetroffen, sie befinde sich im Palais des Reichskanzlers und werde vom Kaiser empfangen werden. Die Schaulust der Menge sollte jedoch nicht befriedigt werden, dagegen wurde der gesamten Bevölkerung eine andere Überraschung zuteil durch eine Nachricht, welche der Reichsanzeiger in einer Extraausgabe brachte. Es wurde darin mitgeteilt, daß sich allerdings in der Nacht eine Gesandtschaft der Martier in Berlin befunden, die Stadt aber bereits am Morgen verlassen habe. Die Beziehungen zur Regierung der Marsstaaten seien äußerst freundliche, und man hoffe, daß auch ein Einvernehmen mit England hergestellt werden würde. Bald darauf teilte der Telegraph aus allen Hauptstädten ähn liche Nachrichten mit.

In aller Stille nämlich hatten die Martier mit den Mächten einzeln verhandelt, und in der Nacht vom 22. zum 23. Februar waren gleichzeitig in Washington, Paris, Berlin, Wien, Rom und Petersburg Gesandtschaften der Martier heimlich eingetroffen, um durch mündlichen Verkehr mit den leitenden Staatsmännern die Lage zur Klärung zu bringen. In Berlin hatte ein Luftschiff mehrere Stunden im Garten des Reichskanzlerpalais gelegen, und der martische Gesandte hatte sich mit dem Reichskanzler besprochen. Aber weder aus Deutschland noch aus irgendeinem andern Staat konnte man erfahren, was der Gegenstand und das Resultat dieser Unterredungen gewesen sei. Man vermutete, daß es sich um Erklärungen der Martier über ihre Absichten und um die Vermittlung der Mächte zwischen den Marsstaaten und Großbritannien handle. Man bezweifelte nicht, daß die Martier friedliche Versicherungen gemacht hätten, aber man setzte kein Vertrauen darauf, daß die Vermittlungsvorschläge der Mächte bei England günstige Aufnahme finden würden.

Sie waren wohl auch hauptsächlich in der Absicht zugesagt, die Geschäftswelt einigermaßen zu beruhigen; denn auf die erste Nachricht vom Ultimatum der Martier hatten die Börsen aller Länder mit einem gewaltigen Sturz aller englischen Werte geantwortet, und die dadurch eingerissene Panik dauerte fort. Die Nachrichten aus England aber wurden nicht günstiger. Die Stimmung war kriegerisch. Nur wenige Blätter wagten einem Nachgeben gegen die Martier das Wort zu reden, und sie wurden tumultuarisch überschrien. Krieg gegen den Mars war die Losung geworden. Krampfhaft rüstete man in Heer und Flotte, obwohl man nicht wußte, in welcher Form man einen Angriff zu gewärtigen habe. Fieberhafte Tätigkeit herrschte in den Arsenalen und Werkstätten, wo man hauptsächlich damit beschäftigt war, die Konstruktion der Geschütze so umzuändern, daß sie eine größere Elevation gestatteten. Denn man erwartete, den Kampf mit einem Gegner führen zu müssen, der sich in der Luft befand. Man tröstete sich mit der Sicherheit, daß die Martier jedenfalls nicht imstande seien, außerhalb ihrer Luftschiffe irgend etwas auszurichten, weil ihre Körper unter dem Einfluß der Erdschwere zu Kraftleistungen, ja zur einfachen Bewegung untauglich seien. Man hoffte daher, wenn man sich nur die Luftschiffe vom Halse halten konnte, nichts Ernstliches zu befürchten zu haben und den auf der Erde fremden Gegner bald zu ermüden.

40 - ISMAS LEIDEN

Inzwischen war man auf dem Mars recht ungeduldig. Nachdem die Abreise des ersten Raumschiffs sich bereits verzögert hatte, vergingen weitere fünfundzwanzig Tage, bis die erste kurze Lichtdepesche die glückliche Ankunft desselben auf der Außenstation am Südpol der Erde meldete. Dann dauerte es wieder einige Tage, bis man erfuhr, daß die übrigen Raumschiffe ebenfalls angelangt und die Luftschiffe in Betrieb gesetzt seien. Die Verzögerung der Antwort seitens der britischen Regierung wirkte verstimmend. Man war daher angenehm überrascht, als man vernahm, daß die Regierung zu einem tatkräftigen Vorgehen entschlossen war, und als das Ultimatum an England bekannt wurde, wurden dem Zentralrat und insbesondere Ill lebhafte Ovationen dargebracht. Die nach der Erde mit Verstärkung abgehenden Schiffe wurden mit begeisterten Abschiedshuldigungen gefeiert. Man bedauerte nur, daß die Nachrichten von der Erde so kurz und spärlich waren, weil man auf den schwierigen Verkehr durch Lichtdepeschen angewiesen war.

Mit Spannung sah man der Rückkehr des ersten Raumschiffes entgegen, welches ausführlichere Nachrichten bringen mußte. Aber da die Planeten jetzt von Tag zu Tag sich weiter voneinander entfernten, dauerte die Überfahrt länger. Jetzt war seine Ankunft indessen jeden Tag zu erhoffen. Ill wollte nur dieses Ereignis abwarten, um sich selbst nach der Erde zu begeben.

Niemand aber ersehnte die Ankunft des Schiffes ungeduldiger als Isma. Sollte es ihr doch Nachrichten von der Erde bringen. Sie wußte zwar, daß sie mit diesem Schiff noch keinen Brief von ihrem Mann erhalten konnte, denn es hatte die Erde verlassen, ehe eine Antwort auf ihr Schreiben in Sydney eintreffen konnte. Aber sie hoffte auf Zeitungen, die ja über die Rückkehr Torms Auskunft geben mußten.

Isma lebte einsam und traurig in Ills Haus, und alle Bemühungen der guten Frau Ma, sie zu erheitern, waren vergeblich. Ell begleitete Ill auf seinen häufigen Reisen nach dem Südpol und der Schiffsbaustätte. Bei Isma ließ er sich nicht mehr sehen, und heimlich bereute sie ihre leidenschaftliche Trennung von dem alten Freund. La war in der Ferne. Zu andern Martiern vermochte sie in kein vertrauteres Verhältnis zu kommen. Ihr einziger näherer Umgang war Saltner, der seinen Sprachunterricht in Kla wieder aufgenommen hatte. Aber auch er war nicht mehr der übermütige, lustige Mann wie früher, und Isma bemerkte wohl, daß ihn noch eine andere Sorge drückte als das Heimweh und der Kummer um das Schicksal der Menschen. Und doch war es schon schwer genug, hier in der Verbannung zu leben, während das Vaterland in drohendster Gefahr schwebte.

Und endlich, heute war die Depesche gekommen, daß das Raumschiff in der Nacht gelandet sei. Kaum vermochte Isma ihre Aufregung zu beherrschen. Doch die Aufgaben des Tages mußten erledigt werden, sie zwang sich zur Ruhe, obwohl sie bei jedem Geräusch hoffte, man bringe die ersehnten Nachrichten.

Die französische Konversationsstunde war beendet. Isma schloß die Klappe des Fernsprechers und setzte sich an ihren Schreibtisch. Er war ein Geschenk Ells, der ihn nach dem Muster ihres Schreibtisches in Friedau aus der Erinnerung so gut wie möglich hatte herstellen lassen, weil er wußte, daß Isma die Schreibmaschine und die Möbel der Martier nicht sehr liebte. Sie zog wieder ihr Tagebuch hervor. Die Zeitrechnung machte ihr Schwierigkeiten, denn der Marstag war um 37 Minuten länger als der Erdentag, da sie aber stets einen Marstag gleich einem Erdentag in ihrem Buch gerechnet hatte, so mußte sie alle neununddreißig Tage einen Erdentag überspringen, um nicht gegen den Kalender der Erde zu weit zurückzubleiben. Das war nun jetzt zum viertenmal der Fall – so lange weilte sie auf dem Mars! Sie fand, daß heute auf der Erde der 27. Februar sei, ein Sonntag! Und der Geburtstag ihres Mannes! Wie glücklich hatte sie diesen Tag sonst verlebt, und mit welchen Hoffnungen im vorigen Jahr! Und wo mochte Hugo jetzt weilen? Der Trost, den seine Rettung ihr gewährte, hatte nur auf kurze Zeit angehalten. Die Unmöglichkeit, sich mit ihm so zu verständigen, wie es ihr Herz verlangte, erhöhte nur ihre Sehnsucht und ihre Sorge. Was hatte er von ihr gehört, in welchem Licht mußte sie ihm erscheinen, wie würde er ihre Handlungsweise beurteilen? Konnte er ihr Glauben schenken? Wie enttäuscht und einsam mußte er sich fühlen wenn er das Haus leer fand, wo er sein Glück wiederzufinden hoffte!

Das Herabfallen der Fernsprechklappe schreckte sie aus ihren Gedanken.

»Liebe Isma, sind Sie da? Ja? Ich bringe Ihnen etwas!« Es war die Stimme von Frau Ma. Im Augenblick war Isma aufgesprungen. Schon erschien Ma an der Tür.

»Da, Frauchen«, rief sie, »da haben Sie die ganze Post für Sie. Ein großes Paket, nicht wahr? Ill hat alle deutschen Zeitungen aufkaufen lassen, die in Sydney zu haben waren. Und nun ängstigen Sie sich nicht, es wird alles gut werden. Ich will Sie jetzt nicht stören.« Sie küßte Isma auf die Stirn und ging.

Das Paket, von einem leichten Korbgeflecht umhüllt, lag auf dem Tisch. Ismas Hände zitterten, als sie den Verschluß auseinanderbog. Ein Haufen Zeitungen lag vor ihr. Sie setzte sich und zwang sich zur Ruhe. Systematisch nahm sie ein Blatt nach dem andern zur Hand, sah nach dem Datum und entfaltete es. Die Blätter waren offenbar schon von einer kundigen Hand geordnet. Das erste war vom 24. September vorigen Jahres. Gleich nach dem Leitartikel enthielt es in fettem Druck die Nachricht, daß das englische Kanonenboot ›Prevention‹ auf der Rückkehr begriffen sei. Es habe in der Nähe von Grinnell- Land einen siegreichen Kampf mit einem Luftschiff, angeblich den Bewohnern des Planeten Mars gehörig, bestanden. An Bord befinde sich der Leiter der deutschen Nordpolexpedition, Torm, der von wandernden Eskimos dahin gebracht sei – – –

Isma las nicht weiter. Sie ergriff ein neues Blatt. »Torm in London.« Sie überflog nur die Zeilen. »Tiefergreifend wirkten auf den kühnen Forscher die Nachrichten über das Schicksal der übrigen Expeditionsmitglieder, insbesondere die glückliche Heimkehr Grunthes und die Rettung der wissenschaftlichen Resultate. Aber alles tritt im Augenblick in den Hintergrund gegenüber der Tatsache, daß die Martier –« – Weiter – »Der Festabend der geographischen Gesellschaft litt unter der getrübten Stimmung des Gefeierten, den traurige Familiennachrichten niederdrückten –«

Isma seufzte tief. Sie vermochte kaum zu lesen. Jeden Augenblick fürchtete sie auf ihren Namen zu stoßen und die Verleumdung öffentlich ausgesprochen zu sehen. Aber es war nichts weiter gesagt. Ein anderes Blatt! »Torm in Hamburg. Begeisterter Empfang.« – Weiter! »Torm in Berlin. – Rührendes Wiedersehen von Torm und Grunthe. – Allgemein bedauerte man die Abwesenheit Friedrich Ells, des geistigen und pekuniären Vaters der Expedition, der sich bekanntlich nach dem Mars begeben hat. – Wie wir hören, beabsichtigt Torm, seinen Wohnsitz vorläufig in Berlin zu nehmen –«

Isma atmete auf. Diese Zeitung wenigstens schien diskret zu sein – man wollte offenbar den verdienten Forscher schonen.

Und sie, sie sollte schuld sein, daß man ihn schonen mußte? Was mochten andere von ihr sagen? Und warum sagte man nicht offen, weshalb sie fortgegangen war – Grunthe wußte es doch, er konnte sie rechtfertigen.

»Es glaubt ihm niemand!« Wie ein Schrei entrang es sich Isma. Mechanisch blätterte sie weiter. Da haftete ihr Auge auf einer Stelle.

»Infolge der gehässigen Angriffe, die von gewissen Blättern gegen den Martier-Sohn Friedrich Ell gerichtet werden und die sich bemühen, die Gattin unseres großen Landsmanns Torm zu verleumden, sehen wir uns gezwungen, von unserm Grundsatz abzugehen, wonach wir um persönlichen Klatsch uns nicht kümmern. Wir sind jedoch in der Lage, aus bester Quelle jene schamlosen Hetzereien zurückzuweisen, die, soviel wir wissen, ihren Ursprung aus einem Artikel des Friedauer Intelligenzblattes genommen haben. Es war dort gesagt, jedermann in Friedau wisse, daß zwischen Ell und Frau Torm intime Beziehungen seit Jahren bestanden hätten. Die Polarexpedition, so deutete man an, sei von Ell angeregt, um Torm zu entfernen. Auf die Nachricht von seiner zu erwartenden Rückkehr habe Frau Torm ihr Haus verlassen und sei aus Friedau verschwunden. Man vermute, daß sie mit ihrem Freund nach dem Mars gegangen sei, und so weiter. – Dies alles ist erbärmliche Lüge. Herr Dr. Karl Grunthe, der Begleiter Torms, an dessen Wahrhaftigkeit wohl selbst das Friedauer Intelligenzblatt nicht zu zweifeln wagen wird, schreibt uns, daß Frau Torm in seiner Gegenwart in einer mit Ell geführten Unterredung sich entschlossen habe, das Luftschiff der Martier zu benutzen, um auf demselben Nachforschungen nach dem Verbleib ihres verschollenen Gemahls anzustellen und die Rettung desselben zu betreiben. Ohne Zweifel ist es dasselbe Luftschiff, welches in Konflikt mit dem englischen Kanonenboot ›Prevention‹ geraten ist, zu einer Zeit, als sich Torm noch bei den Eskimos befand. Nicht aufgeklärt bleibt nur, warum das Luftschiff Friedau eher als geplant, mitten in der Nacht, verlassen hat und warum es dann, entgegen der Zusage des Befehlshabers, nicht nach Friedau zurückgekehrt ist. Man kann hieraus die Befürchtung ziehen, daß ihm irgendein Unglücksfall zugestoßen ist, und dies um so mehr, als der Kapitän Keswick versichert, durch seine Beschießung das Luftschiff beschädigt zu haben. Alle andern Schlüsse aber sind als Verleumdungen zurückzuweisen. Der heldenmütige Entdecker des wahren Nordpols, den der unerklärliche Verlust seiner geliebten Gattin tief niederdrückt, verdiente wohl, daß man ihn im eigenen Vaterland nicht noch in seinem Teuersten beschimpft.«

Die Nummer der Zeitung war bereits vom November des vorigen Jahres. Die folgenden Nummern, die bis zum Anfang Januar dieses Jahres reichten, schienen nichts weiter über diese Angelegenheit zu enthalten. Wenigstens fand Isma beim eiligen Durchblättern keine dahinzielende Notiz, und sie hoffte schon, die Erklärung habe ihre Wirkung getan.

Isma saß lange unfähig ihre Gedanken zu ordnen, den Kopf in die Hände gestützt. Dann begann sie weiterzusuchen. Es folgten jetzt Exemplare anderer Zeitungen, sogar einige Witzblätter. Da sah sie mit Abscheu und Entsetzen, daß man offenbar im großen Publikum sich nicht an die gegebene Aufklärung kehrte. Wo von Ell die Rede war – und sein Buch über die Martier wurde überall erwähnt – da fand sich auch irgendeine hämische oder witzelnde Bemerkung. Was mußte Torm dabei fühlen! Isma wollte nichts mehr sehen, sie ballte die Hände zusammen. Da erblickte sie auf der halbgebrochenen Seite eines Witzblattes unverkennbar das Gesicht Torms – sie schlug das Blatt auf. Es war eine Karikatur – Torm in einem Luftballon auf dem Nordpol, über ihm ein Luftschiff der Martier, worin Ell und Isma ihm lange Nasen drehen – – Sie las nicht, was darunter stand, sie sprang auf und ergriff den Rest der noch nicht durchblätterten Papiere, um sie fortzuschleudern.

Da, was fällt da herab? Ein zusammengelegtes, geschlossenes Papier – eine telegraphische Depesche – ein Formular des Telegraphenamts in Sydney – die Adresse ist in englischer Sprache geschrieben – ›An die Gesandtschaft der Marsstaaten für Frau Torm‹.

Isma reißt das Papier auf. Der Inhalt ist deutsch, mit lateinischen Buchstaben von einer englischen Hand geschrieben. Die Buchstaben tanzen vor ihren Augen, sie kann sie kaum entziffern.

»Berlin, den 6. Januar. Herzlichen Dank für die Aufklärung durch dein langes, liebes Telegramm! Das Mißgeschick, das dich fernhält, schmerzlich betrauernd, sende ich innige Grüße in treuer Liebe und erhoffe baldiges, ungetrübtes Wiedersehen. Dein Torm!«

Das Telegramm entsank ihrer Hand, und ihre nervöse Spannung löste sich in einem schluchzenden Weinen. Eine direkte Nachricht hatte sie nicht erwartet. Sie wußte, daß die Martier am 2. Januar nach Sydney gekommen waren und das Raumschiff bereits Mitte Januar die Erde wieder verlassen hatte. In dieser Zeit konnte kein Brief nach Berlin gelangen. Dein langes, liebes Telegramm! Also man war so aufmerksam gewesen, ihren ganzen Brief an Torm zu telegraphieren. Ein leichter Schreck durchzog ihr sparsames Hausfrauenherz, wenn sie an die ungeheuren Kosten dieses Riesentelegrammes dachte. Aber es versöhnte sie einigermaßen mit der Hartnäckigkeit der Martier, nur offene Briefe zuzulassen. Sie war glücklich über das Telegramm, das kein Wort des Vorwurfs enthielt, und doch wie wenig sagte es! Aber was kann man auch in einem Telegramm sagen! Sie las die wenigen Zeilen immer wieder.

Ma trat in das Zimmer.

»Sitzen Sie nun schon zwei Stunden über den Blättern, Frauchen? Und geweint haben Sie auch? Ärgern Sie sich nur nicht. Was gibt es denn?«

Isma versuchte zu lächeln. »Hätte ich nur das Telegramm eher gefunden«, sagte sie, »so hätten mich die dummen Menschen weniger gekränkt.«

»Aber Sie haben ja den Korb auf der falschen Seite geöffnet – es hat doch wahrscheinlich obenauf gelegen. Und nun kommen Sie gleich einmal mit mir! Saltner ist da, er hat auch Nachrichten, von seiner Mutter und von Grunthe. Und Ell hat die Depesche hergeschickt, die er von Ihrem Mann bekommen hat. Es ist doch nett von Ell, daß er alle euere Briefe an ihre Adresse hat telegraphieren lassen und sofortige telegraphische Antwort bestellt hat.«

Isma erhob sich. »Ich komme sogleich«, sagte sie.

Also Ell hatte sie es zu verdanken, daß sie schon eine Antwort bekommen hatte! Während sie ihre Augen kühlte und ihr Haar ordnete, bedrückte sie der Gedanke, daß ihr Brief zwanzig Seiten, eng beschrieben – das waren gewiß an die viertausend Worte – enthalten hatte. Wenn Ell das alles telegraphieren ließ, das war ja eine Depesche für zwanzigtausend Mark! Früher hätte sie bei Ell überhaupt nicht daran gedacht, daß zwischen ihnen ein Abwägen des Gebens oder Nehmens bestehen könne, aber jetzt war es ihr peinlich, sich so verpflichtet zu fühlen.

Bei ihrem Eintritt in das Empfangszimmer hielt ihr Saltner zuerst freudestrahlend ein Telegramm entgegen, das sie gar nicht zu entziffern vermochte. Es war von seiner Mutter. Aus den abgebrochenen, nicht ganz dialektfreien Sätzen, welche die gute Frau in der Absicht, recht kurz zu sein, gebaut hatte, war durch den englischen Telegraphisten ein unmögliches Kauderwelsch geworden. Saltner aber genügte es vollständig, daraus die Freude der Mutter über sein Wohlbefinden zu ersehen, und jedes verstümmelte Wort machte er mit rührender Sorgfalt zu einem besonderen Studium.

Grunthe hatte nur kurz an Saltner telegraphiert, daß die plötzliche Abreise Ells sehr störend für die Stimmung der Bevölkerung in bezug auf die Martier sei, da er selbst die gegen Ells Schriften erhobenen Bedenken nicht genügend widerlegen könne. Die politischen Verhältnisse bezeichnete er als ziemlich trostlos; seine Ansicht, daß man alle von den Martiern gestellten Forderungen bewilligen müsse, um ihnen jede Veranlassung zu nehmen, sich in die menschlichen Angelegenheiten einzumischen, finde wenig Anhänger. Man unterschätze die Macht der Martier und baue auf ihre Unfähigkeit, sich außerhalb ihrer Schiffe auf der Erde zu bewegen, während doch rückhaltloses Vertrauen und reiner Wille die einzigen Mittel sein würden, den Einfluß der Nume zum Besten zu lenken.

Isma hatte die Zeilen nur durchflogen, um nun in Ruhe Torms langes Telegramm an Ell zu lesen. Es trug das Datum vom 8. Januar. Zunächst war es rein geschäftlich gehalten, ein Bericht des Leiters der Nordpolexpedition an deren Veranstalter. Was Isma am meisten interessierte, die persönlichen Schicksale Torms, war nur kurz geschildert. Dann aber hieß es:

»Ich bedauere tief, daß Sie den heldenmütigen, aber übereilten Entschluß meiner Frau unterstützten und Friedau unter so ungewöhnlichen Umständen verließen. Mir persönlich, wie dem allgemeinen Interesse entstehen dadurch Schwierigkeiten, die sich noch gar nicht absehen lassen. Bieten Sie allen Einfluß auf, um Ismas Rückkehr zu ermöglichen, und kommen Sie selbst, um Ihre Sache zu führen. Wirken Sie darauf hin, daß die Marsstaaten keine anderen Bestrebungen verfolgen, als ganz allmählich einige ihrer technischen Fortschritte uns zugänglich zu machen. Von jeder direkten

Einwirkung befürchte ich Unheil für die Menschen. Ich bleibe vorläufig in Berlin. Leider scheint in den maßgebenden Kreisen Entschlußlosigkeit zu herrschen. Ich bestätige dankend den Empfang der von Ihnen für die nachträglichen Kosten der Expedition angewiesenen Summe von 100.000 Mark. Torm.«

Isma ließ das Blatt sinken. Sie fühlte sich unsäglich elend. Um ihren Mann zu retten, hatte sie sich zur Reise entschlossen, und was hatte sie erreicht! Welche Qualen hatte sie ihm bereitet! Und den Freund abgezogen von seiner höchsten Pflicht, für den Frieden der Planeten zu wirken! Und sie selbst, einsam, machtlos, verbannt – –

Sie sprang auf und faßte Mas Hände.

»Lassen Sie mich fort«, rief sie leidenschaftlich. »Ich muß nach der Erde, ich muß zu meinem Mann! Ich muß Ell sprechen. Wo ist er?«

»Aber Frauchen, was ist Ihnen? Zu Ell können Sie jetzt nicht, er ist nach dem Pol gereist, um mit Ill zu konferieren. Aber beruhigen Sie sich. Die nächsten Tage werden alles entscheiden. Ich darf ihnen sagen, wir verhandeln mit den Mächten, auch mit ihrem Vaterland. Sobald der Frieden gesichert ist, sollen Sie nach Hause.«

»Ich gehe natürlich mit«, rief Saltner. »Auf Ell rechnen Sie nicht, für ihn ist es jetzt zu spät, oder noch zu zeitig. Was er versäumt hat, kann er jetzt nicht einholen. Er hätte mit dem ersten Raumschiff nach dem Südpol gehen und sich sofort nach Deutschland begeben müssen. Das wollte er nicht. Es war ein großes Unrecht.«

»Und wann«, seufzte Isma, »wann kommt endlich die Befreiung.«

Ma sprach einige tröstende Worte, als sie plötzlich abberufen wurde. Schon nach wenigen Minuten kehrte sie zurück.

»Weinen Sie nicht mehr«, sagte sie zu Isma, »ich bringe Wichtiges für sie, hoffentlich Gutes: Nachricht von Ill. Er hat telegraphiert, weil es vertraulich ist, und beim Sprechen weiß man nie, wer zuhört. Nun, ich lese ja schon, hören Sie nur: Soeben meldet Lichtdepesche, daß sämtliche Großmächte, falls England unser Ultimatum nicht annimmt, Neutralität erklärt haben. Wir verpflichten uns gegen Verkehrsfreiheit, jeder Einmischung in politische Angelegenheiten uns zu enthalten. Leider Annahme des Ultimatums durch England aussichtslos.«

Saltner sprang auf. »Das ist doch etwas! So wird der Krieg wenigstens lokalisiert, wenn man so sagen darf. England geht es freilich an den Kragen, es ist ja traurig. Aber wir haben Frieden, Gott sei Dank! Nun dürfen wir zurück, nicht wahr?«

»Ich zweifle nicht«, sagte Ma. »Gibt England nicht nach, so geht übermorgen, sobald Ihr zweiter März anfängt, Raumschiff auf Raumschiff nach dem Nordpol, und Sie dürfen sicher mitreisen. In vier bis fünf Wochen können Sie daheim sein. Aber Frauchen, was machen Sie, wie sehen Sie aus? Gleich kommen Sie mit mir, Sie müssen in Ihr irdisches Schwerekämmerchen!«

Die Aufregung, die Sorge und nun die plötzliche Aussicht auf Heimkehr hatten Ismas Widerstandskraft gelähmt. Alles Blut war aus ihrem Gesicht entwichen, mit bleichen Wangen, einer Ohnmacht nahe, lag sie auf ihrem Sessel. Ma umfaßte sie und führte sie schonend auf ihr Zimmer.

41 - DIE SCHLACHT BEI PORTSMOUTH

England hatte das Ultimatum abgelehnt. Hierauf ging an den Befehlshaber der martischen Streitkräfte auf dem Südpol der Erde die Weisung, mit Gewaltmaßregeln unnachsichtlich, doch ohne Blutvergießen vorzugehen.

Am zweiten März erfolgte die Kriegserklärung.

Eine Mitteilung an die Regierungen und eine Proklamation an alle Völker der Erde besagte, daß vom sechsten März mittags zwölf Uhr an England und Schottland von jedem Verkehr abgeschnitten sein würden. Von diesem Zeitmoment an werde die Blockade über die Küste dieser Länder effektiv sein, und zwar in der Art, daß es keinem Schiff gestattet sein solle, die Zone von fünf bis zu zehn Kilometer Abstand von der Küste weder landwärts noch seewärts zu überschreiten. Alle fremden Schiffe müßten bis dahin die englischen Häfen verlassen haben.

Man lachte in England darüber als über eine Aufschneiderei der Martier. Doch als es sich in der Nacht vom zweiten zum dritten März herausstellte, daß sämtliche Kabel, welche England mit dem Kontinent und mit Irland verbanden, unterbrochen waren und die telegraphische Verbindung somit aufgehoben war, ohne daß eines der vor der Küste kreuzenden Kriegsschiffe bemerkt hatte, wie die hierzu erforderlichen Arbeiten ausgeführt worden seien, beeilten sich die in den Häfen befindlichen fremden Schiffe, sich zu entfernen. Die in England weilenden Ausländer ergriffen scharenweise die Flucht.

Am Morgen des sechsten März hatten alle fremden Schiffe, die es irgend ermöglichen konnten, England verlassen. Auch die Postdampfer legten nicht mehr in den englischen Häfen an. Die Flotte war, soweit sie nicht in den Kolonien gebraucht wurde, vor Portsmouth versammelt. Von allen Schiffen, von allen Befestigungen am Land, von den Anhöhen und den Landhäusern auf Wight spähte man nach dem Gegner aus, der sich anheischig gemacht hatte, ein Land von 230.000 Quadratkilometern Fläche mit einer Bevölkerung von 35 Millionen, geschützt von der stärksten Flotte der Erde, vom Weltverkehr abzusperren. Nichts war zu sehen. Die zwölfte Stunde rückte heran. Einige Schiffe, die von der Blockade noch nichts gehört hatten, passierten ungehindert die zu sperrende Zone. Besonders lebhaft war der Verkehr nach der Insel Wight. Zahlreiche Personendampfer waren hier unterwegs, Boote aller Art belebten das Wasser. Noch fehlten wenige Minuten zu zwölf Uhr. Die Kriegsflotte im Hafen ging unter Dampf. Majestätisch verließ, allen voran, das neue Riesenpanzerschiff ›Viktor‹ von 15.000 Tonnen mit seinen 30.000 indizierten Pferdekräften die Hafeneinfahrt. Die Kanonen donnerten ihren Salut.

Nichts Verdächtiges zeigte sich nach der Seeseite zu. Aber eine Minute vor zwölf Uhr erschienen plötzlich über dem Land sechs dunkle Punkte, die sich schnell vergrößerten. Im Fernrohr erkannte man sie als Luftboote. In eine Reihe aufgelöst hatten sie im Augenblick alle Schiffe überholt und senkten sich dem Wasser zu. Es schlug zwölf Uhr. In demselben Augenblicke wurde die bis dahin ruhige See lebhaft bewegt. Am östlichen Ausgang der Spithead-Bucht, dort wo der Abstand zwischen Wight und der englischen Küste die Breite von zehn Kilometern erreicht, erschien eine gewaltige Brandung, wie durch ein Seebeben aufgewühlt. Die Schiffe, welche sich in der Nähe befanden, beeilten sich, den Wogen zu entgehen, indem sie nach dem Land zurückkehrten.

Nahe über der Oberfläche des Meeres schwebend, markierte ein Luftschiff der Martier den Punkt, bis zu welchem der Absperrungsgürtel sich in die Bucht von Spithead hinein zog. Die übrigen verteilten sich in der Nähe auf der Südseite von Wight und östlich von Portsmouth. Die Martier hatten, indem sie das Wasser durch eine Reihe von Repulsitschüssen aufregten, nur die weiter als fünf Kilometer von der Küste befindlichen Schiffe vertreiben wollen. Weiter durfte sich von jetzt ab kein Schiff vom Land entfernen und keines näher als zehn Kilometer sich der Küste nähern. Indessen blieb der Verkehr westlich von dem markierten Punkt zwischen Wight und der Küste ungehindert, die Insel gehörte mit in den blockierten Bezirk.

Ein großer englischer Dampfer, von Le Havre nach Southampton zurückkehrend, wurde sichtbar. Schneller als ein Pfeil durch die Luft schießend, erreichte ihn eines der Marsschiffe und rief ihm, dicht an Bord hinschwebend, den Befehl zu, umzukehren. Wohl wußte der englische Kapitän, daß er sein Schiff aufs Spiel setze, wenn er dem Gebot nicht folge. Aber von dem Ausguck haltenden Matrosen war ihm bereits gemeldet, daß die Kriegsflotte in der Bucht unter Dampf sei und auf ihn zuhalte. Schon näherte sich der ›Viktor‹ dem Luftschiff, welches die Sperrgrenze markierte; eine Granate sauste unter dem schnell aufsteigenden Luftschiff fort. Unter diesen Umständen glaubte der Kapitän, dem Befehl des Marsschiffes Trotz bieten zu können, und setzte seinen Kurs fort. Aber sofort richtete ein Schlag, der das Schiff an seinem Vorderteil traf, eine starke Verwüstung auf dem Deck an, und von dem Marsschiff wurde ihm zugerufen, daß, wenn er nicht sofort wende, sein Schiff auf der Stelle in Grund gebohrt werden würde. Nun zögerte der Kapitän nicht länger und entfernte sich wieder vom Land, in der Hoffnung, die Flotte werde den Weg bald freimachen.

Inzwischen begann sich die Kriegsflotte in einer Stärke von gegen dreihundert Schiffen, darunter zwanzig Panzerschiffe erster Klasse, in der Bucht von Spithead zu entwickeln und schickte sich an, die blockierte Linie zu forcieren, auf der man nichts bemerkte als drei langsam hin- und hergleitende Luftschiffe der Martier. Auf diese konzentrierte sich jetzt das Feuer von vielleicht fünfzig Geschützen stärksten Kalibers. Geschoß auf Geschoß flog gegen die in mäßiger Höhe schwebenden Ziele. Aber seltsam! Nicht ein einziges Geschoß schien zu treffen. Völlig ruhig, als existierte für sie der Angriff gar nicht, ließen die Martier die Flotte herankommen. Allen voran dampfte die Riesenmasse des ›Viktor‹. Sein gepanzertes Verdeck war, in Rücksicht auf die Erfahrungen der ›Prevention‹ mit dem martischen Luftschiff, mit einer besonderen Konstruktion von Schießscharten versehen, um einen in der Höhe befindlichen Gegner mit Gewehrkugeln begrüßen zu können. Aber das Marsschiff, gegen welches sich jetzt die Handfeuerwaffen richteten, schien gegen dieselben gefeit zu sein. Unheimlich erschien diese Ruhe des Feindes, den man bald direkt über sich erblicken mußte.

Jetzt konnte man an einem der aus dem Hafen dampfenden Schiffe die Admiralsflagge unterscheiden. Sofort hißte auch eines der Marsschiffe, um sich den Engländern, dem menschlichen Gebrauch folgend, kenntlich zu machen, die Flagge, welche die Anwesenheit des obersten Befehlshabers an Bord bezeichnete. Es war dasselbe Schiff, das den von Le Havre kommenden Dampfer eben zurückgewiesen hatte. In noch nicht einer Minute hatte es die zehn Kilometer zurückgelegt, die es vom englischen Admiralsschiff trennten, und hier legte es sich direkt zur Seite des Kommandoturmes, in welchem sich der Admiral, ein königlicher Prinz, neben dem Kapitän des Schiffes befand. Vergeblich richtete sich ein Hagel von Geschossen gegen das kühne Luftschiff. Es schien in einem leichten Nebel zu schwimmen, in welchem Granaten wie Langblei wirkungslos zerrannen. Und nun geschah etwas ganz Unerwartetes. Immer näher rückte das Luftschiff dem Kommandoturm, und lautlos, ein unerhörtes Wunder, lösten sich die stählernen Platten des Panzerturms auf der Seite des Luftschiffs und verdampften oder verschwanden in der Luft. Schutzlos sahen sich die Befehlshaber dem schwebenden Feind gegenüber. Aber kein Angriff auf sie erfolgte. Durch den Donner der Geschütze der in der Front befindlichen Schiffe geschwächt, aber deutlich verständlich vernahmen sie die englischen Worte: »Der Oberbefehlshaber der martischen Luftflotte, Dolf, beehrt sich an Ew. kgl. Hoheit die Bitte zu richten, sämtlichen unter Ihren Befehlen stehenden Schiffen die Weisung zu erteilen, die Flagge zu streichen und sich binnen einer Stunde in den Hafen von Portsmouth zurückzuziehen. Ich würde mich sonst gezwungen sehen, jedes Schiff, das nach zehn Minuten noch seine Flagge zeigt oder einen Schuß abgibt und das nach einer Stunde sich nicht im Hafen befindet, zu versenken, und müßte Ew. kgl. Hoheit für die entstehenden Verluste verantwortlich machen.«

Ohne eine Antwort abzuwarten, war das Luftschiff verschwunden. Aber ehe es noch in die Linie der Marsschiffe zurückgekehrt war, hatte der ›Viktor‹ den Punkt erreicht, den nach der Instruktion der Martier kein Schiff überschreiten durfte. Da ging das dort befindliche Luftschiff aus seiner Wartestellung. Es senkte sich direkt hinter dem Panzerschiff bis dicht über die Oberfläche des Wassers und drängte sich an seine Rückseite. Die Nihilithülle des Luftschiffes, die es gegen jeden Angriff schützte, zersetzte die fünfzig Zentimeter dicken Panzerplatten binnen ebensoviel Sekunden. Ein Repulsitschuß zerstörte das Steuer, ein zweiter schlug schräg von oben nach unten durch das Schiff und zerbrach eine Schraubenwelle. Das Riesenschiff war unfähig, sich zu bewegen. Jetzt erhob sich das Luftschiff wieder und schmolz das Dach des Kommandoturms ab. Mit Entsetzen sah der Kapitän das Schiff über sich schweben, während die von seiner Mannschaft auf dasselbe gerichteten Schüsse nicht die geringste Wirkung zeigten. Ratlos starrte er in die Höhe. Diese Art des Kampfes mit einem unverletzbaren Gegner mußte auch den Tapfersten entmutigen.

Aus dem Marsschiff kam eine Stimme: »Die gesamte Besatzung in die Boote. Das Schiff wird versenkt. Wir müssen ein Exempel statuieren, damit unsre Befehle künftig besser befolgt werden.«

Der Kapitän sah, daß er verloren war. Er ließ die Boote bemannen und abstoßen. Er selbst blieb im Kommandoturm, entschlossen, mit dem Schiffe, dessen Flagge im Winde flatterte, unterzugehen. Die Boote entfernten sich. Das Marsschiff drängte seinen Nihilitpanzer an die Seite des Panzerschiffes, dicht über der Wasserlinie. Die eisernen Wände öffneten sich, während sich das Marsschiff in die Luft erhob. Es wandte sich nach dem Kommandoturm, um den Kapitän an seiner Selbstaufopferung zu verhindern. Aber schon neigte sich der Koloß ›Viktor‹ zur Seite. Mit wehender Flagge sank er in die Flut, die sich weitaufbrausend über ihm und seinem Führer schloß.

Der Kommandant des Marsschiffes trieb sein Boot dicht über den schäumenden Wirbel hin, um nach dem Kapitän des ›Viktor‹ zu suchen. Die Woge brachte ihn nicht zurück. Die Augen der Martier verdüsterten sich, und finsterer Ernst lagerte über ihren Zügen. Noch einmal umkreiste das Boot langsam die Stelle.

»Wir sollen den Willen der Menschen brechen«, sagte der Anführer, den Gedanken der Seinigen Worte leihend, »aber kein Menschenleben soll mit unserem Willen zugrunde gehen. Doch der Wille dieses Tapfern war stärker als der unsere. Er konnte nicht leben, der das stärkste Schiff der Erde nicht weiter als drei Seemeilen über den Hafen hinausgebracht hatte. Gott verzeihe uns, wir wollten nicht töten.«

Ein Signal weckte die Mannschaft aus ihrer Stimmung, die mehr der eines Besiegten als eines Siegers glich. Das Luftboot des Oberbefehlshaber Dolf war zurückgekehrt. »Vorwärts!« rief er dem ersten Marsschiff zu, »drei andere Panzerschiffe durchbrechen die Linie. In den Grund mit ihnen!«

Der Offizier gehorchte schweigend. »Wir sind keine Mörder«, murmelte es in der Mannschaft. Aber das Luftboot stürzte sich auf ein zweites Panzerschiff und zerschmetterte ihm das Steuer und die Maschine. Ein Gleiches taten die übrigen Boote mit den englischen Schiffen, welche die Grenze der Blockade überschritten. Als ein steuerloses, hilfloses Wrack trieben bereits sieben Panzerschiffe erster Klasse auf den Wellen. Aber die Martier versenkten sie nicht, weil sie jeden Augenblick erwarteten, daß der englische Admiral das Signal zur Ergebung und zum Rückzug der Flotte geben würde.

Doch nichts dergleichen geschah. Die zehn Minuten waren längst abgelaufen. Die Flotte rückte weiter vor. Der Admiral konnte sich nicht entschließen, so ruhmlos die Waffen zu strecken, obwohl ihn ein Grauen vor dem unerreichbaren Gegner umfing.

Das Verderben nahm seinen Fortgang. Die Martier begnügten sich überall damit, die Maschinen und Steuervorrichtungen zu zerstören. Obwohl sie ihre sicheren Repulsitströme nur auf das Material wirken ließen, traten trotzdem hier und da Explosionen und Zerschmetterungen ein, denen auch Menschenleben zum Opfer fielen. Doch waren die Verluste der Engländer an Mannschaft gering, ihre Schiffe aber kampfunfähig. Bleiches Entsetzen bemächtigte sich allmählich der Offiziere und Matrosen, als sie sahen, daß sie dem Feind schutzlos preisgegeben waren. Ihre herrlichen Fahrzeuge waren ein Spiel der Wellen. Von den Luftschiffen der Martier, die unverletzlich blieben, verließ nur von Zeit zu Zeit eines den Kampfplatz, um von einem in großer Höhe schwebenden Munitionsschiff seinen Vorrat an Nihilit und Repulsit zu ergänzen. Eine halbe Stunde mochte dies nutzlose Ringen gedauert haben, als auch das Admiralsschiff manövrierunfähig wurde. Ein Luftschiff übersegelte seine Masten, und die Flagge verschwand. Was sich von Schiffen noch bewegen konnte, suchte in den Hafen zu fliehen. Aber dies nützte nun nichts mehr. Ein großer Teil der

Schlacht war direkt unter den Kanonen der Festungswerke geschlagen worden. Sie konnten die Vernichtungsarbeit der Martier nicht beeinträchtigen. Die Luftschiffe gingen in den Hafen und zerstörten systematisch die Bewegungsmechanismen sämtlicher Schiffe.

Nun wurde von den Engländern die Parlamentärflagge aufgezogen. Die Martier verlangten als erste Bedingung, daß die Mannschaft der kampfunfähigen Schiffe geborgen werde. Alles, was an Handelsschiffen und Booten aufzutreiben war, wurde darauf nach der Reede entsandt und brachte die Mannschaft der außer Bewegung gesetzten Schiffe ans Land.

Die Engländer hatten jetzt eingesehen, daß es ganz nutzlos sei, ihr Pulver zu verschießen. Sie konnten nur noch darauf bedacht sein, das Leben der Seeleute zu schonen und weiteren Materialschaden zu vermeiden. Als alle Menschen und die Hilfsflottille wieder im Hafen angelangt waren, legten sich zwei der Marsschiffe vor die Mündung und erklärten den Hafen für gesperrt. Die herrenlosen Schiffe trieben unter einem leichten Westwind allmählich in den Kanal hinaus und wurden nach und nach von französischen, holländischen und deutschen Dampfern geborgen, die sich in großer Anzahl in sicherer Entfernung von der Blockadelinie angesammelt hatten und Zeugen des rätselhaften Vernichtungskampfes geworden waren.

Ähnliche Vorgänge wie bei Portsmouth, nur in kleinerem Maßstab, spielten sich überall ab, wo sich Kriegsschiffe an der englischen Küste vorfanden. Die Martier hatten Punkt 12 Uhr am 6. März die gesamte Küste von England und Schottland in ihrer Ausdehnung von fast 4.800 Kilometer mit ihren Luftschiffen besetzt, deren sie vorläufig 48 zur Verfügung hatten. So kam im Durchschnitt eine Küstenlänge von 100 Kilometer auf jedes Schiff. Doch dehnte sich diese Strecke, je nach der Beschaffenheit der Küste, für manche Schiffe auf 500– 600 Kilometer aus, während sich die Marsschiffe vor den besuchten Häfen dichter gruppierten. Wo ein Schiff sich zeigte, stürzte sofort ein Luftschiff der Martier herbei und zwang es zur Umkehr oder vernichtete es im Fall des Ungehorsams auf eine solche Weise, daß sich die Mannschaft gerade noch nach der Küste retten konnte. Von außen kommende fremde Schiffe wurden einfach durch einen ins Wasser abgegebenen Repulsitschuß zurückgetrieben. Tatsächlich gelangte außer den einheimischen, kleineren Fischerbooten, die man passieren ließ, kein Schiff mehr vom 6. März an nach der englischen Küste, keines gelangte ins Ausland.

An diesem Tage ward die Macht Englands gebrochen. Die Flotte war vernichtet. Wut und Bestürzung herrschten im ganzen Land. In London war man ratlos. Niemand wußte, wie man sich gegen einen solchen Feind verhalten solle. Das Ministerium trat zurück, aber es fanden sich keine Nachfolger. Man wollte um Frieden bitten, aber die aufgeregte Volksstimme rief nach Rache. Endlich entschloß man sich, den Widerstand fortzusetzen, in der Hoffnung, daß sich Hilfe von auswärts finden werde oder daß man irgendein Mittel entdecke, die Blockade zu brechen. So vergingen Wochen, in denen man nichts hörte, als daß die Martier in diesem oder jenem Hafen noch ein armiertes Schiff entdeckt oder versenkt, daß sie hier eine Werft, dort ein Dock vernichtet hätten. Alle Versuche, den gesperrten Gürtel heimlich im Schutz der Nacht zu passieren, blieben vergeblich. Die Marsschiffe, einen Weg von hundert Kilometern in sieben bis acht Minuten durchsausend, beleuchteten mit ihren Scheinwerfern den gesperrten Streifen taghell, und ehe ein Schiff sich weit genug entfernen konnte, war es aufgefunden. Selbst der Nebel schützte nicht vor Entdeckung. Denn nach einigen Tagen hatten die Martier einen großen Teil der Küste mit einem dünnen, schwimmenden Kabel umzogen, dessen Berührung durch ein Schiff ihnen sofort die getroffene Stelle anzeigte. Und keine Nachricht von außen! Der Handel unterbrochen, alle Arbeiter, deren Beschäftigung von der Schiffahrt abhing, ohne Tätigkeit. Und schon begann die mangelnde Einfuhr der Lebensmittel in einer drückenden Erhöhung der Preise sich zu zeigen.

England war aus der Welt gestrichen. Aber die Welt ging weiter. Neue Raumschiffe kamen an mit neuen Luftbooten. Diese gingen nicht zur Verstärkung der Blockade ab, sondern sie suchten die englischen Kriegsschiffe in den Kolonien auf und bedrohten sie mit Vernichtung, soweit nicht die Befehlshaber sich in den Dienst der Kolonien stellten. Letztere sahen sich plötzlich auf sich selbst angewiesen. Indien, Kanada, die australischen Kolonien und das Kapland erklärten sich für unabhängig und setzten selbständige Regierungen ein. Dasselbe tat Irland. Die Marsstaaten erkannten sie als souveräne und neutrale Staaten an, und so gewaltig war der Eindruck, den die Vernichtung der englischen Flotte auf der ganzen Erde gemacht hatte, daß kein Staat Einspruch gegen diese Veränderungen erhob. Keine Hand rührte sich für England. Die anderen Nationen beeilten sich vielmehr, die bisherigen Handelsgebiete Großbritanniens für sich zu sichern. Von den kleineren Kolonien zog jede Macht an sich, was sie zur Abrundung oder zur besseren Verbindung ihres Besitzes für nötig hielt. Die Beute war vorläufig so reich, daß man sich an diejenigen Gebiete noch nicht machte, die zu Streit unter den Erbteilern hätten Anlaß geben können. Im stillen verhandelten die europäischen Großmächte über eine Teilung des englischen Besitzes am Mittelmeer und eine Auflösung der Türkei.

Jetzt erst ließen die Martier Zeitungen der auswärtigen Staaten nach England gelangen. Was man dort längst befürchtet hatte, war eingetroffen. Die Völker teilten sich in die englische Erbschaft, ohne sich viel darum zu bekümmern, ob der Erblasser wirklich tot sei. Das gab den Ausschlag. Die Furcht, auch das Letzte zu verlieren, bändigte den englischen Nationalstolz. Man bat um Frieden.

Alles, was die Martier verlangt hatten, wurde zugestanden, nur den Kapitän Keswick und den Leutnant Prim konnte man nicht mehr bestrafen. Sie waren bei einem Versuch, die Blockade zu brechen, mit ihrem Schiff untergegangen, von den Martiern aber gerettet worden. Sie befanden sich als Gefangene bereits am Nordpol. Aber auch den gegenwärtigen Zustand in den Kolonien und die Abmachungen der Mächte über die Türkei mußte England anerkennen. Dafür erklärten die Marsstaaten, das nun wehrlose England gegen alle etwaigen weiteren Angriffe auf seinen nunmehrigen Bestand schützen zu wollen. England hatte einen Protektor. – –

Nach einer durch ungeheuren Repulsitverbrauch beschleunigten Fahrt von nur siebzehn Tagen war Ill auf dem Nordpol der Erde eingetroffen. Am fünften April war der Präliminarfriede geschlossen und die Blockade aufgehoben worden.

Aber nicht nur das gedemütigte England beugte sich dem Sieger, der unter den Kanonen von Portsmouth dreihundert Kriegsschiffe binnen drei Stunden durch ein halbes Dutzend Luftschiffe mit nur 144 Mann Besatzung vernichtet hatte. Was die Nachrichten über die hohe Kulturaufgabe der Martier nicht vermocht hatten, das Entgegenkommen der zivilisierten Erdstaaten zu gewinnen, das brachte die Bezwingung Englands durch Nihilit und Repulsit alsbald zustande. Es begann ein förmlicher Wetteifer der Regierungen, die Gunst des martischen Machthabers zu gewinnen, der aus dem reichen englischen Besitz Länder und Meere verschenkte. Die Marsstaaten waren unter dem Namen ›Polreich der Nume‹ nicht nur als ein Faktor im Rat der Großmächte anerkannt, sie nahmen bereits tatsächlich die führende Stellung ein. Unter dem Titel eines Präsidenten des Polreichs und Residenten von England und Schottland übte Ill die Regierungsgewalt im Auftrag der Marsstaaten aus. Alles dies war geschehen, ohne daß ein Martier sein Luftschiff verlassen hatte. in dem großen, in einem Park Londons auf weiter Wiesenfläche ruhenden Luftschiff empfing Ill die Minister Englands und die Gesandten der fremden Staaten. Es erregte daher trotz allem Ungewöhnlichen, das man im letzten Jahr erlebt hatte, nicht geringe Spannung und Befriedigung, daß der Präsident des Polreichs bei den Höfen und Regierungen in Berlin, Wien, Petersburg, Rom, Paris und Washington um einen persönlichen Empfang nachsuchen ließ. Es verlautete, daß sich daran die Einsetzung ständiger Botschafter in diesen Hauptstädten und ein von den Martiern einzurichtender regelmäßiger Luftschiffverkehr mit dem Pol anschließen werde. Im stillen hoffte man, daß das geheimnisvolle Grauen, welches die Personen der Martier für die Menschen umhüllte, verschwinden werde, sobald man Gelegenheit haben würde, sie außerhalb des Schutzes ihrer Luftschiffe unter der natürlichen Schwerkraft der Erde sich beugen zu sehen.

Der einzige Mensch auf der Erde, der diese Hoffnung nicht teilte, war vielleicht Grunthe. Er war überzeugt, daß Ill diesen Schritt nicht getan hätte, wenn nicht die Martier zuvor ein Mittel entdeckt hätten, sich auch außerhalb ihrer Schiffe vom Druck ihres Körpergewichts zu befreien.

42 - DAS PROTEKTORAT ÜBER DIE ERDE

Torm bewohnte in Berlin zwei bequem eingerichtete Zimmer in einem Hotel garni der Königgrätzer Straße. Nach seiner Rückkehr war er überall der Held des Tages gewesen, den man nicht genug feiern konnte und um so mehr feierte, als Grunthe sich sehr geschickt von der Öffentlichkeit zurückzuziehen wußte. Seit der Ankunft der Martier in Australien und dem Ausbruch ihres Krieges mit England waren aber die beiden Polarforscher, deren Reise die eigentliche Veranlassung war, daß die Martier mit den Staaten der Erde in Verbindung traten, ziemlich in Vergessenheit geraten. Das öffentliche Interesse hatte sich jetzt wichtigeren Gegenständen zugewendet.

Am 20. März, dem Tag nach der Ankunft Ills am Pol, hatte Torm zwei in Calais aufgegebene Depeschen erhalten, datiert aus Kla auf dem Mars, vom 2. März. Die erste enthielt nur die Worte:»Ich komme mit dem nächsten Raumschiff. Deine Isma.«

Die zweite war von Saltner und besagte, daß Frau Torm und er selbst die Erlaubnis zur Heimreise erhalten hätten, da sie aber zum Abgang des Regierungsschiffes nicht mehr zurechtkommen könnten, erst mit dem nächsten Schiff reisen und daher vor Mitte April nicht bei ihm eintreffen würden. Auch Ell habe sich entschlossen, sie zu begleiten. Seitdem hatte Torm keine Nachricht mehr erhalten und konnte auch keine erwarten. Denn kein anderes Raumschiff als der ›Glo‹ legte, wie Grunthe erklärte, bei der jetzigen Planetenentfernung den Weg unter fünf Wochen zurück.

Heute schrieb man den 12. April. Es war ein Festtag in Berlin, das in verschwenderischem Schmuck prangte. Die Gesandtschaft des Mars sollte vom Kaiser empfangen werden. Unter Glockengeläut und Kanonendonner drängte sich eine jubelnde Menge in den Straßen. In goldigem Eigenlicht wie die Morgenröte strahlend, mit nie gesehenen Verzierungen geschmückt, bewegte sich ein glänzender Zug kleiner Luftgondeln, in Mannshöhe über dem Boden schwebend, durch die Straßen; von den Fenstern aus überschütteten die Damen den Zug, trotz der frühen Jahreszeit, mit kostbaren Blumen. Brausende Hurrarufe betäubten das empfindliche Ohr der Martier.

Torm hatte seinen Platz auf der Tribüne im Lustgarten nicht benutzt. Ihm waren diese Martier verhaßt. Hatten sie ihm doch den Haupterfolg seiner Expedition und nun auch die Freude der Heimkehr ins eigene Haus geraubt. Unruhig ging er in seinem Zimmer auf und ab. Es klopfte, und Grunthe trat ein.

»Sie sind auch nicht draußen bei den Narren, ich dachte es mir«, empfing ihn Torm.

Grunthe runzelte die Stirn und blickte finster vor sich hin.

»Es ist eine Schmach«, sagte er, »die Menge bejubelt ihre Unterdrücker. Aber das tut sie immer. Morgen wird sie ebenso in Paris, übermorgen in Rom jubeln, und noch viel ärger. Wenn man das sieht, so kann man nur sagen, diese Menschen verdienen es nicht besser, als von den Martiern vernichtet zu werden. Sie werfen sich ihnen zu Füßen, und so werden sie als Mittel ihrer Zwecke zertreten werden.«

Torm zuckte die Achseln. »Was sollen sie tun? Nihilit ist kein Spaß.«

»Und ich sage Ihnen«, entgegnete Grunthe fast heftig, »kein Martier vermag den Griff des Nihilitapparates zu drehen, keiner einem Menschen seinen Willen aufzuzwingen, wenn ihm der Mensch mit festem, sittlichem Willen gegenübertritt, mit einem Willen, in dem nichts ist als die reine Richtung auf das Gute. Aber jene Engländer – und wir sind nicht besser – hatten nur das eigene Interesse, ihren spezifisch nationalen Vorteil, nicht aber die Würde der Menschheit im Auge, und so sind sie Wachs in den Händen der Martier. Sie können mir glauben, denn ich habe jenem Ill getrotzt, vor dem jetzt Kaiser und Könige sich neigen. Ich weiß es freilich, daß wir verloren sind. Ich habe Ill gesehen, wie er mit seinen Martiern nur einige Schritte durch den Garten der Sternwarte von Friedau schlich, auf Krücken gestützt und zusammenbrechend unter der Erdschwere. Und ich habe ihn heute gesehen, durch den Garten des Kanzlerpalais schreitend, aufgerichtet wie ein Fürst, im schimmernden Panzerkleid; unter den Knien schützten ihn weit nach den Seiten ausgebogene Schäfte und über dem Haupt, auf kaum sichtbaren Stäben, von der Schulter gestützt, der glänzende diabarische Glockenschirm gegen die Schwere. So haben sie es verstanden, sich von dem Druck der Erde unabhängig zu machen. Aber dies alles würde ihnen nichts nützen, wenn wir selbst wüßten, was wir wollen.«

Auf der Treppe entstand Lärm. Man vernahm eine helle Stimme.

»Sakri, lassens mich los! Ich kenn' mich schon aus.«

»Das ist Saltner«, rief Torm. Er stürzte zur Tür. Sie flog auf.

»Da bin ich halt wieder! Grüß Gott viel tausendmal!«

Er schüttelte beiden die Hände.

»Und meine Frau?« war Torms erste Frage.

»Machens sich keine Sorge!« sagte Saltner. »Die Frau Gemahlin wird bald nachkommen, es geht ja jetzt alle paar Tage ein Schiff nach der Erde.«

»So ist sie nicht mitgekommen?« rief Torm erbleichend.

»Sie hat halt nicht gekonnt. Sie ist ein bisserl bettlägrig, aber 's hat weiter nichts auf sich, nur daß sie der Doktor nicht gerad wollt' reisen lassen.«

»So hat sie geschrieben?«

»Schreiben konnte sie nicht. Aber grüßen tut sie gewiß vielmals.«

»So haben Sie sie gar nicht gesprochen?«

»Das war mir gerad in den Tagen nicht möglich, weil sie noch zu schwach war. Aber der Doktor sagt, sie wird bald soweit sein, daß sie reisen kann. Sie brauchen sich wirklich nicht zu ängstigen.«

Torm setzte sich.

»Und Ell?« fragte er finster. »Wo ist Ell?«

»Er ist zurückgeblieben, bis die Frau Gemahlin reisen kann. Er wollte sie nicht allein lassen. Es ist vielleicht unrecht, daß ich allein gereist bin und nicht gewartet hab. Aber schauen Sie, die Sehnsucht, und dann dacht' ich, es wär doch besser, ich brächte Ihnen selbst die Auskunft, als daß wir bloß schreiben sollten.«

»Es ist recht, daß Sie kamen«, sagte Torm, sich erhebend, »verzeihen Sie, daß ich zuerst an mich dachte, ich habe Ihnen ja soviel und herzlich zu danken. Und jetzt komme ich sogleich wieder mit einer Bitte. Sie sollen mir einen Platz auf dem nächsten Raumschiff erwirken, ich will nach dem Mars!«

Saltner und Grunthe blickten ihn erstaunt an.

»Das werden Sie doch nicht tun!« rief Saltner. »Sie würden sich mit der Frau Gemahlin verfehlen.«

»Das werde ich nicht. Ill ist hier. Grunthe wird mir die Bitte nicht verweigern, er wird mit ihm sprechen, uns eine Lichtdepesche zu gewähren. Wir werden erfahren, ob Isma noch dort ist, wir werden uns verständigen. Und wenn ihre Krankheit noch anhält, so werde ich reisen. Ich werde.«

»Das Reisen läßt sich schon machen. Ich bin jetzt mit der Gesandtschaft, das heißt heute im Nachtrab, angekommen, daher weiß ich's. Von jetzt ab geht alle Wochen ein Luftschiff von hier nach dem Pol, und von dort an jedem 15. des Monats ein Raumschiff nach dem Mars, das Menschen als Passagiere mitnimmt. Man will den Planetenverkehr eröffnen. Es kostet hin inklusive Verpflegung bloß 500 Thekel – 5.000 Mark wollte ich sagen.«

Torm sah ihn verwundert an. »Bloß?« fragte er.

»Ja, wir haben Geld. Fünftausend Mark sind die Währungseinheit.«

Torm ergriff seine Hand. »Setzen Sie sich erst und erzählen Sie dann.«

Saltner nahm Platz und begann zu sprechen. Grunthe fragte mitunter dazwischen. Torm aber hörte nur halb, seine Gedanken waren auf dem Mars. Sie war krank! Und immer wieder kam ihm die Frage, wie konnte Saltner dessen sicher sein? War sie auch wirklich krank? Und wenn sie nicht krank war?

»Ich muß reisen!« rief er plötzlich.

»Nun, nun«, sagte Saltner beruhigend. »Im Moment können Sie nichts tun. Ill ist jetzt gerade im Schloß.«

Torm sank auf seinen Platz zurück.

Erneuter Kanonendonner verkündete, daß sich der Kaiser neben dem Präsidenten des Polreichs vor dem jubelnden Volk zeigte.

Grunthe stand auf und schloß das Fenster.

Isma lag bleich und angegriffen auf ihrem Sofa. Langsam genas sie von der schweren nervösen Krankheit, die sie unter dem Zusammenwirken der ungewohnten Lebensverhältnisse und der seelischen Aufregungen ergriffen hatte.

Hil trat bei ihr ein.

»Wann kann ich reisen?« war, wie immer, ihre erste Frage.

»Nun, nun«, sagte er, »sobald wir kräftig genug sind.«

»Ach, Hil, das sagen Sie nun schon seit vierzehn Tagen. Lassen Sie es mich doch versuchen!«

»Erst müssen wir einmal einen Versuch machen, wie es Ihnen bekommt, wenn Sie hier in Ihrem Zimmer anfangen, wieder ein wenig mit der Welt zu verkehren. Es wartet da schon lange einer, der Sie gern einmal sprechen und sehen möchte, aber ich habe bis jetzt nicht erlaubt –«

»Und heute darf er kommen, ja?« unterbrach ihn Isma lebhaft.

Hil lächelte. »Es ist ein gutes Zeichen, daß Sie selbst danach verlangen. Aber hübsch ruhig, Frau Isma, und höchstens ein Viertelstündchen! So will ich es ihm sagen lassen.«

Er verabschiedete sich.

Es dauerte nur wenige Minuten, bis Ell eintrat.

Eine leichte Blutwelle drängte sich in Ismas Wangen, als sie ihm langsam die schlanke Hand entgegenstreckte, die er leidenschaftlich küßte. Lange hielt er die Hand fest, bis sie sie ihm sanft entzog.

»Sie sind schon lange zurück?« sagte sie endlich verlegen.

»Auf die Nachricht, daß Sie reisen dürften, kam ich hierher. Ich hätte Sie nicht allein reisen lassen, obwohl – doch sprechen wir von Ihnen. Ich fand Sie erkrankt. Es war unmöglich, Sie wiederzusehen.«

»Und Sie sind mir nicht mehr böse?«

»Isma!«

»Ich habe es eingesehen, ich war ungerecht gegen Sie. Und ich war doch schuld, daß Sie Ihren Posten auf der Erde verließen –«

»Sie wollten das Beste. Ich aber habe eine Schuld auf mich geladen – und ich werde sie büßen müssen. Jetzt ist für mich auf der Erde nichts mehr zu tun, aber die Zeit wird wieder kommen. Dann soll es nicht an mir fehlen.«

»Und Sie wollen mich begleiten?«

»Wenn Sie reisen dürfen. Aber –«

»Was haben Sie, Ell? Seien Sie aufrichtig, ich beschwöre Sie – sagen Sie mir die Wahrheit! Sie glauben, ich werde nie wieder –«

»Um Gottes willen, Isma, wenn Sie so sprechen, darf ich nicht hierbleiben. Sie dürfen sich nicht erregen. Sicherlich ist Ihr Gesundheitszustand in kurzer Zeit so vorgeschritten, daß Sie die Reise antreten dürfen. Nein, ich dachte nur an Verzögerungen, die möglicherweise aus anderen Gründen eintreten könnten, falls sich der Antritt der Reise nicht bald ermöglichen läßt –«

»Verbergen Sie mir nichts. Man sagt mir sehr wenig von der Erde. Ich denke, Ill ist mit so großartigem Jubel in Berlin aufgenommen worden. Und mein Mann ist gesund –«

»Darüber können Sie beruhigt sein. Ich darf Ihnen noch mehr sagen, Hil hat es jetzt erlaubt. Sollten Sie aus irgendeinem Grund an der Reise verhindert sein, so werden Sie Ihren Mann doch bald wiedersehen. Er ist an der Nordpolstation und erwartet dort die Nachricht, ob Sie kommen oder ob er nach dem Mars reisen soll.«

»Nach dem Mars will er kommen! Und das wissen Sie? Und ich –?«

»Briefe können noch nicht hier sein. Es kam nur eine Lichtdepesche von Ill. Aber Hil wollte Sie mit der Nachricht nicht aufregen – nun seien Sie auch vernünftig und zeigen Sie, daß Sie die Probe bestehen und uns nicht wieder kränker werden.«

»Er will kommen! Aber wozu? Ich möchte doch lieber nach der Erde!«

»Das sollen Sie ja auch. Nur für den Fall –«

»Was für einen Fall?«

»Wenn zum Beispiel die Verhältnisse auf der Erde in der nächsten Zeit sehr unruhig werden sollten –«

»Ich denke, alles ist jetzt friedlich.«

»Die letzten Nachrichten sind weniger erfreulich.«

»Erzählen Sie, schnell! Unsre Viertelstunde ist bald um.«

»Die Mächte sind in Streit geraten. Was soll ich Sie mit den politischen Einzelheiten ermüden, die ich selbst nur mangelhaft hier kenne, weil bisher erst Lichtdepeschen hergelangt sind. Es ist der Streit um die englische Erbschaft. Frankreich und Italien, Deutschland und Frankreich, Österreich und Rußland rechten um ihre Grenzen im Kolonialbesitz in Afrika, Asien und der Türkei. Am Mittelmeer gibt es kaum einen Punkt, über den man sich einigen kann. England ist ohnmächtig, die Marsstaaten schützen es in einigen Punkten, und gerade diese möchten die andern haben. Die Staaten rüsten gegeneinander, schon sind an den Kolonialgrenzen Schüsse gefallen, man muß darauf gefaßt sein, daß ein Weltkrieg ausbricht. Dies werden die Martier auf keinen Fall zugeben, und so steht zu befürchten, daß wir zu neuen Gewaltmaßregeln gegen die Menschen, diesmal auch gegen Deutschland, getrieben werden. Deshalb wäre es gut, wenn Sie bald reisen könnten, ehe vielleicht wieder eine Sperrung eintritt. Auf jeden Fall aber würde Torm hierherkommen dürfen. Das hat Ill ihm zugesichert.«

Isma schüttelte den Kopf. »Was Sie da alles sagen, verwirrt mich, ängstigt mich –« Und nach kurzem Schweigen fuhr sie fort: »Aber ich will gesund sein! Ich will gar nicht darüber nachdenken. ich fühle, daß ich Ruhe brauche. Ich danke Ihnen herzlich, Ell, daß Sie gekommen sind. Nun weiß ich doch wieder, daß ich nicht verlassen bin.«

Sie reichte ihm die Hand.

»Leben Sie wohl, Isma. Sie können ganz ruhig sein. Sie werden bald gesund sein.«

Er sah sie an mit den alten, treuen Augen und ging. Sie lächelte müde und lehnte sich zurück. Die Lider fielen ihr zu.

»Ich will gesund sein«, dachte sie. Aber sie hörte schon nicht mehr, daß Hil bei ihr eintrat und sie teilnahmsvoll betrachtete.

Eine Woche später, es war ein herrlicher Maitag, tobte eine aufgeregte Volksmenge in den Straßen der europäischen Städte. Überall hörte man Beschimpfungen der Martier. Wo man vor vier Wochen gejubelt hatte und Hurra geschrien, ertönte jetzt: »Nieder mit dem Mars!« Die Geschäfte mit Marsartikeln, die wie Pilze in die Höhe geschossen waren, sahen sich genötigt, ihre Läden zu schließen. »Nieder mit den Glockenjungens«, hieß es in Berlin, wo man die Martier ihrer diabarischen Helme wegen mit diesem geschmackvollen Titel beehrte. Die Menge demonstrierte vor dem Gebäude, das die Marsstaaten für ihre Botschaft gemietet hatten. Auf dem flachen Dach ruhten die Luftschiffe, bereit, in der nächsten Stunde die Hauptstadt zu verlassen.

Aber nicht weniger erregt, vielmehr erfüllt von einem heiligen Zorn, war die Stimmung auf dem Mars. Die Nachricht von einem ungeheuren Blutvergießen der Menschen untereinander war angelangt. In der Türkei und in Kleinasien, wo man hauptsächlich nur aus Furcht vor England sich soweit im Zaume gehalten hatte, daß die europäischen Fremden sich sicher fühlen durften, war jetzt diese Schranke gefallen. Der mohammedanische Fanatismus flutete über. Auf einen heimlichen Wink der türkischen Regierung erhoben sich die Massen. Ein entsetzliches Gemetzel begann gegen die Christen. Die Gebäude der Botschaften wurden erstürmt, Männer, Kinder und Frauen binnen einer Nacht in gräßlicher Weise gemordet. Und furchtbar war die

Rache. So weit die Kanonen der fremden Kriegsschiffe reichten, wurden am andern Tag die blühenden Küsten, Paläste und Moscheen Konstantinopels in Trümmerhaufen verwandelt. Und nicht genug damit. Zwischen den europäischen Staaten selbst entbrannte die Eifersucht, wer die Trümmer mit seinen Truppen besetzen sollte. Der Krieg war so gut wie ausgebrochen, ehe er formell erklärt war.

Tiefe Empörung ergriff die Bevölkerung der Marsstaaten. Der Antibatismus gewann die Oberhand. Das Parlament forderte von der Regierung die sofortige Unterdrückung der Greuel und die Herstellung des Friedenszustandes auf der Erde. Am 12. Mai beschloß das Parlament unter Zustimmung des Zentralrats folgendes:

»Da die Menschen nicht fähig sind, aus eigener Macht unter sich einen friedlichen Kulturzustand zu erhalten, sieht sich die Regierung der Marsstaaten gezwungen, hiermit das Protektorat über die gesamte Erde zu erklären und jede politische Aktion der Erdstaaten untereinander, ohne vorherige Zustimmung der Marsstaaten, zu verbieten. Der Präsident des Polreichs der Nume auf der Erde wird beauftragt und bevollmächtigt, alle Maßregeln sofort anzuordnen, die er für notwendig erachtet, um dem ausgesprochenen Willen der Marsstaaten auf der Erde, und zwar zunächst in Europa, Geltung zu verschaffen.«

Es war dieser Beschluß der Marsstaaten und die von Ill hinzugefügte Erklärung, wodurch die Bevölkerung aller zivilisierten Staaten in so außerordentliche Aufregung geraten war. Die Mitteilung an die Regierungen war gleichzeitig in Form einer Bekanntmachung in den europäischen Staaten von den Martiern verbreitet worden. Man zerriß jetzt die Blätter, die sie enthielten, man entfernte die Plakate von den Häusern. Die Bekanntmachung lautete folgendermaßen:

»Indem ich den vorstehenden Beschluß der Marsstaaten zur allgemeinen Kenntnis bringe, übernehme ich mit dem heutigen Tage in ihrem Namen die Schutzherrschaft über alle Staaten der Erde und bestimme wie folgt:

Alle Regierungen und Nationen werden bis auf weiteres in ihren verfassungsmäßigen Rechten bestätigt und sind in ihren inneren Angelegenheiten frei, mit Ausnahme der unten angegebenen Bestimmung über das Heerwesen.

Alle internationalen Verträge und Kundgebungen bedürfen zu ihrer Gültigkeit der durch mich zu vollziehenden Bestätigung der Marsstaaten.

Alle Kriegsrüstungen sind verboten. Die von den europäischen Regierungen ausgegebenen Mobilisierungsbefehle sind aufzuheben. Die Friedenspräsenzstärke ihrer Heere wird auf die Hälfte der bisherigen herabgesetzt. Die Hauptwaffenplätze werden unter Oberaufsicht eines von mir zu ernennenden Beamten gestellt.

Alle Regierungen werden eingeladen, bevollmächtigte Vertreter zu der Weltfriedenskonferenz zu entsenden, die am 30. Mai unter meinem Vorsitz am Nordpol der Erde wird eröffnet werden.

Von der Bevölkerung der Erde erwarte ich, daß sie die Bemühungen der Marsstaaten, ihr die vollen Segnungen des Friedens und der Kultur zu bringen, mit allen Kräften unterstützen wird.

Gegeben am Nordpol der Erde, den 15. Mai

Ill,Präsident des Polreichs der Nume.Bevollmächtigter Protektor der Erde.«

Mit klingendem Spiel und von der Menge mit Hochrufen begrüßt rückten zwei Kompagnien der Garde vor das Gebäude der Botschaft der Marsstaaten, um dasselbe gegen etwaige Übergriffe der aufgeregten Bevölkerung zu schützen. Ein Adjutant begab sich in das Haus, um dem Botschafter zu melden, daß die Regierung Seiner Majestät dem Präsidenten des Polreichs nach dem bereits telegraphisch übermittelten Protest nichts weiter mitzuteilen habe.

Eine Viertelstunde später erhoben sich die Luftschiffe der Martier und richteten unter dem tobenden Gejohle der Menge ihren Flug nach Norden.

43 - DIE BESIEGTEN

Es war an einem regnerischen Augustabend des Jahres, das auf die tumultuarische Abreise der Gesandtschaft der Marsstaaten aus Berlin gefolgt war, als ein Mann, in einen Reisemantel gehüllt, hastig die menschenleere Straße hinaufstieg, die nach der Sternwarte in Friedau führte. Ein dichter Bart und der tief ins Gesicht gerückte Hut ließen wenig von seinen Zügen erkennen. Hin und wieder warf er aus scharfen Augen einen scheuen Blick nach der Seite, als fürchtete er, beobachtet zu werden. Aber niemand bemerkte ihn. Die Laternen waren noch nicht angezündet, und der leise niederrieselnde Regen verschluckte das letzte Licht der Dämmerung.

Je näher der Fremde dem eisernen Gittertor der Sternwarte kam, um so mehr verzögerte sich sein Schritt, als suche er einen Augenblick hinauszuschieben, den er noch eben so eilig erstrebte. Vor dem Tor stand er eine Weile still. Er spähte nach den dunkeln Fenstern des Gebäudes. Er nahm den Hut ab und trocknete die Stirn. Sein Gesicht war tief gebräunt und trug die Spuren harter Entbehrungen und schwerer Sorgen, die ihm das Haar gebleicht hatten. Mit einem plötzlichen Entschluß zog er die Klingel.

Es dauerte lange, ehe sich ein Schritt hören ließ. Ein junger Hausbursche öffnete die Tür.

»Ist der Herr Direktor zu sprechen?« fragte der Fremde mit tiefer Stimme.

»Der Herr Doktor Grunthe ist ausgegangen«, antwortete der Diener. »Aber um halb neun kommt er wieder.«

»Ist denn Herr Dr. Ell nicht mehr hier?«

»Den kenne ich nicht. Oder – Sie meinen doch nicht etwa – aber das wissen Sie ja –«

»Ich meine den Herrn Dr. Ell, der die Sternwarte gebaut hat.«

»Ja – der Herr Kultor residieren doch in Berlin –«

Der Fremde schüttelte den Kopf. »Ich werde in einer Stunde wiederkommen«, sagte er dann kurz.

Er wandte sich um und ging. Der Herr Kultor? Was sollte das heißen? Er wußte es nicht. Gleichviel, er würde ihn finden. Also Grunthe war hier. Das war ihm lieb, bei ihm konnte er Auskunft erhalten. Aber wohin inzwischen?

Einige Häuser weiter, in einem Nebengäßchen, leuchtete eine rote Laterne. Er fühlte das Bedürfnis nach Speise und Trank. Er wußte, die Laterne bezeichnete ein untergeordnetes Vorstadtlokal; von den Gästen, die dort verkehrten, kannte ihn gewiß niemand, würde ihn niemand wiedererkennen. Dorthin durfte er sich wagen.

Er trat ein und nahm in einer Ecke Platz. Das Zimmer war fast leer. Er bestellte sich etwas zu essen.

»Wünschen Sie gewachsen oder chemisch?« fragte der Wirt.

»Was ist das für ein Unterschied?«

Der Wirt sah den Fremden erstaunt an. Dieser bedauerte seine Frage, da er sah, daß er dadurch auffiel, und sagte schnell: »Geben Sie mir nur, was das Beste ist.«

»Das ist Geschmackssache«, sagte der Wirt. »Das Gewachsene ist teurer, aber wer nicht für das Neue ist, zieht es doch vor.«

»Was essen Sie denn?« fragte der Fremde.

»Immer chemisch, ich habe eine große Familie. Und – es schmeckt auch besser. Aber, wissen Sie, man will es mit keinem verderben – und das Gewachsene gilt für patriotischer. Ich habe sehr patriotische Gäste.«

»Vor allen Dingen bringen Sie mir etwas, ich habe nicht viel Zeit. Also chemisch.«

»Kohlenwurst, Retortenbraten, Mineralbutter, Kunstbrot, alles modern, aus der besten Fabrik, à la Nume.«

»Was Sie wollen, nur schnell.«

Der Wirt verschwand, und der Fremde griff eifrig nach einer Zeitung, die auf dem Nebentisch lag. Es war das ›Friedauer Intelligenzblatt‹. Mit einer plötzlichen Regung des Ekels wollte er das Blatt wieder beiseite schieben, aber er überwand sich und begann zu lesen. Zufällig haftete sein Blick auf ›Gerichtliches‹.

»Wegen mangelhaften Besuchs der Fortbildungsschule für Erwachsene wurden achtundzwanzig Personen mit Geldstrafen belegt; eine Person wurde wegen dauernder Versäumnis dem psychologischen Laboratorium auf sechs Tage überwiesen. Dem psychophysischen Laboratorium wurden auf je einen Tag überwiesen: drei Personen wegen Bettelns, eine Person wegen Tierquälerei, fünf Personen wegen Klavierspielens auf ungedämpften Instrumenten. Die Klaviere wurden eingezogen. Der ehemalige Leutnant v. Keltiz, welcher seinen Gegner im Duell verwundete, wurde zu zehnjähriger Dienstleistung in Kamerun, die beiden Kartellträger zu einjähriger Deportation nach Neu-Guinea verurteilt. Allen wurden die bürgerlichen Ehrenrechte aberkannt. Der vom Schwurgericht zum Tode verurteilte Raubmörder Schlack wurde zu zehnjähriger Zwangsarbeit in den Strahlenfeldern von Tibet begnadigt.«

Kopfschüttelnd sah der Fremde nach einer andern Stelle und las:

»Die Petition, welche mit mehreren tausend Unterschriften aus Friedau an den Verkehrsminister gerichtet war und die Bitte aussprach, unserer Stadt eine Haltestelle für das Luftschiff Nordpol-Rom zu gewähren, hat wieder keine Beachtung gefunden. Unsere Leser wissen wohl, warum unsere Stadt bei gewissen einflußreichen Numen schlecht angeschrieben steht. Wir werden uns trotzdem nicht abhalten lassen, immer wieder darauf hinzuweisen, daß das rätselhafte Verschwinden unseres großen Mitbürgers und Ehrenbürgers Torm im Mai vorigen Jahres noch immer nicht aufgeklärt worden ist, wie unangenehm die Erinnerung daran auch für manche sein mag.«

Das Blatt zitterte in der Hand des Fremden. Seine Augen überflogen noch einmal die Stelle. Da trat der Wirt mit den Speisen herein. Der Gast legte die Zeitung möglichst unbefangen beiseite.

»Der Retortenbraten ist leider ausgegangen«, sagte der Wirt. »Aber die Kohlenwurst ist zu empfehlen, von richtiger Friedauer Schweinewurst gar nicht zu unterscheiden. Bestes Mineralfett darin, nicht etwa Petroleum, die Kohle ist aus atmosphärischer Kohlensäure gezogen, der Wasserstoff aus Quellwasser, der Stickstoff ist vollständig argonfrei, die Zellbildung nach neuester martischer Methode im organischen Wachstumsapparat hergestellt mit absoluter Verdaulichkeit –«

»Es ist wirklich sehr gut«, sagte der Gast, mit großem Appetit essend. »Aber wo haben Sie denn Ihre Chemie her?«

»Ich? Was meinen Sie denn? Muß ich nicht jeden Tag zwei Stunden in der Fortbildungsschule sitzen? Denken Sie, ich gehe nur hin, um meine zwei Mark Lern-Entschädigung einzustreichen? Da war neulich einmal so ein König oder Herzog vom Mars hier durchgereist, der sich die Erde beschauen wollte, der wollte mich durchaus als chemischen Küchenchef mitnehmen, habe es aber abgeschlagen, weil es auf dem Mars keine Hühner gibt. Und ein richtiges Rührei, das ist das einzige Erdengut, wovon ich mich nicht trennen kann. Soll ich Ihnen vielleicht eins machen lassen?«

»Ich danke, geben Sie mir noch ein Glas Bier.«

»Sofort. Nicht wahr, das ist fein? Das exportieren wir sogar nach dem Mars. So was haben sie dort noch gar nicht gekannt, wie das Friedauer Batenbräu.«

»Verkehren denn auch Martier bei Ihnen?«

»Nume meinen Sie? Oh, ich könnte sie schon aufnehmen, habe ein paar Extrazimmer. Gewiß verkehren sie hier, ich meine, sie werden noch verkehren, ich werde auf dem Mars annoncieren lassen. Fritz, noch ein Bier für den Herrn! Das ist mein Oberkellner. Ist so vornehm daß er erst abends um acht Uhr antritt. Sie werden gleich sehen, wie voll mein Lokal wird, jetzt ist nämlich die Fortbildungsschule aus, dann kommen die Herren hierher.«

»Wo ist denn die Fortbildungsschule?«

»Die Kaserne ist gleich nebenan, in der nächsten Straße.«

»Das weiß ich, aber die Schule?«

Der Wirt machte wieder ein erstauntes Gesicht. »Entschuldigen Sie«, sagte er, »sind Sie denn nicht aus Europa? Dann müßten Sie doch wissen, daß die Kasernen so ziemlich alle in Schulen umgewandelt sind?«

»Ich war allerdings zwei Jahre verreist, in China und Indien –«

»Zwei Jahre! Ei, da wissen Sie wohl gar nicht –. Militär haben wir ja nicht mehr, bis auf fünf Prozent der früheren Präsenzstärke. Dafür bekommt jeder eine Mark pro Stunde, die er in der Fortbildungsschule sitzt. Ich sage Ihnen, gelehrt sind wir schon, das ist kolossal. Nächstens gebe ich ein philosophisches Buch heraus, auf das will ich Stadtrat werden, oder vielleicht Regierungsrat. Nämlich wegen der Schwerkraft. Auf dem Mars ist doch alles leichter. Nun schlage ich vor, wenn man schwer von Begriffen ist, so geht man auf den Mars, und dort – ah, guten Abend, Herr von Schnabel, guten Abend, Herr Doktor, guten Abend, Herr Direktor –, entschuldigen Sie, ich will nur die Herren bedienen –«

Der Wirt wandte sich zu den eingetretenen Gästen, die sich an ihren Stammtisch setzten.

Der Fremde hatte seine Mahlzeit beendet. Er sah nach der Uhr, es war noch zu früh, um Grunthe zu treffen. Er rückte sich tiefer in die Ecke, blickte in die Zeitung und wandte den Gästen den Rücken zu. Sie waren ihm bekannt. Seltsam, dachte er im stillen, während er, scheinbar in seine Lektüre vertieft, auf ihre Stimmen hörte, wie kommen die Leute in diese Vorstadtkneipe? Früher hatten sie ihren Stammtisch im

›Fürst Karl Sigmund‹, dieser Schnabel führte da das große Wort. Er scheint auch jetzt wieder zu schimpfen.

Die halblauten Stimmen der Stammgäste waren deutlich vernehmbar, insbesondere das hohe, quetschige Organ Schnabels.

»Haben Sie wieder den Knicks von der Warsolska gesehen«, sagte Schnabel, »wie der Kerl, der Dor, rausging? Und wie die Anton die Augen verdrehte? Und die haben am allermeisten geschimpft, als die ersten Instruktoren herkamen. Und jetzt fletschen sie vor Vergnügen die Mäuler.«

»Und bei Ihnen war's umgekehrt, lieber Schnabel«, sagte Doktor Wagner, mit einem Auge blinzelnd. »Jetzt schimpfen Sie, aber ich kenne einen, der an den ersten Instruktor Wol einen großen Rosenkorb geschickt hat mit den schönen Versen:

Sei mir gegrüßt, erhabner Nume,
Dich kränzet zu der Erde Ruhme
Ein Bat mit seiner schönsten Blume –«

»Ach, hören Sie auf«, rief Schnabel ärgerlich. »ich hatte mir die Geschichte anders gedacht. Ich bin von den Numen enttäuscht worden –«

»Und die Warsolska ist wahrscheinlich nicht enttäuscht worden.«

»Die verdammten Kerle. Aber die Anton ist doch eigentlich über die Jahre hinaus –«

»Pst! meine Herren, Vorsicht!« sagte der Fabrikbesitzer Pellinger, den der Wirt mit Herr Direktor angeredet hatte. »Das Klatschgesetz ist bereits in erster Lesung angenommen. § 1: Wer unberufenerweise das Privatleben abwesender Personen beurteilt, wird mit psychologischem Laboratorium nicht unter zwölf Tagen bestraft.« Und sein kahles Haupt über den Tisch beugend, richtete er seine schwarzen Augen auf Schnabel und fuhr fort: »Wie sagt doch der Dichter?

Denn herrlicher als Kant und Hume
Hebt uns die Weisheit hoher Nume
Empor zu freiem Menschentume.«

Darauf brach er in ein kräftiges Lachen aus.

»Seien Sie endlich still mit Ihren Versen, es ist gar nicht zum Lachen«, brummte Schnabel.

»Es sind ja auch gar nicht meine Verse.«

»Na, meine auch nicht.«

»Ei, ei«, sagte Wagner, »von wem haben Sie sie denn machen lassen?«

»Ich glaube, Sie wollen mich beleidigen!« rief Schnabel.

»§ 2 des Klatschgesetzes!« sagte Pellinger: »Der Begriff der Beleidigung ist aufgehoben. Eine Minderung der Ehre kann nur durch eigene unwürdige Handlungen, niemals durch die Handlungen anderer erfolgen.«

»Das ist die richtige dumme Martiermoral. Wie kann der Reichstag sich auf solche Gesetze einlassen? Die Demokraten haben ja freilich die Majorität. Aber die Regierung! Sie dürfte sich nicht von den Martiern einschüchtern lassen.«

»Die Regierung heißt Ell, Kultor der Numenheit für das deutsche Sprachgebiet in Europa«, sagte Wagner.

»Dieser Schuft«, rief Schnabel. »Der Kerl hat elend vor meiner Pistole gekniffen und ist auf den Mars ausgerissen. Und jetzt spielt er hier den Diktator. Ich werde den Burschen –«

»Pst, meine Herren, Vorsicht!« flüsterte Pellinger. »Schimpfen können Sie, soviel Sie wollen, Herr von Schnabel. Sehen Sie, das ist eben das Gute an der Numenherrschaft, das müßten Sie doch dankbar anerkennen, es kann Sie niemand wegen Beleidigungen verantwortlich machen. Aber um Himmels willen nicht vom Fordern reden. Seien Sie froh, wenn Ell Gründe hat, nicht auf Ihre Affäre vor zwei Jahren zurückzukommen. mit dem Laboratorium ist es dann nicht abgetan, Sie kommen nach Neu-Guinea oder auf die neuen Strahlungsfelder in der Libyschen Wüste.«

»Sie beschönigen natürlich alles, Herr Pellinger.«

»Wieso?«

»Wie war denn das, als wir neulich von Leipzig zurückkamen und gemütlich in unserm Wagenabteil schliefen. In – Dingsda – auf einmal wird die Tür aufgerissen – steht so ein Nume da in abarischen Stiefeln mit seiner Käseglocke über dem Kopf und winkt bloß mit der Hand. Im Augenblick ist alles hinaus, und der Kerl setzt sich allein in unsern schönen Wagen. Wir mußten in die vollgepfropfte dritte Klasse kriechen. Da haben Sie auch gesagt: Das ist ganz in der Ordnung, als Nume kann der Mann ein Coupé für sich allein beanspruchen.«

»Wo soll er denn sonst mit seinem Helm hin? Und wenn kein anderes frei ist? Wir sind doch einmal die Besiegten!«

»Deswegen brauchen wir nicht so feig zu sein. Aber Sie haben ja auch damals den Kerl, den Ell, verteidigt –«

»Das möchte ich wirklich wissen«, fiel Wagner ein, »ob er an dem Verschwinden von Torm unschuldig ist. Man sagt doch, Torm habe ihn gefordert und sei deshalb von den Martiern beseitigt worden.«

»Das ist nicht möglich«, rief Pellinger. »Damals existierte das Duellgesetz noch nicht.«

»Aber es war Krieg, und die Martier brauchten unsere Gesetze nicht anzuerkennen.«

»Da sehen Sie wieder einmal, wie ungerecht Sie urteilen«, sagte Pellinger. »Torm ist verschwunden, ehe Ell überhaupt auf die Erde zurückkam. Ich weiß es ganz genau. Ell ist erst nach dem Friedensschluß am 21. Juni vorigen Jahres zurückgekehrt, Torm ist aber schon beim Ausbruch des Krieges im Mai verschwunden. Die Sache muß also anders liegen. Und Grunthe ist auch der Ansicht, daß Ell unschuldig ist.«

»Ach, Grunthe!« rief Schnabel. »Das ist ein Mathematikus, der sich den Teufel um Weiberangelegenheiten kümmert. Davon versteht er nichts. Und daß die Frau hier dahintersteckt, da will ich meinen Kopf verwetten. Warum säße sie denn sonst jetzt in Berlin?«

Der Fremde hatte sich plötzlich auf seinem Stuhl bewegt, sich aber sogleich wieder hinter seine Zeitung zurückgezogen. Doch war Pellinger dadurch auf ihn aufmerksam geworden, er bedeutete Schnabel, seine Stimme zu mäßigen.

»Erhitzen Sie sich nicht«, sagte er, »die Sache geht uns eigentlich gar nichts an. Ich möchte auch nicht gern nach dem neuen Klatschgesetz ins Laboratorium wandern.«

»Sie würden sich aber ausgezeichnet zu Durchleuchtungsversuchen des Gehirns eignen«, sagte Wagner. »Das Opfer wären Sie eigentlich der Wissenschaft schuldig. Sie brauchen sich den Schädel nicht erst rasieren zu lassen.«

»Mein Gehirn ist zu normal«, antwortete Pellinger. »Aber Sie müssen ja wissen, Herr Doktor, wie's dort zugeht, Sie sind ja wohl schon einen Tag drin gewesen. Haben Sie nicht Übungen machen müssen über die Ermüdung beim Kopfrechnen? Was hatten Sie denn eigentlich verbrochen?«

»Was Sie alles wissen wollen!« sagte Wagner etwas verlegen. »Ich wollte mir die Apparate einmal ansehen. Ich sage Ihnen, da habe ich ein Instrument gesehen, mit dem kann man die Träume photographieren.«

»Ach was«, rief Schnabel, »flunkern Sie doch nicht so, ich war ja auch –«

»Ei, Sie waren auch schon einmal drin? Prosit, da gratuliere ich.«

Beide gerieten in ein Wortgefecht, während Pellinger aufmerksam den Fremden am Nebentisch beobachtete. Dieser beglich jetzt seine Rechnung mit dem Wirt, stand dann auf, setzte den Hut auf den Kopf und verließ das Zimmer, ohne sich umzublicken.

»Den Mann sollte ich kennen«, sagte Pellinger vor sich hin.

»Wie meinen Sie?«

»Oh, nichts. Es kam mir nur so vor, als wäre der Herr, der eben fortging, ein alter Bekannter. Aber ich habe mich wohl geirrt. Sie wollten ja erzählen, wie Sie sich im Laboratorium amüsiert haben. Hahaha!«

44 - TORMS FLUCHT

Der Fremde war inzwischen auf die Straße getreten, wo jetzt der Schein der spärlichen Laternen auf dem feuchten Pflaster glitzerte. Bald war er wieder vor der Sternwarte angelangt und wurde in das Haus geführt. Im Vorflur trat ihm Grunthe entgegen.

»Was wünschen Sie?« fragte dieser, den späten Gast mißtrauisch musternd.

»Ich möchte Sie in einer Privatangelegenheit sprechen«, sagte der Fremde mit einem Blick auf den Hausburschen.

Beim Klang der Stimme zuckte Grunthe zusammen.

»Bitte, treten Sie in mein Zimmer.«

Der Fremde schritt voran. Grunthe schloß die Tür. Beide blickten sich eine Weile wortlos an.

»Erkennen Sie mich wieder?« fragte der Fremde langsam.

»Torm?« rief Grunthe fragend.

»Ich bin es. Zum zweiten Male von den Toten erstanden. Ja, ich habe noch zu leben, bis –«

Er schwankte und ließ sich auf einen Stuhl nieder.

»Wo ist meine Frau?« fragte er dann.

»In Berlin.«

»Und Ell?«

»In Berlin.«

Torm erhob sich wieder. Seine Augen funkelten unheimlich.

»Und wie – wovon lebt sie dort?« sagte er stockend. »Was wissen Sie von ihr?«

»Ich – ich bitte Sie, legen Sie zunächst ab, machen Sie es sich bequem. Was ich weiß, ist nicht viel. Ihre Frau Gemahlin ist vollständig selbständig und lebt in gesicherten Verhältnissen. Sie hat alle Anerbietungen von der Familie Ills und von Ell zurückgewiesen und nur die Stelle als Leiterin einer der martischen Bildungsschulen angenommen. Sie müssen wissen, daß sich vieles bei uns geändert hat –«

»Ich meine, was wissen Sie sonst? Was sagt man –«

Er brach ab. Nein, er konnte nicht von dem sprechen, was ihm am meisten am Herzen lag, am wenigsten mit Grunthe.

»Was sagt man von mir?« fragte er. »Meinen Sie, daß ich mich zeigen darf, daß ich wagen darf, nach Berlin zu reisen?«

»Ich wüßte nicht, was Sie abhalten sollte. Allerdings weiß ich ja auch nicht, was mit Ihnen geschehen ist, wie es kam, daß Sie plötzlich verschwunden waren –«

»Werde ich denn nicht verfolgt? Bin ich nicht von den Martiern, die ja jetzt die Gewalt in Händen zu haben scheinen, verurteilt? Hat man keine Bekanntmachung erlassen?«

»Ich weiß von nichts – ich würde es doch aus den Zeitungen erfahren haben, oder sicherlich von Saltner, von Ell selbst – ich weiß wohl, daß Ell sich bemüht hat, Ihren

Aufenthalt ausfindig machen zu lassen, aber ich habe das als persönliches Interesse aufgefaßt, es ist niemals eine Äußerung gefallen, daß man Sie – sozusagen – kriminell sucht. ...«

»Das verstehe ich nicht. Dann müssen besondere Gründe vorliegen, weshalb die Martier schweigen – ich vermute, man will mich sicher machen, um mich alsdann dauernd zu beseitigen. ...«

»Aber ich bitte Sie, ich habe nie gehört, daß Sie Feinde bei den Numen haben.«

Torm lachte bitter. »Es könnte doch jemand ein Interesse haben –«

Grunthe runzelte die Stirn und zog die Lippen zusammen. Torm sah, daß es vergeblich wäre, mit Grunthe von diesen Privatangelegenheiten zu sprechen.

»Ich bin in der Tat« sagte er leise, »in den Augen der Martier ein Verbrecher, obwohl ich von meinem Standpunkt aus in einer berechtigten Notlage gehandelt habe. Und in diesem Gefühl bin ich hierhergekommen und schleiche umher wie ein Bösewicht, in der Furcht, erkannt zu werden. Ich weiß nichts von den Verhältnissen in Europa. Ich bin hierhergekommen, weil ich glaubte, Ell sei hier, und mit ihm wollte ich ab–, wollte ich sprechen, gleichviel, was dann aus mir würde. Mein einziger Gedanke war, nicht eher von den Martiern gefaßt zu werden, bis ich Ell persönlich gegenübergetreten war. Und das werde ich auch jetzt ausführen. Ich gehe morgen nach Berlin. Ich habe noch Gelder auf der hiesigen Bank, aber ich habe nicht gewagt, sie zu erheben, weil ich überzeugt war, man warte nur darauf, mich bei dieser Gelegenheit festzunehmen.«

»Ich stehe natürlich zu Ihrer Verfügung, aber ich glaube, daß Ihre Befürchtungen völlig grundlos sind. Und, wenn ich das sagen darf, daß Sie auch Ell irrtümlich für Ihren Feind halten. Er hat sich stets gegen Ihre Frau Gemahlin so rücksichtsvoll, freundschaftlich und fürsorgend verhalten, daß ich wirklich nicht weiß, worauf sich Ihr Argwohn stützt –«

»Lassen wir das, Grunthe, lassen wir das. Sagen Sie mir vor allem, wie ist das alles gekommen, wie sind diese Martier hier Herren geworden, wie sind die politischen Verhältnisse?«

»Sie sollen alles erfahren. Aber ich bitte Sie, erklären Sie mir zunächst, worauf Ihre Besorgnis gegen die Martier sich gründet – ich bin ja völlig unwissend über Ihre Erlebnisse. Wir hatten die Hoffnung aufgegeben, Sie wiederzusehen. Wo kommen Sie her, wo waren Sie, daß Sie so ohne jeden Zusammenhang blieben mit den Ereignissen, welche die ganze Welt umgestürzt haben?«

»Nun gut, hören Sie zuerst, was mir geschehen ist. Ich kann mich kurz fassen. Sie wissen, daß ich die Absicht hatte, selbst nach dem Mars zu reisen, falls meine Frau nicht kräftig genug war, die Reise nach der Erde anzutreten.«

»Gewiß. Ill bewilligte Ihnen eine Lichtdepesche, und Sie erfuhren daraus, daß Sie nicht abreisen sollten, da Ihre Frau Gemahlin mit einem der nächsten Raumschiffe nach der Erde käme. Sie gingen darauf Anfang Mai nach dem Nordpol, um Ihre Frau dort zu erwarten. Ich erhielt noch am 10. Mai einen Brief von Ihnen, in welchem Sie die Hoffnung aussprachen, bald mit Ihrer Frau, die in den nächsten Tagen zu erwarten sei, nach Deutschland zurückzukehren. Am 12. war dann jener unselige Tag der Protektoratserklärung – und seitdem war jede Spur von ihnen verschwunden.«

»So ist es«, sagte Torm. »An dem Tag, dem 12. Mai kam das Raumschiff, aber es brachte weder meine Frau noch Ell, sondern die Nachricht, daß der Arzt die Reise für die nächste Zeit noch untersagt hätte. Ich geriet dadurch in eine gereizte Stimmung, die sich noch steigerte, als ich erfuhr, daß die politischen Verhältnisse sich bis zum Abbruch der friedlichen Beziehungen zugespitzt hatten. Meine Pflicht rief mich nun unbedingt nach Deutschland zurück; denn obwohl seit diesem Tag der Verkehr mit Deutschland aufgehoben war, mußte ich doch annehmen und erfuhr es auch bald aus ausländischen Blättern, daß das gesamte Heer mobilisiert werde. Wie aber sollte ich in die Heimat gelangen? Die Luftboote nach Deutschland verkehrten nicht mehr, und auf meine direkte Bitte um Beförderung nach einem englischen Platz wurde mir erwidert, daß ich in meiner Eigenschaft als Offizier der Landwehr während der Dauer des Kriegszustandes zurückgehalten werden müßte, es sei denn, daß ich mich ehrenwörtlich verpflichtete, mich nicht zu den Waffen zu stellen. Das konnte ich selbstverständlich nicht tun. Nach dem Mars zu gehen, war mir gestattet, aber damit war mir nun nicht mehr gedient. Ich mußte nach Deutschland. Wiederholte unangenehme Dispute mit den Offizieren der Martier, von denen die Insel jetzt wimmelte, machten mir den Aufenthalt unerträglich. Ich erwog hundert Pläne zur Flucht, selbst an unsern alten Ballon, der noch immer dort lagert, dachte ich. Endlich beschloß ich auf eigene Faust die Wanderung über das Eis zu versuchen, die mir ja schon einmal gelungen war. Im Fall der vorzeitigen Entdeckung konnte doch, wie ich meinte, meine Lage nicht verschlimmert werden. Natürlich wurde ich entdeckt und zurückgebracht. Man kündete mir an, daß ich wegen Verdachts der Spionage die Insel Ara nicht mehr verlassen dürfe – vorher hatte man meinen Besuchen auf den benachbarten Inseln nichts in den Weg gelegt – und daß ein Kriegsgericht oder dergleichen über mein weiteres Schicksal beschließen würde. Schon glaubte ich, daß man mich nach dem Mars bringen würde; dann konnte ich wenigstens hoffen, meine Frau zu treffen. Aber ich erfuhr bald, daß ich jedenfalls auf der Außenstation interniert werden würde, von wo jede Flucht für mich unmöglich war. In dieser Zeit dort untätig als Gefangener zu sitzen, war mir ein entsetzlicher Gedanke. Ich faßte einen Entschluß der Verzweiflung. Jetzt sehe ich ein, daß es eine Torheit war. Doch Sie müssen sich in meine damalige Stimmung versetzen – wenn Sie es können. Ich bildete mir außerdem ein, man werde mich daheim für einen fahnenflüchtigen Feigling halten, wenn ich nicht vom Pol zurückkehrte. Ich hatte auch keine Zeit zur Überlegung, denn am nächsten Tag sollte das Kriegsgericht sein, worauf ich sofort in den Flugwagen gebracht worden wäre. – Kurzum, ich beschloß, die Zeit zu benutzen, während der ich mich noch auf der Insel frei bewegen durfte. Die Luftschiffe zu betreten und zu studieren, war mir immer erlaubt gewesen, ich kannte jetzt ihre Einrichtung genau und erinnerte mich an das Abenteuer, das Saltner auf dem Mars erlebt hatte, als er sich in dem Luftschiff des Schießstandes versteckte. Ich wußte, welches Schiff im Lauf der nächsten Stunden abgehen würde, denn sowohl nach dem Schutzstaat England als auch nach andern Teilen der Erde fand lebhafter Verkehr statt. So glaubte ich, wenn es mir gelänge, mich in dem nach England gehenden Schiffe zu bergen, von den Martiern selbst fortbefördert zu werden. Ich wollte es wagen. Ich versah mich mit etwas Proviant, denn ich war entschlossen, im Notfall zwei Tage in meinem Versteck zu verbleiben. Da fiel mir ein, daß ich ohne Sauerstoff apparat unmöglich in der Höhe aushalten könnte, in der die Schiffe zu fahren pflegen. Hier blieb mir nichts anderes übrig, als zu stehlen. Ich eignete mir zwei von den Absorptionsbüchsen der Martier an, mehr konnte ich nicht fortschaffen. Trübes Wetter – wir hatten ja freilich keine Nacht – begünstigte mein Vorhaben durch ein starkes Schneegestöber, so daß kein Martier, der nicht durch sein Amt gezwungen war, sich auf dem Dach der Insel sehen ließ. So gelang es mir leichter, als ich glaubte, mich in das noch gänzlich unbesetzte Schiff einzuschleichen, dessen Wächter in einer der Kajüten beschäftigt war. Es war ein ausnehmend geräumiges Boot, und ich fand meine Zuflucht, wie damals Saltner, zwischen und hinter dem Stoff, den Saltner für Heu hielt, der aber, wie Sie jetzt wissen werden, den besondern Zwecken der Diabarieverteilung dient. Bei gutem Glück rechnete ich, da noch drei Stunden bis zur Abfahrt des Schiffes waren, in acht oder neun Stunden in England zu sein und dann das Schiff ebenso unbemerkt verlassen zu können. Und wirklich hatte man mich noch nicht vermißt oder nicht im Schiff gesucht – das Schiff erhob sich. Stunde auf Stunde verging, und ich schlummerte von Zeit zu Zeit in meinem dunklen Gefängnis ein. Nun sagte mir meine Uhr, daß wir in England sein müßten. Aber aufs neue verging Stunde auf Stunde, ohne daß das Schiff zur Ruhe kam. Ich bemerkte die Bewegung natürlich nur an dem leichten Geräusch des Reaktionsapparats und dem Zischen der Luft. So oft ich aus Sparsamkeit mit dem Sauerstoffatmen aufhörte, fühlte ich alsbald, daß wir noch immer in sehr hohen Schichten sein müßten, und ich geriet in große Sorge, ob mein Vorrat ausreichen würde. Endlich, nach mehr als zehnstündiger Fahrt, als ich schon überlegte, ob ich mich nicht, um dem Erstickungstod zu entgehen, den Martiern ergeben sollte, erkannte ich zu meiner unbeschreiblichen Freude an der Veränderung der Luft, daß das Schiff sich senke. Bald hörte ich auch aus dem veränderten Geräusch, daß es mit Segelflug arbeite. Ich schloß daraus, daß man eine Landungsstelle suche und sich also nicht einem der gewohnten Anlegeplätze nähere.

Können Sie sich meinen Zustand, meine nervöse Erregung vorstellen? Seit zehn Stunden im Finstern eingeschlossen, zuletzt unter Atemnot, in fortwährender Gefahr, entdeckt zu werden, ohne zu wissen, wohin die Reise geht, wo ich das Licht des Tages wieder erblicken werde und wie es mir möglich werden wird, unbemerkt dem Schiff zu entfliehen! Ich suchte mir einen Plan zu machen – aber wo würde ich mich dann befinden? Der Zeit nach zu schließen, mußten wir sechs- bis siebentausend Kilometer zurückgelegt haben. Ich konnte in Alexandria sein oder in New-Orleans, ebensogut auch in der Sahara oder in China. Wie sollte ich dann weiterkommen, falls ich den Martiern entfliehen konnte? Ich mußte alles vom Augenblick abhängig machen.

Endlich verstummte das Geräusch der Fahrt, ich fühlte den Landungsstoß, das Schiff ruhte. Es kam nun darauf an, ob es die Martier verlassen würden. Wenn ich wenigstens gewußt hätte, ob es Tag oder Nacht war. Aber das hing ja ganz davon ab, nach welcher Himmelsrichtung wir gefahren waren. Aus der Landung selbst konnte ich nichts schließen, da ich nichts von der Bestimmung des Schiffes wußte, für welche ebensogut die Nacht als der Tag die passende Ankunftszeit sein konnte, je nach den Absichten der Martier. Noch eine Stunde vielleicht hörte ich über mir Tritte und Stimmen, dann wurde es still. Ich schlich aus meinem Versteck nach der Drehtür.

Geräuschlos öffnete sich eine Spalte. Es war Nacht! Denn nur ein ganz schwaches Fluoreszenzlicht schimmerte durch das Innere des Schiffes. Man hatte also Grund, nach außen hin kein Licht zu zeigen, man wollte nicht bemerkt sein. Nun öffnete ich die Drehtür vollends und spähte in den Raum. Die Martier lagen in ihren Hängematten und schliefen. Wachen befanden sich jedenfalls außerhalb des Schiffes, aber nach innen konnten sie nicht gut blicken und hatten auch dort nichts zu suchen. Ich konnte also ohne Bedenken aus dem untern Raum heraussteigen und zwischen den Hängematten nach dem Ausgang schreiten; selbst wenn mich jemand hier bemerkte, hätte er mich doch für einen von der Besatzung gehalten. So gelangte ich ungefährdet bis an die Treppe, die aufs Verdeck und von dort ins Freie führte. Die Luke stand offen, aber auf der obersten Stufe der Treppe saß ein Martier, der, von seinem Helm gegen die Schwere geschützt, nach außen hin Wache hielt. An ihm mußte ich vorüber. Ich stieg möglichst unbefangen und ohne mein Nahen verbergen zu wollen die Stufen hinauf und drängte mich an ihm vorüber, indem ich die gebückte Haltung der Martier ohne Schwereschirm annahm. Ich hatte keine andre Wahl, durch List hätte ich nichts erreicht. So stand ich schon auf dem Verdeck, als der Martier mich anrief, wo ich hinwollte. Ich antwortete nicht, sondern suchte nur nach der abwärts führenden Treppe. Sie war aber eingezogen. Da faßte der Wächter mich an und rief: ›Das ist ja ein Bat. Was willst du?‹

Zugleich drückte er die Alarmglocke. Was im nächsten Augenblick geschah, weiß ich nicht mehr deutlich. Ich höre nur einen Schmerzensschrei, den der Martier ausstieß, als er, von meinem Faustschlag gegen die Stirn getroffen, die Treppe hinabstürzte. Ich selbst fühle mich das gewölbte Dach des Schiffes hinabgleiten, doch ich komme auf die Füße und laufe auf gut Glück vom Schiff fort, so schnell meine Beine mich tragen wollen. Die Nacht war klar, aber nur vom Sternenlicht erhellt. Der Boden senkte sich, denn das Luftschiff war, wie nicht anders zu erwarten, auf einem Hügel gelandet. Eine endlose Ebene schien sich vor mir auszudehnen; ich fühlte kurzes Gras unter mir. Als ich es wagte, mich einen Augenblick rückwärts zu wenden, bemerkte ich, daß hinter mir sich eine Hügellandschaft befand, die zu einem schneebedeckten Gebirge aufstieg. Ich hoffte, irgendwo ein Versteck zu finden, das mich vor den ersten Nachforschungen der Martier verbarg, um mich dann im Lauf der Nacht noch möglichst weit zu entfernen und bei den unbekannten Bewohnern des Landes Schutz zu suchen. Da plötzlich tauchte, wie aus der Erde gestiegen, eine Reihe dunkler Gestalten vor mir auf, die sich sofort auf mich stürzten und mich niederwarfen. Ich sah Messer vor meinen Augen blitzen und glaubte mich verloren.

In diesem furchtbaren Augenblick wurde die Nacht mit einem Schlag zum Tag. Das Marsschiff hatte seine Scheinwerfer erglühen lassen. Wie eine Sonne in blendendem Licht strahlend erhob es sich langsam in die Luft, jedenfalls um mich zu suchen. Dieser Anblick versetzte die Eingeborenen, die mich überfallen hatten, in einen unbeschreiblichen Schrecken. Zunächst warfen sie sich auf den Boden, dann krochen sie, ohne sich um mich zu kümmern, auf diesem fort und waren in wenigen Augenblicken ebenso plötzlich verschwunden, wie sie gekommen waren. Ich war frei. Aber was sollte ich tun? Wenn ich hier blieb, so mußte ich in wenigen Minuten von den Martiern entdeckt werden. Ich sagte mir, daß sich dort, wo die Eingeborenen verschwunden waren, auch ein Versteck für mich finden würde. In der Tat, wenige Schritte vor mir zog eine trockene Erdspalte quer durch die Steppe. Ich stieg hinab und schmiegte mich in den tiefen Schatten eines Risses. Von oben konnte ich hier nicht gesehen werden. Die Martier hatten natürlich bald die Spalte bemerkt und schwebten langsam über derselben hin, aber ich wurde nicht entdeckt. Noch mehrfach sah ich das Licht aufleuchten, endlich verschwand es. Auch von den Eingeborenen sah ich nichts mehr.

Etwa eine Stunde mochte ich so gelegen haben – es war unangenehm kalt –, als der erste Schimmer der Dämmerung den Anbruch des Tages verkündete. Ich verzehrte den Rest meines Proviants, und als es hell genug geworden war, lugte ich vorsichtig über die Ebene. Das Schiff mußte sich entfernt haben, es war keine Spur mehr zu sehen. Ich wanderte nun am Rande des Spaltes weiter. Nicht lange, so bemerkte ich, daß mir eine große Schar von Bewohnern des Landes entgegenkam. Ich blieb stehen und suchte durch Bewegungen der Arme meine friedlichen Absichten verständlich zu machen. Erst glaubte ich, das Schlimmste befürchten zu müssen, denn die Leute liefen unter lautem Geschrei auf mich zu und schossen ihre langen Flinten ab, aber sie zielten nicht auf mich. Bald erkannte ich, daß dies eine Freudenbezeugung sein sollte. Einige ältere Männer, offenbar die Anführer, traten an mich heran und verbeugten sich mit allen Zeichen der Ehrfurcht. Dann kauerten sie sich im Halbkreis um mich nieder, und ich setzte mich ebenfalls auf den Boden. Allmählich verständigten wir uns durch Pantomimen, und ich folgte ihrer Einladung, sie zu begleiten. Nach einer langen Wanderung erweiterte sich die Spalte zu einem kleinen Tal, und hier fand sich eine Niederlassung, wo ich mit allen Ehren eines angesehenen Gastes aufgenommen wurde. Ich blieb einige Tage dort und wurde dann von meinen Gastfreunden nach Süden geleitet. Nach mehreren Tagereisen erreichten wir eine ausgedehnte Stadt. Jetzt erst wurde mir nach und nach klar, wo ich hingeraten war. Die Stadt war Lhasa, die Hauptstadt von Tibet, der Sitz des Dalai-Lama. Die Tibetaner waren durch die überirdische Erscheinung des lichtstrahlenden Luftschiffes in ihrer Gesinnung völlig umgewandelt. Sie hielten mich für ein wunderbares Wesen, das in einem leuchtenden Wagen direkt vom Himmel gekommen war. Ich wurde auch in Lhasa sehr ehrenvoll aufgenommen, aber alle Bemühungen, von hier weiterzureisen, waren vergebens. Man gestattete nicht, daß ich mich aus der Stadt entferne. Und so war ich fast ein Jahr in dieser allen Fremden verschlossenen Stadt. Aber auch dies hatte schließlich ein Ende.

Sie werden wahrscheinlich wissen, daß die Martier jetzt auf dem Hochplateau von Tibet große Strahlungsfelder angelegt haben, um während des Sommers die Sonnenenergie zu sammeln. Die Trockenheit des Klimas bei der hohen Lage von 5.000 Meter überm Meer sagt ihrer Konstitution am meisten zu von allen Ländern der Erde. Das Schiff, mit welchem ich hingekommen war, stellte die ersten Nachforschungen an, und bald hatten mehr und mehr Schiffe eine große Anzahl der Martier, vornehmlich die Bewohner ihrer Wüsten, die Beds, dahin gebracht. Die Tibetaner fühlten sich dadurch beunruhigt und wandten sich an die chinesische Regierung. Zugleich aber glaubten sie, daß meine Anwesenheit, die sie übrigens sorgfältig geheimhielten, Ursache sei, weshalb die wunderbaren Fremden durch die Luft in ihr Land kämen. So erhielt ich die Erlaubnis, mich einer Karawane anzuschließen, die über den Himalaja nach Indien ging. Nach mannigfachen Abenteuern, mit denen ich Sie nicht aufhalten will, gelang es mir schließlich, mich bis nach Kalkutta durchzuschlagen. Ich besaß noch eine nicht unbedeutende Summe deutschen Geldes, durch das ich mich hier wieder in einen europäischen Zustand versetzen konnte. Indessen wagte ich nicht, mich bei den Behörden zu melden oder mich zu erkennen zu geben, da ich fürchtete, von den Martiern verfolgt zu werden. Aus den Zeitungen ersah ich, daß das Luftschiff, welches von Kalkutta allwöchentlich nach London geht, in Teheran, Stambul, Wien und Leipzig anlegt. Von Leipzig benutzte ich den nächsten Zug nach Friedau. Und mein erster Gang war hierher. Ich habe es vermieden, mit jemand zu sprechen. Ich bin entsetzt über die Veränderung der Verhältnisse. Nun sagen Sie mir vor allem, was war unser Schicksal im Krieg mit dem Mars?«

Grunthe hatte ohne eine Miene zu verziehen zugehört. Jetzt sagte er bedächtig, ohne auf Torms letzte Frage zu achten:

»Hatten Sie Ihren Chronometer und unsern Taschenkalender mit?«

»Ja, aber –«

»So haben Sie doch wohl einige Ortsbestimmungen machen können? Ich meine nach dem Harzerschen Fadenverfahren, mit bloßem Auge?«

Torm lächelte trüb. »Ich hatte freilich Zeit dazu«, sagte er, »und habe es auch getan. Sie können sie berechnen. Aber zuerst –«

»Oh, entschuldigen Sie«, unterbrach ihn Grunthe. »Sie wissen, ich bin ein sehr unaufmerksamer Wirt. Ich hätte ihnen doch zuerst ein Abendessen anbieten sollen. Allerdings habe ich nichts zu Hause, doch – wir könnten vielleicht –«

Seine Lippen zogen sich zusammen. Das Problem schien ihm sehr schwer. »Ich danke herzlich«, sagte Torm. »Ich habe gegessen und getrunken.«

»Um so besser«, rief Grunthe erleichtert. »Aber logieren werden Sie bei mir. Das läßt sich machen.«

»Das nehme ich an, weil ich mich nicht gern hier in den Hotels sehen lassen möchte. Morgen fahre ich ja nach Berlin.«

»Wollen Sie denn nicht an Ihre Frau Gemahlin telegraphieren, daß Sie kommen? Ich habe die Adresse, da ich wegen der Abrechnungen – warten Sie, es muß hier stehen – ich kann unsern Burschen nach der Post schicken

»Das ist nicht nötig«, sagte Torm. »Ich werde – doch die Adresse können Sie mir immerhin geben.«

Grunthe suchte unter seinen Büchern.

»Ach, sehen Sie«, sagte er, »da finde ich doch noch etwas – im Frühjahr hat mich Saltner einmal besucht – da ließ ich Wein holen, und hier ist noch eine Flasche. Gläser habe ich von Ell. Sie müssen da irgendwo stehen. Das trifft sich gut – wissen Sie denn, was heute für ein Tag ist? Der neunzehnte August. Heute vor zwei Jahren kamen wir am Nordpol an. Wie schade, daß Saltner nicht hier ist, er könnte wieder ein Hoch ausbringen –«

Torm fuhr aus seinem Nachsinnen empor.

»Erinnern Sie mich nicht daran«, sagte er finster. »Mit jener Stunde begann mein Unglück. Wie kam denn jener Flaschenkorb –« Er schlug mit der Hand auf den Tisch und sprang auf. Er unterbrach sich und murmelte nur noch für sich: »Ich stoße nicht mehr an.«

»Geben Sie nur die Gläser her«, sagte er darauf ruhiger. »Ja, wir wollen uns setzen. Und nun sind Sie daran zu berichten.«

Grunthe blickte starr vor sich hin.

»Wir sind in der Gewalt der Nume«, begann er nach einer Pause. »Ganz Europa, außer Rußland. Wir beugen uns vor unserm Herrn. Wir sind Kinder geworden, die in die Schule geschickt werden. Man hat sogenannte Kultoren eingesetzt über die verschiedenen Sprachgebiete. Der größte Teil des Deutschen Reichs, die deutschen Teile von Österreich und der Schweiz stehen unter Ell. Man will uns erziehen, intellektuell und ethisch. Die Absicht ist gut, aber undurchführbar. Das Ende wird entsetzlich sein – wenn es nicht gelingt –, doch davon später.«

Grunthe schwieg.

»Ich begreife noch nicht«, sagte Torm, »wie war es möglich, daß wir in diese Abhängigkeit gerieten? Warum unterwarfen wir uns?«

»Entschuldigen Sie mich«, antwortete Grunthe. »Ich bin nicht imstande, von diesen schmerzlichen Ereignissen zu sprechen. Ich bringe es nicht über die Lippen. Lassen wir es lieber. Ich werde Ihnen eine Zusammenstellung der Ereignisse in einer Broschüre geben – hier sind mehrere. Lesen Sie selbst, für sich allein. Sie werden auch müde sein. Lesen Sie morgen früh. Reden wir von etwas anderm.«

Aber sie redeten nicht. Der Wein blieb unberührt. Das Herz war beiden zu schwer. Einmal sagte Grunthe vor sich hin: »Es ist nicht der Verlust der politischen Macht für unser Vaterland, der mich am meisten schmerzt, so weh er mir tut. Schließlich müßte es zurückstehen, wenn es bessere Mittel gäbe, die Würde der Menschheit zu verwirklichen. Was mir unmöglich macht, ohne die tiefste Erregung von diesen Dingen zu reden, ist die demütigende Überzeugung, daß wir es eigentlich nicht besser verdienen. Haben wir es verstanden, die Würde des Menschen zu wahren? Haben nicht seit mehr als einem Menschenalter alle Berufsklassen ihre politische Macht nur gebraucht, um sich wirtschaftliche Vorteile auf Kosten der andern zu verschaffen? Haben wir gelernt, auf den eigenen Vorteil zu verzichten, wenn es die Gerechtigkeit verlangte? Haben die führenden Kreise sittlichen Ernst gezeigt, wenn es galt, das Gesetz auch ihrer Tradition entgegen durchzuführen? Haben sie ihre Ehre gesucht in der absoluten Achtung des Gesetzes, statt in äußerlichen Formen? Haben wir unsern Gott im Herzen verehrt, statt in Dogmen und konventionellen Kulten? Haben wir das Grundgesetz aller Sittlichkeit gewahrt, daß der Mensch Selbstzweck ist und nicht bloß als Mittel gebraucht werden darf? Oh, das ist es ja eben, daß die Nume in allem vollständig recht haben, was sie lehren und an uns verachten, und daß wir doch als Menschen es nicht von ihnen annehmen dürfen, weil wir nur frei werden können aus eigener Arbeit. Und so ist es unser tragisches Schicksal, daß wir uns auflehnen müssen gegen das Gute! Und es ist das tragische Geschick der Nume, daß sie um des Guten willen schlecht werden müssen!«

Er stand auf und trat an das Fenster.

»Es scheint sich aufzuklären. Vielleicht kann ich noch eine Beobachtung machen. Wollen Sie mitkommen? Ich zeige Ihnen dabei Ihr Zimmer.«

Torm ergriff die Broschüren und folgte ihm.

45 - DES UNGLÜCK DES VATERLANDS

Torm ging unruhig in seinem Zimmer auf und ab. Seine Liebe zu Isma, das alte, feste Vertrauen, das sich wieder hervordrängte, die Mitteilungen Grunthes über Ells freundschaftliches Verhalten, das alles kämpfte in seinem Innern mit dem feindlichen Argwohn, in den er sich in der Einsamkeit seiner Verbannung immer fester hineingelebt hatte. Die stets erneute Verzögerung der Heimkehr Ismas und das gleichzeitige Zurückbleiben Ells, wofür er keinen Grund einzusehen vermochte, hatten allmählich in ihm den Verdacht erweckt, daß es Ell doch nicht ehrlich mit ihm meine. Von nun ab glaubte er überall die Hand Ells im Spiele zu sehen. Die Verhinderung seiner Heimreise vom Pol schob er ebenfalls auf einen Einfluß Ells. Wer konnte wissen, welche Lichtdepeschen zwischen den Planeten, zwischen Neffe und Oheim, gewechselt wurden? Zu seiner verzweifelten Flucht hatte er sich in einem Moment der Erregung entschlossen, der noch einen andern Grund hatte, als er Grunthe gegenüber aussprechen wollte. Bei seinen Disputen mit den Martiern am Pol hatte er aus der hingeworfenen Bemerkung eines der martischen Offiziere entnommen, daß man nach den Gesetzen der Nume ihm überhaupt keinerlei Recht zuerkannte, die Rückkehr seiner Frau zu verlangen. Die formale Gültigkeit seiner Ehe war auf dem Mars nicht anerkannt. Niemand hätte es unter den vorliegenden Umständen Isma verdacht, wenn sie sich als frei erklärt hätte. Dies hatte Torm in die höchste Aufregung versetzt, und ein nagendes Gefühl der Eifersucht hatte ihm einen Teil seiner ruhigen Besinnung geraubt.

Jetzt freilich mußte ihm Isma in anderm Licht erscheinen. Hatte er denn irgendeinen bestimmten Vorwurf gegen sie zu erheben? Sie war ja zurückgekehrt, und sie hatte sich damit offenbar zu ihm bekannt. Sollte er nun zu Ell rücksichtslos vordringen und sich vielleicht rettungslos der Gewalt der Martier ausliefern? War Ell unschuldig, so war dieses Opfer ganz unnötig gebracht. War Ell aber schlecht, so gab er sich in seine Hand. Als er seinen Entschluß gefaßt hatte, zuerst zu Ell zu gehen, wußte er ja noch nicht, daß sich dieser in einer so unerreichbaren Machtstellung befand. So schien es ihm jetzt doch als das richtige, sich mit Isma in Verbindung zu setzen.

Aber wie konnte das ohne Gefahr geschehen? Und vor seinem Geist stieg die furchtbare Anklage auf, einen Nume bei der Ausübung seiner Pflicht verletzt, vielleicht getötet zu haben – –. Was ihm das Mittel werden sollte, Isma wiederzugewinnen, die rücksichtslose Flucht, nun erschien es ihm als ein verhängnisvolles Schicksal, das ihn für immer von ihr trennen sollte. Unter dem Druck der schweren Anklage, die auf ihm lastete, durfte er vor ihre Augen treten? Was sollte er tun? Mechanisch griff er nach einer der Broschüren, an die er nicht mehr gedacht hatte. Sein Auge fiel auf die Überschrift: »Das Unglück vom 30. Mai.« Er begann zu lesen. Und der Schmerz um das Vaterland drängte die eigene Sorge zurück.

»Ihr sollt es einst wissen, Kinder und Enkel«, so hieß es, »was uns geschehen ist, damit ihr weinen könnt und zürnen wie wir. Darum schreiben wir das Traurige auf, obwohl die Hand unwillig sich sträubt.

Es war der Tag der großen Parade, an dem der oberste Kriegsherr sein herrliches Heer musterte, das um die Hauptstadt zusammengezogen war. Von der zahllosen, begeisterten Menge der Zuschauer umgeben, waren die glänzenden Regimenter vorübermarschiert an der ›einsamen Pappel‹. So hieß die Stelle nach einem Baum, der sich einstmals hier befunden hatte, wo der Monarch, umringt von der Mehrzahl der deutschen Fürsten und seinen Generälen, die Heerschau hielt. Nun hatten sich die Truppen weiter auseinandergezogen und die Gewehre zusammengestellt, während der Kriegsherr den Führern seine Anerkennung aussprach.

Und da geschah es.

Vor der Hauptstadt des Reiches, an dessen Grenzen man nirgends die Spur eines Feindes hatte beobachten können.

Im Augenblick der größten Machtentfaltung des stärksten Landheeres.

Wie ein Schwarm von Raubvögeln schoß es vom Himmel hernieder, geräuschlos, glänzende, glatte Ungetüme. Und im Moment, da man sie bemerkte, waren sie auch schon da und hatten die Schar der Anführer umringt.

›Zu den Truppen!‹ hieß es.

Die Kommandierenden stoben auseinander.

›Zurück! Ergebt euch! Der Weg ist gesperrt!‹ tönte es ihnen aus den feindlichen Luftschiffen entgegen.

Die Offiziere kümmerten sich nicht darum, sie sprengten weiter. Aber nicht lange. Keiner passierte den Kreis, den die Schiffe absperrten. Von einer unsichtbaren Macht zurückgeworfen, stürzten Roß und Reiter zusammen. Enger schloß sich der Ring der Schiffe, die nur wenige Meter über dem Boden schwebten, um die Fürsten und ihre Begleitung, so daß die gestürzten Offiziere jetzt außerhalb des gesperrten Kreises lagen.

Die Truppen, soweit sie nahe genug waren, um den Vorgang zu beobachten, waren sofort unter das Gewehr getreten. Als die Bataillonsführer bemerkten, daß ihre Kommandierenden nicht zu ihnen gelangen konnten, als sie sahen, daß die plötzlich erschienenen Schiffe einen feindlichen Angriff bedeuteten, dem der oberste Kriegsherr selbst mit allen Fürsten und Generälen ausgeliefert war, da bebte ihnen wohl das Herz in der Brust unter der Verantwortung, die sie auf sich gelegt fühlten. Aber nun bewährte sich der Geist unseres Heeres in erhebender Weise. Nicht ein Augenblick der Verwirrung, nicht ein Moment des Schreckens trat ein. Die Truppen einer andern Nation, falls sie sich nicht in zuchtlose Flucht aufgelöst hätten, wären vielleicht in wahnsinnigem Todesmut zur Befreiung ihres Feldherrn vorgestürzt, um in den Repulsitstrahlen und Nihilitsphären der Marsschiffe ihren Untergang zu finden, ohne daß sie auch das Geringste hätten ausrichten können. Die deutschen Offiziere indessen verloren ihre Instruktion auch in diesem schrecklichen Moment nicht aus den Augen. Nach den Erfahrungen, die man in England gemacht hatte, war es von der deutschen Heeresleitung als erster Grundsatz ausgesprochen worden, unter keinen Umständen Munition und Menschenleben gegen ein mit Nihilitsphäre versehenes Marsschiff zu verschwenden, da man wußte, daß dies ein völlig fruchtloses Beginnen sei. Die Truppen waren überhaupt nicht zusammengezogen worden, um sich irgendwo in offenem Kampf mit den Martiern zu versuchen. Man hatte vielmehr ein ganz anderes System der Verteidigung aufgestellt, und von diesem auch im Moment der äußersten Überraschung nicht abzuweichen, das war die höchste Aufgabe, welche die Disziplin zu leisten hatte.

Man sagte sich, daß den Machtmitteln der Martier gegenüber eine Armee im freien Feld wie in den Forts der Festungen ohnmächtig und dem Untergang geweiht war, daß aber ihrerseits die Martier machtlos sein würden, wenn sie verhindert würden, sich der Organe der Regierung zu bemächtigen. Man hatte deswegen die Truppen lediglich zum Schutz der Hauptstädte als der Zentralpunkte der Staatsverwaltung zusammengezogen. Hier sollten sie verhindern, daß die öffentlichen Gebäude von den Martiern besetzt und in Beschlag genommen würden. Man nahm mit Recht an, daß in den Städten, mitten zwischen den Häusern der friedlichen Bürger, die Martier von gewaltsamen Zerstörungen absehen würden; daß sie, wenn sie einen Einfluß auf die Regierung gewinnen wollten, gezwungen sein würden, ihre schützenden Schiffe zu verlassen und den festen Boden zu betreten. Und hier sollte dann die starke militärische Besatzung es unmöglich machen, daß die Kassen, die Büros, die Archive und die leitenden Amtspersonen selbst in feindliche Gewalt gerieten. Deswegen hatte jedes einzelne Bataillon bereits seine bestimmte Instruktion, wohin es sich beim ersten Erscheinen der Feinde sofort zu begeben habe. Dies allein war auszuführen.

Die große Parade war zum Verderben ausgeschlagen. Aber in Erinnerung an hergebrachte und liebgewordene Gewohnheiten hatte der oberste Kriegsherr geglaubt, dieselbe ohne Gefahr anordnen zu können, weil trotz des sorgfältigsten Nachrichtendienstes noch keinerlei Spur einer feindlichen Annäherung gefunden worden war.

Nun war der Feind dennoch da. Jeder sah ein, daß man nichts tun konnte, als der ursprünglichen Anordnung zu folgen. Auf die feindlichen Luftschiffe schießen oder gegen sie anstürmen wäre Unsinn gewesen. Das ganze große Feld war noch von Zuschauern überflutet, die sich jetzt in eiliger Flucht nach der Stadt zurückwälzten. Auf den Chausseen drängten sich die Wagen, darunter die Equipagen, welche die fürstlichen Gemahlinnen und Prinzessinnen vom Paradefeld fortführten. So taten die Truppen ihre einfache Pflicht. Sie marschierten, so schnell sie konnten, auf den im voraus festgesetzten Wegen nach ihren Bestimmungsorten. Nur das erste Gardegrenadierregiment und das Gardekürassierregiment blieben zur persönlichen Bedeckung des Kriegsherrn zurück.

Der Monarch blickte mit finsterem Ernst auf seine Umgebung, auf die feindlichen Schiffe und die betäubt oder tot am Boden liegenden Offiziere, um welche jetzt Ärzte und Krankenträger bemüht waren. Dann riß er den Degen aus der Scheide und rief:

›Meine Herren! Hier gibt es nur einen Weg hindurch!‹

Er spornte sein Pferd an. Seine Begleitung warf sich ihm entgegen und beschwor ihn, sich dem sichern Verderben nicht auszusetzen. Er wollte nicht hören.

›Nun denn‹, rief da der greise General von Dollig, ›zuerst wir!‹

Und einen Teil der Offiziere mit sich fortreißend, jagte er im Galopp gegen die unsichtbare Schranke, die sich nur durch eine Staubschicht über dem Boden verriet.

Sobald man bei den außerhalb des Ringes der Marsschiffe haltenden Schwadronen der Gardekürassiere die Bewegung in der Begleitung des Feldherrn wahrgenommen hatte, ließen sie sich nicht länger zurückhalten. Unter brausendem Hurraruf sprengten die glänzenden Reitermassen heran, um ihren Feldherrn aufzunehmen oder mit ihm unterzugehen. Es war ein furchtbarer Moment. Starres Entsetzen faßte alle, die den Vorgang zu bemerken vermochten. Und als ob die Kühnheit des Entschlusses den übermächtigen Feind bezwänge, so kam jetzt neue Bewegung in seine Schiffe. Sie erhoben sich, als wollten sie den Weg freigeben. Gleichzeitig aber senkte es sich von oben herab wie eine dunkle, langgestreckte Masse, die eben erst auf dem Feld erschien. Wie ein breites, schwebendes Band, von den Luftschiffen begleitet, dehnte sich diese Masse jetzt in den kurzen Sekunden aus, welche die heranstürmende Kavallerie zur Annäherung brauchte. Und nun kam die erste Reihe der Reiter in den Bereich ihrer Wirkung, und gleich darauf zog die seltsame Maschine über das ganze Regiment hinweg.

Die Wirkung war so ungeheuerlich, daß die Schar der ansprengenden Fürsten und Generale stockte und ein Schrei des Entsetzens vom weiten Feld her herüberhallte. Kein einziges Pferd mehr stand aufrecht. Roß und Reiter wälzten sich in einem weiten, wirren Knäuel, eine Wolke von Lanzen, Säbeln, Karabinern erfüllte die Luft, flog donnernd gegen die Maschine in der Höhe und blieb dort haften. Die Maschine glitt eine Strecke weiter und ließ dann ihre eiserne Ernte herabstürzen, wo die Waffen von den Nihilitströmen der Luftschiffe vernichtet wurden. Noch zweimal kehrte die Maschine zurück und mähte gleichsam das Waffenfeld ab. Keine Hand vermochte Säbel oder Lanze festzuhalten, und wo die Befestigung an Roß und Reiter nicht nachgab, wurden beide eine Strecke fortgeschleift. Die Hufeisen wurden in die Höhe gerissen, und dadurch waren sämtliche Pferde zum Sturz gebracht worden. Jene Maschine war die neue, gewaltige Erfindung der Martier, eine Entwaffnungsmaschine von unwiderstehlicher Kraft für jedes eiserne Gerät – ein magnetisches Feld von kolossaler Stärke und weiter Ausdehnung. Mit Hilfe dieses in der Luft schwebenden Magneten entrissen die Martier ihren Gegnern die Waffen, ohne sie in anderer Weise zu beschädigen, als es durch das Umreißen unvermeidlich war.

Während die Kavallerie aus ihrer Verwirrung sich aufzuraffen versuchte, war der Luftmagnet schon weitergezogen und hatte sich der Infanterie genähert. Vergeblich umklammerten die Soldaten mit beiden Händen ihre Gewehre, eine unwiderstehliche Gewalt zerrte sie in die Höhe, und mancher, der nicht nachgeben wollte, wurde ein Stück in die Luft geschleudert, um dann schwer zu Boden zu stürzen. In wenigen Minuten war das 1. Garderegiment entwaffnet. Die Maschine flog weiter, um die auf dem Marsch befindlichen Regimenter einzuholen und dasselbe Manöver an ihnen vorzunehmen. Binnen kurzem mußte so selbst die stärkste Armee kampfunfähig gemacht sein. Auch die Geschütze der Artillerie wurden fortgerissen.

Während der Monarch und seine Begleitung in tiefer Erschütterung auf das Unfaßliche starrten, senkte sich aus der Höhe dicht vor ihnen ein schlankes Schiff hernieder, das ein leuchtender Stern als das Admiralsschiff bezeichnete. Demselben entstieg, während die übrigen die Absperrung aufrecht erhielten, der Befehlshaber der Martier. Zwei Adjutanten begleiteten ihn. Über ihren Köpfen glänzten die diabarischen Helme. So traten sie langsam einige Schritte vor, die großen Augen scharf auf die Offiziere gerichtet. Unwillkürlich wichen alle zur Seite, eine Gasse öffnete sich, und der Nume stand dem Monarchen gegenüber.

Der Martier grüßte mit einer ehrfurchtsvollen Handbewegung und sagte:

›Mein Auftraggeber, der Protektor der Erde, lädt Ew. Majestät und Ihre hohen Verbündeten zu einer Besprechung ein und bittet, zu diesem Zwecke dieses Schiff allergnädigst besteigen zu wollen. Ich bemerke, daß es unmöglich ist, diesen von unserer Repulsitzone umgebenen Platz auf andere Weise zu verlassen.‹

Niemand wagte sich zu bewegen. Lange blickte der Fürst mit strenger Miene in das Auge des Numen, der den Blick ruhig erwiderte; keiner zuckte mit einer Wimper. Dann steckte der Monarch mit einer entschlossenen Bewegung den Degen in die Scheide und sprach nachdrücklich:

›Sie haben einen General gefangengenommen, nichts weiter. Seine Majestät, mein Herr Sohn, befindet sich nicht unter uns.‹

›Ew. Majestät werden ihn im Schiffe finden‹, sagte der Nume mit einer Verbeugung.

Der Feldherr schwang sich vom Pferd. Hoch aufgerichtet, die Hand auf dem Griff des Degens, stieg er die herabgelassene Schiffstreppe hinan.

Das Luftschiff, das bereits vor einer Stunde die Kommandierenden der Armeekorps in Königsberg, Breslau und Posen aufgehoben hatte, entfernte sich nach Westen – –«

Torm ließ die Blätter aus seiner Hand sinken.

Das also war das Unglück vom dreißigsten Mai!

Er nahm die Broschüre wieder auf, er blätterte weiter, er blickte auch in die übrigen Hefte.

An demselben Tag waren die Festungswerke von Spandau durch die Martier zerstört, die Kriegsvorräte unbrauchbar gemacht worden. Man hatte die Fürsten nach Berlin geführt, die ganze Stadt wurde jetzt zerniert. Wo sich Truppen im Freien zeigten, erschienen alsbald die Elektromagnete der Martier und entrissen ihnen die Waffen. Nach drei Tagen waren alle größeren Waffenplätze außer Funktion gesetzt.

Jetzt liefen die Nachrichten aus Wien, Paris, Rom ein. Die Martier waren überall in ähnlicher Weise vorgegangen. Zuerst hatten sie sich der Personen der Fürsten, Präsidenten und Minister bemächtigt. Man hatte den Kaiser von Österreich auf der Jagd, den König von Indien während eines großen Empfanges aufgehoben, der Präsident der französischen Republik spielte gerade mit dem Kriegsminister eine Partie Billard, als er in das Luftschiff der Martier eingeladen wurde. Die Kammer wurde im Palais Bourbon eingeschlossen, bis der Friedensvertrag unterzeichnet war. Die gefangenen Fürsten dankten zugunsten ihrer Thronerben ab, und die jungen Nachfolger konnten zuletzt nichts anderes tun, als in die Friedensbedingungen der Martier willigen, da ihre Armeen machtlos waren und ein längerer Widerstand nur zu einer Auflösung der staatlichen Ordnung geführt hätte.

Rußland allein war vorläufig von einem Angriff der Martier verschont geblieben. Die Gründe dafür wußte man nicht, doch nahm man allgemein an, daß die Martier nur eine günstige Gelegenheit abwarteten, bis ihnen die Zustände in den westlichen Staaten mehr freie Hand ließen. Das Protektorat über die Erde blieb erklärt, war aber zunächst nur für die westlichen Staaten Europas durchgeführt. Hier wartete in jeder Hauptstadt ein Resident der Marsstaaten und ein Kultor seines Amtes. Zwar war die Freiheit der Verwaltung im Innern garantiert, doch tatsächlich war auch in bezug auf Gesetzgebung und Regierungsmaßregeln der Wille der Marsstaaten im letzten Grunde ausschlaggebend. Die allgemeine Entwaffnung bis auf eine Präsenzstärke von ein halb Promille der Bevölkerung war eine der Friedensbedingungen gewesen. Trotz allen Sträubens mußten die Fürsten sie annehmen, da es tatsächlich unmöglich gewesen wäre, den technischen Machtmitteln der Martier gegenüber ohne ihren Willen eine Truppe auszubilden.

Eine Reihe von Vorteilen in volkswirtschaftlicher Beziehung wurde nun angebahnt. Produkte des Mars wurden eingeführt, neue Betriebsformen von Fabriken, vor allem die Herstellung künstlicher Nahrungsmittel. Die Landwirte wurden vorläufig damit beruhigt, daß ihnen aus den Fonds der Marsstaaten große unverzinsliche Darlehen gegeben wurden, um die Kosten der Umwandlung des Fruchtbetriebs in Maschinenbetrieb durch Sonnenstrahlung zu bestreiten. Ingenieure der Martier leiteten die Einrichtung der Strahlungsfelder, zu denen vorläufig nur unfruchtbarer Boden benutzt wurde. Alles dies aber waren bloß vorbereitende Schritte, die eigentlich mehr erziehen als wirtschaftlich nützen sollten. Die Ausbeutung der Sonnenenergie suchten die Martier auf den großen Wüsten und Steppen Asiens, Afrikas und Nordamerikas. Sie hatten deshalb mit Rußland und den Vereinigten Staaten neue Verhandlungen angeknüpft.

Inzwischen erstrebten sie in Europa rein ideale Ziele. Kriegskostenentschädigung verlangte man nicht, die großen Summen, die für das Militär erspart wurden, kamen den Fortbildungsschulen zugute. Die Martier wollten die Menschheit für ihre höhere Auffassung der Kultur und Sittlichkeit erziehen, und dem sollte die Einsetzung der Kultoren, die Einrichtung obligatorischer Fortbildungsschulen dienen.

Torm war zu abgespannt, um weiterzulesen. Er legte die Papiere beiseite. Ein einzelnes Blatt schob sich vor. Er sah alsbald, daß es ein Flugblatt sei, zu irgendeinem bestimmten Zweck verbreitet, und sein Blick richtete sich nur noch einmal darauf, weil er mit fetten Lettern die Worte gedruckt sah: »Glaubt nicht an ihren Edelmut«, »Die Mörder von Podgoritza«, »Aber auch sie sind sterblich«. Er las das Blatt jetzt durch, einmal, zweimal. Es handelte von der sogenannten ›Bestrafung‹ von Podgoritza in Montenegro. Diese Stadt war tatsächlich von den Martiern dem Erdboden gleichgemacht worden. Allerdings hatte man den Einwohnern Zeit gelassen, sie zu räumen, aber nicht alle hatten gehorcht; da waren die Nume zum erstenmal auf der Erde schonungslos vorgegangen und hatten ohne Rücksicht auf Menschenleben ihre Drohung ausgeführt. Es waren wohl einige hundert Personen dabei umgekommen, wütende Männer, die sich den Luftschiffen entgegengeworfen hatten. Aber warum war dieses ungewöhnliche Strafgericht ergangen? Es war kurz nach der Unterwerfung der westeuropäischen Staaten gewesen, als ein großes Luftschiff der Martier, das von einer wissenschaftlichen Expedition zurückkam und zum Zweck einer kleinen Ausbesserung in der Nähe von Podgoritza anlegte, in der Nacht unvermutet von bewaffneten Bewohnern der Stadt und Umgegend überfallen worden war. Die Martier waren überrascht und bis auf den letzten Mann, zum großen Teil im Schlaf, niedergemacht worden. Es war der einzige Verlust, den die Nume bisher auf der Erde erlitten hatten und die Empörung in den Marsstaaten war ungeheuer. Man war nahe daran, die ganze Menschheit für die Bluttat unzivilisierter Albaner verantwortlich zu machen. Etwas Derartiges war den Martiern bisher undenkbar gewesen; und so wurde bestimmt, daß die Strafe ausnahmsweise nach menschlicher Art, das heißt durch Vernichtung des Gegners, vollzogen werde, weil man glaubte, sonst bei der barbarischen Bevölkerung keinen Eindruck zu erzielen. Diese Handlungsweise der Martier wurde nun in Europa ausgebeutet, um sie in üblem Licht darzustellen.

Aber warum machte die Tat auf Torm einen so tiefen Eindruck? Immer und immer wieder beschäftigte ihn die Frage, welches Schiff es wohl gewesen sei, von dem kein Lebender zu den Martiern zurückkehrte. Und eine Vermutung stieg in ihm auf, an die er kaum zu glauben wagte.

46 - DER KULTOR DER DEUTSCHEN

»Unmöglich, Herr Kultor, unmöglich«, sagte der Justizminister Kreuther, indem er seine hohe Stirn mit dem Taschentuch tupfte. »In dieser Form, welche der Reichstag dem Gesetzentwurf zum Schutz der individuellen Freiheit gegeben hat, ist er für uns unannehmbar. Sie müssen das selbst zugeben. Es würden die Paragraphen 95 bis 101 des Strafgesetzbuches hinfällig werden.«

»Und was schadet dies?« fragte der Kultor kühl. Er lehnte sich bequem in seinen Stuhl zurück und ließ seine großen Augen ruhig von einem der beiden ihm gegenübersitzenden Herrn zum andern wandern.

Der Justizminister blickte ihn fassungslos an. Sein Begleiter, der Minister des Innern, von Huhnschlott, richtete sich gerade auf und zerrte an seinem grauen Backenbart.

»Was das schadet?« sagte er mit mühsam zurückgehaltener Empörung. »Das heißt, die Majestät schutzlos machen, das heißt, jeder pöbelhaften Gemeinheit einen Freibrief ausstellen, das heißt, unsre heiligsten, angestammten Gefühle angreifen und die Autorität untergraben.«

»Sie irren, Exzellenz«, antwortete der Kultor mit einem überlegenen Lächeln. »Es heißt nur, die Wahrheit festlegen, daß die Majestät ebensowenig durch Äußerungen anderer beleidigt werden kann, wie die Vernunft überhaupt, daß die sittliche Persönlichkeit dadurch nicht berührt wird. Die Verleumdung bleibt strafbar wie jede Schädigung, und die Autorität ist genügend geschätzt durch die Unverletzlichkeit der Person der Fürsten. Wir können es aber als keine Schädigung der Person erachten, wenn jemand ohne seine Schuld lediglich beschimpft wird. Das ist eben die Grundanschauung, die wir durchführen wollen, daß es keine solche Beleidigung gibt, daß die Injurie nicht denjenigen verächtlich macht und in der öffentlichen Meinung herabsetzt, den sie treffen soll, sondern denjenigen, der sie ausspricht. Wir erstreben mit diesem Gesetz, einen Teil unsres allgemeinen Erziehungsplanes durchzuführen. Die Menschen sollen lernen, ihre Ehre allein zu finden in dem Bewußtsein ihres reinen sittlichen Willens, und sie sollen verachten lernen den äußern Schein, der dem Schlechten ebenso zugute kommt wie dem Ehrenmann. Wir wollen die Erziehung zur innern Wahrheit, indem wir den Schutz des Gesetzes dem entziehen, was dazu verleitet, die Ehre im Urteil oder Vorurteil der Menge zu sehen. Alle unsre Maßregeln, die volkswirtschaftlichen wie die ethischen, haben nur das eine Ziel, den Menschen das höchste aller Güter zu verschaffen, die innere Freiheit.«

Der Justizminister schüttelte den Kopf. »Das ist ein kindlicher Idealismus«, dachte er, aber er wußte nicht gleich, wie er dies, was er für beleidigend hielt, höflich ausdrücken solle.

»Herr Kultor«, sagte von Huhnschlott, »das bedeutet eine gänzlich von der unsrigen abweichende Weltanschauung, das kann nur die Umsturzideen fördern. Wir bitten Sie inständig –«

»Das ist keine neue Weltanschauung«, unterbrach ihn der Kultor streng, »es ist nur der Kern der Religion, zu deren äußeren Formen Sie sich so eifrig bekennen. Es ist die innere Freiheit im Sinne des Christentums, nur daß sein Begründer, im Zusammensturz der antiken Welt, machtlos im römischen Weltreich, sie allein finden konnte in der Verachtung und Flucht der Welt und daß seine angeblichen Nachfolger sie bloß verstanden als den Verzicht des Armseligen zugunsten des Mächtigen. Wir aber sind die Herren der Natur und der Welt und wollen nun der Pflicht nicht vergessen, für jeden diese innere Freiheit zu ermöglichen, ohne daß er auf die Güter dieses Lebens zu verzichten braucht. Und darum, meine Herren, ist es ganz vergeblich, daß Sie sich weiter bemühen. Sie werden dem Gesetz die Zustimmung der Regierung geben.«

Der Kultor erhob sich.

Die Minister standen sogleich auf und sahen sich verlegen an.

»Verzeihen Sie, Herr Kultor«, begann der Justizminister nach einer Pause, »wir haben diese Unterredung als eine private nachgesucht; ich sehe, daß sie leider erfolglos war. Was werden Sie tun, wenn das Gesamtministerium Ihnen eine offizielle Vorstellung macht?«

»Ich werde auf der Sanktionierung des Gesetzes bestehen.«

»Und wenn der Bundesrat dennoch ablehnt?«

»Er wird es nicht.«

»Ich würde eher meine Demission einreichen, als die Annahme empfehlen«, sagte Kreuther mit Haltung.

»Das Ministerium ist darin einig«, fügte Huhnschlott hinzu.

»Das täte mir leid, meine Herren, aber es würden sich andere Minister finden.«

»Und wenn nicht?« rief Huhnschlott auffahrend.

»Dann wird Ihnen der Herr Resident die Antwort erteilen. Bemühen Sie sich nur zu ihm, ich weiß, was er Ihnen antworten wird. Hätten Sie sich der Protektoratserklärung vom 12. Mai vorigen Jahres unterworfen, so wäre eine Einmischung in innere Angelegenheiten ausgeschlossen. So aber wird er sie auf Artikel 7 des nordpolaren Friedensvertrages vom 21. Juni verweisen. Die Garantien für den Rechtsbestand der Verfassung sind aufgehoben, wenn sich die Regierung weigert, diejenigen Maßregeln zu unterstützen, welche die Marsstaaten für notwendig zur wirtschaftlichen, intellektuellen oder ethischen Erziehung der Menschheit hält.«

»Die Entscheidung des Kultors und des Residenten ist noch nicht maßgebend«, erwiderte Huhnschlott finster. »Es steht uns der Appell an den Protektor der Erde offen.«

»Appellieren Sie«, sagte der Kultor.

Die Minister verbeugten sich förmlich und verließen das Zimmer. Langsam stiegen sie die breite Treppe hinab. In der Vorhalle standen zwei riesenhafte Beds unter ihren diabarischen Glockenhelmen Posten und senkten salutierend ihre Telelytrevolver. Die Minister grüßten mechanisch und stiegen in den vor der Tür haltenden elektrischen Wagen. Er rollte aus der bedeckten Auffahrt auf den regennassen Asphalt der breiten Straße. Huhnschlott warf einen Blick rückwärts auf das flache Dach des Gebäudes, wo die glatten Rücken dreier Marsschiffe durch den grauen Schleier des herabrieselnden

Regens glänzten und ihre Repulsitrohre nach drei Richtungen drohend der Hauptstadt entgegenstreckten. Kreuther war dem Blick gefolgt und seufzte tief.

»Zum Kanzlerpalais«, rief Huhnschlott dem Wagenführer zu und murmelte einen Fluch zwischen den Zähnen.

Der Kultor war an eines der hohen Fenster des Gemaches getreten und blickte hinüber auf den Verkehr der Straße. Seine Stirn zog sich finster zusammen. Das tut's freilich nicht, so gingen seine Gedanken, aber die Gängelbänder müssen fort, wenn die Kinder allein und aufrecht zu gehen lernen sollen. Und diese Huhnschlotts sind die gefährlichsten Feinde der Selbstzucht; doch ihre Macht ist gebrochen. Sie werden nicht wagen, sich zu widersetzen.

In seinen Augen leuchtete es triumphierend auf. Es muß gelingen! Er wandte sich nach seinem Arbeitszimmer.

»Die Berichte der Herren Instruktoren!« sprach er ins Telephon.

Der Aufzug beförderte ein dickes Aktenbündel herauf. Er begann darin zu blättern und sich Notizen zu machen. Sein Auge verfinsterte sich wieder. Die Bestrafungen wegen Versäumnis der Fortbildungsschulen vermehrten sich von Monat zu Monat. Auf dem Land hatte man jetzt während der Erntezeit die Einrichtung überhaupt pausieren lassen müssen. Und wie oft waren die Lehrpläne falsch aufgestellt! Nicht wenige Instruktoren ließen Dinge lehren, zu denen die Vorkenntnisse fehlten. Aber es fanden sich doch auch erfreuliche Erfolge. In manchen Landesteilen, besonders bei der industriellen Bevölkerung, drängte man sich nach den Bildungsstätten. Merkwürdigerweise zeigte sich auch in Süddeutschland, sogar in Tirol, ein Fortschritt in der Popularität der Schulen. Hier stand den Bestrebungen der Nume die feste Organisation der kirchlichen Macht feindlich gegenüber; es schien zuerst, als würde es unmöglich sein, gegen den Fanatismus der von der Geistlichkeit gelenkten Bevölkerung aufzukommen. Aber gerade in diesen Gegenden wurde der Besuch, trotz der lokalen Schwierigkeiten in den Gebirgen, immer lebhafter, es gründeten sich selbständige Vereine, zahlreich wurden Lehrer verlangt.

Der Kultor sann lange über die Ursache dieser Erscheinung nach. War es die natürliche Opposition gegen die Macht, die bisher das Nachdenken geflissentlich vom Volk ferngehalten hatte? Brauchte man dem menschlichen Geist nur die Freiheit und die Gelegenheit des Denkens zu geben, um sicher zu sein, daß er seinen Aufflug gewinnen werde? Oder waren die Instruktoren hier geschickter? Der Kultor las einige der Einzelberichte, und er sah mit Vergnügen, wie gut es die Sendboten der Numenheit verstanden hatten, sich vollständig nach den kirchlichen Gewohnheiten der Bevölkerung zu richten. Nirgends suchten sie Zweifel zu erwecken, nirgends gegen die traditionelle Form zu verstoßen. Sie beschränkten sich zunächst auf rein praktische Kenntnisse, deren Wirkung sich sofort in der Hebung des wirtschaftlichen Lebens zeigte. So gewannen sie Vertrauen. Der Weg ist lang, dachte der Kultor, aber er ist der einzig mögliche.

Der Kultor blickte auf seine Notizen und sprach eifrig in den vom Mars eingeführten Phonographen, der ihm zum Festhalten seiner Gedanken diente. Er entwarf eine Erläuterung zur Instruktion der einzelnen Bezirkskultoren. Die süddeutschen Erfolge sollten zum Vorbild genommen werden. Als er einiges aus der

Statistik anführen wollte, stutzte er bei einer Zahl, die von den übrigen auffallend abwich. Wie kam es, daß in dem Bezirk von Bozen die Resultate so ungünstig waren? Er suchte in den Akten den Bericht des Instruktors. Es war die erste Arbeit eines neu hingekommenen Beamten. Die Instruktoren mußten sehr häufig wechseln, das war ein großer Übelstand; sie vertrugen das Erdklima nicht.

Eben begann der Kultor den Bericht zu lesen, als ihm gemeldet wurde, daß der Vorsteher des Gesundheitsamtes von seiner Inspektionsreise zurückgekehrt sei und anfrage, ob er ihn sprechen könne.

»Ich bitte, sogleich«, war die Antwort.

Die Tür öffnete sich, und ein älterer Herr trat ein. Trotz der diabarischen Glocke, die über seinem Haupt schwebte, ging er gebückt und mühsam.

Der Kultor sprang auf und eilte ihm entgegen.

»Mein lieber, teurer Freund«, sagte er, seine Hände fassend, »was ist Ihnen? Sie sehen angegriffen aus, sind Sie nicht wohl? Machen Sie es sich bequem. Legen Sie den Helm ab, und setzen Sie sich hier auf das Sofa unter dem Baldachin, dieses Eckchen ist auf Marsschwere eingerichtet. Ihre Reise hat Sie gewiß sehr angestrengt?«

»Es muß meine letzte sein. Sobald ich meinen offiziellen Bericht abgegeben habe, spätestens in zwei bis drei Wochen, komme ich um Urlaub ein. Ich hoffe, Sie werden mir keine Schwierigkeiten machen.«

»Sie erschrecken mich, Hil! Selbstverständlich können Sie reisen, sobald Sie wollen, sollen Sie reisen, wenn es Ihre Gesundheit erfordert. Aber mir tut es von Herzen leid. Und wie sollen Sie ersetzt werden? In diesem unausgesetzten Wechsel der Beamten – wir haben nun schon den vierten Residenten – waren Sie mir die festeste Stütze. Indessen, ich hoffe, es handelt sich nur um eine vorübergehende Indisposition. Das feuchte Wetter –«

»Ja das Wetter! Sehen Sie, Ell – ich spreche im Vertrauen –, an dem Wetter wird unsre Kunst zuschanden. Der Winter läßt sich allenfalls ertragen, aber gegen diese feuchte Wärme kommen wir nicht auf. Oft habe ich geglaubt, wenn unsre Beamten schon nach wenigen Wochen um Urlaub einkamen, es liege an ihrer Willensschwäche. Ich habe jetzt auf meiner Reise durch die Tiefebene und durch die feuchten Waldtäler der Gebirge gesehen, daß dieses Klima für den Numen, der sich wenigstens einen Teil des Tages im Freien aufhalten muß, wie es doch auf Reisen unvermeidlich ist, in gefährlichster Weise wirkt. Der Regen, der Regen! Wer diese Himmelsplage erfunden hat! Bald prickelt es von allen Seiten in mikroskopischen Wassertröpfchen, bald braust es in Sturzgüssen hernieder, bald fällt es mit jener eintönigen, hypnotisierenden, tödlichen Langeweile herab wie heute. Die Luft, mit Dampf gesättigt, lähmt die Tätigkeit der Haut und läßt uns ersticken. Ich war manchmal wie verzweifelt. Wir dürfen niemand länger als ein halbes Jahr im Winter oder ein Vierteljahr im Sommer hier lassen, oder wir bringen Lungen und Herz nicht wieder gesund nach dem Nu. Was nutzen uns die trefflichen antibarischen Apparate, wenn das infame Wasser uns im wahren Sinne des Wortes ersäuft? Da oben am Pol war das nicht so merklich, wir lebten ja auch mehr nach unsrer eignen Weise. Aber hier in Deutschland –. Warum mußten Sie sich auch gerade dieses Volk zu Ihrem Experiment ausersehen? Es gibt doch Gegenden, in denen wir einigermaßen besser fortkommen würden, zum Beispiel die großen Steppen im Osten, und überall, wo es trocken ist –«

»Aber mein verehrter Hil! Unsre Kulturbestrebungen können wir doch nur dort betreiben, wo wir die Bevölkerung am besten vorbereitet finden, also wo die Volksbildung die vorgeschrittenste ist. Deswegen mußte ich Deutschland wählen, und vornehmlich darum, weil ich es am besten kenne. Höchstens an England hätte ich, aus andern Gründen, denken können, aber dort ist es noch viel feuchter. Und aus allen andern Staaten klagen die Kultoren und Residenten ebenso. Hier liegt ein ganzer Stoß von Urlaubs- und Entlassungsgesuchen von Leuten, die noch keine drei Monate im Lande sind. Doch Sie setzten ja so viele Hoffnung auf das Anthygrin. Hat sich denn dieses Heilmittel nicht bewährt?«

»Das Anthygrin ist in der Tat ein ausgezeichnetes Spezifikum gegen das Erdfieber, und mit dem Chinin zusammen hält es uns einige Zeit aufrecht. Aber es wird nicht lange vertragen, andere Organe werden ruiniert. Ich habe es jetzt sehr stark anwenden müssen, und nun bin ich hauptsächlich deswegen so schwach, weil ich nichts mehr essen kann.«

»Sie sollten sich an Menschenkost gewöhnen. Man muß sich eben nach dem Land richten. Im übrigen müssen wir uns damit abfinden, daß unsre Beamten schnell wechseln. Wir wollen versuchen, ihnen öfter einen kürzeren Urlaub in günstigere klimatische Verhältnisse, etwa nach Tibet, zu geben. Dort hat sich ja jetzt eine vollständige Marskolonie entwickelt. Und wissen Sie, Sie brauchen Ihren Bericht nicht hier abzufassen, Sie können das tun, wo Sie sich wohler fühlen, vielleicht in den Alpen, oder auch weiter fort. Ich stelle Ihnen ein Regierungsschiff zur Verfügung.«

»Ja, wenn wir in der Lage wären, jedem ein Luftschiff mitzugeben – das wäre freilich das beste Mittel. Zehntausend Meter in die Höhe, das kuriert besser als Anthygrin und alle Mittel.«

»Das können wir freilich uns vorläufig nicht leisten, aber in einigen Jahren, wenn wir die Energiestrahlung auf der Erde besser ausnutzen können, wird es hoffentlich möglich sein. Etwas ließe sich inzwischen schon tun. Man könnte einige Schiffe zu einer Höhen-Luftstation einrichten und so doch abwechselnd den einzelnen Erleichterung schaffen.«

»Tun Sie darin bald, was Sie tun können.«

»Ich kann jetzt nicht größere Geldmittel verlangen. Der Etat für dieses Jahr ist erschöpft. Wir haben kolossale Anlagekosten gehabt.«

»Ganz gleich, mögen es die Menschen bezahlen.«

Ell sah den Arzt erstaunt an.

»Nun ja«, lenkte Hil ein, »es klingt etwas roh. Schließlich wird es doch darauf hinauskommen. Doch entschuldigen Sie meine – meine Ausdrucksweise. Ich fühle selbst, daß ich jetzt so leicht heftig, nervös gereizt bin. Man lernt ja die Menschen nicht gerade sehr hoch schätzen – übrigens ist das die allgemeine Ansicht bei unsern Beamten, daß es ganz gut wäre, lieber Steuern zu erheben als Entschädigungsgelder zu zahlen.«

»Ich verstehe Sie gar nicht mehr, lieber Freund. Das wäre die Ansicht bei unsern Beamten? Dagegen würde ich mich doch recht ernstlich erklären.«

»Da es mir einmal so – wie man hier redet – herausgefahren ist, so mag es denn auch gesagt sein«, erwiderte Hil, »obwohl ich erst in meinem Bericht davon sprechen wollte, weil ich ihnen erst darin die formellen Belege für meine Beobachtungen geben kann. Es ist allerdings eine Gefahr da, eine moralische, die Ihnen in der Auswahl der Beamten ganz besondere Vorsicht auferlegen wird. Es ist mir im allgemeinen aufgefallen, daß die Instruktoren nach einigen Monaten nicht mehr die Ruhe und das heitere Gleichmaß der Gesinnung haben, die wir an den Numen gewohnt sind. Der Umgang mit den Menschen, wenigstens in der autokratischen Stellung, die sie einnehmen, wirkt – verzeihen Sie den Ausdruck – gewissermaßen verrohend, und das äußert sich zunächst in der Sprechweise, in einer Geringschätzung der ästhetischen Form, weiterhin in einer Überschätzung der eigenen Bedeutung, schließlich in einer schon das ethisch Statthafte überschreitenden Selbstherrlichkeit. Ja, ich habe leider einzelne Fälle beobachtet, wo man direkt von einer Psychose sprechen kann, ich möchte sie geradezu den ›Erdkoller‹ nennen.«

»Aber ich bitte Sie, da muß sofort eingeschritten werden. Darüber werden Sie mir eingehend berichten.«

»Als Arzt, gewiß. Das andere wird Sache der revidierenden Unterkultoren sein, wenn nicht gar des Residenten. Denn es können politische Verwicklungen entstehen. Bis jetzt ist die Sache noch verhältnismäßig harmlos, und ich werde die betreffenden Herren schon morgen zur Beurlaubung vorschlagen. Da komme ich zum Beispiel – ich weiß den Namen nicht auswendig – auf eine Kreuzungsstation, wo ich umsteigen muß. Aber der neue Zug kommt nicht und kommt nicht – er hat über eine halbe Stunde Verspätung. Ich erkundige mich dann bei dem Zugführer und höre: Ja, der Herr Bezirksinstruktor ist ein Stück mitgefahren. Ich frage, warum das so lange aufgehalten habe. Der Herr Bezirksinstruktor habe einen eigenen Wagen verlangt, der mußte erst geholt werden. Dann könne er aber den Lärm und Dampf der Maschine nicht vertragen, und so mußte man den Wagen erst an das Ende des Zuges bringen und noch einige leere Wagen dazwischenschalten. Und endlich mußte man mitten auf der Strecke an einem Dorf halten, weil es ihm beliebte, dort auszusteigen.«

»Und sagten Sie nicht, daß die Bahnbeamten solchem unberechtigten Verlangen nicht nachgeben durften?«

»Die zuckten die Achseln und meinten, was will man tun? Man darf sich den nicht zum Feind machen.«

»Die feigen Toren! Aber der Instruktor muß sofort von seinem Amt suspendiert und vor das Disziplinargericht gestellt werden. Das ist ja unerhört, wenn sich diese Angaben bestätigen, ich werde aufs genaueste untersuchen lassen. Wie kann ein Nume seine Berechtigungen so überschreiten!«

»Es würde ihm auf dem Nu nie einfallen. Hier achtet er niemand als seinesgleichen. Die Theorie, daß Bate keine Numenheit besäßen, ist ja sehr verbreitet.«

»Ich werde dafür sorgen, daß sich meine Beamten ihrer Pflicht erinnern, die Gesetze dieses Staates als die ihrigen zu betrachten, so lange sie hier sind, und sich keine privaten Vorrechte anzumaßen. Wie sollen die Menschen lernen, sich dem Gesetz zu fügen, wenn Nume solche Beispiele geben? Ich hätte das nicht geglaubt.

Warum aber beschwert sich niemand? Sobald die Presse über einen derartigen Fall berichtete, würde ich sofort untersuchen lassen.«

Hil zuckte mit den Achseln. »Die Untersuchung ist nicht immer sehr angenehm. Es ist schwer, alle Einzelheiten zu beweisen. Übrigens sind solche Fälle glücklicherweise noch vereinzelt. Sollten sie sich wiederholen, so würde die Presse nicht schweigen. Das sehen Sie ja an dem Fall Stuh.«

»Was meinen Sie da?«

»Haben Sie denn die heutigen Mittagsblätter nicht gelesen?«

»Es war mir bis jetzt unmöglich. Aber ich würde natürlich nachher –. Doch was ist denn geschehen? Sie meinen doch nicht Stuh in Frankfurt?«

»Die Sache spielt in der Nähe von Frankfurt. Der Bezirksinstruktor ist vier Stunden im Regen gefahren – beachten Sie das –, kommt in einen kleinen Ort und ist sehr hungrig. Er läßt vor dem Wirtshaus halten. Es ist Sonntag, alle Zimmer sind überfüllt, der Wirt hat selbst Taufe im Hause. Stuh geht in das Gastzimmer und bestellt sich Essen. Die Bauern rücken auch zusammen und machen ihm eine Ecke frei. Nun kommt das Essen. Stuh sagt dem Wirt, die Leute möchten jetzt das Zimmer verlassen, er wolle essen. Der Wirt stellt ihm vor, das könne er nicht verlangen, es sei kein Raum im ganzen Hause frei; selbst der Hausflur war besetzt, und draußen regnete es in Strömen. Da wird Stuh von Hunger und Regen wütend und herrscht die Leute an, sie möchten sich hinausscheren, wenn ein Nume esse, habe kein Bat zuzusehen. Die Bauern haben keine Ahnung, daß es uns nicht möglich ist, so öffentlich den Hunger zu stillen. Sie halten die Anforderung für eine Unverschämtheit und lachen Stuh einfach aus. Ganz nüchtern waren sie auch nicht mehr. Kurzum, es kommt zum Streit. Stuh will nun hinaus, jetzt aber verhöhnen ihn die Bauern und klopfen ihm mit ihren Stöcken auf den Glockenhelm. Unglücklicherweise hat Stuh an seiner Uhr ein kleines Telelytstiftchen. Er nimmt die Uhr heraus, hält sie den Umstehenden entgegen und sagt: ›Wenn ihr jetzt nicht macht, daß ihr hinauskommt, so lasse ich hier einen Feuerregen heraus, daß ihr alle verbrennen müßt.‹ Das war ja natürlich eine Aufschneiderei, mit dem Stiftchen konnte er höchstens einem die Kleider versengen. Und da nun nicht gleich Platz wird, so läßt er die Funkengarbe aus dem Stiftchen sprühen. Nun denken die Leute wirklich, das Haus muß anbrennen, und drängen sich zur Tür. Es entsteht ein Gewühl, und eine Menge Verwundungen kommen vor. Das ganze Haus gerät in Aufruhr. Stuh verriegelt die Tür und setzt sich ruhig zum Essen. Als nun die Bauern sahen, daß weiter nichts geschehen war und sie sich nur selbst gestoßen und getreten hatten, wurden sie wütend und wollten die Tür einschlagen, um Stuh zu verhauen. Zum Glück war inzwischen Polizei herbeigekommen und brachte Stuh unversehrt zum Ort hinaus. Aber Sie können sich denken, welche Empörung jetzt in dem Städtchen herrscht.«

»Das ist unangenehm, sehr unangenehm«, sagte Ell. »Und ich kenne doch Stuh als einen ruhigen, menschenfreundlichen Mann.«

»Der Regen, Ell! Fahren Sie einmal vier Stunden im Regen – mit Pferden, entsetzlicher Gedanke! Schon der Geruch kann einen wahnsinnig machen. Aber freilich, das können Sie nicht so nachfühlen –«

Ell war aufgestanden und auf und ab gegangen. Er blieb nun stehen und sprach: »Aber das sind Zwischenfälle, die sich nicht vermeiden lassen. Man muß sie korrigieren, ihnen jedoch kein großes Gewicht beilegen. Unsere Aufgabe werden wir trotzdem erfüllen.«

»Ich zweifle nicht. Aber es sind Symptome. Möchten sie sich nicht häufen! Indessen, sie sind nicht das Schlimmste. Es gibt eine viel größere Gefahr. Deswegen kam ich her. Eine Gefahr für die Menschen.«

»Sprechen Sie, Hil.«

»Wissen Sie, was bei uns Gragra ist?«

»Das ist, wenn ich mich recht erinnere, eine Kinderkrankheit auf dem Mars, die ohne jede Bedeutung ist.«

»Ganz richtig, das ist sie jetzt, seit einigen tausend Jahren. Die Kinder sind ein paar Tage müde, bekommen einen leichten Ausschlag, und dann ist die Sache vorüber. Aber es war nicht immer so. Im agrarischen Zeitalter war die Gragra eine furchtbare Plage, eine entsetzliche Pest, welche ganze Landstriche bei uns entvölkerte, nicht durch einen akuten Verlauf, sondern durch eine langsame, chronische Vergiftung. Wir sind ihrer Herr geworden, teils durch unsre Impfungen, teils durch die allmähliche Veränderung der Ernährung. Und nun – die ersten Spuren dieser chronischen Form –, doch setzen Sie sich her zu mir, ich muß leise sprechen.«

Ell ließ sich neben Hil nieder. Dieser sprach lange mit ihm. Ells Gesicht war tiefernst geworden.

»Das ist ja furchtbar«, sagte er. »Und was können wir tun?«

»Noch weiß kein Mensch von der drohenden Gefahr. Die menschlichen Ärzte sind noch nicht einmal auf diese leichten, ihnen unbekannten ersten Symptome aufmerksam geworden. Und wenn die Krankheit allmählich stärker unter den Menschen auftreten sollte, werden Jahre vergehen, ehe sie erkennen werden, daß es sich um eine für sie ganz neue Form von Bakterien handelt. Denn diese sind so klein, daß sie nur durch unsere besonderen Strahlungsmethoden nachweisbar sind. Ich habe die Überzeugung, daß die Krankheit in ihrer milden Form vom Mars eingeschleppt worden ist und daß die Bazillen unter den auf der Erde, respektive im menschlichen Körper herrschenden Verhältnissen so günstige Bedingungen für ihre Vermehrung gefunden haben, daß die alte perniziöse Form, die bei uns ausgestorben war, wieder auftritt. In einigen Jahren werden wir die Verheerungen sehen.«

»So müssen wir sofort die Ärzte auf diese Krankheit aufmerksam machen –«

»Überlegen Sie das sehr sorgfältig, Ell. Wie gesagt, von selbst würde kein Mensch auf Jahre hinaus auf die Ursachen der Erscheinungen kommen, die sich zweifellos mit der Zeit zeigen werden. Und bisher sind die Symptome selbst erst für uns wahrnehmbar. Wollen Sie jetzt den Menschen sagen, wir haben Euch ein furchtbares Übel auf die Erde gebracht, schlimmer vielleicht als die Tuberkulose? Wäre das nicht der sichere Weg, unsern Einfluß aufzuheben? Würde das nicht zu einem allgemeinen Aufstand führen, den wir nur mit neuen Greueln unterdrücken könnten? Nein, es darf kein Mensch ahnen, daß wir ihm nicht bloß Heilsames auf der Erde verbreiten.«

»Aber wir müssen die Menschen vor dem drohenden Unheil schützen.«

»Es ist, wie ich überzeugt bin, möglich, aber es ist sehr schwierig. Zunächst müssen die Nume sich jeder unmittelbaren Berührung mit dem Körper der Menschen enthalten, es sei denn unter den besonderen Vorsichtsmaßregeln, wie sie der Arzt bei einer Untersuchung anwenden kann. Und es fragt sich, ob alle der Unseren in dieser Hinsicht zuverlässig sein werden. Für die Menschen aber ist zweierlei notwendig: Ernährung durch chemische Nahrungsmittel und allgemein durchgeführte Impfung. Unter diesen Umständen würde auch die Berührung mit den Numen nichts schaden können. Aber diese Mittel werden nicht anwendbar sein.«

»Die allgemeine Verbannung der agrarischen Nahrungsmittel ist jetzt noch nicht möglich, sie wird sich nur nach und nach einführen lassen. Und bis dahin könnte schon viel Schaden geschehen sein. Die Impfung ließe sich ja zwangsweise durchsetzen, aber man müßte doch den Grund mindestens andeuten, und wir würden jedenfalls auf Widerstand stoßen und Unwillen erregen. Indessen, geschehen muß etwas. Ich erwarte baldigst die eingehenden Belege für die Richtigkeit Ihrer Ansicht und werde dann mit dem Residenten und dem Protektor konferieren. Es müßte wohl sicher international vorgegangen werden. Ach Hil, was für eine neue große Sorge haben Sie mir da gemacht!«

»Es war meine Pflicht.«

»Gewiß, mein verehrter Freund. Und vergessen Sie nicht bei Ihren Besprechungen mit den Kollegen, daß es sich um ein Numengeheimnis handelt. Es ist zu abscheulich! Nichts ist mir unangenehmer als der Zwang, mit der vollen Wahrheit zurückzuhalten. Und doch muß hier aufs sorgfältigste überlegt werden, ob wir reden dürfen. Darin haben Sie leider recht.«

Ell trat an das Fenster und blickte, in Nachsinnen verloren, hinaus.

Hil erhob sich, um sich zu verabschieden.

Plötzlich zuckte Ell, wie von einem innern Schreck ergriffen, zusammen. Er drehte sich schnell nach Hil um und sagte:

»Noch eins, Hil, noch eine Frage. Schenken Sie mir noch einen Augenblick. Ich möchte wissen –: Was halten Sie von der Gefahr, die der Aufenthalt auf dem Mars für die Menschen bietet? Glauben Sie, daß diejenigen, die dort waren, zum Beispiel unsre Freunde, den Keim der Krankheit in sich aufgenommen haben könnten?«

Ein leichtes Lächeln spielte um Hils Züge, als er antwortete:

»Für Ihre Person können Sie ganz unbesorgt sein. Bei Ihrem Numenblut und Ihrer Bevorzugung der chemischen Nahrungsmittel –«

Ell winkte mit der Hand. »Nicht doch, ich dachte wirklich nicht an mich, ich dachte – zum Beispiel Saltner – und die Forschungs- und Vergnügungsreisenden. Wir können ja jetzt kaum Raumschiffe genug stellen. Glauben Sie, daß wir den Verkehr beschränken müßten?«

»In dieser Frage haben wir noch keine Erfahrung. Indessen könnte es kein Bedenken erregen, wenn man die Impfung zum Beispiel für das Betreten der Raumschiffe unter irgendeinem Vorwand zur Bedingung machte.«

»Aber diejenigen, die nun schon zurück sind?«

»Saltner ist auf der Reise nach dem Mars geimpft worden, weil ihm sonst das Ehrenrecht als Nume nicht hätte erteilt werden können. Und was – was Frau Torm betrifft, so kann ich Sie ebenfalls beruhigen. Ich habe es für gut gehalten, während ihrer Krankheit nach und nach die bei uns vorgeschriebenen Impfungen zu vollziehen, und ich halte sie jetzt überhaupt für vollständig wiederhergestellt.«

Ell, der Hil gespannt angeblickt hatte, atmete auf. Er sagte jetzt lächelnd: »Und halten Sie mich selbst für einen Ansteckungsherd?«

»Nein, ich halte Sie in dieser Hinsicht für ganz ungefährlich.«

»Ich danke Ihnen. Und wir wollen den Mut nicht verlieren. Ich will nachdenken, was wir tun können. Leben Sie wohl, und schonen Sie sich. Bestimmen Sie, wann Sie Höhenluft schöpfen wollen, das Luftschiff soll zu Ihrer Verfügung stehen.«

Er begleitete Hil bis an die Tür und schüttelte ihm die Hand. Dann kehrte er zurück. Ein Seufzer entrang sich seiner Brust. Lange schritt er im Zimmer auf und ab. »Nur den Mut nicht verlieren!« sagte er zu sich selbst. Dann glitt ein stilles Lächeln über seine Züge. »Ja, das wird mir gut tun«, dachte er.

»Den Wagen!« rief er ins Telephon.

47 - ISMA

Die Martier besaßen ein Verfahren zur Herstellung von Akkumulatoren, die nur ein sehr geringes Gewicht hatten. Diese waren sehr bald auf der Erde eingeführt worden und hatten das Fuhrwesen umgestaltet. In Berlin waren die Pferde vollständig aus dem Verkehr geschwunden. Die Nähe größerer Tiere war den Martiern wegen der damit verbundenen Unreinlichkeit und des Geruches ein Abscheu, und der Umgang der Menschen mit ihren Haustieren erschien ihnen als einer der barbarischsten Züge im Leben der Erde. In der Hauptstadt waren jetzt nur noch elektrische Wagen und Droschken im Gebrauch.

Der elegante Wagen des Kultoramts führte Ell durch einen großen Teil der Stadt, vom fernen Südwest bis zum Südost. Als Ziel hatte er die Bildungsanstalt 27 angegeben, die sich in der ehemaligen Kaserne des dritten Garde-Infanterieregiments befand. Vor einer Nebenpforte des großen Gebäudes verließ Ell den Wagen, der dort warten sollte. Er trat in das Haus, aber er durchschritt nur einige Korridore und Höfe und verließ es wieder durch einen Ausgang nach der Zeughofstraße. Von hier kehrte er in die Wrangelstraße zurück und trat nach wenigen Minuten in eines der dortigen Mietshäuser, wo er in dem nach dem Garten zu liegenden Flügel drei Treppen hinaufstieg.

Hier wohnte Isma. Sie saß an dem weitgeöffneten Fenster, aus welchem ihr Blick über die regenfeuchten Bäume des Gartens nach den dahinter anfragenden Häusermassen und Schornsteinen schweifte. Das Buch, in dem sie gelesen hatte, lag neben ihr. Von Zeit zu Zeit, wenn sie ein Geräusch von Tritten zu vernehmen glaubte, blickte sie nach der Tür, als erwartete sie, daß sie sich öffnen werde.

Und nun klingelte es draußen. Sie stand auf und strich sich das Haar aus den Schläfen. Dann ging sie auf die Tür zu, aus welcher ihr Ell entgegentrat.

»Endlich«, sagte er, ihre Hand ergreifend, »endlich wieder einmal bei Ihnen. Es tat mir zu leid, daß ich unsern letzten Abend nicht einhalten konnte, aber ich durfte die Einladung da oben nicht ablehnen. Fühlen Sie sich auch ganz wohl?«

Sein Blick ruhte mit zärtlicher Besorgnis auf ihren Zügen.

»Es geht mir besser wie je«, sagte Isma lächelnd.

»Fühlen Sie gar keine Beschwerden?« fragte er weiter. »Kein Kopfweh, keine Müdigkeit?«

»Gar nichts. Sie fragen ja gerade, als wenn Sie Hil wären. Was haben Sie denn? Ich kann Ihnen wirklich nicht die Freude machen, mich pflegen zu lassen. Aber wissen Sie, Ell, daß Sie mir eigentlich gar nicht gefallen? Sie strengen sich offenbar zu sehr an, Sie sehen angegriffen aus und sollten sich mehr schonen.«

»Ach, Isma, davon kann keine Rede sein«, erwiderte Ell, indem er sich neben ihr niederließ. »Mir ist manchmal zumute, als wüchse mir die Arbeit über den Kopf. Und dann die Sorge! Doch nichts davon! Dann gibt es kein andres Heilmittel für mich, als hier die drei Treppen hinaufzusteigen –«

»Das freut mich, daß Ihnen das Treppensteigen so gut bekommt. Ich könnte ja auch noch eine Stiege höher ziehen.«

»Oh, es genügt. Wenn ich nur die schmale Hand fassen und Ihnen in die lieben Augen sehen kann! Dann möchte ich wieder an die Menschen glauben und wieder hoffen!«

»Sie dürfen so nicht sprechen, Ell, Sie ängstigen mich. Auf dem Weg zu Ihrem hohen Ziel darf es kein Schwanken geben. Dazu waren unsre Opfer zu groß, zu schmerzlich.«

Sie hob die Augen, die mit Tränen kämpften, wie bittend zu ihm empor.

»Verzeihen Sie mir, Isma. Ich weiß es längst, daß ich für mich kein Glück beanspruchen darf, der ich mir anmaßte, es der Menschheit zu bringen. Aber wenn ich hier bei Ihnen sitze – und Sie wissen, daß ich die neue Kraft hier schöpfe –, ach, dann ist es auch so unendlich schwer, auf das einzige zu verzichten, was ich je vom Leben für mich ersehnte. Und immer fester wird mir die Überzeugung, daß beides zusammengehört, wenn ich meinen Lauf erfüllen soll.«

»Noch ist die Zeit nicht da, von uns zu sprechen. O Ell, sagen Sie, was quält Sie, was ist geschehen? Ich kenne Sie kaum wieder, noch vor kurzem waren Sie so siegesgewiß.«

»Es geht wohl vorüber. Gerade heute haben sich allerlei Nachrichten gehäuft, die mir Schwierigkeiten machen. Die neuen Verhältnisse wirken ungünstig auf die Nume, das ruhige Gleichgewicht, das sie in den festen Kulturzuständen des Mars haben, wird zerstört, es entstehen Konflikte, und das Ende vom Liede wird sein, daß ich von beiden Seiten für alles verantwortlich gemacht werde.«

»Das müssen Sie tragen. Und Sie wußten es im voraus, Ell, als Sie das verantwortliche Amt annahmen, daß Sie angefeindet werden würden. Erinnern Sie sich noch? Es war kurz nach meiner Krankheit, als ich wieder den ersten größeren Ausflug mit ihnen unternahm, zur Probe, wie Hil sagte, ob ich das Reisen vertrüge. Wir waren nach den großen Schleusen der Emm- Kanäle gefahren, dort zeigten Sie mir, wie das Wasser auf das zweihundert Meter hohe Wüstenplateau gehoben wird. Und da sagten Sie mir, daß der Zentralrat Ihren Vorschlag über die Einsetzung von Kultoren angenommen habe und daß Ihnen das Kultoramt für den deutschen Sprachbezirk angetragen sei. Sie waren im Zweifel, ob Sie es annehmen durften, und Sie sprachen ja ganz klar ihre Befürchtung aus. Ihre Landsleute, sagten Sie, werden auf jeden Fall unzufrieden sein, weil sie die Bildungsanstalten als einen Zwang empfinden werden, den die Resultate doch erst nach Jahren rechtfertigen würden. Die Nume aber würden es Ihnen nicht vergeben, daß ein Heer von Beamten unter Ihnen stehen solle, der Sie auf der Erde geboren sind.«

»Ich weiß es, Isma, ich sehe Sie noch dort an dem Geländer lehnen und in Nachsinnen verloren hinabblicken auf die Baumwipfel, und ich höre Ihr Wort: Wenn ich glaube, daß die Nume solchen Vorurteilen zugänglich sind, so sei es nicht notwendig, daß die Menschen von ihnen lernen. Dann hätte ich meinen großen Kulturplan überhaupt nicht fassen dürfen. Wenn ich aber an den Beruf der Nume glaube, die Menschheit vom Druck ihrer Geschichte zu erlösen, so dürfe ich auch keinen Zweifel hegen, daß die Nume um der Sache willen sich gern und frei unterordnen würden. Wenn mich der Zentralrat zu einem Amt beriefe, wie es noch niemals auf Erden ausgeübt worden, so geschehe es, weil jeder weiß, daß ich der geeignetste, gewissermaßen der geborene Vermittler sei zwischen den Planeten und daß ich mein ganzes Leben lang auf eine solche Aufgabe mich vorbereitet habe. Und darauf –«

»Oh, ich habe es nicht vergessen, Ell«, fiel Isma ein. »Ich erinnere mich an jedes Wort. Denn in all meinem eignen Leid steht mir jener Moment vor Augen als der größte meines Lebens. Unter mir schwand mein eignes Dasein vor dem erhabenen Gefühl, daß wir der Menschheit dienen müssen, und ich war stolz und glücklich, in dem Augenblick bei Ihnen sein zu dürfen, da von Ihrem Entschluß der Beginn eines neuen Zeitalters abhing. Sie wiesen hinab, wo zwischen dem Laub die weiten Wasserflächen schimmerten, und sagten: Da unten, wo die Schmelzwasser des Pols in ihrem natürlichen Bett sich sammeln, sind sie klar und ruhig und versiegen nimmer. Aber wir heben sie mit unsern Maschinen in den Sonnenbrand der Wüste, und trübe verrinnen sie allmählich in dem Bett, das Tausende von Kilometern sich hinzieht. Wer sagt uns, wie der heitere Seelenspiegel des Numen sich trübt, wenn wir ihn künstlich auf die Erde versetzen und auf unübersehbare Jahre seine Reinheit im Schlamm der Menschheit vergraben? Und da erwiderte ich Ihnen: So weit die Kanäle sich füllen, sproßt das Leben in der Wüste, und die Kultur des Mars beruht auf diesen sich selbst verzehrenden Adern. – Würden die Nume diese Riesenlasten von Wasser heben und verrinnen lassen, wenn sie nicht glaubten, daß es seine begebende Kraft auch behält in dem künstlichen Bett? Und wer schafft es herauf? Es ist doch die Vernunft, die die Natur leitet. Glauben Sie nicht an die Vernunft? Und als ich dies sagte, da blitzte es drunten auf über den Bäumen, und helle Strahlen stiegen in die Höhe und mehrten sich, und so weit der Blick reichte, zitterten die Lichtfontänen in der Luft, und die Leute liefen durcheinander und riefen sich zu: ›Der Friede ist geschlossen! Die Erde gehört uns – –‹ Und Sie faßten meine Hand und sagten: ›Ja, ich glaube an die Vernunft!‹ Und sehen Sie, Ell, ich glaube! An die Vernunft und an Sie! Und wenn ich das nicht mehr könnte –«

Sie brach ab. Ell aber ergriff ihre Hand und rief:

»Sie können es, Isma, Sie können es! Mein Glaube an die Vernunft ist nicht erschüttert, und mich sollen Sie nicht weichen sehen aus feiger Schwäche. Aber die Vernunft ist ewig, ich bin ein vergänglicher Zeuge ihres zeitlichen Gesetzes, und ich muß gefaßt sein, daß sie über mich hinwegschreitet. Denn ich habe mir angemaßt zu beginnen, was zu vollenden Geschlechter gehören. Wenn ich mich nun täuschte in den Mitteln, die ich für die richtigen hielt?«

»Es wird nicht sein. Es werden Fehler gemacht werden, das ist natürlich. Aber die Grundlagen werden sich bewähren. Sie müssen Geduld haben.«

»Wie danke ich Ihnen, Isma, für Ihr Vertrauen, das mich vor mir selbst rechtfertigt. Einen Fehler habe ich begangen von Anfang an, der mehr ist als ein Fehler, daß ich eine Zeitlang die Erde vergaß –«

»O mein Freund, den büße ich für Sie –, davon nichts mehr –«

»Und das andere, wenn es ein Fehler ist, so weiß ich nicht, wie ich ihn hätte vermeiden sollen. Wenn ich auf die Menschen wirken wollte, konnte ich es anders als durch die Mittel, an die sie gewöhnt sind, durch die Autorität der Macht? Und doch weiß ich, daß hier ein Widerspruch liegt mit dem Zweck, den ich erstrebe, der inneren Freiheit. Den Zustand will ich aufheben, daß irgendeine Klasse der Bevölkerung ihre Macht dazu mißbraucht, durch Einschüchterung und Beherrschung der übrigen die freie Entwicklung aller Kräfte und Meinungen zu verhindern, und was tue ich? Ich übe einen neuen Zwang aus, ohne zu wissen, ob ich die eingewurzelten Vorurteile zu brechen vermag. Ich hoffe es, doch ob ich es erlebe? Und was dann? Droht nicht eine neue Bürokratie über der alten?«

»Ell, vergessen Sie nicht den Glauben an die Nume! Es sind nicht Menschen, es sind Nume, welche die Menschheit erziehen. Sie werden ihre Zöglinge als freie Männer aus der Schule entlassen, sobald sie sehen, daß ihre Lehrarbeit getan ist.«

»Das ist meine Hoffnung. Das ist ja das absolut Neue an der Umwälzung der Verhältnisse. Die zur Macht gekommen sind, sind es nicht, wie die Geschlechter der Menschen, in der Absicht, die Macht um ihrer selbst, ihrer Klasse und Nachkommen willen zu erhalten, sondern um sie als freies Gut der Menschheit, der geläuterten Menschheit zurückzugeben.«

»Sie werden es.«

»Sie werden es, wenn sie Nume bleiben. Wenn aber die Berührung mit der Erde sie ihrer Numenheit entkleidet und die Menschen sie anstecken mit ihrem Eigennutz? Wenn die alte Kultur zurückschlägt in die Barbarei der Erde und aus den Kultoren gewöhnliche Despoten werden, wie Päpste aus Aposteln?«

Isma schüttelte den Kopf.

»Ich weiß nicht, Ell, was Sie im Sinn haben«, sagte sie. »Es mögen auch solche Fälle vorkommen. Aber drüben, jenseits der Erde, kreist der Mars mit seinen drei Milliarden Bewohnern. Diese sind der feste Kern der Kultur, der jede Entartung wieder aufheben wird.«

Ell blickte schweigend vor sich hin. Er dachte daran, ob nicht in den Menschen der Widerstand der Natur zu groß sein würde. Aber er sprach es nicht aus. Seine Augen wandten sich auf Isma. Sie hatte sich in ihrem Sessel zurückgelehnt und die Hände auf dem Schoß gefaltet. Ein einfaches schwarzes Kleid umschloß ihre Gestalt, und das feine Profil hob sich wie eine Silhouette gegen das Fenster ab, vor welchem der Tag bereits in Dämmerung überging. Er wollte ihr nicht neue Sorgen erwecken. Und doch, sie jetzt schon verlassen? Es schien ihm unmöglich. Oh, wenn er sie immer so neben sich hätte, wie ganz anders müßte sich der schwere Kampf des Lebens aufnehmen lassen! Sie erschien ihm begehrenswerter wie je, so lieb in ihrer treuen Freundschaft, so groß in ihrem einfachen Vertrauen.

»Isma«, kam es fast unbewußt über seine Lippen.

Sie reichte ihm ihre Hand hinüber mit dem milden, ernsten Lächeln, das ihre Züge mitunter in seiner Nähe verklärte.

»Mein Freund«, sagte sie.

»Isma«, sprach er leise, »wollen Sie nicht bei mir bleiben?«

Sie drückte seine Hand, ohne sie ihm zu entziehen.

»Sie wissen, Ell«, antwortete sie ebenso leise, »daß ich es nicht darf, ja auch nicht will, so lange noch eine Möglichkeit ist –«

»Aber wenn einmal die Zeit kommt, daß keine Möglichkeit mehr ist?«

»Dann sprechen wir wieder davon. Bis dahin –. Sie kennen meine Bitte. – Wo ist die Grenze zwischen Gedanke und Wunsch? Und das ist Frevel.«

»Aber ich darf annehmen, Isma –«

»Nehmen Sie an, was Sie wollen. Wenn mein Leben keinem andern gehört, wem könnte es gehören als der Idee, der wir dienen? Und dann mögen Sie nachdenken, wie das am besten geschehen kann.«

Sie entzog ihm sanft ihre Hand und trat an das Fenster. Er stellte sich neben sie. Schweigend blickten sie hinaus, dann begann Ell:

»Die Nachforschungen ruhen niemals, und alles, was sich hat ermitteln lassen, weist jetzt auf eine Vermutung hin, die jede Hoffnung fast mit Sicherheit ausschließt.«

Isma zuckte zusammen. Ell schwieg.

»Sprechen Sie weiter«, sagte sie dann gefaßt. »Ich habe mir ja soviel hundertmal gesagt, daß ich nicht mehr hoffen darf. Und doch ist das Wort der Gewißheit wie ein Stahl, der ins Herz trifft. Aber – sprechen Sie weiter.«

»Er konnte die Insel Ara nur verlassen durch Schwimmen nach einer der Nachbarinseln, das war unsere Annahme. Dann mußte er in der Umgebung des Pols aufgefunden werden; es ist jetzt dort kein Fleckchen mehr ununtersucht, wo Menschen existieren können. Demnach nahmen wir an, daß er unter das Eis geraten sei –«

Isma bedeckte die Augen mit der Hand.

»Eine Möglichkeit aber war noch da, so unwahrscheinlich, daß man erst spät daran gedacht hat. Wenige Stunden, bevor man ihn vermißte, ging ein Luftschiff ab, das nach Tibet bestimmt war, um dort Vermessungen zur Anlegung von Strahlungsfeldern zu machen. Wenn er sich unbemerkt in diesem versteckt hätte obwohl ich nicht begreife, wie das geschehen konnte –«

»Ell«, rief Isma, »warum haben Sie mir das nicht gesagt!«

»Weil ich Ihnen keine Hoffnungen erwecken wollte, die nur zu neuen Befürchtungen führen konnten. Jetzt haben Sie sich damit vertraut gemacht, daß wir ihn verloren haben, und Gewißheit wird besser sein als die Angst. Denn dieses Luftschiff – der Zusammenhang ist mir selbst erst vor kurzem durch neue Untersuchungen klar geworden – als das Unglück geschah, war ich selbst noch nicht auf der Erde, die Akten über Torm waren abgeschlossen, und die Vermutung, daß er sich auf dem Schiff befand, ist erst durch meine erneute Aufnahme des Falles aufgetaucht –, jenes Luftschiff war dasselbe, das im Juni vorigen Jahres bei Podgoritza von den Albanern zerstört und dessen Besatzung bis auf den letzten Mann ermordet wurde. Also auch diese Spur, wenn sie überhaupt eine war, blieb hoffnungslos. Sind Sie mir böse, daß ich jetzt davon gesprochen habe?«

Isma seufzte tief. »Nein, Ell, Sie müssen mir alles sagen, und ich muß es zu ertragen wissen.«

Sie blickte wieder stumm in den Abend hinaus. Plötzlich ergriff sie mit einer krampfhaften Bewegung Ells Arm.

»Aber wenn er auf dem Schiff war, Ell, wenn er darauf war –«

»Es ist ja nicht sicher, Isma, ich bitte Sie, beruhigen Sie sich. Niemand weiß es, es ist nur die einzige noch denkbare Vermutung –«

»Wenn er darauf war, wer sagt Ihnen, daß er auch noch in Podgoritza darauf war? Konnte er nicht in Tibet das Schiff verlassen haben?«

»Wie sollte er es unbemerkt im fremden Land, in der Wüste verlassen? Und wenn man ihn bemerkte, hätte man ihn gefangen genommen, und das ist auch, falls die erste Vermutung überhaupt zutrifft, das Wahrscheinliche. Er wird bei einem Fluchtversuch vom Schiff entdeckt und als Gefangener unter der Besatzung –«

»Dann aber kann er bei dem Überfall entkommen sein«, unterbrach Isma hastig. »Das ist sehr leicht möglich. O Ell, ich habe noch Hoffnung. Er wird sich unter jene Halbwilden geflüchtet haben, dort muß er gesucht werden. Das müssen Sie tun, Ell! Und wenn wir ihn finden – o Gott!«

Sie warf sich auf einen Sessel und schluchzte. Endlich wurde sie ruhiger.

»Er hat ja nichts mehr zu befürchten«, sagte sie, »nicht wahr? Mit dem Frieden ist die Amnestie für alles ausgesprochen, was während des Krieges geschehen ist.«

»Nicht gerade für alles.«

»Aber für seine Flucht kann er nicht mehr bestraft werden?«

»Nein, Isma. Aber ich bitte Sie, klammern Sie sich nicht wieder an diese Unmöglichkeit. Oh, hätte ich doch nicht davon gesprochen! Fassen Sie sich! Ich kann Sie so nicht verlassen.«

»Sie haben recht«, sagte sie endlich. »Ich bin so töricht.« Sie stand auf, schloß das Fenster und schaltete das Licht ein.

»Setzen wir uns noch ein wenig«, sagte sie dann. »Es ist ja alles so unwahrscheinlich, bei ruhiger Überlegung. Aber wer klammert sich nicht an einen Strohhalm?«

»Sehen Sie, Isma, Sie müssen sich mit dem Geschehenen abfinden, wie Sie es bisher getan. Wäre er in Podgoritza entflohen, so wäre er längst hier, oder wir hätten Nachricht. Er hatte ja nun nichts mehr von den Martiern zu befürchten. Es ist seitdem über ein Jahr vergangen, deshalb glaubte ich darüber sprechen zu dürfen.«

Sie reichte ihm wieder die Hand. »Ich weiß ja«, sagte sie, »daß Sie es gut meinten. Aber eins müssen Sie mir doch noch sagen. Bei wichtigen Ereignissen wenden Sie sonst das Retrospektiv an, um den Vorgang zu beobachten. Warum ging es denn nicht – der Überfall von Podgoritza zum Beispiel ist doch wichtig genug –, warum wurde er nicht vom Mars aus –?«

»Glauben Sie mir, Isma, ich hätte es durchgesetzt, um Ihretwillen, das Retrospektiv anzuwenden, wenn ich mir den geringsten Erfolg hätte versprechen können. Aber an dem Tag der Flucht lagen dichte Wolken über dem Pol, die Landung des Schiffes in Tibet ist, vermutlich wenigstens, in der Nacht erfolgt, jedenfalls aber wird Torm, wenn er entfliehen wollte, die Nacht dazu benutzt haben. Auch wissen wir gar nicht, in welcher Gegend des weiten Hochasien das Schiff angelegt hat, und es ist doch unmöglich, diese großen Landgebiete mit dem Retrospektiv abzusuchen. Der Überfall von Podgoritza endlich fand ebenfalls in der Nacht statt, und ehe wir etwas davon erfuhren, hatten die Räuber alle Spuren vernichtet. Die Tat kam erst später durch den Verrat eines feindlichen Stammes an den Tag. Da war also nicht die geringste Aussicht, etwas in den Lichtspuren des Weltraums zu lesen.«

»Ich sehe es ein, Ell. Und es war recht, daß Sie sprachen. Was haben wir auch Besseres in unsrer Freundschaft, als das volle Vertrauen? Und nun –«

»Ich soll gehen?«

»Nein, nein, im Gegenteil. Sie sollen noch bleiben, und wir wollen von gleichgültigeren Dingen reden, von gegenwärtigen, mein' ich. Sie haben mir noch nichts von der Politik erzählt. Wie steht es mit dem Klatschgesetz? Was sagt denn Herr von Huhnschlott dazu?«

Jetzt lächelte Ell. »Er speit Feuer und Flammen«, sagte er. »Natürlich, diese Herren haben nie gelernt, daß sich die Welt auch anders regieren lasse als mit Polizeivorschriften. Ich wünschte, Sie hätten das Gesicht unsres geschmeidigen Kreuther sehen können, als ich ihm meine Auffassung der Lage auseinandersetzte. Ich bin überzeugt, morgen bekommen wir die Sanktion. Sie werden nicht an Ill appellieren, wenn sie klug sind, denn er ist viel rücksichtsloser gegen die Vorurteile unsrer Regierungen als ich, der ich ihren historischen Zusammenhang besser kenne. Ich gelte ja natürlich bei den Konservativen als ein roter Revolutionär, auf dem Mars sehen sie mich als einen schwachmütigen Leisetreter an.«

»Ich weiß wohl«, sagte Isma. »Ich lese ja die Marsblätter, namentlich die ›Ba‹. Solche Dinge wie Zweikampf, Beleidigungsklagen und dergleichen kommen den Numen gerade so vor, wie uns etwa die Menschenfresserei oder die Blutrache bei den Wilden, und sie meinen, das müsse man einfach mit Gewalt ausrotten.«

Ell erzählte, daß Hil von seiner Reise zurück sei, und schilderte sein Entsetzen über den Regen. Mit stiller Freude sah er, daß Isma ihre Ruhe wiedergewonnen hatte.

Es waren wohl zwei Stunden vergangen, als Ell sich endlich herzlich von Isma verabschiedete. Als er auf die Straße trat, war es bereits vollständig Nacht, und die Laternen brannten. Er schritt eilig die Straße entlang und bestieg wieder seinen vor der Tür der Bildungsanstalt haltenden Wagen. Er hatte den in einen Mantel gehüllten Mann nicht bemerkt, der wie zögernd vor der Tür des Hauses gestanden hatte, wo Isma wohnte. Bei Ells Erscheinen hatte er plötzlich kehrtgemacht, dann aber schien es, als wolle er ihm eilig nachgehen, um ihn anzureden. Doch bald blieb er wieder zögernd zurück und blickte nur dem Wagen nach, der Ell schnell von dannen führte.

48 - DER INSTRUKTOR VON BOZEN

Durch die engen Felsschluchten des Eisacktales brauste der von Wien kommende Schnellzug nach Süden und überholte die schäumenden Fluten des wild dahinstürmenden Baches. Der größere Teil der Fahrgäste drängte sich an den Fenstern, um das von der klaren Septembersonne vergoldete Naturschauspiel zu genießen. Einer jedoch, offenbar kein Fremder in dieser Gegend, kümmerte sich wenig darum. Er saß in eine Ecke gelehnt, mit geschlossenen Augen in seine Gedanken versunken, unter denen seine Stirn sich von Zeit zu Zeit zu sorgenvollen Falten zusammenzog. Dann blickte er nach seiner Uhr, als ob der Zug ihn nicht schnell genug seinem Ziel zuführe.

»Noch zehn Minuten«, murmelte er.

Aus der Brusttasche seiner Joppe zog er einige Papiere, ein Telegramm und eine Zeitung. Er hatte sie schon oft gelesen, dennoch blickte er wieder hinein, als könnten sie ihm noch etwas Neues sagen.

Das Telegramm war von einem seiner Freunde und enthielt nur die Worte: »Komme sofort zu Deiner Mutter, sie bedarf Deiner.«

Die Zeitung war, wie das Telegramm, schon einige Tage alt. Aber er hatte sie erst zu Gesicht bekommen, als er gestern von einer vierzehntägigen Studienreise in einsamen Gebirgsgegenden nach Lienz zurückgekehrt war. Sie enthielt die neuen Verordnungen, welche das Kultoramt in Berlin mit Ermächtigung der Residenten in Berlin, Wien und Bern und unter Bestätigung der Regierungen in der vorigen Woche erlassen hatte.

Die Schwierigkeiten, auf welche die Martier bei der deutschen Regierung in bezug auf das Gesetz zum Schutz der individuellen Freiheit gestoßen waren, hatten den Protektor der Erde darauf geführt, sie in künftigen Fällen auf eine sehr einfache Weise zu umgehen. Er hatte gefunden, daß Bestimmungen über Beziehungen der Menschen zu den Numen und Einrichtungen der Nume gar keiner Gesetzgebung durch die Erdstaaten bedürfen, sondern auf dem Verordnungsweg durch die Residenten erlassen werden können. Die Regierungen aber mußten, wie gern sie es auch abgelehnt hätten, sich der Macht beugen und ihr Ja dazu geben. Sie taten es immerhin lieber, als sich einem Beschluß der Opposition in den Parlamenten zu fügen.

Die Verordnung hatte im allgemeinen Mißstimmung hervorgerufen. Sie bestimmte nämlich, daß jeder Mensch, ohne Unterschied des Alters, sich einer von den Bezirksinstruktoren zu beaufsichtigenden Impfung unter Leitung martischer Ärzte zu unterziehen habe. Bis diese vollzogen sei, dürfe kein Ungeimpfter sich einem Numen bis zu einer gewissen Distanz nähern, keine von Numen bewohnte Räume betreten und die Luftschiffe und Fahrzeuge der Martier nicht benutzen. Zuwiderhandlungen waren mit strengen Strafen bedroht.

Die Bestimmungen waren lediglich in Rücksicht auf die Menschen getroffen, um sie vor den drohenden Verwüstungen der Gragra zu schützen. Aber man hatte sich gescheut, diesen Grund anzugeben, weil man fürchtete, dadurch eine größere Beunruhigung und Unzufriedenheit zu erregen als durch die Maßregel selbst; man hatte die Impfung nur durch einen allgemeinen Hinweis auf Besserung des Gesundheitszustandes begründet. Der Beschluß war von den europäischen Residenten gegen Ells Stimme gefaßt worden, der eindringlich vor einem derartigen despotischen Eingriff gewarnt hatte. Doch hatte sich bei den maßgebenden Numen auf der Erde mehr und mehr die Ansicht herausgebildet, daß man die Menschen nur durch Anwendung von Zwang zu ihrem Besten leiten könne. Ell fühlte sich durch den Beschluß sehr bedrückt, hatte sich aber der Majorität fügen müssen.

Saltner steckte das Blatt kopfschüttelnd wieder ein.

»Es muß da noch etwas im Hintergrund liegen, worüber sie nicht mit der Sprache herauswollen«, dachte er bei sich. »Aber eine sakrische Dummheit bleibt's doch, die ich dem Ell nicht zugetraut hätte. Oder vielleicht doch. Wie er sich damals aussprach –«

Er dachte an jene Stunde bei La, in der er sich gegen Ells Pläne zur gewaltsamen Erziehung der Menschen aufgelehnt hatte. Und er sah die Geliebte wieder vor sich mit der feinen Stirn unter dem schimmernden Haar, er sah den tiefen Blick der dunklen Augen in zärtlicher Achtung auf sich gerichtet und fühlte die unvergeßlichen Küsse auf seinen Lippen. Wo mochte sie weilen? Ob sie seiner gedachte? Ob sie wußte von dem Leid, das über die Menschen gekommen war, ob sie es mit ihm fühlte? Verloren! Verloren!

Aus seinen Träumen weckte ihn der Pfiff der Maschine. Die Berge waren zurückgewichen, grüne Hügel, auf denen Trauben und Kastanien reiften, zogen sich zur Seite. Die Passagiere suchten ihr Handgepäck zusammen, und der Zug hielt auf dem Bahnhof in Bozen.

Saltner stieg aus und drängte sich eilig durch die Menge. Am Ausgang fiel ihm ein Plakat auf, das durch seine gelbrote Farbe schon weithin als eine amtliche Bekanntmachung des martischen Bezirksinstruktors kenntlich war. Er blieb stehen und las. Zuerst war die allgemeine Verordnung über die Impfung mitgeteilt, die er schon kannte. Daran aber schlossen sich spezielle Bestimmungen über den hiesigen Bezirk, Er traute seinen Augen nicht. Nach Angabe von Einzelheiten über die Ausführung der Impfung, die in den und den näher bezeichneten Lokalen stattfinde, stand da: Die als Bescheinigung der vollzogenen Impfung erteilte Marke ist sichtbar an der Kopfbedeckung zu tragen. Wer sich ohne dieselbe einem Numen auf mehr als sechs Schritt annähert, wird mit fünfhundert Gulden Geldbuße oder entsprechendem Aufenthalt im psychologischen Laboratorium bestraft. Unterredungen mit dem Instruktor finden nur noch telephonisch statt. Jeder Anordnung eines Numen gleichviel, worauf sie sich beziehe, ist ohne Widerspruch Folge zu leisten. Den Numen steht das Recht zu, Menschen, welche sich ihnen ohne Erlaubnis nähern, mit der Telelytwaffe zurückzuweisen. Das Halten von Haustieren in menschlichen Wohnungen wird nochmals aufs strengste untersagt.

Saltner ballte die Faust. Er wandte sich an einen neben ihm stehenden Herrn und sagte: »Der hiesige Instruktor ist wohl verrückt geworden?«

»Das ist schon recht«, antwortete der ernsthaft.

»Und das lassen Sie sich gefallen? Wie heißt denn der Kerl?«

»Der heißt Oß.«

»Der Name kommt mir bekannt vor. Haben Sie sich denn noch nicht in Berlin beim deutschen Kultor beschwert?«

»Das wird geschehn. Aber es dauert halt eine Weile, und die Verordnung ist erst von gestern.«

»Aber wenn Sie telegraphieren oder telephonieren?«

»Das wird nicht zugelassen. Es ist schon einer nach Innsbruck gereist, aber sie haben's auch dort nicht zugelassen. Sie meinen, die Nume stecken halt alle unter einer Decke, und wenn es auch der Kultor erfährt, so wird es doch nichts nutzen.«

»Es wird nutzen, das können Sie mir glauben. So etwas hat sich keiner herauszunehmen und nimmt sich auch keiner woanders heraus. Das ist nur eine Verrücktheit von diesem Oß, und der wird sehr bald abgesetzt sein.«

»Das mag schon sein, so lange halten wir's wohl aus. Aber die Hauptverordnung bleibt doch bestehen, und dagegen ist nichts zu machen. Ich mein' so, den Oß werden sie schon wegjagen, vielleicht gar bald, denn der Herr Bezirkshauptmann reist heute nach Wien und wenn nötig nach Berlin. Aber inzwischen müssen wir folgen. Denn wenn sich einer was gegen den Oß herausnähme und es ginge auch nachher dem Oß schlecht, so ginge es uns doch noch schlechter. Wir würden wegen Aufruhr nach Afrika oder sonstwohin geschickt. Also lassen wir's lieber. Habe die Ehre!«

Damit lüftete er den Hut und wollte sich entfernen. Gleich darauf wandte er sich jedoch zurück und sagte mit einem fragenden Blick: »Verzeihen Sie, ich irre mich doch wohl nicht, sind Sie nicht der Herr von Saltner?«

»Mein Name ist Saltner.«

»Dann nehmen Sie's nicht übel, wenn ich mir einen Rat erlaube – Sie sind ja doch auf dem Mars gewesen, und da muß wohl irgend etwas passiert sein –, nehmen Sie sich nur vor dem Oß in acht, ich weiß, daß der sich schon mehrfach erkundigt hat, ob Sie nicht hier sind – der muß irgend etwas gegen Sie haben. Lassen Sie sich lieber nicht hier sehen, es kann ja nur ein paar Tage dauern, bis der Mann abgesetzt ist.« Und vertraulicher fuhr er fort: »Sie haben ja vollständig recht, ich weiß, daß diese Bekanntmachung zu Unrecht besteht und der Oß den Erdkoller hat – ich bin nämlich der Doktor Schauthaler.«

»Ach, jawohl«, sagte Saltner, »ich erinnere mich jetzt sehr wohl, entschuldigen Sie, daß ich Sie nicht gleich erkannte.«

»Bitte sehr. Nun also, solche Ausschreitung wird ja rektifiziert werden. Aber lassen wir uns dadurch zu irgendeiner eigenmächtigen Handlung hinreißen, so würde uns das trotzdem sehr schlecht bekommen. Deswegen versuch ich mein Möglichstes, unsre Mitbürger zu beruhigen. Wenn Sie indessen etwas tun wollen, so bringen Sie sich selbst in Sicherheit, bis der Mann hier keine Gewalt mehr hat; vorläufig hat er sie nun einmal, und Sie sind dagegen ohnmächtig. Sie sind ja doch mit dem Herrn Kultor befreundet, reisen Sie sofort zu ihm – in zehn Minuten kommt der Blitzzug von Venedig –, das Luftschiff dürfen Sie jetzt nicht benutzen – aber auch so sind Sie morgen in Berlin –«

»Ich danke Ihnen sehr für den Rat, Herr Doktor, nur kann ich ihn leider nicht sogleich befolgen. Ich habe hier zunächst unaufschiebbare Geschäfte –. Aber ich werde dann –«

»Dann, Herr von Saltner, dann? Sie wissen nicht, ob Sie dann noch ein freier Mann sind –«

»Das wollen wir doch sehen! Da können Sie ganz unbesorgt sein!«

»Was nützt es Ihnen, wenn der Oß in ein paar Tagen vor das Disziplinargericht gestellt wird, und Sie sind inzwischen irgendwie verunglückt?«

»Ich verunglücke nicht so leicht. Aber was will denn der Mann von mir?«

»Ich weiß es nicht. Ich weiß nur privatim durch den Bezirkshauptmann, daß Sie gesucht werden, aber amtlich ist es nicht. Es muß irgend etwas sein, worüber der Oß vorläufig nicht reden will.«

Saltner runzelte die Stirn.

»Nun, wie gesagt, ich danke Ihnen und will mich vorsehen. Jetzt entschuldigen Sie mich, ich darf nicht länger zögern.«

Er schritt eilend durch die Straßen der Stadt, ohne auf die Umgebung zu achten. Was konnte dieser Oß von ihm wollen? Wo hatte er ihn gesehen? Oß war ja der Name des Kapitäns gewesen, auf dessen Raumschiff ›Meteor‹ Saltner die Reise nach dem Mars gemacht hatte, und dann war er ihm manchmal in Frus Haus begegnet. Sollte es derselbe sein? Er hatte sich mit ihm ganz gut unterhalten, und der tüchtige, wenngleich etwas selbstbewußte Mann war mit La und Se immer sehr vertraut gewesen. Mit Se? Sein Gewissen schlug ihm. Das war das einzige, was er sich hatte zuschulden kommen lassen, die Belauschung der Schießversuche und die Flucht aus dem als Ziel dienenden Schiff. Aber dann hätte ihn Se verraten müssen, das war unmöglich, ganz unmöglich.

Saltner hatte die Stadt durchschritten und betrat die Brücke, welche über die Talfer führt. Drüben, jenseits des Flusses, wohnte seine Mutter. Sie war diesmal schon früher als sonst von dem kleinen Häuschen, das sie oben in den Bergen besaß, in die Stadt herabgezogen, er selbst hatte noch den Umzug mit ihr besorgt und war dann auf eine Studienreise gegangen. Was war nun geschehen?

Es fiel ihm auf, wie leer die Brücke war, auf der sonst um diese Zeit, gegen Abend, ein reger Verkehr herrschte. Als er die Mitte überschritten hatte, blieb er stehen und wandte sich nach alter Gewohnheit rückwärts, um einen Blick auf das entzückende Panorama zu werfen. Freudig hing sein Auge, über die altertümlichen Giebel der Stadt wegschweifend, an den rötlich schimmernden Zacken und Zinnen der Dolomiten, die der Rosengarten kühn in die Luft streckte, und seine Seele schwebte über den freien Höhen. Aber er durfte nicht lange weilen. Die Sorge um die Mutter trieb ihn vorwärts.

Wenige Schritte hatte er zurückgelegt, als ihm einige Leute entgegenkamen, die eilend an ihm vorüber der Stadt zuschritten und ihn durch Winke zur Umkehr aufforderten. Er achtete nicht darauf, sondern richtete seine Aufmerksamkeit auf einen seltsamen Aufzug, der jetzt aus den Talfer-Anlagen herauskommend die Brücke betrat. Eine Anzahl Neugierige, halbwüchsige Jungen, liefen voran, hielten sich aber immer in respektvoller Entfernung. Dann folgte auf einem Akkumulator- Dreirad ein Martier mit seinem diabarischen Glockenhelm, ein riesiger Bed oder Wüstenbewohner, der hier ähnliche Dienste verrichtete wie die Kawassen der Konsuln in der Türkei. Er schwang ein langes Rohr mit einem Fähnchen in der Hand, womit er die Begegnenden bedeutete, schleunigst zur Seite zu weichen. Darauf folgte ein vierrädriger elektrischer Wagen, auf dessen Polster in bequemer Stellung der Instruktor und zur Zeit Tyrann von Bozen, der Nume Oß, ruhte, ebenfalls von dem Glockenhelm gegen die Erdschwere geschützt. Den Beschluß bildete wieder ein Bed auf seinem Dreirad.

Saltner erkannte auf den ersten Blick, daß er wirklich seinen alten Bekannten, den ehemaligen Kapitän des Raumschiffs ›Meteor‹, vor sich hatte. Er trat zur Seite in die halbkreisförmige Ausbuchtung eines Brückenpfeilers, um den Zug an sich vorüberzulassen. Dem voranfahrenden Bed erschien jedoch die Entfernung noch nicht genügend, er winkte mit seiner Fahne und rief sein eintöniges: »Entfernt euch!« Saltner blieb ruhig stehen. Er streckte den linken Arm gegen den Bed aus und wandte ihm die Handfläche mit gespreizten Fingern zu. Der Bed stutzte. Das war ein nur bei den Numen gebräuchliches Zeichen und bedeutete ungefähr soviel als: »Dein Auftrag geht mich nichts an, ich besitze eine weitergehende Vollmacht.« Dann rief er ihm auf martisch in entschiedenem Ton zu: »Fahr zu, ich bin ein alter Freund deines Herrn.«

Der Bed wußte nicht recht, was er davon denken sollte, ließ sich jedoch in der Meinung, es vielleicht mit einem Numen zu tun zu haben, einschüchtern und fuhr weiter. Saltner, den sein Stolz verhindert hatte, sich fortweisen zu lassen, wollte doch lieber die Begegnung mit Oß vermeiden und blickte über das Geländer der Brücke in die Landschaft, indem er dem Wagen den Rücken zukehrte. Oß dagegen hemmte den Wagen und herrschte Saltner an:

»Kann der Bat nicht grüßen!«

Saltner trat jetzt ohne weiteres auf den Wagen von Oß zu, grüßte höflich nach martischer Sitte und sagte, ebenfalls martisch sprechend, ganz unbefangen:

»Es freut mich sehr, einem alten Bekannten zu begegnen. Wie geht es Ihnen, Oß?«

Dabei sah er ihn, die Augen soweit wie möglich aufreißend, unverwandt an.

Oß hatte Saltner sofort erkannt. In seinen Augen blitzte es unheimlich, indem er seinen Blick auf Saltner richtete, als ob er ihn niederschmettern wolle. Aber Saltner kannte die Augen der Nume. Dieses unruhige Funkeln war nicht der reine Blick des Numen, aus dem der sittliche Wille sprach, er war getrübt von etwas Krankhaftem, Selbstischem und besaß nicht mehr die Kraft, den des Rechts sich bewußten Menschenwillen zu beugen. Er hielt den Blick aus, während Oß in hochmütigen Worten ihn anherrschte:

»Was fällt dem Bat ein? Wer sind Sie? Wissen Sie nicht, daß Sie sich sechs Schritt entfernt zu halten und überhaupt nicht mit mir zu reden haben? Entfernen Sie sich sofort, oder –«

Er griff nach dem Telelytrevolver in seiner Tasche.

Saltner trat jede Bewegung von Oß genau im Auge behaltend, vorläufig einen Schritt zurück und sagte laut, jetzt auf deutsch, von dem er wußte, daß Oß, wie jeder Instruktor im deutschen Sprachgebiet, es verstand, so laut, daß es bis zu den Neugierigen vor und hinter dem Zug schallte:

»Sie scheinen mich nicht mehr kennen zu wollen. Gestatten Sie, daß ich Ihrem Gedächtnis nachhelfe. Mein Name ist Josef Saltner, Ehrengast der Marsstaaten auf Beschluß des Zentralrats mit allen Rechten des Numen, und hier ist mein Paß, lautend auf zwei Marsjahre, unterzeichnet von Ill, zur Zeit Protektor der Erde. Bitte, mit dem gehörigen Respekt zu betrachten.«

Er zog aus seiner Tasche das nach Art der Marsbücher an einem Griff befindliche Täfelchen und ließ es aufklappen.

»Der Paß ist noch nicht abgelaufen«, sagte er darauf leiser, »ich denke, Sie lassen jetzt das Ding stecken. Erkennen Sie mich nun wieder?«

Dabei trat er unmittelbar an den Wagen heran. Er sah, welche Überwindung es Oß kostete, sich zu bezwingen, aber diesem Dokument gegenüber blieb ihm kein anderer Ausweg. Oß versuchte jetzt möglichst unbefangen zu lächeln und sagte:

»Ach, Sie sind Sal – entschuldigen Sie, daß ich Sie nicht gleich erkannte. Das ist etwas anderes. Es freut mich sehr, Sie zu sehen. Aber warum beehren Sie mich nicht in meinem Haus? Hier auf der Straße bin ich gezwungen, sehr vorsichtig zu sein, Sie werden ja wissen –«

»Die Begegnung überraschte mich, entschuldigen Sie daher diese formlose Begrüßung auf der Straße. Ich konnte nicht annehmen, daß der Unterzeichner jener Verordnung identisch sei mit dem Oß, den ich –«

»Herr, Sie sprechen in einem Ton, den ich zurückweise.«

»Das nützt Ihnen nichts. Sie wissen so gut wie ich, daß derartigen Befehlen niemand Folge zu leisten braucht.«

»Ich verbitte mir alle Einmischung in meine Angelegenheiten. Ich bin hier der alleinige Befehlshaber und werde Ihren Widerspruch bändigen. Wenn Sie auch durch Ihren Paß dagegen geschützt sind, von meiner bisherigen Verordnung getroffen zu werden, so hindert mich doch nichts, über Sie selbst einen speziellen Befehl auszusprechen, so lange Sie sich in dem mir unterstellten Bezirk befinden. Merken Sie sich das. Ich habe Sie im Verdacht, gegen amtliche Anordnungen aufzuwiegeln. Sie werden sich deshalb noch heute zu verantworten haben.«

Ohne Saltner Zeit zu einer Antwort zu lassen, hatte Oß bereits seinen Wagen in Gang gesetzt und fuhr davon. Saltner blickte ihm spöttisch nach und schritt dann eilig weiter. Wenige Minuten später stand er vor dem Haus seiner Mutter. Es war ein altes, nicht großes Haus. Im unteren Stockwerk wohnte Frau Saltner mit ihrer Bedienung, einer älteren Frau. Das obere wurde im Winter an Kurgäste vermietet, war aber jetzt noch unbesetzt. Saltner hatte den Hausflur schnell durchschritten und die Tür des Wohnzimmers geöffnet. Es war leer. Der Platz an dem nach dem Garten sich öffnenden Fenster, an dem seine Mutter den größten Teil des Tages zu sitzen pflegte, war unbesetzt. Saltner erschrak. Sollte sie krank sein und zu Bett liegen? Er schaute vorsichtig, um nicht zu stören, in das Schlafzimmer, aber auch hier war niemand. Besorgt durchsuchte er nun das ganze Haus, weder seine Mutter noch ihre alte Magd und Gehilfin, die Kathrin, waren zu finden. Aber auch der Karo, der Hund, war nicht da, der sonst jeden Kommenden durch sein Gebell anmeldete und ihm sicher zuerst entgegengesprungen wäre. Wären die Frauen beide ausgegangen, so hätten sie gewiß das Haus verschlossen. Doch vielleicht waren sie nur auf einen Augenblick in den Garten gegangen. Eben wollte sich Saltner Gewißheit holen, als sich die Hintertür des Hauses öffnete und die Kathrin hereintrat. Der Korb mit Obst, den sie trug, entfiel fast ihren Händen, so schnell setzte sie ihn zu Boden, als sie Saltner erblickte.

»Gelobt sei die heilige Jungfrau!« rief sie aus. »Da ist ja der Herr Josef.«

»Grüß Gott, Kathrin«, sagte Saltner. »Wo ist denn die Mutter? Es fehlt ihr doch nichts?«

Die Dienerin brach sogleich in einen Tränenstrom aus.

»Sie haben sie ja, sie haben sie ja!« rief sie unter Schluchzen.

»Was haben sie denn? So reden Sie doch schon! Kommen Sie hier herein, Kathrin, und reden Sie vernünftig.«

Die Frau trat in das Zimmer, aber aus ihrem von Weinen unterbrochenen Redeschwall konnte Saltner zunächst nichts verstehen als unzusammenhängende Worte, wie »mit dem Karo hat's angefangen«, »in den Arm wollen sie stechen«, »den Hund haben's genommen«, »mich wollen's auch impfen«, »sie haben sie«, »im Laboratorium« und »wenn sie der Herr Josef nicht schnell herausholt, so werden sie sie doch noch braten« und »fünfhundert Gulden sollt' sie zahlen«. Endlich beruhigte sie sich soweit, daß Saltner über den Zusammenhang allmählich klar wurde.

»Mit dem Karo hat's angefangen.« Die Hunde waren den Numen ein Greuel. War ihnen schon die Berührung mit Tieren überhaupt ein Zeichen der Barbarei, so waren ihnen die Hunde wegen ihres ekelhaften Treibens auf der Straße und ihres abscheulichen Gekläffs ganz besonders verhaßt. Sie machten ihnen den Aufenthalt auf der Erde um so unleidlicher, als sie auch ihrerseits gegen die Martier eine besondere Abneigung zu haben schienen und sie überall mit ihrem Gebell verfolgten. Es waren deswegen schon überall einschränkende Bestimmungen über das Herumtreiben der Hunde auf der Straße ergangen. Oß aber hatte kurzen Prozeß gemacht, nachdem er einmal von einem Hund angefallen worden war, und die Tötung aller Hunde befohlen. Dies war kurz nach Saltners Abreise geschehen, und das erste Zeichen der bei Oß im Ausbruch begriffenen nervösen Überreizung gewesen. Die Polizeimannschaften führten den Befehl möglichst langsam und absichtlich ungeschickt aus und wußten es so einzurichten, daß viele ihre Lieblinge rechtzeitig in Sicherheit bringen konnten. Das Haus von Frau Saltner hatte sich aber Oß einmal zeigen lassen und dabei den Hund bemerkt, ja, er hatte dann gefragt, ob denn das Vieh noch nicht totgeschossen sei. So mußte der arme Karo als ein Opfer zur Zivilisation der Menschheit fallen. Das hatte nun die Frauen, die innigst an dem Hund hingen, in größte Aufregung versetzt. Frau Saltner war ganz melancholisch geworden und wurde von einer krankhaften Ängstlichkeit ergriffen, sobald jemand in das Haus trat.

Nun war die Verordnung über das Impfen gekommen. Unglücklicherweise war ihr Straßenviertel das erste gewesen, in welchem die Impfung vollzogen wurde. Sie stellte sich dies als eine fürchterliche Operation vor und schickte zu einem Freund Saltners, um sich Rat zu holen, was sie tun solle. Alle seine Vorstellungen waren vergebens, sie ließ sich nicht bereden, ebensowenig wie Kathrin, zu dem Termin zu gehen, und der Freund wußte nichts Besseres zu tun, als an Saltner zu telegraphieren. Inzwischen war der Termin verfallen, und Frau Saltner wie ihre Dienerin wurden zu je fünfhundert Gulden Strafe verurteilt. Nun gab es erst recht ein großes Wehklagen, das Geld war, zumal in Saltners Abwesenheit, nicht zur Stelle zu schaffen, und die beiden Frauen sollten in das psychophysische Laboratorium zur Abbüßung der Strafe und zur Vollziehung der Impfung abgeholt werden.

Die Beamten, welche die Anordnungen des Instruktors nur widerwillig vollzogen, hätten es gern gesehen, wenn die Frauen sich auf irgendeine Weise unsichtbar gemacht hätten. Und als sie endlich in das Haus traten, hatte sich auch Kathrin versteckt und war nicht zu finden. Frau Saltner aber saß auf ihrem Platz und sagte nur: »Ich bin eine alte Frau und geh nicht eher hier fort, bis mein Sohn kommt. Ihr könnt machen, was ihr wollt.«

Da sie keine andre Antwort erhielten und gegen die alte Frau, noch dazu die Mutter eines in der ganzen Umgegend gekannten und beliebten Mannes, keine Gewalt brauchen wollten, entfernten sie sich wieder und brachten irgendeine Entschuldigung vor. Es war aber, als ob der Instruktor alles heraussuchte, womit er Saltner Kränkungen bereiten konnte, so daß er sich persönlich um die Einzelheiten kümmerte, wenn Saltner in Frage kam. Er schickte einen der Assistenten des Laboratoriums, einen jungen Nume, der hier seine Studien machte, mit seinen beiden Beds ab, und Frau Saltner wurde in einem Krankenstuhl in das Laboratorium geschafft.

»Sie haben es gewagt, diese Schufte?« rief Saltner wütend.

»Eine fast siebzigjährige Frau! Und das nennt sich Nume! Und was hat denn die Mutter gesagt?«

»Gar nichts hat sie gesagt«, antwortete Kathrin unter neuem Schluchzen, »als nur immer, mein Josef, mein armer Josef, und, ich überleb's nimmer, und geweint hat sie, aber gesagt hat sie nichts mehr.«

Saltner stand stumm und überlegte, was zu tun sei. Die Tränen traten ihm in die Augen, wenn er an die Angst dachte, die seine Mutter ausstand. Er wußte ja, daß ihr tatsächlich nichts geschehe, daß man sie als eine Kranke behandeln würde und sie vielleicht sicherer aufgehoben sei als zu Hause. Denn wenn auch Oß unzurechnungsfähig war, der Leiter des Laboratoriums war ein Arzt, ein wohlwollender Mann, der seine Aufgabe ernst im Sinn von Ell nahm, und die Strafanstalt, als welche das Laboratorium diente, mit Rücksicht auf jeden individuellen Fall leitete. Aber die Angst, die Furcht, die Vorstellungen, die sich seine Mutter machen mochte, und die Kränkung! Das konnte wirklich ihr Tod sein. Nicht eine Stunde länger wollte er sie in dieser Besorgnis allein lassen, er mußte sie herausholen.

Kathrin begann aufs neue zu jammern.

»Ist es denn wahr, Herr Josef, im Laboratorium, daß die Leute da gebraten werden –«

»Reden Sie nicht so dummes Zeug, Kathrin, gar nichts geschieht ihnen, als daß sie ein bißchen beobachtet werden, wie der Puls geht, wenn sie so oder so liegen, oder wenn sie kopfrechnen –«

»Kopfrechnen, Jesus Maria, das könnt' ich nun schon gar nicht.«

»Jedenfalls seien Sie still, und hören Sie, was ich sage, aber passen Sie genau auf. Ich werde jetzt gleich die Mutter holen.«

»Ach Herr Josef, Sie werden sich doch nicht dahin wagen!«

Aber Saltner sprach nicht sogleich weiter. Er ging im Zimmer auf und ab, während Kathrin lamentierte, und dachte seinen Entschluß genau durch. Er dachte an die Warnung Schauthalers und an die Begegnung mit Oß und sagte sich, daß er selbst keinen Augenblick sicher sei. Aber die Mutter durfte er nicht ohne die größte Gefahr für ihre Gesundheit länger in ihrer Angst und Einsamkeit lassen. Er mußte sie und zugleich sich in Sicherheit bringen. Er war in Sicherheit, sobald er das Gebiet verlassen hatte, das Oß unterstellt war. Die Instruktoren der Nachbargebiete würden solchen ungesetzlichen Forderungen nicht nachgeben, außerdem konnte er sich auch einige Zeit im verborgenen halten. Er mußte sich nur hüten, etwas zu tun, was von der Oberbehörde der Nume aus verboten war, denn dadurch hätte er sich auf der ganzen Erde der Verfolgung ausgesetzt. Sonst aber kam es allein darauf an, den Bezirk von Oß zu vermeiden, bis dieser abgesetzt war. Dieser Bezirk erstreckte sich über das westliche Südtirol, fiel aber nicht mit der österreichischen Landesgrenze zusammen, sondern reichte nur bis an die Grenzen des deutschen Sprachgebiets. Diese lief in wenigen Stunden Entfernung im Westen, Süden und Osten über die Berge. Dahinter war italienisches Sprachgebiet, das einem Kultor in Rom unterstand. Über diese Grenze mußte er zunächst und auf der Stelle.

Saltner ging an die Haustür, die er verschloß, ebenso verschloß er, soweit dies Kathrin nicht schon getan hatte, die Fensterläden. Aus einer Kassette in seinem Schreibtisch nahm er Papiere, die er zu sich steckte. Dann ging er in den Garten und rief die Dienerin zu sich.

»Kathrin«, sagte er, »nun seien Sie ganz still und tun Sie genau, was ich sage. Ich werde die Mutter und Sie in Sicherheit bringen, aber wenn Sie nicht genau alles tun, kommen Sie doch noch ins Laboratorium. Schon gut! Jetzt gehen Sie – aber hier hinten zum Garten hinaus – zum Rieser und sagen ihm, er möchte sogleich einspannen und mit dem Wagen hinten am Tor, wo's nach der Meraner Straße geht, warten. In einer halben Stunde ist's dunkel, dann komme ich. Es wäre aber eine wichtige und geheime Sache, er wird sich's schon denken. Dann laufen Sie schnell – ist der Palaoro zu Haus, der Sohn, mein ich?«

»Er wird schon zu Haus sein. Es gibt jetzt wenig Touren.«

»Er soll mit zwei zuverlässigen Leuten und zwei Maultieren mit Frauensätteln sogleich nach Andrian aufbrechen, und wenn ich noch nicht da bin, mich dort erwarten. Er soll auch den Schlüssel zur kleinen Hütte mitnehmen. Dann laufen Sie gleich wieder nach Hause, aber von hinten herein, und nehmen die Decken und etwas Zeug für die Mutter und für sich, aber nur ein kleines Bündel – etwas zu essen soll der Rieser besorgen –, und kommen wieder zum Rieser, wo der Wagen hält. Und das weitere wird sich finden. Haben Sie alles verstanden?«

»Ganz genau, Herr Josef, ich laufe bald.«

49 - DIE FLUCHT IN DIE BERGE

Saltner verließ durch die Hintertür des Gartens seine Wohnung. In wenigen Minuten stand er vor der Kaserne, die jetzt den Martiern als Laboratorium, Schule und Strafanstalt diente. Er trat in das Wartezimmer und verlangte den dirigierenden Arzt oder dessen Stellvertreter zu sprechen.

Beide hatten bereits die Anstalt verlassen und sich in die Stadt begeben. Der zweite Assistent, ein ganz junger Mann, der erst vor kurzem vom Mars gekommen war, empfing ihn. Saltner stellte sich vor und legitimierte sich durch seinen Paß. Der junge Nume wurde außerordentlich höflich und etwas verlegen. Er sagte sogleich: »Sie kommen gewiß wegen Ihrer Frau Mutter. Ich muß gestehen, ich weiß nicht recht, wie es zusammenhängt, daß Ihre Frau Mutter hier festgehalten wird, wir wissen ja doch alle, mit welchen Ehren Sie als der erste Bat auf dem Nu empfangen wurden – aber es liegt ein ausdrücklicher Befehl des Instruktors vor.«

»Das hängt einfach so zusammen«, sagte Saltner, »daß ich verreist war und meine Mutter mit den Verhältnissen nicht Bescheid wußte, auch während meiner Abwesenheit nicht über die Mittel verfügte, die geforderte Geldstrafe wegen des versäumten Termins zu bezahlen. Ich komme jetzt, um meine Mutter abzuholen, und deponiere hier Obligationen im Betrag von tausend Gulden für meine Mutter und unsere Dienerin Katharina Wackner, mit dem Vorbehalt, die Gültigkeit der Verordnung auf dem Rechtswege zu bestreiten. Wollen Sie die Güte haben, meine Mutter holen zu lassen.«

»Ich bin sehr gern bereit, Sie zu Ihrer Frau Mutter zu führen, aber das Geld kann ich nicht annehmen, Sie müssen dasselbe auf der Bezirkskasse deponieren, auf den erhaltenen Schein wird die Entlassung verfügt werden. Ich bin dazu nicht ermächtigt.«

»Das ist aber äußerst fatal. Ich kann meine Mutter keinen Augenblick länger hier lassen, sie wird dadurch im höchsten Grade deprimiert, und es steht für ihre Gesundheit das Schlimmste zu befürchten.«

»Ich muß zugeben, es wäre sehr wünschenswert, daß Ihre Frau Mutter zu Ihnen käme – unsrerseits würden wir ja gern sofort –, wenn nicht –« Er zuckte mit einem bedeutungsvollen Blick die Achseln. »Indessen, es wird sie beruhigen, wenn ich Sie inzwischen zu ihr führe. Ich möchte Ihnen gern in jeder Hinsicht gefällig sein und Ihnen daher folgendes vorschlagen. Um zehn Uhr kommt der Direktor zurück, es sind dann noch einige Schlaf- und Traumversuche anzustellen. Inzwischen fahre ich mit dem Geld nach der Kasse, vielleicht treffe ich noch einen Beamten, ich besorge Ihnen den Schein, und darauf wird der Direktor die Entlassung verfügen.«

»Sie sind außerordentlich liebenswürdig«, sagte Saltner. »Es ist nur fraglich, ob es nicht schon zu spät am Tage ist – wollen Sie mir nicht auf Ihre Verantwortung meine Mutter anvertrauen?«

»Das ist mir ganz unmöglich, so gern ich möchte.«

»Nun«, sagte Saltner mit einem Gesicht, das wenig Freude verriet, »dann bleibt mir nichts anderes übrig, als ihr freund- liches Anerbieten anzunehmen.«

»Sehr gern. Sobald ich Sie zu Ihrer Mutter gebracht habe, fahre ich, und in einer halben Stunde bin ich wieder hier.«

Saltner war in verzweifelter Stimmung. Er konnte das Anerbieten des Numen nicht ablehnen, aber er konnte auch unmöglich diese Entwicklung der Angelegenheit abwarten. Denn abgesehen davon, daß sich heute vielleicht überhaupt nichts mehr erreichen ließ, so mußten doch noch gegen zwei Stunden vergehen, ehe die Entlassung vom Direktor zu erhalten war. Das war für Saltner so gut als die Vereitelung seiner Rettung. Denn selbst wenn, was keineswegs ausgeschlossen war, Oß von der Zahlung nichts erfuhr, so mußte doch Saltner mit Gewißheit annehmen, daß noch in dieser Stunde Oß seine Drohung ausführen und ihn persönlich zur Rechenschaft ziehen würde. Vermutlich war sein Haus jetzt schon besetzt; wenn er nicht zurückkehrte, so würde man ihn sicher bei seiner Mutter suchen; er konnte jeden Augenblick erwarten, daß man ihn auf Grund einer besonderen Order, die der Instruktor durchsetzen würde, hier verhaften werde. Jede Minute war ihm kostbar. Das ging ihm durch den Kopf, während er mit dem Assistenten durch die Korridore nach dem Zimmer seiner Mutter schritt.

Der Nume blieb vor einer Tür stehen.

»Hier ist es«, sagte er, »gehen Sie allein hinein. Ich will inzwischen in Ihrem Interesse eilen.«

Saltner schoß ein Gedanke durch den Kopf.

»Gestatten Sie noch eine Frage«, sagte er. »Wer vertritt Sie in Ihrer Abwesenheit von hier?«

»Dr. Frank, der frühere Stabsarzt.«

»Ich kenne ihn. Ich möchte mit ihm über meine Mutter sprechen; würden Sie die Güte haben, ihm sagen zu lassen, daß er sich hierher bemühe?«

»Sehr gern.« Der Nume verabschiedete sich.

Saltner blieb kurze Zeit pochenden Herzens vor der Tür stehen.

Leise klopfte er an. Es erfolgte keine Antwort. Er öffnete die Tür geräuschlos und trat in das Zimmer. Es war fast dunkel, nur ein letzter Schein der Dämmerung ließ noch einen unsichern Überblick zu. Über einem Betstuhl in der Ecke brannte eine ewige Lampe. Davor kniete Frau Saltner, in inbrünstigem Gebet begriffen. Er hörte sie leise Worte murmeln.

Saltner wagte kaum zu atmen. Seine Augen füllten sich mit Tränen. Und doch hing vielleicht alles an einer Minute.

»Mutter«, sagte er leise.

Ihre Lippen verstummten. Ihr Blick richtete sich wie verzückt nach oben.

»Mutter«, wiederholte er. »ich bin's, der Josef.«

Sie blieb in ihrer Stellung, als fürchtete sie, durch eine Bewegung die Erscheinung zu verscheuchen.

»Es ist seine Stimme«, flüsterte sie. »Die heilige Jungfrau hat mein Gebet erhört.«

Er kniete neben ihr nieder und umschlang sie mit seinem Arm. Jetzt erst wandte sie ihm das Gesicht zu. Mit einem Freudenschrei fiel sie ihm um den Hals.

»Steh auf, Mutter«, sagte er, »und komm schnell, ich bin hier, um dich abzuholen. Wir müssen sogleich gehen.«

Er zog sie empor. Sie küßte ihn zärtlich. Sie sprach kein Wort. Nun er da war, nun war es ihr wie selbstverständlich, daß sie fortgehen konnte. Sie suchte ihre Sachen zusammen.

»Laß nur alles liegen«, sagte er, »es wird alles geholt werden. Nur dein Tuch nimm um, es wird kühl. So, nun komm!«

Ihre Knie zitterten, er mußte sie stützen. Langsam gingen sie zur Tür und betraten den Korridor.

Nach wenigen Schritten kam ihnen Doktor Frank entgegen.

»Guten Abend, Saltner«, sagte er herzlich. »Nun werden Sie ja hoffentlich bald die liebe Frau Mutter wieder haben. Kommen Sie mit mir in mein Zimmer, und essen Sie mit mir zu Abend, dort können Sie alles gemütlich abwarten.«

»Lieber Freund«, antwortete Saltner, »ich danke Ihnen innig, aber ich muß Ihnen eine Überraschung bereiten. Ich gehe jetzt mit meiner Mutter sogleich fort. Ich habe Gründe, weshalb ich nicht warten kann.«

»Haben Sie denn den Schein und das Attest vom Direktor?«

»Nein, das brauche ich nicht, wir gehen so.«

»Aber ich bitte Sie, bester Freund, das ist unmöglich, das darf ich ja leider nicht zulassen –«

»Sie müssen es.«

»Es geht nicht. Sie bringen mich in Teufels Küche. Es geht mir an den Kragen.«

»Ihnen kann gar nichts passieren. Kennen Sie die Verordnung von Oß, wo es heißt: ›Jeder Anordnung eines Numen, gleichviel, worauf sie sich beziehe, ist ohne Widerspruch Folge zu leisten‹, von den Menschen nämlich?«

»Leider ja, ich kenne den Unsinn, muß mich aber danach richten.«

»Nun denn, führen Sie uns in Ihr Zimmer, ich will Ihnen etwas zeigen.«

Sie traten in das Sprechzimmer des Arztes.

»Können Sie martisch lesen?« fragte Saltner.

»Ich habe es einigermaßen lernen müssen.«

»Dann sehen Sie sich das an.« Er zeigte seinen Paß.

»Erkennen Sie an, daß mir danach alle Rechte eines Numen ausnahmslos zuerkannt sind?«

»Ich muß es anerkennen.«

»Demnach befehle ich Ihnen, meine Mutter und mich sogleich aus diesem Hause zu entlassen.«

Der Arzt sah ihn verdutzt an. Dann blinzelten die Augen unter seiner Brille, und ein vergnügtes Schmunzeln ging über sein ganzes Gesicht. Endlich lachte er und rieb sich die Hände.

»Das ist gut!« rief er. »Das nenne ich den Jäger in seiner eignen Falle gefangen. Ja, wenn Eure Numenheit befehlen, so muß ein armer Bat ja folgen. Aber um meiner Sicherheit willen möchte ich mir den Befehl doch schriftlich ausbitten.«

Er rückte Papier und Feder zurecht.

Saltner schrieb eilig in martischer Sprache: »Auf Grund der Verordnung des Instruktors von Südtirol vom 18. September kommt Dr. Frank, in Vertretung des Direktors des Laboratoriums, meinem Befehl nach, Frau Marie Saltner aus der Anstalt zu entlassen. Josef Saltner, Ehrenbürger der Marsstaaten. Bozen, am 20. September.«

Frank verbeugte sich und nahm das Papier in Empfang. Er schüttelte Saltner die Hand und sagte: »Nun wünsche ich recht glückliche Reise, denn Sie werden sich wohl auf einige Zeit aus der Nähe verziehen. Ich begleite Sie bis vors Haus.«

Langsam stiegen sie die Treppe hinab, denn Frau Saltner fiel das Gehen noch immer schwer. Da kam ihnen ein Diener eilig entgegen.

»Herr Doktor«, rief er, »eben kommt der Instruktor vor die Tür gefahren. Er wird gleich hier sein.«

Saltner stand erstarrt. Im letzten Augenblick sollte er scheitern?

»Haben Sie nicht einen Nebenausgang, durch den Sie uns führen können?« fragte er schnell.

Frank verstand. »Kommen Sie«, sagte er. Und zu dem Diener: »Sagen Sie dem Herrn Instruktor, ich würde sofort zur Stelle sein. Sie sehen, ich bin eben bei einer Kranken.«

Damit faßte er Frau Saltner unter den andern Arm, und sie gingen schnell durch einen Korridor nach einer Nebentreppe und durch einige Wirtschaftsräume in den Hof. Hier führte eine kleine Tür auf einen schmalen Weg, der sich hinter dem Haus zwischen den Weingärten hinzog. Schnell schloß Frank die Tür hinter Saltner und seiner Mutter zu und eilte ins Haus zurück.

Jetzt tat Eile not.

»Wir müssen uns eilen, Mutter«, sagte er, »damit wir fortkommen, denn in unserm Haus dürfen wir nicht bleiben. Ich habe einen Wagen bestellt, wir wollen über die Berge, wo der Oß nichts mehr zu sagen hat. Ich will dich deshalb das Stückchen tragen.«

»Du wirst es schon recht machen«, sagte sie.

Er nahm sie auf den Arm wie ein Kind und schritt rasch und ohne Beschwerden zwischen den Mauern dahin. Der Weinhüter kam ihm entgegen. Als er ihn erkannte, grüßte er ehrerbietig und öffnete ihm die Türen. So kam er schnell an die Stelle, wo der Wagen hielt. Kathrin saß schon darin, Rieser stand selbst bei den Pferden. Saltner hob seine Mutter hinein, Kathrin wickelte sie in eine Decke und bot ihr Wein an.

Saltner schwang sich auf den Bock. Der Weinhüter war herangetreten. Hier kannte ihn jeder und liebte ihn, keiner hätte ihn verraten. Saltner beugte sich zu dem Mann herab und sagte: »Die Nume sind hinter uns her, sie dürfen uns nicht kriegen.«

»Schon recht«, sagte der Hüter, »ich habe nichts gesehen, hier ist niemand gewesen.« Damit tauchte er wieder in das Dunkel der Mauern. Die Pferde zogen an, der Wagen rollte auf der Straße nach Meran davon.

Saltner sprach zurück in den halbgedeckten Wagen. Er erkundigte sich, wie Kathrin ihre Aufträge ausgerichtet habe. Palaoro war zu Hause gewesen, er hatte gesagt, zwei zuverlässige Leute, die besten, die da seien, würden gern mit ihm kommen, weil es für den Herrn Saltner sei. Aber ob er die Maultiere gleich bekommen würde, wüßte er nicht, doch werde er sein Möglichstes tun. Der Herr Saltner möge sich nur nicht sorgen, wenn es etwas spät in der Nacht würde. Dann wäre sie nach Hause gelaufen und hätte die Sachen zusammengepackt. Als sie gerade wieder hinten zum Hause hinausgewollt, hätte es vorn gepocht. Da hat sie das Licht schnell ausgelöscht und zum Guckfenster hinausgeschaut. Dort ist der Wagen des Herrn Instruktor gestanden, und noch eine Menge von Fahrrädern mit den großen elektrischen Lampen sind dagewesen und wohl zehn Leute mit Glockenhelmen, die haben ins Haus gewollt. Da ist sie schnell hinten hinaus und hat die Tür verschlossen und ist zum Rieser gelaufen, und der ist auch gerade mit dem Wagen gekommen.

Die Häuser des Ortes lagen hinter den Flüchtlingen. Die Nacht war klar, und eine Spur von Dämmerung erleuchtete den Weg. Saltner besprach sich mit dem Besitzer des Fuhrwerks und setzte ihm auseinander, worauf es ankäme. Sobald Oß die Entführung aus dem Laboratorium erfahren haben würde, und das war jetzt natürlich schon geschehen, würde er sie jedenfalls verfolgen lassen. Er konnte zwar nicht wissen, ob sie sich nicht in Gries versteckt hielten, aber er würde jedenfalls auch seine fahrenden Gendarmen die Hauptstraßen entlangschicken. Diese mußten mit ihren schnellen elektrischen Rädern auf den glatten Chausseen den Wagen bald einholen. Sie durften also nicht auf der Chaussee bleiben, wenn auch die Fahrt auf diese Weise viel länger dauern mußte. Hatte Oß nach den umliegenden Ortschaften telephonisch den Befehl gesandt, sie aufzuhalten, so war ihnen die Nachricht doch in jedem Fall vorangeeilt. Man mußte dann sehen, wie man durchkam.

»In der Hinsicht«, sagte Rieser, »brauchen Sie nichts zu befürchten, wenn nicht gerade ein Nume in Andrian ist. Aber wie sollte da einer hinkommen? Der Vorsteher sieht gern durch die Finger, wenn er den Numen ein Schnippchen schlagen kann. Sie setzen sich dann in den Wagen, und wenn ich mit dem Mann gesprochen habe, wird er Sie gar nicht erkennen.«

Sie hatten jetzt die Straße verlassen und verfolgten einen schlechten Feldweg, zwischen Obst- und Weingärten oder Rohrfeldern. Die Schwierigkeit lag aber darin, über die Eisenbahn und die Etsch hinüberzukommen. Dazu mußten sie bis Sigmundskron heran, und hier galt es vorsichtig sein. Die Mitte des Bozener Bodens war noch nicht erreicht, als sie hinter sich, wo die Straße nach Meran sich etwas erhöht am Berg hinzieht, die unverkennbaren Lichter der Martier sich in schneller Fahrt in der Richtung nach Terlan hinbewegen sahen. Gleich darauf bemerkten sie auch vor sich Lichter, die in derselben Richtung wie sie auf den dunkel vorspringenden Felsen von Sigmundskron hineilten. Sie waren aber auf der Chaussee ihnen bereits voraus und verschwanden bald hinter den Bäumen und Baulichkeiten des Orts.

»Nun so schnell wie möglich ihnen nach«, rief Saltner. »Die fahren sicher den Berg hinan, um zu sehen, ob wir über die Mendel wollen. Bis sie zurückkommen, muß der Weg frei sein.«

»Sie werden aber nicht weit fahren«, sagte Rieser. »Denn das wissen sie doch, daß sie uns in der ersten halben Stunde einholen müssen, wenn sie auf dem richtigen Weg sind.«

»Wir müssen unser Glück versuchen.«

Ohne aufgehalten zu werden, passierten sie den Ort und den Fluß und waren glücklich an der Stelle vorüber, wo links die Straße nach dem Mendelpaß abgeht. Sie wandten sich rechts, um am Gebirge entlang ihr Ziel zu erreichen. Jetzt durften sie hoffen, keinem Verfolger mehr zu begegnen. Die Straße führte hier ein großes Stück geradeaus, das sie schon zurückgelegt hatten, und Saltner spähte vorsichtshalber noch einmal rückwärts. Da bemerkte er plötzlich, wie hinter ihnen das elektrische Licht eines Rades auftauchte. Es näherte sich nur langsam, da der Weg kein schnelles Fahren gestaltete. Sie wurden verfolgt.

Saltner verlor die Geistesgegenwart nicht. Er sah, daß es nur ein einzelner Bed war, der diese Straße einschlug; vielleicht hatte man ihm gesagt, daß ein Wagen diesen Weg gefahren sei. Er durfte es nicht darauf ankommen lassen, daß der Wagen erkannt wurde. Der Bed hätte Hilfe herbeigeholt, und man hätte ihn jedenfalls noch in Andrian erreicht. Er fühlte nach der Telelytwaffe, die er vom Mars mitgebracht und heute zu sich gesteckt hatte. Ohne Rieser etwas von dem Verfolger zu sagen, rief er ihm nur zu: »Fahren Sie weiter, ich komme gleich nach!«und sprang während der Fahrt vom Wagen.

Er mußte den Bed abhalten, ihnen zu folgen, aber er durfte ihn auch nicht zurückkehren lassen, um zu melden, daß er durch einen Überfall verhindert worden sei, die Verfolgung fortzusetzen; vielmehr mußte er es so einrichten, daß der Bed an einen zufälligen Unfall glaubte. Und er hatte schon unterwegs daran gedacht, wie er das einrichten könne. Saltner sprang hinter einen Baum, der ihn gegen das Licht der Laterne deckte. Die Telelytwaffe ließ sich ausziehen, daß man wie mit einem Gewehr genau zielen konnte. Das Rad mit dem Bed näherte sich hell beleuchtet und mochte noch etwa hundert Schritt entfernt sein. Saltner setzte eine kleine Sprengpatrone ein und zielte an die Stelle, wo der diabarische Glockenhelm von den beiden dünnen Stützen getragen wird, die ihn mit der Fußbekleidung verbinden. Wird diese Verbindung unterbrochen, so ist die Diabarität aufgehoben, da der zu schützende Körper nach beiden Seiten gegen die Richtung der Schwerkraft gedeckt sein muß. Es kommt beim Gebrauch des Telelyts nicht wie bei einem Schuß auf eine einzige Entladung an, sondern man kann die Wirkung, die sich wie das Licht in Ätherwellen fortpflanzt, einige Zeit wirken lassen. Saltner war daher sicher, wenn er auch bei den Schwankungen des Helms einigemal das Ziel verlor, doch den Sprengerfolg zu erreichen. Und in der Tat, nach fünf bis sechs Sekunden begann der Helm sich zu neigen, und die eine Stütze brach. Der Bed hielt erschrocken sein Rad an. Diesen Moment der Ruhe benutzte Saltner, um auch die andere Stütze zu sprengen. Der Helm fiel herab, und der Bed bückte sich sichtlich unter dem Druck der Erdschwere. Er konnte jedenfalls so bald weder vorwärts noch rückwärts weit gelangen und war mit seinem Unfall so beschäftigt, daß er nicht mehr auf den Weg achtete.

In schnellen Sprüngen eilte Saltner dem Wagen nach. Ohne ein Wort zu sagen, schwang er sich wieder auf den Bock. Eine Stunde später traf der Wagen in Andrian ein. Rieser ging voraus und überzeugte sich, daß hier noch keine Nachforschungen angestellt seien. Der Wirt brachte die Frauen in seiner eignen Wohnung unter, und auch Saltner legte sich einige Stunden zur Ruhe, um die Ankunft der Führer abzuwarten.

Um drei Uhr wurde er geweckt. Palaoro war mit zwei Führern und den Maultieren eingetroffen. Alles wurde sogleich zum Aufbruch vorbereitet. Frau Saltner fühlte sich vollkommen kräftig, die Befreiung von ihrer Angst hatte ihr aufgeholfen. Nur die Füße konnte sie nicht gut gebrauchen, aber auf dem bequemen Sattel des Maultiers hatte sie keinerlei Beschwerden. Es war noch finster, als der kleine Zug aufbrach und auf schmalen Pfaden durch eine enge Schlucht zur Stufe des Mittelgebirges hinaufklomm. Sie waren erst ein kurzes Stück vorwärts gekommen, als Palaoro in seine Tasche griff und zu Saltner sagte:

»Da habe ich doch noch etwas vergessen. Gehen Sie nur ruhig vorwärts, ich hole Sie bald wieder ein.«

Er schritt gemächlich den Weg zurück. Der Wirt, der zugleich Ortsvorsteher war, trat eben ins Haus, um sich noch ein wenig aufs Ohr zu legen, als Palaoro herankam.

Er überreichte ihm eine Depesche und sagte: »Das hat mir diese Nacht der Postmeister in Terlan mitgegeben. Er hatte nach allen Richtungen Boten ausschicken müssen, so daß er keinen mehr an euch hatte; da hab ich gesagt, ich wolle das Telegramm mitnehmen. Beinahe hätt' ich's vergessen. B'hüt euch Gott.«

Und schon war er mit raschen Schritten in der Dunkelheit verschwunden. Der Wirt ging langsam ins Zimmer und entfaltete beim Schein der Laterne das Telegramm. Es lautete:

»Josef Saltner mit Frau Marie Saltner und Katharina Wackner sind, wo sie auch auf diesseitigem Gebiet betroffen werden, zu verhaften und sogleich der hiesigen Gerichtsstelle zuzuführen.«

Der Ortsvorsteher faltete das Papier zusammen und sprach: »Das hätte halt nachher schon vorher kommen gesollt.« Dann ging er wieder zu Bett.

Die Flüchtenden hatten das Mittelgebirge überschritten und kletterten jetzt auf halsbrecherischen Pfaden die steilen Abstürze des Gantkofels hinauf. Immer mit gleicher Sicherheit ging Palaoro voran, die Saumtiere folgten an der Hand ihrer Führer mit festem Tritt, und Saltner beschloß den Zug. Die Sonne ging auf und vergoldete die Bergspitzen. Ohne Rast, den Abgrund zur einen, die Felswand zur andern Seite, setzten die Reisenden ihren Anstieg fort. Nach vier Stunden war der Rücken erreicht, mit welchem das Mendelgebirge steil gegen das Etschtal abbricht. Dieser Rücken ist die deutsch-italienische Sprachgrenze und das Ende des Oß'schen Machtbereichs.

Menschen und Tiere blieben stehen und erholten sich. Der Blick hatte sich nach Süden und Westen geöffnet. Auf den schlanken Pyramiden der Presanella, auf den ewigen Schneemassen der Ortler-Alpen glänzte strahlend das Sonnenlicht. Drunten im Tal zogen Nebelstreifen, und über ihnen ruhten dunkel die bizarren Formen der Dolomiten.

Saltner winkte einen Gruß zurück ins Tal.

»Auf Wiedersehen«, rief er, »wenn die Nebel vergangen sind. Jetzt sind wir frei!«

Noch eine Viertelstunde mäßig bergab. Dann tat eine grüne, schmale Talschlucht sich auf, von einem frischen Gebirgsbächlein durchrieselt. Auf dem Rasen winkte eine Schutzhütte auf einem verborgenen, selten besuchten Platz. Palaoro schloß auf.

»Hier werden wir wohnen«, sagte Saltner, indem er seine Mutter vom Maultier hob, »bis das Recht wieder eingezogen ist in unser Land.«

»Wo könnte es schöner sein?« sagte sie. »Und du bist hier.«

50 - DIE LUFT-YACHT

Die Strahlen der aufgehenden Sonne vergoldeten ein prachtvolles Luftschiff, das aus den äußersten Höhen des Luftmeers von Norden her herabschießend jetzt seine Geschwindigkeit mäßigte und seine glänzenden Schwingen ausbreitend langsam und majestätisch, in geringer Höhe über den Wogen, der nördlichen Küste von Rügen entgegenschwebte.

Die Fischer in ihren Booten und die Badegäste, die am Strand lustwandelten, verfolgten das Schiff mit erstaunten Blicken. An den Anblick von Luftschiffen waren sie gewöhnt, denn der direkte Weg vom Nordpol nach Berlin führte hier vorüber, wenn auch freilich diese Schiffe in viel größeren Höhen zu ziehen pflegten. Aber ein derartiges Fahrzeug hatten sie noch nicht gesehen. Es war keines der furchtbaren Kriegsschiffe, deren farblose Einfachheit nur die drohenden Öffnungen der Repulsitgeschütze unterbrach, es war auch keines der langen und breiten Postschiffe, die den Personenverkehr vermittelten. Für eines der Boote, die den höheren Beamten der Nume zur Verfügung standen, war es zu groß und prächtig. Es war in der Tat ein Schiff, wie es bisher auf der Erde nicht verkehrt hatte, eine Privatyacht, von einem reichen Numen zu Vergnügungsreisen erbaut. Seine glatte Oberfläche schimmerte rot und golden, auf beiden Seiten wie auf den jetzt ausgebreiteten Flügeln glänzte weithin sichtbar der Name des Schiffes, als wäre er von riesigen Edelsteinen gebildet, ein nach rechts offener Halbkreis. Wer martisch zu lesen verstand, erkannte darin den Namen ›La‹.

In der Mitte des Schiffes, auf dessen unterer Seite, befand sich ein kleiner Salon, ausgestattet in einer ebenso kostbaren als einfach wirkenden Eleganz und mit jeder Bequemlichkeit, die martische Kunst zu erdenken vermochte. Eine hier zum erstenmal angewandte Konstruktion ließ nach beiden Seiten erkerartige Ansätze so hervortreten, daß sie, ohne die Bewegung des Schiffes zu verhindern, eine freie Aussicht nach den Seiten und nach unten gestatteten. Auf einem freihängenden Polster, wie auf einer Schaukel halb liegend, ruhte hier eine graziöse weibliche Gestalt in bequemem Morgenanzug, den der mit glänzenden Deli-Kristallen bedeckte Lisschleier umhüllte. Es war Se. Sie beugte den schlanken Hals herab, um das Meer zu betrachten. Sobald sie den Kopf bewegte, spielten die braunen Locken in den lichten Farben des Regenbogens. Von Zeit zu Zeit betrachtete sie Einzelheiten durch ein Glas, dann ließ sie wieder den Blick rückwärts über die schaumgekrönten Wogen in die uferlose Ferne schweifen. Sie konnte sich an diesem Schauspiel nicht sattsehen. Daß es so viel Wasser gab, Wasser und immer Wasser auf dieser Erde, wie wunderbar kam es ihr vor, die bis jetzt nur das eisschollenbedeckte und beschränkte Meer am Nordpol erblickt hatte.

Eine leise Berührung ihrer Schulter ließ sie aufblicken. Die Herrin dieses fliegenden Wunderbaus stand vor ihr.

»Da bist du ja, La«, rief sie, sich aufrichtend, der ihr zunickenden Freundin entgegen. »Hast du endlich ausgeschlafen?«

»Ich bin auch nicht so früh eingeschlafen wie du. Ich glaube, du träumtest schon, als wir gestern vom Pol abreisten.«

»Ich war furchtbar müde. Ich hatte ja den ganzen Tag gearbeitet, um mich noch rechtzeitig für dich freizumachen. Ach, La, das war doch einer deiner gescheitesten Gedanken, mich zu dieser Reise einzuladen. Aber diese Eile! In der Nacht kommst du mit dem ›Glo‹ an, ganz unerwartet. Früh läßt mich dein Vater nach dem Ring holen, und abends muß ich schon mit dir fort nach Deutschland. Ich habe noch gar keine Zeit gehabt, dich irgend etwas zu fragen.«

»Weil du gestern gleich eingeschlafen bist.«

»Ich bin ganz starr über diesen fabelhaften Luxus, das heißt für ein Luftschiff. Sonst ist es ja gerade so wie zu Hause, aber das auf einem Schiff zu haben, das ist eben das Überraschende. Wie bist du nur dazu gekommen?«

»Das hat mir alles der Vater geschenkt.«

»Und das konnte er?«

La nickte.

»Aber du siehst gar nicht so vergnügt aus, wie es sich für eine solche Prinzessin schickt. Komm, setz dich her und gestehe! Was ist eigentlich mit euch vorgegangen? Ich versuchte vorhin in dein Zimmer zu kommen, aber ich glaube gar, du hast es mit einer akustischen Tür geschlossen, die nur auf das Stichwort aufgeht.«

La lehnte sich auf die schwebenden Polster und blickte zur Erde hinab. Dann sagte sie:

»Du siehst, wir sind reiche Leute geworden. Der Vater hat eine wichtige Erfindung gemacht, eine Verbesserung am Fortbewegungsmechanismus der Raumschiffe.«

»Das weiß ich natürlich, den Fru'schen Gleitrepulsor, der das Repulsit noch einmal so stark ausnutzen läßt. Das erspart dem Staat Hunderte von Millionen im Jahr.«

»Nun ja, und einige davon haben wir als Ehrengabe bekommen. Dafür hat mir der Vater dies schöne Schiff geschenkt und ein Reisejahr für die Erde. Ich freue mich sehr darüber.«

»Wenn du es nicht sagtest, würde man es kaum glauben. Was hast du also noch für Sorgen?«

»Weißt du, Se, schreiben oder in die Ferne sprechen kann man solche Sachen nicht. Drum hab ich dich vor allen Dingen abgeholt, denn das mußt du doch erfahren, daß wir mit Oß nicht mehr verkehren.«

»Aber Oß ist doch an der Erfindung deines Vaters beteiligt, er war ja sein Assistent bei den Versuchen?«

»Ja, leider. Er hat auch vom Staat seine Million bekommen, und das ist eben das Unglück, das ist ihm in den Kopf gestiegen.«

»Wieso? Ein bißchen exzentrisch freilich war er ja immer. Weißt du noch? Damals am Pol, als Ill die Versammlung abhielt und Grunthe und Saltner fortgegangen waren, da beantragte er doch, den Menschen die persönliche Freiheit abzusprechen. Aber was hat er denn getan?«

»Es war damals nach dem Friedensschluß mit der Erde, als der Vater die Versuche machte, und Oß war deshalb viel bei uns, wir hielten uns auf der Außenstation am Nordpol des Mars auf. Und da wollte er mich binden.«

»Im Spiel? Ja? Nun, das ist doch noch kein Größenwahnsinn. Wer war denn dabei?«

»Ich wollte aber nicht.«

»Und das hat er übelgenommen, das kannst du ihm nicht verdenken. Warum wolltest du nicht?«

»Ich – ich war nicht in der Stimmung. Aber er hat das falsch verstanden. Ich machte mir eben gar nichts aus ihm, und er bildete sich ein, mir wäre das Spiel zu wenig. Er kam mit einem Antrag

»Im Ernst?«

La bewegte den Kopf bejahend. Ihre Augen blickten in die Ferne hinaus, aber sie sah nichts von der anmutigen Landschaft, den buchengekrönten Kreidefelsen zu ihren Füßen.

»Und du hast ihn abgewiesen? La! Das ist freilich schlimm. Das geht doch nicht. Du mußtest das Spiel annehmen und dann so unausstehlich sein, daß er von selber –. Aber La, du Liebling, ich glaube gar, du weinst?«

Sie zog sie an sich und streichelte ihr die Wangen.

»Warum regt dich das so auf, macht dich so traurig? Du bereust? Du liebst ihn? Darf ich es wissen?«

»Wirklich nicht«, sagte La mit so ruhiger Stimme, daß Se an ihrem Wort nicht zweifeln konnte. »Ich konnte nicht anders, ich mochte nichts von ihm wissen.«

»Ach so!« Se faßte ihre Hand und drückte sie leise. »Also ein anderer.«

Und bei sich dachte sie: »Also Ell!« Aber das sagte sie nicht. Vor solchen Gewissensfragen blieb auch die Freundschaft stehen.

La erhob sich heftig. »Lassen wir das nun«, sagte sie. »Es ist nichts daran zu ändern. Ich hätte auch jeden andern abgewiesen – das zu deiner Beruhigung. Ich wollte dir das nur mitteilen, damit du dich nicht wunderst, wenn ich von Oß nichts mehr hören mag.«

»Und wo ist er denn jetzt?«

»Ich weiß es nicht, ich habe mich nicht darum gekümmert. Der Nu ist groß. Er ist aus unserer Umgebung verschwunden.«

»Und deine Reise nach der Erde, nach Berlin? Hängt die damit zusammen?« fragte Se etwas neugierig.

»Indirekt ja. Ich habe mich über die ganze Sache geärgert. Ich war, ich weiß nicht warum, in diesem Jahr recht wenig zufrieden mit mir. Die Ärzte schickten mich hier- und dahin, aber ich war gar nicht krank, ich war nur – ich weiß nicht. Da kam der Vater auf die Idee, mich nach der Erde kommen zu lassen. Er mußte wieder hierher zu den Erweiterungsbauten an der Außenstation. Und da schenkte er mir vorher das schöne Schiff. Ich wollte die Mutter gern mitnehmen, aber es wäre für sie zu anstrengend gewesen. Da dachte ich an dich. Und nun hab ich dich ja.«

Sie küßte Se auf den Mund und sprach weiter: »Sei mir gut und tu mir den einen Gefallen, wundere dich nicht über mich, ich weiß, was ich tue, auch wenn es dir seltsam vorkommt. Ich will nämlich einmal versuchen, wie es sich auf der Erde lebt, ob man überhaupt hier leben kann.«

Se lächelte still für sich.

»In einem solchen Luftschiff läßt es sich schon leben«, sagte sie. »Und im Palast des Kultors wird es sich wohl auch leben lassen. Dort wirst du sicherlich diese La, ich meine die fliegende, in der wir sitzen, unterbringen.«

»Nein, das werde ich nicht, ich will dir's gleich verraten. Ich habe nur dem Vater nicht widersprochen, als er es vorschlug. Aber ich habe ganz andre Dinge vor. Ich will mir einmal die Bate in ihrer Heimat ansehen, nicht als Nume, sondern wie ein Mensch möchte ich unter Menschen verkehren. Wir wollen nicht in dem Schiff wohnen, sondern in einem Hotel wie gewöhnliche Menschen.«

Se sah die Freundin erstaunt an.

»Was für Ideen du da ausheckst«, sagte sie. »Zur Abwechslung wäre es vielleicht nicht übel, und ich wäre ganz gern dabei – wenn es nur ginge. Aber die Schwere, La, die Schwere! Wenn wir als Menschen auftreten wollen, können wir doch nicht mit den Helmen über dem Kopf herumlaufen.«

»Könnten wir uns nicht ein bißchen an die Erdschwere gewöhnen? Ein bißchen nur?« fragte La, indem sie Se schelmisch ansah.

»Nein«, rief Se abwehrend, »dazu bekommst du mich nicht! Es ist ja gar nicht dein Ernst!«

»Höre einmal«, sagte La, indem sie sich neben Se setzte und den Arm um sie schlang. »Ich habe mir etwas ausgedacht und mir in Kla in aller Stille anfertigen lassen. Darauf bin ich gekommen, wie ich in einem Blatt die neuesten Moden auf der Erde gesehen habe. Sieh einmal her.«

Sie holte vom Bücherbrett ein Journal der Erde und schlug es auf.

»Siehst du«, sagte sie, »man trägt jetzt diese merkwürdigen Hüte mit breiten Krempen, die bis über die Schultern hinausragen, und an beiden Seiten fallen Bänder herab. Ich vermute, daß unsre diabarischen Glockenhelme das Muster dazu geliefert haben, unschön genug sind sie dazu. Da dachte ich mir, so ein Hut müßte sich diabarisch herstellen lassen, und ich ließ einige Modelle aus Stellit anfertigen. Ich werde sie dir dann zeigen. Sie sehen aus wie diese Hüte. Die Verbindung geht durch diese Bänder, die allerdings an der Schulter befestigt werden müssen. Von dort geht sie an den Seiten unter den Kleidern fort bis an die Stiefel, die man aber unter den langen menschlichen Frauenkleidern nicht sieht. Dieser Anzug schützt zwar nicht so gut wie der übliche Erdanzug mit Helm, aber in der Hauptsache genügt er völlig. Nur die Oberkleider und die Arme bleiben ohne Schutz, indessen das kann man schon aushalten, es ist nicht so schwer; wir brauchen ja die Arme nicht zu bewegen, sondern können sie meist am Gürtel oder an einem Seitentäschchen aufstützen. Außerdem habe ich auch diabarische Schirme gegen Sonne und Regen, die wir durch eine Stellitkette mit dem Anzug verbinden können. Auf der Straße können wir also überall ohne Beschwerde gehen, nur dürfen wir die Hüte nicht abnehmen. Aber bei den menschlichen Damen ist es ja Sitte, bei vielen Gelegenheiten auch im Zimmer die Hüte aufzubehalten.«

»Das ist fein. Man wird zwar gräßlich aussehen, doch wir sind ja auf der Erde, da nimmt man es nicht so genau. Aber ich bitte dich, wir können doch nicht zu Hause immer in Hüten sitzen und damit zu Bett gehen.«

»Nein, das ist nicht zu verlangen. Trotzdem, im Schiff möchte ich nicht wohnen, es braucht vorläufig niemand zu wissen, daß wir da sind. Aber es gibt ja in Berlin Hotels für Nume, mit Zimmern, die abarisch gemacht werden können. Dort mieten wir uns ein, daß wir uns zu Hause erholen können. Das Schiff geht sofort weiter, daß die Leute meinen, wir sind mit irgendeinem Mietschiff angekommen. Die Schiffer nehmen mit dem Schiff in einem der Vororte Quartier, so daß wir sie jederzeit herbeirufen können.«

»Das hast du alles sehr hübsch ausgedacht. Aber wie kommen wir denn zu der nötigen menschlichen Toilette?«

»Das ist das wenigste! Es gibt doch in Berlin große Magazine, wo man alles haben kann, was Menschen brauchen. Sobald wir im Hotel angekommen sind, lassen wir uns von dort jemand kommen, und ich bin überzeugt, in einer Stunde sind wir aufs Eleganteste ausstaffiert.«

»Du bist gelungen! Was hast du für Ansichten von meinem Geldbeutel!«

»Sei doch nicht töricht, Liebling. Du bist mein Gast, und ich habe für dich zu sorgen. Das ist ganz selbstverständlich.«

»Nun, meinetwegen. Ich will dir deine Freude nicht verderben.«

»Ich danke dir, gute Se. Und nun komm, ich will dir die Hüte zeigen. Wir wollen sie einmal probieren. Auf dem Verdeck ist Erdschwere, und wir sind dennoch gegen den Luftzug geschützt.«

Die Probe wurde unter Lachen und Necken gemacht. Es ging alles nach Wunsch, und Se erklärte, daß sie es wohl wagen würde, so spazieren zu gehen. Aber Gesicht und Haar müßten unter einem Schleier verborgen werden, und wenn sie so ein bißchen gebückt einherhumpelten, werde man sie ja wohl für zwei alte Erdmütterchen halten.

»Aber wenn wir Ell besuchen«, sagte sie fragend zu La, »da wirst du doch nicht in diesem Aufzug hingehen?«

Sie waren wieder in den Salon getreten, und La war gerade damit beschäftigt, ihren Hut abzulegen. Währenddessen antwortete sie unbefangen: »Ell zu besuchen ist gar nicht meine Absicht. Wenigstens nicht eher, als es die Höflichkeit unbedingt erfordert. Weißt du, wen wir zuerst aufsuchen werden?«

»Nun dann vielleicht Grunthe?«

La lachte. »Das ist wahr«, sagte sie, »den müßten wir eigentlich auch einmal heimsuchen. Aber im Ernst, ich will zuerst zu Isma. Wir haben uns einigemal geschrieben.«

»Mir ist alles recht«, antwortete Se. Und nach einer Pause begann sie ein wenig zögernd, indem sie La nur verstohlen betrachtete: »Hast du denn eigentlich wieder einmal etwas von Saltner gehört? Er ist doch so ohne Abschied vom Mars verschwunden.«

La ergriff das neben ihr liegende Fernglas und richtete es auf die Landschaft. Dabei sagte sie mit möglichst gleichgültiger Stimme:

»Nur indirekt, hin und wieder. Er lebt, soviel ich weiß, bei seiner Mutter da irgendwo in den Bergen. Übrigens hat er sich bei mir verabschiedet, aber, du weißt ja, er hat sich damals auch mit Ell überworfen wegen der Briefe –«

Se sah, wie Las Hand, die das Glas hielt, leise zitterte. Es war unmöglich, daß sie etwas durch das Glas zu erkennen vermochte.

»Ach ja«, sagte Se, »ich weiß.«

Beide schwiegen. La sah wieder angelegentlich nach der Landschaft. Se blickte zu ihr hinüber. Sie konnte aus der Freundin nicht klug werden. Endlich sagte sie: »Übrigens, wenn wir ihn wiedersehen sollten, die Bindung ist aufgehoben. Ich will nicht mehr.«

La antwortete nicht. Es war ganz still, man hörte das leise Zischen der treibenden Maschine.

Plötzlich unterbrach der laute Pfiff einer Lokomotive die Stille. Hundegebell wurde vernehmbar.

»Oh«, rief Se, »das ist Lärm, das ist die Erde!«

»Ich glaube, wir müssen schon weit über dem Binnenland sein. Ich sagte dem Schiffer, er solle von Sonnenaufgang an ganz tief und langsam fahren. Aber wir wollen nun etwas schneller vorwärts, die Landschaft da unten ist recht eintönig.«

La rief den Schiffer. »Können wir in einer Stunde am Ziel sein?«

»In einer Viertelstunde, wenn Sie wollen.«

»Eine Stunde genügt.« Der Schiffer ging.

»Wir wollen frühstücken und Toilette machen, ganz einfach«, sagte sie zu Se.

Das Schiff zog die Flügel ein. Wie ein Pfeil durchschoß es die Luft.

51 - MARTIERINNEN IN BERLIN

In der glänzend ausgestatteten Vorhalle des neuen ›Marshotels‹ an der Straße ›Unter den Linden‹ in Berlin standen zwei elegant gekleidete Damen. In ihren gemessenen Bewegungen, mit denen sie die Einrichtungen des Hotels aufmerksam musterten, machten sie einen ebenso vornehmen Eindruck, als er dem Reichtum ihrer Toilette entsprach. Ihr Gesicht war von einem dichten Schleier bedeckt, so daß es schwer war, über ihr Alter ein Urteil zu gewinnen.

Als sie im Begriff waren, auf die Straße zu treten, näherte sich ihnen ein Kellner und fragte ehrerbietig: »Befehlen die Damen Plätze zur Table d'hôte?«

Se trat, entsetzt über diese Zumutung, einen Schritt zurück. Schnell gefaßt sagte La: »Wir können darüber noch nicht entscheiden.«

»Wagen gefällig?« fragte der Portier.

La schüttelte nur den Kopf und ging vorüber.

Der Kellner und der Portier tauschten einen Blick, aus dem wenig Hochachtung für die beiden Gäste sprach.

Die Damen schritten die Straße entlang nach dem Opernplatz zu. Sie spannten ihre Sonnenschirme auf, und ihre Bewegungen wurden sichtlich freier und lebhafter.

»Du hast doch nicht etwa die Absicht«, sagte Se leise, »wirklich mit diesen Baten essen zu wollen? Das ist doch unmöglich.«

»Mit dem Hut und dem Schleier wird es nicht gehen, sonst aber – man muß sich an alles gewöhnen.«

»Aber das ist doch zu unanständig.«

»Wir sind auf der Erde. In irgendeine der Restaurationen, die hier, wie es scheint, in jedem Hause sind, wollen wir jedenfalls einmal eintreten. Sieh nur, wo man hinblickt, sitzen Leute und trinken Bier. Das nennen sie Frühschoppen.«

Sie schritten weiter durch das Gewühl der Menschen, über breite Plätze, dann in engere, noch dichter belebte Straßen hinein. Ihre Blicke schweiften über Gebäude und Denkmäler, über die begegnenden Personen und Wagen oder verweilten auf den glänzenden Auslagen in den Schaufenstern.

»Es gefällt mir gar nicht«, sagte Se. »Alles ist nüchtern, klein und eng. Man sieht förmlich, wie die Schwere die Gebäude zusammendrückt, die Dächer herabklappt. Die Wände, die Erker, alles ist vertikal gezogen, eine horizontale Schwingung ins Freie scheint es gar nicht zu geben. Sieh nur, wie dieser Balkon mühsam von unten gestützt ist! Und wie ärmlich und geschmacklos all dies Zeug in den Läden! Und das ist nun die Hauptstadt! Wie mag es auf dem Lande aussehen? Denn diese ganze Herrlichkeit reicht nicht weit, selbst wenn man zu Fuß geht, ist sie in ein paar Stunden zu Ende.«

»Du mußt doch nicht immer unsre Verhältnisse zum Vergleich heranziehen«, entgegnete La. »Im ganzen ist es staunenswert, was die Leute für ihre Kulturstufe leisten. Sie haben doch eine Industrie. Natürlich müssen sie sich nach der Schwere richten und können nicht wie wir in die Luft hinausbauen. Aber wie angenehm kann man dafür hier im warmen Sonnenschein gehen, ohne verbrannt zu werden. Und sieh nur, diese entzückenden weißen Wölkchen, wie sie über den blauen Grund ziehen. Das gefällt mir besser als unser ewiger grüner Baumschimmer oder der fast schwarze Himmel darüber.«

»Mir scheint, du willst dich zur Erdschwärmerin ausbilden. Mich stößt schon dieser entsetzliche Lärm ab. Die Leute unterhalten sich ja so laut, daß man es auf mehrere Schritte hört. Und dort zanken sich gar zwei auf offener Straße. Auch die Wagen sind unausstehlich geräuschvoll, man hört das Rollen der Räder auf weithin. Wie muß das erst gewesen sein, als noch Pferde vor die Wagen gespannt waren. Höre nur das unanständige Rufen der Wagenführer: He! He! Das Klingeln und Pfeifen! Ich möchte mir die Ohren verstopfen.«

»Man gewöhnt sich daran.«

»Was kommt denn dort? Hoch oben sitzen Menschen, und unten ist ein Tier mit vier Beinen. So was habe ich noch nie gesehen, das müssen wir uns betrachten.«

»Es sind Reiter«, sagte La. »Sie sitzen auf Pferden. Es sieht gut aus.«

»O nein, abscheulich! Diese Tiere, wie häßlich. Und wie das riecht! O pfui! Komm, komm, das halte ich nicht aus.«

Aus der Tür eines Hauses trat ein Nume, mit dem großen, glänzenden Glockenhelm über dem Kopf. Er schritt bis in die Mitte der Straße, um sich nach seinem Wagen umzusehen. Ein Teil der Vorübergehenden wich ihm in einem Bogen aus, andre, die gelbe Marken an der Kopfbedeckung trugen, gingen zwar dicht an ihm vorüber, blickten aber finster nach der andern Seite. Gerade jetzt waren die Reiter bis hierher gelangt. Das Pferd des ersten scheute vor dem Helm des Martiers, der, ohne an ein Ausweichen zu denken, in der Mitte der Straße stand. Kerzengerade stieg es in die Höhe. Der gewandte Reiter behauptete sich im Sattel, er wollte das Pferd an dem Martier vorüberbringen. In unregelmäßigen Sätzen sprang es hin und her und schlug aus. So drängte es in die Zuschauermenge hinein, die sich schnell angesammelt hatte. Diese stob erschrocken auseinander, auch La und Se wurden gestoßen, allgemeines Geschrei entstand. Schreckensbleich sahen sie, in die Ecke einer Haustür gedrückt, der Szene zu. Von den Sporen des Reiters getroffen, machte jetzt das Pferd einen gewaltigen Satz nach vorn. Es streifte den Helm des Martiers und riß diesen zu Boden. Die Reiter galoppierten davon, und ein Hohngeschrei der angesammelten Straßenjugend begleitete die Niederlage des Numen.

Wütend sprang der Nume in die Höhe, das Publikum beeilte sich, aus seiner Nähe zu kommen. Ein Schutzmann hatte sich inzwischen eingefunden und war dem Numen behilflich, in seinen Wagen zu steigen.

»Wer waren die Reiter?« fragte der Martier.

»Es waren Herren vom Rennklub.«

»Gut, diesem Unfug muß gesteuert werden.«

Der Nume fuhr davon.

»Das geht ja hier entsetzlich zu«, sagte Se schaudernd. »Man ist seines Lebens nicht sicher. Ich gehe nicht weiter.«

»Nur noch bis an jene Ecke. Dort in der Restauration hinter den großen Scheiben sehe ich Damen in Hüten sitzen, da wollen wir uns ein wenig erholen. Und dann fahren wir direkt zu Isma.«

Sie traten in das reich ausgestattete Lokal ein und schritten zwischen den Tischen, die Gäste musternd, hindurch, bis sie neben einem der Fenster an einem noch unbesetzten kleinen Tisch Platz fanden. Obwohl ihnen alle Verhältnisse fremd und ungewohnt waren, so machte sie das doch in keiner Weise befangen; es waren ja nur ›Bate‹, die hier ihren barbarischen Sitten huldigten, und sie wollten sich das nur einmal ansehen. So dachte wenigstens Se. Sie rümpfte das Näschen und sagte:

»Eine furchtbare Luft! Diese Gerüche und dieser Lärm – wie kannst du es nur hier aushalten.«

Das Gemisch von Düften nach Bier, Tabak und geräucherten Würstchen, in Verbindung mit dem Geräusch der Stimmen, war für martische Sinne betäubend.

»Wir können hier ein wenig das Fenster öffnen«, sagte La.

Sie befanden sich in dem großen Ausschank einer süddeutschen Brauerei. Ein Kellner setzte unaufgefordert zwei Glas Bier vor sie hin, und eine Kellnerin brachte ihnen die Speisekarte.

Se amüsierte sich. »Diesen Topf soll man austrinken?« sagte sie. »Aber wie macht man denn das, es ist ja kein Saugrohr dabei?«

La warf einen etwas verzweifelten Blick umher, dann hob sie das Glas und sagte: »Wir müssen eben trinken wie die Menschen.« Und sie nahm einen tüchtigen Zug.

Se versuchte es gleichfalls, aber sie kam nicht recht damit zu Rande. »Woher kannst du das nur?« fragte sie lachend. »Ich glaube, du hast dich auf deine Erd-Expedition vorbereitet!«

»Ich habe es wirklich eingeübt«, antwortete La. »ich habe mir nun einmal vorgenommen, unter den Menschen so wenig wie möglich aufzufallen.«

»Und das sagst du so ernsthaft – man möchte es wirklich glauben. Nun, was steht denn auf dieser wunderbaren Speisekarte, die man mit beiden Händen halten muß?«

»Ich werde nicht klug daraus. Doch, da –« sie hielt inne, »– ich werde mir – dies da –«

Ein wehmütiges Lächeln ging flüchtig über ihre Züge, dann wandte sie den Kopf ab und blickte sinnend zum Fenster hinaus.

Se las die Stelle, die La mit dem Finger bezeichnet hatte, und warf dann einen verwunderten Blick auf die Freundin. Sie suchte in ihrem Gedächtnis, und nun hatte sie es gefunden. Ihre Augen blitzten schelmisch auf, und plötzlich sagte sie, ganz mit Saltners Akzent:

»Ein Paar Geselchte mit Kraut, die wenn i' hätt', 's wär' schon recht.«

La zuckte zusammen. Sie sah Se mit einem flehenden Blick an. Diese ergriff ihre Hand und sagte, ihr Lachen unterdrückend: »Sei nicht böse, liebe La, aber eine Nume, der bei der Erinnerung an ›ein Paar Geselchte‹, die sie noch dazu nie mit ihren Augen gesehen hat, die Tränen in diese schönen Augen treten, das ist doch ein Anblick, um Götter zum Lachen zu bringen. Aber es ist wahr, diesen würdigen Gegenstand müssen wir kennenlernen, aus Dankbarkeit an die lustigen Zeiten. Und heute habe ich schon viel daraus gelernt«, setzte sie im stillen für sich dazu.

Se bestellte. Und wieder mußte sie leise lachen. Sie sah sich mit La und Saltner auf der Aussichtsbrücke des Raumschiffs stehen, als sich die leuchtenden Flächen des Mars zum erstenmal vor den Ankommenden im Sonnenschein ausbreiteten, und der Kapitän Oß, der zu Saltners Ärger La nicht von der Seite wich, sagte: »Morgen werden wir landen. Es ist ein hübscher Raumschifferglaube, daß der Wunsch in Erfüllung geht, den man bei der Landung ausspricht; es muß aber etwas Praktisches und etwas Kleines sein. Was werden Sie denn sagen?« Er blickte La schmachtend an, die aber nicht antwortete. Da tat Saltner in seinem trockenen Ton den klassischen Ausspruch von den Würstchen. La und Se hatten lange gefragt, was denn dies sei, und er hatte sie immer mit diesem Geheimnis geneckt, bis er es ihnen einmal erklärte, und dann war es eine scherzhafte Redensart geworden.

»Das sind ein paar patente Frauenzimmer«, sagte ein Herr am Nebentisch zu seinem Nachbar.

»Es sind Tirolerinnen, ich hab' vorhin die eine sprechen hören«, sagte der andre. »Sie sind gewiß von der Stürzerschen Sängergesellschaft.«

Das Essen war gebracht worden. Die Würstchen dampften verlockend auf den Tellern, nur nicht für die Freundinnen. Sie tauschten verzweifelte Blicke miteinander.

»Es ist keine Waage unter dem Teller«, sagte La, »man weiß nicht, wieviel man eigentlich zu sich nimmt. Willst du dir vielleicht lieber etwas Chemisches geben lassen?«

»Ich bringe es überhaupt nicht fertig, vor allen diesen Leuten zu essen. Ich schäme mich halbtot.«

»Es kommt ja kein Nume herein, und niemand kennt uns. Ich will dir etwas sagen – entweder, oder! In dem Schleier können wir überhaupt nicht essen. Wir drehen dem Publikum den Rücken zu und nehmen die Schleier ab. Ich stelle mir jetzt vor, ein Mensch zu sein!«

Und mit einem kühnen Entschluß löste La den Schleier von ihrem Gesicht und begann zu essen.

»Es ist wirklich gut«, sagte sie. »Es ist fett und schmeckt wie Al-Keht. Versuch es nur!«

Se sah ihr gespannt zu. Sie bewunderte die Seelengröße der Freundin, aber sie konnte sich nicht zu dem gleichen Opfer für die Menschheit entschließen.

»Es ist zu viel«, sagte La.

»So wollen wir gehen. Die Leute sehen uns zu. Himmel, da draußen geht ein Nume vorüber.«

Se drehte sich schnell um, indem sie den Schleier zu befestigen suchte. Indessen bezahlte La, und sie verließen das Lokal.

Die beiden Herren waren ihnen gefolgt. Als Se und La auf der Straße stehen blieben, um sich nach einer Droschke umzublicken, trat einer der Herren an sie heran.

»Die Damen sind fremd und wissen den Weg nicht«, sagte er, den Hut lüftend, »dürfte ich vielleicht die Ehre haben –«

Ohne ihn einer Antwort zu würdigen, wendeten sie ihm den Rücken zu und setzten ihren Weg fort. Sie bemerkten alsbald, daß die beiden ihnen unter anzüglichen Bemerkungen folgten.

»Das ist ja eine unverschämte Gesellschaft«, sagte Se, »es ist wirklich recht nett hier unter den Baten, man kann sich nicht einmal frei bewegen.«

»Du mußt bedenken«, bemerkte La entschuldigend, »das sind ungebildete Leute, die nichts zu tun haben, sonst würden sie um diese Zeit nicht im Gasthaus sitzen. Dort drüben stehen übrigens Wagen.«

»Ich werde ihnen aber erst eine kleine Ermahnung geben. Paß auf, wie sie verschwinden werden.«

Se nestelte an ihrem Schleier und blieb dann stehen. Als sich die beiden Herren dicht hinter ihr befanden, drehte sie sich plötzlich um und riß den Schleier herab. Der Glanz ihrer mächtigen Augen und das Gebietende ihres Blickes zeigte den Abenteuerlustigen sofort, daß sie vor einer Nume standen. Erschrocken prallten sie zurück.

»Macht, daß ihr in die Schule kommt!« rief sie ihnen zu.

Beide entfernten sich aufs schleunigste.

Se lachte. »Aber nun habe ich wirklich Hunger«, sagte sie. »Isma muß mir etwas zum Frühstück verschaffen.«

Eine Droschke brachte sie vor das Haus, wo Isma wohnte. Enttäuscht sahen sie sich um, nachdem sie den Hof überschritten hatten. Kein Aufzug im Haus, und drei Treppen! Es war eine mühsame Partie. Se seufzte wiederholt.

»Man braucht ja nicht in einem solchen Haus zu wohnen oder nicht so hoch«, sagte La begütigend.

»Man braucht glücklicherweise überhaupt nicht auf der Erde zu wohnen, sollte ich denken.«

»Nun ja, ich meinte nur, wenn man – zum Beispiel amtlich –«

»Ach so.«

Endlich standen sie vor der Tür, welche die Aufschrift ›Isma Torm‹ trug. Sie hatten nun ihre Schleier abgenommen. Auf ihr Klingeln öffnete sich die gegenüberliegende Tür, und eine ältere, freundliche Dame sagte, Frau Torm sei nicht zu Hause. Jetzt erkannte sie, daß sie zwei Damen vom Mars vor sich habe und erschöpfte sich in Entschuldigungen. Frau Torm werde sogleich nach Hause kommen, es sei jetzt ihre Zeit, und die Damen möchten nur einen Augenblick warten, es sei alles geimpft im Haus, und sie werde sie sogleich in Frau Torms Zimmer führen. Das geschah denn, und die unterhaltende Dame ließ sie nun allein.

Die beiden Martierinnen sahen sich sorgfältig in dem freundlichen und geräumigen Zimmer um. In dem lebensgroßen Porträt an der Wand erkannte Se sogleich Ismas Gatten, dessen Bild ihr in allen Schriften über die Erde begegnet war. Mit besonderem Interesse betrachtete La die Einrichtung im einzelnen, nur irrte sie sich, wenn sie glaubte, etwa hier den Typus des Wohnzimmers einer deutschen Hausfrau vor sich zu haben. Denn wenn auch die Tätigkeit der weiblichen Hand unverkennbar war, so enthielt doch die Einrichtung nicht nur viele Züge des Studierzimmers eines Mannes, sondern auch allerlei, was von den landesüblichen Gewohnheiten abwich und an den Einfluß des Mars erinnerte. Da waren zahlreiche Kleinigkeiten, die von Ismas Planetenreise erzählten, eine Fluoreszenzlampe über dem Schreibtisch hing an einem Lisfaden, so daß sie in der Luft zu schweben schien, ein Bücherbrett war ganz nach martischem Muster eingerichtet, und es fehlte sogar nicht der Phonograph, ein Geschenk Ells.

Unter den Drucksachen, die auf dem Tisch lagen, fiel La ein Flugblatt auf, das in mehreren Exemplaren vorhanden war. Es trug die Überschrift: ›An die Menschheit!‹ und begann mit den Worten: »Numenheit ohne Nume! Das sei der Wahlspruch des allgemeinen Menschenbundes, den wir aufrichten wollen unter allen Kulturvölkern der Erde.«

La las weiter. Der Inhalt fesselte sie. In feurigen Worten war die ideale Kultur der Martier gepriesen, aber ebenso entschieden eifriger Protest erhoben gegen die Form, welche ihre Herrschaft auf der Erde angenommen hatte. »Ergreifen wir«, so hieß es, »was sie uns bieten, mit klarer Einsicht und offenem Herzen, so werden wir ihrer selbst nicht mehr bedürfen. Zeigen wir, daß wir das große Beispiel ihres Planeten begriffen haben, eine Gemeinschaft freier Vernunftwesen zu bilden, in der die Ordnung herrscht nicht durch die egoistische Gewalt einzelner Klassen, sondern durch das lebendige Gemeinschaftsgefühl aller. Das neue Zeitalter ist vorbereitet. Der Mars hat uns den gewaltigen Dienst geleistet, uns zu zeigen, wie die Not des Daseins bezwungen werden kann durch eine reichere Ausbeutung der Natur und eine größere Selbstbeherrschung der Menschen. Er hat die historischen Fesseln gebrochen, die uns verhinderten, die neuen Ideen in der Menschheit lebendig zu machen. Er hat die Völker geeint in dem gemeinsamen Bewußtsein, daß sie als Kinder der Erde zusammengehören und ihre häuslichen Streitigkeiten zu begraben haben, um die Kräfte des Planeten zusammenzufassen; er hat uns gezeigt, daß es gilt, dem überlegenen und geeinten Planeten zu begegnen, nicht um ihn zu bekämpfen als einen Feind, sondern um seiner Freundschaft würdig zu werden und ihn als Bundesgenossen zu begreifen. Menschliche Wissenschaft und menschliche Arbeit möge unser Leben mit dem Bewußtsein durchdringen, daß es nur nötig ist, dem Gesetz der Vernunft zu folgen, um auch unsern Willen auf der Höhe des sittlichen Ideals zu halten. Wagen wir es zu denken und an uns selbst zu glauben! Fahren wir fort zu lehren und zu lernen, damit wir verstehen, was menschliche Freiheit erfordert! Und aus der Vertiefung des befreiten Menschengefühls heraus einigen wir uns in einem großen geistigen Bund, daß wir von uns sagen können: Hier ist die Menschheit, hier ist die Gemeinschaft des Willens, uns frei unterzuordnen dem Gesetz der Vernunft, hier ist die Erde, um dem Mars die Bruderhand zu reichen! Und dann, das laßt uns mit Gewißheit glauben, wird der ältere Bruder uns ebenso frei die Hand entgegenstrecken und sprechen: Ihr seid würdig der Freiheit, die Ihr Euch gewonnen habt, nehmt sie hin, wir verzichten freiwillig auf unsre Herrschaft. Unser Ziel ist erreicht, wenn Ihr Menschen seid.« – Daran waren Mitteilungen über die Organisation des Bundes geknüpft.

Indessen hatte Se in den Zeitungen geblättert, als sie plötzlich ausrief: »Höre, La, hier steht etwas, das dich interessieren wird, von Oß und Saltner –«

La griff nach dem Blatt. Noch hatte sie kaum die Stelle gefunden, als die Tür sich öffnete und Isma eintrat.

Ihre Überraschung war groß und die Begrüßung lebhaft. Und doch fühlte sich Isma befangen. Warum hatte ihr Ell nichts von dem bevorstehenden Besuch gesagt? Sie fühlte sich freier, als sie im Lauf des Gespräches vernahm, daß Ell gar nichts von dem Eintreffen Las wußte, und gewann bald die Überzeugung, daß es nicht der Wunsch war, Ell wiederzusehen, der La nach der Erde geführt habe. La erzählte von ihren Eindrücken und Erlebnissen auf dem Weg vom Hotel zu Isma, und Se erhielt die ersehnte Kräftigung. Dann brachte Se das Gespräch auf den Zeitungsartikel über Oß und Saltner.

Es war darin gesagt, daß auf Veranlassung des Instruktors für Bozen, Oß, der bekannte Forschungsreisende Saltner steckbrieflich verfolgt werde wegen öffentlicher Anreizung zum Ungehorsam gegen die Gesetze, Widerstands gegen den vorgesetzten Numen, Bedrohung des Instruktors, Mißbrauchs amtlicher Papiere und Befreiung von Gefangenen. Es war noch hinzugefügt, daß hoffentlich die Schwere der Anklage sich nicht bestätigen werde, da es bekannt sei, daß gegen den Instruktor Oß selbst eine Untersuchung wegen Überschreitung der Amtsgewalt schwebe und seine Abberufung bevorstehe. Saltners Aufenthalt sei unbekannt, doch werde von allen Behörden aufs angelegentlichste nach ihm geforscht.

La sagte kein Wort. Sie suchte ihre Erregung zu beherrschen. Aber das Herz schlug ihr in Angst und Sorge. Gewiß hatte Oß Saltner gereizt, um seine Rache an ihm nehmen zu können. Und sie fühlte sich schuldig als die geheime Ursache dieser Gegnerschaft. Sie horchte mit Bangigkeit auf die Erklärungen, die Isma jetzt auf Ses Frage gab.

Ell hatte Isma am Tag vorher besucht, an demselben Tag, an welchem er genauere Nachricht über die Vorgänge in Bozen erhalten hatte und auch die ersten Mitteilungen an die Zeitungen gelangt waren. Die Klagen über Oß waren zuerst beim Unterkultor in Wien erhoben worden. Dieser befand sich in der schwierigen Stellung, daß er amtlich dem Kultor des gesamten deutschen Sprachgebiets in Berlin verantwortlich, in der Durchführung seiner Anordnungen aber an die Zustimmung der politischen Oberbehörde, nämlich an das österreichische Ministerium gebunden war. Infolgedessen konnte er nicht ohne weiteres die Suspendierung des Oß von seinem Amt verfügen, sondern es wurden Verhandlungen mit der Wiener Regierung notwendig. Von dort aus konnte erst an Ell berichtet werden.

So waren mehrere Tage seit der Flucht Saltners vergangen, ehe Ell von derselben erfuhr. Nun wurde auf Grund der Klage der Behörden und der Einwohner des Bozener Instruktionsbezirks die Disziplinaruntersuchung gegen Oß erhoben und der Unterkultor in Wien angewiesen, sich persönlich nach Bozen zu begeben. Man konnte annehmen, daß er heute daselbst eintreffen würde. Aber für Saltner wurde der Stand der Sache dadurch nicht gebessert. Seine Selbsthilfe war vom Standpunkt der Martier aus eine Gesetzesverletzung, die eine eindringliche strafrechtliche Verfolgung erforderte, weil man die Autorität der Nume unbedingt aufrechterhalten wollte. Ell konnte daher nicht anders handeln, als die Maßregeln zu bestätigen, durch welche die Verhaftung Saltners erzielt werden sollte. Isma berichtete ausführlicher über die Beschuldigung, die von dem Instruktor gegen Saltner erhoben wurde. Danach erschien es, als hätte Saltner den Instruktor auf offner Straße insultiert, die Einwohner zum Widerstand aufgefordert, seine Mutter und die Magd endlich durch einen raffinierten Betrug aus dem Laboratorium entführt.

Se dachte im stillen: Wie gut, daß man nicht weiß, was er schon auf dem Mars verbrochen hat! La jedoch sagte mit künstlicher Ruhe: »Man wird doch erst hören müssen, wie sich die Sache von Saltners Seite aus ansieht.«

»Gewiß«, erwiderte Isma »und ich kann Ihnen auch darüber Auskunft geben. Ell hat nämlich gestern einen Brief von Saltner selbst erhalten, worin er ihm offen seine Handlungsweise darlegt und ihn um Hilfe gegen die ihm drohende Verfolgung angeht.«

»Einen Brief? So weiß man also, wo er sich aufhält? So ist er in Sicherheit?«

»Das kann man nicht sagen. Der Brief ist auf einer Station zwischen Bozen und Trient aufgegeben. Die dortigen Einwohner sind natürlich alle auf Saltners Seite und werden ihn nicht verraten. Jedenfalls hat einer der Führer oder Träger, die ohne Zweifel bei Saltners Flucht beteiligt waren, den Brief zur Station gebracht. Saltner selbst hält sich wahrscheinlich im Hochgebirge auf irgendeiner versteckt liegenden Hütte auf.«

Isma erzählte nun, was Saltner getan hatte, nach seiner eigenen Schilderung in dem Brief, den Ell ihr gestern vorgelesen hatte.

Se schüttelte den Kopf und sagte: »Das sieht alles Saltner ganz ähnlich. Aber die Sache steht doch recht schlimm. Wenn man ihn bekommt, wird es ihm sehr übel ergehen.«

»Warum?« fuhr La plötzlich auf. »Ich glaube jedes Wort, was Saltner schreibt, und dann hat er sich gar nichts zuschulden kommen lassen. Er hat Oß nicht angegriffen und sich seinen Befehlen nicht widersetzt, denn es waren ihm noch keine zur Kenntnis gekommen; und die Befreiung seiner Mutter hat er auf einem Weg bewirkt, der rein formell nicht anzugreifen ist.«

»Ell ist doch anderer Ansicht«, erwiderte Isma. »Er entschuldigt zwar Saltner, der in seiner Lage und nach seinem Charakter nicht wohl anders handeln konnte, aber er glaubt doch, daß man ihn verurteilen wird. Und jedenfalls muß er dem Gesetze freien Lauf gestatten, und, so leid es ihm tut, Saltner aufheben lassen.«

La erblaßte in heimlicher Angst. »Und wie glaubt man seiner habhaft zu werden?« fragte sie.

»Ganz leicht wird es ja nicht sein, aber in einigen Tagen bekommt man ihn sicher. Nur wenige der dortigen Führer kennen seinen Aufenthalt, und von ihnen verrät ihn keiner. Auch die Kenner der dortigen Berge werden sich nicht dazu hergeben. Nume können überhaupt nicht auf diese Höhen steigen und die verborgenen Schluchten durchsuchen. Aber der Wiener Unterkultor hat ein Luftboot zur Verfügung, und auch Ell würde nicht anders können, als ein solches bereitzustellen. Dann lassen sich die Berge mit Leichtigkeit absuchen, und es ist nicht denkbar, wie Saltner entkommen sollte.«

»Wenn er aber doch entkäme?«

»Wohin reichte die Macht der Nume nicht?«

»Es handelt sich zuerst nur um die Behörden des Mars auf der Erde. Auf dem Nu selbst hört jede obrigkeitliche Gewalt der Kultoren oder Residenten auf. Dann müßte erst der Zentralrat selbst die Auslieferung beschließen. Und selbst dieser könnte nicht in den Privatbesitz, in das Haus eindringen, um den Besitzer zu verhaften.«

»Ich weiß wohl, aber wie sollte Saltner auf den Nu gelangen? Und wenngleich, die Frage ist ja eben, ob man dem Paß, den Saltner besitzt, die Bedeutung zuerkennt, daß ihm auch jetzt noch die Rechte eines Numen zukommen. Man könnte ihn für ungültig erklären.«

»Es gibt ein unverletzliches Asyl«, sagte La leise, den Blick wie in weite Ferne gerichtet.

Isma verstand sie nicht. Se sah die Freundin an, als traute sie ihren Ohren nicht. Dann legte sie ihr liebkosend die Hand auf die Schulter und sagte lächelnd:

»Ich glaube, du siehst nun wieder zu schwarz. Saltner kann überhaupt nur so weit verfolgt werden, als das martische Schutzgebiet auf der Erde effektiv ist. Er wäre also in außereuropäischen Staaten schon sicher, denn um von dort eine Auslieferung zu erzwingen, wären Maßregeln erforderlich, die man um einer solchen Kleinigkeit willen nicht ergreifen wird. Und was Ell nicht geradezu tun muß, das wird er auch nicht tun.«

»Das glaube ich ja«, sagte Isma. »Unter uns gesagt, Ell äußerte sich gestern: ich wünschte nichts mehr, als daß wir Saltner nicht fänden, dann wird der Prozeß in absentia geführt, und in einem Jahr kann bei der Amnestie die Sache eingeschlossen werden.«

»Nun denn, so wollen wir uns nicht weiter Sorge machen. Saltner wird sich schon zu helfen wissen. Sagen Sie uns lieber, was wir bei dem schönen Wetter hier machen sollen.«

»Ich möchte doch wissen«, sagte La zögernd, »wann etwa die Verfolgung Saltners durch die Luftschiffe aufgenommen werden könnte.«

»Heute und morgen sicher noch nicht, das weiß ich«, entgegnete Isma. »Denn Ell sagte, daß der Kultor erst die Verhandlung gegen Oß zu führen hat, und solange behält er sein Schiff bei sich. Soll ich noch einmal bei Ell anfragen?« Sie wies auf das Telephon.

»Ach nein«, sagte La, »wir wollen uns noch gar nicht beim Herrn Kultor melden. Nun machen Sie Ihre Vorschläge.«

»Das Wetter ist eigentlich zu schön für Berlin.«

»Ach ja«, rief Se. »Wir wollen lieber hinaus. Haben Sie heute nachmittag für uns Zeit?«

»Bis heute abend, gewiß.«

»Was meinst du, La, dann sehen wir uns einmal Ihren deutschen Wald dort in der Nähe von Friedau an, den Sie uns so schön geschildert haben.«

La sann nach. Dann nickte sie und sagte: »Das ist mir sehr recht.«

»Aber wohin denken Sie«, rief Isma. »Dazu brauchen wir ja allein fünf bis sechs Stunden Eisenbahnfahrt, um nur bis hin zu kommen.«

Jetzt lächelte La. »In zwanzig, in fünfzehn Minuten, wenn Sie wollen, sind wir da. Machen Sie sich nur zurecht, Sie sollen sogleich unsre Reisegelegenheit sehen.«

»Sie haben ein Luftschiff?«

»Und was für eins!« lächelte Se. »Wenn wir wollen, holt uns das größte Kriegsschiff nicht ein.«

52 - IM ERDGEWITTER

Aus den Wipfeln des weiten Bergwaldes ragt ein Felsvorsprung und blickt hinab auf das grüne Tal und die sanften Höhenzüge, die es gegen die Ebene abschließen. Hier, zwischen dem blühenden Heidekraut, hatten La und Se sich gelagert, während Isma, auf den Ast einer verkrüppelten Fichte gelehnt, träumerisch in das Land hinausblickte.

»Dies gefällt mir am besten von allem, was ich bis jetzt auf der Erde gesehen habe«, sagte Se, die violetten Blüten der Erika zu einem Kranz zusammenfügend. »Und zwar darum, weil es so still, ganz still ist, fast wie auf dem Nu.«

»Und vieles ist noch schöner«, fügte La hinzu. »Daß wir im milden Sonnenschein hier sitzen können, über uns das wunderbare Licht des Himmels! Wie leichte Federn ziehen die weißen Wolkenstreifen dort oben ihre zierlichen Figuren, und wie seltsam es sich da hinten ballt über der dunklen Wand, die der sinkenden Sonne entgegensteigt. Ach, seht doch, was ist das, drüben auf der Wiese am Rande des Waldes? Ein vorsintflutliches Geschöpf.«

»Es ist ein Hirsch«, sagte Isma, »der auf die Wiese tritt. Sehen Sie, wie er den Kopf hebt und die Luft einzieht, ob alles sicher ist. Ach, er verschwindet wieder, vielleicht hat er uns bemerkt. Übrigens, die Wolken gefallen mir am wenigsten. Es sieht aus, als sollten wir ein Gewitter bekommen.«

»Ein Gewitter? Oh, davon haben wir gelesen. Das möchte ich einmal erleben. Ich kann mir keine Vorstellung davon machen. Aber was blicken Sie denn immer dort hinüber in die Ebene?« fragte La.

»Sehen Sie dort hinten jenen dunklen Streifen?« erwiderte Isma. »Links davon erblicken Sie zwei Türme, das ist das Schloß von Friedau. Und über dem Streifen – es ist ein bewaldeter Hügelrücken – glänzt ein heller Punkt in der Sonne. Das ist die Sternwarte Ells – –«

»Wo?« rief La eifrig, nach ihrem Glas greifend. »Ja, ich sehe es ganz deutlich. Den Turm und die Plattform des Hauses. Das möchte ich einmal in der Nähe sehen. Es ist ja gar nicht weit.«

»Doch mehr als zwanzig Kilometer.«

»In drei Minuten sind wir drüben. Hätten Sie nicht Lust, Ihre Heimat wieder einmal zu besuchen?«

»Jetzt?« sagte Isma. »Was sollte ich dort? Alles würde mich nur traurig stimmen. Nein, auf keinen Fall. Und noch dazu mit dem Luftschiff, bei welchem die ganze Stadt zusammenlaufen würde. Oh, Sie wissen nicht, wie man in Friedau über mich denkt.«

»Das ist schade. Ich möchte so gern –« La zögerte einen Augenblick und fuhr dann fort: »Ich möchte, offen gestanden, gern einmal mit Grunthe sprechen. Wir hatten uns eigentlich vorgenommen, ihn zu besuchen, nicht wahr, Se?«

»Natürlich«, sagte Se lächelnd. »Wir wollen einmal sehen, was er für Augen macht. Und vielleicht weiß er, wo Sal –«

Sie unterbrach sich auf einen Blick von La.

»Ich aber muß, wie Sie wissen«, sagte Isma, »gegen sieben Uhr wieder in Berlin sein, ich habe noch eine Vorlesung heute abend – und jetzt – es ist schon fünf Uhr vorüber.«

»Nun, dann müssen wir Sie freilich nach Hause bringen. Oder noch einfacher, wir können ja beides vereinigen – das Schiff führt Sie nach Berlin und holt uns dann wieder hier ab. Es ist so schön hier, und ich sitze sehr gern noch ein Stündchen im Freien.«

Isma überlegte. »Aber dann ist es doch besser«, sagte sie, »Sie suchen einen geschützteren Ort auf, daß Sie eine Unterkunft finden können, falls das Gewitter heraufkommt. Hier wäre es auch für das Schiff nicht möglich, Sie während des Unwetters aufzunehmen, denn dann ist alles dicht in Wolken gehüllt. Wollen Sie denn überhaupt mit diesem auffallenden Schiff bei Grunthe ankommen?«

»Sie haben recht«, sagte La, »er ist imstande und macht sich vor uns aus dem Staub, wenn wir ihn nicht überraschen. Sie kennen die Gegend, geben Sie uns einen Rat, wo wir uns am besten wieder abholen lassen können.«

»Sobald es dunkel ist«, antwortete Isma nach einigem Nachsinnen, »findet Sie das Schiff nirgends besser als im Garten der Sternwarte selbst. Dort hat sich Ill, als er Grunthe vom Pol zurückbrachte und dann mit mir –, dort hat das Luftschiff Ills zwei Tage unbemerkt von den neugierigen Friedauern gelegen.«

»Aber wie kommen wir dahin?«

»Wir fahren jetzt nach einer Stelle im Wald, von wo Sie in wenigen Minuten nach einem bekannten Aussichtspunkt zu Fuß gelangen können. Von dort fährt die Bahn nach Friedau, jede Viertelstunde geht ein Wagen. In fünfundvierzig Minuten kommen Sie damit nach der Stadt bis dicht an die Sternwarte. Daß auf der Sternwarte noch abends Fremdenbesuch eintrifft, ist ja nichts Ungewöhnliches.«

»Gut, so wollen wir es machen. Von halb neun Uhr an soll mein Schiff für uns im Garten der Sternwarte bereitliegen. Wenn Sie dem Schiffer bei der Rückfahrt von weitem die Stelle zeigen und die Lokalität ein wenig beschreiben, findet er sich zurecht. Er ist ein sehr geschickter Mann. Nun lassen Sie uns zum Schiff gehen.«

Ein schmaler Fußweg zwischen dichtem, jungem Fichtengebüsch, auf dem nur eine Person hinter der andern schreiten konnte, führte die drei Damen nach einer Lichtung, wo die schimmernde Luftyacht ›La‹ ruhte. Kaum hatten sie diese betreten, als sie sich in die Lüfte erhob und nach Ismas Weisung einem der bewaldeten Hügel zuflog, mit denen der Höhenzug nach der Ebene hin abfiel. Hier fand sich wieder eine Waldwiese, auf welcher das Schiff sich bequem niederlassen konnte. Isma führte La und Se durch den Wald bis nach einem sorgfältig gebauten Promenadenweg.

»Wenn Sie nun in dieser Richtung weitergehen«, sagte sie, »so sind Sie in fünf Minuten an dem großen Gasthaus ›Zur schönen Aussicht‹, und unmittelbar unter demselben liegt die Haltestelle der Bahn. Sie können nicht mehr fehlen. Halten Sie sich aber nicht auf, denn das Gewitter kommt näher, und auch ich muß mich eilen, damit ich vor seinem Ausbruch fortkommen

»Seien Sie unbesorgt und reisen Sie glücklich!« sagte La. »Wir sehen uns bald wieder. Sind Sie einmal im Schiff, so kann Ihnen kein Wetter etwas anhaben. Sie sind im Augenblick darüber oder so weit, als Sie wollen.«

Nach herzlichem Abschied ging Isma durch den Wald zurück, während La und Se auf dem bequemen Weg sanft bergab stiegen. Bald gelangten sie an eine Bank, von welcher sich ein lieblicher Blick über den Wiesengrund des Tales mit seinen Villen und kleinen Teichen und weit in die Ebene hinaus eröffnete. La ließ sich nieder und sagte: »Hier wollen wir so lange warten, bis wir das Schiff erblicken und sehen, daß Isma glücklich abgereist ist.«

Längere Zeit saßen sie schweigend, während ihre Blicke bald über das Land, bald über den Himmel schweiften. Der Sonnenglanz über der Ebene war verschwunden. Nur die fernen Höhen im Osten leuchteten noch in gelblichem Licht. Vergebens suchte La die Türme von Friedau aus dem Gewirr der dunklen Flecken und Streifen herauszuerkennen. Der Himmel hatte sich mit einer gleichmäßigen Schicht von Grau überzogen, unter welcher jetzt von Westen her dunkelbraune Wolkenmassen sich heranschoben.

»Das Schiff müßte längst sichtbar sein – ich glaube, wir dürfen nicht länger warten«, sagte Se ängstlich, indem sie den drohenden Himmel musterte.

»Ich glaube auch, wir warten vergebens«, antwortete La. »Sie werden gleich bis über die Wolken gestiegen sein, und wir können sie daher nicht sehen. Horch, was ist das?«

Ein dumpfes Rollen wurde vernehmlich, verstärkte sich und kehrte, von den Bergen zurückgeworfen, mit erneuter Schärfe wieder.

Se faßte Las Arm. »Komm, komm«, sagte sie hastig.

La fühlte, wie ihr Herz lebhafter schlug, sie zwang sich, ruhig zu bleiben.

»Wie wunderbar«, sagte sie, »das muß der Donner sein. Laß uns noch lauschen.«

»Nein, nein, das ist nichts für mich.«

Ein Rauschen und Brausen kam durch den Wald. Plötzlich beugten sich die Bäume unter der Gewalt eines Windstoßes, ringsumher wirbelten Tannennadeln und dürre Zweige in einer Wolke von Staub. Die Martierinnen griffen nach ihren Hüten und banden sie fester. Sie zogen ihre fast unsichtbaren Listücher aus dem kleinen Futteral, warfen sie über den Kopf und hüllten sich hinein. Lauter warnte der Donner.

Von oben her ertönten eilende Schritte. Ein Herr, den Hut in die Stirn gedrückt, mit einem Wettermantel um die Schultern, kam schnell den Weg herab. Er grüßte, ohne die Damen genauer zu beachten. Einige Schritte nachher drehte er sich noch einmal um. Er wollte sie zur Eile mahnen, aber jetzt erkannte er, daß er Martierinnen vor sich habe, und setzte seinen Weg ohne zu sprechen fort.

Der Wind hinderte La und Se an der Bewegung. Jetzt hörte er plötzlich auf, und sie schritten schnell aus. Der Weg zog sich in engen Windungen bergab; an der Stelle, an welcher sie sich befanden, hatten sie jetzt das Wetter mit seinen finstern Wolkenmassen vor sich.

»Das sieht schrecklich aus«, sagte Se.

Sie hatte noch nicht ausgesprochen, als sie sich mit einem leichten Schrei zurückwarf und an Las Arm klammerte, die ebenfalls erschrocken stehenblieb. Ein blendender Blitzstrahl war drüben jenseits des Tales niedergefahren. Während sie noch erschüttert standen, begannen einige große Tropfen zu fallen, und nun kam der Donner mit knatternden Schlägen, die sich in ein langes Rollen auflösten, und ehe noch der Widerhall geendet, zuckte ein neuer Blitz, näher und stärker – –

Sie sprachen nicht mehr, sie liefen den Weg hinab. Jetzt brach der Regen in mächtigem Guß los, im Augenblick war der Weg mit rieselnden Bächlein bedeckt.

»Ich kann nicht mehr!« stöhnte Se.

La blieb stehen und sah sich um. »Da, dort!« rief sie.

Der Weg machte wieder eine Windung. Hier stand, mit dem Blick ins Tal, ein kleiner Pavillon, nur aus Fichtenstämmchen kunstlos aufgezimmert und mit Baumrinde bedeckt; aus den ausgesparten Fenstern hatte man dieselbe Aussicht wie oben, nur beschränkter, jetzt aber blickte man auf nichts als strömende Wassermassen. Hier fand man wenigstens einen notdürftigen Schutz gegen den Regen. Die Freundinnen eilten in die Hütte.

Als sie eintraten, erhob sich von der Bank an der einzigen Seite, die gegen den Regen und Wind geschützt war, der Herr, der vorhin an ihnen vorübergegangen war.

»Oh, ich bitte«, sagte La, »lassen Sie sich nicht stören, wir finden schon Platz.«

Der Herr verbeugte sich nur höflich, verließ aber die Hütte. Er stellte sich vor derselben neben die Tür unter das vorspringende Dach.

Ein Blitz, dem betäubender Donner im Moment folgte, ließ die Martierinnen zusammenschrecken, sie sanken erschöpft auf die hölzerne Bank.

»Das ist schrecklich«, sagte Se mit bebender Stimme. »ich zittere am ganzen Körper. Ich will nichts mehr wissen von dieser Erde!«

La nahm ihre Hände zwischen die ihrigen.

»Zage nicht«, sagte sie. »Es ist leicht, ein freier Nume sein, wo wir herrschen über die Natur und mächtig leben wie die Götter. Aber hier, in der Gewalt der sinnlosen Mächte, die uns fremd sind und ungewohnt, müssen wir den Mut des Willens erweisen. Sieh, dieser Mensch hat uns seinen Platz eingeräumt, uns, die er vielleicht haßt, und er steht draußen im Sturm und blickt furchtlos in das tobende Wetter. Was der Mensch kann, muß auch ich können, oder ich bin nicht wert der Erde. Und das will ich sehen!«

Sie erhob sich und trat an die Brüstung des offenen Fensters, unter welcher der Fels ins Tal abfiel, so daß gerade nur noch die Wipfel der hohen Tannen bis herauf reichten. Wind und Regen schlugen von der Seite herein, La kümmerte sich nicht darum. Die Schulter an die Pfosten des Fensters gelehnt, stand sie hochaufgerichtet, den Elementen trotzend, in ihren Lisschleier gehüllt, dessen Zipfel der Sturm zerzauste. Ihre großen Augen richteten sich gegen den Himmel, als wollte sie den Wetterstrahl herausfordern. Und wie zürnend über die Verwegenheit der Nume öffnete sich die Wolke, und die feurigen Schlangen züngelten nach dem Talgrund, und gleichzeitig dröhnte ein Donnerschlag, der die Luft erzittern machte.

Geblendet und betäubt hatten alle einen Moment die Augen geschlossen.

»La, La«, rief dann Se, »was fällt dir ein, was soll das heißen?«

La stand aufgerichtet wie zuvor an ihrem Platz. Sie schüttelte stolz das Haupt und sprach heiterer als vorher, fast jubelnd:

»Ich kann es, ich kann's!«

»Wozu das alles!« rief Se. »Komm her zu mir, du wirst völlig naß.«

»Ich will es. Dieser junge Planet tobt wie ein Jüngling in Launen und Übermut, nicht achtend der Geschöpfe, die er behüten soll. Unser Nu ist ein Greis, der uns verwöhnt hat in seiner sicheren Ruhe. So verwöhnt, daß wir die Gefahr suchen mußten draußen im Weltraum. Auf der Erde ist die Jugend mit ihrem Wetterunfug, mit ihrer blinden Torheit, mit ihrem schwankenden Wechsel von Leid und Glück. Zum Leid ward sie mir, zum Glück soll sie mir werden!«

Sie schwieg, noch einmal vom Rollen des Donners unterbrochen. Aber sie hatte den Blitz nicht mehr gesehen, das Wetter war über ihrem Haupt hinweggezogen. Se antwortete nicht. Das Geschick der Freundin stand vor ihrer Seele wie eine Frage, deren Antwort mächtiger und immer deutlicher sich ihr aufdrängte und die sie sich dennoch nicht zu geben wagte. Jetzt lauschte sie wieder auf den Donner, dessen Stärke sich verringert hatte. Sie fühlte sich freier. Der Nachlaß der elektrischen Spannung oder die Entfernung der Gefahr, sie wußte nicht, was es war, aber sie atmete auf. Ihr Blick richtete sich nach dem Weg, wo sie das Knirschen von Tritten vernahm. Der Fremde entfernte sich. Er hatte den Hut in die Hand genommen, deutlich sah sie sein Profil, als er jetzt, einen Blick nach den Wolken werfend, um die Ecke des Weges bog. Und wie ein Aufleuchten der Erinnerung durchzuckte es sie. Das Bild hatte sie gesehen, oft gesehen, und erst heute, die große Kreidezeichnung über Ismas Schreibtisch – nur freilich, älter sah dieser Mann aus, abgehärmter und dennoch, es konnte nicht anders sein ... doch es war ja nicht möglich – –

Sie wollte etwas zu La sagen. Aber diese stand ganz in den Anblick der Gegend versunken. Und nun fing La aufs neue zu sprechen an, nur mit ihrem eigenen Gedankengang beschäftigt. Und Se wandte wieder der Freundin allein ihre Aufmerksamkeit zu.

Wie in einer stillen Freude begann La:

»Sieh, der Regen wird sanfter, drüben über dem Wald wird's hell. Und dort über dem Land, o welch ein frohes Wunder, in bunten Farben flammt der Bogen über den Himmel, und grollend zieht der Donner unter ihm hinweg.«

Se stand auf und trat neben La. Die Schritte des Fremden waren längst verhallt. Sie schlang den Arm um die Freundin und fragte: »Was ist es mit dir, La? Ich verstehe dich nicht!«

La blickte schweigend in die Ferne, wo die untergehende Sonne und der abziehende Regen in wundersamer Farbenschlacht sich bekämpften. Dann zog sie Se an sich und sagte: »Ich liebe die Erde.«

Se blickte ihr in die Augen. »Es wird wohl nicht die ganze Erde sein«, sagte sie mit stillem Lächeln. »Komm, wir wollen uns auf diese Bank setzen – der Regen rieselt noch immer im Gebirge –, bis die Wasser von dem Weg sich ein wenig verlaufen haben, und du wirst mir beichten, was du darfst, oder wenigstens, was du vorhast; denn ich ahne wohl, was du fühlst, aber das Ganze, Ungeheure, was du zu wollen scheinst, vermag ich nicht zu begreifen.«

»Du vermagst es wohl nicht zu begreifen«, sprach La mit kaum hörbarer Stimme, indem sie Se folgte. »So hab ich auch eine, es ist die der Vernunft im zeitlosen Willen, daß ich sein soll und daß wir das eine, dasselbe Ich sein sollen – das ist die oft zu mir gesagt, und wer vermöcht' es wohl, der es nicht erlebt? Aber nun weiß ich, daß es so sein muß. Glaube nicht, ich hätte vergessen, daß ich eine Nume bin. Ich habe gekämpft um meine Freiheit, um meine Würde, und mit bittern Tränen hab ich sie mir errungen, glaubt' ich sie mir errungen mit jenem Abschiedskuß in Sei. Ein Marsjahr ist dahingegangen seitdem, zweimal hat die Erde ihren Sonnenlauf vollbracht, aber frage nicht, wie ich die Zeit durchlebte! – Ich habe mich aufgerieben in diesem nutzlosen Kampf. Ich hatte ja nicht gesiegt, ich war geflohen vor mir selbst. Freiheit und Würde hatte ich nicht gewonnen in meiner Seele, nur Weltraum und Sonne, die trennenden Mächte der Planeten, hielten mich in dem leeren Schein, daß der Nu meine Heimat und ich eine Nume sei. So lebt' ich, mich selbst betrügend und verzehrend, bis der Morgenstern wieder leuchtete. Da trieb es mich her. Würde des Numen! Ist sie noch Würde, wenn sie erhalten wird durch den äußeren Zwang? Nein, Se, es wurde mir klar, Würde wie Freiheit wiedergewinnen konnte ich nur, wenn ich selbst mich hingab, um sie in dieser Welt des Scheines zu verlieren. Und wie ein Zeichen heiliger Bestimmung wurden mir die Mittel der Macht, die in meine Hände gegeben war. Versuchen wollt' ich, ob ich auf der Erde das sein kann, was der Geringsten Eine unter den Menschen ihm hier sein könnte. Ihm! Se, dies eine Wort verstehst du nicht – ihm? Warum ihm? Das ist das Geheimnis, das unauflösliche, das weder Menschen noch Nume wissen. Ihm, weil ich bin, weil wir so wollten, ehe noch Mars und Erde vom uralten Sonnenschoß sich trennten. Ein lächerlicher Zufall, daß ihm der Leib gebildet ward in diesem, mir in jenem Abstand vom Sonnenball! Die Bestimmung ist nur Liebe. Dieser Bestimmung folgen ist Freiheit. Dieser Bestimmung genügen ist Würde. Ich habe die Erde versucht, ich kann ich gehe jetzt hin, ich hole ihn und rede zu ihm, hier bin ich, und anders kann ich nicht sein. Als Nume oder als Mensch, wie du mich haben willst, ich bin La, deine La. Und nun, meine Se, schilt nicht, lästre nicht, es nutzt nichts. Komm mit, laß uns zur Station hinabsteigen, Grunthe soll mir sagen, wo er ist.« ihren Mächten trotzen. Und damit du's weißt, was ich will –

»Ja, wer denn?«

»Wer? Es gibt nur einen Menschen.«

53 - SCHWANKUNGEN

Die Wohnung Torms auf der Gartenstraße in Friedau stand noch immer verschlossen, die Jalousien vor den Fenstern waren herabgelassen, niemand betrat die Räume. Isma hatte sich nicht entschließen können, die Wohnung aufzugeben, es war ihr, als gäbe sie damit die letzte Hoffnung auf, noch einmal in ihre Häuslichkeit zurückzukehren, als raubte sie ihrem Mann das Heim, das er vielleicht in Schmerz und Elend suchte und ersehnte.

Und dennoch lebte Torm in Friedau in tiefster Verborgenheit. Er wohnte bei Grunthe. Es war nichts Ungewöhnliches, daß fremde Gelehrte sich längere Zeit auf der Friedauer Sternwarte zu Studien aufhielten und dann Ells Gäste waren. So fiel es auch den wenigen nicht auf, die darum wußten, daß bei Grunthe ein ausländischer Astronom wohnte, der sich nirgends in der Stadt sehen ließ.

Torm war am Tag, nachdem er von Grunthe die erschütternden Nachrichten über die Umwandlung der Verhältnisse in Europa erhalten hatte, nach Berlin gereist. Die Sehnsucht trieb ihn, zu Isma zu eilen, ihr die Sorge, die Trauer um den Verschollenen zu nehmen, glücklich bei ihr zu sein und mit ihr vereint dann zu erwarten, was sein Geschick über ihn bestimmen werde, wenn seine Rückkehr bekannt geworden sei. Das war ja doch das Natürliche, zu ihr gehörte er, um zu ihr zu gelangen hatte er sich in die neuen Gefahren gestürzt und – in die Schuld. Seine Zweifel waren zerstreut, sein Vertrauen zurückgekehrt. Wenn sie ihn nicht liebte, wenn sie nicht fest an ihm hielt, was hätte sie gehindert, ihn zu verlassen, um den mächtigen Freund zu wählen? Was sie offen tun konnte, warum hätte sie es heimlich tun sollen? Nein, sie hatte es nicht getan, und da sie es nicht getan, was ging Ell ihn an? Nicht zu Ell wollte er, sondern zu ihr. Aber ohne vorherige Nachricht. Erst mußte er mit ihr besprechen, was zu tun sei, wie sie es halten wollten, ehe jemand erfahren durfte, daß er gerettet sei, wo er sich aufhalte. Und in diesem Sinne hatte er Grunthe gebeten, das Geheimnis seiner Wiederkehr zu bewahren.

Wie würde er Isma antreffen, wie würde sie ihm begegnen? Er konnte sich kein Bild davon machen, vergebens versuchte er sich im Beginn seiner Fahrt das Wiedersehen auszumalen. Noch immer lag der Gedanke, als ein Geächteter zu reisen, wie ein Druck auf ihm, unwillkürlich sah er die Mitreisenden darauf an, ob sie ihn wohl erkannten. Mitunter erschien er sich als ein Fremder, der sich eine Entschuldigung ersinnen müsse, um seinen Besuch zu rechtfertigen, und er mußte sich erst daran erinnern, daß er als der Gatte zu seiner Frau fahre, die seit zwei Jahren seine Wiederkehr erhoffte. Dazwischen stellte er Betrachtungen über das Verhalten der Passagiere an. Es fiel ihm eine Änderung darin auf, die seit seiner letzten Fahrt durch Deutschland auf der Eisenbahn vor sich gegangen war. Das war vor dem Antritt seiner Entdeckungsreise gewesen, denn bei seiner Wiederkehr war er als Triumphator empfangen, überall in Extrazügen eingeholt worden und nicht als einfacher Passagier gereist. Ein Typus der Reisenden war ganz verschwunden, der anspruchsvolle, geringschätzig auf die andern herabblickende, hochmütige Elegant. Man sah vornehme Leute, aber keine Überhebung; nicht nur ein höflicher, fast ein kameradschaftlicher Ton herrschte überall; die verschiedenen Berufsarten und Stände hatten sich unter dem allgemeinen Druck näher aneinander geschlossen, suchten sich besser zu verstehen. Und ebenso auffallend war das Fehlen aller Uniformen.

In Halle kaufte sich Torm eine Zeitung, er gedachte, sich den übrigen Teil der Fahrt damit zu unterhalten. Aber alsbald stieß er auf eine Nachricht, die ihm neue Sorgen erweckte. Die Zeitung brachte die erste Mitteilung über den ›Fall Stuh‹ bei Frankfurt, wo die Bauern in einem Ort sich an dem durchreisenden Instruktor vergriffen hatten. Es war hinzugefügt, daß bereits vier der Tumultuanten als Rädelsführer verhaftet seien und der Instruktor die Überweisung an den Numengerichtshof verlangt habe. In diesem Fall fürchte man sehr strenge Strafen für die Schuldigen. Im Anschluß hieran behandelte ein Artikel die Frage nach der Gerichtsbarkeit, sofern in einer Streitfrage Nume in Betracht kämen. In dem Friedensvertrag war festgesetzt, daß Nume überhaupt nur von martischen Richtern abgeurteilt werden konnten, aber es war nicht ganz klar, in welchen Fällen Menschen, die sich gegen Nume vergingen, vor die martischen statt vor die Landesgerichte kämen. Sicher war dies in politischen Prozessen, aber ob ein Tumult, wie gegen Stuh, zu den politischen zu zählen sei, war fraglich. Es wurde nun darauf hingewiesen, daß der Protektor der Erde, als oberste Instanz in Kompetenzkonflikten, in einem ähnlichen Fall entschieden hatte, daß es sich um eine Auflehnung gegen martische Anordnungen zur Kulturleitung der Menschen und somit um ein hochverräterisches Unternehmen handle, das vor das Numengericht gehöre.

Es handelte sich um einen jungen Mann namens Erbelein, der wegen Versäumnis der Fortbildungsschule ins psychophysische Laboratorium geschickt worden war und sich hier den Anordnungen nicht gefügt hatte. Aus einem Schrank mit Chemikalien hatte er eine Flasche mit einem Narkotikum entwendet, seinen Beobachter eingeschläfert und sich entfernt. Von zwei Beds verfolgt und eingeholt, hatte er dieselben plötzlich überrumpelt und einen von ihnen nicht unbedenklich verletzt. Dies war als offene Empörung angesehen und mit der schwersten Strafe belegt worden, mit lebenslänglicher Deportation nach einem Dorf der Beds in einer der ödesten Wüstengegenden des Mars.

Durch diesen Präzedenzfall, der in den Hauptsachen ganz mit seiner eigenen Verschuldung übereinstimmte, fühlte sich Torm schwer betroffen. Das alles und noch mehr hatte er sich ja auch zuschulden kommen lassen. Er hatte sich dem Spruch des Kriegsgerichts entzogen, Sauerstoff entwendet, ohne Befugnis ein Luftschiff benutzt, endlich einen Wächter bei Ausübung seines Berufes niedergeschlagen. Er konnte sich nun die Frage beantworten, was ihm bevorstand, wenn er für seine Handlungsweise zur Verantwortung gezogen wurde.

Und nun entdeckte er in demselben Blatt eine weitere Notiz, die ihn stutzen ließ. Es war darin gesagt, daß die Regierung des Polreichs der Nume auf der Erde infolge der allgemeinen Teilnahme, die das Verschwinden des hochverdienten Forschers Torm hervorgerufen habe, nochmals in allen Teilen der Erde sorgfältige Nachforschungen nach seinem Verbleib anstellen ließe. Es läge die Möglichkeit vor, daß er auf eine noch nicht aufgeklärte Weise doch im Mai vorigen Jahres den Pol verlassen habe und sich vielleicht in unzugänglichen Gegenden oder bei wilden Völkerschaften aufhalte.

Es war nicht gesagt, daß er eines Verbrechens wegen verfolgt würde. Aber war das nicht vielleicht bloß eine Vorsichtsmaßregel, sollte ihm nicht eine Falle gestellt werden? Und wenn er nun plötzlich auftauchte, würde man dann nicht die Anklage gegen ihn erheben? Die Flucht vor dem Kriegsgericht mochte durch die Amnestie beim Friedensschluß von der Anklage ausgeschieden sein, die Gewaltätigkeit bei der Flucht in Tibet aber jedenfalls nicht. Wenn diese neuen Nachforschungen jetzt erst geschahen, weil vielleicht diese seine Tat erst jetzt den Martiern bekannt geworden war?

Torm ließ sein leichtes Gepäck auf dem Bahnhof und trat unschlüssig in den leise herabrieselnden Regen hinaus. Zu Fuß verfolgte er den weiten Weg nach Ismas Wohnung, gleichsam als wollte er dem Zufall noch eine Bestimmung über sein Schicksal einräumen. Dabei musterte er die eilend einherschreitenden Fußgänger, und je näher er dem Osten der Stadt kam, um so unruhiger fühlte er sein Herz schlagen. So oft eine schlanke Frauengestalt ihm begegnete, immer durchzuckte ihn der Gedanke, ob es nicht Isma sein könnte, und wenn er die fremden Züge erkannte, wußte er kaum, ob er sich enttäuscht oder befreit fühlte.

Es war bereits dunkel geworden, als er die Wrangelstraße erreichte und nach den Hausnummern spähte. Jetzt stand er vor Ismas Haus. Er mußte sich entscheiden. Er schämte sich seiner selbst. So kam er nach Hause, den die gebildete Welt als den Entdecker des wahren Nordpols gefeiert hatte? Heimlich wie ein Flüchtling, der das Licht des Tages scheut, der die Schwelle des Hauses zu betreten zögert? War es denn sein Haus? Nein, auch sie war ja geflüchtet –. Und seine Frau? War sie es denn noch? Nicht mehr nach dem Gesetz des Nu – wenn sie nicht wollte! Aber sie wollte doch wohl! Nein, nein, nicht mehr diesen Zweifel! Aber er! Was brachte er ihr? Den sonnigen Schein des Ruhmes, darin er vor sie zu treten hoffte, um mit ihr auf den Höhen des Lebens zu wandeln? Konnte er sie zurückführen in das verlassene Haus, in die friedliche Heimat? Brachte er ihr den Frieden und die Ruhe, und nicht vielmehr neue Sorge und rastlose Flucht? Riß er sie nicht heraus aus einem stillen Glück, aus einer sich begnügenden Tätigkeit, um sie in unübersehbares Leid zu stürzen? Das alles zog noch einmal, in einen Moment sich zusammendrängend, vor seinem Bewußtsein vorüber, und schon wandte er den Fuß, um wieder in das Dunkel der Straße zurückzutreten.

Da öffnete sich die Tür. Der Portier hatte ihn durch sein Fenster vor der Haustür stehen sehen. »Zu wem wünschen Sie?« fragte er mißtrauisch.

»Wohnt Frau Torm hier?« fragte Torm heiser.

»Jawohl, im hinteren Flügel, drei Treppen.«

»Wissen Sie vielleicht, ob sie zu Hause ist?«

»Jawohl, es ist eben Besuch nach oben.«

Einen Moment zögerte Torm. Dann sagte er:

»Ich will wiederkommen.«

Die Tür schloß sich hinter ihm. Langsam schritt er die Straße hinauf. Besuch? Wer war es? Gleichviel – sie mußte allein sein, wenn er sie wiedersehen wollte. Besuch! Und er, der totgeglaubte, nach drei Jahren heimkehrende, der überall gesuchte Gatte, er ließ sich abschrecken durch das Wörtchen Besuch! Das trennte ihn von ihr, der Heißersehnten. Warum? Er schauderte vor sich selbst.

Warum? Weil er nicht sagen konnte, hier bin ich, dein Hugo, mit dem das Glück wieder einkehrt am Herd! Weil sie nicht sagen konnte, hier ist er, den ihr jubelnd bewillkommt habt, hier ist mein Gatte! Weil er vor ihr stehen mußte als ein Verbrecher, über welchem das Schwert hängt, die lebenslängliche Verbannung. Weil er seinen Blick niederschlagen mußte vor ihr, als ein unbesonnener Verletzer des Gesetzes! Weil er wieder fort mußte von ihr auf immer, oder sie mit sich ziehen ins Elend, wenn sie ihm folgte in die Wüsten des feindlichen Planeten –. Nein, nein, dann lieber diesen Schmerz ihr ersparen! Dann lieber sie in dem Glauben lassen, daß er verschollen sei, unter dem Eis, oder wo auch immer – –

Und so schritt er die Straße hinab und wieder hinauf, und fragte sich nochmals, welcher Besuch? Und die Tür öffnete sich jetzt, und der heraustrat – – es war Ell. Ja, er durfte bei ihr sein, er, der ihn hinausgelockt in die Gefahren des Pols, er –. Und nun war es ihm, als müsse er sich auf ihn stürzen –. Doch der sah ihn nicht, er schritt ruhig, aufgerichtet voran, ein glänzender Wagen hielt in der Nähe, er stieg hinein.

Torm wandte sich um. Wieder suchte er durch den Regen den Weg nach dem Bahnhof. Der Nachtzug führte ihn nach Friedau zurück.

Er sagte Grunthe, daß er erst noch nähere Aufklärung über die Absichten der Martier und das Schicksal des nach Tibet gegangenen Schiffes abwarten wolle, ehe er es wage, sich zu erkennen zu geben. Solange wolle er versuchen, verborgen zu bleiben. Bereitwillig bot ihm Grunthe das abgelegene stille Asyl der Sternwarte zum Aufenthalt an. Hier weihte er Torm in seine schon längst vorbereiteten Bestrebungen ein, einen allgemeinen Menschenbund zu gründen, der durch eine freiwillige Aufnahme der von den Martiern gebotenen Kulturmittel sich von der Fremdherrschaft der Martier unabhängig zu machen suchen sollte. Von hier aus reichten die Fäden der durchaus nicht geheimgehaltenen Verbindung zu den führenden Geistern aller Kulturstaaten. Hier entwarf Grunthe mit Torm den Aufruf mit dem Motto: ›Numenheit ohne Nume!‹

Und sie trafen damit einen Ton, der in der Seele der Völker widerhallte. In Millionen und Abermillionen Köpfen und Herzen waren dieselben Gedanken, dieselben Gefühle mächtig, es bedurfte nur der Anregung, um sie zur lebendigen Bewegung auszulösen. Das Wort war gefunden und gesprochen. Die Menschen waren ja einig, weil sie es sein mußten; es war nur erforderlich, daß sie es nun auch freiwillig sein wollten. Nicht Verbrüderung aus Schwärmerei, sondern gleiche Ziele aus Vernunft. Zahllos strömten die Zustimmungen in den organisierten Zentren der Vereinigung zusammen. Es war klar, daß der Menschenbund bald eine Macht werden mußte, mit der man zu rechnen hatte. Alle politischen und wirtschaftlichen Parteien konnten sich an der großen Kulturaufgabe beteiligen, die er sich gestellt hatte, mit Ausnahme einer extremen Gruppe, deren oligarchische Interessen vor dem bloßen Gedanken der Gleichberechtigung aller zurückscheuten. Aber ihr Grollen war unschädlich, weil ihr Einfluß auf die Regierung gebrochen war und die Verlockung fortfiel, welche so viele nach Macht und Karriere strebende Kreise der Bevölkerung verleitet hatte, die kulturfremden, kavaliermäßigen Gewohnheiten nachzuahmen.

Und selbst Anhänger von Lebensanschauungen, denen der Gedanke des Menschenbundes anfänglich höchst unsympathisch gewesen war, begannen sich damit zu befreunden. Der Fabrikbesitzer Pellinger, der sich leicht für alles begeisterte, was einem versöhnenden Ausgleich dienen konnte, hatte sich den Bestrebungen des Bundes eifrig gewidmet und gehörte bald zu den Vertrauensmännern Grunthes. Seine Vermutung, daß der Fremde, der auf der Sternwarte wohnte, niemand anders wie Torm sei, war ihm bald zur Gewißheit geworden, als er ihm bei Grunthe begegnete. Er verbarg dies Grunthe nicht, und dieser hielt es für das beste, ihm gegen Zusicherung der Verschwiegenheit zu sagen, daß Torm allerdings hier sei, aber aus politischen Gründen sich versteckt halten müsse.

Herr von Schnabel setzte Pellingers Bemühungen, ihn für den Menschenbund zu gewinnen, zuerst hartnäckigen Widerstand entgegen. Mit Leuten, die auf dem Standpunkt eines Ell ständen, könne er sich nicht befreunden. Er liebte es, sich als einen besonderen Verteidiger der Ehre des verschollenen Torm aufzuspielen, indem er behauptete, daß Frau Torm durch Ell kompromittiert sei, der sich der Verantwortung in feiger Weise entzogen habe. Und da Torm nicht gegen Ell vorgehen könne, so müsse wenigstens, seiner Ansicht nach, jeder anständige Mensch sich von Bestrebungen fernhalten, die darauf hinführten, daß niemand mehr für seine Ehre mit der eignen Person eintreten könne. Die Gerüchte über Frau Torm seien noch immer nicht verstummt, und wenn Torm da wäre, so müsse er, ob es nun verboten sei oder nicht, durch irgendeine Herausforderung Ruhe schaffen.

Pellinger lachte ihn aus. Er könne ihn versichern, daß alle diese Gerüchte auf gänzlicher Unkenntnis der Verhältnisse beruhten. Das sei ganz gleichgültig, meinte Schnabel, man dürfe eben die Gerüchte nicht dulden.

»So?« sagte Pellinger. »Und was, meinen Sie, würde dadurch gebessert werden, wenn Sie zum Beispiel dergleichen behaupteten und Torm Sie forderte? Ich will jetzt einmal gar nicht von dem unentschuldbaren Frevel sprechen, der in der kulturwidrigen Einrichtung des Zweikampfes selbst liegt, sondern die Sache rein praktisch betrachten. Wird denn dadurch irgend etwas bewiesen? Würde man nicht erst recht sagen, es muß doch etwas Wahres dran sein?«

»Jedenfalls würde man Achtung vor dem Mann bekommen.«

»Meiner Ansicht nach müßte man ihn verachten; denn er hätte eine unsittliche Handlung begangen. Ein Mann wie Torm kann auf die Achtung derer verzichten, die sie an so verwerfliche Bedingungen knüpfen. Und so jeder Mann von sittlichem Ernst. Der schiene mir verachtungswert, der nicht seine eigne Würde und das Bewußtsein seines Rechts so hochschätzte, daß sie nicht gekränkt werden können durch das Gerede des Pöbels in Glacéhandschuhen.«

»Na, na, Sie sprechen da in einer Weise, die – die etwas eigentümlich –«

»Ja, Herr von Schnabel, ich habe mich auch überzeugt, daß wir alle mehr auf unsern eignen Wert und unser freies Urteil bauen müssen als auf die sogenannte Ansicht der Gesellschaft, die sich auf Irrtümern aufbaut. Dadurch sind wir im Begriff, den Wert dieser Gesellschaft zu heben. Es müssen sich diejenigen zusammenfinden, die der Unabhängigkeit ihres Urteils sich freuen. Das allein sind die Gentlemen. Ich bin überzeugt, auch Sie werden sich noch bei uns einfinden, wenn Sie sich die Sache überlegen. Daß Torm ebenso denkt, darauf kann ich Ihnen mein Wort geben.«

Herr von Schnabel ging einige Tage in verdrießlichen Gedanken umher. Auch Dr. Wagner war dem Menschenbund beigetreten. Die Zahl derer, die seinen Ansichten beistimmte, wurde immer kleiner. Er wälzte Pellingers Worte hin und her. Endlich suchte er Grunthe auf.

Es war ein langes Gespräch, das sie führten. Vornehmlich drehte es sich um die Persönlichkeit von Ell und die Ziele des Menschenbundes.

Als Herr von Schnabel die Sternwarte verließ, war er Mitglied geworden. Nicht irgendein besonderes, durchschlagendes Ereignis hatte seine Sinnesänderung bewirkt. Der Sieg des Idealismus übte eine assimilierende Kraft der Veredelung aus.

54 - AUF DER STERNWARTE

Es begann bereits zu dunkeln, als die beiden Freundinnen nach kurzer Wanderung bergab die Haltestelle der elektrischen Bahn erreichten. Sie nahmen sogleich in dem bereitstehenden Wagen Platz, der sich nach wenigen Minuten in Bewegung setzte. Die helle Beleuchtung im Innern des Wagens verhinderte sie, etwas von der anmutigen Gegend, durch die sie fuhren, zu erkennen. Trotzdem verging ihnen die Zeit rasch, denn La war glücklich, zum erstenmal von der leidenschaftlichen Liebe und Sehnsucht sprechen zu können, die sie so lange stillschweigend und duldend hatte im Herzen verbergen müssen. Se hörte ihr teilnehmend zu, manchmal schüttelte sie leise den Kopf, immer aber mußte sie wieder mit Bewunderung auf die Freundin blicken, die mutig und entschlossen den unerhörten Schritt vom Nu zur Erde wagen wollte. Wenn sie dann ihre Augen glückstrahlend leuchten sah, so konnte sie nicht zweifeln, daß sie alle Hindernisse siegreich zu überwinden wissen werde. Sie saßen allein in ihrem Wagenabteil und konnten darum ungestört miteinander plaudern. Und dabei fragte Se:

»Eines, liebste La, ist mir doch noch bedenklich. Du sagst, zwei Jahre lang, zwei Menschenjahre, hast du ihn nicht gesehen, nicht direkt mit ihm verkehrt. Das ist lange Zeit für einen Mann. Deiner bist du sicher, aber weißt du denn, wie es mit ihm steht? Ob er dich denn noch will? Hast du nie diesen Zweifel gehabt?«

»Niemals«, sagte La entschieden. »Niemals seit jenem Augenblick, da ich ihn unter Tränen in meinen Armen hielt, da ich ihm gestand, daß ich sein bin. Das war kein Spiel, das waren keine Küsse und Liebesworte, die wie Frühlingsblumen im Sonnenschein sprießen und über Nacht im Strauß verwelken. Das wissen wir beide, die unser Wissen um das Glück mit dem Wissen um das Elend erkauften, daß wir uns nie gehören können. O Se, du Kleinmütige, du weißt nicht, wie stolz die Liebe macht; ich weiß jetzt, wie man es werden kann. Glaubst du, daß der vergessen kann, um den diese Augen aus Liebe weinten? Nein, ich bin La, ich bin seine La, und das denken wir beide zu jeder Stunde, denken's und fühlen's in tausend Schmerzen, und ob wir es uns auch niemals wieder sagen, wir zweifeln nicht.«

La schwieg und versank in Träumerei. Sie schloß die Augen und wollte sich nach ihrer Gewohnheit im Sitz zurücklehnen. Aber der unbequeme Hut erinnerte sie sogleich, wo sie war.

Se lächelte. »Ich habe mich schon lange darüber geärgert«, sagte sie, »daß diese Bahn so unbequeme Sitze hat. Bei mir gehen die kleinen Erdenleiden in keinem großen auf, und ich merke unter anderm auch, daß die heutigen Strapazen und Erregungen uns ganz schwach zur Friedauer Sternwarte werden kommen lassen. Aber ich habe mich nicht wie heute früh auf die Erde verlassen, sondern mir eine ganze Schachtel Energiepillen eingesteckt.«

»Ich auch« sagte La und zog das Büchschen aus ihrem Reisetäschchen.

»Ach sieh doch«, neckte sie Se. »Also hat das Zutrauen zu den ›Geselchten‹ doch seine Grenzen.«

»Närrchen, wozu haben wir denn unsre Vernunft? Doch nicht, um das Kleine über dem Großen zu vergessen, sondern alles in seinem richtigen Verhältnis als Zweck und Mittel abzuwägen.«

»Aha, du sprichst schon im Grunthe-Ton. Da werden wir wohl bald da sein, hier sieht man bereits erleuchtete Straßen. Nun schnell die Pillen geschluckt.«

Nicht lange darauf hielt der Wagen an der Endstation. Die Fahrgäste in den übrigen Abteilen des Wagens waren alle schon unterwegs ausgestiegen. Die beiden Martierinnen standen allein auf der Straße und sahen sich ziemlich ratlos um. Der Wagenführer schaltete seine Lichter um und verschwand in der benachbarten Restauration, um sich in seiner kurzen Ruhepause zu stärken. Kein Mensch war auf der Straße sichtbar.

Der Boden war noch feucht und teilweise mit den Resten des Gewitterregens bedeckt. Die breite, von Vorgärten begrenzte Straße endete hier in einem kleinen, mit Bäumen besetzten Platz, von welchem dunkle Alleen nach drei Seiten ausgingen. Man konnte nicht erkennen, wo sie hinführten, denn zwischen den dichtbelaubten Bäumen verschwand das Licht der spärlichen Gasflammen, die sie erhellten, und nur so weit konnte man sehen, als die Strahlen der elektrischen Bogenlampen an der Endstation der Straßenbahn reichten.

»So also sieht es in Friedau aus«, seufzte Se. »Und das ist noch eine Residenzstadt! Wie mag es da erst auf dem Lande sein, wo –«

»Halte keine Reden«, unterbrach sie La, »sondern komm, die Sternwarte wird schon zu finden sein.«

Sie spähte nach jemand aus, den sie nach dem Weg fragen könnte. Eine Laterne tauchte in der Hauptstraße auf, es war die eines Radfahrers, der in eine der Alleen einbog.

»Dort hinaus muß also noch irgend etwas liegen, denn es fahren noch Menschen hin«, sagte La in unverwüstlicher Laune.

»Weißt du, wer das war?« rief Se. »Als er bei der Bogenlampe vorüberfuhr, erkannte ich ihn. Es ist derselbe Mensch, der während des Gewitters bei dem Pavillon stand. Und – ich bin vorhin nicht dazu gekommen, mit dir darüber zu sprechen – ist dir nicht eine seltsame Ähnlichkeit aufgefallen?«

»Mit wem? Ich habe kaum auf ihn geachtet.«

»Mit Ismas Mann. Nach den Bildern. Ich bilde mir ein, es ist Torm.«

»Wie töricht. Das würde doch Isma zuerst wissen –«

»Wenn er aber Gründe hätte, sich zu verbergen? Du hast ja gehört –«

»Dann wäre er doch nicht nach Friedau gegangen, wo ihn jeder Mensch kennt.«

»Und niemand sucht. Er sieht jetzt nicht mehr so aus, wie er damals ausgesehen hat. Ich glaube gern, daß ihn kein Mensch wiedererkennt. Der Bart ist anders, das Haar ergraut, die Gesichtsfarbe gebräunt, die Wangen eingefallen – aber ich habe den Blick für den Charakter der Physiognomie, ich sehe durch alle Veränderungen hindurch –«

»Aber warum sollte er sich vor seiner Frau verbergen?«

»Es ist mir auch ein Rätsel. Immerhin wäre es sonderbar, wenn es zwei so ähnliche Individuen gäbe. Doch sieh, da kommt jemand.«

Der Wagenführer trat aus der Restauration. Seine Abfahrtszeit war gekommen. Auf Las Frage gab er den Damen bereitwillig Auskunft. Die Allee rechts, immer bergan, in ein paar Minuten kommt man an das Gitter.

»Also die Allee, die dein Geistertorm hinaufgefahren ist. Wären wir ihm nur gleich nachgegangen. Nun vorwärts«, sagte La.

Die Steigung war für die beiden Martierinnen beschwerlich. Sie spannten jedoch ihre Schirme auf, und so kamen sie bald vor das eiserne Gittertor, das von einer Glühlampe beleuchtet wurde.

Niemand war ihnen begegnet.

»Es ist furchtbar einsam hier«, sagte La.

»Das ist noch das Beste dabei«, sagte Se. »Es ist wenigstens auch still. Wie spät ist es denn eigentlich?«

»Da oben leuchtet ja das Zifferblatt der Sternwartenuhr. Es ist acht Uhr vorüber. Wir wollen schellen.«

Grunthe saß mit Torm, der soeben von seinem Ausflug zurückgekommen war, bei ihrem frugalen Abendessen, als ihm der Besuch zweier Damen gemeldet wurde. Sein Assistent, der sonst die Besucher der Sternwarte herumzuführen pflegte, war nicht anwesend, und es war ihm sehr unangenehm, jetzt sich stören zu lassen, zumal durch Damen. Er ließ daher sagen, er bedauere, aber die Sternwarte könne heute nicht gezeigt werden.

Der Diener ging hinaus, kam jedoch nach einer Minute in großer Aufregung wieder herein.

»Was gibt es denn?« fragte Grunthe.

»Zwei Damen vom Mars«, stammelte der Diener, indem er Grunthe ehrfurchtsvoll eine schmale, zierliche Karte überreichte. Sie war mit einer Nadel durchstochen, an der eine kleine goldene Medaille hing. Diese Medaille war es, die den Diener in Aufregung versetzt hatte. Jeder kannte diesen Weltpaß der Nume, das Wappen des Mars auf der einen Seite, auf der andern die Worte: ›Im Schutze des Nu.‹ Sie öffnete dem Besitzer alle Türen.

»Nume?« sagte Grunthe verwundert zu Torm. Er betrachtete die Karte. Sie trug keinen Namen, sondern nur die flüchtig hingeschriebenen martischen Zeichen: »Die Pflegerinnen von Ara bringen sich in Erinnerung.«

Grunthes Stirn zog sich zusammen. Seine Lippen bildeten das in Klammern gesetzte Minuszeichen. So las er noch einmal die Karte. Dann lösten sich seine Züge wieder zu einem höflicheren Ausdruck, und er sagte zu dem Diener: »Ich bitte in die Bibliothek. Ich werde gleich kommen.«

»Es sind La und Se«, sagte er dann zu Torm, »die beiden Nume, die Saltner und mich nach unserm Sturz gepflegt haben. Ich bin ihnen zu großem Dank verpflichtet. Ich muß sie empfangen. Wollen Sie mitkommen?«

»Es würde mich interessieren. Diese La war sehr freundlich gegen meine Frau während ihres Aufenthalts auf dem Mars. Aber sie ist auch eine Freundin Ells. Man weiß nicht, was sie herführt. Hören Sie erst, was sie wollen.«

»Sie können nun einmal Ihr Mißtrauen nicht loswerden. Doch wie Sie wünschen.«

Torm warf einen Blick durchs Fenster. »Es ist klar geworden«, sagte er. »Ich will versuchen, am großen Refraktor einige Platten zu exportieren. Die Damen kennen mich nicht, dort im Dunkeln können sie mich überhaupt nicht erkennen. Wenn Sie sie herumführen, könnte ich sie mir dort einmal –; übrigens, nun fällt mir ein, vielleicht habe ich die Damen schon gesehen, heute, an der schönen Aussicht bei Tannhausen –. Dort waren zwei Martierinnen, und kurz vorher sah ich ein merkwürdiges Luftschiff aufsteigen –; nun aber gehen Sie, wir werden ja sehen.«

Grunthe betrat die Bibliothek mit einem möglichst liebenswürdigen Gesicht, sogar ein Lächeln machte einen Anlauf zum Erscheinen, verunglückte aber in seinen ersten Zügen. La und Se enthoben ihn der Schwierigkeit, ihnen die Hand zu reichen, indem sie ihn auf martische Weise begrüßten.

Es gab bald ein lebhaftes Gespräch und kurze Erkundigungen und Erklärungen herüber und hinüber. Grunthe wollte ausführlich auf die wissenschaftlichen Ergebnisse zu sprechen kommen, die er mit Hilfe der Mitteilungen gewonnen hatte, die ihm La vom Mars aus hatte zukommen lassen, aber La ging nicht darauf ein, sie fragte direkt nach Saltner.

»Ich will Ihnen mitteilen, was wir wissen«, sagte sie. »Er ist in Bedrängnis, man wird ihn dieser Tage mit Hilfe von Luftschiffen suchen und gefangennehmen. Ich bin aber von seiner Unschuld überzeugt.«

Grunthe wurde sehr ernst. Er wagte es sogar, La jetzt anzusehen und erkannte in ihren Zügen die Aufrichtigkeit der Teilnahme und die herzliche Sorge um den Freund.

»Es ist für Saltners Freunde«, sagte er, »eine Freude, ein solches Wort zu hören. Ich weiß, daß auch Ell ihm gerne helfen würde, wenn er dürfte, aber er ist durch seine Amtspflicht gebunden. Leider kann Ihre Überzeugung, selbst wenn sie nachträglich vom Gericht geteilt werden sollte was ich bezweifle, Saltner nichts nützen. Ich muß Ihnen gestehen, daß seine Lage eine verzweifelte ist. Er selbst würde sich ja schließlich auch über die Verhaftung und das Urteil hinwegzusetzen wissen. Aber Sie wissen, wie er an seiner Mutter hängt. Und damit verknüpft sich sein Geschick. Die alte Dame würde eine nochmalige Gefangennahme nicht überleben, das ist Saltners Sorge. Und ihr Zustand gestattet ihm nicht, seinen Zufluchtsort aufzugeben und etwa, was ihm sonst vielleicht gelingen könnte, sich am Tag in den Wäldern zu verbergen und in der Nacht auf unwegsamen Kletterpfaden in Sicherheit zu bringen. Wir sehen daher keinen Weg vor uns, wie diese Gefahr vermieden werden könnte. Vielleicht schon morgen geschieht das Traurige.«

»Morgen?« unterbrach ihn La erschrocken. »Was wissen Sie?«

»Ich erhielt heute eine Depesche von einem seiner Freunde. Zwei Luftschiffe sind zu seiner Aufsuchung ausgeschickt. Sie sollte schon heute beginnen. Das Wetter, das die Berge in Wolken hüllt, verhinderte sie jedoch. Wenn es morgen klar wird – und die Wetterkarte läßt es vermuten –«

»Können Sie mir sagen, wo Saltner sich aufhält?«

»Genau wissen es nur wenige Eingeweihte. Wir wissen nur, was auch den andern bekannt ist, in den Bergen, die sich südlich vom Etschtal oberhalb Bozen, etwa nach dem Nonsberg, hinziehen, in einer der dort befindlichen Hütten – hier können Sie die Spezialkarte sehen.« La ließ sich die Karte erklären.

»Können Sie mir die Karte leihen?« fragte sie.

»Recht gern. Aber was wollen Sie damit?«

»Ich sagte Ihnen schon, ich bin mit meiner Freundin auf einer Reise durch Europa. Vielleicht sehe ich mir diese Gegend einmal an. Übrigens war ich so frei, mein Luftschiff hierher zu bestellen, um uns abzuholen. Es müßte eigentlich schon hier sein. Frau Torm sagte uns, daß Sie selbst hier im Garten gelandet seien, so glaubte ich –«

La hatte ruhig gesprochen. Jetzt trafen sich ihre Blicke mit denen Grunthes, sie ruhten eine Weile ineinander. Dann legte Grunthe schweigend die Karte zusammen und überreichte sie La.

»Wünschen Sie eine Empfehlung an einen Kenner der dortigen Gegend?« fragte er. »Sie dürften dort als Nume wenig Entgegenkommen finden.«

»Wir brauchen keinen Führer«, erwiderte La. »Wir schweben ja über den Höhen, da genügt uns die Karte. Ich danke Ihnen.«

Sie erhob sich.

»Wollen Sie nicht einen Gang durch unsere Arbeitsräume tun? Von der Plattform aus würden wir die Ankunft Ihres Schiffes am besten bemerken.«

Sie durchschritten mehrere Zimmer und betraten den Rundgang. Hier und da sprach Grunthe einige erklärende Worte.

»Sie sehen«, sagte er, »wie wir uns Mühe geben, von Ihnen zu lernen. Vieles hatte Ell bereits eingerichtet, ehe wir etwas von den Numen wußten. Ich habe mich freilich schon damals gewundert, wie er auf so viele neue Feinheiten hatte kommen können.«

An einer Stelle war die Seitenwand weit auseinandergeschoben. An dem dort befindlichen, auf den Sternenhimmel gerichteten Instrument war Torm beschäftigt. Er verbeugte sich flüchtig, ohne sich stören zu lassen.

Se beobachtete ihn scharf, soweit es die matte Beleuchtung gestattete, während sie scheinbar das Werk einer in der Nähe stehenden Uhr studierte.

»Wissen Sie«, sagte sie plötzlich laut zu Grunthe, »daß wir Frau Torm beinahe mitgebracht hätten? Wir waren mit ihr im Wald, nur mußte sie leider nach Berlin zurück. Haben Sie denn etwas von den Gerüchten gehört, daß Torm wirklich zurückgekehrt sei und sich nur, man weiß nicht warum, hier verborgen halte? Wir haben mit Frau Torm natürlich nicht davon gesprochen, aber Sie können wir ja doch fragen.«

Torm hatte sich bei Ses Worten tief auf das Instrument gebeugt, und Se sah deutlich, wie seine Hand an der Schraube des Apparats zitterte.

»Welches Gerücht?« fragte Grunthe, als hätte er nicht recht gehört. In diesem Augenblick erhellte sich die Gegend plötzlich wie von Sonnenlicht, und durch die geöffnete Wand drang auf kurze Zeit ein taghellel Schein.

»Das Luftschiff«, rief La und blickte zum Fenster hinaus, während Se ihren Blick auf Torm gerichtet hielt, der sich schnell entfernte.

»Der Schiffer beleuchtet seinen Landungsplatz.«

»Und meinem Assistenten hat er die Aufnahme verdorben«, setzte Grunthe hinzu.

»Das tut mir sehr leid«, sagte La. »Aber wir wollen Sie auch nicht länger stören. Würden Sie jetzt die Güte haben, uns in den Garten zu führen?«

Als La und Se mit Grunthe den Garten betraten, lag das Schiff schon auf dem Rasenplatz. Nur zwei kleine Lichter machten es im Dunkel kenntlich. Grunthe konnte die freundliche Einladung nicht abschlagen, die Yacht zu besichtigen und einen Augenblick im Salon Platz zu nehmen.

Se setzte sich ihm gegenüber, und ihn offen anblickend begann sie:

»Nun will ich Ihnen auch einmal etwas auf den Kopf zusagen, Grunthe. Dieser Mann, den sie Ihren Assistenten nannten, war Hugo Torm, und Sie wissen es. Warum steckt er hier im Verborgenen? Warum ist er nicht bei seiner Frau, die ihn für tot hält? Warum läßt er sie in ihrem Harm sitzen? Und das dulden Sie? Das ist ja ganz unerhört. Und nun reden Sie die Wahrheit.«

Grunthe saß stumm mit eingezogenen Lippen.

»Sie wollen nicht reden?« fragte Se.

»Ich darf nicht. Es sind nicht meine Geheimnisse.«

»Ach, also Torms! Das Zugeständnis genügt. Und billigen Sie dies Verhalten?«

»Nein.«

»Warum benachrichtigen Sie nicht Frau Torm?«

»Das geht mich nichts an. Davon verstehe ich nichts. Das muß ich Torm überlassen.«

»Und seine Gründe? Er muß Ihnen doch Gründe angegeben haben.«

»Ich kann nichts sagen.«

»So werde ich Isma –«

»Ich bitte Sie«, unterbrach sie Grunthe, »Sie können nicht wissen, ob das gut wäre. Nehmen Sie an, er stünde unter dem Druck einer Schuld, oder glaubte es wenigstens – er würde seine Frau nur ins Unglück stürzen, wenn er jetzt käme, oder er scheue sich, vor sie als ein Ausgestoßener zu treten, aber er hoffe, daß der Makel noch von ihm genommen werden könnte, in einiger Zeit –. Nehmen Sie an, er warte nur noch Nachrichten ab. Eine vorzeitige Mitteilung könnte alles verderben –«

»Nehmen wir an, was wir wollen« hub jetzt La an, »hier gibt es gar keine andre Wahl, als die Frau in dieses Geheimnis zu ziehen, und sie kann dann entscheiden –. Ihr haltet das wahrscheinlich für besonders edel, daß der Mann die inneren Kämpfe in sich ausficht und die Frau aus Schonung in der Angst der Ungewißheit läßt, weil ihr denkt, sie könnte sich wieder durch rücksichtsvolle Gefühle bestimmen lassen, das zu tun, was sie eigentlich nicht will. Zartgefühl nennt ihr's, und Hochmut ist es, weiter nichts. Der Hochmut, daß ihr allein so außerordentlich fähig seid zu beurteilen, wo und wieweit man sich aufopfern darf. Das kommt aber alles davon, weil ihr nicht wißt, was Freiheit ist; Freiheit, die das Gefühl anerkennt, wie es wirklich ist, aber nicht es zurechtstutzt, wie es euch verständig scheint. Und weil eure Vernunft zu blöde ist, um dieses ganze Gewirr von Gefühl und Berechnung zu durchschauen so verderbt ihr das Leben aus lauter Edelmut in der schönsten Selbstlüge.«

»Ich verstehe nichts davon«, sagte Grunthe wiederholt, indem er aufstand. »Ich will nichts damit zu tun haben, das sind Sachen, die sich nicht berechnen lassen. Ich bitte nur, wahren Sie ein Geheimnis, das nicht das Ihrige ist, wie auch ich es tue.«

»Das versteht sich von selbst«, erwiderte Se. »Wir können nur von dem Gebrauch machen, was wir mit eignen Augen gesehen haben.«

»Leben Sie wohl«, sagte Grunthe. »Und möge Ihre Reise zum Ziel führen.«

»Sie werden uns in jedem Fall nächste Nacht wieder hier sehen. Dürfen wir in Ihrem Garten übernachten?«

»Selbstverständlich. Indessen – ich kann mich nicht darum kümmern.«

»Das beanspruchen wir nicht«, sagte La lächelnd. »Wenn wir aber vielleicht Gäste mitbringen, die mit Ihnen sprechen möchten, wie können wir Sie von unsrer Ankunft benachrichtigen?«

»An der Tür, die vom Garten nach dem Haus führt, ist eine Klingel. Wir werden wahrscheinlich die nächste Nacht durcharbeiten, wenn es klar ist.«

»Es wird klar werden«, sagte La, indem sie jetzt Grunthe die Hand reichte.

Er nahm sie, er drückte sie sogar ein wenig. Dann ging er mit steifen Schritten aus der Tür.

La sah ihm nach.

»Ich fürchte«, scherzte Se, »den hast du auch erobert. Er hat dir ja beinahe die Hand gedrückt.«

»Ja«, sagte La, »er hat sich gebessert. Aber im Ernst, er ist einer von den Menschen, die wert wären, auf dem Nu geboren zu sein. O Se, wenn es Gott gäbe, daß wir morgen hier alle zusammen sind!«

»Laß uns hoffen und ruhen. Wir haben einen schweren Tag vor uns.«

»Ich will nur noch mit dem Schiffer sprechen. Eine Stunde vor Sonnenaufgang wollen wir aufbrechen.«

Alle Luken wurden geschlossen, die Lichter gelöscht. Dunkel und verschwiegen lag das Schiff auf dem Rasen, verborgen von den hohen Bäumen des Parks. Ein fernes Wetterleuchten zuckte zuweilen im Norden, im Süden aber, alle Sterne überstrahlend, zog der rötliche Mars seine Bahn in ruhigem Licht.

55 - IN HÖCHSTER NOT

Der getreue Palaoro war in der Nacht auf das Gebirge gestiegen, um Saltner die Nachricht zu bringen, daß zwei Luftschiffe in Bereitschaft seien, ihn zu suchen. Diese Nachforschung konnte nur dadurch geschehen, daß die Luftschiffe Tal für Tal und Berghalde für Berghalde absuchten und jedes einzelne Häuschen, jede Hütte anliefen, um sich die Insassen anzusehen. Dies war allerdings eine umständliche Sache, doch war das Gebiet, um das es sich handelte, in bestimmter Weise eingeschränkt. Denn alle Täler, die den Gebirgsstock umgaben oder aus ihm herausführten, waren sogleich am Tag nach Saltners Flucht abgesperrt worden, die hier zerstreut liegenden Ortschaften waren besetzt, und es wäre nicht möglich gewesen, sie unentdeckt zu passieren. Ein einzelner Gebirgssteiger, wie Saltner, hätte sich wohl vorüberschleichen können, nicht so eine Gesellschaft, in der Saltners Mutter sich befand. Denn diese mußte entweder reiten oder getragen werden, war also auf die gangbaren Wege angewiesen. Die Hütten, welche in Betracht kamen, waren entweder Unterstandshütten für Touristen, oder es waren Sennhütten oder Zufluchtsorte für Hirten. Sie lagen stets an hervorragenden Punkten oder offen auf Wiesen und Almen, so daß sie von der Höhe aus leicht wahrgenommen werden konnten. Wollte Saltner für ein Luftschiff unentdeckbar bleiben, so konnte es nur dadurch geschehen, daß er sich in den Wald flüchtete, der die Abhänge der Bergrücken bedeckte.

Da am ersten Tag nach Palaoros Ankunft des dichten Nebels wegen auf den Bergen noch keine Gefahr der Entdeckung vorlag, brach Saltner mit dem Führer auf, um in den Wäldern eine passende Unterkunft zu suchen. Die Hütten, die sich hier für Köhler und Holzschläger errichtet fanden, waren allerdings höchst primitiver Art. Es gelang ihnen aber, doch einen Bau aufzufinden, der sich durch einige Arbeit wenigstens für den Notfall bewohnbar machen ließ. Sie setzten diese ärmliche Wohnung, so gut es ging, instand und kehrten abends nach der sogenannten Kleinen Hütte zurück. In der Nacht wäre es nicht möglich gewesen, Frau Saltner in das abgelegene Tal durch den Wald zu transportieren, da sie getragen werden mußte. Sie beschlossen also, es am Tag zu wagen. Gefährlich für die Entdeckung war dies freilich, denn es mußte ein weites, baumloses Plateau, dann eine steile Schutthalde und ein Felsabstieg passiert werden, ehe man in den Wald gelangte. Sie hofften, daß der Nebel noch anhalten werde.

Vor Sonnenaufgang verließ Saltner die Hütte und bestieg den Bergrücken, der den Blick nach Norden und Westen gestattete. Hinter den Zacken der Dolomiten strahlte der Himmel in leuchtendem Rot. Ein Meer von weißen Nebeln wogte in den Tälern, und nur die Gipfel der Berge blickten wie Inseln aus ihm hervor. Rosig glühten die Schneeriesen im Westen, und ihre höchsten Häupter glänzten bereits im Sonnenlicht. Saltner spähte nach der Gegend, wo Bozen unter Nebeln verborgen lag. Und da – siehe –, aus den weißen Wolken tauchten zwei dunkle Punkte auf, deutlich hoben sie sich jetzt gegen den hellen Himmel ab. Er richtete sein Fernglas darauf. Es war kein

Zweifel, es waren die beiden Luftschiffe, die sich zu seiner Verfolgung aufmachten. Er eilte den Berg hinab.

»Wir müssen fort«, sagte er zu Palaoro. »Sie suchen uns, und der Tag wird klar werden. Aber sie fahren nach Südost, wir werden also noch Zeit haben, ehe sie bis hierher kommen. Für den Anfang steigen auch die Nebel noch herauf, wir müssen sehen, daß wir zur rechten Zeit Deckung finden.«

Der Zug setzte sich in Bewegung. Saltner und Palaoro trugen den Tragstuhl mit Frau Saltner. Katharina schritt, ebenfalls mit Gepäck beladen, hinterher. Es ging die Bergwand im Südwesten hinauf, dann über ein weites Plateau. Man kam nur langsam vorwärts. Oft mußte geruht werden. Endlich waren die Felsen am Rande des Plateaus erreicht, das sich von hier mit einer steilen Schutthalde in ein Tal hinabsenkte. Dieses mußte passiert werden, um den Bergrücken auf der gegenüberliegenden Seite zu gewinnen. Von dort führte der Weg durch eine Scharte zwischen zwei Gipfeln nach einem zweiten, engeren Tal, dessen waldbedeckte Abhänge sicheren Schutz boten. In dem ersten Tal zogen sich die Nebel jetzt bis dicht an den Rand des Plateaus. Ehe die kleine Expedition den schmalen, aber verhältnismäßig leicht gangbaren Pfad betrat, der hier hinabführte, spähte Saltner noch einmal nach den Schiffen aus, ohne eine Spur von ihnen bemerken zu können. Dann bedeckten die Nebel die Flüchtigen. Bevor der neue Aufstieg begann, wurde eine Ruhepause gehalten und dann mit neuen Kräften vorwärts geschritten. Es waren gegen vier Stunden seit dem Aufbruch vergangen, als sie aus den Talnebeln herausstiegen und sich anschickten, die Höhe zu passieren. Man hatte hier wieder einen weiten Umblick nach Westen und Süden. Plötzlich blieb Palaoro stehen.

»Sie kommen«, rief er aus.

Er hatte in der Ferne, im Süden, einen dunkeln Punkt bemerkt, den nun Saltners Glas als Luftschiff nachwies. »Sie nähern sich«, sagte Saltner, »aber sie haben sich getrennt – es ist nur ein Schiff.«

»Sie werden von zwei verschiedenen Seiten anfangen. Diese wollen wahrscheinlich hinüber nach den Hütten am Laugen. Hier können wir nicht weiter, in wenigen Minuten müssen sie uns sehen. Wir müssen den Berg zwischen uns bringen. Sie werden vorläufig jedenfalls auf der Südseite bleiben.«

Man bog nach rechts ab und war bald durch die aufsteigenden, mit Rasen und verkrüppelten Fichten bedeckten Felsabhänge des Bergrückens gegen das herannahende Schiff gedeckt, so lange es sich nicht über den Gipfel erhob. Es war aber anzunehmen, daß die Martier zunächst die Abhänge im Süden absuchen würden. Der beschwerliche Weg führte nun bergab nach einem Felsriegel zu, von dem aus sich eine Schlucht in das Tal hinabzog. Doch war es fraglich, ob diese von einem Wildbach durchströmte, in steilen Abstürzen niedergehende Schlucht passierbar sein würde. Dies mußte zunächst untersucht werden. Das Ende des Felsriegels, der nach Norden fast senkrecht etwa hundert Meter abstürzte, war mit hohen, flechtenbedeckten Fichten bestanden und bot unter diesen und zwischen den Felstrümmern einen vorläufigen Zufluchtsort. Hier wollte Saltner die Frauen verbergen, während Palaoro einen Weg nach dem Tal auskundschaften sollte. Es galt nur noch die kurze Strecke über den kahlen Rücken bis zum Beginn des Waldes zu durchqueren.

Vielleicht noch hundert Schritte bergab trennten die Flüchtigen von dem schützenden Dickicht, als sie vor sich, nach Norden, über den dort hervorragenden Berggipfeln ebenfalls einen Punkt bemerkten, der unzweifelhaft ein Luftschiff war.

»Dort ist das andere Schiff«, rief Palaoro.

So schnell, als es möglich war, durchliefen sie die kurze Strecke und suchten einen geschützten Platz unter den hohen Stämmen. Die Sonne schien warm auf die harzduftenden Nadeln, in langen Bändern hingen die graugrünen Flechten von den Ästen, und der aus Felstrümmern bestehende Boden war mit weichem Moos bedeckt. Man hob Frau Saltner aus dem Stuhl, und die Frauen ruhten an geschützter Stelle in der stillen, sonnendurchwärmten Luft, während Saltner und Palaoro bis an den Rand des Absturzes vorgingen, um vorsichtig nach dem vermuteten Feind auszuspähen.

»Es ist mir nicht recht erklärlich«, sagte Saltner, »warum dieses Schiff einen so seltsamen Weg eingeschlagen hat, daß es jetzt von Norden kommt. Aber gleichviel, wenn sie uns nicht auf dem Weg hierher erkannt haben, sind wir vorläufig sicher.«

»Sie können uns schon gesehen haben. Sie kommen ja gerade auf uns zu.«

»Leider. Sie haben die ursprüngliche Richtung geändert. Man möchte wirklich glauben, daß sie hierher wollen. Ach, sie steigen in die Höhe und spannen die Flügel auf, sie werden eine Landung versuchen.«

»Wenn sie wirklich uns gesehen haben und hier in das Wäldchen wollen, so können sie nur draußen auf dem Bergrücken landen, von wo wir gekommen sind. Sonst können sie nirgends heran, das verhindern die Bäume.«

»Kommt, Palaoro. Wir wollen nach der andern Seite gehen, hier ist nichts zu tun und nichts zu befürchten. Das Schiff ist so hoch, daß man es nicht mehr sehen kann, ohne zu weit aus den Bäumen zu treten. Was tun wir nun, wenn sie landen?«

»Wir steigen in die Schlucht hinunter, so weit es geht. Nachklettern werden sie uns nicht. Bleiben Sie bei der Frau Mutter, und ziehen Sie sich inzwischen nach der Schlucht zu. Kathrin kann hier den Stuhl ein Stück tragen. Ich sehe inzwischen nach dem Schiff.«

Saltner brachte seine Mutter mit Hilfe der Magd bis an die Stelle, wo die Schlucht begann. Hier kletterte er selbst weiter, um den Weg zu untersuchen. Es ging zunächst steil bergab, aber es schien ihm möglich, doch noch hier herabzukommen. Nach einer kurzen Strecke erweiterte sich die Schlucht zu einem kleinen, von fast senkrechten Wänden umgebenen Felskessel. Den nahezu ebenen Boden, auf dem ein kleines Bächlein entsprang, bedeckte kurzer Rasen. Im Sonnenschein funkelten die Wassertropfen auf den Halmen, kleine blaue Schmetterlinge und weißschimmernde große Apollofalter spielten in diesem stillen Winkel. Die Quelle rieselte als schmales Rinnsal der Felswand zu, die sie in einer kleinen Klamm durchbrach. Aber die Neigung war gering, Saltner schritt durch das seichte Wasser und überzeugte sich, daß sich dahinter der Boden des Tales erweiterte. War man einmal bis hierher vorgedrungen, so mochte der weitere Abstieg wohl gelingen. Nun beeilte er sich zurückzukehren.

Er hatte etwa zwei Drittel des Aufstiegs kletternd zurückgelegt, als er zu seinem Erstaunen von Baum zu Baum ein Seil nach oben hin ausgespannt fand. Bald begegnete ihm Palaoro, der Frau Saltner auf einem Arm trug, während er sich mit Hilfe des Seiles vorsichtig den steilen Abhang hinabarbeitete. Ihm folgte Katharina.

Ohne ein Wort zu sprechen unterstützte Saltner den Abstieg, bis sie das Ende des Seils erreicht hatten. Hier setzte Palaoro Frau Saltner nieder und sagte zu ihr beruhigend: »Hier sind sie ganz sicher, die dreißig Meter können die Herren Martier nicht herabkraxeln. Wir wollen nur das Seil holen.«

Er winkte Saltner und beide stiegen wieder den Berg hinauf.

Kurz vor der Höhe blieb Palaoro stehen und berichtete Saltner das Geschehene. Als er vorhin den Rand des Waldes erreicht hatte und die kahle Berglehne nach oben übersehen konnte, habe er das von Norden gekommene Luftschiff bemerkt, das mit ausgebreiteten Schwingen im Segelflug langsam über der Höhe schwebte. Es sei ein ganz besonders großes, schönes Schiff gewesen. Da sei von der andern Seite das kleine Regierungsschiff, das er als das Schiff des Unterkultors in Wien erkannte, schnell herbeigekommen und hätte dem andern Schiff Signale gemacht, die er nicht verstand. Darauf hat das große Schiff die Flügel eingezogen, und er hat nicht sehen können, was aus ihm geworden, da es hinter den Bäumen verschwunden ist. Das kleine aber ist dicht vor dem Wald auf dem Bergrücken gelandet. Nun ist der Pitzthaler, der Grenzjäger, aus dem Schiff geklettert und nach dem Wald gegangen. Wie er gesehen hat, daß es der Pitzthaler ist, hat er sich langsam zurückgezogen, und wie die vom Schiff aus den Pitzthaler hinter den Bäumen nicht mehr sehen konnten, ist er ihm so wie zufällig entgegengegangen. Hat ihn nun der Pitzthaler gefragt, ob er nicht hier herum den Herrn Saltner gesehen hat, der sollt' mal gleich auf das Schiff kommen, denn sie hätten von oben bemerkt, wie er um den Berg herumgegangen sei, und da könnt' er jetzt nirgends anders stecken als hier im Wald. Da hätte er geantwortet, das wollte er dem Herrn Saltner schon sagen, wenn er ihn halt zufällig hier treffen täte, wenn aber der Herr Saltner nicht käme, was sie dann wohl tun würden. Dann würden sie den Wald hier besetzen, daß er nicht herauskönnte, und er und der Verpailer, der auch mit wäre, die müßten ihm halt nachgehen und ihn herausholen, denn sonst kämen sie um ihr Brot. Er hätte sich aber am Fuß was vertreten und könnte nur langsam den Berg heruntersteigen. Und darauf wäre der Pitzthaler wieder zurückgegangen. Nun sei er erst wieder bis an den Waldrand geschlichen und habe gesehen, wie der Herr Unterkultor und vier Beds mit Glockenhelmen aus dem Schiff gekraxelt und mit den beiden Grenzjägern nach dem Wald zu gegangen seien. Da sei er rasch zurückgesprungen, habe das Seil ausgespannt und sei mit den Frauen herabgestiegen. Und er hat noch gesehen, wie die Grenzjäger mit den Martiern erst nach der andern Seite gegangen sind.

Während des Berichts lösten Saltner und Palaoro das Seil und stiegen die Schlucht wieder hinab. Sie beschlossen, sich bis in den Felskessel hinabzuziehen und dort des weiteren zu warten. Beide hofften, daß ihnen die Grenzjäger nicht sogleich folgen, sondern die Martier unter irgendeiner Ausrede mit der Verfolgung hinhalten würden.

Mit vielen Beschwerden gelang es, den übrigen Teil des Weges zurückzulegen. Sobald sie hinter dem nächsten Felsblock hervortraten, befanden sie sich am Rand der kleinen Wiese. Saltner trug jetzt seine Mutter, Palaoro ging voran. Er stand am Eingang zum Kessel. Da sprang er zurück. Erschrocken winkte er Saltner. Dieser setzte seine Mutter sanft nieder und sprang zu ihm.

»Was gibt es?« fragte er leise.

»Das große Luftschiff liegt auf der Wiese« flüsterte Palaoro.

»Um Gottes willen! So sind wir verloren. Wir sind von beiden Seiten eingeschlossen.«

Er warf einen Blick auf die seitlichen Abstürze der Schlucht, der ihn belehrte, daß hier ein Entkommen mit den Frauen nicht denkbar sei. Ratlos blickten die Männer sich an.

»Habt Ihr Leute bei dem Schiff gesehen?« fragte Saltner.

»Ich hab mir gar nicht Zeit genommen«, antwortete Palaoro. »Sie müssen von oben gesehen haben, daß hier der einzige Ausweg ist, und haben ihn verlegt. Wenn sie sich jetzt hier umschauen, müssen sie uns finden, auch wenn die von oben nicht herabkommen. Bergauf werden die Nume nicht steigen, aber vielleicht haben sie auch Grenzjäger bei sich. Wir wollen wenigstens das kleine Stückchen zurück bis dort zwischen die beiden Felsen.«

»Es ist auch nur für den Augenblick«, sagte Saltner, »aber wir wollen es tun. Möglich wäre es ja, daß die Grenzjäger nicht sehen wollen und vorbeiziehen, wahrscheinlich freilich nicht, es ist zu klar, daß wir hier stecken müssen. Ich werde mir dann das Schiff ansehen, und wenn es nicht anders ist –«

»Ergeben?« stammelte Palaoro.

»Ihr nicht, das hat keinen Zweck. Ihr könnt hier an der Seite hinaufklettern. Ich aber kann die Frauen nicht verlassen.«

Er lehnte einen Augenblick wie gebrochen an dem Felsen.

»O meine Mutter!« flüsterte er. Dann ging er zurück zu den Frauen.

»Ich muß euch noch ein paar Minuten hierlassen«, sagte er. »Dort zwischen den Felsen wirst du besser sitzen. Es ist noch ein Hindernis drunten, hoffentlich läßt es sich beseitigen.«

»Du mein lieber Josef, was ich dir für Mühe mache. Aber wenn sie uns wieder fangen, das ist zu schrecklich«, antwortete Frau Saltner.

Bald waren die Frauen untergebracht.

»Ich gehe jetzt«, sagte Saltner, sich beherrschend. »Ängstige dich nicht, Mutter.«

Er küßte sie.

»Aber du kommst bald wieder?«

»Gott wird helfen.«

Saltner warf noch einen Blick zurück. Dann schlich er bis an den Felsblock, der den Eingang zur Waldblöße deckte. Von oben konnte man ihn nicht mehr sehen. Ein moosbedeckter Vorsprung am Felsen bildete eine natürliche Bank. Hier ließ er sich einen Augenblick nieder, um noch einmal zu bedenken, was er tun solle. Es war nichts zu tun. Hierbleiben konnte er nicht. Vorüber konnte er auch nicht. Er mußte sich gefangengeben. Auch das wäre ihm zuletzt gleichgültig gewesen. Aber die Mutter! Sie überlebte den Schrecken nicht. Das war das Ende! Und nun war alles verloren. Keine Rettung.

»Gnädiger Gott, hilf uns«, sagte er leise. »Doch Dein Wille geschehe.«

Er erhob sich, er wollte um die Ecke des Felsens nach dem Schiff ausspähen. Da war es ihm, als hörte er leises Rascheln der dürren Zweige, die den Moosboden bedeckten. War es eine Eidechse? Kam jemand? Er zögerte einen Augenblick. Die

Spalte neben dem Felsen, durch welche das Sonnenlicht in den Wald blickte, verdunkelte sich. Eine Gestalt stand vor ihm.

Er richtete sich hoch auf. Das Herz schlug ihm, wie ein Nebel legte es sich vor seinen Blick. Wer war das? Unter dem Schatten eines breiten Hutes leuchteten ihm zwei Augen entgegen, glückstrahlend, sonnenhaft. Schweigend standen sich beide gegenüber, bis es leise; zögernd, als fürchte er, aus einem Traum zu erwachen, über Saltners Lippen kam, eine einzige Silbe:

»La!«

Es war ihm, als müsse er zu Boden sinken. Da bewegte sich die Gestalt. Zwei Arme umschlangen ihn, eine weiche Wange fühlte er an der seinigen. La barg ihren Kopf an seiner Schulter und flüsterte: »Sal! mein Sal!«

Er sank auf die Moosbank nieder und zog sie mit sich. Ihre Lippen glühten aufeinander.

»Du bist es, du bist es«, sagte La selig.

Er zog sie aufs neue an sich.

Endlich stammelte er: »Und du, wie kommst du – O du mein Glück, weißt du denn –«

»Ja, ja! Ich komme, um dich zu fangen und nie wieder freizugeben. Ich komme vom Nu, und ich will bei dir bleiben auf der Erde, oder wo du willst – nur nicht allein, nicht länger allein. Ich kann es nicht!« Sie sank aufs neue an seine Brust. Dann sprang sie auf.

Von oben hörte man das Klingen des Bergstocks. Palaoro wurde sichtbar. Er prallte zurück, als er La erblickte. Dann rief er: »Sie steigen von oben herab.«

Saltner blickte auf La. »Du kommst zu mir, Geliebte«, sagte er hastig. »Aber ich bin gefangen und eingeschlossen. Du kommst, nur zu sehen, wie ich dir entrissen werde.«

La lächelte glücklich. »Das ist unmöglich«, sagte sie. »Geh und hole deine Mutter, und du wirst sehen.«

Saltner wirbelte der Kopf, aber er nahm sich keine Zeit, zu überlegen, wie das alles möglich sei. Er prüfte nicht, er zweifelte nicht, Las Wort glaubte er. Weiter bedurfte es nichts. Er sprang mit Palaoro den Felsen hinauf.

»Wir sind gerettet, gerettet!« rief er seiner Mutter zu. »Fürchte dich nicht vor den Numen, zu denen ich dich bringe, es sind unsre Freunde.«

»Wenn du es sagst, so ist es gut.«

In wenigen Minuten standen sie wieder bei La, die an dem Felsen gewartet hatte.

»Das ist unsre Retterin«, sagte Saltner, auf La weisend.

La faßte ehrfurchtsvoll die Hand von Saltners Mutter und sprach: »Sie sollen bald zufrieden sein.«

»Gott segne Sie«, antwortete die Mutter.

La schritt voran. Die nachfolgenden Menschen stutzten bei dem Anblick, der sich ihnen bot. Kathrin stieß einen Schrei der Verwunderung aus.

Wie eine goldene Schale in der Sonne leuchtend lag die Luftyacht auf der Waldwiese. Niemand war zu sehen als am Fuß der breiten, bequemen Schiffstreppe der Schiffer in seinem Glockenhelm, der salutierend die Herrin des Schiffs erwartete.

La eilte voran. Als sie das Geländer erfaßte, flammte ein Funkenbogen über dem Eingang, der die Aufschrift zeigte: »Willkommen im Schutze der La.«

Am Eingang zum Schiff blieb sie stehen und wiederholte die Worte. Man stieg in das Schiff, der Schiffer folgte, im Augenblick war die Treppe eingezogen.

Palaoro blieb vorläufig auf dem Verdeck. Saltner führte seine Mutter und die Magd in den Raum, dessen Tür La öffnete.

»Hier ist Ihr Zimmer«, sagte sie, »und daneben das für Katharina. Nun ruhen Sie sich recht aus. Und was Sie wünschen, sprechen Sie in diese Öffnung, so wird es da sein.«

Frau Saltner war sprachlos. Ein weicher Polsterstuhl am Fenster nahm sie auf. Sie blickte sich im Zimmer um.

»Das ist ja gerade wie daheim in unsrer Sommerwohnung«, sagte sie endlich. »Die Täfelung ringsum, und die Gardine in der Ecke, und dort, das Kruzifix und das Lämpchen –. Nur die Bilder, und die Kissen, und die Teppiche das ist alles viel kostbarer – wie kommt das nur – –«

»Das ist die Zauberin, die es gemacht hat« sagte Saltner, gerührt Las Hand ergreifend. »Sie hat nichts vergessen von allem, was ich ihr von unserm Heim schildern mußte. Ihr gehört dieses Wunder von einem Luftschiff.«

La sah dem geliebten Mann in die Augen.

»Uns beiden!« sagte sie dann.

»Du willst? Du willst es wirklich?« rief Saltner jubelnd und schloß sie in seine Arme. Doch wie in einem tiefen Schreck verstummte er plötzlich. »Aber ich bin ein Mensch«, sagte er tonlos.

»Sei, was du willst, ich bin dein, deine La.«

Er blickte auf die Herrliche, Königliche, deren Blick wie bittend zu ihm aufgeschlagen war. Er wußte nicht, was mit ihm vorging. Der plötzliche Übergang von der Verzweiflung zum höchsten Glück, von der Not zur Sicherheit, vom Unerreichbaren zum Wirklichen verwirrte ihn. Er schüttelte den Kopf, und sein Antlitz strahlte dabei von Freude.

»Ich weiß ja nicht, was ich bin, wer ich bin, wo ich bin. Ich weiß nur, daß ich namenlos glücklich bin. Schau, Mutter, das ist sie, die ich liebe, der ich alles verdanke. Ich weiß nicht, wie man das bei euch auf dem Mars macht, wenn man eine Frau haben will, und es ist mir auch ganz egal, und du bist halt die La! Da, Mutter, gib ihr einen Kuß, ich muß einmal einen Juchzer tun.«

Und mit einem Sprung war er aus dem Zimmer, und während die alte Frau ihre Hände zitternd auf das von Liebe und Schönheit strahlende Haupt der glücklichen Nume legte, schallte draußen ein Jodler laut und jubelnd zu den Bergen empor, und das Echo der Felsen gab ihn zurück – –

56 - SELBSTHILFE

Kaum war der Widerhall verklungen, als noch eine andere, unerwartete Antwort ertönte. »Holla! Wer da?« Die Grenzjäger traten aus dem Wald. Sie waren nicht wenig erstaunt, hier Saltner und Palaoro auf dem Verdeck des fremden Schiffes zu sehen.

»Grüß Gott, Herr Saltner«, rief Pitzthaler, sich auf sein Gewehr lehnend. »Da sind's wohl gar schon gefangen?«

»Das bin ich schon«, rief Saltner lustig. »Es tut aber nichts. Es ist ganz schön hier.«

»Aber um die Belohnung haben's mich gebracht. Es sind hundert Gulden ausgesetzt.«

»Darum sollt Ihr nicht kommen. Da habt's an Hunderter, und da noch einen.« Die Scheine flatterten hinab.

Von innen rief eine Stimme: »Wollen die Herren ins Schiff kommen? Wir werden bald aufsteigen.«

Saltner und Palaoro verschwanden. Die Luken schlossen sich.

La zog Saltner in den Salon. »Du sollst deine La sehen«, sagte sie, sich an ihn schmiegend, »die fliegende und die wandelnde, denn beide haben ihren Herren gefunden.«

Er blickte um sich, und von dem zarten Schmuck der Wände, von dem Reichtum der Ausstattung schweiften seine Blicke nach der wonnigen Gestalt, die ihn umschlungen hielt.

»Es ist ein Märchen«, sagte er. »Eine Fee hat mich in ihr Zauberschloß geführt, und ich wundre mich über nichts mehr. Und ich würde es nicht glauben, wenn ich nicht diese Lippen – –«

»Glaubst du es nun?« fragte La, sich endlich aus seiner Umarmung lösend.

»Was du willst. Aber ich habe dich so unendlich viel zu fragen. Wie konntest du mich finden? Wie kamst du auf diese Stelle? Wie kamst du überhaupt zu diesem Schiff? Und zu diesem Menschen? Und doch habe ich noch keine Ruhe. Die Mutter wird sich ängstigen, sie ist noch nie in einem Luftschiff aufgestiegen. Ich glaube, wir müssen zu ihr gehen.«

»Sei ganz ruhig. Ich verließ sie, die Hände auf dem Schoß gefaltet, mit geschlossenen Augen im Lehnstuhl liegend. Ich schob den Fenstervorhang vor und schickte die Magd zu ihr. Sie wird jetzt schlafen und merkt nichts von der Fahrt. Doch ich will schnell sehen.«

Im Augenblick war sie zur Tür geschlüpft und wieder zurück.

»Sie schläft«, sagte sie. »Und nun kannst du fragen. Doch ich will es dir sagen.«

Und sie begann zu erzählen, von ihrem Kampf mit sich selbst, von ihrem Entschluß, von ihrer Prüfungsreise auf der Erde – und inzwischen löste sich das Schiff von seinem Lager, langsam sanken die Felswände hinab, heller strahlte die Sonne –

»Wir steigen«, sagte La, sich unterbrechend.

»Und sieh«, rief Saltner, »das Nächstliegende hab ich vergessen in der Überraschung, dich zu haben. Was hast du mit dem Schiff des Unterkultors abgemacht? Was tust du jetzt, wenn sie von dir unsere Auslieferung verlangen? Wie kannst du überhaupt uns befreien?«

»Sie riefen mich an, als ich hierherkam, weil sie wußten, daß ich deinen Zug und die Verfolgung gesehen hatte, und verlangten durch Signale, daß ich sie unterstützen sollte. Ich ging darauf ein, um bei der Hand zu sein, und besetzte den unteren Ausgang. Ich dachte mir, daß du hier herabkommen würdest, wenn der Weg oben versperrt ist. Und so hab ich dich gefangen. Aber ans Ausliefern denke ich nicht, wenn du – du – bei mir bleiben willst.«

»Und wenn sie dich zwingen? Das Gesetz ist auf ihrer Seite.«

»Gesetz gegen Gesetz – wenn du willst, wenn du bestimmst, daß ich dein bin und du mein nach dem Gesetz der Numenheit – dann darf ich dir das Geheimnis sagen des unverletzlichen Asyls. Doch wisse, du darfst es nur bestimmen, wenn es dein freier Wille ist, um deinet- und meinetwillen, nicht aber um deiner Rettung willen. Darum darfst du nicht sorgen; ich rette dich vor jeder Gefahr, auch wenn du frei bleiben willst ohne mich – ich muß es dir sagen, damit kein fremder Gedanke, keine Sorge dich beeinflußt. Dieses Schiff ist das schnellste das je gebaut worden. Niemand kann es einholen. Ich bringe dich mit der Mutter hinüber über den Ozean, wo du sicher bist, und auch auf den Unterhalt brauchst du nicht zu denken. Denn ich bin nicht zur Erde gekommen, um Freiheit aufzuheben, sondern Freiheit zu bringen, dir und mir.«

Er hatte ihr zugehört, den Blick tief in ihre Augen versenkt und ihre Hände in den seinen haltend, und dann antwortete er:

»Ich weiß nicht, ob ich alles verstehe, aber wenn's darauf hinauskommt, ob es mein freier Wille ist, daß du mein Weib sein sollst –. O La, die du das getan hast, von der Höhe deines Nu herabzusteigen zu diesem Jammertal, um diesem Menschen das Leben zurückzugeben –. Wie kannst du das fragen, meine La, mein Glück und mein alles – freilich will ich's, bestimm' ich's, ich, Josef Saltner, so wahr ich hier sitze und dich in meine Arme ziehe, ich will's.«

»Und ich«, sagte La feierlich, »auch ich will. Und nun ist es Gesetz, und ich bin dein. Und damit du es beweisen kannst, so komm, Ohr an Mund, und höre, was niemand wissen darf, außer uns beiden.«

Sie flüsterte in sein Ohr, und dann barg sie das Gesicht an seiner Schulter.

Da klopfte es am Telephon.

»Das ist der Schiffer«, sagte La. Sie warf einen Blick aus dem Fenster. »Ah, dort ist das Regierungsschiff. Laß uns hören.«

Als sich der Unterkultor überzeugt hatte, daß Saltner mit seiner Begleitung unter Zurücklassung des Tragstuhls und Gepäcks in die Schlucht hinabgestiegen war und somit entweder den Feldjägern oder dem von ihm zu Hilfe gezogenen Luftschiff nicht entgehen konnte, begab er sich mit seinen Beds wieder nach seinem Schiff zurück. Sobald Las Schiff über der Berglehne erschien, signalisierte er ihm, daß es sich zu ihm begeben solle, um die Gefangenen, die er dort vermutete, an ihn auszuliefern. La wollte sich dieser gesetzlich begründeten Forderung nicht entziehen und ließ daher ihr Schiff in der Nähe des Kultorschiffes sich niedersenken. Unmittelbar darauf erschien der Beamte selbst an Bord der ›La‹ und wurde vom Schiffer in den Salon gewiesen, in welchem er La und Saltner fand.

Der Unterkultor war ein vornehmer Mann mit entschiedenem Wesen. Ohne Saltner weiter zu beachten, begrüßte er La höflich und sagte, daß er den Kommandierenden des Schiffes zu sprechen wünsche.

»Er steht vor Ihnen«, sagte La, ihn mit ruhiger Würde anblickend. »Ich war bis vorhin Besitzerin dieser Privatyacht, habe aber jetzt das Eigentum und das Kommando derselben abgetreten an meinen Gemahl, Josef Saltner, dessen Name Ihnen bekannt ist und den ich mir hiermit vorzustellen erlaube.«

Der Beamte machte eine Bewegung des Unwillens und der Überraschung. Seine Augen wanderten prüfend über La und Saltner. Dann sagte er kühl: »Die Höflichkeit verbietet mir, Zweifel in Ihre Worte zu setzen. Doch muß ich Sie bitten, mir die Papiere des Schiffes und Ihre eigene Legitimation vorzuweisen.«

La trat an den Wandschrank und reichte ihm die Papiere, die er sorgfältig prüfte. Sie enthielten die Schenkungsurkunde Frus über die Luftyacht ›La‹, die zu Las vollkommen freier Verfügung gestellt war; ferner einen Freipaß vom Verkehrsministerium des Mars, gültig für das ganze Sonnensystem und bestätigt für die Erde von Ill, dem Protektor der Erde, und alles, was für die Legitimation Las erforderlich war.

Der Beamte gab die Papiere ehrfurchtsvoll zurück.

»Die Legitimation ist unanfechtbar«, sagte er. »Ich freue mich, in Ihnen die Tochter eines Mannes begrüßen zu können, dessen technischer Tätigkeit bei der Besitzergreifung der Erde wir zu so großem Dank verpflichtet sind. Doch«, setzte er sehr ernst hinzu, »ich habe, wie Sie hier sehen, den Auftrag von den Residenten der europäischen Staaten, aufgrund der gesetzmäßig geführten Untersuchung, Josef Saltner von Bozen nebst seiner Mutter Marie und der Magd Katharina Wackner zu verhaften. Es ist nichts darüber bekannt, noch aus Ihren Papieren zu entnehmen, daß Saltner ihr Gemahl sei; auch kann weder dieser Umstand, der überdies zu beweisen wäre, noch der Aufenthalt auf diesem Schiff die Verhaftung aufheben oder verhindern. Ich bedauere daher, dazuschreiten zu müssen –«

Er wandte sich zu Saltner, der an der gegenüberliegenden Wand des Salons stand, und wollte auf ihn zuschreiten, um ihn zum Zeichen der Verhaftung zu berühren. Doch La trat dazwischen, und auf einen Wink von ihr flüsterte Saltner einige leise Worte gegen ein kleines Schild, das rosettenartig in der Wand angebracht war. Sofort wich die Wand an dieser Stelle auseinander und schloß sich wieder hinter ihm.

»Die Verhaftung ist jetzt nicht mehr möglich«, sagte La.

Der Beamte warf einen finsteren Blick auf sie. »Ich muß Sie bitten«, sprach er, »mir dieses Zimmer zu öffnen, oder ich müßte die Öffnung erzwingen.«

La blickte ihn stolz an.

»Das werden Sie niemals wagen«, rief sie. »Haben Sie nicht gesehen, daß die Tür eine akustische ist, die sich nur auf das Losungswort öffnet? Und wenn ich Ihnen sage, daß dieses Wort niemand wissen darf, außer mir und – ihm? Werden Sie nun glauben, wer er ist?«

»So ist es«, rief der Unterkultor zurückweichend, »das ist – Ihr –«

»Mein Zimmer.«

»Dann allerdings. Der Beweis ist geführt. Dieser Raum ist unverletzlich.«

Er lächelte gezwungen.

»Und ich glaube, unsere Unterhandlungen sind damit erledigt«, sagte La kalt.

»Nicht ganz«, erwiderte der Beamte nach kurzem Schweigen. »Doch fürchten Sie nicht, daß ich Sie aufhalte. Geben Sie nur Auftrag, mich zu Frau Saltner und ihrer Magd zu führen. Diese Personen können Sie nicht schützen.«

La wollte entrüstet erwidern. Doch erschrocken hielt sie inne. Jetzt war das Gesetz auf seiner Seite. Sie stand stumm.

»Sie werden sich nicht weigern«, sagte er.

»Und wenn ich es tue?«

»So muß ich Gewalt gebrauchen. Ich werde das Schiff durchsuchen lassen.«

Er schritt nach der Tür, um die Beds zu rufen, die vor dem Schiff auf seine Befehle warteten. Zu diesem Zweck mußte er auf das Verdeck steigen, von wo die Landungstreppe nach außen ging.

La klopfte das Herz. Was sollte sie tun? Bis jetzt hatte sie die Gesetze nicht verletzt. Aber wie sollte sie die Mutter schützen?

Da öffnete sich die Tür ihres Zimmers. Saltner stand neben ihr. Rasche Worte bestätigten die Vermutung, die ihn ohne Rücksicht auf seine Sicherheit herausgetrieben hatte, um La und der Mutter zu Hilfe zu eilen.

»Wir werfen die Leute hinaus!« rief er.

»Beim Nu, ich bitte dich, das dürfen wir nicht.«

»Warum nicht? Ich darf mich ja doch nicht mehr hier sehen lassen.«

»Aber Gewalt, das ist etwas anderes. Es versperrt uns die Rückkehr zum Nu, es beraubt dich deines Bürgerrechts.«

»Und doch sehe ich keinen andern Ausweg. Den Nu oder mich! Wenn der Mann nicht freiwillig geht, wirst du wählen müssen.«

La blickte ihn an, die Hände zusammenpressend. Dann warf sie die Arme um seinen Hals.

»Dich, dich!« rief sie.

»Habe ich das Kommando?«

»Ja, ja.«

Saltner sprang dem Beamten nach. La folgte pochenden Herzens. Der Unterkultor stand auf dem Verdeck, er winkte den Beds.

»Wie wird die Treppe aufgezogen?« fragte Saltner La hastig.

»Vom Steuerraum aus automatisch.«

»Sage dem Schiffer, daß er sich bereithält. Hoffentlich verläßt der Kultor das Schiff. Wenn nicht, bleibt doch nichts übrig, als ihn hinauszuwerfen.«

»Sal – er ist bewaffnet – ich bitte dich –«

Leise stieg Saltner die Treppe zum Verdeck hinauf.

Die Beds hatten nicht sogleich die Winke des Beamten bemerkt, weil sie ihre Aufmerksamkeit nach der entgegengesetzten Seite in die Luft gerichtet hatten. Dort zeigte sich in großer Höhe von Südosten her ein dunkler Punkt, das andre Schiff der Martier, das jetzt die beiden Schiffe auf dem Bergrücken bemerkt hatte und, ohne sich zu übereilen, auf sie zuhielt. Es war ein Stationsschiff aus Rom, eines jener großen und furchtbar schnellen Kriegsschiffe, mit allen Waffen ausgerüstet, wie sie in den Hauptstädten der Erde den obersten Beamten zur Erhöhung der Autorität des Nu beigegeben waren.

Ein paar rasche Schritte brachten Saltner hinter den Kultor. Dieser wandte sich nach ihm um, aber in demselben Augenblick hatte Saltner ihm mit einem raschen Griff den Telelytrevolver aus der Tasche gerissen und ihn weit hinweggeschleudert.

»Was wagen Sie?« rief der Kultor. »ich verhafte Sie –«

»Bedaure sehr – verlassen Sie sofort das Schiff, wenn Sie nicht eine unfreiwillige Spazierfahrt machen wollen –«

Auf den Ruf des Kultors waren die Beds aufmerksam geworden, sie blickten her. Saltner durfte ihnen keine Zeit lassen, sich mit dem Kultor zu verständigen, denn wenn sie von ihren Telelytwaffen Gebrauch machten, war er verloren. Er kommandierte: »Die Treppe herauf! Aufsteigen! Schnell!«

Im Augenblick schlug sich die Treppe in die Höhe und schob sich auf dem Verdeck ineinander, während das Schiff in die Höhe schoß. Die Beds sahen ihm erstaunt nach, wußten aber nicht, was sie tun sollten, da Palaoro gleichzeitig auf einen Wink Saltners den Kultor ins Innere des Schiffes gezogen hatte. Sein Protest wurde nicht beachtet.

»Was machen wir mit dem Mann?« sagte Saltner. »Wir wollen ihn doch nicht mitschleppen. Dort hinter dem Felsvorsprung können uns die Beds und das kleine Schiff nicht sehen. Dort setzen wir ihn ab. Mag er schauen, wie er heimkommt.« Saltner erteilte dem Schiffer die nötigen Befehle. Nach zwei Minuten lag das Schiff wieder still.

Der Kultor stieg in stummem Ingrimm die Schiffstreppe hinab, die sich sofort wieder hob.

»Nehmen Sie's nicht übel, Herr Kultor«, rief ihm Saltner nach. »Aber es ging nicht anders. Habe die Ehre.«

Der Kultor wandte sich um. »Ich warne Sie«, rief er wütend. »Ergeben Sie sich noch jetzt. Ich lasse Sie sonst rücksichtslos durch das Kriegsschiff verfolgen und vernichten.«

»Tut mir leid«, antwortete Saltner. »Muß jetzt notwendig auf meine Hochzeitsreise. B'hüt euch Gott.«

Man konnte nicht mehr verstehen, was der Kultor erwiderte, die ›La‹ war schon wieder zu hoch gestiegen. Aber man sah, daß das Kriegsschiff auf den Ort zuhielt, wo es den Kultor bemerkt hatte, der ihm mit den Armen winkte. Auch das kleinere Schiff erschien jetzt.

La war neben Saltner getreten. »Komm herab«, sagte sie,

»wir müssen die Luken schließen und uns beeilen. Das Schiff dort ist ein schnelles Kriegsschiff, wir können ihm nur durch schleunigste Flucht entgehen.«

Saltner warf einen Blick zurück, dann umfaßte er La und sprang, sie in die Höhe hebend, die Treppe hinab, auf der jetzt Marsschwere herrschte.

»Wenn wir ausreißen müssen, so übernimm du wieder den Oberbefehl. Ich weiß ohnehin nicht, wohin wir eigentlich wollen.«

»Die Luken zu!« befahl La. »Volle Diabarie!«

Die ›La‹ schoß senkrecht in die Höhe. Schnell war sie bedeutend höher als das niedrig schwebende Kriegsschiff. Aber dieses erhob sich jetzt schräg und gewann, da es in voller Fahrt war, bald einen Vorsprung nach Norden. Es kehrte nun in einem Bogen zurück, um der ›La‹ den Weg abzuschneiden. Es hatte gar nicht angelegt, um den Kultor aufzunehmen, da inzwischen dessen eigenes Schiff eingetroffen war, von dem aus er sich mit dem Kriegsschiff durch Signale verständigte.

Die ›La‹ stieg weiter kerzengerade empor, während das Kriegsschiff ihr in immer engeren Spiralen folgte. Der Horizont erweiterte sich schnell, schon lagen die Bergriesen der Alpen tief unten, die Eishäupter der Ortlergruppe erschienen als flache Schneehügel; im Norden und Süden tauchten die Ebenen auf und verschwammen mit der Luft des Himmels. Palaoro war bei dem zweiten Schiffer im Steuerraum. In den drei Räumen, in denen sich Menschen befanden, wurden die Sauerstoffapparate in Tätigkeit gesetzt, um die Luft atembar zu erhalten. Die Höhe von zwölf Kilometern war erreicht. Fern im Westen schien der Himmel von Wolken bedeckt zu sein. »Dort müssen wir hin«, sagte La. »Im Nebel können wir die Richtung ändern, ohne daß es bemerkt wird. Wir müßten sonst vielleicht die Flucht so weit fortsetzen, bis wir in den Erdschatten kommen, und das führt uns zu weit vom Ziel ab.«

»Und welches ist das Ziel?«

»Berlin.«

»Aber La?«

»Du sollst alles hören. Erst aber wollen wir einmal sehen, ob das Kriegsschiff uns nachkommen kann. Richtung nach West! Voll Repulsit!« sagte sie zum Schiffer.

Das Schiff wandte seine Spitze nach Westen mit einer sanften Neigung nach oben. Der Reaktionsapparat wirkte. Es sauste durch den luftverdünnten Raum. Die Geschwindigkeit steigerte sich allmählich auf 400 Meter in der Sekunde.

Das Kriegsschiff war der ›La‹ gefolgt. Sobald es erkannt hatte, in welcher Richtung die ›La‹ zu entkommen suchte, schlug es ebendieselbe ein. Aber nun zeigte sich die Überlegenheit der Yacht. Die Entfernung von dem Verfolger wuchs schnell. Nach fünfundzwanzig Minuten hatte das Schiff einen Weg von 600 Kilometern zurückgelegt. Von der Erde erblickte man nichts, eine dichte Wolkendecke lagerte hier unten. Das Kriegsschiff war nur noch als ein Punkt zu erkennen. Nach weiteren fünf Minuten umhüllten Wolken die Yacht. Alsbald wurde der Lauf gemäßigt. »Wenden Sie sofort«, sagte La zum Schiffer, »und benutzen Sie die Wolken soweit wie möglich nach Nordost. Kommen wir aus den Wolken heraus, und ist dann das Kriegsschiff nicht mehr sichtbar, so fahren Sie so schnell wie möglich nach Berlin. Dort wird man uns zunächst auf keinen Fall suchen.«

»Das scheint mir doch fraglich«, sagte Saltner. »Sobald das Kriegsschiff sieht, daß wir ihm entkommen, wird es nach der nächsten Stadt hinabgehen und nach allen Richtungen telegraphieren. Man wird uns, wo wir hingelangen, sofort erkennen.

Es wird wohl also nichts übrig bleiben, als bis über Europa hinauszugehen.«

»Das ist wahr. Wir können erst in der Dunkelheit nach Berlin. Aber wo bleiben wir so lange? Wir wollen doch nicht immerfort hier in den Wolken herumfahren?«

»Warum willst du nicht sogleich nach Amerika?«

»Ich werde es dir dann erklären.«

»Wo sind wir denn eigentlich?«

»Wir müssen mitten in Frankreich sein. Wir wollen hinab und uns einmal umsehen.«

»Dann laß uns doch lieber nach irgendeinem abgelegenen Gebirge gehen, wo es einsam ist und so bald keine Nachrichten hinkommen, dort können wir warten, bis es Zeit ist, nach Berlin zu reisen.«

»Du hast recht. Fahren Sie also weiter nach Südwest, mit mäßiger Geschwindigkeit, und suchen Sie auf den Pyrenäen einen guten Landeplatz. Dort warten wir bis gegen Abend. Dann gelangen wir gerade zur rechten Zeit nach Berlin. Und jetzt komm! Wir wollen einmal nach der Mutter sehen, und dann – ich habe dir noch soviel zu erzählen. Und es ist auch noch jemand hier, den du begrüßen mußt.«

Se trat ihnen im Salon entgegen.

»Sind wir endlich in Sicherheit?« fragte sie. Und Saltner die Hand reichend, fuhr sie lächelnd fort: »Sobald man mit Ihnen zusammenkommt, ist man seines Lebens nicht sicher.«

»Seien Sie mir nicht böse. Ich werde von nun ab ganz vernünftig werden.«

»Bei soviel Glück?«

»Ja, es macht mich bescheiden.«

57 - DAS SPIEL VERLOREN

Die letzte Woche war für Ell im höchsten Grad aufregend gewesen. Er arbeitete von früh bis spät in die Nacht und konnte doch die Last verantwortungsvoller Entscheidungen nicht bewältigen, die ihn bedrückte und seine ganze Tatkraft in Anspruch nahm. Er fühlte, wie eine nervöse Abspannung sich seiner bemächtigte, deren er nicht Herr zu werden vermochte. Selbst zu einem Besuch bei Isma, nach welchem er sich sehnte, hatte er noch nicht Zeit finden können.

Die Übergriffe der Beamten hatten sich wiederholt. Es war nicht immer ein krankhafter Zustand, ausgesprochener Erdkoller, wie bei Oß, der dazu Veranlassung gab, sondern eine schärfere Tonart begann Platz zu greifen, die leicht zu Konflikten führte. Und dies kam daher, daß die auf der Erde angestellten Nume eine starke Partei auf dem Mars hinter sich wußten. Die Antibaten, welche auf ein härteres und entschiedeneres Vorgehen gegen die Menschen als eine untergeordnete und nur durch Gewalt zu zügelnde Rasse drangen, hatten im Parlament wie im Zentralrat an Einfluß gewonnen. Ells Tätigkeit bot ihnen einen willkommenen Angriffspunkt, auf den sie zunächst ihre Kräfte richteten. Die Strenge, mit welcher Ell jedem Übergriff der Instruktoren und Beamten entgegentrat, wurde in der Presse in übertriebener Weise erörtert und als eine Voreingenommenheit für die Menschen hingestellt und getadelt. Die Absetzung von Oß, die sofort nach der vom Wiener Unterkultor vorgenommenen Untersuchung verfügt worden war, wurde besonders aufgebauscht, da Oß eine angesehene und als Techniker um den Staat verdiente Persönlichkeit war. Schon daß sich Saltner durch die Flucht auf die Berge der Strafe entzogen hatte, war als ein Zeichen von Nachlässigkeit gedeutet und Ell zum Vorwurf gemacht worden. Unter diesem Druck, auf den Ell nicht Rücksicht nehmen wollte, hatte der italienische Kultor das Kriegsschiff zur Verfügung gestellt, um Saltner aufzusuchen.

Die gegen die Menschen gerichtete Strömung auf dem Mars war ja nichts Neues. Ell hatte stets mit ihr rechnen müssen, und er hatte ihr Anwachsen mit Besorgnis verfolgt. Doch vertraute er fest auf die Macht der Vernunft in den Numen und die Reinheit seiner eigenen Absichten, und in diesem Glauben hatte ihn Isma aus innerstem Herzen bestärkt. Jetzt aber begannen die direkten Angriffe auf ihn offener hervorzutreten, und er hatte zu seinen übrigen Arbeiten seine Verteidigung in der Presse zu führen. Ein lebhafter Wechsel von Lichtdepeschen, die alle über den Nordpol nach dem Mars gingen, fand zwischen Berlin und Kla statt.

Aber ganz ohne Einfluß auf Ell war dieser vom Mars, das heißt von einem Teil seiner Bevölkerung ausgeübte Druck doch nicht geblieben. Er sah sich veranlaßt, die ihm zu Gebote stehenden Machtmittel rücksichtsloser zu gebrauchen, und je mehr ihn das Mißverständnis und der Tadel seiner Handlungen verdroß, um so mehr gewöhnte er sich, auf seine eigenen Entscheidungen und Entschlüsse zu vertrauen und jede anderweitige Beratung abzulehnen. Mit Erschrecken sagte er sich zuweilen im stillen, daß die Furcht, er werde dahin kommen, sein Kultoramt in autokratischer Weise zu handhaben, nicht unberechtigt sei. Und immer wieder nahm er sich vor, unter keinen Umständen sich dazu drängen zu lassen, als Selbstherrscher zu verfahren oder den antibatischen Forderungen nachzugeben.

Der einflußreichste Teil der Martier ging ja, wie bei der Besitznahme, so auch bei der Behandlung der Erde von rein idealem Gesichtspunkt aus. Die Kultur des Mars, den Geist der Numenheit auf der Erde zu verbreiten, war ihr Ziel; eine Beherrschung der Menschheit, soweit sie notwendig schien, nur ein vorübergehendes Mittel, eine Art notwendigen Übels. Aber gerade hier verstimmte es vielfach, daß die Menschen im großen und ganzen so wenig Entgegenkommen und Verständnis für das zeigten, was die Martier ihnen bringen wollten. Man erkannte wohl Ells Tätigkeit in gewisser Hinsicht an, aber man hielt seinen Weg doch für etwas umständlich. Die Hebung der Bildung konnte natürlich nur allmählich geschehen, und sie war die notwendige Vorbedingung für das Gelingen des zivilisatorischen Werkes, das die Nume an der Erde ausführen wollten. Aber man meinte, daß eine entschiedenere Wegräumung der Hindernisse hinzukommen müsse. Ein solches Hindernis sah man in Deutschland noch immer vor allem in der politischen Übermacht der reaktionären Parteien. Man verlangte einen entschiedenen Bruch mit den oligarchischen Traditionen, die sich von dem Gedanken einer bevorzugten und herrschenden Klasse nicht trennen konnten. Man wünschte hier ein entschiedenes Vorgehen, das aber wieder ohne Anwendung von Gewaltmaßregeln, die Ell verhüten wollte, nicht möglich gewesen wäre.

Ein weiterer Grund zur Unzufriedenheit, der sich allerdings gegen die Regierung der Zentralstaaten selbst und gegen Ill als den Protektor der Erde wendete, war die bisherige Beschränkung der Kulturtätigkeit auf die westeuropäischen Staaten. Man verlangte die effektive Ausdehnung des Protektorats auf die ganze Erde, vor allem die Einbeziehung Rußlands und der Vereinigten Staaten von Nordamerika. Ill sah voraus, daß dies zu neuen schweren Kämpfen geführt hätte; er hoffte, sie zu vermeiden, wenn man es der Zeit überließ, von selbst den Einfluß zu gewinnen, der bei der kulturellen Überlegenheit der Martier auf die Dauer nicht ausbleiben konnte. Aber diese weise Zögerung hatte doch zur Folge, ungeduldigere Köpfe der antibatischen Strömung zuzuführen. Ihre hauptsächliche Kraft indessen zog die Partei der Antibaten aus dem Teil der Bevölkerung, in welchem die idealen Kulturziele von eigennützigen Absichten getrübt waren. Zwar hatte man auf dem Mars geglaubt, für immer der Gefahr enthoben zu sein, daß der reine Wille der Vernunft zum Guten in Kampf geraten könne mit selbstischen Interessen, mit dem Bestreben, wenn auch nicht für den einzelnen, so doch für den Staat, Vorteile auf Kosten der Gerechtigkeit gegen alles Lebendige zu gewinnen. Aber sobald mit der Erschließung der Erde das Gefühl der Macht und die Möglichkeit sich eingestellt hatte, Wesen, die man nicht für seinesgleichen hielt, auszubeuten, erhoben sich in den weniger hochstehenden Elementen der Bevölkerung, an denen es nicht fehlte, wieder jene niederen Instinkte eines unter dem schönen Namen des Patriotismus sich verbergenden Egoismus. Man erklärte es für eine nationale Pflicht des Martiers, von der Erde alles zu gewinnen, was das wirtschaftliche Interesse des Mars irgend daraus ziehen konnte. Mit einem Worte, was man wollte, war nichts anderes als die Erhöhung der Revenuen des Mars, aber nicht bloß durch den berechtigten Handelsverkehr, sondern durch die direkte Arbeit der Menschen für die Martier. Zwar hatte man schon bedeutende Energiemengen von der Erde bezogen durch Anlegung von Strahlungsfeldern in Tibet, in Arabien und in den äquatorialen Gegenden von Afrika. Aber diese wurden von martischen Gesellschaften auf ihre Kosten, obwohl mit hohem Gewinn, betrieben. Man wollte jedoch von Staats wegen zur Erhöhung der Privatrente aller Bürger eine Besteuerung der Menschen, um diese zu größerer Arbeit im Sinne der Martier zu zwingen. Man führte aus, daß die Menschen bei ihrer natürlichen Indolenz nur dann dazu gebracht werden könnten, sich die Technik der Martier und damit ihre Kultur anzueignen, wenn man sie durch eine hohe Steuer veranlasse, die von der Sonne ihnen zuströmende Energie unter Anleitung der Martier auch wirklich auszunutzen.

Auf Grund dieser populären Erwägung wollte jetzt die Antibatenpartei ihren ersten größeren Schlag führen. Er sollte, wie sich wenigstens die Entschiedenen sagten, nur die Vorbereitung sein, um die den Menschen zugesprochenen Rechte sittlicher Persönlichkeiten überhaupt in Zweifel zu stellen und schließlich aufzuheben. Die Erde sollte zu einer Werkstatt für die Erhaltung des Mars durch eine Riesenrente erniedrigt werden. Diese letzten Gesichtspunkte wurden zwar noch verschleiert, aber die Gegner enthüllten sie in ihrer ganzen Unsittlichkeit und Torheit, ohne doch die Anhänger einer Besteuerung der Menschen überzeugen zu können, welche schiefe Bahn sie zu beschreiten im Begriff waren.

Gestern hatte Ell die Nachricht erhalten, daß der Antrag eingebracht worden war – und nicht ohne Aussicht auf Annahme –, für die westeuropäischen Staaten eine vorläufige Jahressteuer von 5.000 Millionen Mark anzusetzen, indem man anführte, daß die Hälfte davon bereits durch die Verminderung der Militärlasten gedeckt sei. Außerdem sollten von nun ab die Menschen die Kosten der martischen Verwaltung selbst tragen, was man in Rücksicht auf die zu zahlenden Schulgelder auf ebensoviel veranschlagen mußte.

Ell sagte sich, daß eine solche Maßregel, wenn sie sich verwirklichen sollte, ihm die Fortführung seines Amtes unmöglich machen würde. Sein ganzes Streben war auf die Versöhnung, auf die freiwillige Anpassung der Menschen an die Kulturwelt des Mars gerichtet. Der Aufruf zur Begründung eines allgemeinen Menschenbundes, der zwar die Befreiung der Erde von der Herrschaft des Mars anstrebte, aber durch ein Mittel, das zu demselben versöhnenden Ziel führen sollte, das er ersehnte, war ihm daher willkommen. Er tat nichts, um diesen Ideen und ihrer Ausbreitung entgegenzutreten. Bei der Antibatenpartei auf dem Mars wurden jedoch die Tendenzen des Menschenbundes unter ganz anderem Gesichtspunkt betrachtet. Hier wollte man ja nicht das Kulturheil der Erde, sondern ihre Ausnutzung, und man sah daher in dem Bund eine große Gefahr, ein revolutionäres Unternehmen. Die neue Steuerlast, die man den Menschen zudachte, sollte sie belehren, daß sie auf keine freiwillige Aufgabe der Mars-Herrschaft zu rechnen hätten. Siegten die Antibaten mit ihrem Vorhaben, so mußte dies auf der Erde erneute Erbitterung hervorrufen und die Menschen über die Absichten der Nume enttäuschen. Es würde also der von Ell angestrebten Versöhnung entgegengewirkt werden, und seine eigene Arbeit wäre nicht nur in Frage gestellt, sondern es wäre damit auch sein vom Zentralrat gebilligter Plan gewissermaßen zurückgewiesen worden. Ell mußte sich die Frage vorlegen, ob er dann seine Tätigkeit noch für nutzbringend halten dürfte.

Heute nun brachten ihm die neuen Zeitungen vom Mars ihn persönlich kränkende Nachricht. Man hatte ihm in einer Parlamentsrede seine Abstammung von den Menschen mütterlicherseits zum Vorwurf gemacht und die Regierung getadelt, daß sie einen Mann in eine so verantwortliche Stellung eingesetzt habe, dem man als Halb-Numen kein Vertrauen entgegenbringen könne.

Ell ging entrüstet in seinem Zimmer auf und ab. Sollte er nicht diesen Leuten sein Amt vor die Füße werfen? Aber das hieße die Sache aufgeben, der er sein Leben gewidmet hatte. Durfte er nicht hoffen, wenn er selbst festhielt, doch seine Ansicht zum Sieg zu führen und Gutes auf der Erde zu wirken? Ja, wenn er sich nur selbst sicherer gefühlt hätte. Wenn nicht in jenem Vorwurf ein Kern von Wahrheit gelegen hätte! War nicht seine Heimat auf zwei Planeten, und hatte er die Kraft gehabt, im entscheidenden Moment allein der Stimme der Numenheit zu folgen, die ihn hieß, nichts anderes im Auge zu haben, als die große Aufgabe, das Verständnis der Planeten anzubahnen? Hatte er nicht als ein schwacher Mensch geschwankt in seiner Pflicht, ganz sich selbst zu vergessen um des Ganzen willen, hatte er nicht seiner Neigung Gehör gegeben und der Freundin zuliebe die Erde verlassen, wo er hätte wirken sollen? Gewiß, es war nicht seine Absicht gewesen, sich dieser Pflicht zu entziehen, äußere Umstände hatten ihn verhindert, rechtzeitig zu ihr zurückzukehren. Aber eben diesen Umständen durfte er keinen Spielraum des Zufalls gestatten, er hätte sich der Gefahr nicht aussetzen dürfen, die Pflicht zu versäumen. Das war seine Schuld. Er hatte eine Schuld auf sich geladen. Durfte er dann noch sich als den Mann betrachten, der hoch genug stand, um die Kultur zweier Planeten zu vermitteln? Durfte er sich die Kraft zutrauen, gegenüber den Angriffen von beiden Seiten die Verantwortung zu tragen und die Machtfülle nicht durch menschliche Leidenschaften zu entstellen?

In solchen Gedanken wandelte sich seine Entrüstung in ernste Selbstprüfung, und immer wieder erwog er die Frage, ob er der Sache, die er durchzufechten entschlossen war, auch wohl an diesem Platz noch die rechten Dienste zu erweisen vermöge.

Da wurde ihm der Unterkultor von Wien gemeldet.

Als das Luftschiff Las, von dem Kriegsschiff verfolgt, den Blicken der Martier entschwunden war, hatte sich der Beamte sofort auf den Weg nach Berlin gemacht. Drei Stunden später war er dort angelangt. Er wurde sogleich vorgelassen. Empört beklagte er sich über die Behandlung, die sich Saltner gegen ihn herausgenommen, und verlangte die volle Strenge des Gesetzes gegen den Frevler, an dessen Ergreifung er nicht zweifelte.

Ell glaubte seinen Ohren nicht trauen zu dürfen, so überraschte ihn das, was er hören mußte.

»La?« fragte er. »Sind Sie auch sicher, La, die Tochter von Fru, des technischen Direktors im Ministerium für Raumschiffahrt? Sie hat Saltner in aller Form für ihren Gemahl, nach dem Rechte des Nu, erklärt und ihn in ihrem Luftschiff entführt?«

»Es ist kein Zweifel, die Papiere waren in Ordnung, der Beweis – wie ich ihnen sagte. Und dieser Bat wagte es, mich anzufassen, mich mit Gewalt ins Schiff hinabzuziehen, mich auszusetzen und mir höhnische Worte nachzurufen. Aber Sie werden –«

»Ich werde dem Gesetz gemäß verfahren. Ich bedaure tief dieses Ereignis. Entschuldigen Sie mich jetzt, aber halten Sie sich, bitte, in der Nähe, daß ich Sie eventuell noch einmal sprechen kann, ehe Sie nach Wien zurückkehren. Ich danke Ihnen für Ihren Bericht, Sie haben Ihrerseits korrekt gehandelt, Sie konnten nicht wissen, daß das Luftschiff Freunde und Helfer Saltners barg. Sorgen Sie dafür, daß eine etwaige Nachricht von dem verfolgenden Schiff mir sogleich mitgeteilt wird.«

Der Beamte hatte noch nicht die Tür erreicht, als das Signal am Depeschentisch erklang und zwei Telegramme, die mit eilig bezeichnet waren, sich auf die Platte desselben schoben.

Ell riß das erste auf und rief sogleich den Unterkultor zurück.

»Aus Lyon, vom Kommandanten des Kriegsschiffs«, sagte er. »Die Luftyacht ›La‹, mit unerreichbarer Geschwindigkeit fliegend, ist in einer unübersehbaren Wolkendecke verschwunden und konnte nicht mehr aufgefunden werden.«

Der Beamte stand starr.

»Ihrer Rückkehr nach Wien steht nun vorläufig nichts entgegen«, sagte Ell. »Das weitere werde ich veranlassen. Leben Sie wohl.«

Sobald Ell allein war, ließ er sich auf seinen Stuhl sinken und stützte die Hände in den Kopf.

Das hatte La getan! Er konnte es nicht begreifen. Um Saltners willen! Er sah sie vor sich, wie sie damals, als er auf dem Nu mit ihm stritt, Saltners mannhaftes Eintreten für das Vaterland mit einem Kuß belohnte, und eine Regung von Neid stieg in ihm auf, die er gewaltsam zurückdrängte. Mochte sie! Der Vorgang hatte für ihn eine ganz andere Bedeutung. Das war offne Auflehnung gegen die Herrschaft der Nume auf der Erde. Was Saltner getan hatte, freilich, das sah ihm ganz ähnlich, das mochte er selbst verantworten, ja er konnte es ihm nicht einmal verdenken. Und er hätte es ihm herzlich gegönnt, daß ihm die Flucht glücke. Gegen ihn einschreiten zu müssen, war ihm ein peinlicher Gedanke. Ja, wenn es Saltner aus eigner Kraft gelungen wäre, sich der Verfolgung zu entziehen! Aber daß es durch Las Hilfe geschehen mußte! Daß sie sich dazu hergab, den Schuldigen der Macht des Gesetzes zu entreißen! Wie konnte sie das vor sich selbst verantworten? Mag sein, daß sie sich keines ungesetzlichen Mittels bedient hatte, mag sein, daß sie glaubte, in gutem Recht bei ihrer Selbsthilfe zu handeln. Aber die Beihilfe zur Flucht war doch ein Faktum, das blieb. Und diesen Mann band sie in aller Form an sich – La, die Tochter Frus –, was mußte das wieder auf dem Mars für Aufsehen erregen! Daraus würden die Gegner Kapital schlagen. Schließlich würde man natürlich Ell verantwortlich machen, daß der Geist der Widersetzlichkeit nicht nur bei den Menschen geduldet werde, sondern sich durch die Berührung mit ihnen sogar auf die Nume fortpflanze. Und was würde La tun? Wohin wollte sie sich flüchten? Wenn sie nach dem Mars ging oder nach fremden Teilen der Erde, welch schwierige Auseinandersetzungen, Verhandlungen, neue Angriffspunkte ergaben sich da?

Gab es denn heute keine Ruhe für ihn? Er mußte sie suchen. Wo? Zu Isma! Er wollte zu Isma. Er erhob sich. Da fiel sein Blick auf das zweite Telegramm. Mochte es liegen bleiben! Doch nein, das ging nicht, vielleicht war es doch wichtig. Er brach es auf. Oh, wie lang!

»Kalkutta. ... Der Kommissar der Marsstaaten hat die Ehre zu melden, daß es geglückt ist, unzweifelhafte Spuren des gesuchten Hugo Torm aufzufinden und daß die Beweise vorliegen. Torm war der Fremde, der wiederholt in den Verhandlungen mit Tibet erwähnt wurde und sich längere Zeit in Lhasa aufgehalten hat. Es sind Leute ermittelt worden, die mit ihm die Reise nach Kalkutta gemacht haben und sich im Besitz von Gegenständen befinden, die sie von Torm erhielten. Hier konnte festgestellt werden, daß Torm am 18. oder 19. August das Post-Luftschiff nach London benutzt hat. Sein gegenwärtiger Aufenthalt konnte hier nicht ermittelt werden.«

Ell sank auf seinen Platz zurück.

Torm lebte! Daran war nun kein Zweifel mehr möglich.

Ell fühlte, wie sich ihm das Blut in den Kopf drängte, wie seine Gedanken sich verwirrten – –. Und jetzt brauchte er Klarheit, volle, nüchterne Klarheit!

Warum freute er sich denn nicht? Er mußte sich doch freuen, daß der bewährte Freund, der verdiente Forscher, der Mensch überhaupt gerettet war, und vor allem, daß – –

Ja, er wollte ja zu Isma. Er wollte bei ihr Ruhe suchen und Trost. Jetzt konnte er sie ihr bringen. Jetzt konnte er ihre Hände fassen und ihr sagen: »Freue dich, Isma, er lebt!« Und er sah, wie sie die Augen aufschlug und ihn ungläubig ansah und er wieder sagte: »Er lebt«, und wie die blauen Augen sich mit Tränen füllten und sie aufschrie: »Er lebt!«, und wie sie an seine Brust sank und den Kopf an seine Schulter lehnte und schluchzte: »O mein Freund, mein Freund! Ich bin so glücklich!« Und es war ihm, als müßte er sie von sich stoßen, und doch war es solche Seligkeit, sie an sich zu pressen und die Lippen auf ihr Haar zu drücken, und zu sehen, wie dies geliebte Wesen sich nicht zu fassen wußte im unerhofften Glück – –. Warum freute er sich denn nicht? Warum zögerte er auch nur einen Augenblick? Also vorwärts!

Er stand wohl auf, er schritt auf und ab, er blieb vor dem Telephon stehen, aber er konnte sich nicht entschließen, nach dem Wagen zu rufen. Nein, er konnte sich nicht freuen, er wollte nicht! Das Glück war ihm so nahe, die erträumte Zukunft so schön – und es sollte nicht sein? Aber was war denn geschehen? Würde es nicht so sein, wie es immer gewesen war? Würde sie ihn weniger lieb haben? Würde er sie nicht sehen, so oft er wollte? Hatte er sie je anders begehrt? Wußte er nicht seit Jahren, daß sie ihm nie anders gehören würde, und war er nicht glücklich gewesen trotz alledem mit der treuen Freundin?

Doch, es war anders, es war eben nicht mehr so wie früher. Er wußte es, sie selbst hatte sich frei gefühlt, sie hatte sich mit dem Gedanken vertraut gemacht, daß sie den Gatten nie wiedersehen würde, sie hatte den Schmerz durchlebt und langsam sich gewöhnt, an den Verschollenen zu denken als an einen Verlorenen. Und wenn sie je die Zukunft erwog, so sah sie einen andern neben sich. Und er, Ell, er glaubte nur zu sicher zu wissen, daß diese Zukunft ihm gehörte, zu fest hatte sich die Hoffnung in ihm gegründet, daß er sie nun bald sein nennen würde in einem andern Sinne, ganz sein. Er mochte das namenlose Glück nicht ausdenken, nur das wußte er, wie viel leichter er dann die Schwere seines Ringens und Kämpfens ertragen würde. – – Ja, es war anders geworden, er sah schon lange nicht mehr in ihr die Freundin, der er geschworen hatte zu dienen ohne Verlangen. In verzehrenden Flammen loderte in ihm die Leidenschaft, sie zu besitzen! Sie wieder zurückkehren zu sehen in die Arme eines andern – nein, es war nicht mehr möglich. Es konnte nicht mehr so sein, nimmermehr konnte er neben ihr hergehen in ehrlicher Entsagung. Wenn er jetzt die Geliebte verlor, so verlor er auch die Freundin, so hatte er sie ganz und auf immer verloren –. Dann mußte er fort, er durfte sie nicht mehr sehen – sie war ihm verloren – verloren – –

Und das sollte er ertragen? Und das sollte er dulden? Und dabei wissen, daß sie ihn liebte? Wo war denn der Mann? Er war ja nicht da. Zurückgekehrt, ein Totgeglaubter, und der erste Schritt war nicht zu seiner Frau? Warum kam er nicht und nahm sein Recht in Besitz? Warum verbarg er sich? Kam er vielleicht doch niemals wieder? Und wäre dieser Kampf mit sich selbst und der Sturm, den die Nachricht in Ismas Herzen erregte, wären sie unnütz, zwecklos? Doch nein, die Nachricht war zu sicher. Aus einem Postluftschiff der Martier steigt man an einer Station aus, aber man verunglückt nicht. Und wenn man in einem der zivilisierten Staaten ausgestiegen ist, so verschwindet man nicht spurlos, wenn man nicht will, wenn man nicht gute Gründe dazu hat. Warum also verbirgt sich Torm? Nur in seinem Gewissen muß der Grund liegen, er muß etwas getan haben, das ihn zur Flucht vor der Welt veranlaßt. Aber warum auch vor Isma? Also auch vor ihr muß er sich scheuen? Er will vielleicht gar nicht zu ihr? Offenbar, er will nicht! Und vor diesem Mann, der vielleicht Ismas nicht mehr würdig ist, der sich vor ihr verbirgt, sollte er, Ell, das Feld räumen? Wenn Torm sich gegen die Nume vergangen hatte, so war es Ells Pflicht, dies zu sühnen. Welche Rücksicht sollte er nehmen, wenn Torm selbst seine Rechte aufgab oder das Recht der Nume sie ihm absprach? Und deshalb sollte Ell den grausamen Verzicht auf sich nehmen, der ihm das Liebste, das Teuerste entriß, der ihm die Wurzel im innersten Gemüt zerstörte, aus dem seine Energie, sein Mut, sein Vertrauen, die ganze große Aufgabe seines Lebens die besten Kräfte zog?

Ell ballte die Faust. »Hab ich mein Sein hingegeben für die Sache, so will ich auch mein Glück mir erobern! Wo ist er, dem ich sie geben soll, die ich mir verdient habe, die mir gehört? Wo ist er? Verschwunden –, nun gut – er bleibe verschwunden!«

Er sank in seinen Stuhl zurück und verfiel in dumpfes Brüten. Tiefe Stille herrschte in dem weiten Raum, nur von Zeit zu Zeit entrang sich seiner Brust ein Seufzer, ohne daß er darum wußte. Und er wußte nicht, daß die Zeit verging, daß das Dunkel des Abends sich über die Stadt gelegt hatte – –

Und wenn Torm doch kam? Ja, verhindern konnte er es wohl, aber mit diesem Wissen vor Isma treten – das konnte er nicht. Und sie sein nennen um den Preis einer Schuld – das konnte er nicht, das war ja unmöglich. Und wer weiß – er hatte Isma mehrere Tage nicht gesehen –, wenn – wenn Torm schon gekommen wäre? Er fuhr in die Höhe, von einem plötzlichen Schrecken aufgejagt. Wenn sie bei ihm wäre, und ihm nichts davon gesagt hätte, wenn – –

Jetzt bemerkte er, daß es dunkel war. Ein Handgriff schaltete das Licht ein. Dann stand er vor dem Telephon.

Wie es auch werden mochte, verbergen durfte er ihr nichts! Er fragte an, ob Isma zu Hause wäre. Sie war da. Sie freue sich sehr, ihn bald zu sehen.

Wenige Minuten später saß Ell in seinem Wagen. Er ließ so schnell fahren, als es der Straßenverkehr ermöglichte, aber der Weg war weit. Er sah es jetzt ein, er durfte ihr die Nachricht nicht vorenthalten. Wenn Torm nicht zu ihr zurückkehrte, so mußte sie trotzdem wissen, daß er hätte zurückkehren können.

Aber wie würde dies auf sie wirken? Nun sorgte er sich wieder um die Freundin. Doch er hatte sich einmal angemeldet –. Er wollte sie sprechen, er konnte ja vorsichtig sein, die neue Hoffnung für sie nur andeuten – –

Der Wagen hielt, diesmal direkt vor der Tür. Ell eilte die Treppen hinauf. Die Wirtin öffnete. Ell wollte mit flüchtigem Gruß an ihr vorüber.

»Der Herr Kultor werden verzeihen«, sagte sie verlegen. »Frau Torm sind nicht zu Hause.«

Ell prallte zurück. »Nicht zu Hause? Aber ich habe ja vor einer halben Stunde mich angemeldet.«

»Ja, Frau Torm haben es mir auch gesagt, wir waren gerade bei Tisch, aber dann – dann –«

»Was war dann?« fragte Ell ungeduldig und hart.

»Der Herr Kultor mögen verzeihen, ich weiß es ja nicht –. Es kamen die beiden Damen wieder –«

»Welche Damen?«

»Nun die Damen vom Mars, die gestern schon hier waren und die Partie gemacht haben mit Frau Torm.«

»Welche Damen? Welche Partie? Sagen Sie alles!«

»Um Gottes willen, ich weiß ja nichts weiter, sie waren drin im Zimmer, nur kurze Zeit, und auf einmal kam Frau Torm herausgestürzt im Mantel und Hut, ganz eilig, und rief nur ›Ich muß fort‹, und die beiden Damen gingen mit ihr, ich weiß ja nicht wohin. Und ich wollte noch fragen, was ich denn nun sagen sollte, wenn der Herr Kultor kämen, aber weil die beiden fremden Damen vom Mars dabei waren, getraute ich mich nicht. Und ich bin noch die Treppe hinuntergelaufen und habe gesehen, es stand ein Wagen vor der Tür, in dem fuhren sie alle drei fort –«

»Wie lange ist das her?«

»Noch keine zehn Minuten.«

»Führen Sie mich ins Zimmer, ich werde warten.«

»Ach, entschuldigen Sie nur, Herr Kultor, das habe ich noch ganz vergessen, Frau Torm hat mir zugerufen, sie käme die Nacht nicht zurück.«

»So will ich doch nachsehen, ob sie nicht eine Nachricht für mich hinterlassen hat.«

Ell sah sich vergeblich im Zimmer um. Kein Zeichen für ihn. Isma hatte offenbar ganz vergessen, daß sie ihn erwartete. Er ging.

Er wußte nicht, was er denken sollte. Mit Torm mußte dieser plötzliche Aufbruch zusammenhängen, das war das einzige, was er sich sagte, aber weiter kam er nicht. Und so konnte sie ihn verlassen, ohne auch nur mit einem Wort seiner zu gedenken? Und die Damen vom Nu?

Völlig niedergeschlagen kam er zu Hause an. Neue Depeschen waren eingetroffen. Er las sie durch – von Isma war nichts darunter. Er fühlte sich nicht imstande, zu arbeiten.

Ein Gedanke drängte sich ihm immer wieder vor: Verloren! Verloren! Das hatte er um sie verdient?

Es war zehn Uhr geworden. Da klang es noch einmal am Depeschentisch. Die tiefe Glocke. Das war etwas Besonderes, eine Lichtdepesche vom Mars.

Er öffnete das Stenogramm und sah nach der Unterschrift: »Für den Zentralrat, der Präsident der Marsstaaten.«

»Ich habe die Ehre, Ihnen mitzuteilen, daß der Zentralrat Ihnen seine ernste Mißbilligung aussprechen muß über die Nachsicht, mit welcher im deutschen Sprachgebiet die Übergriffe der Menschen gegen unsre Beamten behandelt werden. Der Zentralrat erwartet von Ihnen sofortige entschiedene Maßregeln, wodurch den Menschen begreiflich gemacht wird, daß sie der Herrschaft der Nume sich unter allen Umständen ohne Widersetzlichkeit zu beugen haben. Zugleich mögen Sie Vorbereitungen treffen, daß die nach dem nächstens zu veröffentlichenden Gesetz auf das deutsche Sprachgebiet fallende Kontribution von einer Milliarde Mark rechtzeitig erhoben werden kann.«

Ell schleuderte das Blatt auf den Tisch.

»Das bedeutet den Sieg der Antibaten!« rief er aus.

58 - LÖSUNG

Zu derselben Zeit, als Ell in seinem Wagen nicht schnell genug durch die Straßen Berlins jagen konnte, saß Torm an einem der großen Tische des Bibliothekzimmers in der Friedauer Sternwarte. Er beugte sich über seine Arbeit. Wohl zuckte es häufig in seiner Hand, die Blätter mit den langen Zahlenreihen zurückzuschieben, aber er bezwang sich; denn er wußte, daß ihn dann die bohrenden Gedanken nur noch heftiger quälten.

Durfte er noch länger hier zögern? Und was sollte er tun? Grunthe hatte sich an den Protektor Ill selbst gewandt, um zu erfahren, welche Motive den neuen Nachforschungen nach Torm zugrunde lägen. Aber die Antwort war noch nicht eingetroffen. Wie die Zeitungen meldeten, hatte sich der Protektor, vom Zentralrat berufen, zu einer wichtigen Konferenz nach dem Mars begeben. Ehe er zurückkehrte, konnten, trotz der gegenwärtigen günstigen Stellung der Planeten und der neuerdings erzielten kolossalen Geschwindigkeit der Raumschiffe doch noch gegen zwei Wochen vergehen. So lange noch hier auszuhalten, erschien Torm manchmal als eine Unmöglichkeit. Und was dann, wenn die Antwort ungünstig ausfiel?

Alle seine Willenskraft bot er auf, um die Sehnsucht nach Isma zurückzudrängen. Und doch grübelte er immer wieder, ob es nicht richtiger sei, ihr selbst die Entscheidung zu überlassen, sich zu ihm zu bekennen oder nicht. Doch nein, das hieße, sie zu einem verhängnisvollen Entschluß treiben. Aber er, er selbst, sollte er nicht für sich auf die Entscheidung seines Schicksals dringen, indem er Ell benachrichtigte? Er fand die Antwort nicht und versenkte sich aufs neue in seine Rechnungen.

Da klang plötzlich durch die Stille des Raums aus dem Nebenzimmer, in welchem Grunthe arbeitete – die Tür war nur angelehnt –, eine helle Stimme, die Torm emporfahren machte.

»Grüß Gott, Grunthe!« erscholl es.

»Saltner!« hörte er Grunthe freudig überrascht rufen.

»Ja, ich bin's. Und ich will Sie nur ins Schiff holen, hier getraue ich mich nicht herein. Aber eins, sagen Sie gleich – ist Torm hier? Na, machen's keine Sperenzen, ich weiß, daß er bei Ihnen logiert. Wo ist er?«

»Er arbeitet in der Bibliothek.«

»Dann heraus mit ihm, rufen Sie ihn. Frau Isma ist hier. Wir haben sie mitgebracht.«

Da flog die Tür auf. Torm stand im Zimmer.

»Wo?« fragte er bloß. Aber er wartete keine Antwort ab. Es konnte ja nicht anders sein – sie war im Schiff, und das Schiff lag natürlich im Garten. Mit einem Satz war er an der Tür der Veranda und riß sie auf.

Hier lehnte Isma am Geländer der Treppe. Pochenden Herzens wartete sie auf den Erfolg von Saltners Botschaft.

Einen Moment blieb Torm stehen, als er sie erkannte, nur einen Moment. Dann hielt er sie in den Armen. Wie lange, sie wußten es nicht.

»Komm herein!« sagte er endlich. Noch vermochte er nichts anderes zu sprechen. Er trug sie fast in das Zimmer. Es war leer. Grunthe und Saltner hatten es durch eine andere Tür verlassen.

Sie hielten sich an den Händen und blickten sich an. Isma zitterte. Die Tränen drängten sich in ihre Augen. Das war er! Der von ihr geschieden war in der blühendsten Kraft des Mannes, hoffnungsfroh und siegesgewiß – das Haar war ergraut, tiefe Falten hatten Anstrengung und Sorge in seine Stirn gegraben –, sie hätte Mühe gehabt, ihn wiederzuerkennen – aber die blauen Augen strahlten ihr in der alten Innigkeit entgegen.

Sie schluchzte. »Ich habe dich wieder!«

Wieder warf sie ihre Arme um seinen Hals, er aber löste sich sanft und sah sie nun an mit einem ernsten Blick voll Kummer und Liebe.

»Isma«, sagte er langsam, »du weißt nicht, wen du umarmst.«

»Ich weiß es, Hugo, ich weiß es! Die Freunde, die treuen, die mich hierherbrachten, haben es mir gesagt. Ich weiß, warum du fernbliebst, warum du nicht zu mir eiltest. Es war nicht recht, doch ich versteh' es – ich aber gehöre zu dir, drum bin ich hier –«

»Über mir schwebt das Gericht und die Not, die Schande, die den Frevler am Gesetz trifft. Du weißt nicht alles –. Ich brach das Vertrauen der Nume am Pol, ich nahm von ihrem Gut, ich floh mit Gewalttat und stieß den Wächter hinab ins Schiff Ich bin ein Geächteter, solange die Nume herrschen. An dich aber hab ich kein Recht, du stehst im Schutze des Nu, du bist frei. Warum kommst du, mich in die furchtbare Qual zu stürzen, wieder von dir fliehen zu müssen, nachdem ich dich gesehen – oh, es ist furchtbar!«

»Nein, nein«, rief sie, aufs neue sich an ihn schmiegend. »Ich lasse dich nicht von mir, jetzt nicht wieder, und es ist nicht furchtbar. Was du auch getan, du tatest es, um zu mir zu kommen, nun trag ich mit dir, was geschehen soll. Aber du brauchst nichts zu fürchten. Unsere Freunde führen uns, wohin der Arm der Nume nicht reicht.«

Er schüttelte den Kopf. »Das geht nicht«, sagte er finster. »Ich nehme keine Gnade an von denen, die ich als Feinde der Menschheit betrachte, von den Vernichtern meines Glücks – das geht nicht!«

»Oh, wie kannst du so sprechen! Saltner ist in derselben Lage, er hat nicht gezögert, Las Hilfe anzunehmen, er hat sie zur Frau genommen nach den Gesetzen des Nu –«

»Dann kann er es tun, weil er sie liebt. Ich aber hasse diese Nume. Und wir beide sind geschieden nach dem Gesetz des Nu –«

»Geschieden, wir? Wer hat das bestimmt? Dieses Gesetz ist nichts ohne unsern Willen. Es schützt unsern Willen gegen fremden Eingriff, aber gegen unsern Willen kann es weder fesseln noch scheiden. Und ich habe niemals und werde niemals – o Hugo, wie kannst du glauben, ich würde dich verlassen, ich, die ich selbst die Schuld trage unsrer Trennung – hier stand ich, an dieser Stelle, da beschwor ich Ell, mich mitzunehmen nach dem Nordpol, denn binnen Tagesfrist gedacht ich dich zu finden, und es wurden zwei Jahre – nicht durch meine Schuld –«

»Erinnere mich nicht an ihn«, unterbrach er sie hart. »Diese zwei Jahre – oh! Als ich zurückkam und umkehrte vor deiner Tür, da trat er heraus –«

»Hugo«, sagte sie flehend, »das Leid hat dich verbittert, sonst würdest du so nicht reden. Ja, er ist mein Freund, der treueste, beste, das weißt du, und das wird er uns immer beweisen. Eben sagtest du, ich sei frei, wo aber findest du mich? In den Prunkzimmern des Kultorpalais oder hier im Asyl des Geächteten, der mich nicht will?«

Er blickte sie lange an, dann zog er sie an sich.

»Verzeih mir«, sagte er, »es ist wahr, ich habe dich ja hier, du geliebte Frau. Was kümmert uns der Menschen Rede? Ich habe gelitten, und das Elend war über mir. Aber die Philister sollen nicht über uns sein. Wie wollen wir den Numen trotzen, wenn wir nicht uns selbst die Freiheit im Gefühl zu wahren wissen? Mir aber zerreißt es das Herz, daß ich dich nicht halten kann mit offnem Trotz, weil ich selbst keine Stätte mehr habe, so weit die Planeten kreisen. Denn eins will ich bewahren, den Stolz, und Rettung will ich nicht durch ihre Gnade!«

Isma beugte sich zurück und sah ihm groß in die Augen.

»Wenn nicht durch ihre Gnade«, sagte sie langsam, »dann gibt es nur eins: durch die Wahrheit!«

Seine Augen erweiterten sich, als er erwiderte: »Wenn ich dich recht verstehe –«

»Vertraue dich Ell an. Sage ihm alles und höre, was er für richtig hält. Und wenn es nötig ist, stelle dich ihrem Gericht. Ich aber werde bei dir sein.«

Er zögerte. »Das heißt, ich gebe mich in seine Hand.«

»Er ist edel und groß.«

Torm runzelte die Stirn. Er dachte lange nach. Endlich sagte er: »Ich sehe keinen andern Ausweg. Und nun du zu mir kamst, darf ich nicht länger zögern, mein Schicksal zu entscheiden. Ich werde gehen.«

Sie fiel ihm um den Hals. »Geh«, rief sie, »gehen wir, und sogleich!«

»Jetzt? Auf der Stelle? Wie meinst du das? Es ist Abend – und ich, in meiner Überraschung, ich habe noch nicht einmal gefragt, wie kamst du her?«

»Komm mit zu La, und du wirst alles begreifen.«

Er schloß sie noch einmal in seine Arme. Dann gingen sie Hand in Hand durch das Zimmer nach der Veranda, in den Garten.

Sie standen vor dem Luftschiff.

»Verzeih mir«, sagte Torm zu Isma, »aber jetzt in die Gesellschaft der andern zu gehen, sie zu begrüßen, zu reden – es ist mir unmöglich – und es ist doch schon zu spät, um Ell noch zu sprechen, selbst wenn La uns wirklich so schnell und noch jetzt –«

»Ich werde La rufen.«

Die Beratung mit La dauerte nicht lange.

»Sie, Torm«, sagte sie, »wird Ell jederzeit empfangen, und Sie haben nicht eher Ruhe, bis die Entscheidung gefallen. Für uns aber ist es erwünscht, noch heute nacht alles abzuwickeln, denn der Boden Europas brennt uns unter den Füßen, und wenn die Sonne aufgeht, möchte ich hoch über den Wolken sein. In einer halben Stunde können Sie in Ells Zimmer stehen.«

»Ihr Interesse entscheidet«, sagte Torm. »Meinetwegen dürfen Sie sich nicht aufhalten. Ich bin bereit.«

La führte Torm und Isma ins Schiff. Sie sahen noch, wie La mit Grunthe sprach, der das Schiff verließ. Dann blieben sie allein im kleinen Salon. Was hatten sie nicht alles sich mitzuteilen! Sie glaubten eben erst begonnen zu haben, als La eintrat und sagte:

»Wir sind auf dem Vorbau des Kultorpalais, auf dem Anlegeplatz für die Luftschiffe, steigen Sie schnell aus und lassen Sie sich melden. Da Sie an dieser nur für Nume zugänglichen Tür Einlaß verlangen, wird man keine Schwierigkeiten machen. Unser Schiff finden Sie am Akazienplatz, wohin Sie eine der vor dem Palais haltenden Droschken in wenigen Minuten bringt. Und nun viel Glück auf den Weg!«

Isma umarmte ihn schweigend, dann stieg Torm die Schiffstreppe hinab. Von den Türmen der Stadt schlug die elfte Stunde, als der diensttuende Bed Torm nach seinem Begehr fragte. Ein Besuch um diese Zeit mußte wohl etwas sehr Wichtiges sein, darum zögerte er nicht anzufragen, ob der Kultor noch empfange. Er arbeitete noch.

Ell erbleichte, als er die Karte las.

»In mein Privatzimmer«, sagte er.

Die beiden Freunde standen einander gegenüber. Beide fühlten sich nicht frei. Beide hatten gegen die Macht eines Verhängnisses gekämpft, das stärker war als sie, dem sie sich nun ergeben mußten. Auch in Ells Zügen hatten Überarbeitung und Sorgen ihre Spuren zurückgelassen. Es war nur ein Moment, daß ihre Blicke aufeinander ruhten. Und jeder sah im andern ein stilles Leid, das an ihm zehrte, und die Erinnerung stieg auf an die Jahre treuer, gemeinsamer Freundesarbeit und kühner Hoffnung, und die Rührung des Wiedersehens umschleierte ihre düsteren Blicke mit milder Freude. Sie eilten aufeinander zu, und ihre Hände lagen ineinander.

»Sie werden vor allen Dingen wissen wollen, wo ich war«, begann Torm endlich »ich aber komme, um von Ihnen zu hören – Sie empfangen mich als Freund, wie aber empfängt mich der Kultor – was habe ich zu erwarten?«

»Ich verstehe Sie nur halb«, erwiderte Ell betroffen. »Was veranlaßt Sie zu der Frage? Sprechen Sie offen –. Kommen Sie aus Tibet über Kalkutta?«

Torm zuckte zusammen. »Ach, Sie wissen? Doch nun hören Sie erst alles.«

Er berichtete kurz über seine Flucht vom Pol und aus dem Luftschiff und die Ereignisse, die sich dabei zutrugen. Er verheimlichte nichts. Er erzählte, was ihn veranlaßt hatte, weder seine Frau noch Ell aufzusuchen, sondern sich in Friedau verborgen zu halten, wo Se ihn erkannt habe; daß ihn Isma infolgedessen aufgesucht hätte und er jetzt hier sei, um den Rat Ells zu vernehmen und die Folgen seiner Handlungen zu tragen.

Ell hörte schweigend zu, den Kopf sinnend auf die Hand gestützt. Er unterbrach ihn mit keinem Wort, keine Miene verriet, was in ihm vorging.

Das hatte er nicht gewußt. Die Tat gegen den Wächter des Schiffes war verderblich für Torm. Ell, als oberster Beamter der Nume hierselbst, mußte sie verfolgen. Der eben erhaltene Erlaß hatte ihm seine Pflicht eingeschärft. Wenn er dieser Pflicht folgte, wenn er die Mahnung des Zentralrats annahm, so war Torm verloren. Torms Schicksal war in seine Hand gelegt. Ein Druck auf diese Klingel, und er kehrte nicht mehr aus diesem Zimmer zurück, nicht mehr zu Isma – –. Und dann? Isma war frei. Aber wo war sie? Ohne ein Wort des Abschieds hatte sie ihn verlassen und war zu ihrem Mann geeilt. Ein tiefer, bitterer Schmerz gekränkter Liebe durchzuckte ihn. Durch Jahre hatte sie ihn in hoffnungsfroher Freundschaft gehalten, bis die Erwartung des nahen Glücks ihn ganz eingenommen, und jetzt – nun war er ihr nichts mehr. Das war Isma! Ja, er konnte sich rächen. Er konnte auch – –. Und durfte er denn schweigen? Durfte er Torm, nun er um sein Verbrechen wußte, unbehelligt ziehen lassen? Ihn der Gattin zurückgeben und sie in ihrem Glück schützen? Und wie dann den Gedanken an sie ertragen?

Torm hatte längst geendet. Ell saß noch immer, den Kopf in die Hand gestützt, die seine Augen beschattete, ohne zu sprechen. Torm wartete geduldig, obwohl sein Herz pochte. Denn jetzt mußte sich alles entscheiden.

Endlich richtete sich Ill auf und blickte Torm an. Er begann ruhig, fast gleichgültig:

»Ihr Prozeß am Pol und was damit zusammenhängt, die Entwendung des Sauerstoffs – wovon übrigens nichts bekannt geworden ist –, die unerlaubte Benutzung des Luftschiffs zur Flucht – darüber können Sie beruhigt sein. Ich sehe dies als eine zusammenhängende einzige Handlung an, die unter die Friedensamnestie fällt. Sie können deswegen nicht verfolgt werden. Ich nehme es auf mich, diese Akten kassieren zu lassen. Aber das andere! Das ist traurig, das ist schwer! Wenn es zur Anzeige kommt, sind Sie verloren.«

Torm sprang auf.

»Sie wissen es, so bin ich verloren.«

Auch Ell erhob sich. Er schritt durch das Zimmer auf und nieder, noch immer mit sich kämpfend. Dann blieb er wieder vor Torm stehen.

»Wenn es zur Anzeige kommt, sage ich, und wenn Sie bei Ihrem Geständnis stehen bleiben.«

»Wie kann ich anders.«

»Denn es ist nichts davon bekannt geworden. Es ist etwas geschehen, was Sie nicht wissen. Das Schiff mit der gesamten Besatzung ist auf der Rückkehr bei Podgoritza durch die Albaner vernichtet worden, ehe irgendeine Nachricht von ihm zu uns gelangt ist. Niemand wurde gerettet, alle Papiere und Aufzeichnungen sind verbrannt oder verschwunden. Niemand kann beweisen, was Sie getan haben, außer Ihnen – und mir!«

»O ich Tor!« murmelte Torm; bleich und finster blickte er auf Ell.

»Wollen Sie widerrufen, was Sie mir gesagt haben? Es war vielleicht nur eine poetische Ausschmückung ihres Abenteuers? Sie haben den Wächter nur leicht beiseite gedrängt?«

»Ich schlug ihn vor die Stirn, ich hörte ihn mit einem Aufschrei dumpf auf die Kante der Treppe schlagen. Hätte ich gewußt, was ich jetzt weiß, ich hätte vielleicht geschwiegen. Lügen werde ich nicht. Und doch – komme, was da kommen will, es ist besser so. Gewißheit konnte ich nicht anders erlangen, als daß ich mit Ihnen sprach. Gewißheit mußte ich erlangen, und die Wahrheit mußte ich sagen, wenn ich überhaupt sprach. Und Sie müssen meine Bestrafung einleiten.«

»Ich muß es, wenn –«, er unterbrach sich und ging wieder auf und ab. Dann trat er an das Fenster. Torm hörte ihn leise stöhnen. Nun wandte er sich um. Er schritt auf Torm zu. Er sah verändert aus. Aus dem geisterhaft bleichen Gesicht leuchteten seine großen Augen wie von einem überirdischen Feuer. Vor Torm blieb er stehen und faßte seine Hände.

»Gehen Sie«, sagte er mit Bestimmtheit. »Gehen Sie, mein Freund, ich werde die Anzeige nicht erstatten. Was Sie gesprochen haben, der Kultor hat es nicht gehört – verstehen Sie –«

Torm schüttelte den Kopf.

»Sie werden es verstehen, binnen einer Stunde. Wohin gehen Sie? Nach Friedau? Sie haben nichts mehr zu befürchten. Gehen Sie – geben Sie sich zu erkennen – und seien Sie glücklich – gehen Sie –«

Er drängte Torm zur Tür. Ein Diener nahm ihn in Empfang und zeigte ihm den Weg durch die Gemächer und über die Treppen.

Sobald Ell allein war, sank er wie gebrochen auf einen Sessel. Er schloß die Augen und preßte die Hände vor die Stirn. Nur wenige Minuten. Dann stand er auf. Er wußte, was er wollte.

Mit fester Hand setzte er zwei Depeschen auf. Die eine war in martischer Kurzschrift, sie war an den Protektor der Erde gerichtet und trug den Zusatz: Als Lichtdepesche auf den Nu nachzusenden. Die andre ging an Grunthe: Sofort zu bestellen.

»Besorgen Sie dies eilends«, sagte er zu dem Diener. »Und nun wünsche ich nicht mehr gestört zu sein.«

Torm fand vor der Tür des Palais bereits einen Wagen halten, und als er herantrat, winkte ihm Isma entgegen. Sie hatte keine Ruhe im Schiff gefunden und wollte ihn hier erwarten. Angstvoll blickte sie ihm entgegen.

»Alles gut!« rief er und sprang in den Wagen, der sogleich sich in Bewegung setzte. »Ich bin frei, wir sind sicher! Nun habe ich dich erst wieder!«

»Gott sei bedankt«, flüsterte Isma, an seine Schulter gelehnt. »Und was sagte Ell?«

»Gehen Sie nach Friedau, seien Sie glücklich!«

»Sonst nichts?«

»Nichts.«

Nach ihr hatte er nicht gefragt, für sie hatte er keinen Gruß, keinen Glückwunsch, ihr Name war nicht über seine Lippen gekommen. So klang es schmerzlich durch ihre Seele, während Torm, immer lebhafter werdend, seine Unterredung mit Ell berichtete.

Am Akazienplatz verließen sie den Wagen. Alsbald senkte sich das Luftschiff auf den menschenleeren Platz und nahm sie auf.

Gegen ein Uhr nachts ließ sich das Luftschiff wieder auf seinen Ankerplatz im Garten der Sternwarte von Friedau nieder.

Grunthe hatte die Rückkehr erwartet. Saltner holte ihn herbei.

»Es ist zwar schon spät, aber das hilft heute nichts, und aus den Beobachtungen wird auch nichts. Eine Stunde müssen Sie uns noch schenken. Ich feiere nämlich meine Hochzeit, schauen's, da müssen Sie schon noch einmal lustig sein. Ich habe die ganze Expedition eingeladen.«

Als er in den Salon des Schiffes trat, fand er eine Tafel für sechs Personen nach Menschensitte gedeckt.

»Wir sind eigentlich zwei Brautpaare«, sagte Saltner zu Grunthe. »Von Ihnen verlangen wir nicht, daß Sie das dritte abgeben, aber eine Dame haben wir doch für Sie. Meine Mutter schläft freilich, aber hier – die Se kennen's ja, wir haben uns wieder versöhnt.«

»Ausnahmsweise«, sagte Se lachend, »werde ich mich heute herablassen, mit euch fünf Menschen an einem Tisch zu essen, aber nur zu Ehren der drei Entdecker des Nordpols.«

Unter lebhaftem Gespräch hatte man an der Tafel Platz genommen. Torm wandte sich zu Se und sagte, sein Glas erhebend: »Die Vertreterin der Nume gestatte mir, nach unsrer Sitte ihr zu danken. Denn ihrem Scharfblick verdanke ich das Glück dieser Stunde.«

»Ich danke Ihnen«, erwiderte Se, »und ich freue mich, daß Sie nun dem Bild wieder ähnlich sehen, nach welchem ich Sie erkannte.«

»Und jetzt«, rief Saltner, die Gläser neu füllend, »wie damals, als wir zuerst den Pol erblickten, bring ich wieder ein Hoch aus auf unsre gnädige Kommandantin, auf Frau Isma Torm, und diesmal stößt sie selbst mit an, und das ist das beste. Und nun, Grunthe, können Sie wieder sagen: Es lebe die Menschheit!«

Grunthe erhob sich steif. Sein Unterarm streckte sich im rechten Winkel von seinem Körper aus, und seine möglichst wenig gebogenen Finger balancierten das Weinglas wie ein Lot, mit dem er eine Messung ausführen wollte.

»Es lebe die Menschheit«, sagte er, »so sprach ich einst. Ich sage es jetzt deutlicher: Es lebe die Freiheit! Denn ohne diese ist sie des Lebens nicht wert. Wenn die Freiheit lebt, so ist es auch kein Widerspruch, wenn ich mich dessen freue, was meine verehrten Freunde von der Polexpedition für ihre Freiheit halten, die Vereinigung mit einem Vernunftwesen, das kein Mann ist. Um aber den abstrakten Begriff der Freiheit durch eine konkrete Persönlichkeit unsrer symbolischen Handlung zugänglich zu machen, sage ich, sie lebe, die uns die Freiheit gebracht hat. Wie sie herabstieg von dem Sitz der Nume und den Wandel seliger Götter tauschte mit dem schwanken Geschick der Menschen, nur weil sie erkannte, daß es keine höhere Würde gibt als die Treue gegen uns selbst, so zeigte sie uns, wie die Menschheit sich erheben kann über ihr Geschick, wenn sie nur sich selbst getreu ist. Denn es gibt nur eine Würde, die Numen und Menschen gemeinsam ist, wie der Sternenhimmel über uns, das ist die Kraft, nachzuleben dem Gesetz der Freiheit in uns. Sie tat es, und so brachte sie die Freiheit diesen meinen Freunden, und allen ein Vorbild, wie Nume und Menschen gleich sein können. Darauf gründet sich unsre Hoffnung der Versöhnung, der wir entgegenstreben. Ihr aber, die in so hohem Sinn uns genaht und die Freunde der Not entrissen, ihr gelte unser Glückwunsch und Hoch. Und so sage ich nun: Es lebe La!«

Er blieb stehen, wie in Nachsinnen verloren, sein Glas starr vor sich hinhaltend, an das die andern mit Herzlichkeit anstießen.

Saltner küßte La und flüsterte: »Du kannst dir aber etwas einbilden, das ist das erste Mal, daß er eine Frau leben läßt!«

»Und das letzte Mal«, murmelte Grunthe, sich niedersetzend.

Saltner aber sprang auf und trat zu Grunthe und umarmte ihn, ehe er es verhindern konnte.

Grunthe wand sich verlegen. »Ich glaube«, sagte er, »ich meine ja eigentlich diese La, in der wir sitzen, das schöne Luftschiff –«

»Oh, oh!« rief Se, »das hilft Ihnen nichts mehr, Sie haben von ›Persönlichkeit‹ gesprochen – jetzt können Sie nichts mehr zurücknehmen.«

»Nein, ich will es ja auch nicht«, sagte er ernsthaft.

Da öffnete sich die Tür. Der Schiffer trat ein.

»Eine Depesche für Herrn Dr. Grunthe ist eben gebracht worden«, sagte er.

Grunthe stand auf und trat beiseite. Er las.

Dann kehrte er zum Tisch zurück. Er sah sehr ernst aus.

»Es ist etwas Wichtiges geschehen«, sagte er auf die fragenden Blicke der andern. »Ell hat sein Amt niedergelegt.«

»Wie? Was? Lesen Sie!«

Er reichte Saltner das Blatt. Dieser las:

»Ich benachrichtige Sie hierdurch, daß ich soeben bei Ill um Enthebung vom Kultoramt und um meine Entlassung aus dem Dienst der Marsstaaten eingekommen bin. Unter den obwaltenden Umständen ist mir die Fortführung unmöglich. Ich bitte Sie, meinen Besitz in Friedau als den Ihrigen zu betrachten. Ich selbst gehe nach dem Mars, um gegen die Antibaten zu wirken. Sie werden bald von mir hören. Glück dem Menschenbund! Saltner und Torm meinen Gruß. Ihr Ell.«

Isma wußte nicht, wohin sie blicken sollte. Sie fühlte, wie Blässe und Röte auf ihrem Antlitz wechselten. In der allgemeinen Erregung achtete man nicht auf sie.

»Also darum«, sagte Torm, »darum sagte er, in einer Stunde werde ich verstehen, warum der Kultor meinen Bericht nicht gehört habe – –. Lassen Sie uns des edlen Freundes gedenken!«

»Auf Ell!« sagte Saltner. »Aber Sie müssen mir noch erklären –«

»Es muß ein politisches Ereignis eingetreten sein – vielleicht ist der Antrag über die Steuern angenommen«, bemerkte Torm. »Also auf Ell!«

Sie erhoben die Gläser. Ismas Hand zitterte. Als sie anstieß, entglitt das Glas ihren Fingern und zerbrach.

La allein hatte gesehen, was in Isma vorging. Kaum klangen die Scherben auf dem Tisch, als sie auch ihr Glas fallen ließ und mit einem leichten Stoß Saltner das seine aus der Hand schlug.

»Das ist recht!« rief sie.

»Fort alle mit den Gläsern und Flaschen! Auch der Nu will sein Recht haben. Ehe wir Abschied nehmen, meine lieben Freunde, noch einen Zug vom Nektar des Nu aus den Kellern der La!

Und dann hinauf in den Äther!«

59 - DIE BEFREIUNG DER ERDE

Zum zweiten Mal war es Herbst geworden, seit La und Saltner die Freunde in Friedau verlassen hatten, um zunächst außerhalb des Machtbereichs der Martier die Entwicklung der Dinge abzuwarten. Das ganze Gebiet der Vereinigten Staaten von Nordamerika stand ihnen zur Verfügung. Ihr Haus und ihr Glück führten sie mit sich. Ob in den blühenden Gärten des ewigen Frühlings an den Buchten der kalifornischen Küste, ob auf den Schneegipfeln der Sierra Nevada oder unter den Wundern des Yellowstone-Parks, für La und Saltner galt das gleich, das glänzende Luftschiff war ihre Heimat; ob es in den Lüften schwebte oder unter Palmen ruhte, treu barg es die Wonne der Vereinten und machte sie unabhängig von der Welt.

Nur über dieses Freigebiet hinaus durften sie sich nicht wagen. La mußte sich den Wunsch versagen, die Ihrigen auf dem Mars oder auch nur ihren Vater am Pol der Erde zu besuchen, und konnte ihn selbst bloß zu kurzem Besuch einigemal bei sich sehen. Se war alsbald nach dem Mars zurückgekehrt. Palaoro, der sich zum geschickten Luftschiffer ausgebildet hatte, war bei Saltner zurückgeblieben. Auch die beiden Martier, die in Las Diensten standen, blieben ihr treu, selbst als sich das Verhältnis von Martiern und Menschen schärfer zuspitzte.

Die Partei der Antibaten auf dem Mars hatte immer deutlicher ihre Ziele enthüllt. Den Menschen sollte die Würde der freien Selbstbestimmung abgesprochen, die Menschheit in eine Art Knechtschaft zum Dienst der Nume gestellt werden. Die Erde wollte man lediglich als ein Objekt der wirtschaftlichen Ausnutzung zugunsten des Mars behandeln und das Kultur- interesse der Menschheit nur insofern berücksichtigen, als es zum Mittel für die größere Leistungsfähigkeit dieser tributären Geschöpfe dienen konnte. Und diese Auffassung des Verhältnisses zur Erde war jetzt auf dem Mars zum Sieg gelangt. Sowohl im Parlament als im Zentralrat besaßen die Antibaten die Majorität. Die Abdankung von Ell, die unglücklicherweise kurz vor die Neuwahlen fiel, durch welche alle Marsjahre ein Drittel der Volksvertreter neu ernannt wurde, hatte zum Sieg der Antibaten bedeutsam mitgewirkt. Sie war als der sichtbare Beweis aufgefaßt worden, daß die bisherige Methode in der Regierung der Menschen nicht die richtige sei. Man verlangte ein rücksichtsloses Verfahren, höhere Revenuen, baldige Unterwerfung Rußlands und der Vereinigten Staaten. Mit dem Sieg der Antibatenpartei begann diese neue Politik. Maßregel folgte auf Maßregel, um die Erde dem Dienst des Mars zu unterwerfen.

Oß und einige andere höhere Beamte der Martier auf der Erde waren allerdings aus ihren Stellungen abberufen worden, da sie zweifellos von jener nervösen Störung befallen waren, die man vulgär als Erdkoller bezeichnete. Aber ihre Ersatzmänner verfolgten die Politik der Unterdrückung nur mit größerer Klugheit. An Ells Stelle war der Martier Lei gekommen, ein ausgesprochener Antibat, ein sehr energischer Mann, der selbst vor gewalttätigen Eingriffen nicht zurückscheute. Ell war auf den Mars gegangen und hatte dort mit aller Kraft zugunsten der Erde zu wirken versucht, vorläufig ohne erkennbaren Erfolg. Gleich ihm waren seine früheren Untergebenen in das Privatleben zurückgetreten und agitierten nun auf dem Mars als seine entschiedenen und gefährlichen Gegner.

Ells Oheim, der Protektor der Erde und Präsident des Polreichs, Ill, kämpfte noch eine Zeitlang gegen die vom Zentralrat gewünschten Maßregeln. Als man aber gegen seinen ausdrücklichen Rat ihn beauftragte, die Vorbereitungen zu treffen, um im nächsten Frühjahr die russische Regierung erforderlichenfalls mit Gewalt zu veranlassen, auch in ihrem Gebiet die Einsetzung martischer Residenten und Kultoren zuzulassen und einen jährlichen Tribut von 30 Milliarden Mark zu zahlen – um sie zu zwingen, die ausgedehnten Steppen und Wüsten im Süden und Osten mit Strahlungsfeldern zu bedecken –, da legte auch Ill mit schwerem Herzen sein Amt nieder. Die Erde war nun der Gewalt einer den Menschen feindlich gesinnten Partei ausgeliefert.

Rußland machte einen Versuch zum Widerstand. Aber der Geist, der jetzt auf dem Mars herrschte, war weniger ›human‹ als in den ersten Kriegen mit den europäischen Staaten. Die Martier scheuten sich nicht, den Hafen von Kronstadt und das blühende Moskau ohne Rücksicht auf Menschenleben zu zerstören. Der Zar gab nach, da er sah, daß alles auf dem Spiel stand und seine Herrschaft zu zerfallen drohte. Es gab keine Mittel für Rußland, der vernichtenden Gewalt der Luftschiffe zu widerstehen. Der russische Kaiser wurde Vasall der Marsstaaten. Das war im Sommer des dritten Jahres nach der Entdeckung des Nordpols.

Schwer lag die Fremdherrschaft über Europa und den von ihm abhängigen Ländern. Die Geldsummen, welche in Gestalt von Energie nach dem Mars flossen, waren ungeheuer. Jedoch nicht diese Leistungen waren es, die als drückend empfunden wurden. Zwar erhoben die Staaten, um die auferlegten Tribute zu bezahlen, Steuern in einer Höhe, die man vorher für unmöglich gehalten hätte. Aber dies war nur die Form, in welcher ein Strom des Reichtums nach dem Mars hin mündete, dessen schier unerschöpfliche Quelle in der Sonne lag und nun zum erstenmal von den Menschen bemerkt und benutzt wurde. Es fehlte nicht an Geld, vielmehr, der Nationalreichtum stieg sichtlich, und zwar in allen Schichten der Bevölkerung, die Lebenshaltung hob sich, und von wirtschaftlicher Not war nirgends die Rede. Denn zahllose Arbeitskräfte fanden zur Herstellung und Bearbeitung der Strahlungsfelder Beschäftigung, und selbst die gefürchtete Entwertung von Grund und Boden trat nicht ein. Mit dem Fortschritt in der Herstellung billiger chemischer Nahrungsmittel fanden sich zugleich andere Methoden der Bodenausnutzung. Der Verkehr blühte. Das Hauptzahlungsmittel bestand in Anweisungen auf die Energie- Erträge der großen Strahlungsfelder. Die aufgespeicherte Energie selbst kam nur zum kleinen Teil in den Verkehr, die geladenen Metallpulvermassen, die ›Energieschwämme‹, wurden zum größten Teil direkt nach dem Mars exportiert, die Scheine über diese Erträge aber wanderten von Hand zu Hand und in die Regierungskassen als Steuern. Von hier wurden sie als Tribut an die Marsstaaten verrechnet.

So hatten die Martier allerdings durch ihre Tributforderungen die Menschen gezwungen, der neuen Quelle des Reichtums in der direkten Sonnenstrahlung sich zuzuwenden und der Menschheit einen ungeahnten wirtschaftlichen Fortschritt verliehen. Aber sie hatten dies nicht, wie die Menschenfreunde auf dem Mars wollten, durch allmähliche Erziehung zur Freiheit getan, sondern durch Zwang. Und dieser Zwang war es, der die Menschen des äußeren Segens nicht froh werden ließ. Es war Fremdherrschaft, die auf ihnen lag, und je leichter ihnen der Gewinn des Unterhalts wurde, um so schwerer empfanden sie den Verlust der Freiheit und Selbständigkeit. Und der gemeinsame Druck ward wider Willen der Martier ein schnell wirkendes Mittel zur Erziehung des Menschengeschlechts. Er weckte das Bewußtsein der gemeinsamen Würde.

Je schwerer die Hand der Martier auf den Völkern ruhte, um so rascher und mächtiger verbreitete sich der allgemeine Menschenbund. Seine Prinzipien waren noch dieselben: Numenheit ohne Nume! Erringung der Kulturvorteile, die der höhere Standpunkt der Martier bieten konnte, um die Erde unabhängig von ihrer Herrschaft zu machen – auf friedlichem Weg.

Aber was Ill und Ell als das eigene Ziel betrachtet hatten, darin sahen die neuen Gewalthaber eine gefährliche Überhebung der Menschen, die nur zu Unbotmäßigkeit führen würde. Und sie begingen den großen Fehler, den Menschenbund zu verbieten.

Damit wurde aus dem Bund eine geheime Gesellschaft, die nur um so fester zusammenhing. Er wurde ein wirklicher Bund der Menschen, der aufklärend und verbrüdernd wirkte zwischen allen Nationen und Stämmen, zwischen allen Gesellschaftsklassen und Bildungsstufen. Ein jeder fühlte nun, daß er nicht bloß Franzose oder Deutscher, Handarbeiter oder Künstler, Bauer oder Beamter sei, sondern daß er dies nur sei, um ein Mensch zu sein, um eine Stelle auszufüllen in der gemeinsamen Arbeit, das Gute auf dieser Erde zu verwirklichen. Die Gegensätze milderten sich, das Verbindende trat hervor. In den Staaten, in denen herrschende Klassen die hergebrachte Scheu vor der Geltung des Volkswillens noch immer nicht überwunden hatten, machte sich nun doch die Einsicht geltend, daß allein in der Einigkeit des ganzen Volkes die Kraft zur Erhebung zu finden sei. Längst erstrebte Forderungen einer volkstümlichen Politik wurden von den Fürsten zugestanden. Man lernte, jeden eignen Vorteil dem Wohl des Ganzen unterzuordnen. Und während ein ohnmächtiger Zorn gegen den Mars in den Gemütern kochte, erhoben sich die Herzen in der Hoffnung auf eine bessere Zukunft, und ein machtvoller, idealer Zug erfüllte die Geister: Friede sei auf Erden, damit die Erde den Menschen gehöre!

Der Menschenbund war der Träger dieser Ideen, aber man zweifelte nun, sie auf friedlichem Weg durchführen zu können. Rettung, so schien es, war nicht mehr zu hoffen vom guten Willen der Martier; man mußte sie zu erobern suchen durch eine allgemeine gewaltsame Erhebung gegen die Bedrücker – »zum letzten Mittel, wenn kein andres mehr verfangen will, ist uns das Schwert gegeben« –. Der Menschenbund wurde eine stille Verschwörung zur Abschüttelung der Fremdherrschaft. Aber wo war ein Schwert, das nicht vom Luftmagneten emporgerissen, vom Nihilit nicht zerstört wurde, das hinaufreichte zu den schwerelosen, pfeilgeschwinden, verderbenbringenden Hütern der martischen Herrschaft?

Die herrschende Gärung konnte den Martiern nicht verborgen bleiben. Die Partei der Menschenfreunde auf dem Mars machte sich die Tatsache zunutze, daß die Unzufriedenheit auf der Erde nicht zu leugnen war. Sie wies auf die Gefahren hin, die hieraus entstehen mußten. Unermüdlich war Ell an der Arbeit, die Tendenzen der Antibaten zu bekämpfen und die Nume mit dem Wesen, der geschichtlichen Entwicklung und den Bestrebungen der Menschen bekannter zu machen. Und seine Anhänger wuchsen an Zahl. Aber gerade weil die Antibaten bemerkten, daß sie Gefahr liefen, an Macht einzubüßen, wurden sie um so verblendeter in den Mitteln zu ihrer Erhaltung. Aufs neue gewann die Absicht deutlichere Gestalt, den Menschen durch ein Gesetz direkt das Recht der Freiheit als sittliche Personen abzusprechen. Und gegen den Menschenbund wurde ein System von Verfolgungen in Szene gesetzt. Die Erbitterung nahm zu. Die Martier aber erkannten, daß die Fäden der Verschwörung nach den Vereinigten Staaten hinwiesen. Der Sitz der Zentralleitung des Bundes war nicht mehr in Europa, er befand sich in einem Land, das ihrer Macht nicht unterworfen war.

Es kam zu einer stürmischen Sitzung im Parlament und im Zentralrat des Mars, etwa ein Jahr nach der Unterwerfung Rußlands. Man verlangte, daß nun auch die Vereinigten Staaten von Nordamerika gezwungen werden sollten, sich der direkten Regierung durch die Marsstaaten zu fügen. Eher werde man vor den Umtrieben des Menschenbundes und der Widersetzlichkeit der Erde nicht sicher sein. Und die Antibaten siegten wieder, obwohl mit geringer Majorität. Den Vereinigten Staaten wurde die Forderung gestellt, die Häupter des Menschenbundes, unter denen man Saltner als eines der gefährlichsten bezeichnete, auszuliefern und Residenten und Kultoren der Marsstaaten in die Hauptstädte der einzelnen Staaten aufzunehmen.

Der Beschluß fand in einem großen Teil der Marsstaaten keineswegs Billigung. Die Ansichten Ells, der bei einer Nachwahl in das Parlament berufen worden war, wurden in weiten Kreisen geteilt. Man sagte sich, daß ein etwaiger Widerstand der Vereinigten Staaten zur Niederwerfung viel größere Mittel erfordern würde als die Bezwingung des russischen Reiches. Denn hier war die Sache entschieden, wenn der Zar sich beugte. In Amerika aber war anzunehmen, daß, wenn auch die zentrale Regierungsgewalt aufgehoben werde, jeder Staat für sich einen Widerstand leisten könne, der bei der weiten Ausdehnung des Gebietes zu umfangreichster Machtentfaltung und wahrscheinlich zu traurigen Verheerungen zwingen würde. Aber der Beschluß war nun gefaßt und mußte durchgeführt werden. Das Ultimatum wurde gestellt. Es enthielt die Drohung, daß im Fall irgendeiner Feindseligkeit gegen die zur Ausführung der verlangten Bestimmungen eintreffenden Luftschiffe das Gesetz als sanktioniert zu gelten habe, wonach die gesamte Bevölkerung der Erde des Rechts der freien Selbstbestimmung für verlustig erklärt werde.

Die Vereinigten Staaten antworteten mit der Kriegserklärung.

Drei Tage darauf erfolgte von seiten der Marsstaaten die Verkündigung des angedrohten Gesetzes: Die Bewohner der Erde besitzen nicht das Recht freier Persönlichkeit.

Es war eine Zeit unbeschreiblicher Aufregung in allen zivilisierten Staaten. Man empfand die Erklärung als eine Beschimpfung der gesamten Menschheit. In Europa herrschte eine ohnmächtige Wut. Jeder bangte davor, sich zu äußern oder zu widersprechen, weil er den Schutz des Rechtes von sich genommen fühlte. Ein letzter Rest der Hoffnung ruhte noch auf den Vereinigten Staaten. Aber die Hoffnung war gering. Wie wollten sie der Macht der Martier widerstehen? Und wirklich – die Überflutung der Staaten durch eine Luftschifflotte von gegen dreihundert Schiffen ging vor sich, ohne daß Widerstand versucht wurde. Die martischen Schiffe verteilten sich auf die Hauptverkehrspunkte in dem ganzen ungeheuren Gebiet. Eine merkwürdige Ruhe herrschte im Land, ein passiver Widerstand, der unheimlich war. Die Kultoren und Residenten waren da, aber außerhalb des Nihilitpanzers ihrer Schiffe wagten sie nichts zu unternehmen. Die Martier stellten eine dreitägige Frist zur Übergabe der Regierungsgewalt und drohten im Fall der Weigerung mit Verwüstungen in großem Maßstab, vor allem auch mit Unterbrechung des Verkehrs. Es schien keine Rettung. Mit Zittern und Bangen verfolgte man auf der ganzen Erde die Vorgänge in Nord-Amerika. In dumpfem Schmerz beugten sich die Gemüter. Sollte auch das letzte Bollwerk der Freiheit auf der Erde vernichtet werden? Das war das Ende der Menschenwürde!

Der gegenwärtige Protektor der Erde und Präsident des Polreichs, Lei, war mit der Exekution gegen die Vereinigten Staaten beauftragt worden. Sein Admiralsschiff lag auf dem Kapitol zu Washington. Am 11. Juli sollte die zur Unterwerfung gestellte Frist ablaufen. Es war am Morgen dieses Tages, der die Geschichte der Menschheit entscheiden mußte, als der Protektor durch den Lichtfernsprecher der Außenstation am Nordpol den Auftrag geben wollte, eine Nachricht durch Lichtdepesche nach dem Mars zu senden. Vergeblich versuchte der Beamte zu sprechen. Der Apparat versagte – man mußte auf der Außenstation den Anschluß nicht zustande bringen können. Es wurde nun nach der Polinsel Ara telegraphiert. Die Leitung war nicht unterbrochen. Aber lange erhielt man keine Antwort. Endlich kam eine Depesche: »Anwesenheit des Protektors sofort erforderlich.« Das Schiff des Protektors raste nach dem Nordpol, von einer kleinen Schutzflottille gefolgt. Im Lauf des Nachmittags bemerkte man, daß die übrigen in Washington befindlichen Luftschiffe der Martier ebenfalls nach Norden hin sich entfernten. Gleiche Nachrichten liefen aus allen übrigen Städten ein. Sobald das letzte Schiff der Martier die Hauptstadt verlassen hatte, tauchten vorher in den Häusern verborgen gehaltene amerikanische Truppen überall auf, die martischen Beamten, die allein den Verkehr mit dem Pol hatten vermitteln dürfen, sahen sich plötzlich für gefangen erklärt, und die nächste Depesche nach dem Pol lautete, nicht mehr in martischer, sondern in englischer Sprache: »Wir sind im Besitz des Telegraphen. Die feindlichen Schiffe sind fort.«

Und die Antwort, gezeichnet vom Bundesfeldherrn Miller, lautete:

»Großer Sieg! Die Außenstation ist erobert, achtzehn Raumschiffe mit 83 Luftschiffen fielen in unsere Hände. Lei gefangen. Von den zurückkehrenden Luftschiffen sind bereits über fünfzig genommen. Ruft alle Völker zum Kampf auf!«

Das Unglaubliche war geschehen. Was niemand für möglich gehalten hatte – die Macht der Martier war gebrochen, die Unbesiegbaren waren gefangen in ihrem eigenen Bollwerk! Eine Vereinigung von lange vorbereiteter Überlegung, von unerhörter Tatkraft und schlauem Mut hatte es zustande gebracht. Die Nume waren vollständig überrascht worden.

Tief verborgen in der Einsamkeit des Urwalds war ein Verein von Ingenieuren seit Jahr und Tag tätig gewesen. Der Opfersinn amerikanischer Bürger und die von der ganzen Erde zusammenströmenden Mittel des Menschenbundes hatten hier eine mit unbeschränktem Kapital arbeitende Werkstatt ins Leben gerufen. Man hatte auf dem Mars die Technik des Luftschiffbaus schon längst studieren lassen, und auf der Erde diente das Luftschiff ›La‹ als Muster. Es war gelungen, durch schlaue Operationen große Quantitäten von Rob, Repulsit und Nihilit einzuführen, und der allmächtige Dollar hatte es in Verbindung mit Kühnheit und Intelligenz fertiggebracht, daß hier in aller Stille eine Flotte von dreißig Luftschiffen hergestellt worden war. Die nötige Mannschaft war eingeübt worden. Das Letztere war hauptsächlich Saltner zu verdanken, der diesen Dienst auf seinem eigenen Luftschiff gründlich erlernt hatte. So war es gekommen, daß die Vereinigten Staaten ohne Wissen der Martier über Luft-Kriegsschiffe verfügten, die den martischen an Geschwindigkeit nichts nachgaben.

Freilich, diese wenigen Schiffe konnten gegen die Übermacht der Martier und ihre überlegene Übung nichts ausrichten. Aber General Miller, der Generalstabschef der Union, hatte einen Plan ausgedacht, zu dessen Durchführung sie ausreichen konnten.

Sobald die Flotte der Martier zur Besetzung der Staaten aufgebrochen war, hatte sich die kleine Unionsflotte unbemerkt in das nördliche Polargebiet begeben. Äußerlich besaßen die Schiffe ganz das Ansehen und die Abzeichen der martischen Kriegsschiffe. So näherten sie sich unbefangen der Polinsel Ara. Keiner der hier anwesenden Martier konnte vermuten, daß es sich um feindliche Schiffe handeln könne. Die Insel war überhaupt nicht eigentlich militärisch besetzt, denn sie war durch ihre Lage am Nordpol vollständig gegen eine Überrumpelung geschützt gegenüber einem Feind, der keine Luftflotte besaß. Außerdem ließ sich die ganze Insel auf dem Meer durch einen Nihilit-Kordon gegen jede Annäherung zu Schiff absperren. Es befanden sich daher nur einige Avisos zum Nachrichtendienst hier. Auf den benachbarten Inseln waren noch große Werkstätten errichtet, wo die vom Mars eingeführten Luftschiffe montiert und bemannt wurden. Daneben befanden sich ausgedehnte Werke zur Komprimierung von Luft, die nach dem Mars verfrachtet wurde. Im ganzen hatte sich so hier eine Kolonie von einigen tausend Martiern angesiedelt, die aber in keiner Weise auf einen kriegerischen Angriff eingerichtet war.

Die Überrumpelung der Insel gelang vollkommen. Zwei Schiffe drangen unmittelbar an den inneren Rand des Daches der Insel. Die Besatzung dieser Schiffe bestand aus lauter Freiwilligen, die geschulte Ingenieure waren und die Einrichtungen des abarischen Feldes sorgfältig studiert hatten. Ehe man in den Maschinenräumen wußte, was vorging, waren die martischen Ingenieure überwältigt oder durch die vorgehaltene Waffe zur Ausführung der Befehle der Amerikaner gezwungen. Sie wurden verhindert, eine Nachricht durch das abarische Feld nach der Außenstation zu geben. Den nächsten Flugwagen, der zum Ring der Außenstation auffuhr, bestieg General Miller selbst mit einer auserwählten Schar von Offizieren, Ingenieuren und Mannschaften. Eine Stunde später waren sie auf dem Ring. Auch hier wurden die Ingenieure, welche das abarische Feld bedienten, ohne Schwierigkeit überrumpelt und gefesselt. Dann drang man in die obere Galerie, die große Landungshalle der Raumschiffe vor. Hier lag die größte Schwierigkeit. Mehrere hundert Martier waren damit beschäftigt, die Raumschiffe zu entladen, denn es waren neue Raumschiffe gekommen mit Kriegsmaterial, vor allem mit neuen Luftschiffen. Dies waren hauptsächlich Mannschaften der Kriegsflotte, die mit Telelytrevolvern bewaffnet waren. Sobald sie die erste Überraschung überwunden hatten, setzten sie sich zur Wehr und zwangen das kleine Häuflein der Angreifer, sich schleunigst in das untere Stockwerk zurückzuziehen. Hier erhielten diese zwar nach einiger Zeit Verstärkung durch einen zweiten Flugwagen, dennoch konnten es beide Teile nicht auf einen Kampf ankommen lassen – die Telelytwaffen, die hier gegeneinander wirksam geworden wären, hätten binnen wenigen Minuten zur vollständigen Vernichtung von Freund wie Feind geführt. Die Menschen aber befanden sich im Besitz des abarischen Feldes und der Elektromagneten der Insel – sie drohten, den ganzen Ring durch Veränderung des Feldes zum Sinken zu bringen und die Außenstation zu zerstören, wenn sich die Martier nicht auf der Stelle ergäben.

Die Martier konnten zwar auf ihren Raumschiffen die Außenstation verlassen, doch hätte es mehrere Stunden gedauert, ehe sie dieselben klar zum Raumflug hätten machen können. In dieser Zeit konnte, wenn die Menschen ernstmachten, das Kraftfeld der Station und damit das Gleichgewicht des Ringes gestört werden. Überhaupt sagten sie sich, daß sie bald Hilfe und Ersatz von den Ihrigen bekommen müßten, und wollten deshalb nicht diese wichtigste ihrer Anlagen auf der Erde gefährden. So blieb ihnen nichts übrig, als sich gefangenzugeben.

Inzwischen hatten die übrigen amerikanischen Luftschiffe die gesamte Kolonie auf den Inseln um den Pol eingeschlossen und rücksichtslos mit ihren Nihilitsphären und Repulsitgeschützen angegriffen. Die vollständig überraschten Martier waren wehrlos, die wenigen Schiffe, die zum Gebrauch fertig waren, wurden sofort durch die Angreifer zerstört, ehe sie soweit bemannt waren, daß sie sich durch den Nihilitpanzer schützen konnten. Andererseits waren diesmal die Menschen durch das Nihilit gegen einen Angriff durch die Telelytwaffen geschützt. Auch hier war die Überrumpelung gelungen, die Martier mußten sich ergeben. Sie wurden sämtlich auf der Insel Ara untergebracht und hier bewacht.

Sobald die Insel im Besitz der Amerikaner war, wurde nach den Städten der Union telegraphiert, gleich als ob es sich um Bitten oder Anordnungen der Martier handle. Zunächst hatte man den Protektor um sofortige Rückkehr gebeten, dann richtete man ähnliche Ansuchen an die übrigen Schiffe der Martier. Einzelne Kapitäne folgten ohne Bedenken, andere hielten weitere Umfragen, wodurch eine allgemeine Verwirrung entstand. Es bestätigte sich jedoch, daß der Protektor selbst mit einer Flottille nach dem Pol aufgebrochen war. Endlich kam von der dem Pol zunächst gelegenen Station von einem martischen Kapitän selbst ein in der amtlichen Geheimschrift aufgegebenes Telegramm, das den tatsächlichen Vorgang meldete; die Polstation sei von einer Luftschifflotte der Union überfallen. Hierauf wurden sämtliche Schiffe zur Hilfeleistung nach dem Pol berufen, und auch das letzte Stationsschiff verließ Washington. Der Telegraph wurde nun von den Beamten der Union in Besitz genommen, und die Menschen erhielten jetzt die Nachricht von dem unerhörten Ereignis.

Ahnungslos war Lei mit dem schnellen Admiralsschiff allen andern vorangeeilt, um nur sobald als möglich auf der Insel zu erfahren, was geschehen sei. In seinem raschen Flug bemerkte er die Zerstörungen in der Kolonie, konnte aber nichts anderes glauben, als daß es sich um einen Unglücksfall, eine Explosion handle. Er senkte sich auf das Dach der Insel, wo nichts Verdächtiges zu bemerken war. Aber kaum berührte das Schiff das Dach, als es im Augenblick erstürmt wurde. Der Protektor der Erde war kriegsgefangen.

Nun erhob sich die kleine Luftflotte der Amerikaner und flog den nach und nach eintreffenden martischen Schiffen entgegen. Diese konnten in den sich nähernden Schiffen nichts anderes erwarten wie entgegenkommende Boten. Sie mäßigten ihren Flug, um etwaige Signale zu erkennen. Da zischten die Repulsitgeschosse, und ehe sich eine Hand nach dem Griff des schützenden Nihilitapparates ausstrecken konnte, wurden die Robhüllen zertrümmert, und die Schiffe der Martier stürzten in die Wogen des Meeres oder zerschellten auf den schwimmenden Eismassen. Es war eine furchtbare, erbarmungslose Zerschmetterung der Feinde.

Noch mehrfach gelang es, vereinzelt ankommende Schiffe der Martier durch Überraschung zum Sinken zu bringen. Dann hatten einige der nachfolgenden Schiffe den Überfall bemerkt, die später eintreffenden waren gewarnt und näherten sich in ihren Nihilitpanzern. Zwischen zwei mit den Waffen und Verteidigungsmitteln der Martier ausgerüsteten Schiffen konnte es keinen Kampf geben, beide waren unverletzlich. Die Amerikaner zogen sich daher auf die Insel zurück, deren Umkreis auf dem Meer sie durch die Nihilitzone und deren Dach sie durch ihre Luftschiffe schützten. So war es auch den Martiern, die nun im Verlauf des Tages ihre ganze Flotte aus den Vereinigten Staaten um den Pol konzentrierten, nicht möglich, einen Angriff zu wagen.

Während die Kapitäne noch berieten, brachte ein Schiff die Nachricht, daß nach einer Depesche vom Südpol auch die Außenstation an diesem Pol in den Händen der Menschen sei. Sie war gleichzeitig mit dem Nordpol von zwei amerikanischen Luftschiffen überrascht worden, die hier leichtes Spiel hatten. Der Südpol lag in der Nacht des Winters vergraben, die Station war bis auf eine kleine Anzahl Wächter verlassen, die den unerwarteten Besuch ohne Mißtrauen aufgenommen hatten und sogleich überwältigt worden waren.

Die Nume auf der Erde waren somit von jeder Verbindung mit dem Mars abgeschnitten.

Als die Nachricht nach Europa gelangte, brach ein Jubel aus, wie ihn die Erde noch nicht vernommen. Aber auch hier war alles zu einer Erhebung vorbereitet. Überall, wo sich die Beamten der Martier nicht in ihre Luftschiffe retten konnten, bemächtigte man sich ihrer Personen. Allerdings hielten die Luftschiffe ihrerseits die Hauptstädte besetzt und bedrohten sie mit vollständiger Vernichtung. Sie unterbrachen die Verbindungen der Länder mit dem Pol, und zwei Tage lang schwebte Europa wieder in banger Sorge. Es war der Rache der Martier schutzlos ausgesetzt, und die Regierungen waren gezwungen, die eignen Staatsbürger zum Teil mit Anwendung von Gewalt zu veranlassen, die gefangenen Martier wieder freizugeben. Der erste Jubel verklang so schnell, wie er gekommen war, und eine tiefe Niedergeschlagenheit trat an seine Stelle.

Doch welch Erstaunen ergriff die Bewohner der europäischen Hauptstädte, als sie eines Tages die drohenden Kriegsschiffe auf den Dächern der Regierungsgebäude verschwunden sahen. Zuerst wollte man an keine günstige Veränderung glauben, man befürchtete irgendeine unbekannte, neue Gefahr. Um Mittag erst erklärte eine Bekanntmachung der Regierungen allen Völkern, was geschehen sei. Der Waffenstillstand mit dem Mars war geschlossen worden.

Die Amerikaner hatten am Pol neben ungeheuren Vorräten an Rob und Kriegsmaterial einige achtzig Luftschiffe erbeutet und diese durch die gefangenen Martier instand setzen lassen. Dadurch waren sie in die Lage gesetzt, nicht nur den Pol zu halten, sondern ihre Macht auch über die ganze Erde zu erstrecken. Zwar konnten sie den Schiffen der Martier nichts anhaben, aber ebensowenig konnten sie von diesen aufgehalten werden. Sie begaben sich nach allen denjenigen Punkten der Erde, wo die Martier große Anlagen zur Verwertung der Sonnenstrahlung geschaffen hatten, und bedrohten diese mit Vernichtung des martischen Eigentums. Zugleich drohte man mit der völligen Zerstörung der Außenstationen an den Polen. Hierdurch wäre nicht nur das Leben von einigen tausend Martiern, sondern auch ein unermeßliches Kapital und die Verbindung zwischen Erde und Mars zerstört worden.

Der gefangene Protektor korrespondierte von der Außenstation aus durch Lichtdepeschen mit dem Zentralrat des Mars. Hier erkannte man alsbald, daß die Gefahr ungeheurer Verluste und Verheerungen nur durch einen friedlichen Ausgleich zu vermeiden war. Der Zentralrat konnte nicht wagen, einen Vernichtungskrieg zu beginnen, der zwar schließlich mit der Ausrottung der Menschen und ihrer Kultur geendet, aber der Regierung der Marsstaaten die Verantwortung aufgebürdet hätte. Es wurde daher zwischen den Marsstaaten und dem Polreich der Erde einerseits, den Vereinigten Staaten, die auf einmal die führende Macht der Erde geworden waren, und den Großmächten Europas andererseits ein Waffenstillstand geschlossen, dessen Bestimmungen im wesentlichen folgende waren:

Das Recht der Menschen auf die Freiheit der Person wird anerkannt. Die Nume sollen auf der Erde keinerlei Vorrechte besitzen.

Das Protektorat über die Erde wird aufgehoben. Sämtliche bisherige Beamte der Marsstaaten auf der Erde und sämtliche Kriegsschiffe haben die Erde zu verlassen.

Die Kriegsgefangenen werden freigegeben.

Die Stationen der Martier auf den Polen sowie ihr gesamtes auf der Erde erworbenes Vermögen bleibt ihnen erhalten, desgleichen ihre Raumschiffe auf der Außenstation des Nordpols. Doch bleiben diese Stationen so lange im Besitz der Amerikaner, bis durch einen endgültigen Friedensvertrag das künftige Verhältnis der beiden Planeten geregelt sein wird, und zwar nach Maßgabe obiger Grundsätze.

Dieser Friedensvertrag ist innerhalb eines halben Erdenjahres abzuschließen und soll den freien Handelsverkehr beider Planeten als eine Bestimmung enthalten.

Der Sprung von der Not zur Rettung war so ungeheuer, daß man erst allmählich fassen konnte, welches Heil der Menschheit zuteil geworden. Und nun war die Freude unbeschreiblich.

Vom Mars kam Raumschiff auf Raumschiff und führte die Kriegsschiffe der Martier und diese selbst nach dem Nu zurück. Die Staaten ordneten aufs neue ihre Verfassungen und schlossen untereinander ein Friedensbündnis, das die zivilisierte Erde umfaßte. Die Grundsätze, welche der Menschenbund verbreitet und gepflegt hatte, trugen dabei ihre Früchte. Ein neuer Geist erfüllte die Menschheit, mutig erhob sie das Haupt in Frieden, Freiheit und Würde.

Am dritten August verließ das letzte Raumschiff der Martier die Erde. Erst wenn der definitive Friede geschlossen war, sollte ein regelmäßiger, friedlicher Verkehr wieder beginnen. Bis dahin durften nur Lichtdepeschen gewechselt werden.

60 - WELTFRIEDEN

Saltner hatte sich aus Rücksicht auf Las Eigenschaft als Martierin an der kriegerischen Erhebung gegen die Martier nicht beteiligt. La bedauerte innig die Trübung der Beziehungen zwischen den Planeten, doch stand sie nicht bloß als Gattin ihres Mannes, sondern auch mit ihrem Gerechtigkeitsgefühl auf der Seite der Menschen, die für ihre Unabhängigkeit kämpften. Sie hörte nicht auf zu glauben, daß die Vernunft auf dem Mars siegen und zu einem heilsamen Frieden führen werde.

Sobald die Herrschaft der Martier über Europa aufgehört hatte, begab sich Saltner mit La und den übrigen Angehörigen des Luftschiffs in seine Heimat zurück. Er gab damit vor allem dem Wunsch seiner Mutter nach, die von tiefer Sehnsucht nach ihren heimatlichen Bergen befallen war. In der Nähe von Bozen, hoch über dem Tal, erwarb La eine schloßartige Villa, um den Herbst und Winter in diesem geschützten südlichen Klima und doch in Höhenluft zuzubringen.

Der Verkehr durch Lichtdepeschen und die Friedensverhandlungen mit dem Mars gestalteten sich nicht so einfach, wie man gehofft hatte. Die Beamten, welche den Lichtverkehr zu vermitteln hatten, waren wenig geübt, und als im Herbst die telegraphische Station auf die Außenstation am Südpol verlegt werden mußte, gelang es nur mit Schwierigkeit, den Apparat hier überhaupt zur Funktion zu bringen. Eine Zeitlang fürchtete man, damit gar nicht zu Rande zu kommen, und als dies endlich geglückt war, kamen nicht selten Mißverständnisse im Depeschenwechsel vor, der infolgedessen von den Martiern auf das Dringendste eingeschränkt wurde.

Und doch hätte man gerade jetzt auf der Erde, mehr als je, gern Näheres über die Vorgänge auf dem Mars erfahren. Denn die letzten Nachrichten waren beunruhigender Natur gewesen, und als über ein Vierteljahr vergangen war, ohne daß die entscheidende Friedensnachricht vom Mars eintraf, begannen beängstigende Gerüchte über die Absichten der Martier sich auf der Erde zu verbreiten. Es waren wiederholt in der Nähe der Station Raumschiffe beobachtet worden, die sich allerdings in gehöriger Entfernung hielten, aber, wie man fürchtete, die Vorboten irgendeiner feindlichen Unternehmung sein konnten.

In der Tat stand das Schicksal der Erde vor einer furchtbaren Entscheidung.

Die Niederlage der Martier, der Verlust der Herrschaft über die Erde, hatte der Antibaten-Partei zunächst einen schweren Schlag versetzt. Die Vertreter einer menschenfreundlichen Politik wiesen darauf hin, wie allein das scharfe und ungerechte Vorgehen gegen die Bewohner der Erde die Schuld trage, daß der Nume nun vor dem Menschen sich demütigen müsse. Es sei dies aber eine gerechte Strafe für die Fehler der Antibaten, die sich somit als unfähig zur Führung der Regierungsgeschäfte erwiesen hätten. Die Idee der Numenheit, die Gerechtigkeit gegen alle Vernunftwesen verlange als die allein würdige Sühne die Bestätigung der Freiheit, welche die Menschen sich erkämpft hätten. Es gäbe überdies kein Mittel, die Menschen, seitdem sie sich im Besitz der Waffen der Martier befänden, auf eine andre Weise zu bezwingen, als durch eine vollständige Verheerung ihres Wohnorts; eine solche Barbarei aber könne den Numen nie in den Sinn kommen. Sie seien der Erde genaht, um ihr Frieden, Kultur und Gedeihen zu bringen, nicht um einen blühenden Planeten zu vernichten, nur damit sie seine Oberfläche zur Sammlung der Sonnen-Energie ausbeuten könnten.

Obwohl diese Ansicht wieder die öffentliche Meinung zu beherrschen begann, war doch die Macht der Antibaten noch keineswegs gebrochen. Es gab eine große Anzahl Martier, deren wirtschaftliche Interessen durch den Verlust der von der Erde fließenden Kontributionen geschädigt waren und deren Vernunft durch den Egoismus der Herrschsucht Einbuße erlitten hatte. Sie stellten sich auf den Standpunkt, daß die menschliche Rasse überhaupt nicht kulturfähig im Sinne der Nume sei und daß es daher für die Gesamtkultur des Sonnensystems besser sei, die Bewohner der Erde zu vernichten, damit ihr Planet den wahren Trägern der Kultur als unerschöpfliche Energiequelle diene. Der Wortführer dieser Ansicht war Oß, während Ell an der Spitze der Menschenfreunde stand. Man warf ihm vor, daß ja gerade durch seine Amtsführung als Kultor erwiesen wäre, wie unfähig die Menschen zur Aneignung der martischen Kultur seien. Habe er doch selbst sein Amt aufgegeben.

Ell gab zu, daß er sich über die Schnelligkeit getäuscht habe, mit der seine Reformen zur Wirkung gelangen könnten. Die Nume seien zu zeitig zur Erde gekommen, die Menschheit sei allerdings noch nicht reif für die Lebensführung der Martier. Aber sie habe doch gezeigt, daß sie zu vorgeschritten sei, um als unfrei behandelt zu werden. Und deshalb sei es nunmehr der richtige Weg, durch einen friedlichen Verkehr mit der Erde die Vorteile auszunutzen, welche die Erde als Energiequelle biete, zugleich aber damit der Menschheit das Beispiel einer überlegenen Kultur zu geben, die ihr ein Vorbild sein könne. Nicht durch Unterjochung, sondern durch freien Wetteifer müßten die Menschen erst auf die Stufe geführt werden, die sie für die direkte Aufnahme martischer Kultur fähig mache.

Diese entgegengesetzten Meinungen, die in den Marsstaaten zu heftigen politischen Kämpfen führten, verzögerten die endgültige Entscheidung über den Friedensschluß. Beide Parteien suchten den Abschluß immer wieder hinauszuschieben in der Hoffnung, bei den nächsten Wahlen zum Zentralrat eine entscheidende Majorität zu bekommen. Man wußte dies auf der Erde und sah daher dem Ausfall dieser Wahl mit Spannung und Furcht entgegen. Ell und Oß kandidierten beide für den Zentralrat. Der Sieg Ells bedeutete den Frieden. Der Sieg von Oß ließ befürchten, daß die Martier für ihre Niederlage vom 11. Juli furchtbare Rache nehmen würden. Anfang Dezember mußte die Wahl stattfinden, die Entscheidung fallen. Und gerade jetzt versagte wieder der Lichttelegraph. Seit vierzehn Tagen hatte man keine Depesche vom Mars erhalten, vergeblich arbeitete und operierte man an dem Apparat – die Rechnungen wollten mit den Beobachtungen nicht stimmen –, und jeden Tag depeschierte man vom Südpol, daß man bestimmt hoffe, morgen mit der Einstellung fertig zu werden.

Unheimliche Gerüchte über die Absichten der Martier durchschwirrten die Erde. Eines vor allen nahm immer deutlichere Gestalt an und erfüllte die Gemüter mit Grausen. Man sagte, daß sich in Papieren der Martier, die nach der eiligen Entfernung der Beamten aufgefunden worden seien, ausgearbeitete Projekte befunden hätten zu einer völligen Vernichtung der Zivilisation der Erde. Der ehemalige Instruktor von Bozen, Oß, der Kandidat der Antibaten für den Zentralrat, bekannt als ein hervorragender Ingenieur, sollte der Urheber eines Planes sein, wonach bei einem dauernden Widerstand der Menschen die Oberfläche der Erde unbewohnbar gemacht werden konnte. Einzelne Blätter brachten detaillierte Ausführungen. Es handelte sich um nichts Geringeres als die Absicht, die tägliche Umdrehung der Erde um ihre Achse aufzuheben. Diese Rotation der Erde sollte so verlangsamt werden, daß der Tag allmählich immer länger wurde und endlich mit dem Umlauf der Erde um die Sonne zusammenfiele, daß also Tag und Jahr gleich würden. Dann würde die Erde in derselben Lage zur Sonne sein wie der Mond zur Erde, das heißt, sie würde der Sonne stets dieselbe Seite zukehren. Es gäbe keinen Unterschied mehr von Tag und Nacht, die eine Seite der Erde hätte ewigen Sonnenschein, die andere ewige Finsternis – die Sonne bliebe für denselben Ort stets in demselben Meridian stehen. – Die Folgen einer solchen Veränderung wären furchtbar gewesen. Der Plan der Martier sollte angeblich dahin gehen, die Erde in eine solche Stellung zu bringen, daß der Stille Ozean in ewiger Sonnenglut, die großen Festlandmassen aber, der Hauptsitz der zivilisierten Staaten, in ununterbrochener Nacht blieben. Dann mußte allmählich eine Verdampfung des gesamten Meeres stattfinden. Denn die Wasserdämpfe würden sich auf der immer kälter werdenden Nachtseite der Erde niederschlagen und diese mit ewigem Schnee und unschmelzbarem Gletschereis überziehen. Eine Eiszeit, der kein Leben widerstehen könnte, würde auf die Schattenseite der Erde hereinbrechen, während die Sonnenseite in Gluten verdorren würde. Wohl nur auf einer schmalen Grenzzone könnte sich Leben erhalten. Aber wer vermochte zu sagen, welch andere, verderbliche Umwandlungen bei einer derartigen Änderung des Gleichgewichts von Luft und Wasser auf der Erde noch eintreten mochten?

Wohl versuchte man diesen Plan als ein törichtes Hirngespinst hinzustellen, als ein Schreckmittel, das die Martier wohl absichtlich den Menschen zurückgelassen hätten. Doch konnte man die entschiedenen Befürchtungen nicht genügend zerstreuen. Das Projekt schien zu gut fundiert. Oß hatte die Energiemenge ausgerechnet, die zur Hemmung der Erdrotation erforderlich ist. Sie ist allerdings so groß als die Strahlungsenergie, die von der Sonne in 600 Jahren zur Erde gelangt, wenn man nur die gegenwärtig den Menschen auf der Erdoberfläche zugängliche Energie in Anschlag bringt. Viel größer aber ist die Energiestrahlung unter Berücksichtigung aller Strahlengattungen. Und wenn die Martier den von ihnen aufgespeicherten Energieschatz aufbrauchten, so waren sie sicher, ihn wieder ersetzen zu können. Oß hatte eine Methode ausgedacht – er nannte sie die ›Erdbremse‹ –, wonach die Rotationsenergie der Erde selbst die Arbeitsquelle sein sollte, um eine Hemmung erzeugen, sie sollte zur Arbeit benutzt und somit die Erde durch sich selbst gebremst werden. Zwanzig Jahre genügten seiner Rechnung nach, um die Erdrotation auf das gewünschte Maß zu verringern.

Mit besonderem Bangen sah man dem 11. Dezember entgegen. An diesem Tag fand die Opposition von Mars und Erde statt, es trat die Stellung ein, in der die beiden Planeten sich am nächsten befanden. Bei der Opposition am Ende des August vor vier Jahren war die Anwesenheit der Martier auf der Erde entdeckt worden; die Opposition im Oktober vor zwei Jahren hatte den Sieg der Antibatenpartei gebracht; so bildete man sich ein, die nächste Opposition im Dezember dieses Jahres müsse wieder durch irgendein unheilvolles Ereignis sich auszeichnen. Daß sich dieses gerade an den 11. Dezember, als den Tag der Opposition, knüpfen müsse, war ja eine Art Aberglaube; daß aber die Zeit der größten Annäherung der Planeten die günstigste für etwaige Unternehmungen der Martier gegen die Erde war, ließ sich nicht leugnen. Und so fehlte es nicht an düsteren Prophezeiungen für diesen Tag.

Das Aufhören des Depeschenverkehrs mit dem Mars vergrößerte nun die Sorge. Man befürchtete, daß die Antibatenpartei gesiegt habe und die Unmöglichkeit, den Apparat einzustellen, auf einer absichtlichen Störung durch die Martier beruhe. Wenn das auch seitens der Union, die im Besitz der Außenstationen war, nicht zugegeben wurde, so traf man doch Anstalten, im Fall eines unerwarteten Erscheinens von Raumschiffen der Martier die Station sperren, ja im Notfall stürzen zu können. Seltsam war es gewiß, daß auch auf der Station am Nordpol, wohin man trotz des Polarwinters ein Luftschiff entsandt hatte, die Einstellung des Phototelegraphen nicht gelingen wollte.

Inzwischen war die Entscheidung auf dem Mars gefallen. Ein aufregender Streit der Meinungen, wie er seit Jahrtausenden in der politischen Geschichte des Mars unerhört war, fand endlich seine Schlichtung. Die Beweggründe, die Ell zuletzt ins Feld führte, hatten einen durchschlagenden Erfolg. Der Plan von Oß, die Erde zu bremsen, bestand wirklich, und Ell zeigte, zu welchen unmenschlichen und verwerflichen Folgen diese wahnwitzige Unternehmung führen müsse, deren Möglichkeit außerdem durchaus fraglich sei. Und endlich deckte er einen Umstand auf, der bisher noch immer als Geheimnis behandelt worden war – die Gefahr, die den Menschen und vielleicht auch den Martiern bei einem dauernden Aufenthalt auf der Erde drohte, das Wiederaufleben der furchtbaren Krankheit Gragra. Selbst auf diese hatte Oß in einem geheimen Memorial hingewiesen als auf ein Mittel, die Menschen zu vernichten. Ell scheute sich nicht, dieses Aktenstück zu veröffentlichen. Da erhob sich eine allgemeine Entrüstung in dem überwiegenden Teil der Martier. Schon die ganze Methode geheimer Pläne und Machinationen, die den Martiern als ein bedenkliches Zeichen politischen Rückschritts erschien, noch mehr aber der Verfall der Gesinnung, die Mißachtung des sittlich Guten und Edlen empörte auch das Gemüt derer, die sich eine Zeitlang durch Sondervorteile hatten zu Menschenfeinden machen lassen, und erweckten sie zum Bewußtsein ihrer Würde als Nume. So brachte der Tag der Wahl ein überraschendes Resultat. Der Registrierapparat der telegraphisch abgegebenen Stimmen zeigte für Ell über 312 Millionen Stimmen gegen etwa 40 Millionen für Oß.

Ell war mit einer erdrückenden Mehrheit in den Zentralrat gewählt, mit ihm noch Ill und drei andere Führer der menschenfreundlichen Partei. Die antibatische Bewegung war hierdurch endgültig unterdrückt.

Schon am folgenden Tag genehmigte der Zentralrat den Friedensvertrag mit den verbündeten Erdstaaten in der Fassung, wie er längst sorgfältig ausgearbeitet von der menschenfreundlichen Partei vorlag.

Aber ein unerwartetes Hindernis zeigte sich. Schon in den letzten Tagen waren die Depeschen nicht mehr von der Erde erwidert worden. Eine Störung des Apparats war vorhanden, und die Martier erkannten, daß sie auf der Unfähigkeit der Menschen beruhte, ihren Phototelegraphen zur Einstellung zu bringen. Trotz aller Bemühungen war es unmöglich, die Friedensbotschaft der Erde durch Lichtdepesche mitzuteilen.

Der Zentralrat hatte beschlossen, daß Ell, in Anerkennung seiner Verdienste um die Erschließung der Erde und der nun erlangten Versöhnung der Planeten, an der Spitze der Kommission nach der Erde gehen sollte, die beauftragt war, den Friedensvertrag zwischen beiden Planeten zu vollziehen. Aber es war im Waffenstillstand bestimmt worden, daß kein Raumschiff auf der Erde landen sollte, bis nicht telegraphisch die Annahme des Friedens durch die Marsstaaten mitgeteilt sei. Und das war nun vorläufig unmöglich.

Ein Raumschiff, das man entsandte, um Aufklärung über die Ursache der Störungen zu erhalten, und das mit der größten erreichbaren Geschwindigkeit fuhr, kehrte nach zwölf Tagen unverrichteter Sache zurück. Es hatte versucht, sich durch Signale mit der Außenstation am Südpol zu verständigen, war aber nicht verstanden worden. Und als es Anstalten traf, sich auf die Station hinabzulassen, wurde es durch Repulsitstrahlen bedroht und an der Landung verhindert, so daß es wieder umkehren mußte. Doch berichtete es, daß, soviel sich bemerken ließe, die Station nicht in richtiger Verfassung zu sein scheine und die Unmöglichkeit des telegraphischen Verkehrs vielleicht an einer Verschiebung der Außenstation liege.

Hierauf nahm man seine Zuflucht zum Retrospektiv. Dies gestattete, die Station genau zu beobachten. Und nun stellte sich für die Gelehrten der Martier unzweideutig heraus, daß der Ring der Außenstation seine Lage geändert habe. Die Berechnung zeigte, daß binnen kurzem das Gleichgewicht des ganzen Kraftfeldes überhaupt gestört werden müßte, wenn nicht bald eine Korrektur eintrat. Die Menschen hatten es nicht richtig verstanden, die Korrektionen vorzunehmen, die zur Erhaltung des Feldes und des Ringes notwendig waren. Die Karte der Polargegend, die auf dem Dach der unteren Stationen sich befand und den Entdeckern des Nordpols das erste, unlösbare Rätsel über die Einrichtungen der Martier aufgegeben hatte, diente nämlich dazu, eine Kontrolle für die feinen Bewegungen der Außenstation infolge von Schwankungen der Erdachse zu haben. Beide Stationen, im Norden wie im Süden, schwebten nun in höchster Gefahr. Es mußte, sollte nicht der Verkehr mit der Erde dauernd in Frage gestellt sein, sofort das Kraftfeld in den richtigen Stand gesetzt werden, und dies konnte nur durch martische Ingenieure geschehen.

Wie aber sollten die Martier dies rechtzeitig bewirken, da sie jetzt kein Mittel hatten, die Menschen zu benachrichtigen, und ihre Raumschiffe der Gefahr ausgesetzt waren, von den Menschen bei der Landung zerstört zu werden? Und selbst, wenn es gelang, sich vor der Landung mit den Menschen zu verständigen, so war es noch immer sehr fraglich, ob bei dem Zustand der Station nicht diese Landung mit unbekannten Gefahren verbunden sei. Jetzt das Band mit der Erde neu zu knüpfen, indem man sich einem Raumschiff anvertraute, war ein Unternehmen auf Leben und Tod. Wer wollte sich daran wagen? Der Wille zum Frieden war auf beiden Planeten vorhanden, der Beschluß der friedlichen Übereinkunft auf beiden Seiten gefaßt. Und nun sollte der Weltfrieden daran scheitern, daß man die Friedensbotschaft nicht verkündigen, die einzige Brücke, die Außenstation, nicht vor der Vernichtung schützen konnte?

Da erbot sich Ell, das Rettungswerk zu unternehmen. Er wußte, was er wagte. Aber er wußte auch, daß, wenn irgend jemand, so ihm die Pflicht erwachsen war, die Verbindung zwischen den Planeten herzustellen. Wieder stand er so nahe an der Erfüllung seines Lebenszwecks, und noch einmal sollte seine Hoffnung fehlschlagen? Aber es war auch die einzige Aufgabe, die er noch zu erfüllen hatte. War der Friede geschlossen, so war alles getan, was er tun konnte.

Eine freiwillige Gruppe geübter Ingenieure schloß sich ihm an. Das Regierungsschiff ›Glo‹ sollte Ell mit seinen Genossen binnen sechs Tagen nach der Erde bringen. Man hatte verschiedene Maßregeln ausgedacht, um den Menschen die friedliche Absicht kundzutun, insbesondere die Übermittlung von direkten Nachrichten durch Hinabwerfen geeigneter Gegenstände auf die Erde. Die Hauptsorge für Ell war, ob er noch zurecht kommen würde, den Einsturz der Außenstation zu verhindern. Mit noch nie erlebter Geschwindigkeit schoß der ›Glo‹ durch den Weltraum.

Die Störungen des abarischen Feldes und der Außenstation waren zwar in der letzten Zeit auch von den Menschen wahrgenommen worden, doch reichten ihre Kenntnisse und Mittel nicht aus, sie in ihren Ursachen zu erkennen und ihre Bedeutung zu beurteilen. Man wußte nicht, in wie großer Gefahr die Station schwebe, wenn nicht schleunigst eine Korrektur eintrete. Als sich Ells Raumschiff der Station näherte, bemerkte Fru, der genaueste Kenner dieser Technik, der Ell freiwillig begleitet hatte, daß die Hilfe nur von der Erdoberfläche aus zu bringen sei. Von dorther mußte das Feld reguliert werden. Er bezweifelte, ob die regelrechte Beförderung im Flugwagen überhaupt noch möglich sei oder es für die nächsten vierundzwanzig Stunden bleiben werde, und da Ell fürchtete, viel kostbare Zeit zu verlieren, ehe er sich vom Raumschiff aus mit der Außenstation verständigen könne – denn dies war nur durch unzureichende Signale möglich –, so beschloß er, überhaupt vom Anlegen am Ring abzusehen. Er wollte vielmehr versuchen, sogleich so weit in die Atmosphäre hinabzusteigen, bis die Dichtigkeit der Luft das Aussetzen eines Luftschiffes gestattete, und mit diesem wollte er nach dem Pol direkt sich begeben. Es war dabei wichtig, der Erdachse so nahe wie möglich zu bleiben, obwohl er allerdings hier befürchten mußte, von den Menschen angegriffen zu werden, ehe er seine friedlichen Absichten darlegen konnte.

Das Raumschiff hatte sich bis auf zwanzig Kilometer der Erdoberfläche genähert und kam nun in die Luftschichten, die freilich bei ihrer geringen Dichtigkeit den Menschen noch nicht gestatteten, sich in ihnen ohne Schutz aufzuhalten, aber doch die Grenze bildeten, bis zu welcher sich dicht verschlossene Luftschiffe allenfalls erheben konnten. Gern wäre Ell noch weiter hinabgestiegen, indessen schon nahten sich Kriegsschiffe der Menschen, deren Angriff er das schutzlose Raumschiff nicht aussetzen durfte. Aber diese trauten ihrerseits dem Raumschiff nicht und hielten sich in so weiter Entfernung, daß der Austausch von Signalen nicht möglich war. Die Martier ließen ihre in Kapseln eingeschlossenen Briefe durch eine besondere Vorrichtung aus dem hermetisch geschlossenen Raumschiff herabfallen, doch war nicht darauf zu rechnen, daß sie im Gewirr der Eisschollen des Bodens gefunden werden würden. Inzwischen drängte Fru auf einen entscheidenden Entschluß, da jede Stunde die Gefahr für die Erhaltung der Station vergrößerte.

So entschloß sich Ell, das Raumschiff in einer Höhe zu verlassen, zu der die Luftschiffe nicht emporsteigen konnten. Hier war freilich das Luftschiff der Martier, auf welchem er das Raumschiff verlassen mußte, selbst der Gefahr ausgesetzt, sich nicht schwebend halten zu können. Dennoch war der Versuch, auf diese Weise zur Erde zu gelangen, die einzige Möglichkeit, die übrig blieb. Und Ill schwankte keinen Augenblick, die gefahrvolle Landung zu versuchen.

Um das Luftboot so leicht wie möglich zu machen, nahmen außer Ell und Fru nur noch zwei Ingenieure in demselben Platz. Dann wurde es verschlossen und die Entladungskammer des Raumschiffs geöffnet. Sobald das Luftschiff von seinem Halt gelöst war, stürzte es mit großer Geschwindigkeit abwärts. Sofort wurden die Flügel ausgespannt und der Fall in eine schiefe Ebene übergeleitet, die in der Richtung nach dem Pol hinführte. So gelangte das Luftschiff bis in die Höhe von zehn Kilometern hinab und hatte sich damit dem Pol so weit genähert, daß seine Bahn in eine Schraubenlinie verändert werden mußte, damit es nicht zu weit vom Pol fortschösse. Jetzt hatten die amerikanischen Kriegsschiffe das martische Schiff bemerkt und näherten sich ihm, in ihre Nihilitpanzer gehüllt. Es gelang den Martiern, ihr Schiff zu ruhigem Schweben zu bringen. Wie jedoch sollte man sich bei den geschlossenen Schiffen verständigen? Und sie zu öffnen, verbot die noch viel zu stark verdünnte Luft dieser Höhe. Fru strebte danach, durch weiteres Sinken um einige tausend Meter in dichtere Luftschichten zu gelangen. Deshalb zog er die Flügel des Luftschiffs ein. Nun erst vermochten die amerikanischen Schiffe die große weiße Fahne zu erkennen, die das martische Schiff als Friedenszeichen führte. Sie näherten sich trotzdem weiter. Das eine legte sich in die Fallinie des martischen Schiffes und deutete damit an, daß es ein weiteres Sinken nicht zulassen würde. Das andere zog zum Zeichen des Verständnisses seinen Nihilitpanzer ein und kam dem martischen Schiff so nahe, daß man die hinter den schützenden Robscheiben ausgeführten Signale verstehen konnte.

Ell signalisierte: »Wir bringen den Friedensvertrag. Ich, Ell, bin mit dem Abschluß beauftragt. Laßt uns sofort nach der Station.«

Der Kapitän antwortete: »Ich bin hocherfreut, darf Sie aber nicht näher heranlassen, bis ich Instruktionen erhalten habe. Es werden sogleich weitere Schiffe eintreffen.«

Darauf erwiderte Ell: »Es ist höchste Gefahr, die Außenstation ist im Gleichgewicht gestört. Lassen Sie uns sogleich hin.«

Hierdurch wurde der Kapitän mißtrauisch. Er signalisierte: »Das verstehe ich nicht.«

Ell war der Verzweiflung nahe. Der zähe Amerikaner antwortete nicht, und alles konnte an einer halben Stunde hängen, um die man zu spät zur Station kam. Auch Fru wußte nicht, was zu tun sei. Das Signalisieren nahm zu viel Zeit in Anspruch. Ja, wenn man sprechen könnte! Die Schiffe lagen jetzt dicht nebeneinander. Aber durch die geschlossenen Hüllen konnte der Schall nicht dringen.

»Ich spreche hinüber!« rief Ell. »Wir können nicht länger warten.«

»Unmöglich«, rief Fru.

»Es muß gehen.«

Ehe ihn die andern hindern konnten, hatte er den Verschluß, der zum Verdeck führte, geöffnet und wieder geschlossen. Er stand auf dem Verdeck in der eisigen dünnen Luft. Mit Erstaunen sah man vom amerikanischen Schiff aus ihm zu. Ell winkte und rief durch ein Sprachrohr. Man verstand, daß er sprechen wolle. Der Kapitän, in seinen Pelz gehüllt, den Sauerstoffapparat vor dem Mund, trat ebenfalls auf das Verdeck. Ell mußte, um zu sprechen, die Sauerstoffatmung unterbrechen. Er mußte schreien, um in der dünnen Luft gehört zu werden. So setzte er dem Kapitän die Tatsachen auseinander. Dieser schüttelte einige Male den Kopf, dann begann er zu verstehen, er nickte. Er hütete sich wohl zu sprechen. Mehrere Minuten waren darüber vergangen. Ell fühlte, wie es ihm im Kopf sauste, wie sein Herz schlug, wie seine Glieder erstarrten, seine Augen nichts mehr erkannten. Aber der Amerikaner trat in sein Schiff zurück, und im Augenblick darauf entfernte es sich nach dem Pol zu.

Fru öffnete den Verschluß und zog Ell in das Innere des Schiffes. Er faßte den Zusammensinkenden in seine Arme, ein Blutstrom brach aus Ells Munde. Vergeblich bemühten sich die Martier um den Leblosen, während ihr Schiff in rasender Eile dem Amerikaner nach dem Pol folgte.

\- Die Mittagssonne eines klaren, windstillen Dezembertages lag auf den Bergen, deren helle Landhäuser über das Etschtal und die beschneiten Höhen weit nach Süden hin schauten. Es war warm wie im Frühling auf der Veranda, an deren Geländer La lehnte. Ihre Blicke waren auf den Fußweg gerichtet, der von der Stadt nach der Villa emporführte. Dort, wo der Pfad aus dem Tannenwald hervortrat, um in mehrfachen Windungen den steilen Rasenabhang vor dem Haus zu erklimmen, wurde jetzt Saltners Gestalt sichtbar. Er kam aus der Stadt. Mit Vorliebe pflegte er den Weg, obwohl er eine Stunde tüchtigen Steigens in Anspruch nahm, zu Fuß zurückzulegen, um, wie er sagte, nicht aus der Übung zu kommen. Sonst vermittelte das Luftschiff den Verkehr in wenigen Minuten. Als er La erkannte, schwang er den Hut und sprang schneller den Pfad hinauf. Bald stand er auf der Veranda.

»Sind Nachrichten da?« rief La ihm entgegen.

»Vom Mars noch nicht, aber vom Südpol«, sagte er, sie mit einem Kuß begrüßend.

»So ist die Einstellung noch immer nicht gelungen?«

»Nein, aber man hat die Annäherung eines Raumschiffes beobachtet, das der ›Glo‹ zu sein scheint. Es vermeidet jedoch die Station und scheint sich unter dieselbe herab bis in die Atmosphäre senken zu wollen. Die amerikanischen Luftschiffe bewachen die gesamte Umgebung des Pols.«

La atmete auf. »Das ist ein gutes Zeichen«, sagte sie. »Hoffentlich begegnet man ihm nicht feindlich, ein einzelnes Raumschiff ist nicht zu fürchten, es wird Nachrichten bringen wollen.«

»Man kann das nicht wissen. Es ist gar nicht zu sagen, was die Martier möglicherweise sich ausgedacht haben und womit sie uns überraschen. Du warst selbst sehr besorgt.«

»Ja, wenn Oß gesiegt haben sollte, wäre allerdings alles zu befürchten. Die ›Erdbremse‹ ist nicht bloß Phantasie, ich weiß, daß er solche Gedanken schon mit sich herumtrug, als er noch Assistent des Vaters war. Gebe Gott, daß das Schiff eine gute Nachricht bringt.«

»Wir wollen uns nicht vor der Zeit ängstigen«, sagte Saltner, indem er den Arm um ihre Schulter legte, um sie von der Veranda ins Haus zu führen.

In diesem Augenblick hallte vom Tal ein Kanonenschuß herauf. Gleich darauf ein zweiter und dritter.

»Was ist das?« fragte La erschrocken.

Beide kehrten um und blickten auf die Stadt hinab. Wieder ertönten die Schüsse. Sie spähten mit den Ferngläsern hinunter.

Saltner ergriff Las Hand.

»Es muß eine gute Nachricht sein«, rief er. »Schau dort, an den Türmen und auf den Schlössern werden die Fahnen aufgezogen. Sollte etwa –«

»O Sal, wenn es der Friede wäre!«

Saltner eilte ans Telephon. Er sprach das Telegraphenamt an. Eine Weile mußte er warten, weil die Beamten voll beschäftigt waren. Dann kam die Antwort.

»Botschaft vom Mars. Der Friedensvertrag nach Vorschlag der Erdstaaten vom Zentralrat genehmigt. Ell mit dem Abschluß des Friedens auf der Erde beauftragt. Nähere Nachrichten stehen noch aus.«

La fiel ihrem Mann um den Hals. Tränen der Freude drängten sich in ihre Augen. Er schloß sie in seine Arme. Er wußte, was in ihr vorging. Jetzt, erst jetzt fand sie die volle Ruhe, nun war ihr Bund bestätigt vom Geschick der Planeten.

»Wollen wir hinab, um die neuen Nachrichten in Empfang zu nehmen?« fragte er.

»Laß uns hierbleiben. Ich möchte jetzt nicht gerade unter die Menschen. Bleibe bei mir in unserm Haus!«

»So soll Palaoro mit dem kleinen Schiff hinab, um uns sogleich die Extrablätter mit neuen Nachrichten heraufzubringen. Du hast recht, geliebte La!«

Noch ehe Palaoro zurückkehrte, erfuhr Saltner durch ein telephonisches Gespräch mit einem Freund den Hauptinhalt der neuen Depeschen. Diese waren aber so unklar und zum Teil widersprechend, daß La und Saltner nicht wußten, was sie davon halten sollten. Es hieß, die Gesandtschaft unter Ells Führung sei zum Abschluß des Friedens eingetroffen und habe die Friedensbotschaft selbst auf die Erde gebracht. Sie sei aber an der Landung verhindert worden, weil eine Beschädigung des abarischen Feldes vorläge. Eine spätere Depesche besagte, die Außenstation sei im Begriff, zusammenzustürzen, oder sei schon eingestürzt. Die Deputation der Marsstaaten sei dabei verunglückt. Die letzte Nachricht meldete, die Bestätigung des Friedensvertrages mit den Marsstaaten sei bereits an die Regierungen telegraphiert. Der Erbauer der Station, Fru, sei zur Rettung der Außenstation vom Mars herbeigeeilt.

La und Saltner tauschten noch ihre Ansichten über die Bedeutung dieser Nachrichten aus, als Palaoro mit dem Luftboot anlangte. Das erste, was er überreichte, war eine lange Depesche an La.

Sie riß den Umschlag auf.

»Vom Vater«, rief sie jubelnd. »Er kommt zu uns!« Sie durchflog das Blatt. Ihre Züge wurden ernst.

»Was ist geschehen?« fragte Saltner besorgt.

»Der Vater ist gesund und die Station ist gerettet –«

»Gott sei Dank!«

»In der letzten Stunde. Mit Mühe gelang es dem Vater, das Unheil noch abzuwenden. Daß die Unseren zurechtkamen, verdanken sie der Aufopferung Ells. Und er –«

Saltner beugte sich über das Blatt. La hob ihre tränenfeuchten Augen zu ihm auf, er küßte ihre Stirn.

»Das Andenken dieses Edlen ist unvergeßlich«, sagte er. »Er war der Führer auf dem Weg, den die Welt nun wandeln kann zu Freiheit und Frieden.«